H. Knackfuß

Deutsche Kunstgeschichte

1. Band

H. Knackfuß

Deutsche Kunstgeschichte

1. Band

Unveränderter Nachdruck der Originalausgabe von 1888.

1. Auflage 2022 | ISBN: 978-3-36825-527-5

Verlag: Outlook Verlag GmbH, Zeilweg 44, 60439 Frankfurt, Deutschland
Vertretungsberechtigt: E. Roepke, Zeilweg 44, 60439 Frankfurt, Deutschland
Druck: Books on Demand GmbH, In de Tarpen 42, 22848 Norderstedt, Deutschland

Deutsche Kunstgeschichte

Deutsche Kunstgeschichte

von

H. Knackfuß

Professor an der K. Kunstakademie zu Kassel

I. Band

Mit 420 Abbildungen

Bielefeld und Leipzig

Verlag von Velhagen & Klasing

1888

Abb. 1. Verzierte Thongefäße aus niedersächsischen, thüringischen, hessischen, rheinischen und süddeutschen Gräbern.

I. Die Anfänge der deutschen Kunst.

1. Künstlerische Bestrebungen der Urzeit.

Als im Jahre 109 v. Chr. die von unbekannten Gestaden des Nordens heranziehenden Barbarenschwärme, welche die römische Welt mit dem „cimbrischen Schrecken" erfüllten, nach Besiegung des Konsuls M. Silanus eine Gesandtschaft mit der Bitte um Landanweisung nach Rom schickten, wurde den fremden Häuptlingen, damit sie von der Macht und dem Reichtum der Republik einen Begriff bekämen, die Stadt und deren Kunstschätze gezeigt. Auf dem Forum machte man einen Teutonen auf die hochberühmte Statue eines alten Hirten mit einem Stabe besonders aufmerksam und fragte ihn, wie hoch er dieselbe schätze. „Einen solchen Menschen möchte ich, selbst wenn er lebendig wäre, nicht geschenkt haben", antwortete jener.

Der gänzliche Mangel an Kunstverständnis, der sich in dieser Äußerung des Barbaren kundgibt, erschien dem Römer unbegreiflich und lächerlich; uns kann er nur natürlich erscheinen. Den kriegerischen Bewohnern Germaniens war die Kunst etwas völlig Unbekanntes. Denn überall hängen die Anfänge der Kunst mit der Religion aufs innigste zusammen; aus dem Bedürfnis nach einem die Gottheit vergegenwärtigenden Sinnbild, aus dem Bestreben das Haus des Gottes vor den Wohnungen der Menschen auszuzeichnen und reicher zu gestalten, sowie die Flächen seiner Wände durch farbigen Schmuck zu beleben, gingen Bildnerei, Baukunst und Malerei hervor. Unseren Vorfahren aber erschien das Wesen der Gottheit zu erhaben, um durch ein Bild ausgedrückt werden zu können, zu allumfassend, um in Tempeln zu wohnen. Im Schatten des geheimnisvoll rauschenden Laubdachs der Wälder, unter uralten Bäumen auf Bergeshöhen verehrten sie die unsichtbaren, nur vom frommen Glauben erschauten Walter der Welt; hier brachten sie ihre Opfer dar, hier hängten sie die vorzüglichsten Beutestücke auf als Anteil der Überirdischen, die den Sieg verliehen hatten, hier wurden auch die eignen Feldzeichen aufbewahrt. Ein einfaches Gehege, ein von Stab zu Stab gezogener Faden genügte um als „Umfriedung" die Stätte des Friedens, den geweihten Ort zu bezeichnen, den seine eigne Heiligkeit vor jedem Frevel schützte.

Es fehlte somit jede Veranlassung, die auch nur das Streben nach Ausübung höherer Kunst hätte erzeugen können; demnach mußte sich die Bethätigung des Schönheitssinnes auf den Schmuck der menschlichen Wohnung, des Gerätes und der eignen Gestalt beschränken. Die hölzernen strohgedeckten Häuser der Germanen bezeichnet Tacitus als häßlich und unfreundlich, doch erschien der gemusterte Anstrich in reinen Erdfarben, welcher dieselben an einzelnen Stellen schmückte, dem Auge des Römers nicht ungefällig. Mit bunten Farben bemalten auch die Krieger ihre großen hölzernen Schilde, und wir können uns nach den zahlreichen Abbildungen solcher Schutzwaffen auf römischen Triumphaldenkmälern eine gewiß annähernd richtige Vorstellung wenigstens von dem Formengepräge dieser Bemalungen machen: von dem metallenen Buckel im Mittelpunkte des Schildes aus laufen gerade und gekrümmte Linien in durchaus gleichmäßiger Anordnung nach zwei oder vier Seiten hin. Noch in späterer Zeit, als Metallbeschläge an Stelle des farbigen Schmuckes getreten waren, scheint man die Grundzüge der alten Verzierungsformen beibehalten zu haben; wenigstens ist die Ähnlichkeit der zierlichen Beschläge alter Rundschilde, welche in nordischen Sammlungen aufbewahrt werden, mit den Ornamenten der auf der Siegessäule des Marcus Aurelius abgebildeten Germanenschilde in höchstem Grade überraschend (Abb. 2). Auch die Tierbilder, welche als Feldzeichen dienten, sehen wir auf den römischen Siegesmonumenten abgebildet, vorwiegend Eber, die dem Sonnengott heiligen Tiere, wobei es freilich fraglich ist, ob sie in Wirklichkeit so natürlich dargestellt waren, wie sie in der Wiedergabe durch die römischen Bildhauer erscheinen; die kleinen Figürchen wenigstens von Ebern und andern Tieren (Abb. 3), welche als Schmuck dienten und in ziemlicher Anzahl ausgegraben worden sind, erscheinen wesentlich plumper.

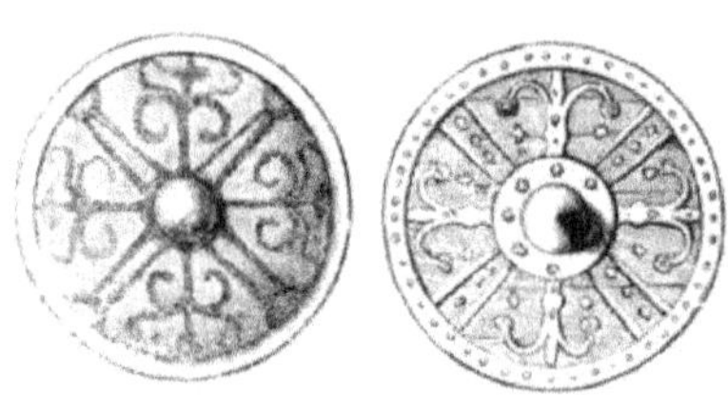

Abb. 2. Schilde von der Aureliussäule in Rom und aus dem Museum zu Kopenhagen.

Die ältesten erhaltenen Zeugen germanischer Verzierungskunst sind die Thongefäße, welche sich in großer Menge in den Begräbnisstätten finden, teils als Aschenurnen zur Aufnahme der Reste des verbrannten Leichnams, teils als Beigaben, in symbolischer Beziehung auf den Totenkultus oder als liebgewesenes

Besitztum des Verstorbenen. Diese Töpfe von verschiedenartigster Größe und Gestalt zeigen häufig eine kraftvolle Schönheit des Umrisses; die vorkommenden Verzierungen sind allereinfachster Art: Reihen von Punkten, eingeritzte Zickzack-, Wellen- und Spirallinien, Kreise und Bogen umziehen in wagerechter Richtung den Hals und Bauch des Gefäßes (Abb. 1).

Höher als die Thonbildnerei entwickelte sich schon in vorgeschichtlicher Zeit dasjenige Handwerk, welches mehr als alle andern in Ehren stand, welches dem Krieger seinen stolzesten Schmuck, dem Häuptling die köstlichsten Geschmeide lieferte, mit denen er die Getreuen seines Gefolges belohnte: die Kunst der Gold- und Waffenschmiede. Das mythische Vorbild derselben, Wieland, Wates Sohn, der bei kunstreichen Zwergen in die Lehre gegangen war, wurde von allen Stämmen der großen germanischen Völkerfamilie gefeiert, jedes hervorragend schöne und berühmte Schmuck- oder Waffenstück wurde auf ihn zurückgeführt, bei Deutschen, Skandinaviern und Angelsachsen blieb seine Name bis spät in das Mittelalter hinein in Sagen und Liedern lebendig. So hohes Ansehn genoß die Schmiedekunst, daß die Vornehmsten es nicht verschmähten, diese geschätzte Fertigkeit zu erlernen; Siegfried schmiedet sich selbst das unüberwindliche Schwert. Auch die Römer bewunderten die glänzende Erscheinung der in vollem Waffenschmuck heransprengenden cimbrischen Reiter. Wie seltsame Tierköpfe mit fürchterlich gähnendem Rachen waren deren Helme geformt; mit dieser Eigentümlichkeit des Kopfschmucks stimmt es auffallend überein, daß auch in den Liedern der Angelsachsen, welche diese zum Teil aus ihrer deutschen Heimat mitbrachten, der Helm häufig „goldner Eber“, „Eberbild“ und „Eberschmuck“ genannt wird.

Auf uns sind nur spärliche Reste von Schutzwaffen aus der Urzeit gekommen. Desto reichlichere Ausbeute liefern die Gräber an Angriffswaffen, Streitäxten, Kolben, Schwertern, Messern und Lanzenspitzen, sowie an ehernem, bisweilen auch goldnem und silbernem Schmuck der Krieger und Frauen. Manche dieser Gegenstände, namentlich solche, deren zierliche Bearbeitung mit den unvollkommenen Werkzeugen im Widerspruch steht, die mit ihnen zusammen gefunden wurden, mögen freilich zu einer Zeit, als den Bewohnern Germaniens die Zubereitung der Metalle noch kaum bekannt war, auf dem Seewege von den Phöniziern, manche von andern asiatischen Kaufleuten auf der uralten Handelsstraße, welche das Schwarze mit dem Baltischen Meer verband, als Gegenstände des Tauschhandels eingeführt worden sein, manche auch von den Etruskern herrühren, durch Vermittelung der Bewohner Rhätiens erworben: die meisten der zahllosen Arm-, Hals- und Knöchelspangen, der Brust- und Haarzierden, der Schnallen, Nadeln und Gewandhafteln, der Gürtel- und Pferdegeschirrbeschläge und der Waffenstücke, welche überall in Deutschland sich unter der Erde finden, müssen aber unbedingt als einheimisches Erzeugnis betrachtet werden. Es läßt sich eine gewisse Entwickelung des Verzierungsgeschmackes an diesen Erzeugnissen frühgermanischen Kunstgewerbes erkennen, von jenen einfachen Punktreihen und Linienzügen an, welche auch die Thonwaren zeigen, bis zu reichen, wohl-

Abb. 3. Gewandnadeln (fibulae), Zierscheibe (phalera), Riemenbeschlag und Tierbildchen aus verschiedenen deutschen Gräbern.

gearbeiteten, erhabenen und vertieften Gebilden. In der Zeit, in welcher bei den Waffen das Eisen die Bronze verdrängt hat, gestaltet sich die Verzierungskunst an den Schmuckgeräten am reichsten; wenige Jahrhunderte nach Beginn der christlichen Zeitrechnung hat sich schon ein bestimmt ausgeprägter Stil entwickelt, der den germanischen Stämmen gemeinsam, von demjenigen andrer Völker aber wesentlich verschieden ist. Wenn auch die allgemeinen Formen der Zierscheiben, Beschläge, Schnallen und Spangen bisweilen römischen Vorbildern, zu deren Aneignung die vielen Grenzkriege sowie friedlicher Verkehr hinreichende Gelegenheit boten, nachgebildet zu sein scheinen, so tragen die Verzierungen dieser Gegenstände doch ein durchaus selbständiges und eigenartiges Gepräge (Abb. 3). Das uralte Spiel mit gewundenen Linien und einfachen geometrischen Figuren wird in einer eigentümlich phantastischen Weise ausgebildet. Die ganze Fläche der Schmuckstücke ist mit durchkreuzten, verflochtenen und verschlungenen Linien, mit schmäleren und breiteren bandartigen Streifen bedeckt, welche sich ganz willkürlich durcheinander wirren, hin und wieder sich zu fratzenhaften Menschen- und Tierköpfen zusammenfügen, häufig auch in Schlangenköpfe auslaufen und so im ganzen den Eindruck eines Knäuels von kämpfenden Drachen hervorrufen; durch Punkte, kleine Buckeln und Schraffierungen wird das Bild gegliedert und belebt; die der antiken Zierkunst so geläufige Verwendung von aus dem Pflanzenreich entnommenen Formen fehlt fast gänzlich. Ein wilder und ungezügelter Sinn spricht sich in diesen seltsamen Verzierungen aus, eine

Freude an der Darstellung unheimlicher, dem Menschen feindseliger Tiere, bezeichnend für ein Volk, dem die Jagd eine Lieblingsbeschäftigung war, das in seinen Sagen die Helden der Vorzeit fast ebensoviel mit Drachen und Wölfen wie mit Menschen kämpfen ließ.

Aber es war nicht die Bestimmung dieses Volkes, abgeschlossen in seinen Wäldern das Jäger- und Kriegerleben weiter zu führen. Es überflutete seine Grenzen, zerstörte das Weltreich der Römer und empfing von den Besiegten zugleich mit dem Christentum als schönste Hinterlassenschaft der antiken Bildung die Kunst.

Abb. 4. Langobardischer Zierbuchstabe aus einer für Ragyndrudis, Tochter des Rachis, angefertigten Handschrift in der Bibliothek zu Fulda.

2. Die Kunstthätigkeit der germanischen Stämme in unterworfenen römischen Gebieten.

Sehr tief war die Kunst der Römer von der glänzenden Höhe, die sie einst innegehabt, herabgesunken, lange bevor das Reich dem Ansturm der Germanen erlag. Die Zeit Hadrians hatte das letzte Idealbild geschaffen. Die unseligen Zustände im Innern und die unaufhörlichen Kriege an den Grenzen, die seit den Tagen des Marcus Aurelius nicht mehr zum Zwecke der Eroberung, sondern zu dem der Verteidigung gegen die von Norden und Osten herandrängenden Feinde geführt wurden, Hungersnot und verheerende Seuchen im Gefolge der Kriege, die Besetzung der höchsten Militär- und Civilämter durch Barbaren hatten einen rasend schnellen Verfall der alternden Kunst zur Folge. Die Bildnerei befaßte sich nicht mehr mit der Wiedergabe der von den Hellenen überkommenen edlen Göttergestalten; statt ihrer waren die unschönen Gebilde asiatischen Aberglaubens beliebt. Die Reliefbilder der Sarkophage wurden mit schablonenhafter Handwerksmäßigkeit hergestellt, sowohl diejenigen, welche ihre Darstellungen noch der heidnischen Glaubenswelt entnahmen, als auch diejenigen, welche aus der neuen Lehre ihre Gegenstände schöpften. Die Bildhauer hielten diese Marmorsärge zur Auswahl auf Lager; in den nur angelegten Kopf der Hauptfigur wurde dann auf Wunsch des Bestellers eine flüchtige Porträtähnlichkeit des Verstorbenen hineingebracht. Denn auch im Bildnisfache, welches etwas länger als die ideale Kunst seine Tüchtigkeit behauptete, machte sich seit dem dritten Jahrhundert unserer Zeitrechnung der Verfall bemerklich. Bei größeren Werken suchte man vergeblich durch riesenhafte Maßverhältnisse und durch Pracht des verwendeten Stoffes den Mangel an künstlerischem Gehalt zu ersetzen. Nicht so vollständig verfiel die Baukunst. Zwar spielte auch hier die Kostbarkeit des Baustoffs eine verderblich große Rolle; zwar wurden die Formen des Altertums in ihrer Bedeutung nicht mehr verstanden und mit Schmuck überladen; aber der lebendige Sinn für dekorative Wirkung und für mächtige Entfaltung räumlicher Größe schuf dennoch Werke von gewaltiger Majestät, deren Trümmer noch Bewunderung erregen. Auch für die Ausübung der neuen Religion, welche seit Konstantin die alleinherrschende war, wurden mit dem größten Aufwand prächtige Tempel errichtet: die Basiliken, deren langgestreckte Säulenhallen in der hohen Bogennische hinter dem Altar einen harmonischen Abschluß finden und die uns durch ihre Großartigkeit und ruhige Erhabenheit mit Staunen und Ehrfurcht erfüllen. Die aus Stückchen von Glasfluß und bunten Steinchen zusammengesetzten Mosaikbilder, welche die Wände und die Chorwölbung dieser Kirchen schmücken, vergegenwärtigen uns den damaligen Zustand der Malerei. Schon der starre Herstellungsstoff trat freier künstlerischer Linienführung hemmend entgegen; aber es zeigt sich auch keine Spur mehr von Naturstudium, nicht das geringste Streben nach idealer Schönheit; die Verschrobenheit und Hagerkeit der Figuren, die oft geradezu abstoßende Häßlichkeit der Gesichter machen einen um so unangenehmern Eindruck, als es sich meistens um Darstellung der erhabensten Gestalten des Christentums handelt. Die unübertrefflich edle Farbenzusammenstellung und die feierlich würdevolle Gesamtwirkung bieten keinen ausreichenden Ersatz für die mangelnde Schönheit der Form.

So beschaffen war die Kunst, deren Pflege mit der Herrschaft in die Hände der Germanen überging, als Angelsachsen, Vandalen, Sueven, Franken, Burgunder und Goten sich des ganzen weströmischen Reiches bemächtigten.

In dem halben Jahrtausend, welches verflossen war, seit zum erstenmal ein Teutone auf dem Marktplatz von Rom ein Urteil über ein Kunstwerk abgab, hatten die Germanen wohl gelernt über derartige Erzeugnisse einer höheren Kultur anders zu denken. Selbst der wilde Vandalenkönig Gaiserich belud seine schnellsegelnden Raubschiffe mit römischen Bildwerken, um seine neue Hauptstadt Karthago damit zu schmücken, und die Rugierfürstin Gisa hielt in ihrer Behausung am Donaustrand eine ganze Schar gefangener römischer Goldarbeiter, welche ihr das königliche Geschmeide wirken mußten.

Aber die Bildungsstufen der verschiedenen Stämme waren noch sehr verschieden. Am weitesten in Bildung und Gesittung vorgeschritten waren die Goten, die schon im 4. Jahrhundert zum großen Teil das Christentum angenommen hatten, eine eigne, aus dem griechischen und dem Runenalphabet zusammengesetzte Schrift und eine Übersetzung der Bibel in ihrer Sprache besaßen. Daß auch die Kunst des benachbarten Kaiserreiches bei ihnen Eingang fand, beweist ein kleines, aber in seiner Art einziges Juwel, welches im Antikenkabinett zu Wien aufbewahrt wird, ein geschnittener Saphir mit dem Brustbild des durch eine lateinische Umschrift bezeichneten Königs Alarich.

Ein Bericht des Gesandten Priscus, welcher sich im Jahre 446 oder 448 im Auftrage des oströmischen Kaisers Theodosius II. in das Hoflager Attilas begab, enthält einige schätzbare Nachrichten über die Holzarchitektur der Goten; denn nur diesen, deren Sprache auch am Hofe des Völkerbezwingers neben der hunnischen die gebräuchlichste war, kann man die Erbauung der Burg Attilas zuschreiben, da das wilde Nomadenvolk der Hunnen, welches sich bei seinem Einbruch in Europa auf einer überaus niedrigen Kulturstufe befand, gewiß keine eigne Baukunst aus den Steppen Hochasiens mitgebracht hatte. Die stattlichen Häuser Attilas lagen, wie der Gesandte erzählt, innerhalb eines hölzernen, mit Türmen gezierten Zaunes, der nicht zur Sicherheit, sondern zum Schmuck angefertigt war. Das Bauholz war aus entlegenen Gegenden in die baumlose Tiefebene herbeigeschafft worden. Die vielen Gebäude, welche der Zaun einschloß, bestanden teils aus geschnitzten und zierlich zusammengefügten Brettern, teils aus geglätteten geraden Balken mit aufgelegten, kreisförmig gebogenen Holzstücken. Die nähere Beschreibung dieser Verzierungen der Balkenwände ist leider sehr unklar; aber es liegt nahe, hier an ähnliche regellos verschlungene Gebilde zu denken, wie sie sich auf den Schmuckgeräten der germanischen Völker zeigen; daß durch derartige Schnitzereien bei den nordischen Stämmen die Holzbauten geschmückt wurden, beweist die Stelle eines alten angelsächsischen Gedichts, wo ein Prunksaal mit den Worten geschildert wird: „wunderhohe Wände, von Drachenbildern schillernd“ (dieses Beiwort ist dasselbe, das an andrer Stelle von den Verzierungen eines Schwertgriffes gebraucht wird), beweisen noch deutlicher einige erhaltene Thüren und Betstühle alter skandinavischer Kirchen, die ganz jenes phantastische Schlangengewirre zeigen wie die metallenen Gräberfunde.

Auch römische Baukunst wurde am Herrschersitz Attilas geübt; der Gesandte sah ein steinernes Bad, welches ein am Hofe des Hunnen einflußreicher Germane, dessen Holzburg der des Königs ähnlich war, durch einen kriegsgefangenen Baumeister aus Sirmium hatte errichten lassen.

Als nach dem Tode Attilas das nur durch die Macht dieser gewaltigen Persönlichkeit zusammengehaltene Hunnenreich zerfiel, traten die Ostgoten in freundschaftliche Beziehungen zum Kaiserhofe von Konstantinopel; dort wurde des Königs Theodomir Sohn Theodorich erzogen und lernte Kultur und Staatswesen des oströmischen Reiches kennen. Dieser war es, der von sämtlichen Stämmen der Ostgoten zum König erwählt, mit Einwilligung des Kaisers Zeno sein Volk über die Alpen führte und der Herrschaft des Soldatenkönigs Odoaker ein Ende machte. So kam im Jahre 493 Italien, das Herz der weströmischen Welt, in den Besitz des gebildetsten Stammes der Germanen, an dessen Spitze ein Fürst stand, der mit jugendlich nordischer Heldenkraft griechische Bildung verband, der, gleich gewaltig als Kriegsherr wie als Friedensfürst, noch viele Jahrhunderte hindurch als „Dietrich von Bern“ im Liede der Sänger von Italien bis nach Island gefeiert ward. Der große Gote hatte einen lebhaften Sinn für die Schönheit und Bedeutung der Kunst, deren Denkmale ihm in seinem neuen Reiche mit so machtvoller Großartigkeit entgegentraten, und er verwandte große Summen sowohl auf die Wiederherstellung der alten Bauwerke als auch auf die Errichtung prächtiger Neubauten besonders in seiner Hauptstadt Ravenna.

Die Verordnungen Theodorichs enthalten zahlreiche Belege für sein reges Interesse und seine fördernde Thätigkeit auf künstlerischem Gebiet. „Dies ist das Bestreben unserer Freigebigkeit,“ heißt es in einem seiner Erlasse, „daß wir sowohl die Bauten der Alten unter Beseitigung der Schäden wiederherstellen, als auch (für uns) den Ruhm des Altertums erneuen.“ Als er im Jahre 500 Rom besuchte, verweilte er lange bei der Betrachtung der erhabenen Prachtgebäude, über die das ablaufende Jahrhundert so manches

Verderben gebracht hatte; er warf eine jährliche Summe von bedeutender Höhe zur Instandhaltung und Wiederherstellung der Baudenkmäler aus und stellte einen öffentlichen Baumeister in Rom an, dem er befahl, daß er die Werke des Altertums sorgfältig studiere, denn seine eignen Bauten sollten denen der Alten völlig gleich sein. Im Geiste der Cäsaren weiter zu bauen hielt er für Pflicht seines Herrscheramtes; schöne Bauwerke, sagte er, seien seine Freude, der Schmuck des Landes und des Königs Ruhm; nach ihnen, die der spätesten Nachwelt überliefert würden, pflege diese die Fürsten zu beurteilen. Auch für die Erhaltung der Bildhauerarbeiten, die damals in Italien noch sehr zahlreich vorhanden waren — nach den Worten eines zeitgenössischen Schriftstellers stand noch „ein Volk von Statuen" auf den Gebäuden Roms —, sorgte Theodorich mit dem größten Eifer; als in Como einst ein ehernes Standbild gestohlen worden war, setzte er einen Preis von 100 Goldstücken auf die Entdeckung des Kunstwerks. Der Sitte der Cäsaren folgend ließ er in den größeren Städten Italiens sein Bild, in Erzguß oder in Mosaikmalerei ausgeführt, an öffentlichen Plätzen anbringen. Mit fürstlicher Freigebigkeit sorgte er für die Künstler, getreu seinem Ausspruch, daß diese, frei von Sorgen um den Lebensunterhalt, sich ganz ihren Aufgaben widmen müßten. Die gesamte Kunstpflege in seinen Landen unterstellte er einem besonderen Beamten, der den Titel „Hauptmann der schönen Dinge" (centurio nitentium rerum) führte.

Was er erbauen ließ, sollte seinem ausgesprochenen Willen gemäß den Werken der römischen Vergangenheit gleichkommen. Wenn aber des Königs Baukünstler ihre Aufgaben im Sinne ihrer Zeit lösten, so können wir das nur begreiflich finden. Erhalten sind von diesen Werken in Ravenna die schöne Basilika, welche jetzt den Namen S. Spirito führt, mit dem daneben liegenden achteckigen Baptisterium, der Taufkirche der Arianer, und die prachtvolle arianische Kathedrale und Hofkirche Theodorichs S. Martinus in coelo aureo, welche jetzt S. Apollinare nuovo heißt, weil sie im 9. Jahrhundert nach der Übertragung der Gebeine des heiligen Apollinaris aus der gefährdeten Hafenstadt Classis diesem Schutzpatron geweiht wurde. Neben dieser stattlichen Basilika, in welcher auch ein sehr großer Teil der noch vorhandenen musivischen Wandausschmückung aus der Zeit des Gotenkönigs herrührt, befinden sich dürftige Reste von Theodorichs Palast, eine hohe Mauer mit einem pilastergeschmückten Thor, mit vermauerten Bogen zu dessen Seiten und mit bogentragenden Wandsäulchen auf Gesimsen im oberen Stockwerk; auch ein Bruchstück eines Mosaikfußbodens aus dem Palast ist erhalten. Leider reichen weder die Überbleibsel noch das in der Kirche befindliche Mosaikbild*) aus, uns eine Vorstellung von dieser glänzenden Königsburg zu verschaffen. Auch der Palast, welchen der Gotenkönig sich auf dem höchsten Gipfel des Vorgebirges von Terracina errichten ließ, eine großartige Anlage, die sich nach der Seeseite hin in zwölf großen Bogen öffnete und hier die wunderbarste Aussicht über das Meer und die Küste vom Circäischen Vorgebirge bis zu den neapolitanischen Inseln gewährte, ist nur noch eine mächtig wirkende Ruine. Mehr als die Trümmer der Paläste und als die Kirchen, die zwar eine verhältnismäßig bedeutende Höhe der Kunst, aber keine Spur eines Einflusses ostgotischer Eigenart erkennen lassen, fesselt die außerhalb der Mauern Ravennas zur Aufnahme der irdischen Reste Theodorichs errichtete Grab-

*) Eine farbige Abbildung dieses merkwürdigen Mosaikbildes in Stacke, Deutsche Geschichte, Bd. I, S. 120.

Abb. 5. Theodorichs Grabmal zu Ravenna in seiner heutigen Gestalt.

kirche unser Interesse, ein Bauwerk von antik-römischer Großartigkeit, aufgetürmt mit germanischer Riesenkraft, das würdige Denkmal eines gewaltigen Völkerfürsten, doppelt anziehend als beredtes Zeugnis von des großen Königs anregendem Kunstsinn und als das erste bedeutungsvolle Werk, in dem ein Germanenstamm Spuren seiner eignen künstlerischen Empfindungen hinterlassen hat (Abb. 5).

Auch hier ist die Gesamtanlage antiken Vorbildern, den Mausoleen römischer Kaiser, entnommen; dennoch ist das Ganze eine eigenartige Erfindung, und im einzelnen zeigen sich manche charakteristische Besonderheiten. Das aus starken, vortrefflich gefügten

Quadersteinen aufgeführte Denkmal besteht aus zwei Geschossen, einem zehneckigen Unterbau mit einer mächtigen Bogennische an jeder der zehn Seiten, dessen kreuzförmiger Innenraum als Kapelle zur Abhaltung des Trauergottesdienstes diente, und aus einem gegen den unteren Teil etwas zurücktretenden Oberstock, der ursprünglich von einem offenen Bogengang mit gekuppelten und einfachen Säulchen umgeben war, und dessen kreisrunder Innenraum den Marmorsarg enthielt. Die Kuppel ist aus einem einzigen ungeheuren Blocke istrischen Marmors gebildet, dessen Gewicht man auf 9400 Zentner berechnet hat: gewissermaßen ein Wahrzeichen der jugendlich übermütigen Kraft des Gotenvolkes, vielleicht eine Erinnerung an die Sitte der Väter, die Grabstätten hervorragender Helden durch riesige Felsblöcke auszuzeichnen; die in regelmäßigen Abständen angebrachten Henkel, welche zur Handhabung der gewaltigen Masse dienten, sind stehen gelassen und bilden einen ebenso wirkungsvollen wie eigenartigen Schmuck. Einige Einzelheiten an Thüreinfassung und Gesimsen zeigen in ihren Gliederungen eine größere Lebendigkeit, als sich irgendwo anders bei Werken dieser Zeit findet; es sind dies Nebendinge, die dem Auge des oberflächlichen Beschauers entgehen, aber sie sind hoch bedeutsam als Merkmale einer jugendfrischen Kraft, die unbewußt die Formen einer erstarrten Kunst umgestaltete. Völlig selbständiges Gepräge tragen die ornamentalen Einzelheiten; vorzugsweise erregt eine in verschiedenen Formen wiederkehrende Verzierung die Aufmerksamkeit, welche wie eine Reihe von aufgerichteten Zangen aussieht, das berühmte Gotenornament; am schönsten ist

Abb. 6. Friesornament am Grabmal Theodorichs zu Ravenna.

dasselbe entwickelt in dem Fries unter der Kuppel, wo es nicht ununterbrochen zusammenhängt, sondern, der Größe der sehr regelmäßigen Steine entsprechend, in symmetrische Gruppen geteilt ist und durch Schneckenrollen, wie wir sie als sehr bezeichnende Bildung in manchen aus Metalldraht hergestellten nordischen Schmucksachen finden, bereichert wird (Abb. 6). Nirgendwo bietet die römische oder byzantinische Kunst ein Vorbild für diese Verzierungsform, wohl aber kommt sie ganz gleichartig vor an den in der Bibliothek zu Ravenna aufbewahrten Resten einer in der Nähe gefundenen goldenen Prachtrüstung aus derselben Zeit und als Schnitzerei an einem bedeutend jüngeren norwegischen Holzstuhl (im Museum zu Christiania), bei dem sie friesartig unter dem Sitz herumläuft.

Der Säulenumgang ist zerstört, das Grabmal zeigt sich nicht mehr in seiner ganzen Höhe, da der vor einigen Jahren trocken gelegte Fußboden des Untergeschosses infolge der allmählichen Hebung des sumpfigen Küstenlandes bedeutend tiefer liegt als das umgebende Erdreich. Aber noch macht das ernste und erhabene Denkmal, dessen vortrefflicher Baustoff in der Schärfe und Sauberkeit seiner Bearbeitung keine Spuren des Alters zeigt, einen unbeschreiblichen Eindruck auf jeden, der in der öden und schweigenden Umgebung, auf dem Hintergrunde des seit Jahrtausenden sich in ewig jungem Wechsel erneuenden Pinienwaldes, das silberfarbig schimmernde Totenmal des Gotenkönigs zwischen dunklen Cypressen hervorragen sieht. Zu der weltgeschichtlichen Bedeutung gesellt sich der künstlerische Wert eines Werkes, in dem wir die erste Bekundung wahrnehmen von dem Beruf der Germanen, in der Geschichte der Kunst eine eigne und hervorragende Rolle zu spielen.

Nachdem Theodorich der Große bestattet war, fanden seine Nachfolger kaum mehr Zeit sich mit den Künsten zu befassen. Von Theodahad wissen wir noch, daß er Bildwerke aus Erz und andern Stoffen anfertigen ließ. Aber bald gab seine Blutthat dem Kaiser von Byzanz erwünschten Vorwand, seine Heere nach Italien zu entsenden, und es begann der zwanzigjährige Heldenkampf, der dem Reiche und Volke der Ostgoten einen ruhmbedeckten Untergang bereitete. Den segensreichen Einfluß von Theodorichs Kunstsinn aber glauben wir in Rom selbst noch wahrnehmen zu können, wenn wir sehen, wie die unmittelbar nach seiner Zeit angefertigten Mosaikbilder (in der Kirche St. Cosmas und Damian) sich auffallend und vorteilhaft von den früheren und von den späteren unterscheiden.

Die Könige des Brudervolkes der Ostgoten, der in Spanien und einem Teile Galliens ansässigen Westgoten, bauten ebenfalls prächtige Kirchen; doch sind die Nachrichten hierüber ebenso dürftig wie die erhaltenen Reste. Auch sie behielten das Wesen der entarteten Antike bei. Daß „nicht aus Italien herbeigeholte Künstler, sondern Männer barbarischen Stammes“, „gotische Hände“ die Prachtbauten schufen, bezeugen die Schriftsteller der Zeit.

Die von Franken und Burgundern eingenommenen Gebiete des ehemaligen weströmischen Reiches wurden unaufhörlich von wilden Kämpfen dieser roheren Stämme durchtobt. Dennoch verwandten auch hier die Fürsten einige Sorge auf die Pflege der Künste. Von den Höfen der fränkischen Brunhilt, die aus ihrer westgotischen Heimat den Sinn dafür mitgebracht haben mochte, und des burgundischen Guntram ging eine umfangreiche Kunstthätigkeit aus. Chlothar II. und Dagobert ließen durch den berühmten Goldschmied Eligius (den nachmaligen Bischof und Apostel Flanderns), unter dessen Gesellen ein Sachse Namens Thille genannt wird, Prunkgeräte von künstlerischem Wert anfertigen. Chlothars Sohn Gundovald, der nachmals gewaltthätig um die Krone warb, beschäftigte sich in seiner Jugend sogar selbst mit kirchlicher Wandmalerei. Aber vorwiegend ruhte die Kunstpflege in jenen Ländern in den Händen der Geistlichkeit, welche größtenteils aus der einheimischen romanisierten Bevölkerung hervorging; was daher dort geschaffen wurde, gehörte selbstverständlich der römischen, immer mehr verfallenden Kunstrichtung an; doch finden sich auch vereinzelte Reste, welche darthun, daß die verschlungenen Ziergebilde germanischer Metallarbeiten bisweilen auf Bauteile übertragen wurden. In den nördlichen Gegenden Galliens, wo die Bildungsarbeit der Römer weniger Wurzel geschlagen hatte, begnügte man sich damit, die Gotteshäuser in anspruchslosester Weise aus Holz herzustellen.

Von den Burgen und hohen Hallen der Angelsachsen bewahren deren alte Lieder seltsame Schilderungen, nach welchen man sich indessen kein klares Bild von diesen urtümlichen Holzbauten zu machen im stande ist; kunstreich geschnitzte Tierbilder zierten Giebel und Wände. Nach der Bekehrung zum Christentum beriefen die angelsächsischen Bischöfe gallische Werkleute nach Britannien um Steinkirchen „nach römischer Weise" (d. h. in Quaderbau) zu errichten; auch Glaser ließ man aus Gallien kommen, Kruzifixe und Gemälde aber wurden aus Rom herbeigeholt.

Auf dem klassischen Boden Italiens erschien fünfzehn Jahre nach dem Sturze des Ostgotenreiches ein neues Germanenvolk, die Langobarden; von der Kultur noch kaum berührt, nur teilweise und oberflächlich zum Christentum bekehrt, brachte dieser Stamm aus seiner alten Heimat neben einem eigentümlich poetischen Sinn und einem reichen Schatz von Sagen noch ein gutes Teil urwüchsiger Wildheit mit über die Alpen. Doch fanden auch unter ihrer Herrschaft die Künste eine eifrige Gönnerin in der bajuwarischen Herzogstochter Theudelinde, der Gemahlin der Könige Authari und Agilulf, welche nach des letzteren Tode noch zehn Jahre lang (bis 625) mit ihrem jugendlichen Sohne Adaloald den Thron teilte. „Unter ihrer Regierung wurden die Kirchen wiederhergestellt, und reichliche Weihgeschenke flossen den Heiligtümern zu", berichtet der Langobarde Paulus, Warnefrieds Sohn. Im Jahre 595 weihte die Königin Theudelinde, wie derselbe Geschichtschreiber erzählt, die Basilika des heiligen Johannes des Täufers, die sie zu Modicia (jetzt Monza) erbaut hatte, und zierte sie mit manchem goldnen und silbernen Schmuck, bereicherte sie auch mit vielen Geschenken. An demselben Orte, den seine Lage in der Nähe der Alpen zu einem gesunden Aufenthalt während der heißen Jahreszeit machte, wo einst der Gotenkönig Theodorich sich aus diesem Grunde einen Palast errichtet hatte, erbaute auch Theudelinde ihre Hofburg; darin ließ sie Bilder aus der Geschichte der Langobarden malen, auf denen man deutlich sehen konnte, wie die Langobarden damals das Haupthaar schoren, wie sie sich kleideten und trugen.

Abb. 7. Die Langobardenkönigin Theudelinde dem h. Johannes Weihgeschenke darbringend.

Obere Hälfte des Reliefs vom Eingang des 595 von ihr gestifteten Doms zu Monza, jetzt über der Hauptthür des im 14. Jahrh. erneuerten Domes befindlich. Die Mehrzahl der abgebildeten Weihgeschenke befindet sich noch im Domschatz zu Monza.

Paulus berichtet über diese Bilder noch als Augenzeuge, heute sind sie mit dem Palast spurlos verschwunden; auch an der Stelle der Kirche wurde im 14. Jahrhundert ein Neubau errichtet. Erhalten blieben aus jenen Tagen nur das Reliefbild, welches sich über dem Haupteingang der Kirche befand und dem von den Erbauern des späteren Domes pietätvoll dieselbe Stelle wieder eingeräumt ward, ein Teil der Weihegaben und der schmucklose Steinsarg der Königin.

Das halbkreisförmige Relief vergegenwärtigt in durchaus kindlicher Erfindung und Formengebung in seiner oberen Hälfte die Darbringung der Weihgeschenke durch die Königin und ihre Angehörigen; mit dankbarem Lächeln nimmt der Heilige aus den Händen Theudelindes ein Gewand, eine Krone und das dazu gehörige Kreuz entgegen; die übrigen Hauptstücke sind in den Ecken des Bildes angebracht (Abb. 7). In der unteren Hälfte ist die Taufe Christi im Jordan dargestellt; über dem Haupte des Erlösers schwebt die Taube mit dem Ölfläschchen; da für diese der Raum unten nicht ausreichte, so ist sie in das obere Bild zwischen Theudelinde und deren Tochter Gundiberga hineingeschoben.

Bei Besichtigung des Domschatzes von Monza fesselt uns die Wahrnehmung, daß wir da unter vielen andern kostbaren Gegenständen und unter mancherlei Kleinigkeiten, die mehr durch ihr ehrwürdiges Alter und die unmittelbare Erinnerung an die Langobardenkönigin, als durch Kunstwert uns anziehen, einige der auf dem Relief abgebildeten Weihegaben noch heute wiederfinden. Namentlich fällt uns jene eigentümliche Gruppe einer Henne mit sieben Küchlein in die Augen, eine in Naturgröße ausgeführte Goldarbeit, welche die Königin Theudelinde als Mutter ihrer sieben Provinzen sinnbildlich vorstellen soll (Abb. 8). Wir können freilich nicht annehmen, daß Langobardenhände dieses köstliche Werk verfertigt hätten; denn wenn auch die germanischen Goldschmiede schon eine große Geschicklichkeit in der Behandlung des Metalles besaßen, so vermag doch niemals die Kunst eines jugendlichen Volkes die Natur in einer mit ihrer wirklichen Erscheinung so übereinstimmenden Weise wiederzugeben, wie es hier geschehen ist; jede ursprüngliche Kunst stilisiert, d. h. sie übersetzt die unendliche Mannigfaltigkeit der Naturerscheinungen in bestimmte, sich dem Gedächtnis leicht einprägende Formen. Wenn wir daher auch nicht daran zweifeln können, daß die reizende, der Natur getreulich abgelauschte Darstellung von einem italienischen Künstler herrühre, so ist doch der Gedanke, aus dem sie entsprungen ist, die harmlose Freude an der Tierwelt und die daraus hergeleitete liebenswürdig naive Bildersprache durchaus germanisch; die Idee des kleinen Kunstwerks ist gewiß von Theudelinde selbst ausgegangen, und die entzückende unbefangene Natürlichkeit, die unter andern Umständen

Abb. 8. Goldene Henne mit sieben Küchlein, die Königin Theudelinde als Mutter ihrer sieben Provinzen darstellend.
Geschenk der Königin an den Dom zu Monza. Im Domschatz daselbst.

nicht leicht von einer alternden und erstarrenden Kunst erreicht wird, entsprach so sehr den Wünschen der Bestellerin, daß sie die Gruppe für wert befand, an hervorragendster Stelle jedermann zur Schau abgebildet zu werden.

Von der Mehrzahl der dem Domschatze nach mancherlei Schicksalen noch verbliebenen juwelengeschmückten Goldarbeiten, unter denen sich auch eine jener zum Aufhängen über dem Altar bestimmten Kronen mit in der Mitte schwebendem Kreuz, wie das Reliefbild deren mehrere zeigt, befindet, und deren vorzüglichstes Stück ein kostbarer, mit antiken Gemmen und mit roten Steinen geschmackvoll verzierter Einband eines nicht mehr vorhandenen Evangelienbuchs ist, kann es zweifelhaft sein, ob sie im Langobardenreich entstanden sind, wie es bei dem Buchdeckel die darauf angebrachte Weihinschrift der Königin jedenfalls wahrscheinlich macht, oder ob sie unter den Geschenken des Papstes Gregor an Theudelinde nach Monza gekommen und somit Erzeugnisse römischer oder byzantinischer Künstler sind; im ersteren Falle würde kaum ein Grund vorliegen, die Möglichkeit der Herstellung dieser reich, aber in verhältnismäßig einfachen Formen verzierten Werke durch germanische Goldarbeiter in Zweifel zu ziehen.

Unstreitig das Werk eines Langobardenkünstlers ist ein elfenbeingeschnitztes Diptychon (Abb. 9), welches einen Bestandteil desselben Schatzes ausmacht, eine Nachahmung jener verzierten Schreibtäfelchen, welche in Rom von den Konsuln am Tage ihres Amtsantritts verschenkt wurden und in der Regel das Bild des betreffenden Beamten trugen. Dasselbe enthält auf der Vorderseite das Bild des heiligen Gregor, des im Jahre 604 verstorbenen Papstes, der mit Theudelinde sehr befreundet war und zu dessen Andenken die Königin das Diptychon wohl hat anfertigen lassen, auf der Rückseite das Bild des Königs David. Man sieht, wie der Schnitzer, dem diese Aufgabe zufiel, sich ängstlich bemüht hat, ein kaiserliches Konsulardiptychon, das ihm als Muster vorlag, getreu zu kopieren; die römischen Adler, die gestickte Toga und selbst die erhobene Rechte mit dem Tuch, durch welches das Zeichen zum Beginn der Festspiele gegeben wurde, hat er gewissenhaft nachgebildet, ohne daran zu denken, wie widersinnig bei den dargestellten heiligen Personen diese Gebärde sei. Nichts an dem ganzen Werke ist des Schnitzers Eigentum, als die unbeholfen weit hervortretende Schrift, die Tonsur des Papstes und die formlose Blume, durch welche er auf dem Scepter des alttestamentlichen Königs das Kreuz ersetzt hat, mit dem das christliche Kaisertum Roms den Herrscherstab schmückte; sein mangelhaftes Gefühl für die ihm ungeläufigen Formen verrät sich namentlich in dem Blattwerk und in den an die alten ornamentalen Fratzengebilde erinnernden Glotzaugen der ungeschickt modellierten Gesichter, und sein Unverstand hat das gestickte Polster des kurulischen Stuhls zu freiwachsendem Laubwerk umgestaltet. — Und doch ist das Werk bei all seinen Mängeln für uns höchst anziehend, weil es gerade durch seine Mängel seinen germanischen Ursprung zu erkennen gibt; wir können dem emsigen Fleiß und der großen Sorgfalt unsere Anerkennung nicht versagen, womit der Langobarde das Erzeugnis einer fremden Kunst nach besten Kräften nachzubilden versucht hat.

Die Reste langobardischer Kunstübung aus späterer Zeit sind sehr spärlich, und eine Nachwirkung der durch Theudelinde gegebenen Anregung vermögen wir durchaus nicht bei ihnen zu gewahren. Am meisten nehmen sie unsere Beachtung in den vereinzelten Fällen in Anspruch, wo selbständige Züge, Erinnerungen an die alte nationale Verzierungsweise in ihnen hervortreten, wie in den ornamentalen Teilen der noch aus dem 7. Jahrhundert herrührenden Reliefwerke an der Kanzel der St. Ambrosiuskirche zu Mailand, wo wir lebendig aufgefaßte Tiere von bandartig gebildetem Rankenwerk regellos umschlungen sehen. Meistens aber finden wir nur eine unbeholfen barbarische Nachahmung spätrömisch-byzantinischer Kunst: weder das Überbleibsel einer auf die Langobardenfürstin Peltrudis zurück-

Abb. 9. Langobardische Kleinkunst: Elfenbeindiptychon (geschnitztes Schreibtäfelchen) mit der Darstellung des Königs David und des h. Papstes Gregor.

Im Domschatz zu Monza. (Um 604.)

geführten kleinen Kirche in Cividale (der ehemaligen langobardischen Grenzstadt Forojulium), ein mit römischen Säulen und Steingebälken und mit lebensgroßen Stuckfiguren von augenscheinlich byzantinischer Arbeit geschmücktes Werk, noch die in derselben Stadt erhaltenen Denkmale langobardischer Steinbildnerei und Kleinkunst aus der Zeit der Herzöge Ursus, Pemmo und Ratchis (8. Jahrhundert) verraten schöpferische Kraft oder auch nur einigermaßen guten Geschmack. Da in ganz Italien jetzt die Kunst sehr tief sank, mußten die noch ungeübten Langobarden erst recht in den Verfall mit hineingerissen werden. Daß sie aber selbst noch im 9. Jahrhundert wenigstens auf dem Gebiete der Goldschmiedekunst für diese Zeit sehr Hervorragendes zu leisten imstande waren, daß sie hierin auf der Höhe des damaligen italienischen Kunsthandwerks standen, beweist die aus Gold- und vergoldeten Silberplatten hergestellte, mit Gemmen und mit Schmelzwerk byzantinischer Art geschmückte und mit Reliefbildern bedeckte Bekleidung des Hochaltars von St. Ambrosius zu Mailand, deren Verfertiger sich neben der Darstellung eines von dem heiligen Bischof gekrönten Mannes als Schmiedemeister Wolfin genannt hat.

Bei allen germanischen Stämmen nahm während des Zeitalters der Völkerwanderung die schon vorher verhältnismäßig hoch entwickelte Goldschmiedekunst einen weiteren Aufschwung. Je mehr die vereinzelten Stämme sich zu Völkern zusammenballten, je mehr die Macht der Fürsten sich ausdehnte, um so eifriger mußten diese darauf bedacht sein, sich einen großen „Hort“ zu verschaffen; denn Freigebigkeit wurde von jeher als eine hervorragende und unentbehrliche Eigenschaft der germanischen Herrscher angesehn, die in alten Liedern den stehenden Beinamen „Ringzerteiler“ führen; jede verdienstliche That eines Edlen mußte durch ein Schmuckstück belohnt werden, und dabei dem Volksfürsten selbst doch noch kostbares Prunkgerät genug übrig bleiben um auch an solchem Besitz vor allen andern sich auszuzeichnen. Zahlreiche Stellen des fränkischen Geschichtschreibers Gregor, Bischofs von Tours, geben uns einen Begriff von dem ungeheuren Reichtum der aufgehäuften Schätze der Merovinger. Der den Germanen eigne Sinn für reiche Verzierung der Metallarbeiten verhinderte dabei, daß man sich mit dem bloßen stofflichen Wert der Gegenstände begnügte: alle Flächen wurden mit Verzierungen überdeckt, wobei neben den altertümlichen Band- und Tierverschlingungen immer häufiger regelmäßige, an die byzantinische Kunst sich anlehnende Musterungen angewandt wurden. Man erlernte oder erfand auch eine eigentümliche Art, die Wirkung des Goldschmucks durch Farbenreiz zu erhöhen. Die zu verzierenden Flächen wurden ganz oder teilweise mit einem Netzwerk von schmalen Goldleistchen überzogen, und in die so entstehenden Zellen Plättchen von farbigem Glase oder von Edelsteinen und Halbedelsteinen genau eingepaßt; um den Glanz dieser bunten Zierden noch zu steigern, wurden denselben häufig gewellte oder mit netzartigen Vertiefungen bedeckte dünne Goldblättchen untergelegt. Derartigen Schmuck zeigen z. B. die schon erwähnten, zu Ravenna befindlichen Bruchstücke einer gotischen Prachtrüstung und der Buchdeckel der Theudelinde.

Glücklicher Zufall hat eine Anzahl von Wertgegenständen, welche den Schätzen germanischer Fürsten angehörten, aus dem Schoß der Erde ans Licht kommen lassen. Alle tragen trotz der Verschiedenheit der Fundorte und der Entstehungszeiten (vom 4. bis zum 7. Jahrhundert) ein gemeinschaftliches Gepräge in Formengebung und Herstellungsart.

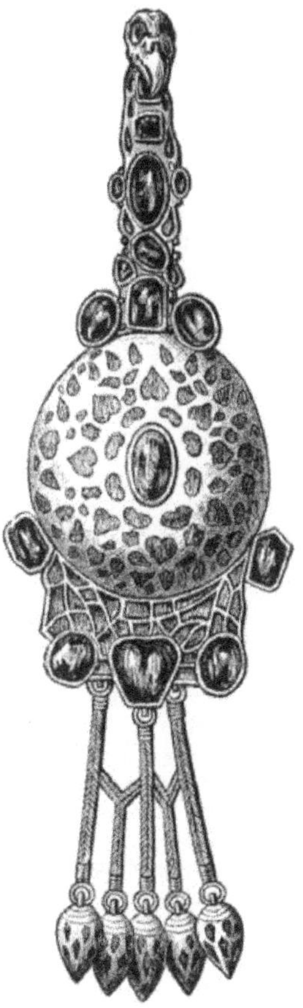

Abb. 10. Vogelförmiges Schmuckstück aus dem Goldfunde zu Petreosa (Walachei).
Museum zu Bukarest.

Im Jahre 1837 entdeckten vier Arbeiter beim Brechen von Steinen in der Nähe des Dorfes Petreosa in der großen Walachei, also in dem Gebiete, welches die Westgoten zur Zeit des Hunneneinbruchs innehatten, in geringer Tiefe eine große Anzahl metallener Gefäße und Gerätschaften im Gewicht von mehr als drei viertel Zentner; sie teilten den Fund unter sich, ohne eine Ahnung davon zu haben, daß dasjenige, was sie für Kupfer hielten, reines Gold war. Drei Jahre später sah eine obrigkeitliche Person Kinder des Dorfes mit auffallend geformten Glasstückchen und Granatsteinchen spielen; Nachfragen ergaben, daß diese als Verzierungen jener gefundenen Geräte gedient hatten. Darauf erklärte die Regierung, welcher hiervon Meldung gemacht wurde, die noch vorhandenen Stücke des Fundes für Staatseigentum und ließ Nachforschungen nach den abhanden gekommenen anstellen. Aber mehr als zwei Drittel des Schatzes blieben verschwunden; ein großer Teil war dadurch verloren gegangen, daß, als einer jener Arbeiter einem Zigeuner zur Ausflickung eines Kochgeschirres ein Stück des vermeintlichen Kupfers übergab, ein zufällig anwesender Grieche den Wert des Metalles erkannte, soviel er vermochte davon aufkaufte und nach Lostrennung der Edelsteine stückweise in Geld umsetzte. Die in das Museum zu Bukarest gebrachten Überbleibsel des Schatzes bestehen, abgesehen von einigen Bruchstücken, aus zwölf Gegenständen: einem Becken mit figürlichen Darstellungen, von zweifellos oströmischer Arbeit; einer Kanne von antiker Form mit barbarischen Verzierungen, deren Henkel in einen Vogel ausläuft; einer flachen Schüssel im Gewicht von mehr als acht Pfund mit ganz einfachen Verzierungen in Wellen- und Zickzacklinien und aufgelöteten Reihen perlförmiger Knöpfchen; zwei Halsringen, von denen der eine, der in der Nähe des Verschlusses durch Golddrahtgewinde geziert ist, eine schwer zu deutende Runeninschrift trägt; dem Halsstück eines Harnisches, aus zwei aufeinanderliegenden Goldplatten bestehend, von denen die obere netzartig in Vielecken, Rechtecken, Dreiecken, Herzen, Kreisen u. s. w. durchbrochen ist, welche ehemals mit Edelsteinen und Glasstücken ausgefüllt waren; vier phantastischen Vogelgestalten von verschiedener Größe, welche vermutlich als Gewandnadeln gedient haben, ebenfalls mit Ausschnitten und Zellen zur Aufnahme von Steinen bedeckt (Abb. 10); endlich aus zwei vieleckigen Henkelschalen. Die besser erhaltene dieser beiden Schalen ist aus zwei Reihen von je acht viereckigen Platten zusammengesetzt, die oberen Vierecke rechteckig, die unteren nach dem Fuße zu verjüngt, alle 16 Felder rosenförmig durchbrochen und die Durchbrechungen mit Bergkristall ausgefüllt; der beide Felderreihen verbindende Bandstreifen, sowie der obere und der untere Rand des Gefäßes sind mit viereckigen Zellen verziert, in welche dünne Plättchen von jetzt größtenteils verschwundenen Edelsteinen eingefügt waren; die Henkel bestehen aus zwei breiten, in ähnlicher Weise verzierten wagerechten Platten, an welche vom mittleren Verbindungsstreifen aus sich emporreckende Tiergestalten sich mit den Vordertatzen anklammern; die Tiere sind mit hervortretenden Granaten und Perlmutterstückchen besät. Das Gesamtgewicht der genannten Gegenstände an reinem Golde beträgt 30 Pfund.

Ein im Jahre 1653 zu Tournai gemachter Grabesfund hat dadurch eine besondere Bedeutung, daß man nach einem Siegelringe mit eingegrabenem Namen den Frankenkönig Childerich († 481) als den einstigen Eigentümer feststellen konnte. Bei den zum Zweck der Wiederherstellung eines abgerissenen kirchlichen Gebäudes gemachten Erdarbeiten stieß ein taubstummer Arbeiter auf einen Haufen Goldstücke; auf sein lautes, wortloses Geschrei hin eilten der Pfarrer und zwei Kirchenälteste herbei, und unter deren Augen wurden nun folgende Gegenstände zu Tage gefördert: 100 byzantinische Goldstücke aus der Zeit Childerichs, 200 Silbermünzen, verrostete Eisengeräte, Menschengebeine, ein Schwert, dessen eiserne Klinge gleich in Stücke zerfiel, mit goldnem Griff und goldnen Scheidebeschlägen, zwei goldne Ringe, deren einer das Brustbild eines langhaarigen Mannes mit einer Lanze in der Rechten und die Inschrift Childerici regis trug; ferner ein Armband, eine Gewandnadel, ein Ochsenkopf, etwa 300 Bienen, Agraffen, Schnallen und andre Kleinigkeiten, alles von Gold. Schwertgriff und Beschläge, sowie mehrere andre Gegenstände waren mit rotem Glas und Edelsteinen in meist viereckigen Zellen geziert. Die Geistlichkeit nahm den Fund in Verwahrung, konnte aber nicht verhindern, daß schon gleich im Anfang manches abhanden kam. Der Schatz wurde Eigentum des damaligen Statthalters der Niederlande, Erzherzogs Leopold Wilhelm von Österreich, darauf des Kaisers Leopold I., der ihn Ludwig XIV. zum Geschenk machte; von diesem wurde er zuerst im Louvre niedergelegt, später kam er nach Versailles und darauf in die königliche Bibliothek zu Paris; hier brachen im Jahre 1831 Diebe ein, die sich auch dieser wertvollen Altertümer bemächtigten, von denen indessen ein Teil in der Seine wiedergefunden wurde. Der Rest, darunter das Schwert, wird jetzt im Louvre aufbewahrt.

Dem 7. Jahrhundert gehören die zu kirchlichen Weihgeschenken bestimmt gewesenen Kronen an, welche im Jahre 1858 zu Fuente de Guarrazar in der Nähe von Toledo ausgegraben und für das Museum des Hotel Cluny zu Paris erworben worden sind. Man fand zuerst mehrere aus goldnem Gitterwerk bestehende, mit Edelsteinen und Perlmutterstückchen besetzte Stirnreifen, alle am unteren Rande mit Gehängen von Saphiren, am oberen Rande mit Kettchen zum Aufhängen versehen und mit einem von deren Vereinigungspunkt an einem besonderen Kettchen herabhängenden juwelengeschmückten goldnen Kreuz; dann noch verschiedene größere und kleinere Hängekronen aus mannigfaltig geschmückten Goldplatten. Im ganzen brachte man acht Kronen ans Licht, die meisten mit den dazu gehörigen Kreuzen. Die größte und reichste derselben ist zugleich die bedeutsamste: ihre Edelsteingehänge, birnförmige Saphire, sind nicht wie bei den andern durch kleine Kettenglieder unmittelbar am Reif befestigt, sondern sie hängen an unter diesem schwebenden, aus Gold mit eingeschlossenen roten Glasstückchen bestehenden Buchstaben, welche zusammengesetzt die Worte Reccesvinthus rex offeret ergeben, die Krone also als Opfergabe des Westgotenkönigs Reckesvinth (649—72) bezeichnen. Der Reif selbst besteht aus einer doppelten Lage von Goldblech, wovon die innere glatt, die äußere mit Saphiren und mit sehr schönen Perlen in dichten Reihen besetzt und dazwischen in Form von kleinen Blättern ausgeschnitten ist, welche durch rote Edelsteinplättchen gefüllt sind. Solchen Schmuck von kleinen zurechtgeschnittenen Steinstückchen, wie er schon früher beliebt war, zeigen auch der obere und der untere Rand des Reifs, und zwar in Zellen von der Gestalt kleiner Kreise, welche durch Kreisabschnitte zerteilt werden; diese Verzierung ist der des Bucheinbandes der Theudelinde ganz gleich. Die Krone ist durch vier aus zierlich ausgeschnittenen Gliedern bestehende Ketten an einem blumenartigen goldnen Knauf befestigt; dieser ist mit Saphiren behängt und trägt einen geschnittenen Bergkristall in Gestalt eines mit Palmblättern verzierten Säulenkapitäls, über welchem eine Kugel aus demselben Stoff den Ring zum Aufhängen aufnimmt. Das Kreuz, welches an einer fünften Kette unter dem Knaufe schwebt, ist mit Saphiren und Perlen in sehr geschmackvoller Fassung besetzt und unten und an den Querarmen mit birnförmigen Steinen behängt. — Unter den kleineren Kronen ist namentlich eine dadurch beachtenswert, daß sie gleichsam in Nachahmung eines römischen Bauwerks in einer zusammenhängenden Bogenreihe durchbrochen ist (Abb. 11).

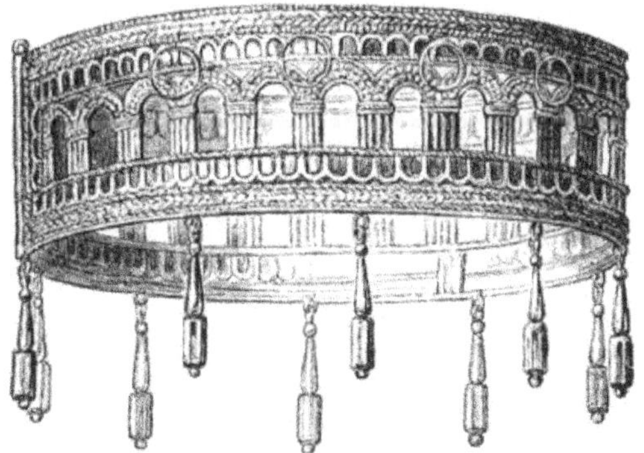

Abb. 11. Westgotische Goldschmiedekunst: Goldne Votivkrone aus dem Funde von Guarrazar in Spanien. Jetzt im Hotel Cluny zu Paris.

Später wurde an demselben Orte noch eine Krone gefunden, welche der des Recceswinth sehr ähnlich ist und den Namen des Königs Svinthila (621—31) trägt; diese kam in die königliche Waffensammlung zu Madrid. Bei den sämtlichen Kronen wird die reiche und prächtige Wirkung der kostbaren Stoffe wesentlich gehoben durch die geschmackvolle Verteilung der volleren, gedrängteren und der schlichteren Verzierungen, so daß man ihnen schon deswegen ein künstlerisches Verdienst zuerkennen muß, wenn man auch in den vorkommenden blätterähnlichen Verzierungen nur barbarische Umbildungen spätrömischer Formen erkennen mag.

3. Die Prediger des Christentums in Deutschland und die Klosterschulen.

Abb. 12. Verzierter Anfangsbuchstabe aus einem angelsächsischen Manuskript.

Als die Wogen des Völkersturmes sich gelegt hatten, drangen glaubensmutige Männer in das Innere Germaniens, um das Licht des Christentums dort zu verbreiten. Vornehmlich aus Irland, der schon um die Mitte des 5. Jahrhunderts vollständig christgläubigen „Insel der Heiligen“, später aus England, wo seit dem Ende des 6. Jahrhunderts das Christentum unter den Angelsachsen Wurzel faßte, kamen die Bekehrer. Der Widerstand, den sie fanden, war bald stärker bald schwächer; in den meisten Fällen gewann die milde Lehre einen schnellen Sieg über das Heidentum, welches in der rauhen Zeit der Völkerwanderung auch vieles von seiner Kindlichkeit eingebüßt haben mag; es war verwildert und grausam geworden. Die heiligen Haine genügten nicht mehr als Stätten des Götterdienstes; mehrfach ist in den Lebensbeschreibungen der

Glaubensprediger von Tempeln, die sie zerstörten, von Götzenbildern, die sie verbrannten, die Rede. Wie diese Bauten und Bildwerke beschaffen waren, darüber verlautet nirgends ein Wort; sicherlich ist nicht anzunehmen, daß diese Erstlingsversuche besondere Kunstleistungen gewesen seien. Aber auch die Kirchen, welche die Sendboten des Christentums an der Stelle der alten Weihtümer und der gefällten heiligen Bäume errichteten, waren zuerst nur schmucklose, meist hölzerne Bauten, die keinen weiteren Anspruch erhoben als den, Tempel des wahren Gottes zu sein. Neben der Kirche wurde dann das Kloster errichtet, als Wohnung für die Bekehrer und ihre Begleiter, sowie als Zufluchtsstätte für alle diejenigen, welche sich vom Geräusche der Welt zurückziehn wollten. Die Regel des heiligen Benediktus, nach welcher jene frommen Männer lebten, verpflichtete die ihr Zugehörigen nicht nur zu Gebet und Betrachtungen, sondern auch zu Handarbeiten und gelehrten Studien. Wie diese Klöster daher die Pflegestätten der Wissenschaften waren, in denen die litterarischen Schätze des Altertums erhalten und durch unermüdliches Abschreiben vervielfältigt wurden, so waren sie auch Pflanzschulen der Künste; denn was zum Schmuck des Gotteshauses dienen konnte, wurde in ihnen ersonnen und ausgeführt. Für die Jugend des Landes wurden Schulen errichtet, und mancher der Zöglinge trat später in die Gemeinschaft der Brüder ein, wo bei der Vielseitigkeit der Beschäftigungen des Ordens jedem diejenige Arbeit angewiesen werden konnte, zu welcher er am meisten Talent und Neigung hatte: nur künstlerisch beanlagte junge Männer widmeten sich den Künsten. Daher wurde die Handwerksmäßigkeit der künstlerischen Schöpfungen vermieden, daher haben sich in den Klosterschulen, deren Bedeutung späterhin eine noch viel größere wurde, so viele wirkliche Künstler gebildet.

In den ersten Jahrzehnten nach der Gründung eines Klosters fehlten freilich in der Regel die Mittel und die Muße, um an der Verschönerung des Gotteshauses zu arbeiten. Predigt und Unterricht, sowie die Urbarmachung des Bodens nahmen die Zeit der Brüder in Anspruch. Die künstlerische Thätigkeit beschränkte sich fürs erste auf die möglichst glänzende Ausstattung der heiligen Bücher. Schon früh war es gebräuchlich gewesen, die Kapitelanfänge und Abschnitte durch Anfangsbuchstaben oder ganze Zeilen in roter Farbe übersichtlich und deutlich hervorzuheben; der Schreiber, dem diese Arbeit oblag, und der nicht immer zugleich auch der Schreiber des Textes war, hieß nach den Farbstoffen, die er verwendete, Miniator (von minium, Mennig) oder Rubrikator (von rubrica, worunter bald eine rote Erdfarbe, bald Zinnober verstanden wird). Erst ein viel späterer Sprachgebrauch hat den Unterschied eingebürgert, mit „Rubrik“ die Überschrift und Textabteilung, mit „Miniatur“ den bildlichen Schmuck des Buchs zu bezeichnen. Bald nämlich begann man nicht nur die Anfangsbuchstaben künstlerisch zu gestalten und vielfarbig zu malen, sondern auch mit reichen ornamentalen Umrahmungen und selbständigen figürlichen Darstellungen die Handschriften auszustatten.

Die aus Irland herübergekommenen Gründer der ersten Klöster in Deutschland brachten eine eigentümlich ausgebildete und in ihrer Art vollendete Weise der Miniaturmalerei mit. Nach der entlegenen Grünen Insel war römische Kunst niemals gedrungen; die dortigen Schreiber hatten keine klassischen Vorbilder für die Ausschmückung ihrer Bücher; sie brachten daher eine selbsterfundene Zierkunst zur Anwendung, die in ihren Grundzügen mit den germanischen Metallverzierungen seltsam übereinstimmt, ihre Formen auch wohl von Erzarbeiten verwandten Geschmacks entnommen hat. In der irischen Handschriftenmalerei ist die Verschlingung von Bändern, Riemchen und Drachengestalten, verbunden mit regelmäßigen Zusammenstellungen geometrischer Figuren, zu höchster Verfeinerung durchgebildet. Wo menschliche Gestalten angebracht werden, sind auch diese in Schnörkeln hingezeichnet, aus denen Kopf, Hände und Füße zusammenhangslos und selbst wieder ornamental behandelt hervortauchen.

Die meisten der irischen, oder wie sie damals genannt wurden, schottischen Handschriften — denn zu den Iren gesellten sich die stammverwandten Schotten, und Irland selbst hieß im Mittelalter Scotia inferior —, welche deutsches Sprachgebiet besitzt, finden sich in St. Gallen, wo der heilige Gallus, ein Schüler des großen Heidenbekehrers Columbanus,

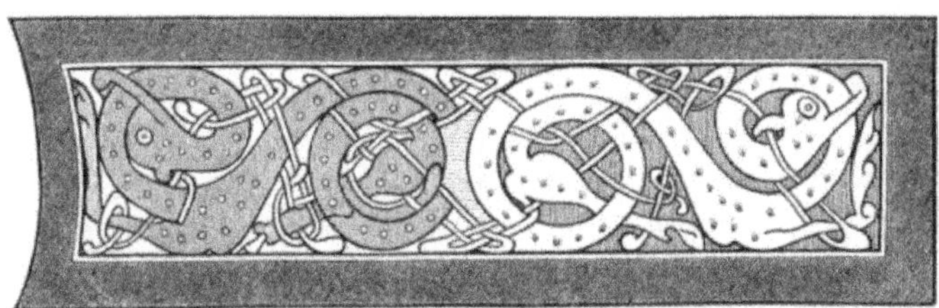

Abb. 13. Irisches Tierornament.
Aus einem Evangelienbuch in der Bibliothek zu St. Gallen.

der fünfzig Jahre lang unter den Alemannen predigte und wirkte, zu Anfang des 7. Jahrhunderts das in der Folge nach ihm genannte Kloster gegründet hatte. Eine Anzahl der in der dortigen Stiftsbibliothek noch bewahrten ältesten Handschriften mag von den irischen Mönchen aus der alten Heimat mit herüber gebracht worden sein; viele aber sind ohne Zweifel auch in der dortigen Klosterschule angefertigt worden.

Wie Gebilde einer fremden Welt muten uns die wunderlichen Verzierungen dieser Schriften an. Bisweilen begreifen wir nicht, wie so viel liebevolle Sorgfalt auf so ungeheuerliche Erfindungen verwendet werden konnte, wenn wir zum Beispiel sehen, wie an den schlanken Endigungen der Buchstaben großaugige, stumpfnasige Tierköpfe sitzen, deren Ohr dann wohl wieder zum Band wird, welches sich in einem Knoten um den Hals schlingt, oder wie aus der Spitze eines A ein Menschenkopf hervorgeht, dessen Locken in regelrechte Spirallinien auslaufen, während die Schenkel des Buchstaben in Hände übergehen, von denen die eine sich wieder in einen Storchkopf verwandelt. An andern Stellen aber müssen wir staunen über den Reichtum der Erfindungsgabe und des Geschmackes, womit große Flächen in tadelloser Linienführung und in leichter aber sorgfältiger Farbenanlage mit mannigfachen Musterungen und mit seltsamen Verschlingungen gefüllt sind, bei denen die gewundenen Leiber von sich selbst in Hals oder Schwanz beißenden Drachen die breiteren, in künstliche Knoten zusammengeschürzte Bändchen die feineren Züge angeben (Abb. 13). Wie unlösbare Rätsel erscheinen die gleich buntem Marmormosaik schillernden Ornamenttafeln mit ihrem willkürlichen aber doch in kunstvoller Regelmäßigkeit angeordneten Wirrwarr, die über ganze Seiten ausgebreitet die Bücher schmücken, ohne irgend einen andern erdenklichen Zweck als den, daß der fromme Miniator mit seiner Hände Fleiß und mit der schöpferischen Thätigkeit seiner Phantasie den Herrn preisen wollte, der ihm diese Gaben verliehen hatte und dessen heiliges Wort hier niedergeschrieben wurde. Es liegt ein unbeschreiblicher Reiz darin, dem Spiel der Linien zu folgen, das in nicht glänzendem aber äußerst ansprechendem Farbenzauber den Blick gefesselt hält; man könnte stundenlang ein solches Blatt betrachten, bis sich die eignen Gedanken wie im Traum verwirren. Dann wieder treffen wir auf eine größere figürliche Darstellung, auf eine Kreuzigung, bei welcher die Kreuzarme zur Einteilung des Bildes in regelmäßige Vierecke benutzt sind, oder auf ein jüngstes Gericht mit streng symmetrischen Engeln zu den Seiten des besonders eingerahmten Weltenrichters und mit regelmäßigen Reihen von Auferstehenden. Würden wir ein solches Bild irgendwo außerhalb seines Zusammenhangs erblicken, so würde es uns jedenfalls lächerlich vorkommen; hier aber, in dem mit zierlich geschnörkelten Buchstaben tadellos kalligraphisch geschriebenen Buche finden wir es schließlich ganz in der Ordnung: so und nicht anders mußten die Figuren aus der Feder des Schreibers hervorgehn, wenn seine traumähnlichen Vorstellungen menschliche Gestalt annahmen. Die Figuren sind auch nur phantastisch-ornamentale Ausschmückungen der Fläche, und wollen es sein; denn sonst hätte der Maler wohl nicht dem Gekreuzigten zu dem farblosen Gesicht mit hellgelben Haaren rote Hände und blaue Füße gegeben. Darum vermögen wir selbst über die wunderlichen Gesichter hinwegzusehen, die wir abschreckend finden müßten, wenn wir mit dem Anspruch an sie heranträten, daß sie uns wirkliche Abbilder des menschlichen Antlitzes vorführen sollten.

Die Angelsachsen hatten die durch gefällige Farbenzusammenstellung hervorgehobenen reizvollen Linienzüge der irischen Schriftmalerei, welcher der den Germanenstämmen gemeinsame Sinn für phantastische Zierbildungen entgegenkam, schon früh angenommen (Abb. 12). Aber die Figurendarstellungen beruhten bei ihnen auf verblaßten Erinnerungen an die antike Kunst; denn wohin die Römerherrschaft naturgetreue Abbilder der Menschengestalt gebracht hatte, konnte sich jene arabeskenhafte Wiedergabe derselben nicht behaupten.*)

Abb. 14. Zierbuchstabe aus einer um 700 angefertigten langobardischen Handschrift in der Stiftsbibliothek zu St. Gallen.

Daß eine der altheimischen Geschmacksrichtung so nahe liegende Verzierungsweise auch in Deutschland lebhaften Anklang fand, ist begreiflich.

Ein einigermaßen ähnlicher aber viel unvollkommnerer Stil der Schriftmalerei hatte sich schon ganz unabhängig in den fränkischen, burgundischen, langobardischen und westgotischen Klöstern entwickelt: die Zierbuchstaben wurden bald mit Bandgeflecht und Linienverschlingungen bedeckt, bald ganz oder teilweise aus Tieren, vorzugsweise aus Fischen und Vögeln (Abb. 4 u. 14), aber auch phantastischen Ungeheuern und Verbindungen von Menschen- und Tiergestalten zusammen-

*) In der Bibliothek zu Fulda wird ein Evangelienbuch aufbewahrt, welches ehrwürdige Überlieferung als von dem großen Apostel der Deutschen selbst geschrieben bezeichnet; es enthält die Bilder der vier Evangelisten, die ganz gleichartig, wie nach einer auswendig gelernten Regel dargestellt sind und sich nur durch die beigeschriebenen Namen voneinander unterscheiden.

gesetzt. Bisweilen wurden ganze Zeilen mit solchen Tierbuchstaben geschrieben. An die Darstellung menschlicher Figuren aber wagte man sich äußerst selten.

Die irische Schreibkunst übertraf jedoch alle diese Versuche sehr weit an Sorgfalt und Sauberkeit der Ausführung, an zierlicher Abmessung der Zeichnung und an geschmackvoller Zusammenstellung der Farben. Daher trug sie, wenn sie sich auch in den germanischen Ländern nicht auf die Dauer in ihrer eigentümlich abgeschlossenen Besonderheit erhalten konnte, wesentlich zur Verfeinerung des Ziergeschmacks bei. Sie lehrte die Deutschen, ihre nationale Verzierungskunst, welche sie bei Metallarbeiten bereits zu einer so eigenartigen Höhe entwickelt hatten, auf die Ausstattung der Bücher zu übertragen, und beförderte durch ihre strenge Schulung die Ausbildung jener wunderbar schönen deutschen Buch-Ornamentik, die der antiken Kunst nicht entlehnt und doch für alle Zeiten mustergültig ist. Die irische Art der Figurendarstellung fand niemals Aufnahme in die Werke der deutschen Schreiber.

Bei Iren und Schotten selbst machte sich auf dem Festland gelegentlich der Einfluß von Überlieferungen der Römerkunst geltend; neben den irischen Buchstaben, Ornamentfüllungen und Bildern erscheinen bisweilen umrahmende Säulenstellungen, sowie Apostel- und Engelgestalten, welche sich an die spätrömische Darstellungsweise anlehnen. Merkwürdige Beispiele bieten mehrere Handschriften in Trier, namentlich ein im Domschatz aufbewahrtes Evangelienbuch, in welchem der Miniaturmaler zwei der Evangelistenbilder mit „Thomas scribsit" bezeichnet hat. In den Rheinlanden, wo die römische Kultur niemals völlig erloschen war, konnte es nicht an Vorbildern fehlen, welche die antike Auffassung der Menschengestalt übermittelten; in Köln zum Beispiel befand sich eine Kirche, die wegen ihres prächtigen Mosaikenschmuckes im Volksmunde den Beinamen „zu den goldnen Heiligen" führte, und in Trier hatte der Erzbischof Nicetius um die Mitte des 6. Jahrhunderts einen stattlichen, jedenfalls doch auch mit Gemälden oder Mosaiken ausgeschmückten Dom durch italienische Werkleute errichten lassen.

Den Begründern christlicher Gemeinden auf dem heidnischen Boden Deutschlands war es selbstredend ein lebhafter Wunsch und eine den Neubekehrten gegenüber fast unerläßliche Notwendigkeit, den Dienst des wahren Gottes, sobald ihre Ansiedlungen einmal gesichert waren, nach Möglichkeit mit Glanz zu umgeben, wenn auch der Kirchenbau fürs erste noch sehr bescheiden blieb. Zu den ersten Erfordernissen gehörte daher die Beschaffung reicher und künstlerisch geschmückter gottesdienstlicher Geräte. Bei den anfänglich verhältnismäßig bescheidenen Einkünften der Klöster mußte fromme Freigebigkeit der Vornehmen durch Schenkung des wertvollen Metalles dabei hülfreich zur Hand gehen; die Bearbeitung desselben geschah dann im Kloster, und auch auf diesem Gebiet vermögen wir eine Einwirkung der fremden Mönche auf die germanische Kunstfertigkeit zu erkennen.

Zu Kremsmünster in Österreich hat sich ein ehrwürdiges Werk jener Tage erhalten, der Kelch, den Tassilo, der Letzte aus dem Herrschergeschlechte der Agilolfinger, der dort von ihm gegründeten Benediktinerabtei gestiftet hat.

Dieser Kelch von bedeutender Größe besteht aus Kupfer, das ursprünglich ohne Zweifel vergoldet war, mit einzelnen aufgelegten Silberplättchen. Die Gesamtform ist sehr einfach: der kegelförmige Fuß geht unvermittelt in einen starken Knauf über, auf welchem, nur durch eine Perlschnur von ihm getrennt, die Trinkschale ruht. Das ganze Gefäß ist mit figürlichem und ornamentalem Bildwerk bedeckt; Edelsteineinlagen sind nur am Knauf zur Anwendung gekommen. Auf der Rundung des Bechers sind in Rundfeldern von aufgelötetem Silber Christus und die vier Evangelisten dargestellt, ersterer in sehr formloser, aber doch

Abb. 15. Kirchliche Kunst des 8. Jahrhunderts: Christusbild und Verzierungen vom Tassilokelch zu Kremsmünster.

nicht ganz irisch schnörkelhafter Bildung (Abb 15), die letzteren unglaublich barbarisch; die Hauptzeichnung ist in Niello (in schwarzer Ausfüllung vertiefter Linien) ausgeführt, die untergeordneten Teile der Zeichnung, wie die Andeutungen der Gewandfalten, sind durch breite rundliche Eingrabungen angegeben, so daß sie in weicherer Wirkung, durch die Spiegellichter des Metalls gemildert, sich jenen schärfer hervorgehobenen Hauptzügen unterordnen. Der Fuß zeigt vier sehr ungeschickte Brustbilder von Heiligen oder Propheten, in derselben Art der Herstellung. Die Band- und Tier-Verzierungen haben das alte heimische Gepräge, aber die Züge sind bereichert und verfeinert durch die Rückwirkung der Schreibkunst der Schottenmönche auf die Metallbearbeitung. Auch in der geregelten Einteilung der Flächen, besonders an dem in Rauten abgeteilten Knauf und an dem durch Zacken und durch Bogen, welche seltsame Tiergestalten umschließen, gegliederten oberen Rand des Gefäßes erkennen wir einen derartigen Einfluß. Hier und da, z. B in den Zacken und Zwickeln des Randes und in den unteren Zwickeln zwischen den Rundfeldern des Bechers erblicken wir eigentümliche kleine Pflanzenornamente, wie sie gleichfalls die irische Zierkunst erfunden hatte, indem sie Blätter und Blumen ebenso wunderlich und entfernt von jeder Naturähnlichkeit gestaltete wie die Tierkörper, ohne daß sie indessen dieselben in ausgedehnterem Maße anzuwenden liebte (Abb. 15). Am unteren Rande des Fußes zieht sich in tief eingegrabenen, durch Silberstückchen mit Niellоverzierungen getrennten Buchstaben die Inschrift herum: Tassilo dux fortis Liutpirc virga regalis (Tassilo der tapfere Herzog [und seine Gemahlin] Liutberg der Königssproß).

In demselben Stift befinden sich zwei Leuchter, welche die Überlieferung ebenfalls als Geschenke des Bayernherzogs bezeichnet. Wenn dieselben in der Art und Weise ihrer Ausschmückung auch nicht völlig mit dem Kelch übereinstimmen, so scheinen sie doch wenigstens annähernd derselben Zeit zu entstammen. Auch sie sind aus Kupfer gegossen, mit nielliertem Silber verziert und vergoldet. Der schräg ansteigende Fuß ist mit erhaben gearbeiteten drachenartigen Figuren besetzt, die mit emporgereckten Hälsen das Licht anzustarren scheinen. Der gerade Schaft ist von einem Bandstreifen aus Silber umwunden, dessen Blattornamente eine matte Überlieferung antiker Verzierungsweise erkennen lassen; die in den Zwischenräumen dieses Bandes entstehende vertiefte Windung ist mit Tierverschlingungen gefüllt. In der Mitte wird der Schaft durch einen Knauf unterbrochen, auf welchem in vier Kreisen vierfüßige Tiere in geringer Erhebung herausgearbeitet sind; ebensolche Knäufe schließen den Schaft gegen den Fuß und gegen die flache Kerzenschale ab.

Wir sehen aus solchen Werken, wie sehr die von den deutschen Klosterbrüdern geübte Kunst noch ein barbarisches Gepräge trug, wenn es sich um die Wiedergabe der menschlichen Gestalt handelte, und wie unvollkommen die Verwendung der für die Zierkunst so dankbaren Pflanzenformen war. Die Kenntnis der römischen Kunst, welche hier als Wegweiser dienen konnte, würde schwerlich den Weg in das innere Deutschland so bald gefunden haben, wenn nicht aus einem germanischen Stamme ein mächtiger und hochbegabter Herrscher hervorgegangen wäre, der mit demselben eisernen Willen, womit er seine Gegner niederzwang, der Kunst des Altertums im Norden eine neue Heimat und ein vorübergehendes Wiederaufleben bereitete, — der waffengewaltige Held, vor dem auch Tassilo sich in die Stille der Klosterzelle zurückziehn mußte, der Frankenkönig Karl.

4. Karl der Große.

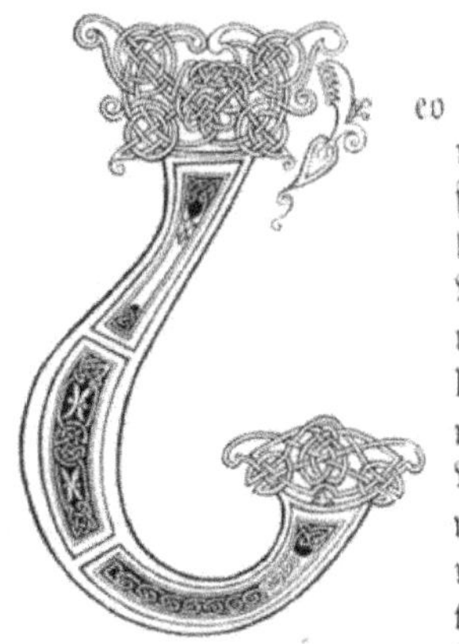

Abb. 16. Zierbuchstabe aus dem „goldenen Ada-Kodex" zu Trier.

Leo III. gab durch die Krönung Karls des Großen zum römischen Kaiser einem Gedanken die förmliche und feierliche Besiegelung, der schon längst in aller Herzen lebte, dem Gedanken, daß der gewaltige Herr eines Reiches, das die verschiedenartigsten Völkerschaften umfaßte, das sich von der Nordsee bis zu den Gefilden Unteritaliens, vom Ebro bis zur Elbe und den pannonischen Steppen erstreckte, und dessen Grenzen gegen Avaren, Slaven und Sarazenen kraftvoll geschirmt waren, der Wiederhersteller des römischen Weltreiches, der natürliche Erbe der römischen Imperatoren sei. Lange bevor das Volk von Rom am Weihnachtstage des Jahres 800 in der Basilika des heiligen Petrus den Carolus piissimus Augustus mit jubelndem Zuruf begrüßte, richtete Papst Hadrian an den Frankenkönig die Worte: „siehe ein neuer Konstantin, ein allerchristlichster Kaiser ist unter uns erstanden", und des Königs Hofdichter trugen kein Bedenken, ihm den Augustustitel beizulegen. Karl selbst war von Anbeginn seiner Regierung an von dieser Vorstellung erfüllt, und er betrachtete es als seine Aufgabe, in den weiten Gebieten, die sein Heldenarm zusammenhielt, alle Blüten der römischen Gesittung, die der Völkersturm geknickt hatte, wieder aufleben zu lassen. Sein umfassender Geist widmete sich, wie der Gesetzgebung, dem Kirchenwesen und der Wissenschaft, dem Landbau und dem Gewerbe, so auch mit vollem Eifer der Pflege der Künste, in deren Schöpfungen das Römerreich die beredtesten Zeugen seiner einstigen Größe hinterlassen hatte.

In den Tagen Karls des Großen war das antike Rom noch keine Ruinenstadt; Paläste, Gerichtssäle, Bäder, Theater und Rennbahnen standen noch zahlreich und wohlerhalten innerhalb der Mauern der Hauptstadt der Welt, wenn man auch schon begonnen hatte, die Säulen der prächtigen Tempel beim Bau christlicher Kirchen zu verwenden. Denn selbst die Verheerungen des Gotenkriegs hatten den unverwüstlichen Prachtgebäuden bei weitem nicht so viel Schaden gethan, wie ihnen später der schonungslose Raubbau des Mittelalters zufügte, der die stolzen Bauten als Steinbrüche benutzte und Kalk aus dem kostbarsten Marmor brannte. Karl der Große konnte in Rom noch in den Kaiserschlössern des palatinischen Hügels wohnen. Er bewunderte die erhabenen Werke, deren majestätische Pracht auf seinen für alles Schöne empfänglichen Sinn ebenso bewältigend wirken mußte wie 300 Jahre früher auf den Goten Theodorich, die Riesenbauten der Cäsaren und die herrlichen Basiliken, welche das siegreiche Christentum in der ewigen Stadt noch in altrömischer Großartigkeit errichtet hatte, ehe das Reich in Trümmer sank. Auch des Gotenkönigs Schöpfungen in Ravenna wurden ihm bekannt und die prunkenden Kirchenbauten, welche in dieser Stadt unter der nachfolgenden Regierung der byzantinischen Statthalter entstanden waren.

Konstantin, der erste christliche Kaiser, dem Papst Leo den Frankenkönig auch im Bilde gegenüberstellen ließ in dem glänzenden Mosaikgemälde, womit er sein Triclinium im lateranischen Palast schmückte, war Karls leuchtendes Vorbild. Durch den ersten Schirmherrn der Kirche war die großartige Bauthätigkeit der römischen Imperatoren noch in glanzvoller Weise geübt worden, auf ihn wurden auch die stolzen römischen Kirchen des Laterans und des Vatikans zurückgeführt; und der große Frankenkönig wollte seinem Vorbild auf keinem Gebiete nachstehn. Er machte mit vollbewußter Überzeugung von der Größe des Unternehmens den Versuch, in den Landen jenseits der Alpen Eignes zu schaffen „nach der Art der Vorzeit und in Nachahmung der Alten“, namentlich in den Landen, wo das germanische Volkstum sich noch rein erhalten hatte, das Volkstum, von welchem er, der stets die vaterländische Tracht beibehielt, der die alten heimischen Lieder aufzeichnen ließ und den Monaten deutsche Namen gab, wohl wußte, daß es die stärksten Wurzeln seiner Kraft enthielt. Der mächtige Wille des gewaltigen Herrschers brachte es zustande, daß die antike Kunst noch eine späte Nachblüte auf deutschem Boden erlebte.

In Aachen, wo bereits Karls Vorfahren begütert waren, wo warme Schwefelquellen, schon von den Römern in Bäder gefaßt, hervorsprudelten, deren Gebrauch er liebte, hier sollte seine Hauptstadt, sollte ein neues Rom erstehn. Hatte einst Konstantin Rom geplündert, um die Nova Roma am Bosporus zu schmücken, so konnte der Frankenkönig um so unbedenklicher dem Brauche seiner Zeit, der die Werke der Vergangenheit als Fundgrube für die Gegenwart ansah, folgen, indem er zu gunsten seiner nordischen Residenz namentlich die alte Königsstadt der Ostgoten, Ravenna, ihrer Kunstschätze beraubte. Mit ungeheurer Mühe wurden Baustoffe und Kunstwerke über die Alpen geschafft, darunter die Marmorsäulen und andre Werkstücke, selbst ganze Mosaiken aus dem Palaste Theodorichs, auch das eherne Reiterstandbild des Gotenkönigs, sowie die noch heute vorhandene Brunnenfigur einer Bärin. Handwerker und Künstler wurden von weither herbeigerufen.

Mit beredten Worten schildert Angilbert, des Königs Freund und Schwiegersohn, der in dem Gelehrtenkreise, welcher sich um Karl gesammelt hatte, den Beinamen Homer führte, die in Aachen sich entfaltende Bauthätigkeit:

Meiner Begabung zu hoch steht durch seine Thaten der König
Karl der Gerechte, der Welt Haupt, Liebe und Zierde des Volkes,
Würdige Spitze Europas, ein Held und vortrefflicher Vater,
Doch ein Augustus auch in der Stadt, wo ein anderes Rom jetzt
Neu und gewaltig erblüht, mit großen Massen empor sich
Hebt und die Sterne berührt mit den allüberragenden Kuppeln.
Fern dem Schloß steht Karl, der fromme, die Plätze bezeichnend
Und des zukünftigen Rom erhabene Mauern bestimmend.
Hier soll das Forum sein, der dem Rechte geweihte Senat, wo
Völker das Recht und Gesetz und die heil'gen Gebote empfangen.
Arbeitend drängt sich die Schar; ein Teil zersägt zu den starren
Säulen geeignete Steine und türmt die Burg in die Höhe,
Felsblöcke rollen die andren wetteifernd herbei mit den Händen,
Graben die Häfen aus, dem Theater legen sie tiefe
Fundamente, bedecken mit hohen Kuppeln die Hallen.
Hier bemühen sich andre, die warmen Quellen zu finden,
Schließen mit Bauwerk ein die von selbst heißsiedenden Bäder,
Auf den Stufen von Marmor errichten sie prächtige Sitze:
Unaufhörlich brodelt in Hitze des wallenden Wassers
Quelle, nach jeglichem Teile der Stadt geleitet in Bächen.
Andre mühen sich dort wetteifernd, des ewigen Königs
Lieblichen Tempel zu bauen mit unermeßlicher Arbeit;
Auf zu den Sternen ragt das heilige Haus mit den glatten
Mauern. Die Steine ordnet ein Teil des Volkes mit Eifer
Ganz oben hoch und verbindet zu festem Gefüge den Marmor;
Unten steht an den Stufen der andere Teil, der die Lasten
Von den Trägern empfängt und den reckenden Händen sie darreicht;
Unter die Steine stemmen sich andre und wälzen die Felsen
Zu den Mauern heran und laden die wuchtige Bürde
Von den Schultern, gebeugt, ermüdet vom starken Gewichte.
Wagen rasseln; es schallt weithin zum Himmel der Lärm auf;
Knarren und Schreien ertönt in der großen Stadt, durch die Straßen
Kommt und geht überall die geschäftige Schar, die im Wettstreit
Schafft Baustoffe herbei, das erhabene Rom zu errichten.
Werkzeug bereiten noch andre und schleifen das nützliche Eisen,
Um zu gestalten den Marmor und um die Steine zu schneiden.

Spurlos ist der von Säulenhallen umgebene Palast des Königs verschwunden, erhalten aber blieb die ehemals durch einen Gang mit demselben verbundene Palastkapelle, welche zugleich die Hauptkirche des Reiches sein sollte, der Kern des Aachener Münsters. Sie war ein Gegenstand der höchsten Bewunderung bei Mit- und Nachwelt, so daß sie das bestimmende Beiwort abgab, wodurch in französischer Sprache noch heute Aachen von andern ähnlich oder gleich lautenden Städtenamen unterschieden wird (Aix-la-Chapelle). Der Plan des in den Jahren 796—804 aufgeführten Gotteshauses, welches von der im Abendlande sonst gebräuchlichen Basilikenform völlig abweicht, wird dem König selbst zugeschrieben. Jedenfalls hat ihm oder seinem Baumeister dabei die Erinnerung an die unter oströmischer Herrschaft in byzantinischer Weise als Kuppelbau errichtete prächtige Kirche San Vitale zu Ravenna vorgeschwebt; aber nur in der Gesamtanlage ist die Palastkapelle dieser ähnlich, im einzelnen ist sie wesentlich von ihr verschieden, ein selbständig schöpferisches Werk des karolingischen Baukünstlers (Abb. 17).

Sie besteht aus einem achteckigen, mit ebenfalls achteckiger Kuppel geschlossenen Mittelraum, um welchen sich ein nach außen sechzehneckiger zweistöckiger Nebenraum herumzieht; der letztere erreicht die Höhe des Mittelbaus nicht, und über seinem Dach öffnen sich in den Wänden des Mittelbaus die Fenster, welche diesen beleuchten. Weite Bogenöffnungen verbinden das verhältnismäßig niedrige Erdgeschoß des herumgehenden Raums mit dem inneren Achteck. Das obere Stockwerk, das mit dem Palast durch einen Gang verbunden war und seiner ursprünglichen Bestimmung nach die Plätze enthielt, auf denen der Kaiser und sein Hofstaat dem Gottesdienst beiwohnten, ist der am reichsten behandelte Teil. Seine Bogenöffnungen, welche fast doppelt so hoch sind wie diejenigen des Unterstocks, werden durch zwei übereinander angebrachte Stellungen von Säulen in sich wieder gegliedert, von denen die unteren kleine Bogen tragen, die oberen aber ohne eine andre Vermittelung als diejenige schräger Aufsätze über den Kapitälen an die Rundung der großen Bogen anstoßen. An der Ostseite hatte die Kirche ein rechteckiges Altarhaus, an dessen Stelle im 14. Jahrhundert ein gotischer Chorbau getreten ist, an der Westseite eine ebenfalls rechtwinklige Vorhalle mit zwei runden kleinen Treppentürmen zu den Seiten und einer großen Bogennische nach dem Vorhofe hin, den ein mit antiken Erzwerken ausgestatteter Springbrunnen schmückte. Das ganze dauerhafte Gefüge des Gebäudes, namentlich die kunstvolle Überwölbung der Empore, zeugt von der scharfsinnigen Berechnung und von den ungewöhnlichen Kenntnissen des Baumeisters, der die Werke des Altertums sehr eingehend studiert haben muß, der sich aber auch da zu helfen wußte, wo er kein unmittelbares Vorbild hatte. Nicht minder müssen wir die Tüchtigkeit der ausführenden Handwerker anerkennen, wenn dieselbe sich auch nur bei den Kapitälen, mit welchen die außen an den Ecken des Mittelbaues emporsteigenden Strebepfeiler bekrönt sind, in der Nachbildung schmuckvoller Einzelformen der antiken Baukunst versuchte. Im übrigen sind die architektonischen Einzelheiten — mit Ausnahme der Säulen, welche von antiken Bauten entnommen wurden, — sehr schmucklos gehalten. Um so reicher müssen wir uns die Flächenausschmückung vorstellen, welche den Innenräumen zu teil ward: in den Karolinischen Büchern wird die Pracht der von Gold und Silber, von Perlen und Edelsteinen strahlenden fränkischen Kirchen höher geschätzt als die der byzantinischen. Gewiß waren ursprünglich alle Wandflächen und Wölbungen teils bemalt, teils mit farbenprächtigen Mosaiken bedeckt, die unteren Teile vielleicht mit Marmorgetäfel bekleidet. Bis zu Anfang des vorigen Jahrhunderts war noch das Mosaikbild der Kuppel vorhanden, von welchem eine leider nur sehr ungenügende Abbildung erhalten ist; es stellte auf sternbesätem Grunde den auf

Abb. 17. Inneres von Karls d. Gr. Palastkapelle zu Aachen.
(Ergänzung der Ausschmückung nach dem Wiederherstellungsentwurf von Hugo Schneider.)

der Weltkugel thronenden Christus von Engeln umgeben dar, darunter in viel kleineren Verhältnissen die 24 Ältesten der Offenbarung, welche ihre Kronen hinwerfen. Auch den Fußboden muß man sich mit buntem Steinmosaik belegt denken.

Von der ganzen prächtigen Ausstattung sind nur die zum Gebäude selbst gehörigen, ehemals jedenfalls vergoldeten Erzarbeiten erhalten, welche aber um so beachtenswerter sind, als sich in ihnen eine sehr erfolgreiche Wiederaufnahme

Abb. 18. Musterung zweier Gitter in Karls d. Großen Pfalzkapelle zu Aachen.

der seit der Völkerwanderung in Italien kaum mehr geübten Kunst des Gießens größerer Metallwerke kundgibt, welche später in Deutschland zu so hoher Bedeutung gelangte, — die Gitter und Thüren, welche Einhard, dem Lebensbeschreiber Karls und Oberleiter des Baues, besonderer Erwähnung wert schienen. Die Brüstungsgitter der Emporenöffnungen (Abb. 18, vgl. Abb. 17) sind in ihren verschiedenen und abwechselnd gestellten Mustern so klassisch schön, daß sie des Altertums würdig wären. Die zweiflügeligen Thüren, eine große und drei kleinere, sind gleichfalls antiken Vorbildern nachgebildet, sowohl in ihrer ganzen Einteilung in Kassetten (viereckige Vertiefungen zwischen erhaben vortretendem Rahmenwerk), als in den Formen von deren Einfassungen; in den zum Tragen großer Ringe bestimmten, an den Thürflügeln angebrachten Löwenköpfen spiegelt sich noch ein Schimmer jener edlen und ausdrucksvollen Auffassung, mit der die römische Kunst den König der Tiere darzustellen gewußt hatte (Abb. 19).

Abb. 19. Erzgegossener Löwenkopf an der größeren Erzthür von Karls d. Gr. Pfalzkapelle zu Aachen.

Die Ausführung des gesamten Werkes leitete Ansegis, der später als Abt des baulustigen Klosters Fontanellum (St. Wandrille in Flandern) auch dort stattliche reichgeschmückte Bauten errichtete; unter ihm wirkte ein Meister Odo als Baumeister, ein Abt Udalrich als Bildner; die Oberaufsicht aber hatte der gefeierteste Künstler am Hofe Karls, Einhard, der um seines Wissens und Könnens willen schon von den Zeitgenossen der Große genannt wurde.

Einhard, eine der ungewöhnlichsten und glänzendsten Erscheinungen unter den großen und ausgezeichneten Männern, die des großen Kaisers Tafelrunde bildeten, führte in diesem Freundeskreise, welchem Karl als König David vorsaß, den Beinamen Beseleel nach dem biblischen Erbauer der Stiftshütte, den Gott erfüllt hatte „mit Weisheit und Verstand und Wissenschaft in allerlei Arbeit, alles zu erdenken, was gemacht werden kann in Gold und Silber und Erz, in Marmor und Edelgestein und verschiedenem Holze“.

In noch jugendlichem Alter war Einhard, der aus einem vornehmen Geschlechte im Maingau stammte und seine Ausbildung in der von Bonifazius gegründeten Klosterschule zu Fulda genossen hatte, durch den Abt Baugulf an den Hof des Königs gebracht worden: „mehr wegen seiner ungewöhnlichen Fähigkeiten als wegen der vornehmen Geburt, die ihn doch nicht minder auszeichnete“. Karl fand Gefallen an dem vielseitig begabten Jünglinge, den er mit seinen eignen Söhnen erziehen und durch Alkuin unterrichten ließ und fast beständig in seiner Nähe behielt. Als erwachsener Mann war er ein geliebter Freund und stets gern gehörter Ratgeber des Kaisers; ebenso hoch wie der Scharfblick seines Geistes wurde die Güte seines Herzens geschätzt. Mehr als wegen aller andern Eigenschaften aber ward er von seinen Zeitgenossen um seiner künstlerischen Fähigkeiten willen bewundert und gepriesen.

„Höchste Verehrung gebührt nicht minder dem würdigen Vater
Beseleel, der beherrscht mit seltner Begabung der Künste
Weites Gebiet vollauf: so beherrschet der Himmelsschöpfer
Alles im Weltenraum, das Große und Kleine durchdringend“ —

sagt Walafried Strabo, ein jüngerer Zögling der fuldischen Schule, und fügt hinzu:

„Hat je reicheres Wissen und Können ein Riese besessen,
Als wir glänzen es sehn in unserem winzigen Männlein?“

Denn von Gestalt war Einhard klein, und manche harmlose Neckereien, die er darum erdulden mußte, und die uns in gelegentlichen Aufzeichnungen aufbewahrt worden sind, gewähren uns ein anschauliches Bild von der Persönlichkeit des lebhaften und unruhigen Mannes, der behend und fleißig wie eine Ameise hin und her läuft, unermüdlich beschäftigt bald schwere Bücher schleppt, bald Pfeile anfertigt zum Kampfe gegen die Normannen.

Daß er in der That alle Gebiete der bildenden Künste beherrscht haben muß, geht aus den Nachrichten unzweifelhaft hervor: Karl betraute ihn mit der obersten Leitung der königlichen Bauten; als einen ausübenden Künstler auf dem Gebiete der Bildnerei und der Kleinkunst kennzeichnet ihn jener biblische Beinamen, und Brun Candidus der Maler wurde ihm vom fuldischen Kloster aus, mit dem Einhard bis an das Ende seines Lebens in Beziehungen stand, zur weiteren Ausbildung zugeschickt. In Fulda erholte er sich gelegentlich Rat wegen dunkler Ausdrücke im Vitruvius, den er eifrig studierte; aber das trockne und unklare Lehrbuch des Römers würde wohl nicht ausgereicht haben, ihm die baulichen Kenntnisse zu verschaffen, welche er an den Tag legte, wenn er nicht Gelegenheit gehabt hätte, die Werke des Altertums durch eigne Anschauung kennen zu lernen, und zwar nicht etwa bloß in Trier und den andern rheinischen Städten, in denen die Römerherrschaft noch großartige Spuren hinterlassen hatte, sondern in Rom selbst, wohin er im Jahre 806 gesandt wurde, um das Testament des Kaisers in die Hände des Papstes zu hinterlegen. Über seine künstlerischen Schöpfungen im einzelnen schweigen die ganz allgemein gehaltenen Nachrichten der Zeitgenossen. Aber es unterliegt wohl keinem Zweifel, daß dem Manne, der die Königsannalen und die Lebensbeschreibung seines kaiserlichen Freundes in wahrhaft klassischem Latein schrieb, das Hauptverdienst gebührt bei jener klassischen Richtung, welche die Kunst unter Karl dem Großen nahm. Die Reste der beiden Kirchen, welche Einhard auf seinen Gütern erbaute und welche in den Hauptbestandteilen, wenn auch teilweise verbaut und unkenntlich, noch erhalten sind, würden allein fast genügen, um dies zu beweisen.

Karls Nachfolger Ludwig, der auf Einhards Rat auf dem Aachener Reichstage von 813 zum Mitherrscher ernannt worden war, schenkte alsbald nach Antritt seiner Alleinherrschaft diesem seinem Getreuen und seiner Gemahlin Imma „den Ort in Deutschland, der Michlinstadt heißt, in dem Walde, der Odenwald genannt wird", und außerdem „das Gehöft Mulinheim, welches im Maingau am Mainflusse liegt". In die Stille dieser ländlichen Besitzungen in seinem Heimatgau zog sich Einhard nach dem Tode des großen Kaisers immer mehr zurück, wenn er auch fortfuhr, seine Geschäfte am Hofe zu versehn und dem Kaiser Ludwig sowohl wie dessen Sohne Lothar mit getreuem Rate zur Seite zu stehen. Zu Michlinstadt, wo zur Zeit der Schenkung bereits eine kleine hölzerne Basilika bestand, erbaute er eine „Cella", in welcher er in Gemeinschaft mit seiner Gattin Imma, einer Schwester des Bischofs Bernhard von Worms, ein klösterlich beschauliches Dasein führen wollte, und dazu eine neue steinerne Kirche. In der Klosterruine Steinbach bei Michelstadt im Odenwald sind die Reste dieses ehrwürdigen Gebäudes erhalten, der ältesten vorhandenen Basilika Deutschlands. Sie ist ein Musterbild jener im Abendlande vorherrschend beliebten altchristlichen Kirchenform, aber keine bloße Nachahmung eines italienischen Vorbilds, sondern das Werk eines denkenden Künstlers, schmucklos aber überaus sorgfältig ausgeführt; selbst um das Herstellungsmaterial bekümmerte sich Einhard persönlich.

Die Wesensbestandteile einer solchen Basilika waren eine kurze Vorhalle am Eingange, die häufig mit einem geräumigen Vorhof in Verbindung stand und denjenigen, die das eigentliche Innere der Kirche nicht betreten durften, den Büßern und Ungetauften, zum Aufenthalt diente; dann das Schiff der Kirche, der Raum für die versammelte Gemeinde, der aus drei (nur bei außergewöhnlich großen Anlagen fünf) nebeneinander herlaufenden und durch Bogenreihen miteinander verbundenen Teilen bestand, von denen der mittlere breiter war als die seitlichen und so viel höher, daß er durch oberhalb der Dächer der Seitenschiffe (Abseiten) angebrachte Fenster eignes Licht erhielt; zuletzt, am Abschluß des Mittelschiffes und von einem großen Bogen, dem sogenannten Triumphbogen begrenzt, die den Altar umschließende, im Grundriß halbkreisförmige Nische, die Apsis, auch Tribuna oder Concha genannt. Häufig war die Apsis, welche durch eine Halbkuppel überwölbt wurde, während alle übrigen Räume flache getäfelte Balkendecken erhielten, durch einen Querbau, in welchen alle drei Schiffe durch Bogenöffnungen mündeten, vom Langhause — wie der vordere Teil der Kirche dann im Gegensatz zu dem Querhause heißt — getrennt.

Alle diese Bestandteile sind bei der Kirche, welche Einhard zu Michelstadt erbaute, teils noch vorhanden, teils in ihren Spuren deutlich erkennbar, teils durch die jüngsten Ausgrabungen als vorhanden gewesen nachgewiesen. Neben der nach allgemein angenommener Regel gegen Sonnenaufgang gerichteten Apsis brachte Einhard in den Ostwänden der Querflügel kleinere Nischen an, Nebenapsiden zur Aufnahme von Nebenaltären: eine in der früheren Zeit seltener vorkommende, später aber sehr beliebte Anordnung. Auf den Schmuck der schwer zu beschaffenden und noch schwieriger herzustellenden Säulen verzichtete er; anstatt auf solchen ließ er die Bogen zwischen Mittelschiff und Seitenschiffen auf aus Backsteinen errichteten Pfeilern ruhn, bei welchen der Fuß und die bekrönenden Gesimse in den bescheidensten — aber immerhin antiken — Formen aus Sandstein hergestellt wurden. Seine Kunst bethätigte der Erbauer vor allem in den gefälligen und harmonischen Verhältnissen, die er dem prunklosen aber würdevollen Gebäude zu geben wußte.

Manche alte Basiliken waren über den Gräbern von Märtyrern aufgeführt worden. Es war Einhards Wunsch, auch seiner Kirche durch den Besitz solcher verehrungswürdiger Gebeine

eine besondere Heiligkeit zu verleihen. Darum gab er derselben einen unterirdischen Unterbau, eine den Begräbnisstätten der Katakomben nachgebildete und spärlich beleuchtete Krypta, die sich kreuzförmig unter Apsis, Querhaus und einem Teil des Mittelschiffs ausdehnte und an ihren vier Armen wiederum kreuzförmige Endungen erhielt: hier sollten die Gebeine eines Märtyrers ruhn, wenn es ihm gelingen würde, sich solche zu beschaffen, und in unmittelbarer Nähe des Heiligen dann auch seine und seiner Gattin sterbliche Reste. Erst im Jahre 827 zeigte sich ihm eine Gelegenheit, jenen Wunsch erfüllen zu können. Einhard erzählt in einer besonderen ausführlichen, ungemein anziehenden und kulturgeschichtlich lehrreichen Schrift, wie er — in einer für unsere Anschauungen recht befremdlichen Weise — in den Besitz der Leiber der heiligen Märtyrer Marcellinus und Petrus kam, wie dieselben durch Einhards Schreiber Ratleich mit Hülfe eines italienischen Diakonus und eines fremden Mönchs in Rom geraubt, heimlich über die Alpen geschafft und im Triumph eingeholt wurden; wie er dann aber, nachdem die Reliquien in der Krypta seiner Basilika niedergelegt worden waren, durch beängstigende Zeichen zu der Überzeugung gebracht wurde, daß dieser Aufenthalt den Heiligen nicht zusage, und wie er dieselben darum zunächst in die alte kleine Steinbasilika, welche in Mulinheim bestand, überführte. Da sich hier keine bedenklichen Zeichen ereigneten, erbaute Einhard alsbald eine neue, stattlichere Basilika für seine Heiligen, eine der Michelstädter sehr ähnliche Anlage, welche bereits im Jahre 830 geweiht wurde und deren Reste in der Pfarrkirche zu Seligenstadt verbaut sind. Diesen Namen erhielt der Ort nämlich in der Folge um seines kostbaren Besitzes willen. Von einer der Apsis gegenüber angebrachten Empore aus pflegte Einhard — gerade wie sein kaiserlicher Herr in der Pfalzkapelle zu Aachen — hier dem Gottesdienste beizuwohnen. Mitunter las er auch selbst die Messe; er muß also, wenn auch möglicherweise erst in höherem Alter, die geistlichen Weihen empfangen haben; schon früh war er Inhaber mehrerer Abteien und geistlichen Benefizien. Seine Ehe war nach den Anschauungen der Zeit kein Hindernis des Priesterstandes, zumal da dieselbe kinderlos blieb. Im Jahre 836 verlor Einhard seine geliebte Gattin, und Kaiser Ludwig, der sich gerade in Ingelheim befand, kam selbst nach Michelstadt, um seinen alten Jugendgenossen und stets getreuen Freund und Berater, der in dauernder Anteilnahme an dem Geschick des Kaiserhauses noch in den letzten Jahren versucht hatte, vermittelnd in den Streit zwischen Vater und Sohn einzugreifen, in der Tiefe des Schmerzes über den bitter beklagten Verlust zu trösten. Der Vereinsamte und Weltmüde lebte noch vier Jahre in klösterlicher Zurückgezogenheit; er starb am 14. Mai 840, wenige Wochen bevor Ludwig der Fromme sein mühevolles Leben beschloß.

Die Sage, welche die Geschichte Karls des Großen mit ihren dichtesten und blühendsten Ranken umspann, hat sich auch der Person Einhards bemächtigt, den sie zu des Kaisers Kaplan, Geheimschreiber und Schwiegersohn machte. Jedermann kennt die anmutige Erzählung von Eginhard und Emma und die daran geknüpfte Deutung der Namen Odenwald und Seligenstadt.

Den geschichtlichen Einhard preist der große Lehrer der Deutschen, Hraban Maurus von Fulda, gleich ihm ein Zögling des dortigen Klosters und ein Schüler Alkuins, mit kurzen und beredten Worten in der ihm gewidmeten Grabschrift:

„Ein edler Mann war er, klugen Geistes, beredten Mundes, wacker im Handeln; vielen nützte er durch seine Kunst. Karl selbst erzog ihn an seinem Hofe und ließ durch ihn viele Werke ausführen.“

Außer zu Aachen ließ Karl sich stattliche Paläste errichten zu Nymwegen, zu Ingelheim, zu Worms und an andern Orten. In Nymwegen steht noch auf der steilen Anhöhe über der Waal, welche einst die Kaiserpfalz trug, als ein geringer Rest der umfangreichen Bauten die durch eine spätere mittelalterliche Ummauerung geschützte Schloßkapelle, welche in bedeutend kleineren Verhältnissen die Aachener Pfalzkapelle nachahmt. Das Innere der Gebäude war durch Wandmalereien aufs prächtigste geschmückt. Zu Aachen waren Karls Kriege in Spanien und Verbildlichungen der sieben freien Künste dargestellt; die großartige, erst unter Ludwig dem Frommen gänzlich vollendete bauliche Anlage zu Ingelheim, mit vielgestaltigen Dächern, zahlreichen Ein- und Ausgängen, Säulenhallen und Höfen, enthielt in Palast und Kirche große Folgen von Malereien, deren Beschreibung in einem an Ludwig gerichteten Gedichte Ermolds des Schwarzen enthalten ist.

Die bezügliche Stelle ist besonders wegen der vollständigen Aufzählung der dargestellten Gegenstände bedeutsam. In der mit ehernen Pfosten und vergoldeten Thürflügeln geschmückten Kirche waren „die Thaten Gottes" geschildert. Auf der linken Wand befanden sich Bilder aus dem Alten Testamente: die ersten Menschen im Paradiese, der Sündenfall und das Verbergen vor dem Antlitz des Herrn, das Bearbeiten der Erde und der Brudermord, die Sündflut, Abraham, Joseph in Ägypten, der Auszug aus Ägypten, die Gesetzgebung auf dem Sinai und die Wunder in der Wüste, die Reihe der Propheten und Könige, Davids Thaten, Salomons Tempelbau, zum Schluß die Führer des Volks und die hervorragendsten Priester und Vornehmen; auf der rechten Wand sechzehn Begebenheiten aus dem Neuen Testamente: die Verkündigung, die Geburt, die Anbetung der Hirten, die drei Weisen, der betlehemitische Kindermord, die Flucht nach Ägypten, Christus im Elternhause, die Taufe, die Versuchung, Krankenheilung, Totenerweckung, Teufelaustreibung, des Judas Verrat, der Opfertod Christi, die Erscheinung unter den Jüngern und die Himmelfahrt.

Gottes Haus ist kunstreich mit diesen Gemälden gefüllet,
    Von kunstschaffender Hand über und über geziert.
Doch in des Königes Haus, des Schmuckwerk weithin erglänzet,
    Sind geschildert voll Geist Thaten von Menschen vollbracht.

Diese Darstellungen weltlichen Inhalts waren auf der linken Saalwand Bilder aus der Geschichte des heidnischen Altertums: die Schlachten und Gewaltthaten des Ninus und Cyrus; des letzteren zorniges Toben gegen den Fluß, der ihm sein Roß geraubt hat, und Tomyris, die sein Haupt in einen Schlauch voll Blut taucht; des Phalaris Greuelthaten und sein eherner Stier, in welchem der Erzgießer verbrannt wird; die Gründung Roms und die Ermordung des Remus; der kriegsgewohnte Hannibal, der in der Schlacht sein Auge verliert; wie Alexander sich den Erdkreis unterwirft,

    Und wie die römische Macht wächst bis zum Himmel hinan.
Auf der anderen Wand sind zu bewundern der Väter
    Thaten und derer, die schon frömmeren Glauben erlangt.
Zu den Thaten der Kaiser des mächtigen römischen Thrones
    Sind die Franken gesellt, und was sie Hohes vollbracht.
Konstantinus, der Rom verläßt aus Liebe zum Papste
    Und für sich selber die Stadt Konstantinopel erbaut,
Und Theodosius sieht man, den glückbegabten, im Bilde,
    Und was er Herrliches that, siehet daneben man auch.
Darauf folget das Bild des Bezwingers der Friesen, des ersten
    Karl und die Thaten dazu seiner gewaltigen Hand.
Drauf du, Pippin, erscheinst, der zu Recht Aquitaner zurückbringt,
    Die durch die siegreiche Schlacht du deinem Reiche vereinst.
Und dann zeiget uns Karl, der Weise, sein offenes Antlitz,
    Trägt mit der Krone geschmückt, wie es gebührt sich, das Haupt;

Dann steht die sächsische Schar ihm zum Kampfe bereit gegenüber,
Er aber schlägt und bezwingt sie, unterwirft sie dem Recht.
Diese und andere Thaten erfüllen die schimmernde Halle,
Und es erlabt sich das Aug', jeden erfreuet der Blick.

Überhaupt war Karl ein besonderer Freund der Malerei; in den Verordnungen, welche er an seine Sendgrafen und Bischöfe über Beaufsichtigung der Kirchen erließ, erwähnte er stets die Erhaltung und Herstellung der Gemälde. Sehr bezeichnend für des großen Kaisers gesunden Sinn ist der Standpunkt, welchen er dem kirchlichen Bilderstreit gegenüber einnahm: nec frangimus, nec adoramus, weder zerstören wir sie, noch beten wir sie an, heißt es in den Karolinischen Büchern; die Bilder sollten vielmehr zum Schmucke dienen und zur Erinnerung an Begebenheiten der Vorzeit. Über die vom Heidentum überlieferte Verbildlichung verschiedenartiger Begriffe unter Menschengestalt und die Darstellung heidnischer Fabelwesen sprach er sich mißbilligend aus — freilich ohne bei den Künstlern mit dieser Mahnung immer Gehör zu finden.

Wenn auch von den großen Gemälden, welche zu Karls Zeiten entstanden, nichts mehr vorhanden ist, so legen doch die erhaltenen Miniaturen ein beredtes Zeugnis ab von dem Aufschwung, den die Malerkunst unter ihm nahm. Man stattete jetzt die heiligen Bücher, namentlich solche, die für den Kaiser selbst angefertigt wurden, mit der äußersten Pracht aus. Die Schrift wurde nicht selten mit goldnen und silbernen Buchstaben auf Purpurgrund ausgeführt. In den herrlichen großen Anfangsbuchstaben, deren Farbenwirkung durch Gold und Silber prächtig gesteigert wurde, kam die alte germanische Verzierungsweise, verfeinert aber nicht ihrer Eigentümlichkeit beraubt durch den irischen Einfluß, in wunderbarer Vollendung zur Geltung (Abb. 16). Die den Evangelien vorangehenden Canones (Übersichtstafeln über die inhaltsgleichen Stellen der verschiedenen Evangelien) wurden durch reiche Säulenarchitekturen eingefaßt, und bei den Umrahmungen kamen hier und da antike Blattwerkformen zur Anwendung. In den figürlichen Darstellungen aber nehmen wir, wie auf dem Gebiete der Baukunst, eine wirkliche „Renaissance“, eine Wiederbeseelung der antiken Kunst wahr. Um die Bedeutung dieser Schöpfungen voll zu würdigen, müssen wir bedenken, ein wie großer Zwischenraum schon die Zeit Karls des Großen von derjenigen trennte, in welcher zuletzt die menschliche Figur eine vollkommene Wiedergabe gefunden hatte; wir müssen uns vergegenwärtigen, welche Starrheit die Mosaikbilder der zunächst vorhergehenden Jahrhunderte zur Schau tragen, die auf Leben und Ausdruck schon gar keinen Anspruch mehr machen. Die alte Kunst hatte es längst verlernt, die Natur als Vorbild zu benutzen, und die jugendliche Kunst der Franken war noch nicht dazu befähigt; sie konnte ihre Vorbilder nur in vorhandenen Werken suchen. Nicht als ob die fränkischen Maler italienische Vorbilder einfach nachgemacht hätten: sie hatten schon ihre eignen Gedanken so gut wie die fränkischen Baukünstler; aber um diese aussprechen zu können, bedurften sie erlernter Formen. Daß sie hierbei auf die frühere, bessere Kunst zurückgriffen statt auf die ihnen zunächstliegende, ist an und für sich schon ein bewunderungswürdiges Zeichen von Kunstsinn. Aber auch die ältesten christlichen Vorbilder, die sich ihnen zur Benutzung darboten, waren schon Erzeugnisse eines sinkenden Geschmacks. Wir müssen daher bei den karolingischen Miniaturen über manche Unvollkommenheiten hinwegsehn; aber weder der gänzliche Mangel an perspektivischen Kenntnissen, noch das begreifliche Mißverstehn der durch die Bildwerke überlieferten antik-römischen Gewandung der biblischen Personen, noch auch die Fehler in den Körperverhältnissen vermögen den Genuß zu beeinträchtigen, der in der Betrachtung dieser in breit und voll aufgetragenen, kräftig rundenden Farbentönen sauber ausgeführten kleinen Gemälde liegt, in welchen der Versuch gemacht wird, den menschlichen Körper wieder als Träger eines Ausdrucks aufzufassen, Antlitz und Bewegung zu beseelen. Wir vermögen es zu begreifen, daß die Zeitgenossen derartige Leistungen als die wahren Abbilder des Lebens priesen.

Nicht selten erhielten die Prachtwerke Widmungsinschriften, die uns gelegentlich auch den Namen ihres Verfertigers überliefern. So wissen wir von einem jetzt in der Nationalbibliothek zu Paris befindlichen, mit Gold und Silber auf purpurfarbenem Pergament geschriebenen Evangelienbuch, welches sich durch die große Schönheit der Zierbuchstaben und der jedes Blatt schmückenden Randverzierungen auszeichnet und außer den Darstellungen des Heilandes und der Evangelisten eine sinnbildliche Darstellung vom Brunnen des Lebens enthält, daß es für König Karl und seine Gemahlin Hildegard durch den Schreiber Gotschalt angefertigt und im Jahre 781 vollendet worden ist. In dem sogenannten goldnen Codex von St. Maximin in Trier (jetzt in der dortigen Stadtbibliothek), einem ebenfalls äußerst prächtig ausgestatteten Evangelienbuch, welches nach den am Schlusse zugefügten Versen eine „Mutter" Ada schreiben und mit schönen Metallen schmücken ließ, überrascht uns bei den Bildern der Evangelisten das Streben nach idealer jugendlicher Schönheit und nach Freiheit der Bewegung. Eine Bibel in der Bibliothek zu Bamberg, welche mit kleinen Geschichtsbildern, in denen sogar die Gewänder vergoldet und versilbert sind, und mit einem als Bildnis Alkuins gekennzeichneten Rundbildchen ausgestattet ist, wurde im Auftrage dieses Freundes und Beraters des Königs angefertigt; demselben gelehrten Angelsachsen ist eine in der Kantonalbibliothek zu Zürich befindliche Bibel gewidmet, in der die goldnen und silbernen, rot eingefaßten Zierbuchstaben mit denen der Bamberger Handschrift in geschmackvoller Erfindung und Ausführung wetteifern.

Alle diese und die übrigen aus der Zeit Karls des Großen erhaltenen Prachthandschriften aber werden in Bezug auf die Figurendarstellungen weit übertroffen durch die unter den Reichskleinodien in der kaiserlichen Schatzkammer zu Wien aufbewahrte Goldhandschrift der Evangelien auf 236 Purpurblättern, welche zur Eidesablegung der deutschen Kaiser bei der Krönung diente, und die der Überlieferung nach dieselbe ist, welche bis zur Eröffnung der Gruft Karls des Großen durch Friedrich Barbarossa auf dem Schoße des toten Kaisers ruhte.*) Bei den Evangelistenbildern dieses Buches finden wir eine wirkliche Größe der Auffassung, sehr ausdrucksvolle Köpfe und verständnisvolle Anordnung der Gewänder (Abb. 20); wir verzeihen dem Künstler gern die Plumpheit der Hände und Füße, da wir sehn, daß dieselbe aus dem Bestreben, die einzelnen Finger und Zehen möglichst naturgetreu zu bilden, hervorgegangen ist. Bei dem Evangelisten Matthäus ist es dem Maler freilich widerfahren, daß dessen rechte Hand, deren Daumen man nicht sieht, trotzdem

*) Ein farbiges Faksimile der Anfangsworte des Evangeliums Johannis aus diesem Evangelienbuch in Stacke, Deutsche Geschichte, Bd. I, S. 188.

Abb. 20. Apostelfigur (S. Matthäus) aus dem Evangelienbuch Karls des Großen in der Schatzkammer zu Wien.

fünf Finger aufweist; die Perspektive des Schreibpults ist ebenso fragwürdig wie die des Faltstuhls; aber die natürliche und zugleich würdevolle Haltung des in die Toga gehüllten Schreibers des göttlichen Wortes und seinen sinnenden Ausdruck müssen wir ebensosehr bewundern wie die Körperlichkeit der Formen und die stimmungsvolle Poesie der Farben, die durch das weiße Gewand auf dem tiefgrünen unbestimmt landschaftlichen Hintergrund, die lichte Luft und die große Goldscheibe des Heiligenscheins hervorgerufen wird, während ein körperhaft gemalter, mit Akanthuslaub verzierter Rahmen den Übergang in den tiefen Purpurton des Pergamentblattes geschmackvoll vermittelt.

Die alte germanische Verzierungsweise behauptete sich, wie es scheint, nur in der Bücherausschmückung, nicht aber in den Metallarbeiten, bei denen sie sich zuerst geäußert hatte. Das wenige, was von Goldschmiedearbeiten aus der Zeit Karls des Großen erhalten ist, bekundet vielmehr — im Anschluß an die bereits früher hervorgetretene Neigung zu möglichst reichlicher Verwendung von Edelsteinen — eine Vorliebe für Überladung mit Juwelen und Perlen, die zur Entfaltung freier Ziergebilde kaum noch Raum läßt; die Verzierungen beschränken sich meistens auf ziemlich einfach bewegte, aus Filigran, dessen Anwendung schon in der Merovingerzeit beliebt war, hergestellte Linienzüge; in spärlicher Verwendung kommt römisches Blattwerk vor. Der Reichtum an künstlerisch verarbeiteten Edelmetallen muß damals ein ganz ungeheuerer gewesen sein; nicht bloß bei der Ausstattung der Kirchen, sondern auch — wie bei den früheren Königen — im weltlichen Gebrauche spielten solche eine außerordentlich große Rolle. Sprechender noch als die Schilderung des überreichen Schmuckes der Kaisertöchter und als die in Karls des Großen Testament bewahrte Aufzählung unschätzbarer Wertgegenstände bezeugt dies die Verordnung, welche jeden Vorsteher einer königlichen Meierei anweist, unter seinem Gesinde gute Gold- und Silberschmiede zu halten.

Nirgendwo finden wir eine Erwähnung, daß Karl größere Werke der Bildnerkunst habe anfertigen lassen. Aber einige erhaltene Werke bildnerischer Kleinkunst dürfen wir mit Sicherheit auf seine Zeit zurückführen; über eins derselben gibt es eine Nachricht, aus welcher hervorgeht, daß es im Anfange des 10. Jahrhunderts mit der Person des großen Kaisers in unmittelbaren Zusammenhang gebracht wurde. Die Klosterchronik von St. Gallen erzählt, daß

Abb. 21. Ornament von der vorderen Elfenbeintafel des Einbandes des „langen Evangelienbuchs" in der Stiftsbibliothek zu St. Gallen.

zu dieser Zeit mit dem Schatze des Erzbischofs Hatto von Köln zwei Elfenbeintafeln von ungewöhnlicher Größe in den Besitz des Abtes Salomo von St. Gallen gelangt seien. „Das waren ehemals zum Schreiben mit Wachs überzogene Tafeln, welche Karl, wie es in dessen Lebensbeschreibung gesagt ist, beim Schlafengehn neben sein Bett legte", meldet der klösterliche Geschichtschreiber Eckehard IV. Das Diptychon, von dem hiernach angenommen werden dürfte, daß es zu Karls nächtlichen Schreibübungen gedient habe, wurde im Kloster als Bucheinband verwendet. Da es, wie der Chronist berichtet, auf der einen

Abb. 22. Figürlicher Teil des vorderen Einbanddeckels des „langen Evangelienbuchs“ in der Klosterbibliothek zu St. Gallen.

Seite ein ausgezeichnetes Bildwerk besaß, auf der andern aber eine ganz glatte Fläche, so wurde nunmehr auch die letztere mit Schnitzwerk geschmückt. Wenn man die Schnitzereien der beiden Einbanddeckel des heute noch in der Stiftsbibliothek von St. Gallen aufbewahrten Buches, das wegen seines durch die Höhe der Elfenbeintafeln bedingten ungewöhnlichen Formats „das lange Evangelienbuch“ genannt wird, im Original miteinander vergleicht, so kann man keinen Augenblick darüber im Zweifel sein, daß diejenige, welche den thronenden Erlöser inmitten vieler andrer Figuren zeigt, und in der die Nachwirkung der Kunst des Altertums unverkennbar hervortritt, die ältere, also die der Zeit Karls des Großen zugeschriebene ist.

Abb. 23. Kleines Erzbildnis Karls d. Gr.

Früher im Domschatz zu Metz, später angekauft von der Stadt Paris, im Juni 1871 wiedergefunden unter den Brandtrümmern des Hotel de Ville, jetzt im Museum Carnavalet zu Paris.

Unter einem prachtvollen Zierstreifen von tadellos geschwungenem Laubwerk spätrömischen Geschmacks (Abb. 21) sehen wir den ganzen übrigen Teil dieser Tafel durch ein figurenreiches Bildwerk eingenommen, welches Christus als Herrn des Himmels und der Erde darstellt (Abb. 22). Mit jugendlichem, von langem Haar umflossenen Antlitz, in der rechten Hand das Buch des Lebens haltend, mit der Linken Segen spendend, thront der Erlöser, den die Buchstaben Alpha und Omega als den Anfang und das Ende bezeichnen, in dem durch einen länglichrunden Reif angedeuteten Glorienschein; zu seinen Häupten schweben die Sinnbilder der Evangelisten Johannes und Lukas, zu seinen Füßen die des Markus und Matthäus; seitwärts erscheinen zwischen den Türmen des himmlischen Jerusalem sechsflügelige Seraphim. Oben sehen wir Sonne und Mond, in den aus dem Heidentum übernommenen Gestalten des Sol und der Luna, die mit Fackeln leuchten; unten ruht die allnährende Mutter Erde mit einem Füllhorn und mit einem Kinde an der Brust, ihr gegenüber Oceanus in der herkömmlichen Stellung, welche die Alten den Wassergöttern zu geben pflegten, durch eine Wasserurne und einen Seedrachen gekennzeichnet. In den Ecken sind die vier Evangelisten angebracht, welche die göttliche Botschaft niederschreiben; Markus schneidet mit einer der Natur treffend abgelauschten Gebärde sein Schreibrohr.

Lebendiger noch als in diesem Werke zeigt sich der Einfluß der Antike in den merkwürdigen Elfenbeinreliefs, welche die Kanzel des Aachener Münsters schmücken; die unbefangene Verwertung mythologischer Gestalten geht hier so weit, daß man beim ersten Anblick antik-heidnische Götterbilder vor sich zu haben glaubt. Aber die Art ihrer Ausführung gestattet nicht daran zu denken, daß sie noch dem römischen Heidentum entstammen könnten; man kann sie nicht füglich einer andern Zeit als derjenigen Karls des Großen zuschreiben. Für welchen Zweck diese Schnitzereien, länglich viereckige Tafeln, deren Fläche die Rundung des Elefantenzahns beibehalten hat, ursprünglich angefertigt worden sind, läßt sich nicht erkennen; der Inhalt ihrer Gegenstände ist unklar und hat schon die verschiedenartigsten Deutungen gefunden.

Das ansprechendste dieser Bildwerke ist die sehr geschickt in den hohen und schmalen Raum hineinkomponierte Gruppe eines langlockigen Reiters, der ein von einem Hunde gepacktes Untier niederstößt, während zwei schwebende Viktorien ihn krönen, — unzweifelhaft ein St. Georg; seine Rüstung ist die mehrere Jahrhunderte hindurch getragene Umbildung der römischen Imperatorenrüstung, bei welcher der eherne Brustpanzer durch den bequemeren Schuppenharnisch ersetzt ist; ein augenfälliger Beweis später Entstehung ist die Angabe des den Alten unbekannten Steigbügels, die hier vielleicht zum erstenmale vorkommt. Die merkwürdigsten der Darstellungen sind zwei unbekleidete Jünglingsgestalten, die offenbar Standbildern des Bacchus nachgebildet sind, deren Sinn an dieser Stelle aber rätselhaft bleibt.

Wenn bei diesen Elfenbeinschnitzereien und selbst bei der von St. Gallen immerhin noch Meinungsverschiedenheiten obwalten können über Zeit und Ort ihres Ursprungs, so ist es bei einem andern Werke, einem erzgegossenen Reiterbildchen im Museum Carnavalet zu Paris (Abb. 23 u. 24), wohl über jeden Zweifel erhaben, daß sich in ihm eine gleichzeitige Porträtdarstellung Karls des Großen erhalten hat, und wir dürfen annehmen, daß es aus der Aachener Gießhütte hervorgegangen sei. Das Figürchen stammt aus dem Dom zu Metz, wo es noch im 17. Jahrhundert alljährlich am Todestage Karls, des angeblichen Stifters dieser Kirche, zwischen vier brennenden Kerzen ausgestellt wurde; wenige Jahre vor dem deutsch-französischen Kriege von der Stadt Paris angekauft, büßte es bei dem Brande des Rathauses seine Vergoldung ein und erlitt auch sonstige Beschädigungen, wurde aber im wesentlichen wohlbehalten im Juni 1871 unter den Trümmern dieses Gebäudes wiedergefunden und darauf in der genannten städtischen Sammlung aufgestellt. So klein das Bildwerk ist, so großartig ist es in der Auffassung. Unwillkürlich wird man an das Reiterstandbild des Marcus Aurelius auf dem Kapitol erinnert; so majestätisch und zugleich huldvoll erscheint die Gestalt des königlichen Reiters auf dem lebendig schreitenden feurigen Rosse. Dabei erkennen wir — ungeachtet der durch das Feuer verursachten, namentlich an der Nase störenden Abflachungen — das wohlwollende Antlitz mit den großen lebensvollen Augen und der mehr als mittelgroßen Nase, den kurzen Nacken, die hohe kräftige Gestalt und die altfränkische Kleidung des Kaisers in genauer Übereinstimmung mit der Schilderung, welche der große Einhard von der Person des großen Karl hinterlassen hat.

Abb. 24. Seitenansicht des Kopfs des Reiterbildes in Originalgröße.

Abb. 25. Randverzierung aus der Bibel Karls des Dicken in der Bibliothek von S. Paul vor den Mauern zu Rom.

5. Die Kunst unter den Nachfolgern Karls des Großen.

Abb. 26. Karolingische Kleinkunst: Zierbuchstabe P aus der Bibel Karls des Dicken in der Bibliothek von S. Paul zu Rom.

Pippins des Kleinen großer Sohn war eine einzig dastehende glanzvolle Erscheinung gewesen, auf dem Gebiete der Kunstpflege wie auf jedem andern. Nach ihm brach eine traurige Nacht herein; aber das Kunstleben erlosch nicht so plötzlich wie des Reiches Macht und Ansehn. Der Anstoß, den Karl in dieser Richtung gegeben hatte, wirkte so nachhaltig, daß der Verfall unter seinen nächsten Nachfolgern noch nicht eintrat, daß einzelne Kunstzweige sogar unverkennbar zu größerer Höhe gediehen. Und als das Herrscherhaus in immer trübseligerer und trostloserer Verwirrung schließlich nicht mehr daran denken konnte, sich mit idealen Bestrebungen zu befassen, da fanden die Künste in den Klöstern, ihren alten Pflegestätten, noch einen stillen Zufluchtsort.

Ludwig der Fromme setzte in der ersten Zeit seiner Regierung die Bauthätigkeit seines Vaters fort; er vollendete die zu Ingelheim begonnenen prächtigen Bauten und schuf zu Diedenhofen eine neue Pfalz mit einer Schloßkapelle, zu welcher wiederum die Aachener Kirche das Vorbild gab.

König Ludwigs des Deutschen Sohn, Ludwig der Jüngere, ließ in Lauresheim (Lorsch an der Bergstraße), wo seit 764 ein Benediktinerkloster bestand, bei dessen Einweihung Karl der Große persönlich zugegen gewesen war, für sich und seinen Vater († 876) eine Begräbniskirche erbauen, welche „die bunte“ genannt

Abb. 27. Die Karolingische Halle zu Lorsch.

wurde. Dort hat sich in der in unmittelbarer Nähe der Ruinen der Klosterkirche gelegenen sogenannten Michaeliskapelle ein kleines Baudenkmal aus der Karolingerzeit erhalten; es ist wohl kaum zu bezweifeln, daß dasselbe in irgend einer Weise mit jener Königsgruft in Zusammenhang gestanden habe, in welcher außer den beiden Ludwig auch die Gemahlin König Konrads I. bestattet wurde, und in welche später die Nibelungensage die Begräbnisstätte der burgundischen Königsfamilie verlegt hat.

Dieses eigentümliche Gebäude (Abb. 27), welches ursprünglich eine nach allen Seiten offene Durchgangshalle war und erst später in eine Kapelle umgewandelt und dabei an den Schmalseiten geschlossen wurde, ist äußerlich durch einen schmalen aber reich verzierten Fries in zwei Stockwerke geteilt. Unten erheben sich an jeder Langseite vier schlanke glatte Halbsäulen mit römischen (Komposit-)Kapitälen als Träger des Frieses; zwischen denselben öffnen sich drei weite von Pfeilern getragene Bogen. Oberhalb des Frieses schmücken zehn zierliche ionische Pilaster die Wandfläche, welche durch Spitzgiebel untereinander dergestalt verbunden sind, daß diese Giebel eine zusammenhängende Zickzacklinie unter dem kräftigen, ganz antik gestalteten Dachgesims bilden; drei kleine rundbogige Fenster, die in jüngster Zeit in ihrer ursprünglichen Gestalt wiederhergestellt worden sind, befinden sich zwischen den Pilastern. An den Schmalseiten bezeugen die Gesimsansätze, daß die Giebel des Gebäudes ursprünglich flacher, mehr der Bauweise des Altertums entsprechend gehalten waren als das jetzige Dach. Einen eigenartigen Reiz verleiht der Erscheinung des Bauwerks schon von weitem dessen Farbenwirkung, welche ein Hauptgrund für die Annahme ist, daß dasselbe einen Teil der Anlage des ostfränkischen Ludwig gebildet habe. Die Pfeiler und Bogen, die Halbsäulen, der Fries, die Pilaster mit ihren Spitzgiebeln sind in sehr hartem roten Stein ausgeführt, die Flächen dazwischen sind überall mit regelmäßigen Mustern von roten und weißen Steinen ausgelegt: in den Bogenzwickeln schachbrettartig, unter dem Friese — zwischen den Säulenkapitälen — in übereck gestellten Quadraten, im Obergeschoß in einem sternartigen Muster. Diese Täfelung erinnert lebhaft an orientalischen Geschmack, sie findet sich aber in ähnlicher Weise — wenngleich nirgendwo in so sauberer und regelmäßiger Ausführung wie an der Lorscher Halle — auch an einigen andern, zum Teil schon vorkarolingischen Bauresten Frankreichs und der Rheinlande, zum Beispiel am sogenannten Römerturm zu Köln, und es liegt nahe, ihr Vorbild ganz unabhängig von fremden Einwirkungen in der altgermanischen Bemalung der Häuser mit reinen Erdfarben zu suchen. Die Ausführung ist überaus sorgfältig; das eingehendste Studium und die gründlichste Kenntnis der Antike gibt sich — in auffallendem Gegensatz zu der ganz barbarischen, vielleicht uraltgermanischem Holzbau nachgebildeten Anordnung der Spitzgiebel — in fast allen Einzelheiten, in den Säulen mit ihren schönen Kapitälen, in den Pilastern, in Fries und Gesimse mit überraschender Klarheit kund. Hier möchte man an den Einfluß Einhards denken, der mit dem Kloster Lorsch, dem er seine Besitzung Michelstadt vermachte, lebhaften Verkehr unterhalten hatte.

Jedenfalls gewährt das merkwürdige Bauwerk ein ungemein anschauliches Bild von den künstlerischen Bestrebungen jener Zeit. Die bewußte Wiederbelebung der Kunst des Altertums steht noch in voller Kraft; Säulenkapitäle, welche Karl der Große noch von antiken Bauten hernehmen mußte, und andre Schmuckformen werden mit vollem Verständnis und Geschick nachgebildet. Dazwischen hinein mischen sich wieder heimisch-barbarische Erinnerungen, und vielleicht auch Einflüsse des fernen Morgenlandes, zu dem der große Kaiser ja in feindlichen und freundlichen Beziehungen gestanden hatte.

Die Baulust der Könige wurde im 9. Jahrhundert entschieden überboten durch die der Klöster, deren Vorsteher es bei zunehmenden Mitteln als tiefstes Bedürfnis empfinden mußten, die anfänglich nur bescheiden angelegten Gotteshäuser durch prächtige Neubauten zu ersetzen und aufs reichste auszustatten. Allen voran gingen die beiden Hauptlehrstätten des nördlichen und des südlichen Deutschland, Fulda und St. Gallen. Als ein unschätzbares Denkmal jener Zeit hat sich der auf einem großen, aus mehreren Häuten zusammengesetzten Pergamentblatte ausgeführte Plan erhalten, welcher dem Abte Gozbert von St. Gallen, der um das Jahr 822 einen großartigen Neubau begann, übersandt wurde, dem Anschein nach durch einen hochstehenden Geistlichen am kaiserlichen Hof. Man sieht auf diesem Plan (Abb. 28), der durch genaue Beischriften und hier und da durch kleine Ansichten von Bogenstellungen u. dgl. deutlich gemacht wird, wie umfassend die Gebäudeanlage eines solchen Klosters war: Werkstätten aller Art, Wohnungen der Diener und Knechte, der Wächter und der Ärzte, Kranken- und Pilgerhäuser, eine klösterliche und eine öffentliche Schule mit besonderer Wohnung für den Schulvorsteher, der Palast des Abtes und eine mit allen Bequemlichkeiten ausgestattete Wohnung für vornehme Gäste umgeben das eigentliche Kloster und die Kirche, welche zusammen einen viereckigen Hof mit einem Kreuzgang einschließen. Die Novizenschule und das Krankenhaus der Brüder haben ebenfalls jedes einen Kreuzgang zum Ergehen in frischer Luft und eine besondere kleine Kirche. Gegen die Unbilden des Winters schützen außer den Öfen, die

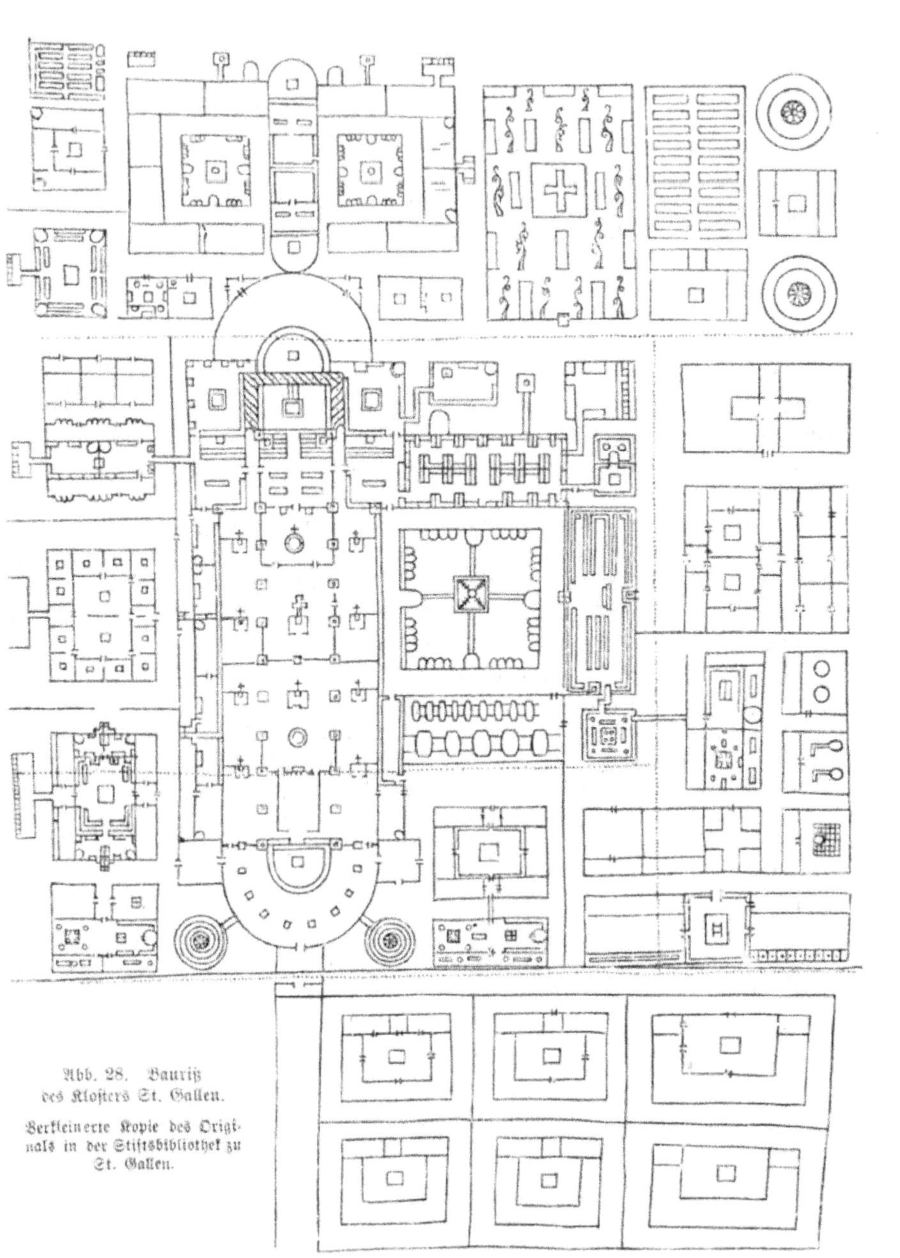

Abb. 28. Bauriß des Klosters St. Gallen.

Verkleinerte Kopie des Originals in der Stiftsbibliothek zu St. Gallen.

fast in allen Gemächern angegeben sind, mehrere besondere Feuerräume zur Fußbodenheizung. Zu den genannten großen Gebäuden kommen noch Badehäuser, Küchen, Vorratsräume, Stallungen und dergleichen; im ganzen sind über vierzig gesonderte Gebäude auf dem Plane verzeichnet, der mit Einschluß der Gärten und des Friedhofs ein rechtwinkliges Viereck umfaßt. Nur ein einziger, abschließbarer Weg führt von außen herein, und zwar gerade auf die Pforte der westlichen Kirchenvorhalle zu. Diese Vorhalle ist durch schmale Gänge mit zwei freistehenden runden Türmen in Verbindung gesetzt, welche, durch Wendeltreppen besteigbar, nicht nur zur Aufnahme der seit einigen Jahrhunderten gebräuchlich gewordenen Glocken, sondern auch, wie es die Bezeichnung als „Warten" ausdrücklich hervorhebt, zur Sicherung des von ihnen beherrschten Zuganges dienen. Denn auch auf die Möglichkeit kriegerischer Verteidigung mußte in diesen abgeschlossenen Gemeinwesen Bedacht genommen werden. Die Kirche ist als dreischiffige Basilika mit wenig hervortretendem Querschiff und mit zwei einander gegenüberliegenden Apsiden angegeben. Außer dieser letzteren Eigentümlichkeit, welche durch die gleichmäßige Ausgestaltung der beiden Enden des Raums dem eigentlichen Wesen der altchristlichen Basilika, das darauf hinaus geht, den Blick nach **einem** Punkte, dem Hauptaltare hin zu lenken, widerspricht, zeigt sie noch andre Abweichungen von der überlieferten Form, so die Verlängerung des Mittelschiffes über das Querhaus hinaus, zur Gewinnung eines größeren Raumes für die von den Laien gesonderte Geistlichkeit, und die stärkere Erhöhung dieses Raumes über den Boden der Schiffe, die auf eine darunter liegende Krypta schließen läßt: Änderungen der Basilikengestalt, die in späterer Zeit eine wesentliche Bedeutung erlangten. Der durch Schranken gegen die Schiffe abgeschlossene Aufenthaltsort für den Sängerchor, nach welchem die für die Geistlichkeit vorbehaltene Umgebung des Altars im allgemeinen den Namen Chor erhielt, ist in der durch die Kreuzung von Mittelschiff und Querhaus gebildeten Vierung eingezeichnet. In den Ecken zwischen dem östlichen Chor und den Querarmen sind Bibliothek und Sakristei angegeben. Wie die Westapsis von einer Säulenvorhalle, so ist die Ostapsis von einem Vorhof im Halbkreis umgeben.

Der Plan konnte nicht vollständig so, wie er vorgezeichnet war, ausgeführt werden, weil er auf die örtliche Bodenbeschaffenheit keine Rücksicht nahm. Die Kirche wurde im Jahre 830 oder 832 vollendet; der Bau derselben war ganz durch die Hände der Mönche ausgeführt worden, und zwar nicht bloß in Bezug auf die künstlerische, sondern auch auf die Handwerkerarbeit; die Laienbrüder thaten die Handlangerdienste; bei der Aufrichtung der riesigen Säulen mußte die ganze Genossenschaft Hand anlegen. Nirgends habe man so viele erfahrene Baukünstler gefunden wie in St. Gallen, berichtet ein Zeitgenosse; **Winihart**, der Baumeister, wird als Dädalus selbst, **Isenrich**, der Bildner, als ein zweiter Beseleel gepriesen, in dessen Händen man stets, außer am Altare, den Meißel erblickt habe.

Die doppelchörige Anlage der Kirchen, wie wir sie auf dem Bauriß von St. Gallen vorgezeichnet finden, wurde später in Deutschland namentlich bei größeren Bauten sehr beliebt; auch bei dem in den Jahren 814 bis 873 zu

Köln errichteten Dome kam sie in Anwendung. Das erste bekannte Beispiel dieser eigentümlichen Bauweise, welche sich außerhalb Deutschlands fast nirgendwo findet, wurde in Fulda gegeben. Dieses Kloster erlangte, nachdem es im Jahre 755 die irdischen Reste des im Friesenlande erschlagenen Apostels der Deutschen aufgenommen hatte, ein ungewöhnlich hohes Ansehn. Von allen Seiten, berichtet ein Zeitgenosse, strömten die eingebornen Edelleute herbei, um sich und ihre Habe dem Herrn zu weihen. Wie aber das Kloster wuchs, so wuchs auch die weltliche Ansiedelung, die sich unter dem Schutze der Klostermauern bildete, und die Errichtung großräumiger Kirchen wurde doppelt notwendig. Obgleich die noch unter den Augen des h. Bonifazius erbaute erste Klosterkirche schon ein nicht unansehnlicher Steinbau war, mußten doch noch zur Zeit des ersten Abtes, des h. Sturm, beträchtliche Erweiterungsbauten vorgenommen werden; unter Sturms Nachfolger Baugulf (780—803) genügten auch diese nicht mehr. Baugulf ließ unter der Leitung des Bruders Ratgar eine neue, großartige Basilika erbauen; nach Baugulfs Tode wählten die Mönche den Ratgar, zum Teil geradezu durch die Bewunderung seiner großen künstlerischen Meisterschaft bewogen, zu ihrem Abt; und nun vergrößerte dieser seine bauliche Schöpfung durch Hinzufügen einer westlichen Apsis. Ratgar, der weise Architekt, wie er in der Chronik genannt wird, erbaute in Fulda noch mehrere andre Kirchen; er war von so großem Baueifer beseelt, daß seine Mönche sich in einer an den Kaiser gerichteten Bittschrift wegen Überhäufung mit Bauarbeiten und wegen Verwendung von für die Küche und andre Zwecke bestimmten Geldern zum Besten der Bauten bitterlich beklagten. Karl der Große aber gab dem Abte recht, und erst unter Ludwig dem Frommen wurde die Absetzung Ratgars erwirkt. Sein Nachfolger Eigil vermied es, den Klostergenossen zu solchen Beschwerden Anlaß zu geben; aber seine Baulust war nicht minder rege. Er ließ durch den baukundigen Bruder Racholf der Klosterkirche prächtige Krypten mit säulengetragenen Gewölben hinzufügen und errichtete unweit der Kirche eine besondere Begräbniskapelle, die im Jahre 820 eingeweiht wurde. Diese merkwürdige Schöpfung des Abtes Eigil und seines Baumeisters Racholf ist heute noch in ihren Hauptteilen erhalten; sie bildet Unterkirche und Altarraum der in späterer Zeit durch Anbauten an diesen Kern hergestellten St. Michaelskirche. Das Bauwerk hat eine sehr eigentümliche Gestalt, in der die Zeit eine tiefe sinnbildliche Bedeutung fand; Brun der Weiße, ein Maler und Dichter des Klosters, hat dieselbe besungen:

> Eigil, in heiliger Liebe verbunden den ihm Untergebnen,
> Baute in frommer Gesinnung, gemäß dem Rate der Brüder,
> Als einen Ruheplatz für ihre Gebeine ein Kirchlein
> Von kreisrunder Gestalt; die rings zu durchwandelnde Krypta
> Liegt in der Erde versteckt, die mit einer Säule den Anfang
> Bildet, es schließet der Bau, von der Säulen Achtzahl gehoben,
> Oben dann wieder gar schön mit einem einzigen Stein ab.

Dadurch wurde nach der Meinung des frommen Dichters Gott und die Kirche versinnbildlicht; das Bauwerk bedeutet ihm die Gesamtheit der vom Apostel Paulus Tempel

Gottes genannten Christen, die von Christus selbst als Grundstein und unerschütterliche Säule getragen werde und im Glauben zu einem wahren Gottestempel zusammenwachse; der Schlußstein lehrt, daß wer tugendhaft das Rechte thue, in der Höhe wieder mit Christus vereinigt werde; die acht Säulen bedeuten die acht Seligkeiten, durch deren Beherzigung man hierzu gelange; in der Kreisform endlich erblickt der Dichter eine Andeutung der Ewigkeit des Reiches Gottes und die endlose Dauer der Belohnungen

Und des Lebens, das einst den Gerechten auf ewig zu teil wird.

Des Klosterdichters Schilderung ist völlig zutreffend. Das Gebäude hat kreisrunden Grundriß. Die im Altertum gebräuchliche Rundform größerer Grabbauten, die auch von der altchristlichen Kunst übernommen war, hatte gewissermaßen ihre Heiligung erhalten durch den Umstand, daß sie auch bei der Kirche, welche die Kaiserin Helena zu Jerusalem über der Stätte des Grabes Christi erbauen ließ, zur Anwendung kam; während des ganzen Mittelalters blieb diese Gestalt für Begräbniskirchen vorzugsweise beliebt. In der Mitte des Kreises steht in der Unterkirche von Eigils Bau eine einzelne Säule als Trägerin einer eigentümlichen Wölbung; von ihrem Kapitäl aus, das sich als eine freilich sehr unvollkommene Nachbildung des ionischen Kapitäls darstellt, spannt sich das Gewölbe nach allen Seiten zu der kreisrunden Wand hinüber. Um diesen mittleren Raum läuft, durch kleine Durchgänge mit demselben verbunden, ein überwölbter Gang herum; in diesem ringförmigen Gang ward als einer der ersten Eigil selbst († 822) bestattet. In der Oberkirche (Abb. 29) stehen acht durch Bogen miteinander verbundene Säulen im Kreise, die einen höheren Mittelraum von einem niedrigeren Umgang scheiden. Die auf den Säulen ruhende obere Wand des Mittelraums trug ursprünglich eine Kuppel, die naturgemäß wieder in einem Schlußstein endete.

Als die Grabkapelle gegen Ende des 11. Jahrhunderts durch den Anbau eines Langhauses, dem ein Teil der kreisrunden Außenwand der Oberkirche weichen mußte und durch anderweitige Hinzufügungen in eine größere Kirche umgewandelt wurde, ist der Mittelbau erhöht worden, und dabei ist die Kuppel in Wegfall gekommen. Die Säulen haben fast alle eine Überarbeitung erfahren, die sie dem damaligen Zeitgeschmack anpassen sollte: ihre Schäfte sind nach oben stärker verjüngt, und ihre teils der korinthischen, teils der römischen (zusammengesetzten) Form nachgebildeten Kapitäle durch Abschleifen ihrer unteren Blätterkränze verstümmelt worden.

Eigils Nachfolger, der berühmte Hraban Maurus, erbaute auf dem nahegelegenen Petersberge an Stelle der alten von Sturm dort errichteten Kirche eine neue größere, von welcher aber bloß die sehr einfache und schmucklose Krypta noch vorhanden ist.

Mit ähnlicher Rührigkeit wurde in andern Klöstern und Domstiftern geschaffen. Überall hielt man an den aus dem Altertum übernommenen Formen fest, häufig freilich mit recht geringem Verständnis für die schönen architektonischen Schmuckgebilde.

Daß die kirchlichen Bauten alle mit bildlichen Darstellungen aufs reichste ausgemalt waren, versteht sich von selbst; in Fulda gab der gelehrte Hraban Maurus selbst die Gegenstände für an Wänden und Gewölben auszuführende Gemälde an. Einzelne Namen von Malern werden überliefert; außer dem eben erwähnten fuldischen Mönche Brun Candidus wird Madalulf aus Cambray rühmlich genannt, der unter dem Abte Ansegis die Bauten von Fontanellum ausschmückte. Das Kloster Reichenau im Bodensee war die berühmteste Schule der

Abb. 29. Der achtsäulige Mittelbau der Michaeliskirche zu Fulda, ursprünglich Grabkapelle, erbaut unter Abt Eigil (817—822).

Malerei, von der aus andre Klöster mit solchen Künstlern versorgt wurden. Wenn wir aus den Miniaturen der Handschriften einen Schluß auf die Malerei überhaupt ziehen dürfen, so machte diese Kunst unter den Enkeln des großen Kaisers entschiedene Fortschritte.

Die Ausstattung der für Mitglieder des Kaiserhauses geschriebenen Bücher wurde noch prächtiger. Bei den Anfangsbuchstaben, welche häufig eine außer=

ordentliche Größe erhielten, und welche jetzt durchweg in der klassischen Form der römischen Kapitalbuchstaben statt in den abgerundeten Formen der irischen Schrift gebildet wurden, entfaltete der germanische Verzierungsgeschmack sich frei und schön in den reizvollsten Verschlingungen; damit vereinigten sich jetzt in reichlicherem Maße die der Kunst des Altertums entnommenen Pflanzengebilde; auch antike Figürchen, Genien, Tierkreisbilder u. dergl. wurden häufiger zur Bereicherung der Zierbuchstaben und der Säulenarchitektur der Canones benutzt. Dazu aber kamen figürliche Darstellungen, welche unmittelbar aus der Wirklichkeit geschöpft wurden. So sind in einem für den Bischof Drogo von Metz († 855), einen Sohn Karls des Großen, geschriebenen Meßbuch (in der Nationalbibliothek zu Paris) die Zwischenräume in den Anfangsbuchstaben durch hübsche und lebendige Bildchen gefüllt, welche die verschiedenen gottesdienstlichen Verrichtungen zum Gegenstande haben und Trachten und Gebräuche genau so wiedergeben, wie sie damals in Metz üblich waren. Gelegenheit zur Verwertung ihrer eignen Anschauungen in größer ausgeführten Darstellungen fanden die Maler in den ganzseitigen Widmungsbildern, welche sie jetzt den Büchern beizugeben pflegten, und auf denen sie den betreffenden Herrscher in unverkennbarer Porträtähnlichkeit, von seinem Hofstaat umgeben, darstellten und Tracht, Waffen, Geräte u. s. w. mit größter Treue der Wirklichkeit nachzubilden versuchten. Sie begaben sich also auf ein Gebiet, wo ihnen antike Vorbilder gänzlich fehlten. Diese Versuche wurden freilich nicht von der Miniaturmalerei zuerst gemacht. Daß die fränkischen Künstler schon zur Zeit Karls des Großen ebensowohl wie sie imstande waren, die Züge von Zeitgenossen charakteristisch und erkennbar wiederzugeben, auch ganze Vorgänge aus der sie umgebenden Wirklichkeit in einer die Mitlebenden befriedigenden Weise zu schildern vermochten, beweisen die zu Aachen und Ingelheim ausgeführten Wandbilder großer Schlachten aus der Zeit Karls und seiner Vorfahren. Aber da wir uns von diesen Gemälden nicht die geringste Vorstellung zu machen vermögen, müssen wir uns damit begnügen, in den Widmungsbildern der für die späteren Karolinger angefertigten Bücher die ältesten erhaltenen Denkmäler einer von der Römerkunst unabhängigen germanischen Figurenmalerei zu bewundern. Zugleich bieten uns diese Werke eine Fülle neuerfundener, häufig mit reicher und freier Phantasie erdachter biblischer Darstellungen, die ebenfalls zunehmende Kühnheit des eignen Schaffenstriebes bekunden. Bewunderung verdienen diese kleinen Gemälde, deren Verfertiger, soweit sie bekannt sind, ausnahmslos deutsche Namen führen, um so mehr, als in dem Lande, das die ersten Vorbilder geliefert hatte, in Italien, damals die Mosaik- wie die Miniaturmalerei auf die tiefste Stufe des Verfalls herabgesunken war, so daß der Schreiber und Maler der in Rom befindlichen Bibel eines fränkischen Karl mit allem Rechte sich rühmen konnte:

> Ingobert war ich, der dieses berichtet und treulich geschrieben,
> Der die italischen Meister erreicht hat und übertroffen
> Durch seines Geistes Gehalt.

Abb. 30. Karolingischer Kapitalbuchstabe aus dem Psalter Ludwigs des Deutschen (gemalt um 860), von ihm einer deutschen Kirche geschenkt, jetzt in der königl. Bibliothek zu Berlin.

Das älteste dieser Meisterwerke der späteren karolingischen Kunst ist wohl ein im Auftrage des Kaisers Lothar vermutlich bald nach der allgemeinen Anerkennung seiner Kaiserwürde angefertigtes Evangelienbuch (in der Nationalbibliothek zu Paris), welches außer den Bildern Christi und der Evangelisten das Bild des zwischen zwei gerüsteten Waffenträgern thronenden Bestellers zeigt, der sich durch schärfere und finstrere Züge von den übrigen Karolingern unterscheidet.

Ein in der königlichen Bibliothek zu Berlin befindlicher, auf Befehl Ludwigs des Deutschen geschriebener Psalter enthält eine große Anzahl der prächtigsten Kapitalbuchstaben (Abb. 30, 31, 34, 36) und schöne Randverzierungen, aber kein Bildnis des Königs; die Ausschmückungen der in der Hauptmasse ihres Körpers vergoldeten Buchstaben bestehen überwiegend aus Verschlingungen von geringer Ausdehnung, aber von um so bewunderungswürdigerem Reichtum in der Erfindung von immer neuen Motiven; auch die Füllungen in den Zwischenräumen der bisweilen in Tierköpfe auslaufenden Buchstabenkörper sind meistens von verflochtenen Linien, seltener von einfachen Wellen- oder Zickzacklinien oder von geometrischen Figuren eingenommen.

Abb. 31. Verzierter Buchstabe aus Ludwigs des Deutschen Psalter in der königl. Bibliothek zu Berlin.

Für Karl den Kahlen wurden besonders prächtige Bücher ausgeführt, die in ziemlicher Anzahl erhalten sind. In einer ihm im Jahre 850 zu Tours überreichten großen Bibel, welche in der Pariser Nationalbibliothek aufbewahrt wird, ist der ganze Hergang der Überreichung auf dem letzten Blatte äußerst anschaulich und lebendig dargestellt.

Hier ist im Bild auch zu sehen, in welcher Weise der tapfre
Vivian mit einer Schar jetzt dieses Werk überreicht,

lautet die Beischrift der in mehrfacher Hinsicht die Betrachtung fesselnden Miniatur. Graf Vivianus, der damalige Abt von St. Martin zu Tours, der sonst ein streitbarer Kriegsmann war, erscheint mit zehn Geistlichen im priesterlichen Festgewand vor dem Throne; der jüngste der im Halbkreis aufgestellten Geistlichen trägt das große Buch. Der König neigt sich ihnen mit huldvoller Handbewegung entgegen; zu den Seiten der Thronlehnen stehen zwei vornehme Herren, neben diesen die geharnischten Waffenträger des Königs. Selbstverständlich hat der Künstler es nicht vermocht, auch nicht versucht, die räumliche Stellung der Personen in perspektivischer Richtigkeit wiederzugeben; die Gruppe der Geistlichen und die des Königs mit seiner Umgebung sind als zwei gesonderte Bilder behandelt, von denen das erstere unterhalb des zweiten steht. Aber die Beziehungen der Personen zu einander sind überaus klar. Alle Stellungen sind verschieden und sehr ausdrucksvoll. Die zur Linken des Thrones stehenden Personen, welche von dem Träger des Buches am weitesten entfernt sind, machen einen Schritt vorwärts, um besser sehen zu können, während der Schildträger, der jenem ganz nahe ist, auf seinen Speer gestützt ruhig dasteht; der zur Rechten des Fürsten sich an die Thronwand lehnende Edle bekundet durch lebhaftes Gespräch seine Anteilnahme an dem Vorgang. Einer aus der Schar der Priester, welcher in der Mitte des Halbkreises steht, scheint die Anrede an den König zu halten; er zeigt auf das Buch und kehrt, dem Kaiser zugewendet, dem Beschauer den Rücken, — eine Ansicht, die augenscheinlich dem Maler besondere Schwierigkeiten gemacht hat, aber gar nicht übel gelungen ist. Die Gesichter, obgleich nur mit wenigen Strichen angegeben, sind alle verschieden und sehr charakteristisch. Wir bekommen durch das Bild, so unvollkommen dessen Formen im einzelnen auch sind, eine sehr lebendige Vorstellung von den Menschen dieser Zeit; die alten und die jungen Geistlichen der Abtei, die beiden ganz verschieden individualisierten Jünglinge, welche des Königs Waffen tragen, die schnurrbärtigen Vornehmen in ihrer halb römischen, halb fränkischen Tracht, und Karl selbst sind sprechende, dem Leben entnommene Erscheinungen. In der obersten Abteilung des Bildes streckt sich die Hand Gottes segnend über den Herrscher aus, und zwei weibliche Halbfiguren versinnbildlichen die beiden Teile seines Reiches, das Franken- und das Gotenland (Aquitanien). — Außer diesem Bilde enthält das Buch die Geschichte des heiligen Hieronymus, des Übersetzers der Bibel, in drei auf einem Blatte übereinanderstehenden Darstellungen und drei Blätter mit Bildern aus dem Alten Testament, als Titelbild zum Neuen Testament Christus mit den Evangelisten und den vier großen Propheten, ferner zwei Blätter mit Vorgängen aus der Apostelgeschichte und der Geheimen Offenbarung.

Dieselbe Bibliothek bewahrt einen noch in seinem ursprünglichen kostbaren Einband befindlichen Psalter, welcher außer den Einzelgestalten des Königs und des heiligen Hieronymus ein durch große Bewegtheit sich auszeichnendes Bild, den musizierenden David umgeben von seinen Großen enthält, eine Darstellung, die auch in jener Bibel in ähnlicher Lebendigkeit und mit auffallend hervortretenden Erinnerungen an antike Kunstwerke vorkommt. Dieses Buch wurde bei Lebzeiten der Königin Hermentrud († 869) durch einen Schreiber Lithuard angefertigt.

Wahrscheinlich mit diesem Schreiber oder Maler ein und derselbe ist der Bruder Liuthard, der in Gemeinschaft mit Bruder Beringar im Jahre 870 das prächtige Evangelienbuch „in allzuschwieriger schweißkostender Arbeit“ vollendet hat, welches Karl der Kahle nach St. Denis schenkte, das aber durch Kaiser Arnulf 891 von dort nach St. Emmeram in Regensburg kam und sich jetzt in der königlichen Bibliothek zu München befindet. Dieses mit Goldbuchstaben auf Purpurpergament geschriebene Buch („Codex aureus“) enthält reiche Zierbuchstaben, die Bilder Christi und der Evangelisten, die sich durch große Tiefe des Ausdrucks auszeichnen (Abb. 32), und auf einem Blatte wieder eine Darstellung des thronenden Karl in reicher Umgebung (Abb. 33). Hier tritt uns die Selbständigkeit des deutschen Miniators und seine frische Naturbeobachtung aufs sprechendste entgegen. Die Bewegung des Königs, dessen Züge entschieden das Gepräge der Porträtähnlichkeit tragen, auch mit den übrigen Bildern desselben Fürsten übereinstimmen, ist unbefangen der Wirklichkeit abgelauscht und sehr lebendig; man möchte glauben, der Künstler habe eine gewohnheitsmäßige Stellung und Gebärde desselben aufgefaßt und wiedergegeben in der Seitwärtsneigung und Drehung des Kopfes, der halbgeöffneten erhobenen Rechten und der auf das Knie gestemmten Linken. Die Einzelheiten der Tracht, die juwelenbesetzten Borten, die Mantelspange und Krone sowohl wie die gekreuzten Schenkelbinden und die verzierten Schuhriemen sind mit dem größten Fleiße ausgeführt; ebenso der edelsteingeschmückte Thron, der bunt gemusterte Fußteppich und der säulengetragene Thronhimmel mit den Hängelampen, welche ebenso unter juwelenbehängten Kronen schweben, wie die Kreuze in Weihekronen aufgehängt zu werden pflegten. Mit der Perspektive des Thronhimmels hat der Maler sich augenscheinlich die größte Mühe gegeben, allerdings mit wenig

Abb. 32. St. Markus.

Einzelteil aus den figürlichen Darstellungen des für Karl den Kahlen angefertigten goldgeschriebenen Evangelienbuchs in der Münchener Bibliothek. Größe des Originals.

Abb. 33. Karl der Kahle.
Rückseite des 5. Blattes des goldgeschriebenen Evangelienbuchs in der kgl. Bibliothek zu München.

Erfolg. Auch mit dem Faltenwurf hat er kein Glück gehabt, namentlich der Versuch, den linken Arm des Kaisers recht deutlich unter dem Mantel durchfühlen zu lassen, ist ihm vollständig mißlungen: er hat nur den verkehrten Eindruck hervorgebracht, als ob der Mantel einen Ärmel hätte. Dagegen ist es wieder sehr gut beobachtet, wie bei der Drehung des Sitzenden nach links das Sitzpolster auf der rechten Seite in die Höhe quillt. Zur Rechten Karls steht sein Schwertträger, zur Linken der speerbewaffnete Schildträger; besonders der erstere erscheint in ganz natürlicher, ungezwungener Stellung. Die den beiden Figuren beigeschriebenen Verse sprechen den Wunsch aus, daß Christi Waffen und Schild stets dem Kaiser günstig sein und ihn vor seinen Feinden beschirmen mögen. Der Gedanke an den göttlichen Schutz findet auch bei diesem Bilde in der segnend ausgebreiteten Hand des Herrn seinen Ausdruck und wird durch herabsteigende Schutzengel noch einmal hervorgehoben. Die jugendlichen Idealgestalten der Engel sind dem Maler freilich weniger gut gelungen, und die weiblichen Figuren der Francia und Gotia, welche in Füllhörnern ihre Gaben darbringen, sind ihm vollständig mißglückt. Aber dieser Mangel bestätigt nur die Unabhängigkeit des fränkischen Künstlers von älteren Vorbildern; denn in der Darstellung von Frauen und Jünglingen bewahrte die spätrömische Kunst noch am längsten einen Rest von Schönheit. Der jugendlichen Kunst der Völker aber ergeht es wie der des Einzelnen: die Fähigkeit zur Wiedergabe des Anmutigen wird am spätesten erworben. Daß bei all diesen Bildern der Kaiser die Nebenpersonen an Größe weit übertrifft, kann uns nicht befremden; die kindliche Kunst hat kein andres Mittel, das Hauptsächliche hervorzuheben, als die räumliche Größe; darum bildet sie auch in der Regel die Köpfe zu groß im Verhältnis zu den Körpern und die Menschen zu groß im Verhältnis zu Tieren und Gebäuden.

In einem Gebetbuche in der königlichen Schatzkammer zu München findet sich eine ganz andre Darstellung Karls des Kahlen: hier sehen wir ihn nicht in seiner Majestät als Herrscher thronen, sondern als demütigen, gläubigen Christen vor dem Gekreuzigten knieen.

Abb. 34. Aus dem Psalter Ludwigs des Deutschen in der k. Bibliothek zu Berlin.

lle karolingischen Handschriften übertrifft an Bilderreichtum die sogenannte Bibel von S. Calisto in der Bibliothek von St. Paul vor den Mauern zu Rom, das Werk des erwähnten Schreibers Jngobert. Sie enthält 21 große Folioseiten mit figürlichen Darstellungen, zuerst einen Kaiser Karolus, welcher aber wahrscheinlich nicht Karl der Kahle, sondern sein Neffe Karl der Dicke ist; in den Säulenarkaden der den Thron überbauenden, sehr unperspektivischen Architektur erscheinen die Gestalten der vier weltlichen Tugenden, der Weisheit, Gerechtigkeit, Mäßigung und Stärke, von denen drei durch leichtverständliche Beigaben, die Mäßigung aber nur durch eine sprechende Gebärde der Abwehr gekennzeichnet ist; seitwärts schweben Engel herab; unten steht zur Linken des Kaisers seine Gemahlin mit einer Hofdame, zu seiner Rechten die waffentragenden Diener mit Schwert, Schild und Speer. Von den übrigen Bildern sind einige denen der Pariser Bibel Karls des Kahlen mit geringen Veränderungen nachgebildet, die Mehrzahl aber bringt ganz neuerfundene Darstellungen, vorwiegend aus dem Alten Testament; meistens sind mehrere Vorgänge ohne Trennung auf einem Blatte übereinandergestellt. Die Anfangsbuchstaben dieser Handschrift (Abb. 26) sind außergewöhnlich groß und prächtig; die reizvollen Verschlingungen, deren Riemchen sich zum Teil aus den Tierköpfen entwickeln, welche die Endigungen der Buchstabenkörper schmücken, verwandeln sich an ihren freien Enden in Ranken mit Blättern. Die Randverzierungen der Buchseiten sind mit prachtvollem, fein stilisiertem Blattwerk von den verschiedensten Formen gefüllt (Abb. 25).

Auf mehreren Bildern der beiden großen Bibeln bemerken wir eine auffallende Neuerung dieser Zeit. Die alte Kunst hatte es, wenn man von vereinzelten Darstellungen aus der Kindheit des Christentums, welche sich in den Katakomben gefunden haben, absieht, nicht gewagt, von Gott dem Vater ein Bild zu entwerfen; im byzantinischen Reiche war dies sogar ausdrücklich verboten. Nur durch eine aus den Wolken herabreichende Hand wurde der Höchste angedeutet. Hier aber wird er in Menschengestalt verbildlicht, und zwar — nach antiker Vorstellungsweise — als bartlose jugendliche Idealgestalt, als nie alternde Gottheit. So erscheint Gott Vater auf den Bildern aus der Schöpfungsgeschichte und so auch auf einem großartig gedachten Bilde der Bibel von S. Calisto, welche den Herrn darstellt, wie er den Propheten erscheint (Abb. 35). Dasselbe hat die Unterschrift:

König Sabaoth schaut der Prophet, wie er sitzt auf dem hohen
Throne, es fliegen umher Seraphim, und siehe, es schreiben
Vier der Erhabenen auf die Zukunftsworte des Sehers.

Augenscheinlich sind es die Worte des Propheten Ezechiel, welche den Maler angeregt haben: „Über dem Firmamente sah man etwas wie Saphirstein in der Gestalt eines Thrones, und oben auf dieser Throngestalt war eine Gestalt, anzusehn wie ein Mensch. Und ich sah etwas wie Glanzerz, anzusehn wie Feuer, inwendig bei ihm ringsum, von seinen Lenden nach oben zu und von seinen Lenden nach unten zu; ich sah etwas wie Feuer, das ringsum erglänzte, anzusehn wie der Regenbogen, wenn er in den Wolken zur Zeit des Regens ist: so war der Anblick des Glanzes ringsum." Auf einem dunkel- und hellblau schimmernden, länglichrunden Gegenstand, dem Saphirstein, sehen wir den Herrn sitzen, mit dem offenen Buch und der Weltkugel in den Händen, umgeben von dem doppelten Lichtschein, dem inneren, der sich von den Lenden nach oben und unten biegt, und dem äußeren, der sich ringsum zieht und zum Regenbogen wird. In mehrfarbigen Streifen ist der Himmel angegeben; aus den sich öffnenden Wolken fliegen Engel hervor, und Seraphim mit sechs mächtigen Fittichen, wie der Prophet

Abb. 35. Der Herr, umgeben von Seraphim und Cherubim, erscheint den Propheten. Teil einer Miniatur aus der Bibel Karls des Dicken, gemalt vom Schreiber Ingbert (St. Paul vor den Mauern, Rom).

Isaias sie schildert, schweben lobsingend zur Seite Gottes. Von ihm aus steigen die vier Cherubim zur Erde, die in eines Löwen, eines Rindes, eines Menschen und eines Adlers Gestalt die Sinnbilder der vier Evangelisten sind, hier zugleich jeder einzelne mit den vier verschiedenen Köpfen nach Ezechiels Schilderung versehen. Auf der grünen Erde unten drängen sich die Propheten in Ehrfurcht und Staunen. — Es ist dem Maler trotz aller mangelhaften Formenbildung gelungen, sein Bild mit einer erhabenen und begeisterten Poesie zu erfüllen, die wir nachzuempfinden vermögen, sobald wir uns über die Unvollkommenheiten der Zeichnung hinwegsetzen.

Abb. 36. Karolingischer Kapitalbuchstabe aus Ludwigs des Deutschen Psalter in d. k. Bibliothek zu Berlin.

Solche kostbare Bücher wurden mit außerordentlichem Aufwand eingebunden. Die beiden Deckel, oder wenigstens der vordere, wurden mit Goldblech bekleidet und mit Juwelen bedeckt, in der Mitte in der Regel durch eine Elfenbeintafel mit figürlichen Darstellungen geschmückt. Bei diesen kleinen Bildwerken gewahren wir eine Entwickelung der Kunst, welche dem Fortschreiten der Miniaturmalerei genau entspricht. Das

Meßbuch des Bischofs Drogo von Metz enthält auf jeder seiner beiden Elfenbeinplatten neun Reliefbildchen, welche ebenso wie die in den Anfangsbuchstaben angebrachten kleinen Gemälde im Anschluß an den Inhalt des Buches gottesdienstliche Handlungen der Geistlichen darstellen und durchaus Nachbildungen der Wirklichkeit sind. Eine Elfenbeintafel mit einer in größerem Maßstabe und in höherer künstlerischer Vollendung ausgeführten Darstellung derselben Art bewahrt die Bibliothek zu Frankfurt (Abb. 37). Wir sehen auf derselben den Priester nach dem kirchlichen Gebrauch der Zeit hinter dem mit einem Tuche bedeckten und an der Vorderseite reich verzierten Altare stehn, auf welchem sich der Kelch, das Schüsselchen (Patene) mit den Hostien und zwei Leuchter befinden. Hinter dem messelesenden Priester stehen fünf Diakonen unter dem säulengetragenen Ciborium, dem den Altar überdachenden Aufbau; vor dem Altare (d. h. wie es bei der Unkenntnis der Perspektive nicht anders ging, unterhalb desselben) erblicken wir den Chor der singenden Brüder. Wie der Bildschnitzer den ganzen Vorgang dem Leben entnahm, so bildete er auch die Köpfe der Natur nach; diese echt deutschen Gesichter sind ganz vortrefflich, und im Ausdruck, namentlich auch bei den Sängern, so schwierig gerade diese Aufgabe für die Darstellung ist, meisterhaft wiedergegeben.

Abb. 37. Elfenbeintafel von der Einbanddecke eines Meßbuchs aus karolingischer Zeit, in der Bibliothek zu Frankfurt.

Mit welchem Erfolg die durch derartige Darstellungen gewonnene Kenntnis der Natur auch auf Bilder biblischen Inhalts übertragen wurde, beweisen am sprechendsten die beiden Tafeln (Abb. 38, 39), welche den Einband des Psalters Karls des Kahlen in der Nationalbibliothek zu Paris schmücken, von denen man sagen kann, daß sie — soweit unsere Kenntnis reicht, — den damaligen Höhepunkt der bildenden Kunst im Abendland bezeichnen. Ihren Gegenständen nach stehen sie wieder zum Inhalt des Buches in nächster Beziehung, indem die eine ein Gebet Davids (Psalm 57) sinnreich und wortgetreu verbildlicht, die andre die Bußpredigt Nathans behandelt. Man muß daher annehmen, daß die Schnitzereien eigens für dieses Buch angefertigt worden und wohl in demselben Kloster entstanden sind, wo Schrift und Miniaturen desselben ausgeführt wurden. Die Lebenswahrheit, die in diesen breit und ohne Ängstlichkeit behandelten Bildwerken zu Tage tritt, ist ebenso überraschend wie die Kühnheit der Erfindung.

Die Tafel des vorderen Deckels ist von einer breiten Umrahmung aus vergoldetem Silber eingefaßt, welche durchweg mit Edelsteinen bedeckt und in deren Zwischenräumen nur sehr einfach verziert ist. Sie zeigt in sehr kleinen, aber überaus lebendigen Figuren zu oberst den Herrn, dem Bittende nahen. Dann die Seele des Sängers, die unter dem Schatten der Flügel Gottes Zuflucht hat, während Löwen sie bedräuen; die Seele ist nach einer das ganze Mittelalter hindurch gebräuchlichen Auffassung als Kind abgebildet, das hier auf dem Schoße einer großartig schönen Gestalt mit ausgespannten mächtigen Fittichen sitzt. Darunter erscheinen die Menschenkinder mit Spießen und Pfeilen gegen die Seele andrängend, eine prächtige Darstellung eines Trupps leichtbewaffneter fränkischer Krieger der Zeit. Aber gegen sie werden Gottes Güte und Treue vom Himmel herabgesandt, weibliche Gestalten mit Bannern. Ganz unten sieht man in einer höchst lebendigen Gruppe die Widersacher in die Grube fallen, die sie selbst gegraben haben. Den Rand der Elfenbeintafel bildet eine Art von Akanthuslaub, das gefällig erfunden, aber als Nebensache fast skizzenhaft behandelt ist.

Die Tafel der Rückseite steht der vorderen nicht nach. Sie zeigt in einer oberen Abteilung Nathan, wie er voller Erregung vor König David hintritt, um ihm Vorstellungen zu machen wegen der Missethat, die der am Boden liegende nackte Leichnam des Urias und die verlegen mit dem Brief beiseite gehende Bathseba andeuten. David steht in der Vorhalle seiner inneren Gemächer und versucht sich zu entschuldigen. Die ganze kleine Komposition ist ein Meisterwerk; der Gegensatz des im Bewußtsein seiner Schuld mit angezogenen Ellenbogen befangen dastehenden Königs gegen den ausdrucksvollen Eifer des Bußpredigers, der sich nicht einmal Zeit genommen hat, den Thürvorhang beiseite zu schieben, ist überaus dramatisch. Die untere Abteilung verbildlicht das von Nathan angewendete Gleichnis. Man sieht auf der einen Seite den reichen Mann, der die Köpfe seiner vielen Schafe zählt, auf der andern den Armen, der nur ein Schäflein besitzt. Die Figur dieses Armen, der das Tierchen liebkosend zwischen den Knieen hält, ist unübertrefflich; der Erfindung nach wäre sie der besten Meister der künstlerisch am höchsten stehenden Zeiten würdig. Auch hier ist die Bildfläche von einem Saum aus zackigem Akanthuslaub umgeben, das aber wieder anders erfunden ist als das der vorderen Platte. Der silbervergoldete Rahmen ist hier weniger reich mit Juwelen besetzt; meistens sind es auch nur Glaspasten, welche deren Stelle einnehmen. Dafür zeigt er aber sehr gefällige Filigranverzierungen.*)

Unter Karl dem Kahlen erreichte die karolingische Kunst ihren Höhepunkt. — Karl der Dicke, der Dichter und Komponist, war zwar noch ein kunstsinniger

*) Ein merkwürdiges Urteil eines sehr kunstverständigen Mannes, der zu einer Zeit lebte, wo die mittelalterliche Kunst ihrer höchsten Vollendung nahe war, der Abt Suger von St. Denis (1121—52), über karolingische Goldschmiedekunst und Bildnerei verdient Erwähnung. Als derselbe seine Kirche umbaute und neu ausstattete, ließ er ein von Ludwig dem Frommen der Abtei geschenktes goldenes Triptychon (dreiteilige Klapptafel) mit den Figuren des Erlösers, mehrerer Engel und Heiligen in einen feststehenden Altaraufsatz (Retabel) umarbeiten. Über dieses alte Werk sagt er in seiner Denkschrift über den Kirchenbau: „Es ist von einer wundervollen Arbeit; man hat Reichtümer daran verschwendet; denn die Barbarenarbeiter, welche es gemacht haben, waren verschwenderischer als die unserer Nation; die Ausführung und der Stoff sind gleich bewunderswürdig; und die Arbeit des halberhabenen Bildwerks, womit es geschmückt ist, hat die Äußerung berechtigt, daß die Kunst den Stoff an Wert überbiete.“

Abb. 38. Elfenbeinschnitzerei am vorderen Einbanddeckel des Psalters Karls des Kahlen in der Nationalbibliothek zu Paris.

Wortgetreue Verbildlichung des 57. (56.) Psalms Vers 2—7.

Abb. 39. Elfenbeinschnitzerei am hinteren Einbanddeckel des Psalters Karls des Kahlen in der Nationalbibliothek zu Paris.

Nathans Bußpredigt, der tote Urias und das von Nathan vorgebrachte Gleichnis (2 Samuel 12. Kap. 1—9. Vers).

Herr. Aber zu seiner Zeit begann die durch die Gunst der Kaiser großgezogene Blüte schon zu welken. Im westfränkischen Reiche verfiel sie gänzlich. In Deutschland konnte sie unter den trüben Verhältnissen auch nicht mehr gedeihen. Von Kaiser Arnulf erfahren wir, daß er dem Stifte St. Emmeram in Regensburg, wo er begraben zu werden wünschte, großartige Schenkungen machte; aber nur der Wert an Edelmetall und Juwelen, nicht die künstlerische Ausführung wird gepriesen.

Jetzt wurden die Klöster wieder die einzige Pflegestätte der Kunst. Hier wurden die Überlieferungen des Altertums, die freilich immer mehr an Lebenskraft verloren, bewahrt, und zugleich die eigne Erfindungskraft geübt. Dem Fleiße und der Thätigkeit der Benediktinermönche ist es zu verdanken, daß, wenn auch die Künste sich nicht fortschreitend weiter entwickeln konnten, so doch die vorhandenen Errungenschaften nicht gänzlich untergingen, und daß eine spätere Zeit, die eine neue Blüte hervorrief, nicht wieder von vorn anzufangen brauchte.

Vorzugsweise sind es wieder künstlerisch ausgestattete Bücher, welche uns von der Kunstübung dieser Übergangszeit Kunde geben. Was die frommen Künstler bei der Anfertigung von Werken für die Kaiser und die Großen des Reiches gelernt hatten, verwerteten sie jetzt bei der Herstellung der für den eignen klösterlichen Gebrauch bestimmten Bücher.

Ausgezeichnete derartige Werke entstanden damals in St. Gallen und werden in der dortigen Bibliothek noch aufbewahrt. Hier, wo vordem die irische Schriftmalerei geblüht hatte fand jetzt auch die prächtige Buchstabenzierkunst, welche sich seit der Zeit Karls des Großen entwickelt hatte, die vollendetste Durchbildung. Die in Gold und Silber mit mennigroten Umrissen, in Purpur, Blau und Grün gemalten Anfangsbuchstaben eines von Bruder Folkhard auf Befehl des Abtes Hartmut (872—83) angefertigten Psalters sind unübertroffene Meisterwerke in Erfindung und Ausführung. — Das vorzüglichste Werk der ganzen Sammlung ist der „goldne Psalter". In den wunderbar schönen Anfangsbuchstaben seiner Hauptabschnitte (Abb. 40) steht dieses Buch, dessen Verfertiger unbekannt ist, dem ebengenannten höchstens in Bezug auf feinste Sauberkeit der Ausführung, keineswegs aber in Bezug auf Erfindung nach. Die figürlichen Darstellungen aber, 16 Bilder aus der Geschichte Davids, welche nebst der Einzelfigur eines Geistlichen unter einem Baldachin diese Handschrift schmücken, gehören, von rein künstlerischem Standpunkt aus betrachtet, unbedingt zu den allerbesten Erzeugnissen der Karolingerzeit. Nicht der Ausführung nach; denn sie sind nicht sorgfältig mit Deckfarben gemalt, sondern flüchtig und mitunter ganz willkürlich mit leichten Farbenangaben versehen, was um so auffallender ist, als die Umrisse bei den meisten Bildern gleich der Schrift des Textes mit Gold gezogen sind, also eine gewisse Pracht angestrebt ist; auch nicht der Zeichnung nach, die ebenso mangelhaft ist wie bei andern Werken des 9. Jahrhunderts; aber durch die unmittelbare Empfindung, durch das Leben und die innere Naturwahrheit, die die Bilder beseelen, mögen die Gesichter auch mit wenigen herkömmlichen Strichen und Punkten

Abb. 40. Anfangsseite aus dem St. Galler „goldenen Psalter“.

angegeben und der Boden völlig kindlich durch ein paar Häufchen Erde mit einigen Grashalmen angedeutet sein unter den einzelnen Gruppen, welche nicht bildmäßig abgerundet, sondern lose und ohne Hintergrund auf das weiße Blatt gezeichnet sind.

Abb. 41. Figürliche Darstellung (Auszug des Heeres) aus dem „goldnen Psalter" zu St. Gallen.

Es ist ganz erstaunlich, wie viel der Künstler mit so wenig Mitteln auszudrücken vermocht hat. Die wenigen Linien der Gesichter geben fast überall einen sprechenden Ausdruck. Die Bewegungen sind voller Leben, nicht nur da, wo es sich um Wiedergabe lebhafter Thätigkeit handelt, wie bei den Tänzern, die auf dem Titelbilde den königlichen Sänger umgeben, oder bei der Darstellung, wie David sich wahnsinnig stellt, oder wie er in eiliger Flucht einer Höhle zusprengt, sondern auch bei ruhigen Vorgängen. Vortrefflich ist zum Beispiel das Bild, wie David müde von der Flucht mit der einen Hand einen Baumast ergreift, die andre auf die hochatmende Brust drückt, während die Genossen, an ihre Speere gelehnt, ihm besorgt gegenüberstehen. Selbst die Bewegungen der Pferde — bekanntlich eine Sache von besonderer Schwierigkeit — hat der Miniator gar nicht übel beobachtet. Die zum Kampf gegen die Syrer ausrückenden Reiter sind ein unmittelbar aus dem Leben gegriffenes Bild (Abb. 41).

Der berühmteste Schönschreiber, den St. Gallen um die Wende des 9. Jahrhunderts besaß, war Sintram, „dessen Finger alle Welt diesseits der Alpen bewunderte". Als das schönste seiner vielen Werke galt ein Evangelienbuch, in welchem der gleichfalls wegen seiner außergewöhnlichen Geschicklichkeit in der Linienführung und in der Erfindung schöner Kapitalbuchstaben gepriesene Abt von St. Gallen und Bischof von Konstanz Salomo (890—920) eigenhändig zwei große Buchstaben, ein C (Abb. 42) und ein L ausgeführt hatte, um zu zeigen, was er auch als Kirchenfürst noch auf diesem in der Jugend von ihm gepflegten Gebiete leisten könne. Es war dieses eben jenes in der Stiftsbibliothek noch vorhandene „lange Evangelienbuch", welches eigens zu dem Zwecke geschrieben wurde, dem als Einband zu verwendenden großen Elfenbeindiptychon, das als die Schreibtafel Karls des Großen galt, eine würdige Füllung zu geben. Während Sintram hieran schrieb, wurden die Elfenbeinplatten durch Einlegung in mit Gold und Edelsteinen reichlich geschmückte Rahmen zu Buchdeckeln hergerichtet. Die Bildwerke, welche auf Salomos Geheiß in der glatten Rücktafel ausgeschnitzt wurden (Abb. 43 u. 44), um sie der Vordertafel gleichwertig zu machen, waren die Schöpfung des vielseitigsten und gefeiertsten Künstlers des Klosters, des weit und breit mit Auszeichnung genannten Mönches Tutilo.

Abb. 42. Verziertes C aus dem „langen Evangelienbuch" der Stiftsbibliothek zu St. Gallen, gezeichnet von Bischof Salomo von Konstanz (890—920).

Chroniken der Klöster verzeichnen nicht selten die Namen solcher Genossen, welche sich in den bildenden Künsten besonders hervorthaten. Aber meistens vermögen wir uns darum doch keine Vorstellung von deren Thätigkeit zu machen, da die Erwähnungen nur kurz sind, und die Werke fehlen, durch welche die Namen für uns Bedeutung gewinnen würden. Von Tutilo ist aber nicht nur diese eine nicht zu bezweifelnde Arbeit vorhanden, sondern über sein Leben liegen auch eine Menge von Nachrichten vor, die der Chronist

Abb. 43. Die beiden oberen Drittel der von Tutilo geschnitzten Elfenbeintafel an der Rückseite der Einbanddecke des „langen Evangelienbuchs" in der Klosterbibliothek zu St. Gallen.

Eckehard IV., ein überaus fesselnder Erzähler, für würdig befand, in der Geschichte des Klosters einen Platz einzunehmen. Eckehard begann seine Aufzeichnungen etwa zwei Menschenalter nach dem Tode Tutilos, und manches, was er über diesen mitteilt, trägt den Anschein des Anekdotenhaften oder gar der Legende; aber es gewährt ein ungemein anschauliches Bild von dem Leben jener Künstlermönche. Wir erfahren, daß Tutilo zur Zeit des Abtes Grimald (841—72) Zögling der Novizenschule von St. Gallen war, gleichzeitig mit Ratpert, der als Chronist sich einen noch heute geachteten Namen gemacht hat, und mit Notker dem Stammler, der als Maler gefeiert und mehr noch als Dichter und Komponist geistlicher Lieder berühmt wurde, von dem der schöne Hymnus Media vita in morte sumus („Mitten im Leben umfängt uns der Tod") herrührt. Diese drei schlossen schon in der Schule einen innigen Freundschaftsbund für das ganze Leben. Unter den damaligen Lehrern der Klosterschule wird außer dem Vorsteher Iso auch ein Ire erwähnt, Möngal genannt Marcellus. Bei der Vielseitigkeit des klösterlichen Unterrichts wurden in Tutilo die verschiedenartigsten Talente ausgebildet. Nach den Worten Eckehards besaß er Beredsamkeit und eine helle Stimme, er war geschmackreich in der Metallbildnerei und ein Künstler in der Malerei, Musiker gleich seinen Genossen, und in jeder Art von Saiten- und Flötenspiel übertraf er alle. Darum wurde ihm in der Klosterschule der Musikunterricht übertragen. Auch in der Baukunst war er erfahren, und er dichtete geistliche Lieder nicht nur in lateinischer, sondern auch in deutscher Sprache. Auf weiten Reisen fand er Gelegenheit, fremde Länder zu sehen und seine Kenntnisse zu bereichern. Denn es bestand damals ein lebhafter Verkehr selbst zwischen weit voneinander entfernten Klöstern; namentlich wurden auch tüchtige Künstler, deren Ruhm sich von Kloster zu Kloster verbreitete, von weither berufen. So erfahren wir von Tutilo, daß er in Metz eine goldne Altartafel ausführte. Diese wurde so schön, daß die Zeitgenossen glaubten, himmlische Hände müßten ihm dabei geholfen haben; man wollte die Himmelskönigin selbst in der Werkstätte gesehn haben, wie sie dem Meister zur Hand ging. Als aber Tutilo von solchem Gerede hörte, verließ er die Stadt und das unvollendete Werk. Dasselbe wurde dann von einem andern vervollständigt und erhielt die Umschrift:

Gnädig hat dieses Gebilde Maria selber gemeißelt.

Auch für das Kloster von St. Alban in Mainz fertigte er eine goldne Altartafel an, welche das Bild des thronenden Erlösers mit der Umschrift

Siehe, des Mächtigen Thron ist der Himmel, die Erde sein Schemel

zeigte und höchlich bewundert wurde. Diesen Auftrag erhielt er, als er einst, um Einkäufe für St. Gallen zu machen, nach Mainz gekommen war und in jenem Kloster einkehrte, wo ihn der Abt, sobald er sich genannt hatte, mit der größten Auszeichnung empfing, als einen Mann, dessen Namen der Ruf schon weit umhergetragen hatte. Der Künstlerruhm verhinderte Tutilo nicht, es mit seinem klösterlichen Beruf sehr ernst zu nehmen und sich auch durch alle geistlichen Tugenden eines Klosterbruders auszuzeichnen. Dem ersten Mönch von St. Alban, dem er bei jener Mainzer Reise begegnete, gab er einen gleich kräftigen Beweis von seiner Sittenstrenge wie von seiner Körperkraft, als er bemerkte, daß dieser in dem Wirtshause, wo Tutilo seine Reittiere untergestellt hatte und ermüdet von der Reise in einer Ecke ruhte, sich gegen die Wirtin Freiheiten herausnahm, die für einen Klosterbruder nicht gerade schicklich waren. Mit sichtlicher Genugthuung und großer Ausführlichkeit erzählt der Chronist diesen Vorfall, der durch die Verwendung, welche er in Scheffels „Eckehard" gefunden hat, allgemein bekannt ist. Von Tutilos heldenmäßiger Stärke lebten noch manche Erzählungen lange im Kloster von St. Gallen, zum Beispiel wie er einst auf einer Reise sich mit einer ausgerissenen jungen Eiche erfolgreich gegen eine Anzahl Räuber verteidigt habe, und wie er einem mißliebigen Bruder, der abends spät, wenn Tutilo mit seinen Freunden noch zusammensaß um Abschriften zu vergleichen, am Fenster zu lauschen pflegte, ob auch wohl über den nicht gerade sehr beliebten Abt Salomo unehrerbietig gesprochen würde, einmal zu einer derben Züchtigung verhalf. Der an Körper und Geist so reich begabte Mann besaß auch die gewinnendste und fesselndste Liebenswürdigkeit und Gefälligkeit des Benehmens. Kaiser Karl der Dicke, dem er einige Lieder eigner Dichtung und Musik gewidmet hatte, lernte ihn persönlich kennen und lieben; in dem derben Ausspruch, der Teufel sollte denjenigen holen, der einen solchen Mann zum Mönch gemacht habe, faßte der Fürst sein Urteil über diese ungewöhnliche und anziehende Persönlichkeit zusammen. Die Brüder von St. Gallen dagegen verehrten ihn nach seinem Tode wegen seines makellosen und tugendreichen Lebenswandels als einen Heiligen.

Geburts- und Todesjahr Tutilos sind unbekannt. Die vorhandene Totenliste des Klosters enthält, wie es in diesen, um der Übersicht über die abzuhaltenden Gedächtnismessen willen angelegten Verzeichnissen häufig der Fall ist, nur die Angabe des Tages: „Am 27. April starb der Mönch und Priester Tutilo; er war ein ausgezeichneter Lehrer und Bildner.“

Jedenfalls war Tutilo schon ein alter Mann, als seine Hand jene Elfenbeintafel, die um das Jahr 912 in den Besitz des Abtes Salomo gelangte, mit dem Schnitzwerk schmückte, welches das einzige beglaubigte Überbleibsel von seinen vielen Werken ist. Die Tafel ist durch Querstreifen mit Inschriften in drei Felder geteilt. Das oberste derselben ist durch ein Ziergebilde von sehr schönem Blattwerk gefüllt, in welchem oben eine höchst lebendige Tiergruppe angebracht ist. Die mittlere Hauptdarstellung enthält, wie die Beischrift Ascensio sancte Marie erklärt, die Himmelfahrt Marias: die Hände nach antiker Weise zum Gebet erhoben, steht die Jungfrau zwischen Engeln, welche bereit sind, sie emporzutragen. Man sieht hier, wie auch bei dem Ziergebilde, wie der Künstler sich sorgfältig bemüht hat, die Art und Weise der vorhandenen Schnitzerei nachzuahmen. Doch ist die Behandlung von der der älteren Tafel merklich verschieden, spitziger und kleinlicher, — was freilich in den Abbildungen nicht so ersichtlich ist wie bei den Originalen. Man erkennt, wie er gerade die Mängel seines Vorbildes als sprechende Eigentümlichkeiten angesehn und als solche, wie es bei Nachahmungen zu gehen pflegt, noch übertrieben hat. Am augenfälligsten zeigt sich dies im Faltenwurf. Die dünnen, gleichförmig nebeneinander laufenden Falten der um die Körper gespannten Gewänder lassen bei der älteren Tafel trotz ihrer Unnatürlichkeit und Unschönheit überall noch eine Erinnerung an antike Gewandmotive erkennen, welche mit Geschick so angeordnet waren, daß sie die Körperformen hervorhoben; Tutilo aber hat die Querfältelung, die bei sitzenden Figuren einen Schein von Berechtigung hat, auf stehende Figuren übertragen und ist dadurch namentlich bei den Gewändern der Maria zu einem sehr unschönen Faltenwurf gekommen, welcher allen Naturgesetzen Hohn spricht. Was wir dagegen als aus des Künstlers eigenster Begabung entstanden ansehn müssen, ist die liebenswürdige Empfindung und die Anmut, welche die Gestalten der Engel, trotz der entstellenden Gewänder und trotz der häßlich geschwungenen Flügel — augenscheinliche Nachahmungen der obersten Flügel der Seraphim auf dem älteren Bilde —, so sehr ansprechend machen. Die sonderbare Faltenanordnung hat Tutilo auch in der untersten Darstellung beibehalten, wo er in einer sonst ganz unbefangenen und eben deswegen anziehenden Komposition eine Legende vom heiligen Gallus behandelt (Abb. 44). Der wandernde Glaubensprediger hat an der Stelle, wo er das Kloster zu gründen beabsichtigt, mitten im Walde ein Kreuz mit darangehängter Reliquientasche in den Boden gesteckt; ein Bär kommt herbei und trägt ihm Holz zum Feuer, wofür ihn der Heilige dann

S. Gallus panem porrigit urso

Abb. 44. Unteres Drittel der Elfenbeintafel Tutilos von St. Gallen (verkleinert).

mit einem Laibe Brot beschenkt. Die am Boden liegende Figur stellt den Begleiter des h. Gallus vor, der das Wunder mit ansah, als er sich am Feuer zur Ruhe hingestreckt hatte, und der dasselbe später erzählte. Der Bär, dessen Aussehn und Bewegungen kennen zu lernen Tutilo wohl leichter durch Naturbeobachtung als durch Studium antiker Kunstwerke Gelegenheit fand, ist beide Male recht kindlich zwar, aber sehr ausdrucksvoll und lebendig aufgefaßt. Die Art, wie die Bäume angegeben sind, ist derjenigen ganz gleich, welche die Bilder des „goldnen Psalters“ zeigen.

Die St. Gallener Werke sind die letzten erfreulichen Äußerungen der karolingischen Kunst, welche uns erhalten geblieben sind. Wir sehen an ihnen, daß der deutsche Schaffensdrang mit seinem Streben nach Lebendigkeit und Ausdruck, nachdem er einmal geweckt war, sich immerfort zu bethätigen trachtete; zugleich aber auch, daß die Formen, welche einer fremden und alternden Kunst entliehen waren, nicht mehr ausreichten, der beginnenden jugendlichen Kunst als Träger des Ausdrucks zu dienen, zumal da sie, eben weil sie kein lebendiges Eigentum der jungen Nationen waren, immer mehr verblaßten und entarteten.

Als das Reich Karls des Großen für immer zerfiel, hatte sich in dem weiten Frankenlande die Scheidung der Nationen endgültig vollzogen: bei den einen war die Sprache Roms durch den Einfluß germanischer Formen zu neuen Bildungen, zu „romanischen“ Sprachen umgestaltet worden; die andern, welche die Sprache „des Volkes“ beibehalten hatten, wurden fortan nach dieser Deutsche genannt. Als in den dunkeln Zeiten der letzten Karolinger die Kunst des römischen Altertums die Möglichkeit selbständigen Daseins gänzlich verlor, da war hier wie dort die eigne künstlerische Kraft des germanischen Bestandteils allmählich weit genug herangereift, um mit der erlöschenden römischen Kunst sich derartig zu verbinden, daß aus dieser Mischung eine neue Kunst hervorging, die man wegen der Gleichartigkeit ihrer Entstehung mit der jener Sprachen in zutreffender Weise die romanische genannt hat. Es lag in der Natur der Sache, daß diese sich auf dem Boden Deutschlands am kräftigsten und frischesten entwickelte.

Abb. 45. Rundbogenfries von der Kirche zu Breitenau in Hessen, 12. Jahrhundert.

II. Der romanische Stil.

1. Die Anfänge der romanischen Baukunst.

Abb. 46. Aus Heinrichs II. prächtigem Meßbuch, in seinem Auftrag für den Dom zu Bamberg gemalt, jetzt in der königl. Bibliothek zu München. Eine der schönsten Handschriften.

Deutschland trat, nachdem es als erstarktes und geeinigtes Reich aus den Wirrnissen der letzten Karolingerzeit hervorgegangen war, wie in politischer so auch in künstlerischer Beziehung an die Spitze des gesamten Abendlandes. Mehr als drei Jahrhunderte hindurch schritt es den übrigen Völkern auch auf diesem Gebiete voran. Die Herrschaft des romanischen Stils fällt zusammen mit der Zeit der glänzendsten Machtentfaltung Deutschlands, mit dem Ruhmesalter des mittelalterlichen Kaisertums. Großartig und erhaben wie die Thaten der Ottonen, Salier und Hohenstaufen sind die baulichen Schöpfungen, welche Deutschland unter ihnen hervorbrachte; und auch die übrigen Künste entwickelten sich von den karolingischen Grundlagen aus unter zunehmender Erstarkung der eignen Gestaltungskraft, wenngleich langsamer als die Baukunst, zu einer nicht minder wundersamen Blüte.

Wie die deutschen Kaiser sich noch als wirkliche Nachfolger der römischen Imperatoren betrachteten, so knüpfte auch die romanische Kunst unmittelbar an die durch Karl den Großen neu belebten Überlieferungen des Altertums an, und nicht als bewußte Neuerung, sondern als natürliches Ergebnis der Jugendkraft des Volkes, welches durch Erzeugnisse seines eignen Schaffensdranges die in einer fernen Zeit und von einem fremden Volke erfundenen Kunstformen verdrängte oder doch umgestaltete, erwuchs allmählich der neue Stil.

Die altchristliche Basilika war und blieb die feststehende Grundform des Kirchenbaues. Die schon auf dem Bauriß von St. Gallen ersichtliche Abänderung desselben durch die Einschiebung eines viereckigen Raumes zwischen Querschiff und Apsis, der mit letzterer zusammen den Chor bildete, wurde jetzt allgemein gebräuchlich. So erhielt der Grundriß die Gestalt eines Kreuzes. Die altchristliche Kunst hatte die Verhältnisse der verschiedenen Teile des Grundrisses zu einander in jedem einzelnen Falle nach freiem künstlerischem Ermessen bestimmt. Aber der verständige Sinn der Deutschen, der feste Gesetze und Regeln liebte, legte sich auch hierfür eine bestimmte Ordnung zurecht. Er gab dem Querschiff dieselbe Breite wie dem Mittelschiff, so daß die Durchschneidung beider eine quadratische Vierung bildete. Die gleiche quadratische Grundform erhielten der Raum vor der Apsis und die beiden Querflügel; die Länge des Vorderhauses aber wurde so bemessen, daß dasselbe Quadrat zwei-, drei- oder mehrmal in ihr enthalten war. Die durch Bogen verbundenen Säulen oder Pfeiler, welche die Schiffe voneinander trennten, stellte man so, daß von diesen Stützen immer eine um die andre die Ecke eines solchen Quadrats bezeichnete. Die Seitenschiffe erhielten die halbe Breite des Mittelschiffes; ihre Breite war somit der Entfernung je zweier Stützen voneinander, also einer einzelnen Bogenweite gleich.

Es versteht sich von selbst, daß man an dieser regelmäßigen Anordnung des Grundplans nicht mit unbedingter Starrheit festhielt, sondern denselben gelegentlich in verschiedenartiger Weise abänderte und bereicherte, bei anspruchslosen und kleinen Bauten auch wohl vereinfachte, ganz abgesehn von andern, vieleckigen oder sonst völlig abweichenden Anlagen.

Der den Hauptaltar enthaltende Chorraum an der Ostseite des Gebäudes ward meistens beträchtlich über den Boden der Schiffe erhöht. Denn fast niemals ließ man jetzt unter ihm die gewölbte Krypta fehlen, welche die Gräber heiliger oder sonst bevorzugter Personen umschloß, und in deren dämmerigem Halbdunkel, im Wechselspiel des Kerzenscheins mit den spärlich eindringenden Strahlen des Tageslichts, die Gedächtnisfeier der Toten eine stimmungsvolle Stätte fand.

Bei der meist von zwei Säulenreihen getragenen Überwölbung der Krypta wurde die einfachste Gewölbegattung, das tunnelartige Tonnengewölbe, in der älteren Zeit bisweilen angewendet. In der Regel aber bildeten die von der Römerkunst überlieferten Kreuzgewölbe, welche man sich aus Durchkreuzungen von gleichbreiten Tonnenwölbungen hervorgegangen denken kann (vgl. Abb. 49, oben), die Bedeckung des ganzen Raums, mit Ausnahme der auch hier vorhandenen, mit einer Halbkuppel geschlossenen Apsis.

In der Anordnung der Stützen des Langhauses kam nicht selten eine von dem antiken Herkommen sich gänzlich entfernende Weise zur Anwendung. Während jenes durchaus die völlige Gleichartigkeit der zusammengehörigen Stützen verlangte, liebte man es jetzt, Pfeiler und Säulen in einer und derselben Reihe miteinander abwechseln zu lassen, indem man zwischen je zwei Pfeiler, welche die Ecken der Grundrißquadrate bezeichneten, eine oder bisweilen auch zwei Säulen stellte.

Die Bogen, welche die Stützen untereinander zu Arkaden verbanden und somit die Schiffe voneinander schieden (daher „Scheidbogen“ genannt), hatten, wie es aus der spätrömischen Architektur übernommen war, die Gestalt eines vollen Halbkreises. Auch alle andern im Gebäude vorkommenden Bogen, wie die Bedeckungen der stets überwölbten Fenster und Thüren, erhielten dieselbe Rundform.

Die Gestalt der Säulen blieb nicht mehr die antike. Für ihr Höhenverhältnis gab es keine festen Bestimmungen: man bildete sie bald stark und kurz, bald hoch und schlank. Die Füße behielten die aus dem Altertum übernommene sogenannte attische Form, welche aus zwei Wülsten und einer dazwischen liegenden Hohlkehle besteht, wurden aber in der Regel steiler gebildet als im Altertum. Für die Kapitäle erfand man eine eigne kraftvolle Form, den deutschen Würfelknauf, welcher schöner als irgend eines der ursprünglich ja nur für das Tragen eines geraden Gebälks berechneten antiken Kapitäle den Übergang aus dem Rund der Säule in die von quadratischer Grundfläche aus darüber emporwachsende Wand vermittelte. Die Gestalt desselben ist die eines Würfels mit unten abgerundeten Ecken, der von einer nach oben sich verbreiternden gesimsartig gegliederten Deckplatte bekrönt wird (Abb. 47). Daneben aber kamen auch noch Umbildungen des korinthischen Kapitäls, sowie mancherlei andre neugeschaffene Formen in Gebrauch. Die Würfelkapitäle blieben häufig glatt, häufig auch wurden sie, wie es bei den meisten andern Kapitälformen Regel war, sehr reich verziert; dabei verschmähte in den meisten Fällen die reiche, spielende und oft auch ungezügelte jugendliche Erfindungslust des Nordens die Gleichartigkeit der Verzierung, welche in der alten Kunst bindendes Gesetz gewesen war, so daß in manchen Bauten fast alle Kapitäle voneinander verschieden sind.

Abb. 47. Verziertes Würfelkapitäl in der Krypta des Domes zu Fritzlar. 12. Jahrhundert.

Auch an allen andern verzierten Teilen des Gebäudes äußerte sich ein unerschöpflicher Erfindungsreichtum. Die Mannigfaltigkeit der Schmuckbildungen war überaus groß; bald wurden sie aus einfachen geometrischen Bestandteilen zusammengesetzt, bald aus zierlichem Blattwerk gebildet, das häufig eine vollendete Schönheit, niemals aber naturähnliche Formen zeigte; daneben machte sich mit voller Kraft die alte germanische Vorliebe für phantastisches Formen- und Linienspiel in vielfachen Verschlingungen und in Einflechtungen abenteuerlicher Menschen- und Tiergebilde geltend. Durchgehends herrscht in den verschiedenartigen Verzierungen ein vortrefflicher Geschmack; in der unendlichen Fülle ihrer

Abwechslung gewähren daher die romanischen Ornamente selbst da schon einen ungewöhnlichen Reiz, wo ihre Formen noch ungeschickt behandelt sind.

Unter den architektonischen Verzierungen der Außenwände ist für die ganze Dauer des romanischen Stils der schon frühzeitig auftretende Bogenfries (Abb. 45) charakteristisch, eine Reihe von kleinen Halbkreisen, die unter dem Gesimse herumläuft, welches das Mauerwerk unter dem Dache abschließt, und die sich auch wohl an andern, einen Abschluß bezeichnenden Stellen, wie an den Begrenzungen der einzelnen Turmgeschosse, wiederholt. Meist steigen dabei, gleichsam als Träger dieses Frieses, flache Pilaster oder häufiger einfache senkrechte Wandstreifen, welche unvermittelt in die kleinen Bogen übergehen, die sogenannten Lisenen, in regelmäßigen Abständen an der Mauer empor.

Mehr als durch allen Schmuck erhielt das Äußere des Gotteshauses ein stattliches und würdiges Ansehn durch die Glockentürme, welche man jetzt mit dem Gebäude selbst verband und zwar meistens an der den Haupteingang enthaltenden Westseite. Die Kreuzesgestalt des Grundrisses trat auch äußerlich dadurch sichtbar hervor, daß Chor und Querhaus mit dem Mittelschiffe, welches in der Regel doppelt so hoch war wie die Nebenschiffe, gleiche Höhe erhielt.

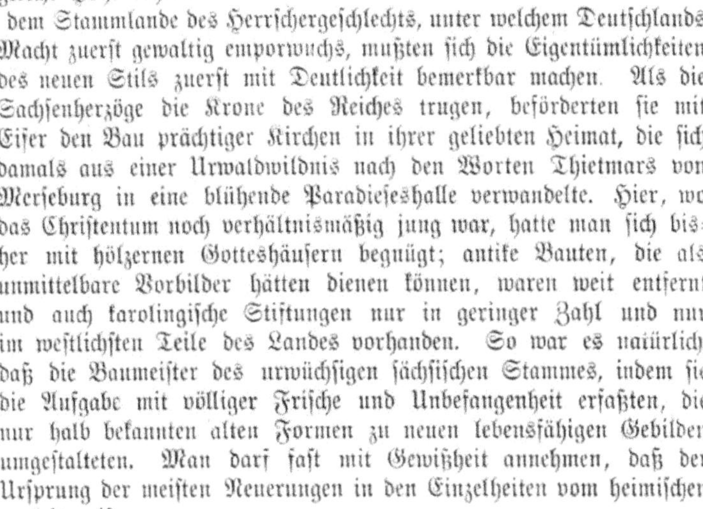

Abb. 48. Aus dem Meßbuch Heinrichs II.

In dem Stammlande des Herrschergeschlechts, unter welchem Deutschlands Macht zuerst gewaltig emporwuchs, mußten sich die Eigentümlichkeiten des neuen Stils zuerst mit Deutlichkeit bemerkbar machen. Als die Sachsenherzöge die Krone des Reiches trugen, beförderten sie mit Eifer den Bau prächtiger Kirchen in ihrer geliebten Heimat, die sich damals aus einer Urwaldwildnis nach den Worten Thietmars von Merseburg in eine blühende Paradieseshalle verwandelte. Hier, wo das Christentum noch verhältnismäßig jung war, hatte man sich bisher mit hölzernen Gotteshäusern begnügt; antike Bauten, die als unmittelbare Vorbilder hätten dienen können, waren weit entfernt und auch karolingische Stiftungen nur in geringer Zahl und nur im westlichsten Teile des Landes vorhanden. So war es natürlich, daß die Baumeister des urwüchsigen sächsischen Stammes, indem sie die Aufgabe mit völliger Frische und Unbefangenheit erfaßten, die nur halb bekannten alten Formen zu neuen lebensfähigen Gebilden umgestalteten. Man darf fast mit Gewißheit annehmen, daß der Ursprung der meisten Neuerungen in den Einzelheiten vom heimischen Holzbau herzuleiten ist.

Heinrich I. ließ in seiner Pfalz zu Quedlinburg zwei steinerne Kirchen erbauen, von denen er die eine dem heiligen Wipertus, die andre dem Apostelfürsten Petrus weihte. In dem mit der ersteren verbundenen Kloster nahm nach des Königs Tode seine Gemahlin Mathilde ihren Witwensitz. In der Petri-(jetzt Schloß-)Kirche ruhen die Gebeine des Herrscherpaares. Beide Kirchen wurden später umgebaut, aber einige Teile jener ursprünglichen Bauten sind noch vorhanden.

Abb. 49. Grabstätte Heinrichs I. und Mathildens in der Krypta der Quedlinburger Schloßkirche.

Die Wipertskirche mußte im 12. Jahrhundert einem Neubau weichen; nur die alte Krypta blieb erhalten. Diese ist ein kleiner dreischiffiger Raum, der die Besonderheit hat, daß eine Fortsetzung der Seitenschiffe sich als halbkreisförmiger Umgang um die Altarnische herumzieht. Die miteinander abwechselnden Säulen und Pfeiler sind nicht durch Bogen verbunden, sondern tragen ein gerades Gebälk, von dem sich die Tonnengewölbe erheben. Die Säulenkapitäle sind von sehr einfacher Gestalt, zum Teil mit trapezförmigen Seitenflächen, zum Teil rund und kelchförmig eingezogen; der in der Mitte der Apsisrundung, zwischen zwei Durchgängen zum Umgang stehende Pfeiler trägt eine sehr unvollkommene Nachbildung des ionischen Kapitäls. Die neuen Formen haben hier noch keinen Eingang gefunden; aber man sieht, wie ungenügend Kenntnis und Verständnis der Antike, wie notwendig die Schaffung von neuen Gebilden war.

Die Gruft des Königspaares in der Schloßkirche ist im Jahre 1867 aufgedeckt worden. In der Apsis der Krypta befindet sich im Fußboden eine halbkreisförmige Vertiefung, deren Wandungen unten in einem abgestuften Sockel vortreten, oben mit einem Gesimse abschließen. Zwischen den an Fuß und Kapitäl verzierten Halbsäulen, welche dieses tragen, sind Blendnischen angebracht, deren aus Säulen und Bogen gebildete Umrahmungen reich verziert, aber auffallend unregelmäßig gearbeitet sind. In der mittleren und in der links neben dieser liegenden Bogennische der geraden Wand zeigen sich, durch schmucklose Steinplatten geschlossen, die Eingänge zu den sich unter das Mittelschiff der Unterkirche erstreckenden Grabkammern Heinrichs und Mathildens (Abb. 49).

Die geräumige Krypta selbst wurde schon früh umgebaut, indem im Jahre 997 ein Erweiterungsbau der Kirche begann, der im Jahre 1021 vollendet war; die Kapitäle der Säulen, welche die Kreuzgewölbe der Unterkirche tragen, sind besonders bemerkenswert, da sie neben Nachahmungen antiker Formen (s. Abb. 49) auch Gebilde zeigen, die aus der urtümlichen germanischen Verzierungsweise hervorgegangen sind, Verschlingungen, Fratzen, Drachen und andre Unholde, in einer Behandlung, die mehr dem Messer des Holzschnitzers als dem Meißel des Steinmetzen entsprechend scheint. Andre Kapitäle sind sehr fein und sauber gearbeitet und gehören vermutlich einer späteren Ausbesserung an. Im Jahre 1070 nämlich brannte die Kirche ab und ward 1129 von neuem geweiht. Doch enthält auch die zum größten Teil aus dieser Zeit stammende Oberkirche noch manche Einzelheiten von größter Altertümlichkeit, darunter mehrere Säulenkapitäle mit Adlern, den Siegeszeichen des alten Römerreiches, die auch die römischen Kaiser deutscher Nation als Wahrzeichen ihrer Herrschaft annahmen.

Einen großen und stattlichen Dom errichtete Heinrich zu Merseburg, und Otto I. einen solchen zu Magdeburg. Beide sind im Laufe der Jahrhunderte infolge von Um- und Neubauten verschwunden. Die Kirche des berühmten und hochangesehenen Jungfrauenstifts zu Gandersheim, wo Hroswita die Thaten Ottos des Großen besang, enthält nur noch wenige Bauteile, deren Entstehungszeit in das 10. Jahrhundert zurückreichen könnte.

Erhalten aber hat sich ein andres, nicht minder ehrwürdiges Baudenkmal jener Tage: die Stiftskirche zu Gernrode am Harz (Abb. 50 u. 51). Markgraf Gero, der von Mit- und Nachwelt hochgefeierte unermüdliche und siegreiche Vorkämpfer gegen die Slaven, nächst dem Kaiser der mächtigste Fürst Deutschlands, hatte sich nach dem Tode seines letzten Sohnes aus der rastlosen kriegerischen und politischen Thätigkeit zurückgezogen. Der ergraute Held vermachte seine Güter dem Kloster, welches er an dem nach ihm benannten Orte als Witwensitz für seine Schwiegertochter stiftete, und in dessen Kirche er seine letzte Ruhestätte finden wollte. Er pilgerte nach Rom, wo er persönlich beim Papste besondere Vorrechte für diese seine Stiftung erwirkte, legte sein Schwert auf dem Altar des heiligen Petrus nieder und nahm auf dem Heimwege selbst das klösterliche Gewand. Schon vor der Pilgerfahrt, im Jahre 960, wurde der Bau der Kirche begonnen; 965 nahm sie die irdischen Reste des Helden auf. Nur verhältnismäßig geringen Veränderungen in späterer Zeit unterworfen, ist dieses Gotteshaus das älteste in seinen wesentlichen Teilen erhaltene Denkmal der deutschen Baukunst romanischen Stils.

Seine Grundform ist die gewöhnliche: eine kreuzförmige Basilika mit halb-

Abb. 50. Stiftskirche zu Gernrode am Harz. Nordwestliche Ansicht.

rundem Chorabschluß und flachen Balkendecken. Säulen und Pfeiler miteinander wechselnd trennen die Schiffe. Über den Seitenschiffen befindet sich eine Empore, welche sich in säulengetragenen Bogenreihen nach dem Mittelschiffe hin

Abb. 51. Inneres der Stiftskirche zu Gernrode.

öffnet; in die Reihe ihrer Säulchen bringt jederseits ein dem unteren Mittelpfeiler entsprechender kleiner Pfeiler, der sie in zwei Gruppen scheidet, einen Ruhepunkt. Diese Empore, welche sich ursprünglich auch an der später veränderten Westseite herumzog, gewährte den Klosterfrauen einen von der Außenwelt abgesonderten Raum zur Teilnahme am Gottesdienste. Zwei runde Türme erheben sich an den Seiten des westlichen Vorbaus. Ernst und streng im Äußern wie im Innern, aber kraftvoll und nicht schmucklos, ist das Gebäude ein beredtes Abbild der Sinnesart der Zeit, in welcher es entstand.

Die Türme sind in mehrere Stockwerke geteilt, von denen das erstere nur durch hohe schmale Mauerstreifen belebt wird; das darüber liegende Stockwerk ist durch eng zusammenstehende Pilaster verziert, welche bei dem einen Turme Rundbogen, bei dem andern aber steile Spitzgiebel tragen, ganz ähnlich der bei der Halle zu Lorsch (Abb. 27) angewandten Verzierungsweise. Auch die östliche Apsis ist außen mit Pilastern geschmückt, welche über einem Gesimse Wandsäulchen tragen, auf denen das Dachgesims ruht. Die zwischen den Türmen hervortretende westliche Chornische ist eine Zuthat vermutlich des 12. Jahrhunderts.

Die Würfelform der Säulenkapitäle ist den Bauleuten Geros noch unbekannt gewesen. Die Säulen der Kirche sind an ihren Häuptern mit dünnem, aber kräftig heraustretendem Blattwerk geschmückt, das den Eindruck macht, als ob dem Verfertiger eine dunkel gewordene Erinnerung an das korinthische Kapitäl vorgeschwebt habe; hier und da schauen Menschengesichter zwischen den Blättern hervor; bei den unteren Säulen bilden dreieckige Vertiefungen, die über den Kapitälen in der Mauer ausgemeißelt worden sind, eine eigentümliche Zuthat. Erst an dem in jüngerer Zeit hergerichteten Zugang zur Krypta haben paarweise gestellte Säulchen die Würfelknäufe bekommen. In der Krypta finden wir eine gewissermaßen aus der Zurückführung des korinthischen Kapitäls auf die einfachste Grundform seiner Umrisse hervorgegangene Bildung in ganz schlichten sogenannten Kelchkapitälen (Abb. 52).

Abb. 52. Inneres der Kirche zu Gernrode: Niedergang zur Krypta.

Weniger vollständig hat die ansehnliche Kirche, welche der heilige Bernward in Hildesheim zu Ehren des Erzengels Michael errichtete, ihre ursprüngliche Gestalt bewahrt. Erst nach dem Tode des Stifters (1022) im Jahre 1033 gänzlich vollendet, ging dieselbe schon im folgenden Jahrhundert durch eine Feuersbrunst großenteils zu Grunde. Doch behielt der 1184 geweihte schmuckreiche Neubau die alte Anlage der doppelchörigen, mit zwei Querschiffen versehenen Basilika bei, in welcher immer ein Pfeiler mit zwei Säulen wechselte. Auch wurden stehen gebliebene Bauteile wieder benutzt, darunter mehrere Säulen; diese unterscheiden sich von den späteren, reichverzierten sehr auffallend durch ihre prunklosen Würfelkapitäle, an denen über dem eigentlichen Knauf ein besonderer Aufsatz (Kämpfer) das noch ganz in antiker Weise gegliederte Deckgesims trägt (Abb. 73, ganz rechts und ganz links).

In dem westlichsten Teile des Sachsenlandes, in Westfalen, hat sich aus frühromanischer Zeit ein merkwürdiges kleines Denkmal von völlig fremdartiger Beschaffenheit erhalten, von dem aber auch ausdrücklich berichtet wird, daß es durch ausländische Arbeiter erbaut wurde. Es ist die aus drei gleich hohen, durch Säulen getrennten Schiffen bestehende, mit Kuppeln überwölbte Bartholomäuskapelle zu Paderborn, welche Bischof Meinwerk, ein sehr thätiger Förderer der Baukunst, im Anfange des 11. Jahrhunderts durch griechische Werkleute aufführen ließ.

Daß in den Rheingegenden, wo man überall römische und karolingische Werke vor Augen hatte, die Überlieferungen des Altertums länger lebendig blieben als im übrigen Deutschland, kann nicht befremden. Aber auch hier traten überall die Neuerungen neben das Alte. So zeigt der älteste erhaltene Teil der zur Karolingerzeit gegründeten, um die Mitte des 10. Jahrhunderts aber nach einem Brande neu errichteten Münsterkirche zu Essen einen mit Emporen für die Klosterfrauen ausgestatteten Westchor, der seinen ganzen Aufbau samt den Einzelheiten der selbst in späteren Jahrhunderten noch öfters als Vorbild benutzten Pfalzkapelle zu Aachen entliehen hat; aber der Gedanke an sich, aus einem Rundbau das Vorbild für eine Chornische zu schöpfen, legt schon Zeugnis ab von einem nach neuen Wirkungen suchenden Schaffenstrieb; und zu unvollkommenen Nachahmungen korinthischer und ionischer Kapitäle gesellen sich in den Schalllöchern des Turmes kelchförmige und würfelförmige Kapitäle. Sehr bezeichnend für die Art und Weise der ersten Neubildungen sind die Wandpfeiler, welche an der St. Kastorkirche zu Koblenz den aus einer frühen Bauzeit übriggebliebenen unteren Teil der zweitürmigen Westseite schmücken; von weitem machen dieselben den Eindruck von antiken Pilastern, bei näherem Zusehn aber gewahrt man, daß ihre scheinbar korinthischen Kapitäle aus völlig fremdartigen Bildungen zusammengesetzt sind.

Die im südlichen Deutschland erhaltenen Überbleibsel von Bauten aus der Zeit der Sachsenkaiser tragen das Gepräge größter Einfachheit. Die vom Herrscherhause ausgehende Anregung fehlte hier im 10. Jahrhundert noch gänzlich. Antike Vorbilder waren kaum vorhanden; denn an der Donau hatte der Sturm der Völkerwanderung alles Römische hinweggefegt. Außerdem hemmten die verheerenden Einfälle der Ungarn lange Jahre hindurch die Entwickelung der Kunst. Aber alsbald nach der Bändigung dieses grausamen Feindes begann sich auch hier eine lebhafte Bauthätigkeit zu regen. Daß auch bei der äußersten Schmucklosigkeit der Einzelformen Räume von großartiger Wirkung geschaffen werden konnten, bekunden die im wesentlichen noch wohl erkennbaren ältesten Teile des Doms zu Augsburg, der gegen das Ende des ersten Jahrtausends als eine mächtige Pfeilerbasilika gegründet wurde.

2. Figurendarstellung und Zierkunst zur Zeit der Sachsenkönige.

Abb. 53. Aus einer Handschrift des 10. Jahrh. in der Kölner Dombibliothek.

Frommer und schlichter Sinn spricht sich überall in den einfachen und doch würdevollen Bauwerken dieser ernsten Zeit aus. Aber der Eindruck, den wir heute von ihnen haben, ist kein vollständiger mehr: es fehlt die schimmernde Pracht von Farben und Metallen, welche ihr Inneres einst bekleidete, und ohne welche sie von den Zeitgenossen nicht als fertig angesehen wurden. Die großen, nur durch die verhältnismäßig kleinen Fenster unterbrochenen Wandflächen über den Bogenreihen, die Wände der Querflügel und des Chores sowie die Wölbung der Altarnische wurden mit Gemälden bedeckt; die plastischen Verzierungen und selbst die Säulenschäfte wurden bunt bemalt, Balken und Kassetten der Decke sowie alle andern geeigneten Stellen durch farbige Musterungen belebt. Thüren, Taufbecken, Standleuchter, Altarüberbauten (Ciborien) und Altarvorsätze (Antependien) prangten häufig in vergoldetem Erz. Selbst der Fußboden erhielt bisweilen farbigen Schmuck, indem man die halbvergessene musivische Kunst wieder zur Anwendung brachte. Gewirkte und gestickte Teppiche kamen hinzu. Auf dem Altar erglänzten die goldnen oder vergoldeten gottesdienstlichen Gefäße und Geräte, mit Edelsteinen, Schmelzwerk und Elfenbein verziert.

Die Chronik des Klosters Petershausen bei Konstanz enthält anschauliche Angaben über die Ausschmückung der Kirche, welche der Abt Gebhard gegen Ende des 10. Jahrhunderts erbauen ließ. Die Wände derselben waren in ihrer ganzen Ausdehnung bemalt, und zwar zur Linken mit Darstellungen aus dem Alten, zur Rechten aus dem Neuen Testament; im Chor sah man die Bilder der heiligen Jungfrau und der zwölf Apostel; die Gestalt des Herrn war überall durch einen goldnen Heiligenschein ausgezeichnet. Das bei den Gemälden reichlich angewendete teure Lasursteinblau hatte der Bischof von Venedig geschenkt. Über dem Altar, den an der Vorderseite ein mit Edelsteinen besetztes Antependium von gediegenem Golde, an der Rückseite eine Silberplatte mit dem vergoldeten Bilde der heiligen Maria schmückte, erhob sich auf vier mit erhaben ausgearbeiteten Ranken verzierten silberbekleideten Säulen ein Ciborium, dessen vier Bogen mit vergoldeten Silber- und Kupferplatten überzogen waren; die Decke dieses Baldachins bildete eine mit Silber eingelegte vergoldete Kupfertafel mit den Bildern der Evangelisten; darüber erhob sich ein Aufbau mit mannigfachem Täfelwerk, Inschriften, gewundenen Säulchen und mit dem Bilde des Lammes als oberstem Abschluß. Nicht minder reichen Schmuck erhielt das Gotteshaus an den Thüren und an der getäfelten Decke. Dem Abte ward nach seinem Tode (gegen 996) in der Kirche ein prächtiges Grabmal errichtet, mit den Bildern des Verstorbenen und dienender Brüder, sowie mit schmuckreichen Säulen- und Bogenreihen aus Stuck geschmückt.

Bis vor wenigen Jahren dachte niemand daran, daß es möglich sein würde, von Wandgemälden dieser entlegenen Zeit jemals eine andre Vorstellung zu gewinnen, als sie einige spärliche und schlecht erhaltene Überbleibsel und der Vergleich mit den Miniaturen etwa gewähren mochte. Vor kurzem aber hat eine glückliche Entdeckung ein umfangreiches zusammenhängendes Werk der damaligen Monumentalmalerei an den Tag gefördert (Abb. 54).

In der Kirche St. Georg zu Oberzell auf der Insel Reichenau im Bodensee, einer kleinen und prunklosen Säulenbasilika ohne Querschiff, welche durch den Abt Hatto (888—913) gegründet und unter dem Abte Witigowo in den letzten Jahrzehnten des 10. Jahrhunderts umgebaut wurde, ist die aus dieser Zeit herrührende Ausmalung des Mittelschiffes beinahe vollständig vorgefunden worden. Deren verhältnismäßig gute Erhaltung ist um so erstaunlicher, als die Bilder zum Teil nicht nur von der Tünche, sondern unter dieser noch von Farbenschichten bedeckt waren; noch im vorigen Jahrhundert haben sie stellenweise Übermalungen und Modernisierungsversuche über sich ergehen lassen müssen, kurz bevor die Zeit kam, die alles rücksichtslos unter weißem Kalkanstrich verbarg.

Wir sehen auf jeder der beiden Wände vier Darstellungen in lebensgroßen Figuren, welche Totenerweckungen und andre Wunderwerke des Erlösers schildern; ein schmales rotes Band enthält erläuternde Unterschriften in Versen. Die einzelnen Bilder sind durch verschiedenartige Zierstreifen voneinander getrennt, die ganze Reihe wird oben und unten durch breite, künstlich angeordnete buntfarbige Mäander begrenzt. Darunter erblicken wir zwischen den Fenstern die überlebensgroßen Einzelfiguren der Apostel, — diese, da die Fenster in späterer Zeit verändert worden sind, in stärker beschädigtem Zustand als die übrige Malerei. Unterhalb der Hauptdarstellungen füllen Rundbilder mit Halbfiguren von Propheten die Bogenzwickel über den dunkelrot angestrichenen Säulen (Abb. 54).

Diese Malereien, namentlich die figurenreichen Hauptbilder, liefern einen überraschenden Beweis von der bedeutenden Höhe, auf welcher die monumentale Malerei im 10. Jahrhundert stand, und von der Berechtigung des großen Rufes, den die Maler von Reichenau genossen. Möglicherweise trug die sichere Lage der Insel dazu bei, daß, während sonst überall die Wirrnisse im Reich die von Karl dem Großen ins Dasein gerufene Kunstblüte knickten, sich hier die guten Überlieferungen wenigstens in derjenigen Kunst mit ungeschwächter Kraft erhielten, die der besondere Stolz der Reichenauer Benediktiner war. Wir ersehen

Abb. 54. Aus den Wandgemälden der St. Georgskirche zu Oberzell auf der Reichenau im Bodensee.
(Die Auferweckung des Lazarus.)

aus den großartigen, wahrhaft klassischen Kompositionen, der wohlgeordneten antiken Gewandung der ausdrucks- und lebensvollen Gestalten, daß die Grundlage der Kunst noch in der karolingischen Renaissance ruhte. Die spätrömischen Werke, welche die ersten Vorbilder gewesen waren, enthielten immer noch einen solchen Schatz von Naturwahrheit der Form, daß diese den Malern genügte, um unbekümmert um äußerliche Studien lediglich dem Ausdruck ihrer Gedanken nachgehn zu können und ungehemmt durch mühevolles Ringen und Suchen nach Formen eine sprechende Lebendigkeit und jene innere Größe anzustreben, welche der Heiligkeit der Gegenstände und der Weihe des Ortes entsprach. — Die Farben sind begreiflicherweise stark abgeblaßt, aber sie sind noch so deutlich erkennbar, daß es nicht schwer wird, sich ihre ursprüngliche Wirkung zu vergegenwärtigen. Die Farbengebung ist sehr ansprechend; die der Zahl nach ziemlich beschränkten Töne sind in wohllautendem Einklang zusammengestellt und erinnern mehr an die Stimmung ravennatischer Mosaiken, als an diejenige späterer romanischer Malereien, so daß auch hieraus der lebendige Zusammenhang mit der Kunst des Altertums ersichtlich ist.

Die Art und Weise, wie die Bilder ausgeführt sind, ist ein Zeugnis von außerordentlicher Sicherheit und Übung. Von der peinlichen Sorgfalt, welche auf die Malerei der Miniaturen verwendet wurde, ist hier keine Rede. Was dort erforderlich schien, wo der Beschauer das Bild nahe vor die Augen nahm, war hier, wo eine Fernwirkung erzielt werden mußte, überflüssig oder schädlich. Alles ist überaus flott, aber mit entschiedenen und bewußten Strichen hingezeichnet. Die Farben sind meistens dünn und fast immer ganz rein aufgetragen; die zusammengesetzten Töne sind überwiegend nicht durch Mischungen, sondern durch Lasieren, dünnes Überstreichen einer Farbe mit einer andern, hergestellt. Man erkennt dieses Verfahren, durch welches alle trüben Töne vermieden sind, bei dem jetzigen Zustand der Bilder sehr deutlich. So sind die Hintergründe zuerst mit blaugrüner Oxydfarbe gestrichen, und dann in der oberen Hälfte mit Lasursteinblau lasiert, wodurch ein eigentümlich schöner und klarer Luftton erreicht ist. Die sämtlichen Gründe haben diese wagerechte Teilung; unten grünlich, um die Erde anzudeuten, oben blau, als Himmel. Die Figuren mit bald hellen, bald tief dunkeln Gewändern heben sich prachtvoll davon ab. Die Häuser und sonstigen Gebäude sind sehr kindlich angegeben, meistens in schrägen Linien, mit der Absicht, die Perspektive anzudeuten, und ohne daß immer Rücksicht darauf genommen wäre, ob ihre Grundlinien auch die grüne Erde nicht verlassen. Aber trotz dieser und aller sonstigen Unvollkommenheiten der Zeichnung spricht aus den Gemälden ein wahrhaft großer Künstlersinn eindrucksvoll zum Beschauer.

Am Triumphbogen sind in der Höhe der Hauptbilder die Figuren der h. Maria und einer andern Heiligen aufgedeckt worden. Die Seitenschiffe sind noch nicht von der Tünche befreit; nur die schön gezeichnete Figur eines Engels ist bis jetzt hier zu Tage gekommen.

An der Außenwand der Apsis, unter dem Dache einer später angebauten Vorhalle befindet sich in kleineren Figuren eine Darstellung des jüngsten Gerichts, welche niemals übertüncht war, aber sich in sehr verwahrlostem Zustande befindet, und deren Betrachtung außerdem dadurch erschwert wird, daß die Fleischteile infolge eines chemischen Vorgangs schwarz geworden sind. Das Bild ist anscheinend nur wenig jünger, als die Gemälde im Innern der Kirche. In der Farbe ist es denselben ähnlich, aber in der Zeichnung der Figuren, die hier sehr in die Länge gezogen erscheinen, und in der künstlerischen Auffassung steht es ihnen sehr weit nach. Ursprünglich war die Wirkung des Bildes durch aufgenagelte vergoldete Metallplättchen an den Rändern des Glorienscheins, der die Christusgestalt umgibt, und an andern Stellen erhöht, wie man aus den vorhandenen Nagellöchern sieht. Den oberen Abschluß bildet auch hier ein breiter Mäander. Der thronende Weltenrichter erscheint über einer zusammengeballten Wolkenmasse, zu seiner Rechten schwebt Maria als Fürbitterin; Engel fliegen zu beiden Seiten, darunter sitzen die Apostel. Der Himmel ist nach Art mancher karolingischen Miniaturen in verschiedenfarbigen wagerechten Streifen angegeben. Die Auferstehenden sind weiter unten in zwei besonderen Bildern dargestellt, auf der einen Seite die Seligen, auf der andern die Verdammten. Die Gruppe der letzteren ist durch eine eingebrochene Thür beinahe vollständig zerstört.

Zwischen diesen beiden unteren Gruppen sieht man in einer vertieften Nische ein anscheinend wiederum etwas jüngeres kleines Bild des Gekreuzigten zwischen Maria und Johannes. Der Hintergrund ist hier blau mit grüner Einfassung; die herkömmlichen Farben von Himmel und Erde sind beibehalten, aber nicht mehr in diesem Sinne, sondern in rein ornamentaler Weise verwendet. Was sich hier bei einer Nebensache zeigt, ist bezeichnend für die spätere, eigentlich romanische Malerei im ganzen: die Gemälde werden von ornamentalen Grundsätzen beherrscht, hinter denen der Rest von antiker Naturwahrheit, den wir in den großen Reichenauer Wandbildern noch bewundern, verschwinden mußte.

Während dieses großartige Denkmal frühromanischer Monumentalmalerei ganz vereinzelt dasteht, haben sich Werke der Miniaturmalerei in ziemlicher Anzahl erhalten. Auch manche Erzeugnisse der bildnerischen Kleinkunst und des Kunstgewerbes dieser Zeit werden in Kirchen und deren Schatzkammern oder in den Sammlungen, in welche sie aus diesen übergingen, aufbewahrt. Unendlich vieles muß den Veränderungen des Zeitgeschmackes zum Opfer gefallen, noch mehr vielleicht um seines stofflichen Wertes willen in wilden und bedrängten Zeiten zerstört worden sein. Was aber durch religiöse Ehrfurcht und den Schutz des Heiligtumes gerettet blieb, legt Zeugnis ab von dem Beginn einer frischen und köstlichen Blütezeit.

Mit den reichen Klöstern, deren Besitz durch fromme Schenkungen immer mehr anwuchs, wetteiferten die mächtigen Bischofsitze in der Entfaltung eines künstlerisch veredelten Aufwandes bei der Ausstattung ihrer Kirchen. Meistens, wenn auch nicht ausschließlich, waren es die Kloster- und Weltgeistlichen selbst, welche Kunst und Kunsthandwerk ausübten.

In Ruhe und mit Freudigkeit konnten sich die frommen Meister dem emsigen Schaffen hingeben, seitdem starke Königshände Ordnung und gesetzliche Zustände wiederhergestellt hatten. Nicht gering war der Einfluß und die Anregung, welche von den Höfen des kunstsinnigen Herrscherhauses selbst ausging.

Abb. 55. Aus Heinrichs II. Meßbuch zu München.

Von Heinrich I. wird berichtet, daß er in der oberen Halle seiner Pfalz zu Merseburg seinen Sieg über die Ungarn in einem großen Gemälde abbilden ließ, welches in hohem Maße die Bewunderung der Zeitgenossen erregte; „man sah mehr die Wirklichkeit der Sache selbst, als ihr wahrscheinliches Abbild vor sich“, sagt Liutprand von Pavia. Dies ist für Jahrhunderte hinaus die letzte Erwähnung eines Gemäldes von weltlichem Inhalt. Die Kunst trat überwiegend in den Dienst der Kirche.

Das Zeitalter hohen, an das klassische Altertum wieder anknüpfenden geistigen Aufschwungs, welches mit Otto dem Großen begann, mußte auch auf das Gedeihen der Künste fruchtbringend einwirken. Dazu erhielt die Entwickelung des Kunstgewerbes eine bedeutsame Förderung durch die Beziehungen, welche mit dem oströmischen Hofe angeknüpft wurden. Als des Kaisers Sohn sich mit der griechischen Prinzessin Theophano, der Enkelin des großen Kunstgönners Konstantin Porphyrogenetes, vermählt hatte, kam die junge Kaiserin mit einem großen Gefolge und mit reicher Aussteuer nach Deutschland. Da die Kunst zum notwendigen Luxus am Hofe von Byzanz gehörte, mögen sich auch griechische Künstler in ihrer Begleitung befunden haben; jedenfalls gelangten bei dieser Gelegenheit die kostbarsten Erzeugnisse des griechischen Kunstgewerbes in großer Menge an den deutschen Kaiserhof.

Im oströmischen Reiche hatte sich länger als in Italien die Naturwahrheit und Schönheit der Antike in den künstlerischen Leistungen behauptet, und wenn auch gerade um diese Zeit die byzantinische Kunst zu erstarren anfing, um bald darauf in völlige Leblosigkeit zu verfallen, so bewahrte sie doch infolge der ununterbrochenen Übung eine größere Kenntnis der menschlichen Gestalt. Mit ihren richtig gezeichneten und modellierten, aber kalt und ausdruckslos aufgefaßten Figuren stand sie daher in geradem Gegensatz zu der jugendlichen Kunst Deutschlands, die bei unvollkommener Formengebung auf Leben und Ausdruck hinstrebte. Was sie aber in hohem Maße vor dieser voraus hatte, war die denkbar vollkommenste Handwerksfertigkeit, eine unübertreffliche Geschicklichkeit in der Bearbeitung eines jeglichen Stoffes, der zur Herstellung von Kostbarkeiten benutzt wurde. Selbst die schwierige Kunst der Glyptik, des Einschneidens von Bildwerken in Edelstein, war unverkümmert bewahrt geblieben; Kaiser Lothar hatte — unzweifelhaft durch griechische Künstler — treffliche Werke dieser Gattung ausführen lassen.

Byzantinische Arbeiten hatten schon früh, als Handelsgegenstände oder Ehrengeschenke, den Weg in das Frankenreich gefunden. Auch befand sich gewiß mancher der wandernden griechischen Mönche, welche an die Pforten deutscher Klöster klopften, im Besitze künstlerischer Fertigkeiten. Aber von einem durch zerstreute und vereinzelte Werke ausgeübten Einfluß der griechischen Kunst auf die nordische konnte in weiterem Maße nicht die Rede sein. Nach der Heirat Ottos II. aber kam das Griechische in Mode. Infolge dieses Ereignisses wanderten auch wohl — jetzt und auch später noch — geschäftskluge Griechen in größerer Zahl nach Deutschland, um ihr Glück zu machen; anders wäre es ja kaum zu erklären, daß dem Bischof Meinwerk von Paderborn griechische Bauleute zur Verfügung standen.

Die Einwirkung der byzantinischen Kunstfertigkeit namentlich auf die Erzeugnisse der deutschen Goldschmiedekunst und aller mit dieser zusammenhängenden Kunstzweige wurde jetzt sehr bedeutend und hatte eine große Vervollkommnung der Technik zur Folge. Zunächst waren es natürlich die im Dienste des Hofes stehenden Künstler, welche von dieser neuen Belehrung Nutzen zogen. Die zierlichen Filigran- und Emailgebilde, die Fassungen der Edelsteine und die Elfenbeinschnitzereien der Griechen wurden mit so viel Sorgfalt und Fleiß studiert und bald auch so geschickt nachgeahmt, daß ein Unterschied kaum noch wahrnehmbar ist. Gelegentlich verrät sich der abendländische Künstler durch die fehlerhafte Wiedergabe einer mitkopierten griechischen Beischrift.

Am wenigsten von allen Kleinkünsten gab sich die Miniaturmalerei dem byzantinischen Einfluß hin. Die Ausführung, in welcher die Miniaturen der Prachthandschriften der Ottonenzeit mit Deckfarben gemalt sind, ist zwar derjenigen der karolingischen Werke überlegen, aber sie unterscheidet sich von dieser im Grunde genommen nur im Grade der Sorgfalt, nicht aber im Wesen. Auffassung und Zeichnung stehen im allgemeinen in viel engerem Zusammenhange mit der überlieferten älteren, als mit der neu hereingetragenen Kunstrichtung. Am meisten mag man in einer gewissen abgemessenen Würde der Stellungen bei den Abbildungen der Herrscher, die zu der unbefangenen Lebendigkeit der Bilder von Karolingern in auffallendem Gegensatz steht, die Einwirkung des Ostens erkennen, und auch hier vielleicht eine mehr von byzantinischem Hofceremoniell als von der byzantinischen Kunst ausgehende.

Die im Auftrage der Kaiser oder für deren eignen Gebrauch angefertigten Bücher wurden seit der Zeit Ottos II. wieder mit dem höchsten Aufwand der inneren und der äußeren Ausstattung hergestellt. Mit Gold, Elfenbein, Juwelen und byzantinischen Schmelzarbeiten wurde der prunkende Einband in mustergültiger Schönheit der Arbeit und der Raumverteilung geschmückt. In den zahlreichen Miniaturen dieser Prachtbücher sehen wir Werke von außerordentlich großem Reiz der Farbe, durch deren Harmonie sie die karolingischen Bilder entschieden übertreffen. Dagegen weisen sie keinerlei Fortschritte in der Zeichnung auf; die Bewegungen sind häufig befangener als bei jenen, und die ungemein saubere und gleichmäßige Ausführung trägt nur dazu bei, die Mängel der Form noch augenfälliger zu machen. Der Umfang des Darstellungskreises ist sehr groß geworden; die Evangelien werden durch eine Fülle von figurenreichen Bildern zur Anschauung gebracht. Bei denjenigen Darstellungen, welche an den Boden des Irdischen nicht gebunden, sich auf dem Grunde eines kühn erfundenen himmlischen Lichtscheins entfalten, bei denen auch der heutige Beschauer die Bedingungen irdischer Natürlichkeit weniger vermißt, begegnen wir mitunter einer überraschenden Großartigkeit. Ein erfinderischer Geschmack macht sich in den Zierbildungen geltend; auch in dem architektonischen Beiwerk tritt er hervor, dessen Säulen häufig Kapitäle von neuen phantastischen Bildungen zeigen, wie sie bald auch die Baukunst in Wirklichkeit annahm. Vorzüglich schön sind die Anfangsbuchstaben, in deren Erfindung die deutsche Kunst vollkommen selbständig blieb und stets einen unübertroffenen Geschmack an den Tag legte. Die Verschlingungen und Knoten entwickeln sich nicht mehr aus schmalen Einfassungsborten, sondern aus dem gespaltenen und durch verzierte Bänder zusammengebundenen Buchstabenkörper selbst, und überall wo sie frei werden, nehmen sie ein pflanzenhaftes Gepräge an, erscheinen als sprossentreibende Ranken; mitunter wachsen auch schon aus dem Körper des Buchstaben Knospen hervor, von denen dann wohl eine zur Ranke wird und sich durch den Stamm hindurchschlingt (Abb. 46, 48, 55, 56, 60, 61, 67). Bisweilen fand man Gefallen daran, bei den goldnen Zierbuchstaben und selbst bei figürlichen Bildern durch regelmäßig gemusterte mehrfarbige Gründe die Pracht der Farbenwirkung zu steigern.

Von Otto II. und III. und namentlich von Heinrich dem Heiligen sind noch mehrere solcher kostbaren Bücher vorhanden, die uns Gelegenheit geben, den Glanz und Prunk zu bewundern, welche diese Hofkunst zu entfalten vermochte.

Abb. 56. Gemalter Buchstabe aus Kaiser Heinrichs II. dem Dom zu Bamberg geschenktem Meßbuch. Jetzt in der königl. Bibliothek zu München.

Otto II. schenkte, wie Bischof Thietmar von Merseburg erzählt, dem Dom zu Magdeburg „ein Buch von Gold und Edelsteinen mit seinem und seiner Gemahlin Theophania Bilde". Dieses Buch ist verschwunden. Aber im Cluny-Museum zu Paris wird eine von einem Buchdeckel herrührende Elfenbeintafel mit dem Bilde dieses Herrscherpaares bewahrt. Unter einem von gewundenen Säulen getragenen Baldachin mit Vorhängen sehen wir den Erlöser, wie er segnend die Hände auf die Häupter des Kaisers und der Kaiserin legt; vor dem Schemel Ottos liegt am Boden in anbetender Stellung (nach griechischer Art) eine kleine Gestalt, in der der Verfertiger des Werks wohl sich selbst hat abbilden wollen (Abb. 57). Diese Schnitzerei ist vorzüglich charakteristisch für die damalige byzantinische Richtung: die richtige Abmessung der Körperteile, der klassische Fluß der Linien und die Schönheit und Naturwahrheit der Gewandung, wie sie die Christusfigur zeigt, sind Vorzüge, welche die damalige abendländische Kunst nicht aus sich selbst hervorzubringen vermocht hätte; daneben aber erscheinen die fürstlichen Personen wie beengt und zur Bewegungslosigkeit gezwungen durch die steifen byzantinischen Festkleider. Die Beischriften sind halb griechisch, halb lateinisch; ein in griechischer Sprache nicht ganz fehlerlos geschriebenes Gebet für den Kaiser ist neben diesem eingegraben.

Ein von Karl V. an die Heilige Kapelle zu Paris geschenktes, mit Goldbuchstaben geschriebenes großes Evangelienbuch aus der Ottonenzeit befindet sich in der dortigen Nationalbibliothek. Dasselbe enthält in der Umrahmung, welche den Anfang des Matthäusevangeliums schmückt, vier in Gold gemalte Rundbildchen mit den Bildnissen König Heinrichs und der Kaiser Otto I. und Otto II.; das erstere ist zweimal wiederholt. Die großen Bilder dieses Buches, der jugendlich schöne thronende Christus zwischen den Evangelisten und deren Sinnbildern auf Goldgrund, und die Einzelfiguren der Evangelisten unter säulengetragenen Bogen, weisen mehr als die der andern Handschriften der Zeit darauf hin, daß der Miniator sich nach den Arbeiten der Griechen gebildet habe.

Ein vorzüglich interessantes Werk ist das Evangelienbuch, welches, von Theophano an das Kloster zu Echternach geschenkt, sich jetzt im Museum zu Gotha befindet. Der Einband zeigt deutsche und byzantinische Kunstrichtung nebeneinander. Die Schnitzerei der elfenbeinernen Mitteltafel stellt den Gekreuzigten zwischen zwei bärtigen Kriegern in deutscher Tracht dar, von denen einer die Lanze, der andre die Stange mit dem Essigschwamm hält; das Kreuz wird von der zusammengekauerten Figur der Erde getragen; oben sind Sonne und Mond in der herkömmlichen Weise abgebildet. Dieses Relief ist keineswegs sonderlich fein ausgeführt, aber durch seine urwüchsige Kraft und Frische ungemein anziehend. Dagegen ist die goldne Umrahmung des Schnitzbildes eine Arbeit von vollendeter byzantinischer Zierlichkeit. Oben und unten zeigt sie in getriebener Arbeit die Zeichen der Evangelisten und Verbildlichungen der vier Paradiesesflüsse in Männergestalten, an den Seiten unterhalb je

Abb. 57. Otto II. und seine Gemahlin Theophano, von Christus gesegnet.
Elfenbeinschnitzerei, ursprünglich zu einem Buchdeckel gehörig, im Hotel Cluny zu Paris.

Inschriften: Jesus Christus,
Otto
Imperator Romanorum
Theophano.
Imperatrix.
Herr, hilf deinem Gesalbten! Amen.

einer Heiligenfigur die Kaiserin Theophano und den König Otto.*) Leider haben die Figuren infolge ihrer zarten Ausführung in sehr dünnem Goldblech durch Zerquetschung stark gelitten. Von mustergültiger Schönheit ist der äußere Rand, an welchem fünfzig Schmelzwerktäfelchen mit fünfzig durch Filigran und Edelsteine geschmückten Goldtäfelchen wechseln. Das Innere ist mit prächtigen Anfangsbuchstaben, mit sehr schönen architektonischen Einfassungen der Evangelienharmonie, mit Bildern des Erlösers und der

*) Eine Abbildung dieser beiden Figuren in Stacke, Deutsche Gesch., Bd. I, S. 280. — Die Bezeichnungen lassen wohl keinen Zweifel zu, daß dieser sehr jugendliche Fürst nicht den Gemahl, sondern den Sohn der Theophano, welche hier in langem Schleier erscheint, darstellt. Freilich war Otto III. beim Tode seiner Mutter erst 11 Jahre alt, und hier erscheint er ebenso groß wie diese; aber es mag wohl dem Künstler mit der Ehrfurcht vor der Majestät und zugleich mit den Bedingnissen der Symmetrie unvereinbar vorgekommen sein, ihn in kindlichen Verhältnissen abzubilden.

Evangelisten und einer großen Anzahl von Darstellungen aus dem Leben Christi und aus seinen Gleichnissen geschmückt, der Text ganz mit Goldbuchstaben geschrieben. Die Malereien sind mit großer Sauberkeit ausgeführt. Seiner Freude am Anblick griechischer Kostbarkeiten hat der Künstler unmittelbaren Ausdruck gegeben, indem er in einer Umrahmung Münzen eines Kaisers Konstantin abbildete und mehrere Seiten ganz mit Nachbildungen orientalischer Stoffmuster bedeckte.

Abb. 58. Otto III., mit Vertretern der Reichsfürsten, des Adels und der Geistlichkeit. Titelminiatur eines vom Abt Hliutharius dem Kaiser gewidmeten und von diesem dem Aachener Münster geschenkten Evangelienbuchs. Münsterschatz zu Aachen.

Der Domschatz zu Aachen bewahrt ein ebenso prächtig geschriebenes und gemaltes, von Otto III. geschenktes bilderreiches Evangelienbuch (in modernem Einband), dessen Titelbild den Kaiser als den von Gott eingesetzten Beherrscher der Erde darstellt. Auf purpurfarbig eingefaßtem Goldgrunde sehen wir den Fürsten auf einem Throne sitzen, der von der Erde, die wie üblich in der Gestalt eines Weibes verbildlicht ist, getragen wird; die Hand Gottes legt sich segnend auf sein Haupt, umgeben von den Evangelistenzeichen, welche ein Spruchband mit unleserlich gewordener Schrift tragen. Neben dem Kaiser stehen gekrönte Fürsten mit roten Lehensfahnen, unten Krieger und Geistliche, als Vertreter der vornehmsten Stände des Reiches (Abb. 58). Diesem Blatt gegenüber ist ein Mönch abgebildet, welcher das vielleicht von ihm selbst geschriebene Buch dem Kaiser darreicht;

Möge der Herr, Kaiser Otto, dein Herz mit dem Buche erfüllen!
Und an Liuthar dabei, von dem du's empfingest, gedenke,

lauten die dazu geschriebenen Verse.

Der heilige Kaiser Heinrich beschenkte den Dom zu Bamberg, seine Lieblingsstiftung, mit einer ganzen Anzahl wertvoller Bücher. Einige derselben befinden sich noch in Bamberg, die meisten werden jetzt in der königlichen Hof- und Staatsbibliothek zu München bewahrt: sowohl durch kostbare Einbände wie durch reichen Bilderschmuck von vollendeter Farbenschönheit ausgezeichnete Prachtwerke.

Das bedeutendste unter diesen ist wahrscheinlich schon für Otto III. angefertigt worden. Denn auf dem zweiseitigen Titelbilde*), welches in seiner strengen und abgerundeten Komposition und in der sozusagen monumentalen Größe der Farbenwirkung den Eindruck macht, als ob ein Wandgemälde dabei als Vorbild gedient hätte, ist ein jugendlicher unbärtiger Kaiser dargestellt, der keine Ähnlichkeit mit den wohlbekannten Zügen Heinrichs hat. Der Sitz des Herrschers hat hier nicht die Form der schweren und unbeweglichen karolingischen Thronstühle, sondern die leichte Gestalt des antiken Faltstuhls. In den Säulenkapitälen des Baldachins macht sich der romanische Stil schon entschieden bemerklich: zwischen dem Blattwerk derselben bilden Menschengesichter die Ecken. Zur Linken des Kaisers stehen zwei bärtige Krieger mit Schwert und Schild, zu seiner Rechten zwei Geistliche. Auf dem gegenüberstehenden Blatt schreiten Roma, Gallia, Germania und Sclavinia mit Geschenken heran; diese weiblichen Figuren sind fast noch unglücklicher ausgefallen, als die entsprechenden Darstellungen aus der Zeit Karls des Kahlen. In Bezug auf die künstlerische Ausführung und den Inhalt der zahlreichen evangelischen Bilder gleicht das Buch der Gothaer Handschrift. Das Elfenbeinrelief des Prachteinbandes zeigt den Tod Marias in so vollendeter Ausführung, daß man es vielleicht für eine griechische Originalarbeit halten muß.

Dasselbe möchte man von den Elfenbeinbildwerken mehrerer andrer Buchdeckel glauben, obgleich gerade das allerschönste, eine figurenreiche Darstellung der Kreuzigung, von einem goldnen Inschriftbändchen umgeben ist, welches besagt, daß der kostbare Einband — ebenso wie die mit Widmungsversen versehene Handschrift, welche er einschließt — im Auftrage Heinrichs II. angefertigt worden ist.

Das Bild dieses Kaisers, bisweilen auch das seiner Gemahlin Kunigunde erscheint in mehreren der Bücher und zwar in verschiedenartigen Stellungen und Handlungen. Er trägt, wie alle Könige des sächsischen Hauses mit Ausnahme Ottos III., einen Vollbart, und seine Züge haben, so unvollkommen das Gesicht auch gezeichnet sein mag, ein ganz bestimmtes Gepräge, welches ihn überall wiedererkennen läßt. Das prächtigste dieser Widmungsblätter und zugleich ein von den karolingischen Darstellungen dieser Art charakteristisch verschiedenes ist das in einem mit wundervollen Zierbuchstaben geschmückten Meßbuch enthaltene (Abb. 59), welches den Kaiser aufrechtstehend zeigt, wie ihm von Christus die Krone aufgesetzt wird. Engel fliegen in einer kühnen Bewegung, deren Wiedergabe allerdings dem Maler wenig gelungen ist, herab und reichen dem Könige die heilige Lanze und das Schwert in die von den Heiligen Emmeram und Ulrich gestützten Hände. Der in der Glorie auf dem Regenbogen thronende, in der Weise des griechischen Kirchengebrauchs segnende Erlöser erscheint hier bärtig, während es sonst zu dieser Zeit noch vorherrschend gebräuchlich war, den verklärten Christus ideal-jugendlich, nur den leidenden als bärtigen Mann darzustellen. Der Hintergrund ist mit fünferlei Mustern bedeckt, die mit dem Gold und den weichen Farbentönen des Bildes überaus reizvoll zusammengestimmt sind. Die Borte mit dem Ornament eines geknickten Bandes, welche in der Abbildung nur oben und unten angegeben ist, zieht sich im Original auch seitlich um das Bild herum, an den Ecken und in der Mitte durch vierblättrige Goldrosetten unterbrochen.

Dasselbe Buch enthält am Schluß noch ein Bild des Königs Heinrich; dieses ist in seiner ganzen Anordnung eine unverkennbare Nachahmung des Bildes Karls des Kahlen in dem Buch aus St. Emmeram, ein Beweis dafür, wie fern es den Künstlern lag, um der byzantinischen Anregung willen mit der Überlieferung zu brechen.

*) Farbige Abbildung in Stacke, Deutsche Gesch., Bd. I, S. 295.

Abb. 59. Heinrich II. empfängt von Gottes Gnaden die Krone, die heil. Lanze und das Reichsschwert.

Miniatur aus dem von Heinrich II. dem Dom zu Bamberg geschenkten Meßbuch. Jetzt in der königl. Bibliothek zu München.

Die Verse der Umschrift lauten:

Ecce coronatur divinitus atque beatur
Rex pius Heinricus proavorum stirpe polosus,
Propulsans coram sibi confert angelus hastam
Aptat et hic ensem cui praesignando timorem.
Clemens Christe tuo longum da vivere christo
Ut tibi devotus non perdat temporis usus.
Hujus Udalricus cor regis signet et actus
Emmerammus ei faveat solamine dulci.

Siehe! gekrönt wird von Gott und beglückt
Der fromme König Heinrich, erlaucht durch den Stamm der Ahnen,
Schirmend bringt ihm herbei der Engel die Lanze.
Dieser hält auch das Schwert bereit, vor ihm her Furcht verbreitend.
Gnädiger Christus, gib langes Leben deinem Gesalbten,
Damit dein Getreuer nicht den Nutzen der Zeit verliere.
Dieses Königs Herz und Thaten segne Ulrich,
Emmerammus gewähre ihm huldreich süßen Trost.

Abb. 60. Gemalter Buchstabe aus dem Meßbuch Kaiser Heinrichs II., jetzt in der königl. Bibliothek zu München.

Es genügte der Frömmigkeit der Kaiser und namentlich Heinrichs II. nicht, die Kirchen mit kostbaren Büchern und mit andern durch Kunst und Stoffwert ausgezeichneten kleinen Gaben zu beschenken. Sie bedachten dieselben auch mit prachtvollen großen Werken der Goldschmiedekunst von ungeheurem Werte, von denen gleichfalls einige, wenn auch zum Teil verstümmelt und entstellt, erhalten geblieben sind. Im Aachener Münster befindet sich eine laut Inschrift von dem heiligen Könige herrührende Evangelienkanzel, welche freilich durch mehrfache Wiederherstellungen sehr gelitten hat. Die Brüstung der Kanzel, welche sich in einem breiten Mittelteil und zwei schmäleren Seitenteilen nach außen wölbt, ist ganz mit vergoldetem Metalle bekleidet und mit Goldfiligran und Juwelen prachtvoll geschmückt; reichverzierte Bänder teilen die Flächen in verschiedenartig gefüllte Kassetten ein.

Von den neun Kassetten des Mittelstücks sind vier nur durch Ornamente und kostbare Steine, unter denen sich zwei aus Bergkristall geschnittene morgenländische Gefäße befinden, verziert. Von den in Silber getriebenen Bildern der Evangelisten, welche in den vier Eckfeldern die im mittelsten Felde dargestellte Figur des Erlösers umgaben, ist nur eins erhalten; auch diese eine Figur, eine meisterhafte Arbeit, befindet sich nicht mehr an ihrer ursprünglichen Stelle. An den Seitenteilen sind die früher erwähnten merkwürdigen Elfenbeinschnitzereien älteren Ursprungs angebracht, welche indessen nicht in die Vertiefungen passen.

Wahrscheinlich war die reiche Altartafel, deren in Gold getriebene Reliefbilder, ihrer ursprünglichen verbindenden Umrahmung beraubt, ebendort noch vorhanden sind, ebenfalls eine Stiftung Heinrichs II., wenn nicht vielleicht schon Ottos III. Die Bildwerke stellen den Erlöser, die Jungfrau und den Schutzpatron Deutschlands, den Erzengel Michael, als Einzelfiguren, die vier Evangelistenzeichen in Rundbildern und zehn Begebenheiten aus der Leidensgeschichte Christi, vom Einzuge in Jerusalem bis zur Auferstehung dar. Sie beweisen, daß auch auf dem Gebiete der Metallbildnerei eine einheimische Kunstübung der griechischen leistungsfähig gegenüberstand. Die Darstellungen besitzen nichts von byzantinischer Zierlichkeit; aber sie sind sehr anziehend durch das kräftige ausdrucksvolle Leben, mit dem die Vorgänge veranschaulicht sind.

Vollständig erhalten ist eine jetzt im Hotel Cluny zu Paris befindliche goldne Altartafel von getriebener Arbeit, welche aus dem Münster zu Basel stammt, wo sie bis 1833 aufbewahrt wurde. Auch diese ist das Werk eines vom Einfluß des Ostens unabhängigen Künstlers. Sie zeigt unter fünf von Säulen getragenen Bogen die Gestalten Christi, der drei Erzengel Michael, Gabriel und Raphael und des heiligen Benediktus, in den Bogenzwickeln die vier Kardinaltugenden als weibliche Brustbilder. Die Heiligenscheine sind mit

Juwelen verziert. Reizvollste Rankengebilde, hin und wieder von Tiergestalten durchzogen, umrahmen die Tafel und füllen die Zwischenräume. Zu den Füßen des Erlösers erblickt man die anbetenden kleinen Figuren der Stifter des Werks, als welche eine alte und durchaus glaubwürdige Überlieferung das heilige Kaiserpaar nennt.

Abb. 61. Aus einer Lebensbeschreibung Heinrichs II. in der königl. Bibliothek zu Bamberg.

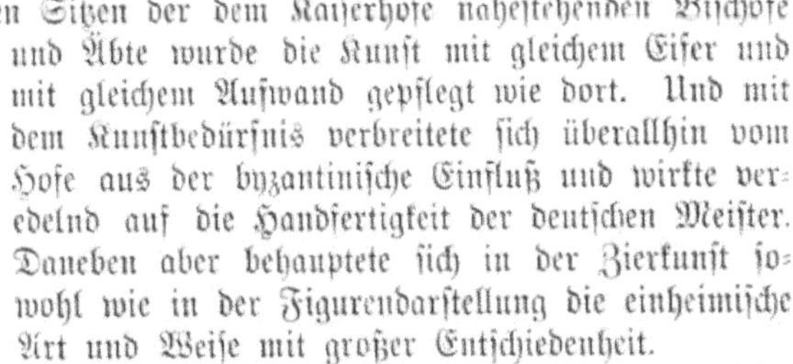

An den Sitzen der dem Kaiserhofe nahestehenden Bischöfe und Äbte wurde die Kunst mit gleichem Eifer und mit gleichem Aufwand gepflegt wie dort. Und mit dem Kunstbedürfnis verbreitete sich überallhin vom Hofe aus der byzantinische Einfluß und wirkte veredelnd auf die Handfertigkeit der deutschen Meister. Daneben aber behauptete sich in der Zierkunst sowohl wie in der Figurendarstellung die einheimische Art und Weise mit großer Entschiedenheit.

Namentlich in der Miniaturmalerei war dies letztere der Fall. Bevor jene Hofkunst ins Leben gerufen wurde, hatte es nach dem Erlöschen der von den Karolingerhöfen ausgehenden Förderung an Anregung gefehlt, die Ausstattung der Bücher mit Pracht und Sorgfalt herzustellen. Man hatte sich meistens mit flüchtigen, nur leicht und oberflächlich angemalten Federzeichnungen zur Ausschmückung des Textes begnügt. Wenn daher auch manche Werke dieser Zwischenzeit eine schreckliche Roheit zur Schau tragen und einen tiefen Verfall bekunden, so begünstigte doch in andern Fällen die Flüchtigkeit der Ausführung, die sich um keine Vorbilder kümmerte, eine gewisse Lebendigkeit und eine unbefangene Naturbeobachtung, die späterhin der Kunst zu statten kamen. Sobald aber die neue Anregung vom Hofe aus gegeben war, fanden sich sofort auch wieder die Kräfte, welche auch ohne Werke der Griechen vor Augen zu haben, sauber ausgeführte Bilder und Zierbuchstaben mit vollendeter Geschicklichkeit herzustellen vermochten. Das vorzüglichste Werk dieser Art ist das für den Erzbischof Egbert von Trier (977—93) angefertigte, die für den gottesdienstlichen Gebrauch vorgeschriebenen Lesestücke aus den Evangelien enthaltende Buch („Evangelistarium"), welches in der Trierer Stadtbibliothek aufbewahrt wird. Dasselbe ist, wie die Widmung besagt, in der alten Pflegestätte der Malerei, in Reichenau, angefertigt worden. Das Titelbild zeigt die beiden Mönche Kerald und Heribert, wie sie dem Erzbischof das Buch überreichen, das sie mit vier Gehülfen geschrieben und ausgeschmückt haben. Die Malereien dieses Prachtwerks, welches nicht weniger als 57 Bilder enthält, stehen in keiner Beziehung den glänzenden Erzeugnissen der Hofkunst nach; in Erfindung, Zeichnung, Farbe und auch in Bezug auf geschickte Ausführung sind sie den besten darunter ebenbürtig. Und doch findet man hier keinerlei byzantinische Anklänge, wohl aber eine große Ähnlichkeit mit den gleichzeitigen Wandgemälden auf der Insel Reichenau.

Als vereinzeltes Werk einer ganz eigentümlichen Richtung verdient das Evangelienbuch der Äbtissin Uta von Niedermünster in Regensburg, welche zur Zeit Heinrichs des Heiligen lebte, besondere Erwähnung. Die farbenprächtigen und sehr sauber ausgeführten Bilder dieses jetzt in der königlichen Bibliothek zu München befindlichen Buches lassen als den Ausgangspunkt des Künstlers die Absicht, das Pergamentblatt in eine das Auge gleichmäßig reizende Schmuckfläche zu verwandeln, erkennen: die zu bemalende Fläche ist durch Borten in verschiedene Felder von kreisförmiger, länglichrunder, viereckiger und andrer Gestalt regelmäßig und geschmackvoll eingeteilt; mehrere zu einander in Beziehung stehende Darstellungen sind in diese Felder verteilt, und alle Zwischenräume werden durch Inschriften, Ornamente, Tierfigürchen und dergleichen ausgefüllt, so daß das Ganze wie ein reizvoll bunter Teppich erscheint.

Mehr als bei der Malerei fand der byzantinische Stil in der Elfenbeinschnitzerei Aufnahme. Diese sehr beliebte Kunst, welche Tragaltärchen, Reliquienschreine und Buchdeckel mit ihren kleinen Reliefgebilden schmückte und Diptychen, in welchen die Schirmheiligen und die Wohlthäter der Kirchen verzeichnet wurden, sowie Weihwassereimerchen und Hostienbüchsen ganz aus dem geschätzten Material herstellte, die auch bei Gegenständen weltlichen Gebrauchs, bei Jagd- und Trinkhörnern, Toilettekästchen und Kämmen Verwendung fand, war stets zum mehr oder weniger genauen Nachmachen vorhandener Vorbilder geneigt. Dies ist sehr erklärlich, da der damals sehr kostbare Stoff, wenn einmal verschnitzt, dauernd verdorben war; und am sichersten ließ sich immer nach Vorbildern arbeiten, welche in demselben Material ausgeführt waren. So wurde denn — ebenso wie man früher altchristlich-italienische Werke benutzt hatte, — jetzt nicht nur die feine, auf vielhundertjähriger Übung beruhende Technik der Byzantiner, sondern auch deren Formengebung und Kompositionsweise gelegentlich mit größerer oder geringerer Treue nachgeahmt. Ungleich anziehender für uns sind aber diejenigen Schöpfungen dieser Bildnerei im kleinen, welche zeigen, wie dieselbe in Deutschland auf eignem Wege weiterschritt, indem sie die aus der Karolingerzeit überkommenen Formen mit eignem Geiste zu erfüllen suchte, also sich in demselben Sinne entwickelte wie die romanische Baukunst. Wie diese in den Stammlanden der sächsischen Kaiser ihre erste entschiedene Ausprägung erhielt, so erblühte auch die Kleinbildnerei jener Richtung, die wir im Gegensatz zu der byzantinisierenden die deutsche nennen dürfen, am frischesten und unabhängigsten in diesen Gegenden. Die vorzüglichsten Werke dieser Art werden noch heute in der Schatzkammer der Schloßkirche zu Quedlinburg und in der herzoglichen Sammlung zu Braunschweig bewahrt; manche befinden sich auch, aus den Schenkungen Heinrichs II. herrührend, in Bamberg und in den Münchener Sammlungen. Sie unterscheiden sich von den byzantinischen oder byzantinisierenden Arbeiten so scharf, wie das deutsche von dem griechischen Volkstum und wie die Jugend vom Alter. Die griechischen Figuren sind schlank und biegsam, ihre Bewegungen mehr lebhaft als lebendig; dabei sind Bewegungen, Ausdruck und Faltenwurf stilvoll geregelt; nirgendwo wird die künstlerische Maßhaltung, die auch leicht zur hemmenden Fessel werden kann, überschritten, weder im einzelnen noch in der wohlgeordneten Komposition. Die deutschen Künstler bildeten die breitschultrigen starken Gestalten ihres Stammes ab, die alles überflüssige Gestikulieren vermeiden, die bisweilen schwerfällig erscheinen, sich aber mit kraftvoller Entschiedenheit bewegen, wenn es die Handlung erfordert; die Züge der Gesichter sind bisweilen plump, aber groß, ernst und ausdrucksvoll; die Gewänder sind in schlichteren Massen angeordnet, wie aus gröberem Stoffe angefertigt, und schmiegen sich weniger den Körperformen an. Mit der ganzen Auffassung stimmt die derbere und breitere Behandlung überein. Daß diese vaterländische Richtung der Kunst auch am Kaiserhofe zu der Zeit, wo der griechische Einfluß in vollster Blüte stand, nicht mißachtet wurde, beweisen außer den goldnen Altartafeln von Aachen und Basel, bei denen dieselbe in ähnlicher, wenn auch etwas befangnerer Weise zum Ausdruck kommt, mehrere Elfenbeinarbeiten, welche unzweifelhaft im Auftrage der jüngeren Ottonen angefertigt wurden. Bei dem Einbande des Echternacher Evangelienbuches wurde eine derartige Arbeit für würdig befunden, zwischen Meisterwerken byzantinischer Goldschmiedekunst zu prangen. Im Domschatz zu Aachen wird ein von Otto II. oder III. geschenktes Weihwassergefäß aus Elfenbein aufbewahrt, welches in zwei Figurenreihen oben einen jugendlichen Kaiser und einen Bischof oder Papst zu den Seiten des Erlösers, umgeben von geistlichen Würdeträgern, unten acht geharnischte Krieger in geöffneten Burgthoren zeigt, alle Figuren ebenso wie die Verzierungen des oberen Randes (Abb. 62) in charakteristisch deutscher Auffassung und Ausführung.

Abb. 62. Elfenbeinschnitzerei aus ottonischer Zeit: Rand eines Weihwassereimerchens im Münsterschatz zu Aachen.

Die abgebildete (Abb. 63) aus dem Dom zu Münster stammende Elfenbeintafel mit der Darstellung des Evangelisten Markus ist ein bezeichnendes Beispiel dieser jugendlich kräftigen deutschen Schnitzkunst. Mit der Randverzierung hat sich der Künstler ebensowenig Kopfzerbrechen gemacht wie mit der Faltenlegung des antiken Gewandes; die Trennung der überirdischen Gebiete, in welchen das himmlische Jerusalem und der geflügelte Löwe erscheinen, von dem Evangelisten und den Mauern und Türmen des irdischen Jerusalem ist durch eine regellose, nur durch den Gedanken an möglichst vollständige Ausnutzung des Raumes bestimmte Linie angedeutet, welche das Entsetzen eines byzantinischen Künstlers erregt haben würde. Der deutsche Schnitzer hat seine ganze Kraft auf den Ausdruck verwendet. Es ist unmöglich, die gänzliche Versunkenheit in eine Arbeit mit größerer Tiefe darzustellen, als es in dieser schlichten Figur geschehen ist. Auch der Cherub in Löwengestalt ist von Ausdruck beseelt: mit strenger Aufmerksamkeit verfolgt er die Niederschrift des göttlichen Wortes.

Übrigens verschwinden keineswegs immer alle Rücksichten auf das Äußerliche so vollständig hinter dem Streben nach innerer Wahrheit und Vertiefung, wie bei diesem Beispiel einer den äußersten Gegensatz zur byzantinischen Weise bezeichnenden Richtung. Sehr viele Werke der frühen deutschen Kunst zeigen vielmehr eine große Sorgfalt der

Ausführung. Das Aachener Gefäß zum Beispiel hat an seinem oberen Rande an den Befestigungsstellen des Henkels zwei Masken von ganz ausgezeichneter Schönheit, prachtvolle Köpfe von ausgesprochen deutschem Charakter, nicht unähnlich den trotzigen Gesichtern von Barbarenhäuptlingen, welche die römische Kunst verewigt hat (Abb. 62).

Am meisten zogen die deutschen Goldschmiede von der größeren Geschicklichkeit ihrer griechischen Kunstgenossen Nutzen. In der Fassung der Edelsteine, in der geschmackvollen Verteilung derselben über die zu schmückenden Flächen, in der gefälligen Anordnung der sonstigen Verzierungen besaßen die Byzantiner eine niemals übertroffene Meisterschaft. Auf diesem Gebiete mußten ihre Arbeiten, die die höchste Vollendung desjenigen zeigten, was im Abendlande angestrebt wurde, als unbedingt nachahmenswerte Muster erscheinen.

Abb. 63. Deutsche Elfenbeinschnitzerei des 10. Jahrhunderts: Der h. Markus das Evangelium schreibend.
Aus dem Dom zu Münster bei dem Brande von 1530 gerettet; jetzt in einer Privatsammlung zu Münster.

Nichts kann bezeichnender sein für den verbesserten Geschmack und das gesteigerte Kunstbedürfnis dieser Zeit, als die Nachricht, welche die Chronik des Stiftes von St. Emmeram in Regensburg über die Erneuerung des Einbandes jenes von Kaiser Arnulf geschenkten Evangelienbuches Karls des Kahlen gibt. Das Buch war nach karolingischer Art überaus kostbar gebunden, ganz mit Edelsteinen bedeckt. Abt Ramuold, ein Zeitgenosse Ottos II., ließ diesen Einband zerstören, um ihn durch einen solchen zu ersetzen, bei dem die Kunst dem Stoffe höheren Wert verliehe. Mit dem Überschuß an Juwelen ließ er vier Kelche ausschmücken. Dieser neue, immerhin noch reichlich genug mit Perlen und Edelsteinen ausgestattete Prachteinband ist mit der Handschrift, welche er einschließt, unversehrt erhalten geblieben. Es ist in der That eines der vollendetsten Meisterwerke der damaligen Goldschmiedekunst. Die Lehre der Griechen ist hier unverkennbar; auch die zarten, getriebenen Bildwerke, welche ihn zieren, sind Kunstgebilde des feinsten byzantinischen Stils und höchst bezeichnend für diesen (Abb. 64).

Den Mittelpunkt des Deckels nimmt das Reliefbild des Erlösers ein, der mit der erhobenen Rechten nach abendländischem Kirchengebrauch segnet, in der Linken das aufgeschlagene Buch mit den Worten „Ich bin der Weg und die Wahrheit" hält. Dieses Bild wird von einem Rahmen umschlossen, der mit aneinander gereihten kleinen Kelchen besetzt ist, welche abwechselnd Perlen und Edelsteine (viereckige Smaragde und länglichrunde Saphire) in Fassungen von zierlich ausgeschnittenen Blättern tragen. Die umgebende Bildfläche wird durch vier Stege, deren jeder mit einem großen, von vier kelchförmigen Füßchen gleich

Abb. 64. Ramuolds Einbanddecke des Evangelienbuches Karls des Kahlen in getriebenem Gold, Smaragden, Saphiren, Perlen und Glasfluß.

Aus der Abtei St. Emmeram zu Regensburg, jetzt in der königl. Bibliothek zu München. Größe des Originals 33 × 43 cm.

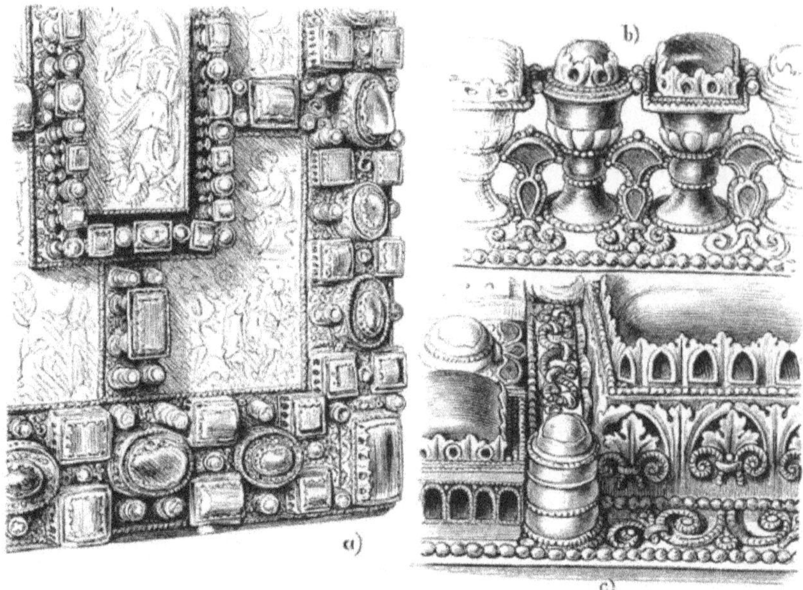

Abb. 65. Einzelheiten von der Einbanddecke des Evangelienbuchs Karls des Kahlen aus St. Emmeram zu Regensburg: a) Ansicht eines Teils der Decke etwas von der Seite. b) Die Einfassung um das Mittelbild, natürliche Größe. c) Eckstück von der äußersten Einfassung, natürliche Größe.

einem Tisch getragenen Smaragd und mit vier Perlen besetzt ist, in Felder abgeteilt, welche zu den Seiten des Heilandes die Evangelisten, oben und unten vier Bilder aus Christi Leben und Gleichnissen zeigen. Der breite äußere Rand ist wieder mit regelmäßig geordneten Smaragden, Saphiren und Perlen besetzt. Jede einzelne Fassung ist ein kleines Kunstwerk. Die größeren Steine werden von Reihen scharf geschnittener Akanthusblätter getragen, die kleineren ruhen auf zierlichen offenen Bogenstellungen. Die Perlen liegen auf kleinen Türmchen, nur diejenigen, welche die Zwischenräume von je zwei nahe beisammen stehenden kleinen Steinen einnehmen, erscheinen wie mit Schleifschen, die roter Glasfluß ausfüllt, an der Unterlage befestigt. Überall werden die Formen durch zierliche Filigranschnüre bereichert, welche auch die Ränder begrenzen und auf dem Boden alle Zwischenräume mit kurzen aber gefälligen Windungen füllen (Abb. 65).

Besonders vorteilhaft machte der byzantinische Einfluß sich in der Entwickelung der Emaillierkunst geltend. Etwa seit dem 6. Jahrhundert hatten die Goldarbeiter des Ostreichs begonnen, ihre Werke durch farbige Glasflüsse in geschmackvollen Mustern zu beleben, deren Zeichnung durch senkrecht aufgelötete dünne Goldbändchen hergestellt wurde. Vielleicht das älteste erhaltene Beispiel dieser reizvollen Zierkunst sind die weißen und blauen Blumen, welche in grünen Feldern die berühmte sogenannte Eiserne Krone schmücken, die der Überlieferung nach als Geschenk des Papstes Gregor an Theudelinde kam und jetzt als Heiligtum in einem besondern Altar des Doms zu Monza aufbewahrt wird. In dieser Art der Emailmalerei, die Kasten- oder Zellenschmelz genannt wird, weil die verschiedenfarbigen Glasflüsse in dünnwandigen, durch eben jene Goldbändchen gebildeten Kästchen wie in Bienenzellen eingeschlossen sind, hatten die Byzantiner im 10. Jahrhundert die höchste Stufe der Vollkommenheit erreicht. Die winzigsten Ziergebilde wurden mit einer unglaublichen Feinheit und Genauigkeit in dieser Weise ausgeführt.

Die ersten Versuche der Deutschen auf diesem schwierigen Gebiet waren noch sehr kindlich. Sie erinnern mehr an die äußerlich ähnlichen, aber nicht durch Einschmelzen, sondern durch Einlegen von Glasstückchen hergestellten Verzierungen mancher Schmucksachen aus der Wanderzeit der Germanen, als an die gleichzeitigen griechischen Arbeiten. Auch in der Formengebung finden wir bei den wenigen erhaltenen derartigen Erstlingswerken, welche wiederum dem Sachsenlande angehören, einen auffallenden Nachklang uraltertümlichen Geschmacks.

Ein bezeichnendes Beispiel dieser frühen, noch unbeholfenen deutschen Schmelzkunst ist ein der Johanniskirche zu Herford in Westfalen gehöriges Reliquiengehäuse, dessen Gesamtform am meisten Ähnlichkeit mit einer Hängetasche, einer Bursa, hat, indem es von dem länglich rechteckigen Boden aus sich nach oben in leichter Schweifung verjüngt und mit einem wagerechten, mit freistehenden Gebilden geschmückten Kamm abschließt. Ihrer ganzen Form nach scheint diese Kapsel eine Nachahmung des prächtigen Behälters der Reliquien Johannes des Täufers zu sein, welche im Dom zu Monza bewahrt wird. Es ist ja leicht denkbar, daß ein westfälischer Geistlicher im Gefolge des Kaisers im Dom zu Monza, wo die Krönung mit dem „eisernen“ langobardischen Stirnreif vollzogen wurde, Gelegenheit hatte, jenes besonders heilig gehaltene Reliquiar zu sehen und den Wunsch empfinden mochte, für ein Heiligtum seiner Kirche, vielleicht eine Reliquie desselben Heiligen, ein ähnliches Gehäuse herstellen zu lassen. Aber nur die allgemeine Erscheinung dieses Meisterwerks byzantinischer Goldschmiedekunst bewahrte er im Gedächtnis: die ungewöhnliche Gestalt, den farbenschimmernden Juwelenschmuck der Vorderseite, die Verzierung der einfach goldnen Rückseite durch figürliche Darstellungen und die freigearbeiteten Löwen auf dem Kamm. Alles Einzelne blieb der Einbildungsgabe des nordischen Künstlers überlassen, der nachher das Werk ausführte. Daß dieser hierbei auch Zellenschmelz anwendete und zwar in Formen, welche nicht im entferntesten an byzantinische Vorbilder erinnern, ist höchst merkwürdig. Die Vorderwand des Gehäuses ist zwischen vereinzelten, ganz schlicht gefaßten Edelsteinen und antiken Gemmen durchweg mit Glasflüssen bedeckt oder bedeckt gewesen. Aus viereckigen Kästchen bestehende Bänder umgeben und durchkreuzen die Fläche; ebensolche Bänder durchziehen in unregelmäßigen Windungen die einzelnen Felder und schließen völlig barbarische, auf den ersten Blick kaum zu verstehende Bilder von Vögeln, Krebsen, Fischen und Schlangen ein; die äußerste Umrahmung ist durch rautenförmige Zellen netzartig gemustert. Die Rückwand und die Schmalseiten zeigen in getriebener Arbeit die Brustbilder von Christus, Engeln und Heiligen. Die Bekrönung der schmalen Deckelplatte des Gehäuses bilden zwei liegende Löwen, über deren Schwänzen sich die Köpfe von drei kleinen, quergestellten Löwen erheben. Die Gestalt dieser Tiere, denen es übrigens trotz ihrer Plumpheit nicht an Lebendigkeit fehlt, beweist zur Genüge, daß dem sächsischen Goldarbeiter weder byzantinische noch weströmische Werke vor Augen lagen, von denen er hätte lernen können (Abb. 66).

Bei einem andern Werke solcher Art, dem im Dom zu Minden bewahrten Reliquienschrein des Bischofs Rudolf von Schleswig, hat es ein nordischer Künstler sogar gewagt, menschliche Figuren in Schmelzwerk darzustellen; sie sind freilich auch ungeheuerlich und fratzenhaft genug ausgefallen.

Als aber nach der griechischen Heirat Werke griechischer Emailleure in Deutschland häufiger gesehen wurden, ahmten die deutschen Goldschmiede die-

Abb. 66. Deutsche Emaillierkunst im 10. Jahrhundert: Obere Hälfte eines Reliquienbehälters mit Gemmen und frühstem deutschem Zellenschmelz verziert; der teilweis ausgebrochene Schmelz läßt die Bildung der Zellen oder Kästchen deutlich erkennen.

Johanniskirche zu Herford in Westfalen.

selben bald mit bewundernswürdiger Fertigkeit nach. Der kunstsinnige Erzbischof Egbert von Trier förderte diese Kunst mit besonderer Vorliebe. Der Ruf seiner Goldschmiedeschule verbreitete sich weithin. An ihn wendete sich Abt Gerbert von Reims (der nachmalige Papst Sylvester II.) mit der Bitte, ein für den Erzbischof Adalbero von Reims bestimmtes Werk aus übersandtem Edelmetall herstellen zu lassen, „schön sowohl durch Hinzufügung von Glas als auch durch künstlerische Erfindung". Aus Egberts Werkstätte gingen Arbeiten hervor, wie die jetzt im Dom zu Limburg an der Lahn befindliche Hülse des Stabes Petri und der Tragaltar des heiligen Andreas im Domschatz zu Trier, die wie in jeder andern Hinsicht, so auch in Bezug auf Zierlichkeit und geschmackvolle Bildung der sie schmückenden Schmelztäfelchen den Vergleich mit den schönsten byzantinischen Arbeiten nicht zu scheuen brauchen.

Wenn man an andern Orten Deutschlands um dieselbe Zeit auch noch nicht diesen höchsten Grad von Vollkommenheit in der Schmelzkunst erreichte, so kam man ihm doch nahe. Der Schatz des Münsters zu Essen bewahrt mehrere Prachtkreuze aus der Zeit einer Äbtissin Mathilde, und zwar vermutlich derjenigen dieses Namens, welche von 974 bis 1011 dem hochadeligen Essener Frauenstift vorstand. Auf beiden ist die Äbtissin in Schmelzwerk abgebildet, das eine Mal in Gemeinschaft mit einem Herzog Otto, der ihr das Kreuz überreicht, das andre Mal zu Füßen der Jungfrau Maria. Sind diese figürlichen Darstellungen auch noch unbeholfen, so sind die ornamentalen Schmelzgebilde doch von vorzüglicher Schönheit.

Dieselbe, an kostbaren Werken des Mittelalters überaus reiche Kirche besitzt einen prächtigen, ursprünglich vergoldeten und mit Edelsteinen geschmückten großen siebenarmigen Leuchter, welcher von derselben Äbtissin gestiftet wurde, ein ausgezeichnetes Werk des Erzgusses.

Die Kunst des Herstellens größerer Gußwerke kam um diese nämliche Zeit, wo alle Künste in Deutschland neu erblühten, wieder zu Ansehen. Erzbischof Willigis von Mainz ließ für seinen im Jahre 978 gegründeten und 1009 geweihten Dom eherne Thürflügel gießen, die ersten dieser Art seit den Tagen Karls des Großen, wie die gleichzeitige Inschrift meldet, die auch den Namen des Verfertigers Beringer überliefert.

Im großartigsten Maßstabe wurde der Bronzeguß in Hildesheim gepflegt, unter der Leitung des Bischofs Bernward, eines Mannes, der in allen Zweigen der Kunst bewandert, in manchen selbst thätig, für die deutsche Kunstgeschichte von der größten Bedeutung ist. Der in allen Wissenschaften ausgezeichnete Gelehrte und große Staatsmann verwendete, wie uns der Hildesheimer Priester Thangmar, sein Lehrer und Biograph, erzählt, auch eingehendes Studium auf „die leichteren Künste, welche man die mechanischen nennt“. Er konnte, nach den Worten dieses Gewährsmannes, vorzüglich schön schreiben und übte mit Geschicklichkeit die Malerei; in bewundernswürdiger Weise zeichnete er sich in der Schmiede- und Juwelierkunst und in jeder Art der Baukunst aus, wie er denn durch viele prächtig geschmückte Gebäude berühmt geworden ist. Unabläßig ließ er die Malerei und alles, was auf dem Gebiete der Metallbereitung und Edelsteinfassung ersonnen und erfunden werden konnte, ausüben. An überseeischen und irischen Gefäßen, welche als besondere Geschenke dem Kaiser überbracht worden waren, ließ er seine Zöglinge sich bilden. Denn talentvolle und hervorragend begabte Knaben nahm er mit sich sogar an den Hof und auf weitere Reisen;

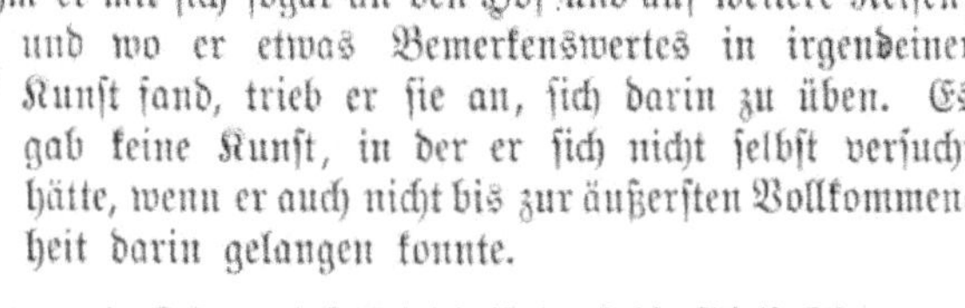

und wo er etwas Bemerkenswertes in irgendeiner Kunst fand, trieb er sie an, sich darin zu üben. Es gab keine Kunst, in der er sich nicht selbst versucht hätte, wenn er auch nicht bis zur äußersten Vollkommenheit darin gelangen konnte.

Abb. 67. Gemalter Buchstabe aus Kaiser Heinrichs II. dem Dom zu Bamberg geschenktem Meßbuch. Jetzt in der königl. Bibliothek zu München.

Bernwards Leben und Thätigkeit ist durch die Schrift Thangmars sehr ausführlich überliefert worden. Seiner Abstammung nach gehörte Bernward einem der vornehmsten Geschlechter des Sachsenlandes an; seine Verwandten befanden sich in den angesehensten Stellungen. Den Vater scheint er früh verloren zu haben; wenigstens wird derselbe vom Biographen nicht genannt. Seine Mutter war die Tochter des Pfalzgrafen Athelbero. Schon als Knabe zum geistlichen Stande bestimmt, wurde er durch seinen Oheim, den Bischof Folkmar von Utrecht in die Hildesheimer Schule gebracht, deren Vorsteher Thangmar war; hier erhielt er den gründlichen und vielseitigen Unterricht, der zur Ausbildung eines höheren Geistlichen gehörte. Durch Erzbischof Willigis von Mainz zum Priester geweiht, begab sich Bernward nach dem Tode seines von ihm mit kindlicher Hingebung verehrten und gepflegten Großvaters Athelbero im Jahre 987 an den Hof und wurde kaiserlicher Kaplan. Schon im folgenden Jahre übertrug ihm die Regentin Theophano die Erziehung des damals achtjährigen Königs Otto. Mit gewissenhafter Strenge versah Bernward, der noch sehr jung gewesen sein muß, dieses schwierige Amt. Immer und überall, selbst auf gemeinsamen Spazierritten, unterwies und belehrte er den wißbegierigen und begabten Knaben. Dabei gewann er die Liebe und das Zutrauen seines kaiserlichen Zöglings in solchem Maße, daß ihn dieser bis zu seinem frühen Tode wie einen Vater ehrte. Bernward blieb auch, nachdem er 993 den bischöflichen Stuhl von Hildesheim bestiegen hatte, in nächsten Beziehungen zum Kaiserhofe. Er begleitete Otto III. auf seiner letzten verhängnisvollen Romfahrt. Wie dieser, so schätzte und ehrte auch Heinrich II. den nicht nur durch Wissenschaft und Kunst, sondern auch durch staatsmännische Befähigung ausgezeichneten Mann, der seinerseits mit unwandelbarer Treue dem Kaiser ergeben und unermüdlich im Dienste des Reiches thätig war. Dabei vernachlässigte Bernward keineswegs die Fürsorge für sein Bistum. Auch die äußere Sicherung seines Gebiets ließ er sich angelegen sein; er errichtete feste Burgen im Lande und umgab seine Stadt mit so stattlichen Mauern und Türmen, daß man, wie der Geschichtschreiber sagt, im ganzen Sachsenlande nichts Schöneres sehen konnte. Hier in Hildesheim fand er trotz seiner vielen geistlichen und weltlichen Geschäfte und trotz eines langjährigen unerquicklichen Streits mit dem benachbarten Stifte Gandersheim, der ihn auch zu Zwistigkeiten mit dem Erzbischof Willigis führte, schließlich aber doch zu seinen Gunsten entschieden wurde, Zeit und Gelegenheit, seiner großen Liebe zur Ausübung und Förderung der Künste nachzugeben. Es ist bezeichnend für seinen künstlerischen Sinn, daß er, wie er bei den Festungsbauten mit dem Nutzen die Schönheit verband, so auch einfachen Wirtschaftsgebäuden wenigstens durch den Wechsel von roten und weißen Steinen ein gefälliges Aussehn zu geben suchte. Seinen Dom und die von ihm selbst gegründeten Kirchen ließ er nicht nur mit glänzenden Gemälden an Decken und Wänden, sondern auch mit Mosaikfußböden schmücken, obgleich ihn niemand in dieser Kunst, deren Erzeugnisse er in Italien zu bewundern Gelegenheit fand, unterrichtet hatte. In der Nähe der bischöflichen Wohnung legte er Werkstätten an, wo Metallarbeiten verschiedener Art angefertigt wurden; täglich ging er in denselben umher und prüfte die Werke eines jeden. Seine Lieblingsstiftung war die Michaelskirche, welche er nach seiner Rückkehr aus Italien im Jahre 1001 als Kirche einer Benediktinerabtei begründete, und deren Krypta er am Michaelsfeste (29. Sept.) 1015 weihte. Die gänzliche Vollendung der großartigen Basilika erlebte er nicht; jedoch konnte er am gleichen Tage des Jahres 1022 im Beisein von drei andern Bischöfen den Hochaltar derselben feierlich dem Gottesdienste übergeben. Schon seit längerer Zeit an Fieberanfällen leidend, starb er wenige Wochen später, nachdem er beim Herannahen seines Endes — einem Brauche seiner Zeit folgend — selbst das Ordenskleid der Benediktiner genommen hatte, am 20. November 1022, siebzehn Tage nach der Bestätigung des Stiftes durch den Kaiser. Wegen seiner außergewöhnlichen Frömmigkeit und seines durch alle Tugenden ausgezeichneten Lebenswandels wurde Bernward im Jahre 1193 durch Papst Cölestin III. heilig gesprochen.

Von Bernwards Bauwerken sind nur wenige Reste erhalten geblieben; so ist auch von den zahlreichen, unter seinen Händen und unter seiner Leitung entstandenen Werken der bildenden und gewerblichen Künste das meiste untergegangen. Doch ist das Vorhandene immerhin noch ausreichend, um einen Einblick in das Wesen seiner künstlerischen Thätigkeit zu gewähren und seinen weitreichenden Verdiensten um die deutsche Kunst Würdigung zu verschaffen.

Im Domschatz zu Hildesheim werden mehrere Prachtbücher, welche er anfertigen ließ, aufbewahrt. Eins derselben, ein mit schönen Zierbuchstaben geschmücktes Meßbuch vom Jahre 1014, nennt als Schreiber den Dekan Guntbold. Das interessanteste ist ein bilderreiches Evangelienbuch, welches auf dem ersten Blatte das Bild Bernwards zeigt, auf der letzten Seite die von ihm selbst geschriebenen Verse enthält:

Dieses Buch habe ich Bernwardus zu schreiben geheißen,
Und ich ließ, wie du siehst, meine eigene Arbeit hinzuthun,
Habe es Sankt Michael, dem Geliebten des Herrn, dann gewidmet.
Sei verworfen vor Gott, wer immer es wagt zu entwenden!

Der zweite Vers bezieht sich nicht auf die Bilder, deren künstlerischer Wert übrigens im Vergleich mit andern Werken der Zeit ein untergeordneter ist, sondern auf den mit Gold, Juwelen und einer Elfenbeintafel geschmückten, durch eine besondere Inschrift beglaubigten vorderen Einbanddeckel, der demnach ein Werk von Bernwards eigner Hand ist (Abb. 68).

Das Elfenbeinrelief des Mittelfeldes zeigt Christus, Maria und Johannes in schlanken Figuren, die in Auffassung, Verhältnissen und Gewandung augenscheinlich den Einfluß byzantinischer Vorbilder verraten; nur der ausdrucksvolle Kopf des Erlösers ist, wie dies bei der damaligen deutschen Kunst noch öfters vorkommt, etwas zu groß ausgefallen. Der obere und untere Rand der Tafel tragen die Inschrift:

Sei, ich bitte dich, gnädig, dreifaltige Macht, deinem Bernward!

Die breite, goldne Umrahmung, an welcher leider das obere Mittelstück fehlt, ist charakteristisch von den byzantinischen Arbeiten verschieden. Die größeren und kleineren Edelsteine sind zwar mit einer gewissen Regelmäßigkeit verteilt, aber doch nicht mit jener tadellosen Genauigkeit, welche zum Beispiel den Einband von St. Emmeram auszeichnet; auch sind sie nicht so künstlich wie dort, sondern ganz einfach gefaßt. Dagegen ist der größte Fleiß und vortrefflicher Geschmack auf die Filigranverzierungen verwendet, welche in langen, reizvollen Linien die Fläche überziehen und jedes Winkelchen mit gefälligen Ranken füllen. Auch die Evangelistenzeichen in den Rundfeldern der Ecken gehören ihrer Auffassung und der breiten kräftigen Behandlung nach durchaus der deutschen Kunst an. Dem Engel kann man trotz der derben Ausführung eine große Schönheit nicht absprechen; unbestreitbar ist er sehr viel anziehender als die zierlichere Madonna der Elfenbeintafel.

Als eine von Bernward ausgeführte größere Elfenbeinarbeit wird ein ehemals in Aachen, jetzt in Petersburg befindliches Traggefäß zum Austeilen des Weihwassers, welches mit elf durch Hexameter erläuterten Darstellungen aus dem Leben und Leiden Christi geschmückt ist, mit fast unzweifelhafter Sicherheit angesehn. Dasselbe trägt nämlich die Inschrift:

Möge der Vater, der dem Ezechias das Leben um fünfzehn Jahre verlängerte*),
dem Kaiser Otto noch viele Jahre bescheren. Sichtbar durch seine Kunst wünscht
dem Kaiser im Gedächtnis zu bleiben sein Lehrer. . .

Kein andrer Kaiser Otto hat einen Künstler zum Lehrer oder Erzieher gehabt, als Otto III. in der Person Bernwards.

Ferner bewahrt der Domschatz zu Hildesheim ein silbernes Kruzifix, welches als Werk von Bernwards eigner Hand gilt. Mit völliger Sicherheit darf man das in der dortigen Maria-Magdalenenkirche befindliche schöne goldne Kreuz

*) II. (IV.) Könige 20, 6; Jesaia 38, 5.

Abb. 68. Buchdeckel von der Hand des h. Bernward.
(Domschatz zu Hildesheim.)

als dasjenige betrachten, welches er im Jahre 994 zur Aufbewahrung eines von Kaiser Otto geschenkten Stückchens des wahren Kreuzes anfertigte. Dasselbe ist auf der Vorderseite äußerst prächtig mit mehr als 200 geschmackvoll angeordneten Edelsteinen besetzt und dazwischen überall mit Filigranranken von demselben Reiz der Erfindung, wie sie der Buchdeckel zeigt, bedeckt. Die vier Arme des Kreuzes endigen in rechteckige, annähernd quadratische Querbälkchen, während die byzantinischen Kreuze an diesen Stellen trapezförmige Verbreiterungen zu haben pflegen.

Der Schatz derselben Kirche besitzt zwei aus einer eigentümlichen Silbermischung in einer und derselben Form gegossene Leuchter, welche durch eine merkwürdige Inschrift als Erzeugnisse von Bernwards Gießhütte bezeichnet werden. In ihrer ganzen Ausschmückung tragen diese Leuchter nichts mehr von spätrömischer und ebensowenig von byzantinischer Art an sich. Nur die Gesamtform ist der Überlieferung entnommen, in allem andern offenbart sich die selbständig schaffende Erfindungsgabe des nordischen Künstlers; sie tragen daher das eigentliche Gepräge des „romanischen“ Stils (Abb. 69).

Aus der gleichen Metallmasse gegossen und in demselben Sinne erfunden ist die im Domschatze befindliche Krümmung eines Bischofsstabes, die daher mit Recht als gleichfalls aus der Bernwardschen Werkstatt hervorgegangen betrachtet wird.

Abb. 69. Bernwardsleuchter in der Maria-Magdalenenkirche zu Hildesheim.

Die Leuchter bestehen, wie gewöhnlich, aus einem dreiseitigen, schräg ansteigenden Fuß, aus einem geraden Schaft, den oben, unten und in der Mitte knaufartige Ringe umgeben, und aus einer flachen Kerzenschale. Die Inschrift, welche sich oben und unten an den Rändern befindet, lautet:

> Bischof Bernward ließ seinen Knaben (d. h. Lehrling oder Gehülfen) diesen Kandelaber in der ersten Blüte dieser Kunst nicht aus Gold noch aus Silber und doch — wie du siehst — gießen.

Der Fuß ruht auf drei Löwenklauen und ist auf seiner ganzen Oberfläche mit zusammengekauerten geflügelten Drachen bedeckt, welche die Schwänze und Hälse durcheinander schlingen; drei freigearbeitete nackte Männchen reiten rücklings auf den Drachen und blicken nach oben, als ob sie das Thun zweier Genossen beobachteten, die in dem kräftigen Rankenwerk emporzuklettern scheinen, welches, mit einzelnen Tierfiguren durchsetzt, den Schaft umwindet. Auch die Knäufe sind von Blätterranken umzogen, die kein antikes Stilgesetz geregelt hat. Von dem obersten Knauf aus, an dem zwischen den Blättern Masken hervorschauen, recken sich schlanke vierfüßige Tiere an dem unterwärts mit flachen Verzierungen geschmückten Lichtteller in die Höhe und strecken die Köpfe über dessen Rand. -- Man mag in diesen Gebilden sinnbildliche Beziehungen suchen und an den Kampf der Mächte der Finsternis gegen das Licht des Christentums denken; wahrscheinlicher aber ist, daß der nordische Künstler jener entlegenen Zeit die Erzeugnisse seiner regen Phantasie, in welcher noch die wilden und abenteuerlichen Vorstellungen seiner Väter lebten, nur als einen seinem Geschmacke entsprechenden reichen Schmuck betrachtete; füllen doch auch bei dem Tassilokelch Drachengestalten die Zwickel zwischen den Bildern Christi und der Evangelisten aus, die an dieser Stelle unmöglich eine andre als eine rein verzierende Bedeutung haben können. Die Leuchter, die nicht unmittelbar mit dem Heiligsten in Berührung kamen, eigneten sich mehr als alle andern kirchlichen Geräte dazu, solchem Geschmacke ungebändigten Lauf zu lassen.

Dagegen sind die Bildwerke des Bischofsstabes dem christlichen Gedankenkreise entnommen. Die ganze Krümmung wird durch den Baum der Erkenntnis gebildet, an dessen Wurzeln die Gestalten der Paradiesesströme sitzen, während das erste Menschenpaar am Stamm lehnt. In dem durch die einwärts gebogene Rundung gebildeten Raum ist der Herr dargestellt, wie er der Eva verweisend gegenübertritt.

Die bedeutungsvollsten erhaltenen Erzeugnisse aus Bernwards Gießhütte aber sind die beiden jetzt am Portal des Hildesheimer Domes befindlichen ehernen Thürflügel (Abb. 70) und die auf dem Domplatz aufgestellte Erzsäule.

Die Säule, welche als Siegesmal des Christentums gedacht, ursprünglich ein Kreuz trug, ist den von einem fortlaufenden Reliefbande umwundenen großen römischen Triumphalsäulen nachgebildet. Wie bei diesen in aneinander gereihten Bildern die Thaten der Imperatoren berichtet wurden, welche deren Verherrlichung durch ein weithin sichtbares Denkmal begründeten, so ist hier das Leben Christi von seiner Taufe im Jordan bis zum Einzuge in Jerusalem in zusammenhängenden Darstellungen erzählt, und die Stelle, welche dort das Standbild des Kaisers einnahm, erhielt hier das Wahrzeichen der siegreichen Lehre. Die antike Formengebung jener Bildwerke konnte Bernward dem Künstler seiner Heimat, welcher das Werk unter seiner Leitung ausführte, freilich nicht mitteilen.

Die Säule war für die Michaelskirche angefertigt und stand bis in das vorige Jahrhundert dort an ihrer ursprünglichen Stelle hinter dem Kreuzaltar, seit 1544 freilich des Kruzifixes, seit 1650 auch des Kapitäls beraubt.

Für dieselbe Kirche war auch die Thüre bestimmt. Die sechzehn Bilder dieses Werkes schildern auf dem einen Flügel den Sündenfall, auf dem andern die Erlösung der Menschheit. Die erste Reihe beginnt oben links mit der Erschaffung der Eva und endigt mit dem Brudermord und Kains Verfluchung; die andre zeigt, rechts unten anfangend, zuerst die Verkündigung, dann die Geburt, die Anbetung der Weisen, die Darstellung im Tempel, Christus vor Herodes, die Kreuzigung, die Frauen vor dem leeren Grabe, schließlich die Erscheinung des Auferstandenen vor Magdalena: also Menschwerdung, Opfertod und Beglaubigung der Göttlichkeit Jesu durch die Auferstehung. Die Schilderung der Lehrthätigkeit des Heilandes ist ausgelassen; und gerade diese ist auf der Säule enthalten, so daß sich die Bilder der beiden Werke gegenseitig ergänzen.

Die Bildwerke der Thürflügel sind anziehender als die der Säule. Sie sind, wenn man will, ungeschickter komponiert als diese, indem sie die ihnen zugewiesenen Flächen nur unvollkommen füllen. Sie sind auch in Bezug auf die Reliefbehandlung mangelhafter, indem durchgehends die Oberkörper der Figuren stärker hervortreten als die unteren Teile, so daß die Köpfe sich fast völlig frei von der Fläche lösen, während die Beine nur ganz wenig aus derselben herauskommen; aber gerade durch diese Eigentümlichkeit selbst erhält die ganze Thüre einen dekorativen Reiz, einen Reichtum der Gesamtwirkung, den der noch unerfahrene Künstler in andrer Weise nicht zu erreichen vermochte. Wie Bernward für den Gedanken, eine Thüre durchweg mit erhabenen Bildwerken zu schmücken, keinerlei Vorbild hatte, so fehlten auch dem ausführenden Bildner die künstlerischen Muster. Man sieht dies schon an der Tracht; nur eine Figur, Christus wie er vor Herodes steht, ist mit der Toga bekleidet, und in diesem einen Falle ist das klassische Gewand gänzlich mißverstanden; sonst erscheint überall die auf ihre einfachsten Bestandteile zurückgeführte Tracht der Zeit, selbst Gott Vater trägt statt des üblichen feierlichen Römerkleides den kurzen Schultermantel über der Tunika; die drei Weisen haben nicht die phrygische Kopfbedeckung, durch welche sie sonst als Morgenländer gekennzeichnet zu werden pflegten, sondern einfache Kronreifen. Der Künstler war also auf sich selbst angewiesen, und da wendete er sich geradeswegs an die Natur. Nicht als ob er die äußere Erscheinung der Natur nachzubilden versucht hätte; daran dachte er gar nicht. Die Bäume und Sträucher, mit welchen er da, wo sich keine Baulichkeiten anbringen ließen, die Lücken füllte, bildete er ganz arabeskenhaft, und von der Schönheit der Menschengestalt hatte er nicht die leiseste Ahnung; die nackten Figuren sind geradezu abschreckend häßlich. Die Perspektive ist die denkbar kindlichste; bei der Geburt Christi sind das Bett, auf welchem Maria ruht, und die Krippe des Kindleins ganz von oben zu sehen, ohne die geringsten Beziehungen zu der umgebenden Räumlichkeit. Aber den innerlichen Gehalt seiner Darstellungen, die Bewegungen und den Ausdruck der Empfindungen schöpfte der deutsche Bildner aus der Wirklichkeit. Darum sind diese Darstellungen so überaus fesselnd und gewinnen immer mehr, je länger man sie ansieht. Wir erkennen das Ringen nach Wahrheit und Freiheit und gewahren in diesen unvollkommnen Werken die ersten beredten Zeugen von einer der deutschen Kunst innewohnenden Kraft, sich selbst die Formen für ihre Gedanken zu schaffen.

Zu den ansprechendsten und eigenartigsten unter den Darstellungen gehören diejenigen, welche die Folgen des Sündenfalles schildern. Im Schweiße seines Angesichts bearbeitet Adam die Erde nach dem harten Gebot, welches ihm ein Engel verkündet; und Eva nährt daneben ihren Erstgeborenen, dessen Gesicht sie mit mütterlicher Zärtlichkeit betrachtet. Es ist nicht möglich, die Bewegung des arbeitenden Mannes und die Beziehungen zwischen Mutter und Säugling lebenswahrer zu empfinden und auszudrücken, als es in diesen der Form nach so mangelhaften Figuren erreicht ist. Selbst die Unfreundlichkeit der irdischen Natur hat der Künstler anzudeuten gewußt und dadurch eine Art von Stimmung in sein Bild gebracht; es ist als ob man den rauhen Wind fühlte, der das Haar der Eva flattern macht und das hinter ihrem Rücken zum Schutze ausgespannte Tuch aufbläht. Daß dies nicht Zufall, sondern künstlerische Absicht ist, sieht

Abb. 70. Teil der Bernwardschen Erzthüre am Hildesheimer Dome.

man bei dem folgenden Bilde, wo der Mantel Kains wildbewegt im Winde flattert, während die Gewänder Abels, dem sich die Hand Gottes entgegenstreckt, um das Opferlamm in Empfang zu nehmen, ruhig herabhängen. Noch ausdrucksvoller ist das letzte Bild. Kain hat einen gewaltigen Hieb mit der knotigen Keule geführt, die der Schnellkraft der Arme folgend in eine gehobene Stellung zurückkehrt, und verfolgt mit den Blicken den Bruder, der hinstürzt, wie ein Erschlagener wirklich stürzen kann. Und dann hüllt er sich in seinen Mantel und vernimmt mit gewendetem Kopfe in starrem Entsetzen den Fluch des Herrn (Abb. 70).

Es ist lehrreich, die Löwenköpfe, welche diese Thüre schmücken, mit denen des Aachener Münsters zu vergleichen. Die Stilunterschiede der durch zwei Jahrhunderte getrennten Kunstepochen prägen sich in ihnen deutlich aus. Die äußere Richtigkeit und Schönheit des karolingischen Werkes fehlt hier gänzlich; die Mähnen sind zu einem hart und starr stilisierten Ornament geworden. Aber dafür besitzen diese Köpfe eine wilde Kraft und eine urwüchsige Frische, die jenen einer fremden Kunst nachempfundenen Gebilden fehlen, und die unser nordisches Gemüt im Grunde genommen mehr anheimeln als jene äußerliche Formvollendung.

3. Die volle Entwickelung des romanischen Baustils.

Abb. 71. Zierbuchstabe aus einem Evangelienbuch des erzbischöflichen Museums zu Köln, 11. Jahrhundert.

Nachdem die deutsche Kunst den Weg selbständiger Entwickelung einmal betreten hatte, wuchs mit der Übung und Erfahrung das Können, mit dem Können die Kühnheit. Wie in allen jugendlichen Kunstzeitaltern ging die Baukunst denjenigen Künsten, welche neben allen andern Erfordernissen eingehendes Studium der Natur als Bedingung zur Vollkommenheit voraussetzen, weit voran. Schon unter dem ersten Herrscher aus dem salischen Hause wurden Bauten aufgeführt, die man um ihrer großartigen und stolzen Erscheinung willen mit Recht den klassischen Werken des Römertums vergleicht.

Die Grundsätze und Formen, welche die kirchliche Baukunst zur Zeit der Ottonen festgestellt hatte, blieben im wesentlichen unverändert; aber man wußte jetzt mit denselben eine machtvollere Wirkung zu erreichen. Nach und nach wurden die Einzelteile der Gebäude, namentlich die Pfeiler und Thüreinfassungen durch mannigfache Gliederung reicher gestaltet, die Flächen verschiedenartig belebt, das Zierwerk verfeinert; gelegentlich wurde auch die Gesamtanlage bereichert und eine bedeutende äußere Massenwirkung angestrebt und erreicht. Als man es dahin gebracht hatte, daß man die mächtigsten Dome durchweg mit kühnen Wölbungen überspannen konnte, da war der romanische Stil zu vollkommener Durchbildung und abgeschlossener Einheitlichkeit seines Wesens gelangt.

Der Entwickelungsgang der Baukunst im Laufe des 11. und 12. Jahrhunderts war ungleichmäßig und verschiedenartig in den einzelnen Ländern Deutschlands, nicht nur nach den vorhandenen oder fehlenden Grundlagen früherer Kultur, sondern auch nach der besonderen Eigenart der verschiedenen Stämme. Eines aber ist allen Kirchenbauten gemeinsam, welche zur Zeit der Salier und der ersten Hohenstaufen entstanden sind: das Gepräge weihevoller Majestät, tiefen Ernstes und erhabener Feierlichkeit, wie es dem Geiste der weltbeherrschenden christlichen Kirche entsprach.

Die Kaiser des rheinfränkischen Hauses standen ihren sächsischen Vorgängern nicht nach an Eifer, durch Aufführung großartiger Gotteshäuser und durch reiche Beiträge zu den Bauten der geistlichen Würdenträger ihre Frömmigkeit zu bethätigen. Konrad II. ließ auf einer steilen Höhe des pfälzischen Haardtgebirges an der Stelle seines Stammschlosses Lintburg (Limburg) zu einer von ihm gestifteten Benediktinerabtei eine Basilika von sehr bedeutenden Verhältnissen errichten. Die Einweihung derselben erfolgte im Jahre 1042 nach der unglaublich kurzen Bauzeit von zwölf Jahren. Zwar liegt die Kirche, deren Schiffe durch mächtige Würfelknaufsäulen voneinander geschieden wurden, trotz ihrer gediegenen Bauart schon längst in Trümmern*); aber man ahnt noch die überwältigende Wirkung, welche sie einst hervorgebracht haben muß.

Diese kaiserliche Stiftung ist das älteste einer Anzahl von Baudenkmälern, in welchen die einheitlichen Reihen gleichgestalteter Säulen beibehalten sind, und die schon deswegen mehr als andre Werke dieser Zeit an die Schöpfungen altrömischen Baukunst erinnern. Meistens sind die Säulen dieser stolzen Bauten mit ganz schlichten oder nur durch wenige eingegrabene Linien verzierten Würfelknäufen bekrönt. Der ausdrucksvolle und kräftige Charakter dieser Kapitäle kommt hier am vollsten zur Geltung, wo dieselben, bei häufig sehr ansehnlicher Größe, in ununterbrochener Reihenfolge erscheinen, eins mit dem andern durch einen mächtigen Halbkreisbogen verbunden.

Die größte dieser Säulenbasiliken ist die Stiftskirche zu Hersfeld in dem damals zum Herzogtum Franken gehörigen Teile des Hessenlandes, welche wenige Jahre später als die Limburger Kirche in Bau genommen wurde. Sie hat sehr große Ähnlichkeit mit dieser, dieselben großartigen und hochstrebenden Verhältnisse; ihre Längen- und Breitenausdehnung ist noch beträchtlicher. An der Westseite sind beide Basiliken mit Turmbauten ausgestattet; daneben aber ist in Hersfeld noch die alte Sitte eines abgesondert stehenden Glockenturmes beibehalten worden. Ein auffallender Unterschied besteht in der Bildung des Chors, indem dieser in Hersfeld, der allgemeinen Regel gemäß, mit einer halbrunden Apsis endigt, während er zu Limburg merkwürdigerweise ohne eine

*) Limburg wurde im Jahre 1504 in einer Fehde zwischen dem Abte und dem Grafen von Leiningen zerstört; in den nächsten Jahrzehnten notdürftig wiederhergestellt, verfielen die Gebäude allmählich immer mehr, seitdem Kurfürst Friedrich III. von der Pfalz im Jahre 1574 die Abtei aufgehoben hatte. Jetzt stehen von dem stolzen Säulenbau Kaiser Konrads nur noch die Umfassungsmauern als eine malerische Ruine.

solche mit geradliniger Wand abschließt. — Auch die Hersfelder Kirche ist zerstört. Aber was noch von ihr vorhanden ist, erfüllt den Beschauer mit Bewunderung; denkt man sich die sechzehn Riesensäulen des Langhauses wieder aufgerichtet, so ersteht vor dem Geiste ein Bau, der in der That lebhaft an die Majestät alter Römerwerke gemahnt.

Beiden Kirchen gemeinsam ist eine erhabene Einfachheit, welche auf reiche Schmuckgebilde verzichtet und doch ihrer Wirkung sicher ist. Der Hersfelder Kirche fehlt sogar die Verzierung der Außenwände durch Lisenen und Bogenfriese, wie sie jene andre an mehreren Stellen besitzt. Diese Schmucklosigkeit ist hier um so auffallender, als die Vollendung des Baues sich bis gegen die Mitte des 12. Jahrhunderts hinauszog, um welche Zeit im allgemeinen sonst eine starke Neigung für lebendigere Ausschmückung herrschte. Ein augenfälliges Merkmal dieser späteren Zeit zeigen die Füße der Langhaussäulen in den sogenannten Eckblättern, einer eigentümlichen Zuthat, welche den Übergang aus dem Kreis in das Viereck auch an dieser Stelle zu vermitteln sucht, und die für das ganze 12. Jahrhundert charakteristisch ist (vgl. Abb. 73).

Das schon im 8. Jahrhundert von Schülern des heiligen Bonifazius gegründete Benediktinerstift Hersfeld war ein sehr angesehenes und begütertes Kloster. Als der alte Dom aus der Karolingerzeit im Jahre 1037 abgebrannt war, wurde der Neubau mit solchem Eifer ins Werk gesetzt, daß schon 1040 die neue Krypta, eine dreischiffige Säulenhalle mit runden und sechseckigen Fenstern, welche der fünf Jahre früher geweihten Krypta der Limburger Kirche sehr ähnlich war, in Gegenwart Kaiser Heinrichs III. und mehrerer Bischöfe feierlich eingeweiht werden konnte. Chor und Querschiff scheinen binnen kurzem vollendet worden zu sein. Dann aber reichten die Mittel nicht aus, um den großartig angelegten Bau mit solcher Schnelligkeit zu Ende zu führen, wie es bei jenem kaiserlichen Werk geschehen war. Erst 102 Jahre später als dieses, am 17. Oktober 1044, unter der Regierung des Abtes Heinrich von Bingarten, wurde die Hersfelder Stiftskirche eingeweiht; der Erzbischof von Mainz vollzog im Beisein Kaiser Konrads III., des Landgrafen von Thüringen und der Bischöfe von Magdeburg, Naumburg und Merseburg die feierliche Handlung.

Die Langsamkeit des Baues kam der Sorgfalt der Ausführung zu gute. Die Kirche stand im Jahre 1761 noch völlig unversehrt und würde bei der Trefflichkeit ihres Mauerwerks vielleicht noch manches Jahrhundert überdauert haben, wenn sie nicht in jenem Jahre durch die Franzosen in Brand gesteckt worden wäre, damit die in ihr aufgespeicherten Vorräte, welche beim Abmarsch der Truppen zurückgelassen werden mußten, nicht in die Hände der Gegner fallen sollten.

Die stehen gebliebenen Säulenfüße des Langhauses kennzeichnen dieses als den zuletzt vollendeten Teil — abgesehen von einigen unwesentlichen Zuthaten späterer Zeit —. Die Eckblätter, welche sich hier finden, kamen erst gegen den Schluß des 11. Jahrhunderts auf. Sie erscheinen gewissermaßen wie Auswüchse aus dem unteren Pfühl der Säulenbasis, von dem aus sie sich in allmählicher Zuspitzung nach den Ecken der viereckigen Unterplatte herabbiegen. Die Gestalt dieser eigenartigen und zu dem Würfelkapitäl sehr gut passenden Verzierungen war anfänglich sehr anspruchslos, so daß sie sich wie ziemlich formlose Klumpen oder Knollen darstellten; dann aber bildete man sie gefälliger, meistens wie Blätter mit scharf hervortretender Mittelrippe, auch wohl wie große Tierkrallen; bisweilen erscheinen sie wie Reste einer von der Unterplatte heraufwachsenden Hülse, aus welcher sich der glatte Kern des Pfühls herausgeschält hat; mitunter sind sie auch als Tierfigürchen oder in sonstiger phantastischer Weise gebildet. Wie im Laufe des 12. Jahrhunderts die Zierkunst sich im allgemeinen sehr ausbildete und verfeinerte, bemächtigte sie sich auch der Eckblätter, denen sie auf die mannigfaltigste Art ein geschmackvolles Aussehn zu geben wußte.

Einige kleinere fränkische Säulenbasiliken, wie die Justinuskirche zu Höchst am Main, zeigen antik geformte korinthische Säulenkapitäle, und zwar nicht in der stumpfen Gestalt, welche die letzten unmittelbaren Ausläufer der spätrömisch-karolingischen Kunst kennzeichnet, sondern in verständnisvollerer Nachbildung der klassischen Form. Diese Erscheinung ist charakteristisch für die zweite Hälfte des 11. Jahrhunderts; denn um diese Zeit machte sich mehrfach ein erneuertes und bewußtes Studium der Formen des Altertums bemerklich.

In den niederrheinischen Gegenden kommen Säulenbasiliken nur selten vor; die bekannteste ist hier die von Erzbischof Anno gegründete, 1067 vollendete und 1074 geweihte St. Georgskirche zu Köln. Am zahlreichsten sind sie im Schwabenlande, wo namentlich die Münster zu Schaffhausen und zu Konstanz sich durch Großartigkeit auszeichnen. Diese beiden in ein und demselben Jahre 1052 begonnenen Kirchen haben mit der Stiftskirche von Limburg die Eigentümlichkeit eines geradlinig abschließenden Chores gemein. Bei der ersteren, die 1064 geweiht, aber erst 1101 vollendet wurde, und die im ganzen wohlerhalten ist, steht der Glockenturm nach altem Brauch noch abgesondert. Das in spätgotischer Zeit stark verbaute Konstanzer Münster wurde im Jahre 1068 geweiht, auch wohl vor der gänzlichen Vollendung; seine mächtigen Säulen mit Eckblättern von einfachster Form an den Füßen haben ungewöhnlich gestaltete Kapitäle: dieselben sind nach Art der Würfelknäufe gebildet, aber nicht vier-, sondern achtseitig.

Von dem schwäbischen Kloster Hirschau aus wurde das im Jahre 1105 gegründete Kloster Paulinzelle in Thüringen besiedelt. Die Kirche dieses Klosters, als dessen Stifterin Pauline, die Tochter eines Ritters Moricho genannt wird, ist gleichfalls eine Säulenbasilika; nur zunächst der Vierung steht jederseits ein Pfeiler statt der Säule. Das Kloster wurde 1534 aufgehoben; seitdem ist die Kirche in langsamem Verfall zu einer Ruine von wunderbar poetischem und malerischem Reiz geworden. Aber sie ist in allen Bestandteilen noch wohl zu erkennen und zeigt in Einzelheiten und Anlage manche bezeichnende Eigentümlichkeit des 12. Jahrhunderts.

Da die Kirche von Paulinzelle keiner gewaltsamen Zerstörung erlegen ist, stehen die unerschütterlichen Säulen noch alle aufrecht. Ihre Füße, von denen die meisten freilich durch Verwitterung entstellt sind, haben die zu dieser Zeit schon zur allgemeinen Regel gewordenen Eckvorsprünge. Die in einfachen Formen verschiedenartig verzierten Würfelkapitäle haben Deckplatten von einer Gliederung, welche jetzt sehr beliebt wurde, nämlich eine umgekehrte Wiederholung der Glieder des attischen Säulenfußes. Oberhalb der Scheidebogen zieht sich ein wagerechtes Gesimse hin, von dem sich schachbrettartig gemusterte schmale Wandstreifen auf die Kapitäle herabsenken, so daß jeder Bogen rechtwinklig umrahmt ist. — Da das Kloster für Mönche und Nonnen zugleich bestimmt war, befand sich über der westlichen Vorhalle eine abgesonderte Empore für die letzteren, die sich in einer Reihe von sieben kleinen Bogen nach dem Mittelschiff hin öffnete (Abb. 72). — Die Choranlage ist reicher als bei den Bauten des 11. Jahrhunderts: die Seitenschiffe setzen sich jenseits

Abb. 72. Mittelschiff der Klosterkirche zu Paulinzelle.

der Querflügel fort und endigen neben der Hauptaltarnische in besonderen Seitenapsiden; mit den beiden Apsiden der Ostwände des Querschiffes hatte die Kirche daher fünf Altarnischen.

Im allgemeinen war zuerst die Form der reinen Säulenbasilika im nördlichen Deutschland weniger beliebt als in den südlichen Gegenden. In Niedersachsen kam sie nur ganz vereinzelt zur Anwendung. Bei weitem häufiger wurden in den sächsischen Landen Basiliken mit der hier erfundenen eigenartig reizvollen Wechselstellung von Säulen und Pfeilern aufgeführt. Eine solche war auch der im Jahre 1819 niedergerissene Dom St. Simon und Juda zu Goslar, zu welchem Heinrich III. bald nach seiner Erwählung (1039) den Grundstein legte, und der noch bei Lebzeiten desselben Kaisers im Jahre 1050 eingeweiht wurde, „der Ruhm der Krone und des heiligen Reiches eigentliche Hofkapelle“. Im 12. Jahrhundert entwickelte die sächsische Baukunst in derartigen Schöpfungen eine eigentümliche und hohe Anmut. Die großen Flächen der Mittelschiffwände wurden jetzt regelmäßig durch eine Einteilung belebt, bald vermittelst viereckiger Umrahmungen der Scheidebogen, wie sie die Kirche zu Paulinzelle zeigt, bald in noch gefälligerer Weise durch blinde Bogen, welche sich, die von den Säulen getragenen Bogen überspringend, von Pfeiler zu Pfeiler schwingen. Der schon früh ausgebildete Sinn der sächsischen Künstler für reiche und phantasievolle Zierbildung, die nicht nur die Kapitäle und Gesimse, sondern gelegentlich selbst die Füße und Schäfte der Säulen mit geschmackvollem Formenspiel zu umkleiden wußte, vollendete den ungewöhnlichen Reiz dieser Bauten, die durch die edelste Harmonie des Ganzen und des Einzelnen den Beschauer mächtig fesseln.

Die Stadt des heiligen Bernward, deren in der zweiten Hälfte des 11. Jahrhunderts nach einem Brande umgebauter Dom im Jahre 1730 bis zur Unkenntlichkeit verunstaltet worden ist, besitzt zwei prächtige und im wesentlichen wohlerhaltene Denkmale der erwähnten Art in der 1133 begonnenen Godehardskirche und in dem 1186 geweihten Neubau der Michaelskirche. Die Michaelskirche, welche einen großen Teil ihrer malerischen und bildnerischen Ausstattung aus dieser Zeit bewahrt hat, gehört zu den sehenswertesten und ansprechendsten Baudenkmalen des ganzen Mittelalters. In der Gesamtanordnung des Langhauses und der beiden Querschiffe blieb die Anlage Bernwards maßgebend; die letzteren, welche mit den ungewöhnlich breiten Seitenschiffen nicht durch einfache Bogen, sondern durch Bogenpaare verbunden sind, scheinen samt den in ihnen eingebauten Emporen noch beinahe vollständig von dem alten Bau herzurühren. Dem kunstbegabten Gründer des Gebäudes verdankt der Innenraum daher das Wesentliche des großartigen Gesamteindrucks und der köstlichen malerischen Bilder, welche die verschiedenen Durchblicke von jedem Standpunkt aus bieten. Aber auch die schmuckreichen Formen der nach einem Brande im Jahre 1162 begonnenen Erneuerung tragen das Ihrige zu der außerordentlichen Wirkung bei, welche das Gebäude auf jeden Beschauer ausübt (Abb. 73).

Die paarweise mit den Pfeilern wechselnden Säulen wurden im Jahre 1064 der Mehrzahl nach erneuert. Sie erhielten scharfkantige Eckblätter an den auf doppelten Unterplatten ruhenden attischen Füßen, starkverjüngte Schäfte und mächtig ausladende Kapitäle, welche überall, auch an den schrägen Unteransichten der Deckplatten, mit unerschöpflich mannigfaltiger und reizvoller ornamentaler Bildhauerarbeit bedeckt wurden; bei einigen dieser Kapitäle biegt sich das üppige Laubwerk, in welches nur hin und wieder figürliche Sachen eingeflochten sind, in freien Blättern ab, so daß die Grundform des Würfelknaufes mehr oder weniger verschwindet. Die übrigen plastischen Verzierungen wurden großenteils in Stuck ausgeführt; im südlichen Seitenschiff sind auch diese erhalten: prachtvolle abwechslungsreiche Ranken- und Bandverzierungen in den Bogenleibungen, ein voller Rankenfries über den von einer flachen Einfassung umgebenen Bogen; die senkrechte Verbindung dieses Frieses mit den Kapitälen ist hier durch Figuren hergestellt, starr und geradlinig dastehende weibliche Gestalten mit Spruchbändern, welche die acht Seligkeiten bedeuten. Mit figürlichen und ornamentalen Stuckarbeiten ist auch die von einer zierlichen Säulchengalerie bekrönte Brüstungswand geschmückt, welche im westlichen Querschiff als erhaltener Teil der damaligen Chorschranken die erhöhte und mit zum Chor gehörige Vierung vom nördlichen Querarm scheidet. Von der Bemalung, welche die Wandflächen damals erhielten, ist nichts übrig geblieben; aber der prachtvolle Farbenschmuck der getäfelten Balkendecke des Mittelschiffs ist, wenngleich übermalt, so doch im wesentlichen unversehrt, noch vorhanden. Um diese Zeit hatten Bildnerkunst und Malerei in Sachsen eine bewunderungswürdig hohe Entwickelungsstufe erreicht und vereinigten sich mit der Baukunst zu herrlichen Gesamtschöpfungen. Mit dem üppigen Reichtum der plastischen und farbigen Zierden stehen die Pfeiler und Bogen der Vierung in wohlthuender Gegenwirkung durch den gleichmäßig durchgeführten ruhigen Wechsel von roten und weißen Hausteinen.

Die Godehardskirche (Abb. 74), welche die nämliche Anordnung der Langhausstützen und eine ähnlich schmuckvolle Gestaltung der Säulen zeigt wie die Michaelskirche, zeichnet sich durch eine sehr reiche und damals noch ganz ungewöhnliche Choranlage aus: ein überwölbter Umgang, der gewissermaßen eine Fortsetzung der

Abb. 73. Inneres der Michaeliskirche zu Hildesheim, südliches Seitenschiff.

Seitenschiffe bildet, zieht sich um das Chorquadrat mit der Apsis herum, durch Bogen auf wechselnden Pfeilern und Säulen mit diesen Teilen verbunden; in der Rundung des Umgangs sind wiederum drei kleinere apsisartige Nischen angebracht.

Abb. 74. Godehardskirche in Hildesheim.

Diese Anlage verleiht dem östlichen Teil der Kirche auch äußerlich ein ungewöhnliches und stattliches Ansehn durch die schöne Gruppierung, welche die hohe Hauptapsis, die niedrigeren Nebenapsiden der Querarme, der Umgang und die aus diesem in abermals geringerer Höhe hervortretenden kleinen Apsiden miteinander und mit den Kreuzflügeln bilden, auf deren Vierung ein mächtiger achteckiger Turm das Ganze bekrönt. An der Westseite erheben sich zwei bis zur Nebenschiffhöhe viereckige, von da ab achteckige Türme, zwischen denen eine Kapelle apsisartig hervortritt (Abb. 74).

Außerhalb der Sachsenlande finden sich Basiliken mit wechselnden Säulen und Pfeilern nur ausnahmsweise; in dem in das sächsische Stammesgebiet hineinreichenden nördlichsten Teil von Hessen, wo die leider teilweise verbaute und entweihte Klosterkirche von Bursfelde ein vorzüglich stattliches Beispiel dieser Bauweise gibt, reicht ihr Vorkommen genau bis zur Sprachgrenze. Aber unter den vereinzelten Ausnahmen, welche in weit vom Sachsenlande entlegenen Gegenden vorkommen, befindet sich eins der allerschönsten Bauwerke dieser Gattung; es ist die Abteikirche St. Willibrord zu Echternach, welche, nachdem sie dem Verfalle nahe gekommen war und eine Zeitlang unwürdiger Benutzung gedient hatte, vor einigen Jahrzehnten wiederhergestellt worden ist. Ihr Kern gehört einem Bau an, der im Jahre 1017 begonnen und 1031 geweiht wurde, stammt also noch aus einer sehr frühen Zeit. Hier findet sich schon jene schöne Anordnung, daß die Pfeiler durch Bogen miteinander verbunden sind, welche die von der darunterstehenden Säule ausgehenden kleineren Bogen überspannen. Sehr auffallend für die Zeit erscheint die völlig antike Bildung der ganz gleichen korinthischen Kapitäle; auch die Kämpfergesimse der Pfeiler haben gleichmäßig und scharf ausgeführte Verzierungen römischer Art, Perlschnüre und Eierstäbe.

Abb. 75. Aus dem Leben Heinrichs II. in der königl. Bibliothek zu Bamberg.

Überwiegend die Mehrzahl der romanischen Basiliken Deutschlands hat nur Pfeiler als Träger der Wände des Mittelschiffs. Ursprünglich war der viereckig aufgemauerte Pfeiler wohl als einfachster Ersatz für die schwieriger zu beschaffende Säule in Aufnahme gekommen; wie er sich aber schon in der frühesten Zeit des romanischen Stils in den Basiliken mit Stützenwechsel in voller Gleichberechtigung neben die Säule stellte, so fand er später auch in solchen Bauten ausschließliche Anwendung, bei denen keineswegs Beschränktheit der Mittel oder des Könnens dazu nötigte. Man belebte ihn häufig, vielleicht — wie bei manchen nordischen Besonderheiten — von Erinnerungen an den Holzbau ausgehend, durch Aushöhlung der Ecken. In diesen Einkerbungen brachte man dann mitunter kleine Säulchen an; auch die inneren Seitenflächen des Pfeilers wurden bisweilen durch angelehnte Halbsäulen verziert. Die Bereicherung der Form, welche der Pfeiler erfuhr, wirkte dann auf die Gestaltung der von ihm ausgehenden Bogen, indem diese eine entsprechende Gliederung bekamen. Diese schmuckreiche und gefällige Durchbildung des Pfeilerbaues bei übrigens unveränderter Beibehaltung der herkömmlichen Gestalt der flachgedeckten Basilika gehört vorzugsweise den sächsischen Gegenden und der zweiten Hälfte des 12. Jahrhunderts an.

Aber schon viel früher gab man dem Pfeiler als der kräftigeren Stütze überall da den Vorzug vor der schlanken Säule, wo man es darauf absah, besonders hochragende mächtige Bauten aufzuführen. Als man es unternahm, auch die größten Gebäude vollständig zu überwölben, wurde die Anwendung starker Pfeiler zur unbedingten Notwendigkeit.

In den volkreichen Städten des Rheinlandes entwickelte sich vorzugsweise eine nach Höhe und großartiger Massenwirkung strebende Bauart. Die alten Römerkolonieen an den Flußufern enthielten nur in den seltensten Fällen bedeutendere Hügel innerhalb ihrer Mauern, auf welchen die Kirchen in freier und alles beherrschender Lage hätten errichtet werden können, wie die ganze Zeit des romanischen Stils es liebte; vielmehr mußten hier die Kirchen, von hohen dichtgedrängten Häusern eng umschlossen, sich mit diesen auf gleichem Boden erheben. Daraus ergab sich von selbst das Bestreben, die Gotteshäuser, da sie nicht durch die Lage vor den Wohnungen der Menschen ausgezeichnet werden konnten, in ihrer äußeren Erscheinung so ansehnlich wie möglich zu gestalten, sie so hoch hinaufzuführen, daß sie durch ihre eigne Größe die stolzesten Wohnhäuser und Kastelle überragten und über die Mauern und Türme der Stadtbefestigung hinweg weithin sichtbar wurden.

In den altberühmten, durch Reichtum und Ansehn glänzenden Herrschersitzen der drei mächtigen rheinischen Erzbischöfe entfaltete die kirchliche Baukunst bereits in der ersten Hälfte des 11. Jahrhunderts eine auch äußerlich zur Geltung kommende machtvolle Großartigkeit.

In Trier begann Erzbischof Poppo (1016—47) eine Umgestaltung des durch die Normannen verwüsteten altehrwürdigen Domes, dessen Säulen er mit starken Pfeilern ummauerte und den er um ein Drittel seiner Länge nach Westen hin vergrößerte. Aus dieser Zeit hat der im 12. Jahrhundert abermals erweiterte und veränderte und im 13. Jahrhundert überwölbte Dom das malerische Äußere der Westseite mit der in der Mitte hervortretenden Apsis und mit runden Treppentürmen an den Ecken, mit den Verzierungen durch Wandpfeiler, Bogenfriese und Gesimse, durch Reihen säulengetragener Bogenöffnungen und durch große blinde Bogen im wesentlichen unverändert bewahrt.

Unter den vielen Kirchen des „heiligen" Köln gewährt die im Jahre 1049 durch Papst Leo IX. geweihte Kirche St. Maria im Kapitol noch ein sehr vollständiges Bild von dem kühnen und wirkungsvollen Neuerungen zugeneigten Sinne der rheinischen Baukünstler jener Zeit, obgleich auch sie erst im folgenden Jahrhundert gänzlich vollendet und in manchen Einzelheiten später noch verändert worden ist.

St. Maria im Kapitol führt ihren Beinamen von der Baustelle; der niedrige Hügel, dessen Höhe sie einnimmt, hatte zur Zeit der Römerherrschaft die Burg, das Capitolium, getragen; von Plektrudis, der Gemahlin Pippins von Heristal, war dann in den Resten dieses Gebäudes eine Kirche gegründet worden, die im 11. Jahrhundert durch den großartigen Neubau ersetzt wurde. Sie war nächst dem erzbischöflichen St. Petersdom die angesehenste Kirche Kölns; in jeder Christnacht lasen hier die Erzbischöfe die erste Messe, und Bürgermeister, Senat und Schöffen der Stadt begingen hier alljährlich die Vorfeier des Osterfestes.

Die eigentümliche Anlage des Chors, welcher Vierung und Querschiff mit umfaßt, gewährt dem Bau im Inneren wie im Äußeren eine ebenso großartige als malerische Erscheinung. Die beiden Kreuzarme endigen nämlich in gleicher Weise wie der Hauptchor in halbrunden Apsiden, so daß der ganze Ostteil der Kirche die Form eines Kleeblattes hat; um dieses Ganze zieht sich von den Seitenschiffen aus in gleicher Breite und Höhe mit diesen ein ununterbrochener Umgang herum, welcher durch schlanke Säulenarkaden mit den drei hohen Chornischen in Verbindung steht. An die Halbkuppeln dieser letzteren schließen sich als Überdeckung der viereckigen Räume der drei Flügel Tonnengewölbe an, und die Vierung ist mit einer mächtigen Kuppel überspannt. Auch die Seitenschiffe und der Umgang sind vollständig überwölbt und zwar durch Kreuzgewölbe; die einzelnen viereckigen Gewölbefelder sind durch quergespannte selbständig ausgeführte Bogen (Gurtbogen) voneinander getrennt. Die Anbringung dieser zur stärkeren Festigung der Gewölbe dienenden Gurte hat die Anordnung besonderer Stützen erforderlich gemacht, von denen sie ihren Ausgang nehmen; darum sind an den Seitenwänden der Schiffe und des Umgangs und an den entsprechenden Seiten der mächtigen viereckigen Pfeiler, welche die hohen Mauern des Mittelschiffs und der viereckigen Flügelräume tragen, schlanke Halbsäulen angelegt, die den Gurtbogen ihre Stütze bieten. Es erscheint fast befremdlich, daß die Meister, welche sich auf die Kunst des Wölbens so gut verstanden, dem Mittelschiff noch eine flache Decke gaben; erst in der gotischen Zeit wurde diese durch ein Gewölbe ersetzt. — Die Kapitäle der Säulen und Halbsäulen haben in Schiff und Chor, sowie in der großartigen Krypta, welche sich unter dem ganzen Chorraum ausdehnt, eine einfache Würfelform; nur in der westlichen Vorhalle und in der nach dem Muster des

Aachener Münsters gebildeten Empore über dieser erscheinen geschmückte und zierlichere Formen der Kapitäle.

Wie stattlich und großräumig diese Bauten auch sind, so bleiben sie doch an Größe und Höhe noch weit hinter der Kirche des Mainzer Erzstifts zurück, die schon von Erzbischof Willigis begonnen, das erste Beispiel gab zu jenen himmelanstrebenden Domen, die auf starken Pfeilern in gewaltigen Massen emporgetürmt, dem Raum und der Wirkung nach eine Erhabenheit erreichten, wie sie seit den Tagen der Römerherrschaft die Welt nicht mehr gesehen hatte. Der Mainzer Dom erlebte mancherlei Mißgeschicke, und in seiner jetzigen Gestalt ist er das Ergebnis mehrhundertjähriger Arbeit. Seinem Hauptkern nach gehört er indessen noch dem 11. Jahrhundert an. Ursprünglich im Mittelschiff flach gedeckt, erhielt er später eine vollständige Überwölbung, nachdem die im Lauf der Zeit gewonnene Erfahrung gelehrt hatte, daß die mächtigen, in dichter Reihenfolge stehenden Pfeiler hinreichend kräftig waren, um mit Hülfe von Gurten, die durch Wandsäulen gestützt wurden, auch das schwerste Gewölbe zu tragen.

Im Jahre 978 begann der mächtige Reichskanzler Willigis den Bau des Domes, welcher der kirchlichen Metropole Deutschlands würdig werden sollte; die Kaiser steuerten reichliche Schenkungen bei, und schon im Jahre 1009 fand die feierliche Einweihung statt. Aber am Abend des festlichen Tages brach eine Feuersbrunst aus und legte das prächtige Werk in Trümmer. Sofort begann Willigis die Wiederherstellung, welche von seinen Nachfolgern mit gleicher Thatkraft gefördert wurde, so daß die Krönung König Konrads II. bereits im Dome stattfinden und die feierliche Weihe des neu erstandenen Gebäudes im Jahre 1036 durch Erzbischof Bardo vollzogen werden konnte. Aus dieser Bauzeit — wenn sie nicht gar noch Reste des ersten Willigisischen Baues sind, — haben Teile der Ostseite, namentlich die unteren Hälften der mit Wandpfeilern gezierten runden Treppentürme die ursprüngliche äußere Erscheinung bewahrt. Vermutlich stammt auch schon aus dieser Zeit die lebendige, die Höhenwirkung wesentlich steigernde Gliederung der inneren Mittelschiffwände: die Pfeiler setzen sich über die Scheidbogen hinaus als Wandpfeiler fort, die dann dicht unter den Fenstern sich durch Bogen miteinander verbinden, so daß die Reihe der Scheidbogen von einer den nämlichen Pfeilerstämmen entspringenden blinden Bogenreihe in der Höhe begleitet wird. Damals hatte die Kirche, bei der das Fehlen eines ausgebildeten Querschiffes vor dem Ostchor auffallend ist, noch eine getäfelte Holzdecke. In den Jahren 1081 und 1137 abermals vom Feuer heimgesucht, wurde sie als vollständiger Gewölbebau hergestellt. Die quer über das Mittelschiff gespannten Gurtbogen, welche die einzelnen, ihrer Grundrißform nach quadratischen Kreuzwölbungen voneinander trennten und sie festigten, fanden Stützpunkte auf Halbsäulen, welche immer einem Pfeiler um den andern angelegt und überlang und schlank an der Wand emporgeführt wurden. Das jetzige Mittelschiffgewölbe ist aber auch nicht mehr das ursprüngliche, sondern ein spätromanisches aus dem Anfang des 13. Jahrhunderts. In den Kämpfen nämlich zwischen Erzbischof und Bürgerschaft wurde der Dom 1159 von letzterer gestürmt und als Festung eingerichtet und blieb dann bis 1183 in verwüstetem Zustande „ohne Thür und ohne Dach“; Erzbischof Konrad begann darauf die Wiederherstellung, die 1191 wiederum durch einen Brand unterbrochen wurde und erst 1239 durch die Vollendung des großen Westchors mit westlichem Querschiff ihren Abschluß fand. Die gotische Zeit fügte Kapellenreihen an die Seitenschiffe und führte verschiedene Erneuerungen und Einbauten aus. In neuerer Zeit machte ein Brand im Jahre 1767 und dann wieder die durch die kriegerischen Ereignisse von 1793—1814 verursachten Beschädigungen mehrfache Wiederherstellungen notwendig. Der große westliche Kuppelturm zeigt in seinen verschiedenen Abschnitten Baustile, die durch mehr als ein halbes Jahrtausend voneinander getrennt sind. Eine in jüngster Zeit erfolgte Wiederherstellung der baufällig gewordenen Ostteile hat den östlichen Kuppelturm und die oberen Hälften der runden Treppentürme gänzlich und in möglichster Übereinstimmung mit den alten Resten erneuert.

Dem Mainzer Dom im Innenbau sehr ähnlich, aber in der Weise, daß es sich zu ihm verhält wie das Gelingen zum Versuch, ist das herrliche Bauwerk, von dem man unbedingt behaupten darf, daß es die schönste Blüte des romanischen Stils ist und den Höhepunkt der deutschen Baukunst bezeichnet, soweit dieselbe sich völlig unabhängig von fremdländischem Einfluß aus sich selbst heraus entwickelt hat: der gewaltige, alle bis dahin diesseits der Alpen aufgeführten Bauten an Größe übertreffende Dom, welchen Konrad II. in der getreuen Stadt Speyer gründete, mit der Bestimmung, daß er ihm und seinen Nachfolgern als Begräbnisstätte dienen sollte. Es wird berichtet, daß der Kaiser im Jahre 1030 an demselben Tage, an welchem er in der Frühe des Morgens in Gemeinschaft mit seiner Gemahlin Gisela den Grundstein der Kirche zu Limburg gelegt hatte, auch zu dem Speyerer Dom den ersten Stein legte. Ungeheuere Mittel wurden auf den Bau verwendet, und als den rastlos thätigen Herrscher ein früher Tod ereilte (1039), war die eigentliche Kaisergruft vollendet, die wunderbar großartige und schöne Krypta, die ihresgleichen nicht hat, ein Wald von Säulen voll ernster feierlicher Erhabenheit (Abb. 76); als der erste einer langen Reihe von Kaisern fand der Stifter in dieser ihrer erhabenen Bestimmung würdigen Unterkirche seine Ruhestätte. Konrads Enkel Heinrich IV. brachte das „wundervolle und kunstreiche Werk" zu Ende. Er hatte zu diesem Zweck die erfahrensten Bauverständigen, Künstler und Handwerker von allen Enden seines Reiches zusammenberufen. Mit der obersten Aufsicht war zuletzt Otto, der nachmalige Bischof von Bamberg, der Bekehrer der Pommern, betraut; von diesem thatkräftigen Manne, der mit großer Umsicht die schwierige Verwaltung der Baugelder leitete, erfahren wir, daß er auch selber künstlerisch mitwirkte, indem er einen Entwurf für die Fenster anfertigte. Gegen die Fluten des Rheins war die Kirche durch mächtige, um die Krypta herumgelegte Mauermassen gesichert worden, deren Ausführung der erfahrene Bischof Benno von Osnabrück leitete. Weit und breit ward der Bau wegen seiner Größe, Stärke und Schönheit gepriesen als „höchsten Lobes würdig und die Werke der alten Könige übertreffend". Selbst der Kaiser von Byzanz bezeugte der Stiftung der deutschen Kaiser seine Ehrfurcht, indem er eine goldne Tafel zum Schmuck des Hauptaltares übersandte.

Der Dom zu Speyer ist eine regelrecht angelegte kreuzförmige Basilika mit westlicher Vorhalle, dreischiffigem Langhaus, einem aus drei gleichen Quadraten bestehenden Querschiff und halbrunder Apsis am östlichen Chorende. Er übertrifft den Mainzer Dom an Länge der Vorderschiffe, während er ihm an Höhe und Breite ungefähr gleich ist; aber er erscheint höher als dieser durch die höher hinaufgeführte senkrechte Gliederung der Mittelschiffwände und durch die an allen Pfeilern emporsteigenden schlanken Halbsäulen, welche den Blick

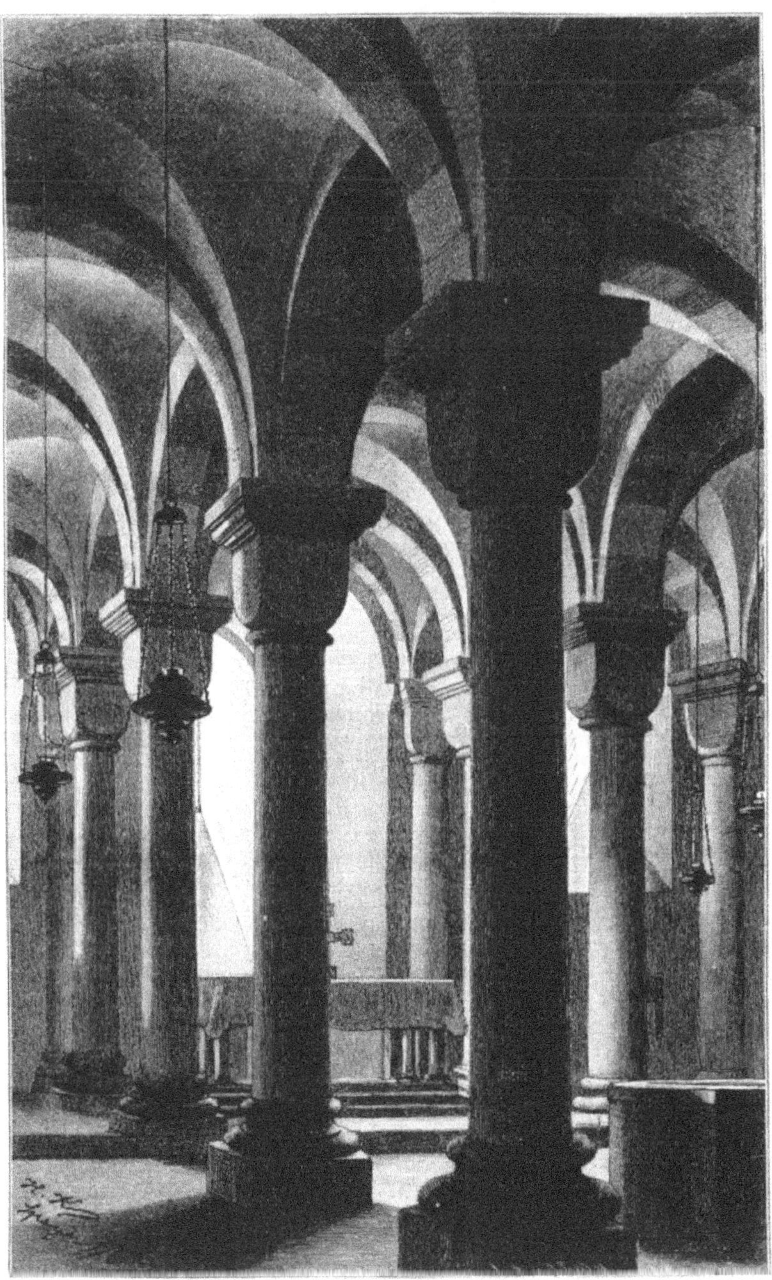

Abb. 76. Krypta des Domes zu Speyer, östlicher Flügel.

immer wieder nach oben ziehen und nach einem bekannten optischen Gesetze den Raum scheinbar erhöhen. Die vollständige Überwölbung war hier allem Anschein nach bei der Aufführung des Mittelschiffs von vornherein beabsichtigt. So wie er heute dasteht, ist der Speyerer Dom gleich dem zu Mainz, mit dem er das Geschick vieler schwer schädigender Unglücksfälle teilt, das Werk verschiedener Zeiten: aber das Wesentliche seiner unvergleichlich weihevollen Erscheinung verdankt er unzweifelhaft dem Jahrhundert seiner Entstehung.

Vollständig so, wie sie zur Zeit Konrads II. ausgeführt wurde, ist die Krypta erhalten. Es ist nicht allein die Macht der geschichtlichen Erinnerungen, die uns beim Eintritt in diesen für jeden Deutschen geheiligten Raum wie mit geheimnisvollem Schauer erfüllt; es ist auch die ganze Erscheinung dieses wundervollen Raumes selbst, die ein solches Gefühl hervorruft. Weder Wort noch Bild vermögen eine Vorstellung zu schaffen von dem überwältigenden Eindruck dieser ausgedehnten und ungewöhnlich hohen, von dämmerigem Halblicht, tiefen Schatten und spielenden Reflexen erfüllten Unterkirche mit den dichtgescharten schlanken Säulen, die auf starken Würfelkapitälen die mächtigen Kreuzgewölbe tragen. Sie erstreckt sich unter dem erhöhten Chorraum der Oberkirche, zu dem auch hier das ganze Querhaus gehört, in drei Flügeln, deren jeder aus drei gleichbreiten Schiffen besteht und die von einem quadratischen Mittelraum ausgehen, dessen vier gewaltige Pfeiler die Grundlage der oberen Vierungspfeiler bilden. Die Gewölbe sind durch Gurtbogen verstärkt, welche an den Wänden auf Halbsäulen ruhen; diese Gurte zeigen den altbeliebten Wechsel von roten und weißen Steinen (Abb. 76).

In der Oberkirche ist jeder zweite Pfeiler als diejenige Stütze, welche die Last der Mittelschiffgewölbe aufnimmt, besonders verstärkt: an seiner Vorderseite und weiter an seiner pilasterartigen Fortsetzung steigen ein Pilaster und eine diesem angelegte Halbsäule bis zum Ansatz der Kreuzgewölbe empor. Auf den Kapitälen der Halbsäulen ruhen die Quergurte; die schlanken Pilaster verbinden sich mit Halbsäulen, welche an den beim Tragen des Mittelschiffgewölbes nicht unmittelbar teilnehmenden Zwischenpfeilern emporsteigen, zu blinden Arkaden. Diese letzteren werden demnach paarweise von den großen Bogen, in welchen die Gewölbe an die Wand anstoßen („Schildbogen"), eingeschlossen; ihrerseits umrahmen sie die engeren Blendbogen, welche unmittelbar aus den Fortsetzungen der Pfeiler hervorgehen, und die hier so hoch emporgeführt sind, daß sie die Fenster einschließen. Auf diese Weise ist die vortrefflichste Gliederung der Wand erreicht, welche dieselbe viel weniger schwer erscheinen läßt, als sie in Wirklichkeit ist, und die zu der edlen und vollendet harmonischen Wirkung des ganzen Innenraumes nicht wenig beiträgt. — Die Kreuzgewölbe zeigen eine von der römischen und frühromanischen Gestalt abweichende, für den eigentlich mittelalterlichen Gewölbebau charakteristische Bildung. Der Punkt nämlich, in welchem die vier dreieckigen Abteilungen („Kappen") eines jeden Gewölbefeldes mit den Spitzen aneinanderstoßen, liegt etwas höher als die Scheitelpunkte der vier Bogen, welche das Gewölbefeld begrenzen und die Grundlinien der Abteilungsdreiecke bilden; dies kommt daher, daß auch die Diagonallinien des Gewölbevierecks, die „Nähte" der Kappen, im Halbkreis konstruiert sind.

Das in der Zeit Heinrichs IV. in besonders eingehender Weise betriebene Studium antiker Bauformen tritt bei manchen Einzelheiten hervor, am auffallendsten in der an der Nordseite des Domes angebauten St. Afrakapelle, welche in den Jahren 1097—1103 errichtet wurde (Abb. 77). Als Kaiser Heinrich sein prüfungsreiches Leben beschlossen hatte und seiner Leiche die Ruhe in der Gruft des von ihm vollendeten Gotteshauses versagt wurde, stand in dieser damals noch ungeweihten Kapelle der Sarg fünf Jahre lang, bis der Bann von dem Toten genommen war.

Im Jahre 1159 wurde der Dom durch eine Feuersbrunst teilweise zerstört; viele

Menschen verloren dabei ihr Leben durch den Einsturz der Gewölbe. Die hiernach erfolgende, dem Anschein nach sehr langsam ausgeführte durchgreifende Wiederherstellung gab manchen Teilen — namentlich den Querschiffen mit ihren wundervoll ausgeschmückten Fenstereinfassungen und durchweg den obersten Teilen — das Gepräge dieser schmuckliebenden Zeit. Dasselbe tritt auch äußerlich zu Tage, besonders an der Osthälfte des Gebäudes In einer prächtigen Gruppe baut sich die gewaltige Chormasse über dem grünen Abhang auf, der sich hier nach dem Strome herabsenkt: in den Ecken zwischen den Querflügeln und dem östlichen Chorquadrat, aus welchem die Rundung der Apsis breit und voll hervortritt, erheben sich starke viereckige Türme und überragen die mächtige achtseitige Kuppel der Vierung. Während in den unteren Teilen eine vornehm strenge Einfachheit vorherrscht, sind weiter oben die mächtigen Formen durch eine reichere Ausschmückung belebt; aber harmonisch und fast unmerklich verschmilzt das Jüngere mit dem Älteren. Besonders wirkungsvoll sind die kleinen offnen Säulengänge, welche sich unter den Dächern herumziehen; diese sogenannten Zwergarkaden sind eine Eigentümlichkeit der rheinischen Bauweise, welche in der zweiten Hälfte des 12. Jahrhunderts sehr beliebt wurde (Abb. 78).

Abb. 77. Säulenkapitäl aus der Afrakapelle des Speyerer Doms.

In den Jahren 1289 und 1450 wurde der Dom abermals durch Brände heimgesucht; aber der Kern des stolzen Gebäudes blieb immer unversehrt. Schlimmer erging es ihm, als es zweimal durch französische Truppen absichtliche Zerstörungen erlitt Bei der mordbrennerischen Verwüstung der Pfalz i. J. 1689, als Speyer in Asche gelegt wurde, gestattete General Montclar den Bürgern, ihre Habe in den Dom zu flüchten und ließ diesen dann anzünden; was der Brand übrig ließ, sollte durch Mineurs gesprengt werden, doch verhinderte ein Befehl des Marschalls Duras diese Schändlichkeit. Mit scheußlichster Roheit wurden damals und vier Jahre später noch einmal die Kaisergräber durchwühlt und geplündert, die Grabsteine zerstört und die Gebeine der Fürsten zerstreut. Fast ein Jahrhundert lang blieb die Kirche Ruine, und als sie kaum wiederhergestellt war, wurde sie in den Revolutionskriegen abermals in empörender Weise durch die Franzosen verwüstet; das „schlechte gotische Gebäude, weder durch Konstruktion noch durch Anordnung bemerkenswert“, wie es in dem Bericht des französischen Architekten heißt, sollte ganz abgetragen werden, um einen Platz für Feste der Freiheit zu gewähren. Glücklicherweise kam es nicht zur Ausführung dieses Planes, sondern die Kirche wurde zum Heumagazin eingerichtet.

Nachdem Speyer i. J. 1814 an Bayern gekommen war, nahm sich König Maximilian Joseph des ehrwürdigen Baudenkmals an, der dasselbe nach gänzlicher Wiederherstellung des Inneren i. J. 1822 dem gottesdienstlichen Gebrauche zurückgab. König Ludwig I. ließ das Innere glänzend ausschmücken und darauf auch die 1689 eingestürzten und seitdem nicht wieder aufgebauten westlichen Türme samt der Vorhalle mit ihrem Kuppelturm in möglichster Übereinstimmung mit den erhaltenen Osteilen, an denen nur der Giebel über der Apsis erneuert werden mußte, wieder aufführen. So steht jetzt dieses herrlichste Denkmal des romanischen Stils, die großartigste Schöpfung der eigentlich deutschen Baukunst wieder in voller Würde da und übt in seiner stolz erhabenen Majestät, die von der Sinnesgröße der trotzig-starken Geschlechter jener kampferfüllten und selbstbewußten Zeit zu erzählen scheint, einen unvergleichlichen Eindruck auf den Beschauer aus.

Abb. 78. Dom zu Speyer, östliche Ansicht.

Den Domen von Mainz und Speyer schließt sich als dritter und jüngster in dieser Gruppe von Riesenbauten der Dom zu Worms an. Der Gründung nach uralt, die Kirche eines der ältesten Bistümer Deutschlands, wurde der Dom der durch Geschichte und Sage berühmten Stadt im „Wonnegau" um die Wende des 11. zum 12. Jahrhundert von Grund auf neu gebaut und 1110 geweiht, aber schon bald darauf wieder erneuert und 1181 abermals geweiht, doch erst

Abb. 79. Dom zu Worms, südwestliche Ansicht.

im folgenden Jahrhundert gänzlich vollendet. Er ist eine augenscheinliche Nachahmung des benachbarten Kaiserdomes, dem er in der Anordnung der Gewölbeträger und in der Gliederung der Mittelschiffswände sehr ähnlich ist. Die äußere Erscheinung des doppelchörigen Gebäudes mit den zwei mächtigen Kuppeln, vier runden Türmen und mit der mächtig hervortretenden westlichen Apsis ist überaus malerisch und großartig und nur wenig durch spätere Zuthaten und Umbauten — wie die spätgotische Erneuerung des nordwestlichen Turms — in ihrer ursprünglichen Wirkung beeinträchtigt (Abb. 79).

Der Unterschied zwischen denjenigen Pfeilern, auf welchen die Kreuzgewölbe des Mittelschiffs lasten, und denjenigen, welche nur vom Seitenschiff her einen Gewölbedruck empfangen, ist hier noch stärker hervorgehoben, indem die unteren schon in ihrem viereckigen Kern kräftiger gebildet sind, als die letzteren, und diesen zudem die Halbsäule fehlt, die im Speyerer Dom an ihnen emporsteigt. Im westlichen Teile der Mittelschiffe zeigen einige der Hauptpfeiler (auf der Abbildung der erste rechts) eine auffallende Abweichung von den übrigen in der Anordnung der Gewölbeträger, indem als Stütze des Quergurts ein sehr schmaler Pilaster zwischen zwei Viertelsäulen hervortritt,

Abb. 80. Inneres des Doms zu Worms.

während bei den übrigen der Gurt ebenso wie in Speyer auf einer vor einem viereckigen Pilaster hervortretenden Halbsäule ruht. Die Neigung der späteren Zeit, alle Flächen durch aufsteigende Gliederung zu zerteilen, äußert sich in den kleinen Blendnischen, welche innerhalb der Blendarkaden der Mittelschiffwände die viereckigen Felder zwischen den Fensterbänken und dem über den Scheidbogen herlaufenden wagerechten Gesimse schmücken.

Die Gewölbe selbst gehören dem 13. Jahrhundert an; mit ihren zugespitzten Bogen und mit ihren Diagonalrippen bekunden sie bereits eine Hinneigung zum gotischen Stil (Abb. 80).

Im 11. Jahrhundert wurden die Gewölbe noch sehr schwer gebildet, und die ungeheuer starken Pfeiler der großen Dome beweisen, wie vorsichtig man zu Werke ging, um sie durchaus sicher zu stellen. Aber die rheinischen Baumeister machten schnelle Fortschritte in dieser Beziehung. Den glänzendsten Beleg, daß ihnen schon im Anfange des 12. Jahrhunderts die Ausführung großer Wölbungen keinerlei Schwierigkeiten mehr machte, bietet die Kirche der ehemaligen Abtei Laach in der Eifel, die im Jahre 1112 begonnen und 1156 geweiht wurde, die infolge der kurzen Bauzeit ein im wesentlichen völlig einheitliches Gepräge trägt und vollständig wohlerhalten und unverändert geblieben ist. Bisher hatte es als unumstößliche Regel gegolten, daß der Grundriß eines Kreuzgewölbes ganz oder doch annähernd quadratisch sein müsse; der Erbauer der Laacher Kirche aber erkannte — fast ein Jahrhundert früher als diese Erkenntnis sich allgemein verbreitete — die Möglichkeit, Kreuzgewölbe auch über länglich rechteckigem Grundriß zu konstruieren. Auf solche Weise konnte er die Gewölbelast, die sonst immer nur auf einem Pfeiler um den andern ruhte, auf die sämtlichen Pfeiler verteilen. Er führte demgemäß an und über jedem Pfeiler einen Pilaster und eine Halbsäule empor, von denen der erstere die an Weite den Pfeilerabständen gleichen Schildbogen, die letztere den doppelt so weiten Querbogen aufnahm. Die Pfeiler selbst konnte er, dem geringeren Gewicht entsprechend, welches die verkleinerten Gewölbefelder ausübten, bedeutend schlanker im Verhältnis zu den von ihnen eingeschlossenen Bogenöffnungen bilden, und so hat der ganze Raum ein leichtes und freies Ansehn gewonnen, das von dem gewichtigen Ernst jener Dome wesentlich verschieden ist.

Die einfache und klare, man möchte sagen naturgemäße Gesetzlichkeit dieser Anordnung und die ruhige Schönheit der Verhältnisse aller Teile in sich und zu einander verleihen dem Innenraum auch ohne schmückende Zuthaten eine hochbedeutende Wirkung. Äußerlich stellt sich die Kirche, deren malerische Erscheinung durch die entzückende Lage an dem stillen, von waldigen Höhen umzogenen Laacher See reizvoll gehoben wird, sehr glänzend dar; mit einem achteckigen Kuppelturm über der Vierung und zwei schlanken viereckigen Türmen neben dem Ostchor, mit einem stattlichen viereckigen Turm über dem westlichen Querbau, aus welchem wieder eine Apsis hervortritt, und mit zwei niedrigeren Rundtürmen an dessen Enden ähnelt sie bei übrigens viel kleineren Verhältnissen jenen stolzen Domen (Abb. 81).

Nachdem die rheinischen Architekten ihre Meisterschaft in der Kunst des Wölbens in solchen Bauten an den Tag gelegt und die weitesten im Norden bis dahin überhaupt geschaffenen Räume mit Steinen zu überspannen gewagt hatten, verbreitete sich diese stolze Bauweise, welche dem romanischen Stil

Abb. 81. Abteikirche Maria Laach.

erst seine Vollendung gab, indem sie das Gesetz rundbogigen Abschlusses auch an den Decken durchführte, allmählich immer weiter und verdrängte nach und nach überall das feuergefährliche Holzgetäfel. Zwar blieb in den meisten Gegenden Deutschlands die Form der flachgedeckten Basilika, welche namentlich in den sächsischen Gegenden eine so anmutvolle Durchbildung erfahren hatte, während des ganzen 12. Jahrhunderts noch vorherrschend. Daneben aber wurden, zuerst vereinzelt, dann immer häufiger auch Gewölbebauten aufgeführt, und manche in einem ganz andern Sinn entworfene Kirchen wurden noch nachträglich überwölbt. Am Mittel- und Niederrhein und im Elsaß wurde die vollständige Überwölbung der Kirchen im Laufe des 12. Jahrhunderts schon ganz allgemein. Ebenso in Westfalen, wo der Bischof Meinwerk von Paderborn bereits früh das Beispiel eines allerdings vereinzelten, in kleinen Verhältnissen und in ungewöhnlicher Weise ausgeführten Gewölbebaues gegeben hatte.

Die Baukunst Westfalens entwickelte sich überhaupt sehr selbständig. Sie bildete unter anderm im 12. Jahrhundert eine Form des Kirchenbaues aus, die ganz landeseigentümlich war und mit derjenigen der stammverwandten Sachsenlande ebensowenig Ähnlichkeit hatte wie mit derjenigen der angrenzenden Rheinlande. Sie verließ nämlich bei kleineren Kirchen die überlieferte Basilikenform und bildete, wie es ebenfalls bei jener Meinwerkschen Kapelle schon geschehen war, alle drei Schiffe gleich hoch, so daß die Wände des Mittelschiffs in Wegfall kamen und dieses nicht mehr durch eigne Oberfenster, sondern nur von den Seitenschiffen aus beleuchtet wurde.

Bei dieser Anlage wurden entweder die Wölbungen in der sonst gebräuchlichen Weise ausgeführt, so nämlich, daß zwei kleine quadratische Kreuzgewölbe in jedem Seitenschiff *einem* Kreuzgewölbequadrat im Mittelschiff entsprachen; dann blieb natürlich das Mittelgewölbe um so viel höher, wie sein Schildbogen die von ihm eingeschlossenen, auf der Zwischenstütze ruhenden Arkadenbogen überragte. Oder man ließ die Zwischenstützen weg und bedeckte nur das Mittelschiff mit Kreuzgewölben, die Seitenschiffe aber mit quergestellten Tonnengewölben, welche gewissermaßen die Fortsetzungen der Scheidbogen bildeten.

Unter den sonstigen kirchlichen Gebäuden, deren Form von der Gestalt der Basilika abweicht, sind runde — kreisförmige oder regelmäßig vieleckige — Kirchen und Kapellen die am häufigsten vorkommenden. Seit die Kirche des heiligen Grabes zu Jerusalem, zu welcher von jeher viele fromme Pilger wallten, durch die Kreuzzüge in weitesten Kreisen bekannt wurde, gewann die Sitte ausgedehnte Verbreitung, nach dem Vorbild dieses ehrwürdigen Gebäudes den Begräbniskirchen und den auf Friedhöfen errichteten Kapellen die Rundgestalt zu geben.

Eine ganz eigentümliche Grabkirche ist die durch ihre erhaltenen Wandgemälde berühmte Kirche zu Schwarzrheindorf (Bonn gegenüber), welche Arnold von Wied, Dompropst und seit 1151 Erzbischof von Köln, für sich und seine Familie um die Mitte des Jahrhunderts errichten ließ: ein zweigeschossiger Bau in Form eines Kreuzes mit ursprünglich ungefähr gleichlangen einschiffigen Armen, mit einem viereckigen Turm über der mittleren Kuppel; die beiden

Stockwerke, von denen das obere durch eine in der Mauerstärke angebrachte Wendeltreppe besteigbar und von einer zierlichen Zwerggalerie umgeben ist, sind jedes für sich überwölbt und stehen durch eine drei Meter weite achteckige Öffnung in der Mitte des unteren Vierungsgewölbes miteinander in Verbindung. — Die sonderbare Anlage in zwei getrennten Stockwerken war vielfach bei Gruftkirchen, hauptsächlich aber bei Schloßkapellen beliebt, wo sie bei beschränktem Raum der Herrschaft gestattete, dem unten abgehaltenen Gottesdienste gesondert und ungesehn von der Dienerschaft beizuwohnen.

Abb. 82. Zierbuchstabe aus einer Handschrift der Trierer Stadtbibliothek, 12. Jahrhundert.

Die nichtkirchliche Architektur machte lange Zeit hindurch im allgemeinen nur geringe künstlerische Ansprüche. In den Klöstern waren es vorzugsweise die Versammlungsräume der Mönche, Refektorium und Kapitelsaal, welche zu bedeutenden und mannigfaltigen baulichen Anlagen Veranlassung boten; mit besonderer Vorliebe und mit künstlerischem Aufwand wurde auch der zur Erholung bestimmte Kreuzgang ausgestattet, dessen nach dem Hofe sich öffnende Arkaden einen mitunter sehr reichen Schmuck von vorwiegend anmutiger und heiterer Art erhielten.

Man darf als selbstverständlich annehmen, daß die Bischöfe, die hauptsächlichsten Pfleger und Gönner der Kunst in jener Zeit, ihren eignen Palästen, welche besondre Kapellen enthielten und bisweilen durch Säulengänge mit dem Dom verbunden waren, eine baukünstlerisch bedeutsame Gestalt zu geben wußten.

Von eigentlich weltlichen Bauten aber waren es zunächst wohl nur die Hofburgen der Kaiser, bei deren Errichtung außer auf die Zweckdienlichkeit auch auf glänzende und würdevolle Erscheinung in höherem Maße Rücksicht genommen wurde. Es waren umfangreiche Anlagen, die sich aus einer Anzahl verschiedener Gebäulichkeiten zusammensetzten, wie das große Hofgesinde und die Menge der bei feierlichen Reichshandlungen aufzunehmenden Gäste es erforderten.

Eine der ehrwürdigsten dieser kaiserlichen Wohnstätten ist wenigstens in ihrem Hauptteile erhalten, zugleich überhaupt das älteste vorhandene Denkmal des deutschen Profanbaues. Es ist das Kaiserhaus zu Goslar, welches Heinrich III. an der Stelle einer Pfalz der Sachsenkaiser durch einen Baumeister Benno, den er aus dem schwäbischen Kloster Hirschau berufen hatte, errichten ließ. Das erhaltene Hauptgebäude, ein langgestrecktes Haus, dessen Obergeschoß zum größten Teil von dem mächtigen Saal eingenommen wird, macht in seiner würdevollen Einfachheit einen überaus großartigen und edlen Eindruck (Abb. 83). Früher muß freilich der Eindruck noch weit bedeutender gewesen sein, als das auf

Abb. 83. Das Kaiserhaus zu Goslar, östliche Langseite und Ulrichskapelle.
(Die Strebemauern zu den Seiten des Mittelfensters sind eine spätere stützende Zuthat.)

einer Anhöhe gelegene Kaiserhaus mit dem gegenüber sich erhebenden Dome in Wechselwirkung stand, der ihm seine westliche Vorhalle zuwendete. Von dem freien Platze zwischen Dom und Pfalz, in dessen Mitte ein großer Brunnen mit ehernem Becken stand, führte ein in Treppen abgestufter Weg zu dem unter freiem Himmel stehenden Richterstuhle des Kaisers hinauf. Die Wohnräume, welche sich an beiden Schmalseiten an den Saalbau anschlossen, sind nur zum geringen Teile noch vorhanden; dagegen ist die Schloßkapelle erhalten, deren oberes Geschoß ehemals mit den kaiserlichen Wohngemächern in unmittelbarem Zusammenhang stand.

Diese Kapelle ist ganz eigenartig angelegt: der achteckige Oberstock ist geräumiger als das kreuzförmige Erdgeschoß (Abb. 84); um dieses zu ermöglichen, hat der Architekt in den vier äußeren Winkeln des Kreuzes Bogen eingespannt, die diese Winkel zu Nischen gestalten, und auf denen vier von den acht Wänden des Oberbaues ruhen.

Den einzigen, aber sehr wirkungsvollen äußeren Schmuck des Saales bilden die sieben weiten Fenster, welche sich in je drei von einem großen Rundbogen zusammengefaßten, von schön und reich verzierten Säulchen getragenen Bogen nach dem Vorplatz hin öffnen. Das mittelste der Fenster ist durch eine zweite Säulenstellung erhöht und ragt in den Giebel des sich quer durch den Saal ziehenden höheren Mittelraumes hinein, an dessen gegenüberliegender Wand der Thron aufgestellt war. Die Holzdecken des Saals waren ursprünglich durch Säulen gestützt. Seinen äußeren Zugang

Abb. 84. Schloßkapelle zu Goslar; Erdgeschoß.

hatte der Saal durch einen hervortretenden Portalbau, zu welchem zwei breite Freitreppen hinaufführen (Abb. 83).

Die mit der Geschichte des deutschen Reiches vielfach verknüpfte Pfalz zu Goslar, in welcher Heinrich IV. das Licht der Welt erblickte, in welcher Papst Viktor II. als Gast verweilte, in deren weitem Saale zahlreiche Reichstage abgehalten wurden, und wo von Heinrich III. an bis auf Wilhelm von Holland fast alle deutschen Kaiser zeitweilig ihren Wohnsitz aufschlugen, mußte im Laufe dieser zwei Jahrhunderte wiederholt nach erlittenen Unfällen teilweise erneuert werden. Als die Gebäude im Jahre 1289 wieder durch einen Brand heimgesucht wurden, scheint schon weniger Sorgfalt auf die Ausbesserung der Schäden verwandt worden zu sein. Zwar wurde das Kaiserhaus, dessen Saal in der gotischen Zeit Holzpfeiler anstatt der Säulen als Stützen bekam, noch eine Zeitlang in stand gehalten; aber da es seinem erhabenen Zwecke nicht mehr diente, wurde es immer mehr vernachlässigt, zuletzt zum Kornmagazin herabgewürdigt, bis endlich wieder in unseren Tagen Kaiser Wilhelm diesem Denkmal aus der Glanzzeit des alten Kaisertums eine würdige Wiederherstellung und eine künstlerische innere Ausschmückung zu teil werden ließ.

Zu der Zeit, wo Kaiser Heinrich sich diese Pfalz erbauen ließ, die in der ruhigen und vornehmen Größe ihrer Erscheinung der Majestät des höchsten weltlichen Herrschers der Christenheit nicht unwürdig war, lag es den Großen seines Reiches noch sehr fern, beim Bau ihrer Burgen auf andre Dinge als auf den Nutzen und die Sicherheit Rücksicht zu nehmen. Der deutsche Adel war damals so sehr verwildert, daß ein Zeitgenosse klagt, den Deutschen erscheine es überflüssig oder schimpflich, daß jemand, der nicht geistlich werde, etwas lerne. Da war es wohl natürlich, daß die Kunst nichts zu thun hatte bei der Aufführung der zwischen massigen Türmen eingekeilten und von hohen Mauern umgebenen trotzigen Herrensitze, und daß kein Bedürfnis empfunden wurde, diese Festen mit unnützem Schmuck auszustatten.

Erst als in der Hohenstaufenzeit die seltsam prächtige Blume des Rittertums sich schimmernd entfaltete, als jenes farbenreiche und daseinsfreudige höfische Treiben die Schlösser zu beleben begann, welches die Dichtungen des Mittelalters uns so anschaulich vorführen, da dachte man auch daran, „Palas und Saal", die in der Regel an den Hauptturm angelehnten Gebäude, welche die herrschaftliche Wohnung und die Festräume enthielten, ihrer Bedeutung gemäß anspruchsvoller zu gestalten und mit heiterem Schmuck zu umkleiden. Säulen trugen das Dach des Saales, der die glänzenden Versammlungen aufnahm, in dem der Wirt und die Gäste dem abenteuerreichen Heldengesang und dem sehnenden Minnelied lauschten; an den Ehrensitzen des Hausherrn und der Hausfrau neben dem lodernden Herdfeuer, an den Portalen, Fenstern und den zierlichen Arkadenlauben, von denen aus die minniglichen Frauen den Kampfspielen zuschauten, die um ihren Dank im Hofe ausgeübt wurden, entfaltete sich ein anmutig spielendes Schmuckwesen, in dessen reichem Formenzauber sich nicht selten Anklänge an die märchenhaft phantastische Kunst des durch die Kreuzzüge erschlossenen Morgenlandes bemerklich machten. Selbst dem Mauerwerk der festen Türme ward durch sorgfältige Bearbeitung ein gefälliges Ansehn verliehen.

Wohl gingen die meisten dieser Bauten durch die Zeit und mehr noch durch Fehden zu Grunde; doch sind von einzelnen stattlichen Palästen noch mehr oder weniger ansehnliche Überbleibsel vorhanden, von Poesie umflossene Denkmäler der Zeit des Minnedienstes und der Abenteuer. Einst müssen solche schmuckreiche Burgen sehr zahlreich gewesen sein in deutschen Landen. Denn nicht nur die mächtigen Fürsten des Reiches, wie Heinrich der Löwe, von dessen Burg Dankwarderode zu Braunschweig Reste erhalten sind, und wie Hermann von Thüringen, der unter dem gastlichen Dache seiner Wartburg — des besterhaltenen aller romanischen Herrensitze — die ersten Dichter seiner Zeit, einen Walther von der Vogelweide und einen Wolfram von Eschenbach eine vielgepriesene Heimstätte finden ließ, sondern auch kleinere Herren huldigten beim Bau ihrer Festen dem edelsten künstlerischen Geschmack, wie dies namentlich die Ruine des Schlosses Münzenberg in der Wetterau mit ihren prächtig ausgezierten Fenstergruppen und den reizvollen Schmucksäulchen der steinernen Feuerstatt beweist.

Vor allen war es das kunst- und prachtliebende Geschlecht der Hohenstaufen selbst, welches an der Errichtung großartig angelegter und glänzend geschmückter Pfalzen Gefallen fand. Von den Schloßbauten Friedrichs des Rotbarts können wir die Burg zu Gelnhausen wenigstens in ihren Ruinen noch bewundern, während von den nicht minder berühmten Pfalzen zu Hagenau und Kaiserswerth ältere Abbildungen eine wenn auch unvollkommene so doch annähernde Vorstellung gewähren. Es waren Anlagen wie die im Nibelungenlied geschilderte:

„Man sah Palas und Türme, Gemächer ohne Zahl
In einer weiten Feste und einen herrlichen Saal.
Den hatt' er bauen lassen lang, hoch und weit,
Weil ihn so viel der Recken heimsuchten jederzeit.“

Die schon von Konrad III. gegründete Pfalz zu Hagenau „am großen Forste“ war ein Lieblingsaufenthalt Kaiser Friedrichs I. Dieser vollendete den Bau der Burg mit der Errichtung der weit und breit berühmten Schloßkapelle, welche sich in der Mitte des

Abb. 85. Alte Zeichnung von der Hohenstaufenpfalz zu Hagenau.

Abb. 86. Ruinen der Barbarossapfalz zu Gelnhausen.
Der doppelte Thorweg, darüber die Reste der Schloßkapelle, seitwärts ein Fenster des Saales.

Vordergebäudes neben dem Haupteingangsthor in drei Stockwerken erhob; das dritte Stockwerk, welches, wie der Chronist hervorhebt, durch Verschluß und Bauart gegen Diebe und Brand sicher war, diente zur Aufbewahrung der Krone, des Reichsschwertes und andrer Würdezeichen des Kaisertums. — Eine im Besitze eines Hagenauer Geschichtsfreundes befindliche Zeichnung aus dem Jahre 1614 veranschaulicht sehr deutlich die Gesamtanlage der ursprünglich außerhalb der Stadt gelegenen Gebäudemasse, wenngleich einzelnes auf dieser Zeichnung schon das Aussehn späterer Umbauten hat. Wir erkennen die stattliche Kapelle und den zweistöckigen Saalbau, der gleich dem zu Goslar über dem großen Mittelfenster einen Quergiebel hat; in dem Verbindungsflügel zwischen diesen beiden Gebäuden müssen wir uns die kaiserlichen Wohngemächer denken. Mächtige Türme sichern nach allen Seiten hin die von einem Graben umgebene Burg. Der von den verschiedenen Baulichkeiten eingeschlossene Hof, in dessen Mitte die schattige Schloßlinde nicht fehlt, ist groß genug, um ganzen Scharen zu Roß für Turnier und Ritterspiel Raum zu gewähren (Abb. 85). — Das ganze Schloß ist fast bis auf die Fundamente zu Grunde gegangen, als der Marschall von Crequi im Jahre 1678 die Stadt in Brand stecken ließ.

Von der Burg zu Kaiserswerth, von welcher ein Kupferstich in Merians „Topo-

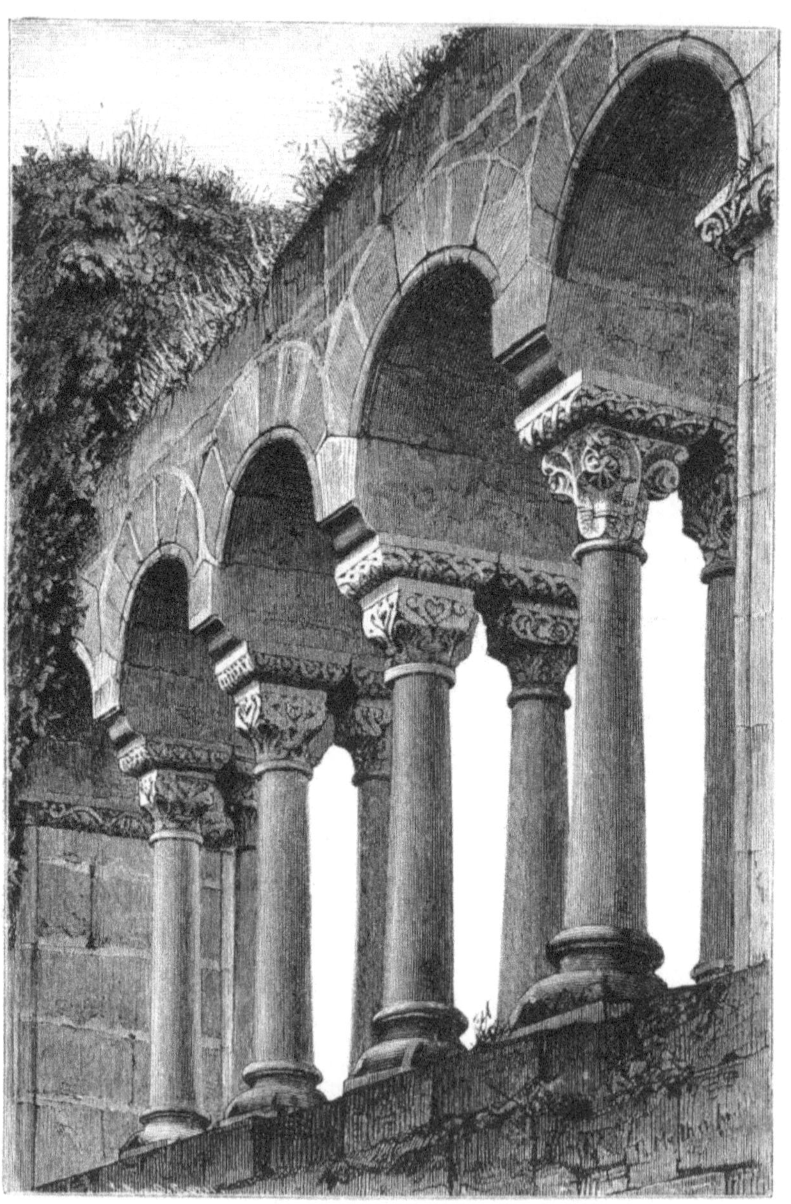

Abb. 87. Fenster in der Burg Friedrich Barbarossas zu Gelnhausen.

graphie" eine leider nur flüchtige und augenscheinlich ungenaue Abbildung gibt, sind nur noch ansehnliche Mauerreste erhalten. Diesem hochragenden Bau, welchen Friedrich über den Grundmauern der durch den Raub des jungen Königs Heinrich IV. bekannten Pfalz der Salier im Jahre 1184 dem Reich als Zierde, wie die noch vorhandene Inschrift besagt, errichten ließ, um dort Recht zu sprechen und den Landfrieden zu sichern, brachte der spanische Erbfolgekrieg den Untergang, indem einer der Türme, welcher als Pulvermagazin benutzt wurde, bei der Belagerung der Stadt (1702) in die Luft flog und das übrige Gebäude mit ins Verderben riß; die Ruine, dicht am Ufer des Rheins gelegen, der die Burg einst rings umfloß, bietet durch die Buntfarbigkeit des Mauerwerks einen äußerst malerischen Anblick: der Unterbau und die Türme sind aus hellgrauem Haustein und schwarzem Basalt in verschiedenartiger Schichtung, die oberen Stockwerke aus vorzüglich schönem Backsteinmaterial aufgeführt.

Günstiger war das Schicksal der aus den früheren Regierungsjahren des Rotbarts stammenden Pfalz zu Gelnhausen, der Stätte lieblicher Sagen. Hier sind bedeutende Reste in gutem Zustand erhalten. Zwischen zwei gewaltigen viereckigen Türmen aus sorgsam behauenen Steinen führt ein doppelter Thorweg, dessen Gewölbe auf zwei stämmigen Würfelknaufsäulen ruhen, in den Schloßhof; die Hofseite des Eingangs zieren schlanke Säulen mit Reichsadlern und Blattornamenten an den Kapitälen, von denen aus sich weite Einfassungsbogen über die Thorwölbungen spannen (Abb. 86). Im Obergeschoß des Thorhauses befindet sich die Kapelle; diese stand in unmittelbarer Verbindung mit dem Herrenhause, dessen dem weiten Hofe zugewendete langgestreckte Hauptfront in den beiden unteren Geschossen wohl erhalten ist. Die eigentlichen Wohnräume scheinen sich in einem mit der Kapelle in gleicher Höhe gelegenen dritten Geschoß befunden zu haben; man sieht noch die Ansätze der zierlichen Arkaden seiner Fensteröffnungen. Das Erdgeschoß des Hauses ist wie gewöhnlich völlig schmucklos. Das mittlere Stockwerk nahm dem Anscheine nach beinah vollständig ein großer Saal ein, dessen Portal und Fenster, in vorzüglich schönem und haltbarem Sandstein ausgeführt und fast noch gänzlich unversehrt, zu dem Köstlichsten gehören, was die romanische Architektur hinterlassen hat. Das prächtige Portal, zu dem ehemals eine stattliche, den Eingang zum Unterstock einschließende Doppeltreppe emporführte, zeigt in seinem Bogen die aus drei

Abb. 88. Gesimsornament an der Barbarossapfalz zu Gelnhausen, 12. Jahrhundert.

Kreisstücken zusammengesetzte Form des sogenannten Kleeblattbogens, eine auf morgenländischen Vorbildern beruhende Neuerung dieser Zeit. Der abgerundete vordere Rand des von einem verzierten Halbkreisbogen eingerahmten Kleeblattbogens trägt reizvollsten bildnerischen Schmuck; zwischen Rankengewinden von höchster Schönheit werden seltsame Gestalten sichtbar, unter denen ein Speerträger, ein Sämann, ein Jäger mit Hund, ein betender Bischof und ein geschwänzter Dämon deutlich erkennbar sind, während die Bedeutung der übrigen Figuren — eines anscheinend zweiköpfigen Wesens, eines Mannes, der einen radähnlichen Gegenstand an einer Stange trägt, und eine männliche Gestalt ohne jede kennzeichnende Beigabe —, ebenso wie der innere Zusammenhang der ganzen märchenhaften Darstellung ungelöste Rätsel sind. Die vorderen Ecken der Thürwandungen sind gleichfalls abgerundet und werden durch je drei Säulchen geschmückt (Abb. 90). Ähnliche Säulchen sind an den Ecken der Mauerpfeiler angebracht, welche die Fenstergruppen begrenzen. Diese Fensterreihen, zweimal drei Bogen auf der einen, fünf auf der andern Seite des Portals, sind von entzückender Schönheit (Abb. 87). Die Kapitäle ihrer gekoppelten Säulen und die Gesimse der Mauerpfeiler sind mit Ziergebilden von zauberhafter Anmut und von unvergleichlicher Feinheit in mannigfacher Abwechslung bedeckt (Abb. 88); auch die Säulenfüße sind an den Eckblättern verschiedenartig verziert. Spielende Pracht von wunderbarem Reiz umkleidet auch die Reste des

Abb. 89. Kamin in der Burg zu Gelnhausen.

großen Kamins an der dem Eingang gegenüberliegenden Wand: achteckige, an Fuß, Schaft und Haupt zierlich geschmückte Säulchen stützen die weit vorragenden Tragsteine des Herdmantels; zu beiden Seiten der Feuerstelle ist die Wand durch viereckige, teppichartig gemusterte Steinplatten und darüber durch offene Halbkreisbogen geschmückt, von denen der eine durch

Abb. 90. Portalbogen am Barbarossapalast zu Gelnhausen.

ein Zickzackornament, der andre (eingestürzt) nur durch eine gefällige Gliederung geziert ist (Abb. 89). Überall tritt eine vollendet künstlerische Erfindungsgabe und der reifste Geschmack in dem Reichtum der Gebilde zu Tage; unverkennbar mischen sich mit einer veredelten Durchbildung der heimischen Schmuckformen Erinnerungen an die schöne und fremdartige Kunst der im fernen Osten bekämpften ritterlichen Sarazenen.

Farbige Bemalung und teilweise Vergoldung der baulichen Verzierungen und des Holzwerks, bunte Teppiche an den Wänden und auf dem Estrich, von edlen Metallen und köstlichen Steinen schimmerndes Gerät vervollständigte die glänzend üppige Pracht der von frohen Festen erschallenden Paläste jenes Zeitalters der Romantik.

Abb. 91. Giebelverzierung des Godehardschreins im Domschatz zu Hildesheim.

Abb. 92. Zierbuchstabe aus einer Handschrift der Trierer Stadtbibliothek, 12. Jahrhundert.

4. Kleinkunst und Malerei des entwickelten romanischen Stils.

nter dem Titel Diversarum artium schedula (Abriß von allerlei Künsten) schrieb um die Wende des 11. zum 12. Jahrhundert ein deutscher Mönch, „Theophilus der geringe Priester", wie er selbst sich nennt, ein ausführliches technisches Lehrbuch fast aller bei der Ausstattung der Gebäude zur Anwendung kommenden Künste und Fertigkeiten. In erster Linie hat der geistliche Verfasser, dessen Werk, wie die nicht unbeträchtliche Zahl von noch vorhandenen Abschriften beweist, große Verbreitung in den kunsteifrigen Klöstern fand, natürlicherweise die Ausschmückung der Kirchen im Auge; er gibt für die Bemalung der Wände und die Zusammensetzung der farbigen Glasfenster, für die Anfertigung von Orgeln und Cymbeln (Glöckchen), für den Glockenguß, für Herstellung und Form der kirchlichen Metallgeräte und für manches andre ausführliche Anweisungen. Das interessante Buch läßt uns gewissermaßen in die Werkstätten hineinschauen, in denen die mannigfaltigen Kunstgebilde entstanden sind, deren geschmackvolle Erfindung und sorgfältige Ausführung wir bewundern, und gewährt uns zugleich einen Einblick in den demütig frommen Sinn der Künstler, die es wie eine heilige Pflicht betrachteten, die Kenntnisse und Geschicklichkeiten, welche der Höchste ihnen gegeben, auszuüben, nicht sich, sondern dem Herrn zum Ruhme. Theophilus bezeichnet es in der Vorrede seiner Schrift als eine Erbschaft aus dem Paradiese, daß jedem Menschen die Fähigkeit innewohne, mit Hülfe von Fleiß und Sorgfalt alle Kunst und Erfindungskraft zu erwerben; diese Erbschaft sei von Geschlecht zu Geschlecht übertragen worden, sie habe dem Gewinne und den Lüsten gedient, bis sie endlich ihre wahre Bestimmung erreicht habe, indem ein gläubiges Volk sie zu Lob und Preis der göttlichen Anordnung verwende. Darum dürfe die Frömmigkeit der Gläubigen nicht außer acht lassen, was die vorsorgliche Geschicklichkeit der Vorfahren überliefert habe, sondern man müsse das göttliche Erbe mit allem Eifer erfassen und sich um dessen Aneignung bemühen. So hält es der Verfasser denn auch für seine Pflicht, von demjenigen, was die reichlich spendende göttliche Begnadung ihm verliehen habe, allen mitzuteilen, die in Demut lernen wollen.

Er hat sein Werk in drei Abschnitte eingeteilt, von denen der erste die Wand-, Tafel- und Buchmalerei, der zweite die Glasbereitung und Glasmalerei, der dritte die Metallarbeit und namentlich alles, was zur Goldschmiedekunst im weitesten Sinne gehört, behandelt. Der letzte Abschnitt ist umfangreicher als die beiden andern. Denn die Goldschmiedekunst, die in ihren mit Relief- und Schmelzgebilden verzierten Werken gewissermaßen Malerei und Plastik vereinigte, war damals die vornehmste unter den schmückenden Künsten; sie war auch der besondere Ruhm Deutschlands, dessen Kunstfertigkeit in der feinen Bearbeitung des Goldes, Silbers, Kupfers und Eisens, sowie des Holzes und der Steine Theophilus namentlich hervorhebt. Das Ausland erkannte die künstlerische Überlegenheit Deutschlands willig an, sowohl zur Zeit des Theophilus als auch späterhin noch; nach Frankreich wurden deutsche Goldarbeiter in großer Zahl zur Ausführung hervorragender Werke berufen; nach England sowohl wie nach dem slavischen Osten wurden deutsche Erzgüsse selbst von bedeutendem Umfang versandt.

Theophilus beschreibt die ganze Einrichtung der Metallwerkstatt, die drei gesonderte Räume enthält, einen größeren für die Arbeiten in Kupfer, Blei und Zinn und zwei kleinere für die Gold- und Silberbearbeitung; ferner die Anlage der Öfen und der Sitzplätze für den Meister und seinen Gehülfen; dann das Handwerksgerät, Ambosse, Blasbälge, Hämmer, Zangen, Feilen, Meißel, Grabeisen, Schabeisen, Schneideisen, Zirkel und alle sonst noch erforderlichen Werkzeuge. Er gibt Belehrung über die Härtung des Eisens, über die Herstellung der Schmelztiegel und über die Reinigung der Metalle, über Lötung, Politur u. s. w. Er behandelt eingehend die verschiedenen Arten der Verzierung goldner und vergoldeter Gegenstände durch getriebene, ciselierte, gepunzte, eingelegte, geprägte und Filigranarbeit, sowie durch Niello, Schmelzwerk, Edelsteine, Perlen und Perlmutter.

Im Domschatz zu Paderborn wird ein Tragaltärchen aufbewahrt, welches fast alle diese Schmuckarten nebeneinander zeigt, und das als ein Werk von des Theophilus eigner Hand angesehen wird; denn nach einer zwar nicht zweifellos bewiesenen, aber sehr ansprechenden Vermutung gilt als der seinen wirklichen Namen verheimlichende Verfasser des Büchleins „von allerlei Künsten“ der

Mönch Rogkerus des Benediktinerklosters Helmarshausen in Niederhessen, welcher urkundlich jenes Altärchen für den Paderborner Bischof Heinrich von Werl (1085—1127) anfertigte.

Dieses prächtige Tragaltärchen ist ein viereckiges, auf vier reichverzierten Füßen ruhendes Kästchen, dessen hölzerner Kern mit nielliertem Silber bekleidet ist. Es zeigt an der einen Schmalseite den auf dem Regenbogen thronenden Heiland in einem reichen, aus Filigran und Edelsteinen gebildeten Lichtglanz, zwischen den heiligen Bischöfen Kilian und Liborius, in getriebener Arbeit; auf der andern Schmalseite ist unter säulengetragenen niellierten Bogen die Mutter Gottes zwischen zwei sitzenden Heiligen dargestellt. Die Langseiten werden durch die unter ähnlichen Arkaden sitzenden Gestalten der zwölf Apostel eingenommen, die in Gravierung und Niello ausgeführt sind. Auf dem Deckel ist der in einen Filigranrand gefaßte Altarstein von silbernen Arabesken auf schwarzem Grunde und von den Niellobildern der Evangelistenzeichen und zweier messelesenden Bischöfe umgeben; von diesen ist der eine durch die Namensbeischrift als der hochverehrte Meinwerk, der andre als der damals lebende Inhaber des Paderborner Stuhles bezeichnet.

Wohlerhaltene Werke der kirchlichen Goldschmiedekunst aus dem 11. und mehr noch aus dem 12. Jahrhundert sind noch in beträchtlicher Zahl in den Kirchenschätzen vorhanden. Sie verschaffen uns eine ungemein hohe Vorstellung von dem Geschmack und der Geschicklichkeit der Meister, welche in dem Bestreben, die für den Dienst des Heiligsten bestimmten Geräte auf das kostbarste und schönste herzustellen, mustergültige Werke von edelster Form und reizvollster Verzierung schufen.

Das heiligste der gottesdienstlichen Geräte, der Meßkelch, wurde immer möglichst reich und prächtig hergestellt, entweder aus reinem Gold oder doch aus vergoldetem Silber. Theophilus gibt ausführliche Anweisungen für die Anfertigung von Kelchen nebst dazu gehörigen Patenen (Schüsselchen für die geweihte Hostie) von verschiedener Größe und Kostbarkeit; er nimmt sowohl auf die Ansprüche der reichsten wie auf die ganz armer Kirchen Rücksicht. Das Gewichtsverhältnis der drei Teile, des eigentlichen Gefäßes, des Knaufs und des Fußes, gibt er stets genau an. Bei dem kleinsten und einfachsten der von ihm beschriebenen Kelche macht er nur in Bezug auf die Patene besondere Vorschriften für die Verzierung: in der Mitte des Schüsselchens soll das Bild des Lammes oder eine aus den Wolken herabreichende segnende Hand eingraviert werden. — Ein größerer silbervergoldeter Kelch soll an der Ausbauchung über dem Knauf mit Rippen, „die wie Löffel im Kreise stehen", verziert werden, abwechselnd immer eine Rippe vergoldet und durch beliebige Gravierungen belebt, zwischen denen die Gründe durch feine Kreise und Punkte ausgefüllt werden, die andre Rippe mit kräftig umrissenem und fein geädertem „griechischem" Blattwerk in Niello geschmückt. Die Henkelchen sollen die Gestalt von Drachen, Tieren oder Vögeln haben oder auch als Laubwerk oder in andrer beliebiger Weise gebildet werden. Wie an der Schale sollen auch am Fuß gravierte und vergoldete mit unvergoldeten niellierten Rippen abwechseln; auch in den Einzelheiten des Schmucks soll der Fuß mit der Schale übereinstimmen, wobei der Künstler darauf zu achten habe, daß die niellierten Verzierungen von den einfach gravierten einigermaßen verschieden seien. Zu diesem Kelch gehört eine Patene, welche in der Form einer achtblättrigen Rose vertieft und von einem erhöhten niellierten Rande umgeben ist — Sehr prächtig ist der massiv goldne Kelch, zu dessen Anfertigung Theophilus Anweisung gibt. Der Rand desselben soll von einem Goldstreifen umgeben werden, auf welchem immer einem an den Ecken mit vier Perlen besetzten Stein ein ebenso wie die Steine gefaßtes Emailtäfelchen folgen soll; die Schmelzgebilde sollen Kreise, Verschlingungen, Blumenranken, Vögel, Tiere oder (menschliche) Bilder darstellen; mit einem ebenso geschmückten Goldbande kann die Kelchschale auch in der Mitte wieder umgeben werden. Auch die Henkelchen sollen mit Edelsteinen und Perlen besetzt und die Zwischenräume der Gehäuse mit größeren und kleineren Filigranschnörkeln gefüllt werden. Gleicher Schmuck wie für die Schale wird für die Mitte des Knaufs und für den Rand des Fußes angeordnet. In entsprechender Weise soll die Patene am Rande mit Steinen, Perlen und Schmelzwerk geziert werden.

Neben derartigem Schmuck wurde auch figürliches und ornamentales Bildwerk in getriebener Arbeit häufig an den Kelchen angebracht. Die erhaltenen Prachtkelche aus dem 11. und 12. Jahrhundert zeigen überhaupt die größte Mannigfaltigkeit in Gestalt und Schmuck; nur die Haupteinteilung in Schale, Knauf und Fuß ist immer beibehalten; die Henkelchen kamen allmählich ganz außer Gebrauch.

Abb. 93. Goldschmiedekunst des 12. Jahrhunderts: Kelch von St. Godehard in Hildesheim.

Als eines der schönsten vorhandenen Beispiele romanischer Kelche mag der prächtige Pontifikalkelch erwähnt werden, welchen die Godehardskirche zu Hildesheim besitzt. Derselbe wurde im Auftrage des Bischofs Bernhard um 1150 für diese Kirche angefertigt. Wir sehen den Rand der Schale von einem Goldband umgeben, welches mit Edelsteinen und Filigran bedeckt ist. Ebensolche, nur schmalere Bänder ziehen sich in der Richtung von oben nach unten über den Knauf, den ähnlich geschmückte Ringe begrenzen. Der Fuß ist entsprechend verziert in den Zwickeln zwischen vier Rundfeldern, welche Figuren aus dem Alten Testament enthalten. Diese letzteren sind in getriebener Arbeit hergestellt, ebenso das kräftige Blattwerk am Knauf und die vier Rundfelder mit evangelischen Bildern an der Schale und das

Rankenwerk in deren Zwickeln. So ist der ganze Kelch mit Schmuckwert bedeckt, welches durch die geschmackvolle Abwechselung zwischen den kleinen krausen Schnörkeln der juwelenbesetzten Flächen und den breiteren vollen Formen der getriebenen Gebilde von höchstem Reiz ist (Abb. 93).

Die zu diesem Kelch gehörige Patene ist mit gleichem Reichtum in entsprechender Weise geschmückt und zeigt in der Mitte das gravierte Bild des thronenden Erlösers.

Kreuze und Reliquiengehäuse sollen nach Theophilus gleichfalls mit Edelsteinen, Perlen und Schmelzwerk geziert werden. Zahlreiche erhaltene Werke legen Zeugnis ab von dem stofflichen Aufwand, der bei derartigen Gegenständen entfaltet wurde, und zugleich von den Fortschritten des Geschmacks, der durch die Kunst den Stoffwert zu überbieten suchte. Die größeren Flächen boten hier Gelegenheit zu reichlicher Entfaltung des üppig rankenden Filigranschmuckes, in welchem namentlich die rheinischen Goldschmiede Ausgezeichnetes leisteten. Die Reliquienbehälter erhielten die mannigfaltigste Gestalt; bisweilen wurden dieselben als Büsten, Arme oder Füße gebildet, den in ihnen aufbewahrten Körperteilen der Heiligen entsprechend.

Die Bilder an den Kreuzen und Reliquienbehältern, seien sie nun aus Gold, Silber oder Kupfer, sollen getrieben und ciseliert werden; auf dieselbe Art werden nach der Vorschrift der „Schedula" Messergriffe, silberne und goldne Becher und Schüsseln, Hostienbüchsen, Behälter von Wohlgerüchen und Meßkännchen geschmückt. Bei diesen Gefäßen sollen niellierte Verzierungen mit den getriebenen abwechseln. Theophilus macht bei dieser Gelegenheit darauf aufmerksam, daß der Künstler es nicht versäumen solle, sich vorher einen ausgeführten Entwurf in Modelliermasse anzufertigen, wenn er Bilder, Tiere oder Blumen mit dem Hammer treiben wolle.

Sehr ausführlich und anschaulich beschreibt er ferner zwei Weihrauchfässer, von denen das eine in Gold, Silber oder Kupfer getrieben, das andre aus Messing gegossen werden soll. Das erstere besteht in seinem Oberteil aus einer in dreifacher Abstufung aufgebauten Turmgruppe, durch deren Fenster der Rauch seinen Ausweg findet. Dieser Teil, der Deckel, ist an den breiten unteren Türmchen mit Halbfiguren von Engeln, und in halbkreisförmigen Flächen über dem unteren Rande mit den Bildern der Evangelisten oder der lebenden Wesen, welche dieselben versinnbildlichen, geschmückt. Der Unterteil enthält in Halbkreisen, welche sich jenen oberen anschließen, die Bilder der Paradiesesströme. Außerdem ist der Unterteil in Übereinstimmung mit der Rosette, in welcher die Ketten zusammenkommen, und welche den Ring zum Anfassen aufnimmt, mit Blumen, kleinen Vögeln oder Tieren verziert. Von den Ketten, deren Anfertigung besonders beschrieben wird, ist die mittelste, welche zum Emporziehn des Deckels dient, am Knopf des oberen Türmchens befestigt, die vier andern an Löwen- oder Menschenköpfen, welche zwischen den aus den oberen und den unteren Halbkreisen gebildeten Rundfeldern derartig angebracht sind, daß die Gesichter dem Unterteil, die Haare, durch welche die Ketten durchlaufen, dem Oberteil des Rauchfasses angehören. — Das Muster eines gegossenen Rauchfasses, welches beschrieben wird, ist noch viel reicher. Der obere Teil desselben besteht aus vier an Umfang und Höhe nach oben zu abnehmenden Turmgeschossen, welche ein Bild des himmlischen Jerusalem darstellen. Im untersten Stockwerk stehen die Figuren der zwölf Apostel in geöffneten Thoren, im nächsten Engel mit Schild und Lanze als Wächter der Mauern, darüber Halbfiguren von Engeln; das höchste Turmgeschoß trägt statt des Daches einen Zinnenkranz, über welchem das Bild des gekrönten Lammes sichtbar wird mit einem kleinen Bogen auf dem Rücken zur Aufnahme der Mittelkette. Der Unterteil ist mit zwölf Prophetenfiguren in viereckigen Umrahmungen und an seiner unteren Rundung, dem Fuße zunächst, mit runden Bildfeldern verziert, welche Darstellungen von Tugenden in Gestalt weiblicher Halbfiguren enthalten. Zur Befestigung und zum Durchlaß der Ketten dienen vier runde Erkertürmchen.

Theophilus fügt diesen Beschreibungen die Bemerkung bei, daß auf dieselbe Art und Weise Rauchfässer von verschiedener Gestalt und Arbeit getrieben und gegossen werden können, in Gold, Silber oder Messing. — In der That zeigen die noch vorhandenen romanischen Rauchfässer die allergrößte Mannigfaltigkeit; gemeinsam ist ihnen nur der mehr oder weniger reich gruppierte turmartige Aufbau des Oberteils.

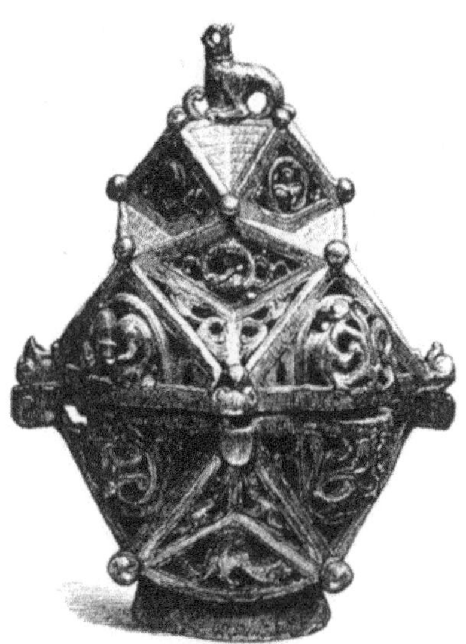

Abb. 94. Silbernes Weihrauchfaß aus dem Dom zu Trier.
(Goldschmiedekunst des 12. Jahrhunderts.)

Zwei ausgezeichnet schöne Rauchfässer aus dem 12. Jahrhundert besitzt der Dom zu Trier. Das eine, dessen mutmaßlichen Verfertiger Gozbert eine Inschrift am Fuße nennt, zeigt unten die Paradiesesflüsse als unbekleidete Figuren, darüber Moses, Aaron, Isaak, Jeremias als Brustbilder; oben Abel mit dem Lamm, Melchisedek mit Brot und Wein, das Opfer Isaaks, Jakob wie er den Segen Isaaks empfängt; zuoberst Salomon auf dem Throne, den zwölf Löwen umgeben. — Das andre ist ohne allen figürlichen Schmuck, und der Gedanke an einen Turmbau spricht sich im Grunde genommen nur in der Andeutung von Dachziegeln an den nach oben gewendeten schrägen Flächen der beiden obersten Abstufungen aus. Dagegen ist es von ungewöhnlichem Reiz durch die ganz durchbrochene Arbeit seiner sämtlichen übrigen Flächen, welche in eigentümlich erfundener Weise zusammengesetzt und mit Tier- und Blattornamenten gefüllt sind (Abb. 94).

Der Guß aus verschiedenen Kupfermischungen, Erz und Messing, war die Herstellungsart der meisten kirchlichen Geräte von untergeordneter Bedeutung. Bei diesen allen müssen wir den Reichtum und Geschmack der Erfindung bewundern. Sehr originell wurden die kleinen Gefäße gebildet, welche dazu dienten, dem Priester bei der Händewaschung Wasser über die Hände zu gießen, die sogenannten Aquamanilia. Man gab ihnen mit Vorliebe die Gestalt von Tieren, welche im Maul oder an der Brust das Ausgußröhrchen trugen. Die beliebteste Form ist die eines Löwen, über dessen Rücken sich ein kleiner Drache biegt, der als Handhabe dient (Abb. 95); daneben kommen auch Pferde, Vögel, Greife, Delphine und bisweilen selbst menschliche Büsten vor.

Abb. 95. Gießlöwe aus Bronzeguß. 12. Jahrhundert. Kirche zu Darfeld.

Die alte wilde Drachenornamentik behauptete sich am längsten an den Leuchtern. Der große siebenarmige Kandelaber, welchen Heinrich der Löwe dem von ihm gegründeten Dom zu Braunschweig schenkte, ist reichlich mit seltsamen Ungeheuern verziert. Bis weit in das 13. Jahrhundert hinein liebte man es, sowohl bei denjenigen Leuchtern, welche ihren bestimmten Platz auf dem Altare hatten, als auch bei den kurzen breitfüßigen Handleuchtern, welche nach Bedarf neben das Meßbuch gestellt wurden, die Füße in Gestalt von Drachen zu bilden, welche durch Rankenwerk oder in andrer Weise miteinander verbunden sind und mit den Hälsen und Vordertatzen auf dem Boden aufliegen (Abb. 96). Bisweilen erhielten die Handleuchter auch die noch phantastischere Gestalt eines aufgerichteten Drachen, der den Schaft mit Knauf und Lichtteller im Rachen trägt, während sein zurückgerollter Schweif als Henkel dient.

Abb. 96. Bronzener Handleuchter aus der Kirche zu Haltern, 12. Jahrhundert.

Die romanische Zeit liebte überhaupt die Darstellung von Tieren, die ohne jede sinnbildliche Nebenbedeutung zum Schmuck der verschiedensten Gegenstände verwendet wurden. So gibt Theophilus an, daß man auf goldnen und silbernen Bechern und Schüsseln Löwen und Greifen darstellen solle, entweder einzeln oder wie sie ein Stück Vieh erwürgen, oder auch Kämpfe mit Tieren, Samson und David wie sie den Löwen die Rachen aufreißen, oder Ritter, die gegen Drachen, Löwen, Greifen streiten. Diese Bildwerke sollen in getriebener und nachciselierter Arbeit ausgeführt werden, in derselben

Weise wie man aus Gold und Silber die Figuren auf den Evangelien- und Meßbüchern mache.

Solche Bücher wurden nach wie vor mit dem größten Aufwand eingebunden. Hierbei war die „ausgeschnittene Arbeit", das Verzieren mit aus Silber geschnittenen Figuren, Blumen, Tieren und Vögeln beliebt, wobei dann einzelnes, z. B. Kronen, Haare, Gewandborten, vergoldet wurde, wie es auch bei Reliefdarstellungen geschah, um durch die Abwechselung der Metallfarben den Reiz des Werkes zu erhöhen. Ausgeschnittene Verzierungen sollten auch an den Büchern der Armen nicht fehlen; dieselben wurden dann aus Kupfer angefertigt und mit Niello verziert. Dieser billigere Schmuck fand auch bei den Metallbändern der bemalten Sessel, Stühle und Betten Verwendung.

Das Aussehn solcher ausgeschnittenen Arbeiten veranschaulicht (Abb. 97) eine Darstellung des Herrn, der über Löwen und Basilisken wandelt, auf dem Einbande eines Evangelienbuches im Domschatz zu Hildesheim. Der mit Bergkristallen besetzte Rand dieses Buchdeckels zeigt prächtiges in Kupfer getriebenes Blattwerk in den reichen und lebensvollen Formen, welche die Zierkunst gegen das Ende des 12. Jahrhunderts annahm.

Jene Zeit ließ kein Stückchen Gold, Silber oder Kupfer, das an irgendwelchem Gerät sichtbar wurde, ohne künstlerische Zierde. So werden nach Theophilus die Beschläge der Frauensättel mit getriebenen Vögeln, Tierchen, Blumen geschmückt, die Messingnägel, welche zum Zusammenfügen der Messerscheiden und einfacher Ledereinbände dienen, und ebenso die kupfernen, goldnen und silbernen Nagelköpfe an den Steigriemen und am Kopfzeug der Pferde mit Blumenornamenten verziert.

Der Ausschmückung des Reitzeugs wird in der „Schedula" auch sonst an mehreren Stellen gedacht. Da alle Reisen damals zu Pferde ausgeführt werden mußten, spielten solche Sachen auch im Bedarf der Klöster eine Rolle, und alles wurde von den fleißigen Händen der kunstliebenden Mönche aufs reichste geschmückt. Das eiserne Gebiß und die Sporen sollen mit Gold und Silber in abwechselnden zierlichen Schnörkeln eingelegt werden, — eine Verzierungsart, die auch bei Messern und andern Eisengeräten Anwendung findet, wobei denn auch Kupfer und Messing an die Stelle der Edelmetalle treten darf.

Für die Herstellung der Ziermuster jener Nagelköpfe gibt Theophilus ein vereinfachtes Verfahren an. Dieselben sollen in vertieften eisernen Formen von der Art der Siegelstempel gehämmert werden. Derartige Stempel in Gestalt von schmäleren oder breiteren Streifen mit eingegrabenen Blumen, Tieren, Vögeln oder Drachen, die mit Hälsen und Schwänzen verschlungen sind, empfiehlt er auch für Randverzierungen mit wiederkehrender Musterung an Altartafeln, Lesepulten, Reliquienschreinen, Büchern u. s. w.; diese Arbeit werde hübsch und zierlich und mache sich leicht. Auch oft wiederkehrende figürliche Darstellungen soll der Künstler in Eisenstempeln bereit haben, wie das Bild des Gekreuzigten für Phylakterien (kleine Reliquienkreuze zum Umhängen), Reliquienkapseln und kleine Schreine, ferner die Bilder des Gotteslammes und der vier Evangelisten, die beispielsweise in Gold oder Silber ausgeprägt an Bechern aus kostbarem

Abb. 97. Buchdeckel aus dem 12. Jahrhundert.

Domschatz zu Hildesheim.

Umschrift des Bildes: Herr über Alles, Bezwinger des Bösen, Beschirmer vor Unheil.
Zu deiner Herrlichkeit flehen wir Armen: errette uns! Amen.

Holze angebracht werden, bei denen die übrigen Flächen mit ebenso angefertigten Fischchen, Vögeln und Tieren sehr schmuckvoll bedeckt werden. Auch das Bild Gottes in der Herrlichkeit und andre Bilder jeglicher Gestalt und jeden Geschlechts sollen in gleicher Weise aus Gold, Silber oder vergoldetem Kupfer gemacht werden: wo immer man sie anbrächte, würden sie wegen ihrer Feinheit und Sauberkeit sich sehr gut ausnehmen. Zum Schmuck der Wasserbecken seien in Messing geprägte Darstellungen von Königen und Rittern geeignet, und die Ränder der Becher sollen mit Tier- und Schnörkelornamenten verziert werden.

Der romanischen Goldschmiedekunst fehlte es niemals an großartigen Aufgaben, bei denen sie ihre verschiedenen Fertigkeiten in reicher Abwechselung nebeneinander anwenden konnte. Zu solchen gehörten namentlich auch die großen Kronleuchter, welche von der Decke oder aus der Wölbung der Kirche herabhingen. Man gab diesen radähnlichen, zur Aufnahme vieler Kerzen bestimmten Kronleuchtern die Gestalt eines Mauerkranzes mit Zinnen, Thoren und Türmen, in denen die Figuren der Apostel und gewaffneter Engel erscheinen, so daß die mächtige Lichterkrone als ein Bild des himmlischen Jerusalem über der versammelten Gemeinde schwebte.

Von den wenigen erhaltenen Prachtstücken dieser Gattung besitzt der Dom zu Hildesheim eins, das noch aus dem 11. Jahrhundert stammt; der zur Aufnahme von 72 Kerzen eingerichtete Reif wurde nach seiner Inschrift unter Bischof Hezilo (1054—1079) vollendet. — Eine dem ersten Drittel des 12. Jahrhunderts angehörige, vortrefflich erhaltene Lichterkrone bewahrt die Kirche der Benediktinerabtei Komburg in Steinbach bei Schwäbisch-Hall, die sich zugleich des noch kostbareren und kaum weniger seltenen Besitzes eines Altarvorsatzes aus vergoldetem Kupfer erfreut; dieses Antependium, das gleichzeitig mit dem Kronleuchter von Abt Hertwig um 1130 gestiftet wurde, zeigt die Gestalten des Erlösers und der Apostel in getriebener Arbeit und ist mit Filigran, Schmelzwerk und Edelsteinen köstlich geziert. — Der jüngste und reichste der erhaltenen romanischen Radleuchter ist der im Aachener Münster befindliche, ein Werk des Aachener Meisters Wibert, laut Inschrift dem Münster von Friedrich Barbarossa geschenkt. In die glanzvolle Regierungszeit dieses Kaisers fällt der Beginn der höchsten Blüte der mittelalterlichen Goldschmiedekunst, namentlich in den niederrheinischen Werkstätten.

Die Grundform der Aachener Lichterkrone ist die einer achtblättrigen Rose; die Achtzahl wurde, wie die Inschrift hervorhebt, um der achteckigen Form des Gebäudes willen gewählt. Acht größere und acht kleinere reichverzierte Türme erheben sich an dem äußerst reizvoll durchbrochenen und mit ornamentalen Zinnen bekrönten Reif. Auf den Zinnen und vermutlich auch in den mehrfach durchbrochenen laternenähnlichen größeren Türmchen wurden die Lichter aufgestellt. Die Figuren der Apostel, Evangelisten und Engel, welche in den thor- und fensterartigen Öffnungen standen, sind leider im vorigen Jahrhundert verschwunden. Aber auch so macht das reiche Werk mit der Fülle seiner geschmackvollen Verzierungen den prächtigsten Eindruck. Die Wirkung der zierlichen Ornamentstreifen wird durch einen firnisartigen braunen Überzug der Gründe gesteigert, von dem sich die glänzend goldigen Arabesken lebendig abheben; in derselben Weise ist die Inschrift hervorgehoben, welche sich in zwei Zeilen um den Reif herumzieht.

Eine besondere Zierde des Werkes und ein Beweis von den großen Fortschritten, welche die Figurendarstellung in jener Zeit gemacht hatte, sind die lebendigen und überaus ansprechenden gravierten Bilder, welche in mustergültiger Raumverteilung die Böden der sechzehn Türme schmücken. Acht Darstellungen aus dem Leben Jesu, mit der Verkündigung beginnend und mit der Wiederkunft des Weltenrichters endigend, wechseln mit den Verbildlichungen der acht Seligkeiten. Die letzteren sind besonders schön erfunden; sie zeigen feierlich ernste Gestalten mit Spruchbändern, zum Teil von kleineren Figuren umgeben, die in reicher und stets neuer Gruppierung die Menschen darstellen, auf welche der Segen jener Verheißungen herabstrahlt (Abb. 98). — In derselben Art der Ausführung ist auf einer Platte unter dem Knauf, in dem sich die Gehänge vereinigen, St. Michael, der Schirmengel des Reiches, abgebildet.

Abb. 98. Gravierte Darstellung vom Barbarossa-Kronleuchter zu Aachen: „Selig sind die Trauernden, denn sie werden getröstet werden.“

Den höchsten Prunk entfaltete die Goldschmiedekunst bei der Herstellung der großen Reliquienschreine, welche zur Aufnahme ganzer Körper von Heiligen dienten. Solche erhielten, wie es schon im frühen Altertum bei Sarkophagen gebräuchlich gewesen war, die Gestalt kleiner Häuser. Aber nur die allgemeine Form war die eines Gebäudes; die Verirrung, Werke der wirklichen Architektur im kleinen nachzuahmen, lag dem richtigen Stilgefühl der Künstler jener Zeit sehr fern. Die Schreine wurden an den vier Wänden mit mehr oder weniger frei hervortretenden, meistens von Säulenarkaden eingeschlossenen Figuren, an den schrägen Dachflächen in der Regel mit Geschichtsbildern in halberhabener Arbeit geschmückt; die beiden Spitzgiebel und der von Knäufen aus Bergkristall oder reicher Goldschmiedearbeit überragte Dachfirst wurden mit durchbrochenen Kämmen bekrönt; der Sockel, die Ränder, die Säulchen und Bogen, die Hintergründe der Figuren boten Gelegenheit zur Anbringung jeder Art von Verzierung.

Den ältesten erhaltenen dieser kostbaren Sarkophage besitzt wiederum der Dom des kunsteifrigen Hildesheim. Es ist der Schrein des heiligen Epiphanius, der noch aus der ersten Hälfte des 11. Jahrhunderts stammt, auf der einen Langseite den Heiland zwischen den klugen und thörichten Jungfrauen, auf der andern die Verteilung der Talente in Silberreliefs zeigt; hier ist nur die Figur Christi von einer architektonischen Umrahmung umgeben, die übrigen Figuren sind durch Perlstäbe voneinander getrennt. — Ein Prachtwerk aus der ersten Hälfte des folgenden Jahrhunderts besitzt derselbe Dom in dem Schreine Godehards, des im Jahre 1131 heilig gesprochenen Bischofs von Hildesheim, welcher dem heiligen Bernward nachfolgte (1022—38), und zu dessen Ehren auch die Godehardskirche in jener Stadt gebaut wurde.

Dieser mit Juwelen reich besetzte Sarg ist in seinem Aufbau noch ganz einfach ein länglich viereckiger Kasten mit ziemlich steilem Giebeldach, dabei aber ein Meisterwerk von edler Anordnung der Ausschmückung. Die Figuren an den vier Seiten treten auf teppichartig gemusterten Hintergründen fast vollständig frei hervor. Am Fußende sehen wir den heiligen Godehard, über welchem der Heilige Geist in Gestalt einer Taube schwebt, zwischen zwei andern heiligen Bischöfen; an der Stirnwand den segnenden Erlöser, von den Evangelistenzeichen umgeben, zwischen Maria und Johannes, im Giebelfelde die Halbfigur eines Engels; an den beiden Langwänden die unter Säulenarkaden sitzenden Apostel. Der Reiz der durchbrochenen und gravierten Ornamentbekrönung von First und Giebeln, in welche an der Stirnseite über jedem der sechs Worte „sanctus, sanctus, sanctus dominus deus sabaoth“ eine Engelsbüste eingeflochten ist, wird — dem Rate des Theophilus entsprechend — durch die Abwechselung von weißsilbernen und vergoldeten Stellen erhöht.

Vorzugsweise wurde die Anfertigung dieser großartigen und bewunderungswürdigen Kunstwerke in den niederrheinischen Gegenden betrieben, wo seit der Mitte des 12. Jahrhunderts solche reiche, geschmackvoll und edel gegliederte Gehäuse in großer Anzahl entstanden. Die Gestalt derselben wurde jetzt in der Regel durch Quergiebel bereichert, welche gewissermaßen ein Kreuzschiff andeuteten und dem kleinen Gebäude die Grundform einer Kirche gaben. Unter den vielen großen Reliquienschreinen, welche in den niederrheinischen Kirchen noch aufbewahrt werden, befinden sich aus der Zeit Kaiser Friedrichs I. zwei glanzvolle Meisterwerke von alles übertreffender Pracht: der kostbare Sarg, in welchem die Gebeine Karls des Großen Aufnahme fanden, im Münster zu Aachen, und der Dreikönigsschrein im Dom zu Köln (Abb. 99).

Der weltberühmte Kölner Domschrein, welcher die äußerliche Gestalt einer dreischiffigen Basilika mit hoch emporragendem Mittelschiff hat, wurde von Erzbischof Philipp von Heinsberg (1167—91) zur Aufnahme der Gebeine der heiligen drei Könige gestiftet, welche Erzbischof Reinold von Dassel, Friedrich des Rotbarts Kanzler und Kriegsgenosse, i. J. 1164 als Beute aus Mailand nach Köln brachte. Unter Otto IV., dessen Königswahl 1198 zu Köln stattfand, wurde das starkvergoldete, mit außergewöhnlich reichem Juwelenschmuck ausgestattete Gehäuse vollendet. Darum erscheint auf der Stirnwand dieser König im Gefolge der heiligen drei Weisen, welche der in der Mitte thronenden Mutter Gottes ihre Gaben darbringen; zur Linken Marias bildet die Taufe Christi das Gegenstück zu jener Gruppe; oben erscheint zwischen Engeln der Weltrichter. Die andre Schmalwand enthält unten die Darstellungen der Geißelung und des Kreuzestodes Christi, dazwischen den Propheten Jeremias und über diesem das Bildnis Reinolds, in der oberen

Abb. 99. Der Dreikönigsschrein im Dom zu Köln; Kopfseite.

Abteilung den Erlöser zwischen zwei gepanzerten Heiligen. An den unteren Seitenwänden sitzen unter Arkaden von Kleeblattbogen zwölf Propheten, an den oberen unter Rundbogenarkaden die Apostel. Ein zierlich durchbrochener Kamm bekrönt First und Giebel. Die Figuren sind, wenn auch noch nicht mit völliger künstlerischer Freiheit ausgeführt, so doch durch wohlgelungenen Ausdruck und verständnisvolle Anordnung der Gewänder ausgezeichnet.

Von höchster Schönheit sind die Schmelzverzierungen, welche die Säulen, Bogen, Friese und Einfassungen, sowie die vier aus dem Dachkamm hervorragenden Knäufe schmücken (Abb. 99).

Diesem Wunderwerke steht der Aachener Karlsschrein an Reichtum und Schönheit kaum nach. Seine Entstehung verdankt er der Erhebung der Gebeine Karls d. Gr. durch Friedrich den Rotbart und der durch diesen Kaiser veranlaßten Seligsprechung seines großen Vorgängers i. J. 1165. Die Vollendung des Prachtbehälters durch Aachener Künstler nahm lange Jahre in Anspruch; erst am zweiten Tage nach der Krönung Friedrichs II. fand die Beisetzung der Gebeine in demselben statt. „Nach dem feierlichen Meßamt," berichtet ein gleichzeitiger Chronist, „ließ der König (Friedrich II.) den Körper des seligen Karlus Magnus, den sein Großvater Kaiser Friedrich aus der Erde gehoben hatte, in dem herrlichen, aus Gold und Silber gefertigten*) Sarkophage, den die Aachener gemacht hatten, niederlegen, ergriff einen Hammer, legte den Mantel ab und bestieg mit dem Künstler das Gerüst, wo er vor aller Augen die Nägel einschlug und den Behälter fest verschloß." Darum sind in die Reihe der deutschen Könige und Kaiser, deren Gestalten die Langseiten des Schreins schmücken, auch Heinrich VI. und Friedrich II. aufgenommen; in der ganzen Erfindung und Ausschmückungsweise aber trägt das Werk durchaus das Gepräge der Zeit des ersten Friedrich, in welcher es begonnen wurde. An den Giebelseiten befinden sich einerseits die Figuren des heiligen Kaisers Karl zwischen Papst Leo und Bischof Turpin, andrerseits die der heiligen Maria und der Erzengel Michael und Gabriel. Von besonderem Interesse sind die acht Flachreliefs, mit welchen das Dach des Schreins gedeckt ist; sie schildern sagenhafte Begebenheiten aus dem Leben Karls d. Gr., göttliche Wunder als Beweise seiner Heiligkeit. Da sieht man zuerst, wie der heilige Jakob dem Kaiser erscheint und ihn auffordert nach Spanien zu ziehn, dann wie die Mauern Pampelonas durch Karls Gebet zum Einsturz gebracht werden; drei Bilder behandeln den Sieg über die Heiden in offener Feldschlacht und ein seltsames Wunder, welches sich dabei im christlichen Heere ereignet; es folgt die Darstellung der Wunder, welche sich bei der Beichte Karls vor dem Einsiedler Egidius und bei dem Zuge nach Jerusalem, von dem die Legende zu berichten weiß, zutragen; den Schluß bildet die Überreichung des Aachener Münsters an die heilige Jungfrau, ein Bild, welches auch dadurch kunstgeschichtlich bedeutsam ist, daß es die damalige Gestalt dieser Kirche deutlich zeigt, die, wenn man von dem über dem Eingange zwischen den runden Treppentürmen errichteten mächtigen Glockenturm absieht, noch ganz die ursprüngliche ist (Abb. 100).

Das architektonische Gerüst des Schreins, dessen Dach von vier sehr reich verzierten Knäufen und einer Kristallkugel überragt wird, ist überall, am zierlichsten an den Säulenarkaden, welche die trefflich modellierten Figuren an den Wänden umgeben, mit Edelsteinen und mit Emailtäfelchen in Filigranfassungen geschmückt; das Schmelzwerk zeigt in bunten Farben auf vergoldetem Grunde alle jene von Theophilus für den Emailschmuck des Kelches und überhaupt für sich wiederholende Verzierungen angegebenen Motive: Schnörkel, Blattwerk, Tiere, Vögel, Drachen mit verschlungenen Schwänzen, menschliche Büsten.

Die reizvolle farbige Zierde des Schmelzwerks trägt nicht am wenigsten zu der vornehm prächtigen Wirkung dieser Schreine und andrer Erzeugnisse der damaligen Goldschmiedekunst bei. Theophilus beschreibt ganz umständlich das mühsame und langwierige Verfahren der Herstellung des Zellenschmelzes nach byzantinischer Art. Aber schon vor seiner Zeit hatte das allgemein verbreitete Wohlgefallen an diesem schönen Schmuck die deutschen Goldschmiede auf Mittel sinnen lassen, die Anfertigung desselben wohlfeiler und zugleich weniger zeitraubend zu machen. So erfanden sie jene Art des Schmelzes, welche man im

*) In Wirklichkeit besteht der eigentliche Kasten — wie die meisten ähnlichen Arbeiten — aus vergoldetem Kupfer, nur die Figuren aus vergoldetem Silber.

Abb. 100. Getriebene Darstellung von dem die Gebeine Karls des Großen enthaltenden Schreine in der Münsterkirche zu Aachen: Karl weiht der h. Maria das Aachener Münster.

Gegensatze zu dem älteren byzantinischen Zellen- oder Kastenemail (émail cloisonné) mit dem Namen Grubenschmelz (émail champlevé) belegt hat. Zwar war dieselbe schon im Altertum von nordischen Völkern angewendet worden; aber es ist kaum wahrscheinlich, daß von dieser Kunstübung der Barbaren eine Kunde in die Werkstätten der mittelalterlichen Meister gedrungen sei; vielmehr müssen wir diesen das Verdienst zuschreiben, jene Technik ganz von neuem selbständig entdeckt zu haben. Anstatt die Umrisse der Emailbilder und die Einzelheiten ihrer Zeichnung durch aufrecht auf Goldplättchen gelötete zarte Goldbändchen anzugeben, grub man nunmehr die Felder, welche die Glasflüsse aufnehmen sollten, vertieft in die Metallfläche ein, so daß diese Fläche selbst die Umrisse angab und durch stehengelassene Stege die Farben voneinander schied. Hierzu wurde nun Kupfer benutzt, welches für das frühere Verfahren ungeeignet war, da es sich nicht fein und biegsam genug zurechtmachen ließ, um in aufgelöteten Bändchen eine geschmeidige Linienführung zu gestatten, welches aber für diese neue Art, bei welcher der handliche Grabstichel die Formen bestimmte, vollkommen ausreichte.

Gewissermaßen eine Übergangsform vom Zellenschmelz zum Grubenschmelz war es, wenn die zu emaillierende Bildfläche in ihrem Gesamtumriß in das Metall eingegraben, die Zeichnung der Einzelheiten innerhalb dieser Grube aber noch durch Zellen aus aufgelöteten Goldbändchen hergestellt wurde.

Als der „Abriß von allerlei Künsten" geschrieben wurde, hatte das Grubenemail noch keine weite Verbreitung gefunden; sonst würde der Verfasser es gewiß nicht unerwähnt gelassen haben. Anfänglich galt dasselbe überhaupt nur als ein Ersatzmittel für den Zellenschmelz und wurde demgemäß diesem so ähnlich wie möglich gehalten; dabei konnte begreiflicherweise die äußerste Feinheit jener Arbeiten nach byzantinischer Art nicht erreicht werden, da die Verbindungsstege zwischen den Gruben immer breiter bleiben mußten als die papierdünnen Goldbändchen. Bald aber kam man darauf, das neue Verfahren, welches das ältere immer mehr verdrängte, seiner Eigenart gemäß auszunutzen, und so bildete sich im 12. Jahrhundert ein wesentlich veränderter Stil der Schmelzmalerei aus. Während früher die Schmelzwerktäfelchen ihrer ganzen Ausdehnung nach farbig waren, und das Gold nur in den feinen Linien der Zeichnung zu Tage trat, zog man jetzt die Metallfläche, welche stets vergoldet wurde, mit in das Bild hinein. Namentlich geschah dies bei figürlichen Darstellungen. Zunächst waren es die Gesichter und Hände, überhaupt die Fleischteile, welche man nicht mitemaillierte, sondern in der Fläche stehn ließ und in gravierter Zeichnung ausführte; denn bei diesen mußte sich die Unzulänglichkeit der Kupferstege für feinere Linienangabe am empfindlichsten bemerkbar machen, zumal bei den höheren Ansprüchen, welche die Zeit an die Wiedergabe menschlicher Figuren stellte. Dann aber ging man, bei der weiteren Steigerung dieser Ansprüche, dazu über, die ganzen Figuren in Metall stehn zu lassen und zu gravieren, dagegen die Hintergründe zu emaillieren. Während also nach jenem Verfahren die Figuren — abgesehn von den ausgesparten Fleischteilen — farbig auf vergoldetem Grunde standen, hoben sie sich nunmehr goldig vom farbigen Hintergrund ab. Dabei wurde dann wohl in den Gewändern und Geräten die kräftigere Zeichnung wieder emailliert, gleichwie sie bei jenen durch vergoldete Stege angegeben war.

In Hildesheim, wo der heilige Bernward für die Ausbildung aller Zweige der Metall- und Juwelierarbeit den Grund gelegt hatte, wurde auch die Schmelzkunst mit Erfolg geübt. Vorzugsweise aber wurde dieselbe von den niederrheinischen Goldschmieden betrieben und ausgebildet. Der Name eines Goldschmieds Eilbert aus Köln ist durch die Inschrift eines mit Zellen- und Grubenschmelz geschmückten Tragaltärchens im Welfenmuseum zu Hannover auf uns gekommen. Von den Rheinlanden aus empfingen die Goldschmiede von Limoges die Anregung, sich gleichfalls in der Kunst des Emaillierens zu versuchen, deren höchste Blüte im Abendlande mit dem Namen ihrer Stadt in Verbindung gebracht zu werden pflegt.*) Es wird berichtet, daß die Mönche von Grandmont bei Limoges die Reliquien, welche sie im Jahre 1185 zu Köln und Siegburg erhielten, in einem prächtigen Schreine aufbewahrten, welcher die Bilder des Kölner Erzbischofs Philipp von Heinsberg und des Abtes Gerhard von Siegburg enthielt; der Verfertiger dieses selbstverständlich mit Schmelzwerk geschmückten Werkes, Reginald mit Namen, hat wohl unzweifelhaft in

*) Selbst das französische Wort ist deutschen Ursprungs: émail, das früher esmail geschrieben und gesprochen wurde, ist aus dem Worte smalt hervorgegangen, der niederdeutschen Form für das hochdeutsche smelz.

Abb. 101. Seitenflügel vom Triptychon des h. Andreas im Domschatz zu Trier.
Trierer Grubenschmelz aus dem Anfang des 12. Jahrhunderts mit farbigen Figuren auf vergoldetem Grunde:
1) Der h. Andreas umarmt das Kreuz Christi;
2) er erscheint vor dem Prokonsul Aegeas;
3) er heilt den h. Matthäus von der Blindheit.

einer jener beiden in der Herstellung solcher Schreine besonders thätigen Städte gelebt. — Die älteste Hauptpflegestätte der Schmelzkunst im Abendlande, Trier, bewahrte ihren wohlbegründeten Ruhm. Vielleicht war Trier, damals die bedeutendste Stadt Lothringens, der Ort, von dem aus der Abt Suger von St. Denis die lothringischen Goldarbeiter berief, welche nach dem eignen Berichte des Abtes bei der Ausstattung seiner Kirche mitwirken sollten; die namentlich erwähnte Hauptaufgabe dieser deutschen Meister war die Anfertigung einer ehernen Säule, welche ein goldnes Kruzifix trug, am Fuße von sitzenden Figuren umgeben und am Schafte ganz mit Schmelzgemälden bedeckt war: vermutlich stellte dieses Werk ein ähnliches Siegesmal des Kreuzes dar, wie die Bernwardsche Erzsäule zu Hildesheim.

Ein sehr schönes Beispiel von in Trier im 12. Jahrhundert verfertigten Figurendarstellungen in Grubenschmelz gewährt ein im dortigen Dom befindliches, dem Apostel Andreas geweihtes Triptychon, ein durch zwei Flügel verschließbarer kleiner Schrein. Die Innenseiten der Flügel werden durch je drei Bildchen aus dem Leben des Heiligen eingenommen, die in Schmelzwerk in jener Weise ausgeführt sind, welche die Figuren farbig auf vergoldetem Hintergrunde zeigt (Abb. 101).

Aus der damals noch völlig deutschen lothringischen Stadt Verdun, nach welcher die zu Trier geübte Kunst schon früh übertragen worden sein mag, stammte Meister Nikolaus, der Schöpfer des glänzendsten Meisterwerks der mittelalterlichen Schmelzmalerei, des großartigen Altaraufsatzes in der Stiftskirche zu Klosterneuburg bei Wien, dessen Bildwerke, gleich ausgezeichnet durch Kraft wie durch Anmut, zu dem Besten gehören, was das 12. Jahrhundert an figürlichen Darstellungen überhaupt hervorgebracht hat (Abb. 102).

Die Klosterneuburger Altartafel, welche ursprünglich nicht auf, sondern als Antependium vor dem Altare stand, — das umfangreichste erhaltene Werk der abendländischen Schmelzkunst, enthält in drei übereinander geordneten Reihen von Bildern einen bedeutungsvollen und umfassenden Darstellungskreis. Die mittelste Bilderreihe erzählt die Geschichte Christi; die obere und die untere Reihe begleiten diese Bilder mit Darstellungen solcher Begebenheiten aus dem Alten Testament, welche als Vorbedeutungen des in dem entsprechenden mittleren Bilde veranschaulichten Ereignisses aufgefaßt wurden, und zwar so, daß die obere Reihe Vorgänge aus der Zeit vor der Gesetzgebung Mosis, die andre solche aus der Zeit des mosaischen Gesetzes zeigt; den Schluß bildet die Darstellung des Weltgerichts. Brustbilder von Propheten, Engeln und Tugenden füllen die Zwickel zwischen den kleeblattförmigen Bogen, welche die einzelnen Bilder abschließen. Auf der Umrahmung und den die Bilderreihen voneinander trennenden Streifen zieht sich eine Inschrift hin, welche sich in zwölf leoninischen Versen über den geistigen Inhalt des Werkes verbreitet und in vier weiteren Versen angibt, daß Gwernher (Werner), der sechste Propst des Stiftes, i. J. 1181 der Jungfrau Maria die durch Nikolaus aus Verdun angefertigte Arbeit geweiht habe. Fünf in jüngerer Schrift hinzugefügte Zeilen berichten, daß das Werk i. J. 1329 eine Erneuerung und veränderte Aufstellung erfahren habe; von dieser Erneuerung rühren sechs der vorhandenen Tafeln her, welche sich sehr merklich und wenig vorteilhaft von den 45 ursprünglichen unterscheiden.

Die Bilder sind in der Weise ausgeführt, daß in die vergoldeten Figuren die Zeichnung in stärkeren und schwächeren Linien mit rotem und blauem Schmelz eingetragen ist; die Hintergründe sind durchgehends blau; nur in den Heiligenscheinen und einigem Beiwerk kommen noch andre, meist mattere Farbentöne vor, welche sich in den umrahmenden Zierbildungen in reicherer Zusammenstellung wiederholen. Durch die Einfachheit der Farbenwirkung kommen die vortrefflichen Kompositionen aufs schönste zur Geltung. Eine überraschende Größe der Auffassung und unbefangene Beobachtung der Natur, verbunden mit einer in dieser Zeit fast einzig dastehenden Kenntnis der Be-

Abb. 102. Von der Klosterneuburger Altartafel.

wegungen und der Körperformen, selbst da, wo diese sich unverhüllt zeigen, und mit geschmackvollster Anordnung der antiken Gewänder geben diesem in einer der künstlerischen Freiheit so wenig günstigen Technik ausgeführten Werke eines hochbegabten Künstlers den höchsten Wert (Abb. 102).

Von den Lebensumständen des Meisters ist gar nichts bekannt; man weiß von ihm nur noch, daß er i. J. 1209 für die Kathedrale von Tournai ein Reliquiengehäuse vollendet hat, dessen jetziger Zustand indessen nicht mehr der ursprüngliche ist.

Neben dem prunkenden farbigen Figurenschmuck, welchen die Schmelzmalerei in dem neuen Verfahren bot, kam die früher in Verbindung mit Werken der Goldschmiedekunst so beliebte Elfenbeinschnitzerei weniger zur Geltung. Im 12. Jahrhundert verlor diese denn auch im allgemeinen die große Bedeutung, welche sie ehemals besessen hatte. Während des ganzen 11. Jahrhunderts aber behauptete sie noch ihre ausgezeichnete Stellung und brachte durch die allmähliche Verschmelzung der feineren byzantinischen mit der frischeren einheimischen Richtung Werke von großem Reiz hervor.

Theophilus, der am Schlusse des der Metallarbeit gewidmeten Abschnittes seines Lehrbuchs die Bearbeitung der von der Goldschmiedekunst mitverwendeten Stoffe, das Schneiden des Bergkristalls, das Schleifen der Edelsteine, das Durchbohren der Perlen u. dgl. behandelt, gibt an dieser Stelle auch über die Beinschnitzerei Belehrung. Die Tafel, welche geschnitzt werden soll, wird zuerst mit einem Kreidegrund überzogen; darauf wird die Zeichnung mit Blei entworfen und mit einem feinen Eisen nachgeschnitten; dann soll der Künstler mit verschiedenen Eiseninstrumenten die Gründe vertiefen und die menschlichen Figuren oder was er sonst darstellen will, „nach Begabung und Wissen“ modellieren. Für teilweise Vergoldung der Schnitzerei wird Blattgold angewendet. Runde oder kantige Messergriffe werden in durchbrochner Arbeit hergestellt, indem das betreffende Elfenbeinstück der Länge nach durchbohrt, und dann Ranken oder Vierfüßer oder Vögel oder mit Hals und Schweif verschlungene Drachen aufgezeichnet und ausgeschnitten und „so zierlich und mühsam wie man kann“ geschnitzt werden; dann wird die Höhlung durch ein mit vergoldetem Kupferblech bekleidetes Eichenholz gefüllt, so daß die Verzierungen sich überall vom Goldgrund abheben. Auch ein Mittel um das Bein rot zu färben gibt Theophilus an. Außer dem Elefantenzahn verwendet er den Knochen eines Fisches, d. h. Walroßzahn, sowie Hirschhorn zu Schnitzereien. Aus diesen Stoffen können auch die Knäufe der Abts- und Bischofsstäbe, sowie kleinere Knöpfe zu verschiedenen Gegenständen gedrechselt werden, die dann einen glänzenden Schliff erhalten.

Die Sammlungen und Kirchen, namentlich in den rheinischen Gegenden, sind reich an zum Teil vorzüglichen Elfenbeinwerken dieser Zeit. Sowohl für die Vergoldung wie für die rote Färbung finden sich Belege. Reliquienkästchen, die bisweilen die Gestalt mehrgeschossiger, mit vielen Figuren besetzter kleiner Gebäude erhielten, Bischofsstäbe, die in der mannigfaltigsten Weise geschmückt wurden, Tragaltärchen und mancherlei andre Gegenstände legen Zeugnis ab von der Geschicklichkeit und dem Geschmack der Schnitzkünstler und von dem Reichtum ihrer Phantasie im Ersinnen neuer Formen.

Unter denjenigen Arbeiten, welche durch bestimmte Zeitangabe von besonderem Interesse sind, zeichnet sich der Deckel eines Evangelienbuches im Münsterschatz zu Essen aus, welcher in drei übereinander geordneten Abteilungen die Geburt, den Kreuzestod und die Himmelfahrt Christi, in den vier Ecken die Evangelisten mit ihren Sinnbildern zeigt. Der mit Perlen und Edelsteinen reich geschmückte goldne Rand dieser Elfenbeintafel enthält außer Darstellungen des von Engeln umgebenen Heilandes, der Apostel Petrus und Paulus und andrer Heiligen das inschriftlich bezeichnete Bild der Äbtissin Theophano (1039—54), wie sie der heiligen Jungfrau das Buch überreicht. Da die Elfenbeingebilde dieselbe Art der Formengebung zeigen wie die getriebenen Goldarbeiten, so erscheint es unzweifelhaft, daß sie mit diesen gleichzeitig entstanden sind. Die genannte Äbtissin war die Tochter des Pfalzgrafen Ezo und der Prinzessin Mathilde, der Schwester Ottos III. Man sieht an den in Auffassung und Ausführung gleich trefflichen Darstellungen, wie großen Nutzen die Bildnerkunst aus der Verbindung byzantinischer Geschicklichkeit, wie sie zur Zeit der gleichnamigen kaiserlichen Großmutter der Äbtissin in Deutschland Eingang gefunden hatte, mit einheimischen Anschauungen zu ziehen vermochte.

Abb. 103. Zierbuchstabe aus einer aus dem Kloster Hardehausen stammenden Handschrift in der ständischen Landesbibliothek zu Kassel (11/12. Jahrhundert).

Für die Malerei auf Pergament, auf Tafeln und auf Wänden gibt das Buch des Theophilus ebenso eingehende Belehrungen wie für die Goldschmiedekunst. Der erfahrene Mönch bringt zuerst genaue Vorschriften über die Mischung der verschiedenen Töne, welche beim Malen des Fleisches gebraucht werden sollen, mit Berücksichtigung der vorkommenden Unterschiede in der Hautfarbe; er gibt ständige Regeln über die Stellen, an denen die Lichter- und die Schattentöne aufgesetzt werden sollen, sowie über die Färbung der Haare und Bärte bei den verschiedenen Lebensaltern, über die Farbe der Augen u. s. w. Dann folgen Vorschriften über die Mischungen der Töne für die Gewänder verschiedener Farben und ein besonderes Kapitel über die Darstellung des Regenbogens, der Architekturen, Bäume und sonstigen Beiwerks. — Bei vielen Farben wird auch angegeben, aus welchen Stoffen und in welcher Weise dieselben herzustellen sind; auch die Anfertigung von schwarzer und goldiger Tinte wird gelehrt, desgleichen die Bereitung des Muschelgoldes zum Malen in Büchern. — Wir erfahren auch, daß gewisse Farben als für die Wandmalerei ungeeignet galten, die bei der Buchmalerei gebraucht wurden, und umgekehrt.

Als Bindemittel wird bei der Buchmalerei zu allen Farben gummi arabicum genommen, mit Ausnahme von Mennig, Bleiweiß, Karmin, welche mit Eiweiß, und von Spanisch-Grün (Grünspan), welches mit reinem

Wein gemischt wird. Alle Farben sollen bei den Miniaturen zuerst dünn angelegt, dann kräftig aufgetragen werden; nur bei den Buchstaben genügt ein einmaliger Auftrag. Gemahlenes Gold und Silber, Messing und Kupfer werden auf einer Mennig-Untermalung mit Hausenblase aufgetragen; als billiges Ersatzmittel für die Edelmetalle wird Zinn anempfohlen, welches, wenn es Gold vorstellen soll, mit Safran und Eiweiß überstrichen wird.

Farbstoffe und Bindemittel des Theophilus sind dieselben, die schon lange vorher angewendet wurden. Die Formengebung aber war zu seiner Zeit eine wesentlich andre geworden als sie im Anfange des 11. Jahrhunderts war. Jene höfische Miniaturmalerei von eigentümlicher Vollendung, welche unter den letzten Kaisern des sächsischen Hauses gepflegt worden war, behauptete sich nicht lange auf ihrer Höhe. Aus der Zeit der ersten Salier sind noch mehrere für die Fürsten angefertigte Prachthandschriften vorhanden, welche jenen älteren Werken ähnlich sind. Aber die Blütezeit dieser glänzenden Hofkunst mit ihren prunkenden Widmungsbildern war vorüber, und ihre letzten Erzeugnisse, die der Zeit Heinrichs III. und IV. angehören, bleiben sehr weit hinter den gediegenen Anfängen zurück.

Ein aus Speyer stammendes „goldnes" Evangelienbuch im Escurial enthält zwei Blätter mit den Bildern Konrads II. und Heinrichs III. mit ihren Gemahlinnen, sowie eine Anzahl neutestamentlicher Darstellungen, welche — soweit sich nach den Photographieen urteilen läßt — mit denen des umfangreichsten der von Heinrich II. dem Dom zu Bamberg geschenkten Evangelienbücher in der Münchener Bibliothek große Übereinstimmung zeigen. Die Vervielfältigung der Titelblätter mit den Fürstenbildern wird seltsamerweise nicht gestattet.

In der Stadtbibliothek zu Bremen wird ein aus der dortigen Stiftskirche stammendes Evangelienbuch aufbewahrt, welches im Kloster Echternach für Heinrich III. angefertigt worden ist, und zwar vor dessen Kaiserkrönung (1046). Die zahlreichen Bilder sind den um ein halbes Jahrhundert älteren des Egbert-Buches noch sehr ähnlich. Am meisten ziehen wieder die Widmungsbilder die Aufmerksamkeit an. Auf dem ersten Blatte ist die Kaiserin-Witwe Gisela dargestellt, wie sie zwei Äbten die Hände reicht; beiderseits steht Gefolge und im Hintergrunde erblickt man die Abtei. Auf der Rückseite desselben Blattes ist der thronende König zwischen zwei Äbten und Begleitern abgebildet; die Unterschrift preist die Jugendblüte Heinrichs, aber der Künstler war nicht imstande, ein jugendliches Gesicht zu malen. Das Schlußbild des Buches zeigt wiederum den König auf dem Throne, wie er sich zu dem mit einer Bitte vor ihn hintretenden Abte von Echternach huldvoll entgegenneigt. Diesem Bilde geht eines vorher, welches die Anfertigung des Buches veranschaulicht und einen Blick in das Innere des Klosters gewährt; zwei schreibende Mönche sitzen in einer Säulenhalle, deren Architektur der noch bestehenden der Wilibrorduskirche entspricht: je zwei Bogen — deren mittlere Stütze der Maler freilich weggelassen hat — werden durch einen größeren Bogen zusammengefaßt. Eine auch in viel späterer Zeit noch gebräuchliche naive Darstellungsweise läßt die Innenansicht der Halle nach oben in eine Außenansicht übergehn, und zwar kommen hier die Dächer der Basilika zum Vorschein (Abb. 104). Daß eine Abbildung der bestimmten Örtlichkeit gegeben werden sollte, wird durch die Unterschrift noch hervorgehoben:

> Diese Stätte, o König, die Efternaca genannt wird,
> Harret bei Nacht und bei Tag auf deine gnädige Huld.

Die Architektur der Wilibrordskirche hat auch bei den Umrahmungen der Evangelistenbilder unverkennbar als Vorbild gedient.

Abb. 104. Schreibende Mönche.

Vorletztes Blatt aus dem Evangelienbuch Heinrichs III. in der Stadtbibliothek zu Bremen.

Erscheint in diesen Büchern die Kunst der Miniatoren derjenigen der ottonischen Zeit noch nahe verwandt, so zeigt sie sich in späteren Werken derselben Gattung schon tief gesunken, so daß hier fast nur die Kaiserbilder um ihrer wenn auch unvollkommnen so doch angestrebten Porträtähnlichkeit willen den Beschauer zu fesseln vermögen.

Dagegen entwickelte sich jene anspruchslosere Miniaturmalerei, welche unabhängig und unbekümmert um die Außenwelt dem Bedarf des Klosters und der Kirche Rechnung trug, mit großer Frische. Die Menge der erhaltenen Werke bekundet eine ungeheure Fruchtbarkeit auf diesem Gebiet. Vieles ist flüchtig, auch in der Ausführung auf bloße Umrisse oder ein paar leicht hingetuschte Töne beschränkt, manches sogar entschieden roh; aber immer lebendiger drängt sich eine unbefangene Selbständigkeit hervor. Ein äußerliches Zeichen dieser Selbständigkeit ist schon die immer häufiger angewendete Bekleidung biblischer Figuren mit zeitgenössischer Tracht an Stelle der unverständlichen antiken Gewandung. Das Streben nach Ausdruck in Bewegung und Antlitz ist bisweilen überraschend erfolgreich. In denjenigen Fällen, wo größerer Fleiß auf die Ausführung der Miniaturen verwendet ist, wo sie mit sorgfältig aufgetragenen Deckfarben in der Weise gemalt sind, wie es Theophilus vorschreibt, da entbehren sie niemals eines großen Reizes in der Farbenzusammenstellung sowohl wie namentlich auch in der dekorativen Anordnung auf der Bildfläche, in der malerischen Haltung. Die Hintergründe sind in der Regel tiefblau mit grüner Einfassung, wobei aber diese beiden Farben nicht unmittelbar aneinanderstoßen, sondern durch eine feine weiße Linie voneinander getrennt werden. Von diesen ruhigen Gründen heben sich die Figuren meistens in lichten, zarten, vorherrschend warmen Farben reizvoll ab. Solche schlichte zweifarbige Hintergründe, welche gelegentlich durch Umränderungen mit helleren oder dunkleren Farben bereichert wurden, erhielten jetzt auch die Zierbuchstaben. Die Bandverschlingungen verloren sich gänzlich, alles Ornament wurde aus phantastischem Pflanzenwerk gebildet. Ranken und Blätter, die ebenso wie die von der Baukunst angewendeten pflanzlichen Schmuckgebilde nur freiem arabeskenhaften Zuge folgen und nicht im entferntesten auf natürlichen Vorbildern beruhen, wachsen buntfarbig und kräftig modelliert in reichen und üppigen Formen aus den Buchstabenkörpern hervor. In einzelnen Fällen sind die letzteren aus schön geschwungenen Drachengestalten gebildet, aus deren Rachen dann ein Teil der dichten Blattranken hervorquillt.

Von dem Wesen der Miniatur- und Buchstabenmalerei zur Zeit der Abfassung der Schedula artium geben die abgebildeten Malereien aus einem der ständischen Landesbibliothek zu Kassel angehörigen Evangelienbuche sehr bezeichnende Beispiele (Abb. 103, 105, 113). Die Handschrift stammt aus dem westfälischen Kloster Hardehausen, welches nicht weit von Helmarshausen, der mutmaßlichen Wohnstätte des Theophilus, entfernt ist, und dürfte gegen das Ende des 11. Jahrhunderts entstanden sein. Wir sehen hier, wie die Verzierungen überall — an den Endigungen der Buchstabenkörper sowohl wie in den Randeinfassungen — pflanzenhafte Formen annehmen, wie die regelmäßigen Musterungen in den Hintergründen eingeschränkt werden, und wie auch nicht die leisesten Anklänge mehr an byzantinische Kunst vorhanden sind; wir bewundern die gefällige Flächeneinteilung, deren Reiz freilich durch eine farblose Abbildung nur andeutungsweise wiedergegeben werden kann, und erkennen in den Figuren bei allen noch vorhandenen Unvollkommenheiten ein überaus liebenswürdiges Streben nach Ausdruck und Natürlichkeit.

Ein neuer großartiger Aufschwung in der Miniaturmalerei trat mit der Zeit Friedrich des Rotbarts ein, als alle Künste sich zu schönster Blüte zu entfalten begannen. Die Formengebung wurde richtiger, innige Empfindung und reineres Schönheitsgefühl sprachen sich in den Figuren aus. Die Darstellungen atmeten Freiheit und Leben; auch beschränkten sich die Künstler nicht mehr auf religiöse Gegenstände, sondern versuchten sich in der Illustrierung ritterlicher Dichtungen

Abb. 105. Miniatur des 11/12. Jahrhunderts.

In einem Evangelienbuch aus der westfälischen Abtei Hardehausen, jetzt in der ständischen Landesbibliothek zu Kassel.

und gelegentlich auch der Chroniken. Für Bilder dieser Art behielt man zunächst jene leichtere, sich in der Hauptsache auf Umrißzeichnung beschränkende Ausführungsweise bei. Aber an Reichtum der Erfindung und an Gedankentiefe stehen solche flüchtige Bildchen mitunter den sauber ausgeführten glänzenden Deckfarbenmalereien nicht nach.

Eines der merkwürdigsten in dieser Zeit entstandenen Miniaturwerke ist leider bei der Beschießung Straßburgs i. J. 1870 zu Grunde gegangen: der „Hortus deliciarum" (Lustgarten) der Herrad von Landsberg. Die Verfasserin, Äbtissin von St. Odilien (Hohenburg) in den Vogesen, hatte in diesem eigenartigen und reichhaltigen Buch aus geistlichen und weltlichen Schriftstellern alles besonders Wissenswerte nach ihrem eignen Ausdruck „wie ein Bienlein" zusammengetragen und durch zahlreiche Bilder erläutert und interessant gemacht. In künstlerischer Beziehung blieben diese freilich weit hinter vielen andern gleichzeitigen Erzeugnissen der Buchmalerei zurück, sie waren eben Dilettantenarbeiten; aber sie fesselten durch die Lebhaftigkeit und Freiheit der Auffassung, durch die reiche Erfindungsgabe, die sich an den großartigsten Vorwürfen versuchte, und durch die unbefangene Wiedergabe von wirklich Geschehenem. Bei dem umfassenden Inhalt des Buches erstreckten sich die Bilder auf alle möglichen Gebiete: neben feierlichen Kompositionen aus dem christlichen Vorstellungskreise und geistreichen Allegorieen erschienen mythologische Darstellungen und selbst Genrebilder aus dem alltäglichen Leben. Für Tracht, Bewaffnung und andre Äußerlichkeiten der Erscheinung jener Zeit bildet das Werk, von welchem wenigstens teilweise sorgfältig nachgebildete Veröffentlichungen vorhanden sind, eine unerschöpfliche Fundgrube.

Die Tafelmalerei besaß in der romanischen Zeit bei weitem nicht jene hohe Bedeutung, welche sie späterhin gewann. Die vornehmste Stelle, an der sie Verwendung fand, waren die Altartafeln, mit denen die Vorderseite des Altartisches in Ermangelung von kostbareren Antependien bekleidet wurde. Theophilus nennt Altartafeln, Thürfelder und Schilde nebeneinander. Er schreibt vor, daß die Holzblätter mit Käseleim, dessen Bereitung er genau angibt, zusammengefügt und dann mit rohem Leder bezogen werden sollen, welches in Wasser geweicht und in nassem Zustande mit Käseleim aufgeklebt wird. In Ermangelung von Leder kann auch Leinen- oder Hanfstoff genommen werden. Die so zubereiteten Tafeln erhalten dann eine Grundierung von Gips oder Kreide mit Leimwasser, welche mehrmals aufgetragen und zuletzt mit Schachtelhalm geglättet wird. Dieselbe Grundierung soll bei Pferdesätteln und Sänften, bei Faltstühlen, Schemeln und andern Dingen aufgetragen werden, welche geschnitzt sind und daher nicht mit Leder oder Stoff überzogen werden können. Darauf soll der Maler dann Menschenbilder oder Tiere, Vögel oder Blattwerk oder was er sonst will, entwerfen. Auf die solchergestalt vorbereiteten Tafeln oder sonstigen Holzgegenstände wurde damals schon mit Ölfarben gemalt. Theophilus gibt an, wie das Leinöl zubereitet und wie die Farben mit demselben angerieben werden. Mit diesen Farben sollen die Mischungen für Gesichter und Gewänder ebenso gemacht werden, wie es bei der Wasserfarbe vorgeschrieben worden ist, und Tiere oder Vögel oder Blattwerk soll man jedes in seinen Farben malen. „Alle Arten Farben," heißt es wörtlich weiter, „können mit derselben Art Öl gerieben und auf Holzwerk aufgetragen werden, aber nur bei solchen Gegenständen, die man an der Sonne trocknen lassen kann, weil, so oft man eine Farbe aufgetragen hat, man keine andre darübersetzen kann, ehe die erstere trocken geworden ist, was bei menschlichen Figuren langwierig und sehr verdrießlich ist." Für Arbeiten, die schnell fertig werden sollen, wird daher statt der Ölfarbe Wasserfarbe mit einem aus dem Gummi der Kirsch- oder Pflaumenbäume hergestellten Bindemittel gebraucht; nur Mennig, Bleiweiß und Karmin dürfen nicht mit diesem

Mittel gemischt, sondern müssen, wie bei der Miniaturmalerei, mit Eiweiß gebunden werden. Ist die Malerei, sei sie mit Öl oder mit Kirschgummi gemacht, fertig und ausgetrocknet, so soll sie mit einem aus Leinöl und Gummi bereiteten Firnis überzogen werden. Zur Vergoldung der Heiligenscheine, Gewandborten u. s. w. dient Blattgold, das mit Eiweiß aufgeklebt und mit einem Eberzahn oder einem Stein geglättet wird; in Ermangelung von Gold werden gefärbte Staniolblätter aufgeleimt. Auf allem Holzwerk kann auch eine Malerei ausgeführt werden, „welche die durchscheinende heißt und von einigen auch die goldige genannt wird": die betreffenden Stellen werden zuerst mit sorgfältig geglättetem Staniol beklebt, und darauf wird dann mit sehr dünner Ölfarbe gemalt.

Bei der Wandmalerei erwähnt Theophilus nicht, wie bei den beiden andern Gattungen der Malerei, eines Bindemittels, durch welches der Wasserfarbe Haltbarkeit verliehen würde. Aus einer vereinzelten Stelle geht hervor, daß ihm die eigentliche Freskomalerei, bei welcher die Farben mit bloßem Wasser auf den frischen Verputz aufgetragen und infolge eines während des langsamen Trocknens stattfindenden chemischen Vorganges ohne äußere Zuthat auf das dauerhafteste gebunden werden, nicht unbekannt war. Er sagt nämlich von einer gewissen dunkelgrünen Farbe, daß sie als recht geeignet zur Anwendung „auf der frischen Mauer" gelte. An andern Stellen gibt er besondre Vorschriften für das Malen „auf der trocknen Mauer", so daß man auch hieraus auf einen Gegensatz zur Freskomalerei schließen muß. Wenn auf die trockne Mauer gemalt wird, soll diese so lange mit Wasser benetzt werden, bis sie durch und durch naß ist; dann sollen alle Farben mit Kalk vermischt aufgetragen werden; sie sollen mit der Wand zu gleicher Zeit trocknen, damit sie haften. Diese letztere Art von Malerei ist aber thatsächlich ein sehr ungenügender Ersatz für das Fresko, da ihre Haltbarkeit äußerst gering ist. Unzweifelhaft waren den Malern jener Zeit Mittel bekannt, durch welche sie auch auf der trocknen Mauer ausgeführten Gemälden eine Dauerbarkeit für Jahrhunderte zu geben vermochten; denn es sind sogar auf dem bloßen Stein ausgeführte Malereien in einigermaßen erhaltenem Zustand bis auf unsere Zeit gekommen.

Läßt uns also hier der sonst so ausführliche Verfasser der Schedula diversarum artium über eine Frage im Dunkeln, welcher gerade heutzutage wieder besondre Aufmerksamkeit zugewandt wird, so erwirbt er sich ein um so größeres Anrecht auf unsre Dankbarkeit durch eine andre, sehr merkwürdige Stelle seines Buches, die uns zeigt, welche Empfindungen die frommen Künstler beseelten, wenn sie das Innere der Gotteshäuser von oben bis unten in Farbenschmuck kleideten, und welche Wirkung auf die Beschauer sie von ihren Werken erwarteten. Nachdem Theophilus den ausübenden Künstler daran erinnert hat, wie das Alte Testament uns darüber belehre, daß der Herr Wohlgefallen finde am Schmucke seines Hauses, führt er in eingehender Weise aus, wie die sieben Gaben des Heiligen Geistes den Künstler in den Stand setzen, diesem göttlichen Wunsche in würdiger Weise nachzukommen. „Durch diese Gewährleistungen der Tugenden ermutigt," fährt er wörtlich fort, „hast du das Haus Gottes in zuversichtlichem Beginnen mit soviel Anmut geschmückt, und Decken und Wände mit verschiedenartigem Werk und verschiedenartigen Farben auszeichnend hast du gewissermaßen von Gottes Paradies ein Abbild, das in bunten Blumen blüht, das in Gras und Laube grünt, das der Heiligen Seelen mit den Kronen ihrer Verdienste schmückt, den Beschauern gezeigt, und daß sie Gott den Schöpfer im Geschöpfe loben und als wunderbar in seinen Werken preisen, hast du bewirkt. Denn das Menschenauge vermag nicht abzuwägen, auf welches Werk es zuerst den Blick heften soll; wenn es das Deckengetäfel ansieht, so schimmert dies blumig gleich Priestergewändern; wenn es die Wände betrachtet, so ist da ein Abbild des Paradieses; wenn es die durch die Fenster strömende Lichtfülle anschaut, so staunt es über die unvergleichliche Pracht des Glases und die Mannigfaltigkeit des köstlichen Werks. Wenn zufällig die gläubige Seele eine verbildlichte Darstellung des göttlichen Leidens erblickt, so wird sie ergriffen; wenn sie sieht, welche Qualen die Heiligen an ihren Leibern erduldet und welche Belohnungen im ewigen Leben sie empfangen haben, so wendet sie sich einem besseren Lebenswandel zu; wenn sie sieht, wie große Wonnen im Himmel und wie große Qualen in den Höllenflammen sind, so wird sie um ihrer guten Handlungen willen von Hoffnung beseelt und durch die Betrachtung ihrer Sünden von Angst erschüttert.“ Glücklich vor Gott und Menschen in diesem Leben, glücklicher noch im zukünftigen preist Theophilus den Künstler, dem es vergönnt ist, durch seine Mühe und seinen Fleiß Gott so viele wohlgefällige Opfer zu bringen.

Leider hat die schonungslose Tünche der letzten Jahrhunderte den wunderbaren Reichtum künstlerischer Erfindung und harmonischer Farbenfülle, der einst die Wände der romanischen Kirchen bekleidete, zum größten Teil vernichtet. Was hier und da wieder zum Vorschein kommt, hat an Kraft und Schönheit der Farbe vieles verloren, und in den meisten Fällen vermag man sich nur mit Mühe ein Bild der einstigen Pracht im Geiste wiederaufzubauen. Der Verlust ist unersetzlich. Alle Wiederherstellungsversuche solcher Werke sind unzulänglich und geben kaum jemals den ursprünglichen Charakter ungetrübt wieder; sie würden freilich ein ungewöhnliches Maß von Ehrfurcht und von künstlerischem wie kunstgeschichtlichem Verständnis erfordern. Auch der Versuch, durch neue Malereien „in romanischem Stil“ das Verschwundene zu ersetzen, kann niemals gelingen; solche Bemühungen werden stets die Unvollkommenheiten der mittelalterlichen Kunst, als das am meisten in die Augen fallende und daher bequemste Mittel den Eindruck der Stiltreue hervorzurufen, vorzugsweise betonen und damit den alten Künstlern das größte Unrecht thun. Moderne Gemälde aber, mögen sie an sich noch so vortrefflich sein, stehen ihrer ganzen Auffassung nach in Mißklang zu der mittelalterlichen Architektur; denn in den romanischen Bauwerken ist die architektonische Bedeutung der Flächen eine zu wesentliche, als daß sie durch Bilder, welche perspektivische Wirkung und dadurch eine scheinbare räumliche Tiefe haben, zerstört werden dürfte.

Die Wandgemälde des Mittelalters, die aus dem nämlichen Geiste hervorgingen wie die Gebäude selbst und gewissermaßen einen wesentlichen Teil derselben bildeten, trugen in strengster Weise das Gepräge eines Flächenschmucks. Erschienen doch auch die Miniaturen, bei denen in der karolingischen Zeit eine Andeutung von perspektivischer Vertiefung nicht unbekannt gewesen war, während der Zeit des romanischen Stils durchaus an die Fläche gebunden. Man darf nicht etwa glauben, daß die Unkenntnis der Perspektive hierzu der alleinige Grund gewesen sei; denn in diesem Falle würde man häufiger ungeschickten Versuchen von perspektivischer Darstellung begegnen, wie sie z. B. die Thronhimmel der karolingischen und auch noch der ottonischen Miniaturen zeigen. Die Maler betrachteten vielmehr die Fläche an und für sich als den zu schmückenden Gegenstand, sowohl in der Buch- wie in der Wandmalerei. Das sieht man nicht nur an der ornamentalen Einteilung der Fläche, sondern auch an der Verteilung der Figuren auf derselben, die stets den dekorativen Rücksichten Rechnung trägt. Gerade dadurch und nur dadurch wurde jene wirklich im besten Sinne dekorative Wirkung der Malerei erreicht, welche bei den besseren Werken so vorzüglich ist, daß sie niemals übertroffen werden kann. Es mag sein, daß es den Künstlern weniger leicht geworden sein würde, mit so voller Kraft auf dieses Ziel loszugehen, wenn sie perspektivische Kenntnisse besessen hätten; aber das thatsächliche Verdienst, in der Flächenausschmückung Vollkommnes geleistet zu haben, kann ihnen nicht bestritten noch geschmälert werden durch die Annahme, daß ein scheinbarer Mangel ihnen dabei zu statten gekommen sei.

Wandmalerei und Miniaturmalerei waren damals noch von ganz gleichem Wesen. Die meisten Miniaturen kann man sich — mit einiger Abänderung der etwa vorkommenden Randverzierungen, welche in den Büchern größer im Verhältnis zu den Figuren zu sein pflegen als auf der Mauer, — in Lebensgröße übertragen denken, ohne daß sie von ihrer Wirkung etwas einbüßen würden; und manche Miniaturen wiederum zeigen einen so großartigen monumentalen Stil, daß man sie für Abbilder guter Wandgemälde halten möchte. Die Anweisungen, welche Theophilus über die Modellierung der Körper, Gewänder u. s. w. gibt, sind ganz allgemein und für jede Gattung der Malerei ohne Unterschied bestimmt. Die Schattenangaben waren ohne jede eigne Bedeutung, sie hatten keinen andern Zweck als den, die Formen verständlich zu machen. Denn an den Anschein der Körperhaftigkeit oder gar an realistische Beleuchtungswirkungen konnte eine unperspektivische Flächenmalerei selbstverständlich nicht denken. Um so größere Sorgfalt wurde bei den Wandgemälden, die auch für den entfernter stehenden Beschauer leicht verständlich sein mußten, auf die Zeichnung der Umrisse verwendet; durch kräftige und ausdrucksvolle Linien, die weder zu viel noch zu wenig gaben, wurden die Formen hervorgehoben und übersichtlich gemacht. Die Hintergründe wurden auch hier vorherrschend blau mit grüner Einfassung gemalt. Wir erfahren durch Theophilus, in welcher Weise der eigentümlich milde und doch leuchtende Ton, den diese Gründe überall da zeigen, wo moderne Übermalung sie nicht getrübt hat, erreicht wurde: dieselben wurden mit einer schwärzlichgrauen Farbe untermalt und darauf mit reinem Lasursteinblau und mit einem leicht gebrochnen Grün dünn überstrichen; bei dem Blau

Abb. 106. Christus umgeben von den Aposteln.
Wandgemälde in der Oberkirche der Doppelkirche zu Schwarzrheindorf. Nach E. aus'm Weerth, Wandmalereien des christlichen Mittelalters in den Rheinlanden.

diente in diesem Falle Eigelb, das von Theophilus nur an dieser einen Stelle erwähnt wird, das aber von andern vielfach angewendet wurde, als Bindemittel.

Ununterbrochen reihte sich auf den Wänden Bild an Bild; die inneren Beziehungen banden die sämtlichen Gemälde zu einem inhaltreichen Ganzen von tiefer Gedankenfülle zusammen. Reiche Schmuckwerkstreifen oder zierliche Architekturen schieden die einzelnen Darstellungen voneinander; die Umrahmungen der Einzelgestalten wurden in der Regel durch säulengetragene Bogen oder durch schlanke Säulenpaare mit einem reich aufgebauten Baldachin gebildet. Der unterste Teil der Wände wurde mit einer teppichartigen, regelmäßigen Musterung bedeckt, an welcher die häufigeren Beschädigungen, denen die Malerei hier ausgesetzt war, jederzeit leicht ausgebessert werden konnten.

Unter den aufgefundenen Resten nehmen zwei beinahe ihrem ganzen Umfange nach erhaltene Bilderfolgen die erste Stelle ein, beide den Rheinlanden und der Zeit nach der Mitte des 12. Jahrhunderts angehörig: die Malereien des Untergeschosses der Kirche zu Schwarzrheindorf (Abb. 106), welche, da sie sich nur über die ursprüngliche Anlage und nicht über eine alsbald nach dem Tode des Stifters angebaute Erweiterung erstrecken, zwischen 1151 und 1156 entstanden sein müssen, und die etwa gleichzeitigen Deckengemälde des Kapitelsaals der Abtei Brauweiler bei Köln (Abb. 107 u. 108).

Abb. 107. Simson und die Philister.

Deckengemälde im Kreuzgewölbe des Kapitelsaals der Benediktinerabtei zu Brauweiler. Nach E. aus'm Weerth, Wandmalereien des christlichen Mittelalters in den Rheinlanden.

Abb. 108. Saul und die Ammoniter.

Deckengemälde im Kreuzgewölbe des Kapitelsaals zu Brauweiler. Nach E. aus'm Weerth.

In der Gruftkirche des Erzbischofs Arnold von Wied ist in der Halbkuppel der Apsis der thronende Heiland dargestellt, umgeben von den Aposteln, welchen sich ein Bischof, vermutlich der Stifter, anschließt; an der Wand darunter erblickt man die vier Evangelisten an ihren Schreibpulten sitzend, dazwischen in einer Wandnische eine fünfte schreibende Gestalt (Abb. 106). Die gegenüberliegende Halbkuppel, über dem ursprünglichen Eingange, zeigt die Vertreibung der Wechsler aus dem Tempel, die beiden andern Halbkuppeln die Kreuzigung und die Verklärung Christi. Die achtzehn erhaltenen Bilder der zwanzig Kreuzgewölbefelder der Vierung und der Kreuzarme enthalten Darstellungen aus den Gesichten des Propheten Ezechiel; die größten derselben, an die Deckenöffnung anstoßend, beziehen sich auf die Weissagungen vom neuen Jerusalem. Außerdem sind in den Wandnischen der Querarme vier sitzende Herrschergestalten, in den Fensterwandungen des Westarms Krieger, welche bärtige Männer niederstoßen, die also wohl den Sieg der Tugenden über die Laster verbildlichen sollen, angebracht. Die Unterseiten der vier das Mittelgewölbe einschließenden Gurtbogen sind mit Ziergebilden, die des östlichen derselben auch mit Brustbildern in Rundfeldern geschmückt. — Leider ist man, wie in so vielen Fällen, bei der vermeintlichen Wiederherstellung dieser Gemälde durch Übermalung viel zu weit gegangen. Was sich aber an denselben als ursprünglich noch voll würdigen läßt, ist vor allem die geschickte Raumausfüllung, dann auch die erhabene

Einfachheit der Auffassung, bei welcher sich strenge Feierlichkeit mit ausdrucksvollem Leben paart.

Auch im Obergeschoß derselben Kirche sind einige Gemälde erhalten; Christus und Maria sind mehrmals dort dargestellt, von Gruppen verehrender Heiligen umgeben.

Die gleichfalls stark übermalten Bilder des mit sechs Kreuzgewölben überdeckten Kapitelsaals zu Brauweiler enthalten eine geistreiche Verbildlichung der Epistel aus dem Hebräerbriefe über die Kraft des Glaubens, welche mit den Worten anfängt: „Welche haben durch den Glauben Königreiche bezwungen“ (Kap. 11, V. 33—39). Die Darstellungen, welche den Text Satz für Satz mit Beispielen aus der Bibel und aus der Heiligengeschichte belegen, nehmen ihren Anfang in dem dem Eingang gegenüberliegenden Gewölbefeld, erstrecken sich der Reihe nach über die sämtlichen übrigen Gewölbe, deren Kappen sie mit je einer Komposition füllen, und finden ihren Abschluß wieder in jenem ersten Feld, wo die überlebensgroße Halbfigur Christi dem Eintretenden gerade gegenüber ein ganzes Gewölbedreieck füllt, den Anfang und das Ende zusammenfassend und die Schlußworte der Epistel „durch Jesum Christum unsern Herrn“ bezeichnend. Die dem unbequemen Format der Kappen zwanglos angepaßten, mit leichter Hand schnell und derb hingeworfenen Bilder erzählen in schlichter und verständlicher Weise ihren Gegenstand und überraschen mehrfach durch Freiheit und Lebendigkeit. Mächtig ist die Darstellung des in reckenhafter Kraft zwischen den Haufen der erschlagenen Philister stehenden Simson („und stark geworden im Streit“) (Abb. 107), von anschaulicher Lebensfülle die Schilderung, wie König Saul an der Spitze seiner gepanzerten Scharen auf die im Lager überraschten Ammoniter einsprengt („haben der Fremden Heer darniedergelegt“) (Abb. 108). Die Gurtbogen sind mit Zierwerk bedeckt, nur diejenigen, welche das erste Feld einschließen, zeigen zwischen den Zierbildungen Rundbildchen mit Büsten: Christus, Heilige, Engel, die klugen und thörichten Jungfrauen; die letzteren enthalten, ebenso wie die zunächst neben dem großen Bilde des Erlösers angebrachten Figuren der Jungfrau und Johannes des Täufers, der niemals fehlenden Begleiter des als Weltenrichter aufgefaßten Christus, einen Hinweis auf den Tag des Gerichts, um den Eindruck der Bilderpredigt über den Glauben zu verstärken. Die Gemälde an den Wänden sind nur zum Teil erhalten, und das Erhaltene ist teilweise unverständlich, so daß der mutmaßliche innere Zusammenhang dieser Bilder mit denen der Wölbungen nicht mehr zu erkennen ist.

Andre sehr bedeutende Wandmalereien sind in Westfalen aufgedeckt worden. Die hervorragendsten unter denselben sind die Gemälde in der Chornische des Patroklusmünsters zu Soest, deren wahrscheinliche Entstehungszeit die in dem Bruchstück einer Inschrift enthaltene Jahreszahl 1166 angibt.

Sie zeigen in der Wölbung den thronenden Heiland in mehrfacher Lebensgröße, umgeben von den Evangelistenzeichen und von Heiligen, an der Apsiswand vier außerordentlich majestätische, in gerader Haltung unter Baldachinen dastehende Königsfiguren von doppelter Lebensgröße (Abb. 109). Ein Fries mit Halbfiguren von Heiligen trennt die Malereien der Wand von denen der Wölbung, welche da, wo sie an den Triumphbogen anstößt, mit reichem Zierwerk geschmückt ist; die breiten Leibungen der drei Chorfenster sind mit Bildern von Engeln und Heiligen gefüllt, so daß kein Teil der Apsis unbemalt gelassen ist.

Durch einfache und edle Würde zeichnen sich alle Werke der romanischen Wandmalerei aus, welche an manchen andern Orten noch unter der Tünche zum Vorschein gekommen sind; die meisten befinden sich freilich in mehr oder weniger unvollkommenem Zustand der Erhaltung, namentlich in Bezug auf die Farbe haben sie stark gelitten; sehr viele sind auch durch wenig glückliche moderne Übermalung ungenießbar gemacht worden.

Abb. 109. Vier Königsfiguren in der Chornische der Patroklikirche zu Soest.
(Aus Aldenkirchen, die mittelalterliche Kunst in Soest.)

Von dem „gleich Prachtgewändern bunt schimmernden“ Farbenschmuck der leicht zerstörbaren Holzdecken ist begreiflicherweise noch viel weniger auf unsere Zeit gekommen, als von der Bemalung der Wände und Gewölbe. Das einzige bedeutende Werk dieser Art, welches sich erhalten hat, ist die Mittelschiffdecke der Michaelskirche zu Hildesheim. Unübertrefflich schön in der Einteilung, sicher und geschmackvoll gezeichnet, reich und kräftig in der Farbenwirkung, ist dieses unschätzbare Werk, welches bei der Wiederauffrischung verhältnismäßig wenig gelitten hat, eines der ausgezeichnetsten Denkmäler der mittelalterlichen Malerei (Abb. 110).

Der Gegenstand der Darstellungen ist der Stammbaum Christi. In den acht Hauptfeldern sind zuerst Adam und Eva dargestellt, dann der ruhende Jesse, aus welchem der Stammbaum hervorsprießt, David auf dem Throne, drei andre Könige seines Hauses, darauf die Jungfrau Maria in sitzender Stellung mit der Spindel in der Hand, zuletzt der auf dem Regenbogen thronende Heiland. Die Reihe der Vorfahren wird vervollständigt durch Brustbilder in Rundfeldern, welche von prächtigem Rankenwerk umgeben auf dem äußersten Rahmen angebracht sind. In den Ecken dieser Umrahmung erblickt man die Evangelistenzeichen, welche auch in den Zwickeln des achten Mittelfeldes die Christusfigur umgeben, während bei Maria Darstellungen der Kardinaltugenden die Zwickel füllen.

Abb. 110. Ein Teil der Deckenmalerei in der Michaeliskirche zu Hildesheim.

Zwischen dem Rahmen und den Hauptbildern ziehen sich zwei Reihen von kleineren Bildern hin, welche die Paradiesesflüsse, die Evangelisten, Propheten und neben der Jungfrau den Erzengel Gabriel enthalten.

Gewissermassen die Hauptglanzpunkte in der zusammenhängenden malerischen Ausschmückung der Kirchen bildeten die gemalten Fenster mit ihrer leuchtenden Farbenpracht.

Schon in altchristlicher Zeit war verschiedenfarbiges Glas, zu regelmäßigen Mustern zusammengesetzt, zum Verschluß der Fenster angewendet worden; in diesem Sinne ist die Glasmalerei vielleicht ebenso alt, wie die Verwendung des Glases in den Fenstern überhaupt. Wirkliche bildliche Darstellungen aber wurden erst durch die Erfindung einer mit dem Glase sich verbindenden Farbe möglich, welche auf dasselbe zu malen und so Schattierung und feinere Zeichnung einzutragen gestattete. Wann und wo diese Erfindung gemacht worden ist, läßt sich nicht nachweisen; daß sie aus Deutschland stammt, welches in der Frühzeit und während der Blüte des romanischen Stils in allen Künsten voranging, ist wahrscheinlich. Die ältesten unzweifelhaften Erwähnungen wirklicher Glasmalerei fallen in die Schlußzeit des 10. Jahrhunderts.

Theophilus geht, nachdem er in Bezug auf die Malerei alles, wie er es „mit Gesicht und Händen erprobt“ hat, „recht klar und ohne Neid“ dem Studium des Lesers übergeben hat, zu jener Kunst über, vermittelst deren „ein Werk mit Mannigfaltigkeit der Farben geschmückt, und dabei das Tageslicht und die Sonnenstrahlen nicht zurückgestoßen werden“. Er beginnt auch hier mit Anweisungen für die Errichtung der erforderlichen Öfen, und geht dann auf die Bereitung des weißen und farbigen Glases und die Herstellung von Glastafeln über. Nachdem er vom Blasen verschiedener Glasgefäße, von der Erfahrenheit der Franken im Erzeugen gewisser schöner Farben des Glases und von der Kunstfertigkeit der Griechen gesprochen und beschrieben hat, in welcher Weise diese köstliche Trinkgeschirre aus saphirblauem Glase mit goldnen oder silbernen Figuren, Tieren und Ornamenten anfertigen und wie sie Thongefäße emaillieren, bringt er über die Herstellung der bunten Fenster ausführliche Belehrung. Eine Holztafel, welche doppelt so groß ist wie der jedesmal herzustellende Teil eines Fensters, wird leicht mit Kreide grundiert. Auf der einen Hälfte dieser Tafel wird das Maß der Scheibe abgetragen und zuerst mit Blei oder Zinn die Randborte, wenn eine solche gemacht werden soll, dann die Figuren aufgezeichnet; dann wird die Zeichnung in Rot oder Schwarz sorgfältig ausgeführt, auch die Schattierung angedeutet. Die verschiedenen Farben werden in dieser Zeichnung durch Buchstaben vorgemerkt. Jetzt werden die Gläser von entsprechender Farbe eins nach dem andern auf die Zeichnung gelegt und die Umrisse auf denselben mit weißer Wasserfarbe (Kreide) vermittelst eines Haarpinsels nachgezogen; wenn man durch ein dichteres Glas die Linien der Vorzeichnung nicht deutlich sehen kann, so zieht man dieselben zunächst auf weißem Glase nach und macht nach diesem die Durchzeichnung auf dem dichteren Glas, indem man beide zusammen gegen das Licht hält. Ist so auf jedem Glasstück die Form, welche es bekommen soll, genau aufgezeichnet, so wird dasselbe mit einem glühenden Eisen ausgeschnitten. Dann wird auf jedem Stücke die Zeichnung der Einzelheiten mit der einzigen damals bekannten zum Malen auf Glas brauchbaren Farbe, dem sogenannten Schwarzlot, mit Zuhülfenahme der Vorzeichnung ausgeführt. Darauf werden mit dieser schwärzlichen oder bräunlichen Schmelzfarbe, deren Bereitung Theophilus gleichfalls angibt, die Schatten sorglich angelegt, und zwar so, daß es durch den bald dickeren, bald dünneren Auftrag den Anschein gewinnt, als ob drei verschiedene Töne gebraucht worden seien. In den Borten sollen mit diesen drei Tönen Ranken und Blätter, Blumen und Verschlingungen gemalt werden. — In betreff der Farbenzusammenstellung schreibt Theophilus vor, daß auf Hintergründen von blauer, grüner oder roter Farbe die Gewänder der Figuren weiß gehalten werden sollen, was sich besonders gut mache; auf weißen Gründen aber sollen die Gewänder blau, grün, purpurn und rot sein. Gelbes Glas soll in den Gewändern wenig gebraucht werden, nur bei Kronen und dergleichen Dingen, wo man sonst Gold aufsetzen würde. Die Verzierungen an den Gewändern u. s. w. werden in einen mittleren Schwarzlot-Ton mit dem Pinselstil eingezeichnet, in denselben Formen — Kreisen und Ranken mit Blumen und Blättern —, wie sie bei der Buchmalerei gebräuchlich seien. Die Hintergründe aber, welche man bei dieser einfarbig ausfülle, müßten bei der Glasmalerei mit sehr feinem Rankenwerk verziert werden, in welches man hier und da kleine Tiere, Vögelchen, Gewürm und nackte Figürchen einstreuen könne. Wenn Inschriften anzubringen sind, so werden die betreffenden Stellen ganz mit Schwarzlot bedeckt und die Schrift mit dem Pinselstiel herausgekratzt. Sollen Gewandborten, Bücher, Kreuze wie mit Edelsteinen besetzt erscheinen, so können die kleinen Stückchen blauen und grünen Glases, welche die Edelsteine vorstellen, vermittelst eines mit Schwarzlot dick hingestrichenen Umrisses auf der hellgelben, das Gold vorstellenden Unterlage befestigt werden, ohne daß in dieser die betreffenden Stellen ausgeschnitten zu werden brauchen. — Ist die Malerei trocken geworden, so kommen die Glasstücke in den Brennofen, wo das Schwarzlot mit dem Glase zusammenschmilzt. — Dann werden aus reinem Blei Streifen gegossen, welche zur Verbindung der verschiedenen Glasstücke miteinander dienen. Auf jener Holztafel werden neben der Vorzeichnung, dem „Karton", wie man in moderner Ausdrucksweise sagen würde, die Glasstücke zum Bilde geordnet. Jedes einzelne Stück wird mit einem Bleistreifen eingefaßt, und dann die aneinanderstoßenden Bleieinfassungen zusammengelötet, bis die ganze Scheibe fertig ist.

Diese Art der Herstellung farbiger Fenster, welche alle Hauptumrisse des Bildes durch die Verbleiung gibt und das Schwarzlot als einziges Mittel benutzt, um die mosaikmäßig zusammengesetzten Formen durch Zeichnung und Modellierung weiter durchzubilden und zum Gemälde zu gestalten, blieb mehrere Jahrhunderte hindurch dieselbe. Erst seit dem 14. Jahrhundert kamen zu dem Schwarzlot mehrere neu erfundene Schmelzfarben hinzu, welche den Glasmalern größere Freiheit gewährten. Aber auch da noch blieb das Verfahren im wesentlichen unverändert, dessen große, niemals übertroffene Vorzüge gerade auf seiner Einfachheit beruhen, indem das ganze Fenster sich bei aller Mannigfaltigkeit der Formen und Farben durchaus als einheitliche, gleichmäßig durchleuchtete Fläche darstellt.

Daß erhaltene Glasmalereien von hohem Alter zu den größten Seltenheiten gehören, versteht sich von selbst. Für die ältesten vorhandenen gelten fünf schmale Oberlichter des Doms zu Augsburg, welche auf farblosem Grunde ohne jede Umrahmung Figuren aus dem Alten Testament enthalten. Die wahrscheinliche Entstehungszeit dieser Fenster wird durch den Umstand bestimmt, daß der Dom im Jahre 1065 von neuem geweiht wurde, daß damals also durchgreifende Ausbesserungen und Erneuerungen in demselben stattgefunden haben.

Mit dem an Decken, Wänden und Fenstern der Kirche durchgeführten Farbenschmucke war nüchterne Eintönigkeit des Fußbodens unvereinbar. Auch dieser wurde durch farbige Musterung in mannigfach wechselnden Schmuckformen reizvoll belebt. Selbst figürliche Darstellungen als Schmuck des Bodens waren nicht ungewöhnlich. Man bediente sich zu solchen teils der wirklichen Mosaikmalerei mit eingelegten Steinchen, wie sie der heilige Bernward in seiner Stadt eingeführt hatte, und deren Anwendung auch in andern Gegenden durch mehrfache erhaltene Überbleibsel belegt wird, teils anderweitiger Ersatzmittel. So bestehen die noch vorhandenen Bruchstücke der Fußbodenbekleidung von 1122 im Dom zu Hildesheim aus unglasierten Thonplatten, in denen Umrißzeichnungen figürlichen Inhalts eingegraben und mit dunkler Farbe ausgegossen sind. Es ist wohl anzunehmen, daß schon früh ein Auslegen mit Thonfliesen, welche durch verschiedenartige Auszierung und auch durch Verschiedenheit ihrer natürlichen Farbe eine bunte Mannigfaltigkeit hervorzubringen geeignet waren, häufiger zur Verwendung kam, als die umständliche eigentliche Mosaikmalerei. Dem Verfasser der Schedula artium war die letztere nicht unbekannt. Er kommt bei der Glasbereitung darauf zu sprechen und erwähnt, daß man „an alten Heidenbauten“ verschiedene Glasarten in musivischer Arbeit finde; diese verschiedenfarbigen undurchsichtigen Glasstückchen, welche wie viereckige Steinchen aussehen, seien denjenigen gleich, aus denen die Schmelzflüsse für Goldschmiedewerke hergestellt werden. Weiter geht er auf diese Kunst nicht ein; nur die Art und Weise, wie die Griechen die goldigen Glasstückchen herstellen, „welche dem Mosaikwerk gar sehr zur Zierde gereichen“, gibt er besonders an.

Die bedeutendsten Reste von Mosaikmalerei haben sich in den Rheinlanden gefunden, darunter die große, unter Erzbischof Anno um 1069 angefertigte Bodenmosaik der Krypta von St. Gereon zu Köln, welche mit Bildern aus dem Alten Testament und mit dem Tierkreise geschmückt ist. Römische und karolingische Vorbilder mochten in diesen Gegenden zu derartigen Werken besonders anregen.

Einen prächtigen und kostbaren Schmuck bildeten die gewirkten und gestickten Teppiche, mit welchen an Festtagen die unteren Teile der Wände und die Pfeiler der Kirche behängt wurden, welche zur Bekleidung der Sitze der Geistlichkeit, der Altarstufen und andrer auszuzeichnender Stellen dienten, und welche zwischen den Säulen der Ciborienaltäre herabhingen. Die Schatzverzeichnisse mancher Kirchen geben uns eine Vorstellung von dem außerordentlich

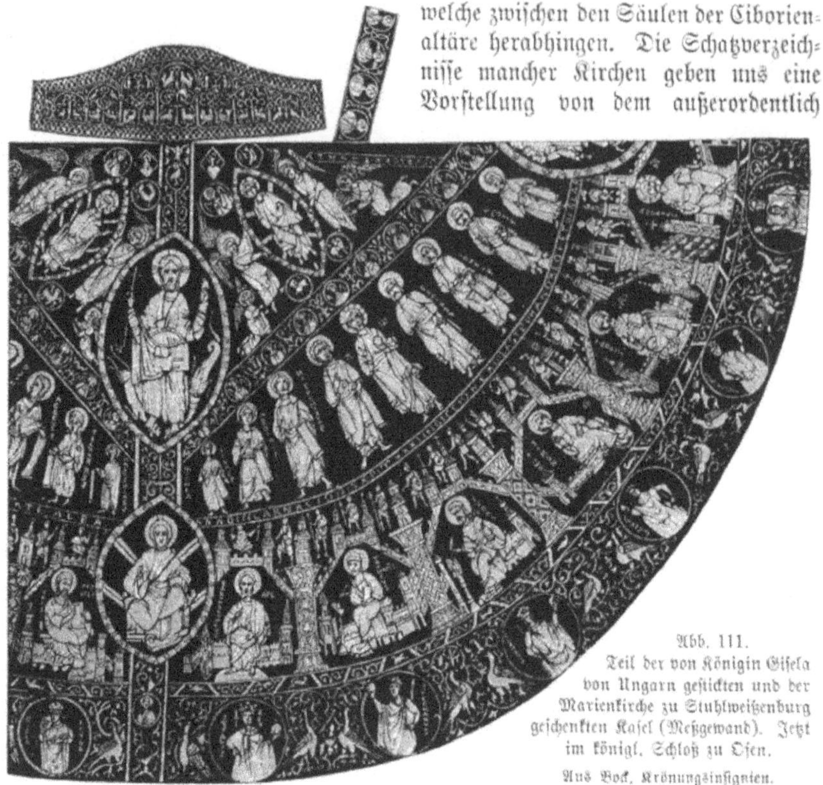

Abb. 111. Teil der von Königin Gisela von Ungarn gestickten und der Marienkirche zu Stuhlweißenburg geschenkten Kasel (Meßgewand). Jetzt im königl. Schloß zu Ofen.

Aus Bock, Krönungsinsignien.

reichen Vorrat an wertvollen, mit Bildwerk prangenden Stoffen, welchen sie einst besaßen. Die Herstellung derselben war vorwiegend eine Aufgabe der Frauen, und vornehme Damen wetteiferten mit den Klosterschwestern in der Bethätigung ihrer Frömmigkeit durch Anfertigung und Schenkung von derartigen Erzeugnissen ihres Fleißes. Mit emsiger Geschicklichkeit wurden die fremdartig stilisierten Tier- und Pflanzengebilde der sehr beliebten und hoch geschätzten Prachtgewebe morgenländischen Ursprungs nachgeahmt. Aber auch figürliche Darstellungen, selbst Kompositionen großartigsten Inhalts wurden in die Stoffe hineingearbeitet.

Auch bei den kaiserlichen und priesterlichen Festgewändern kam die Kunst der „Nadelmalerei" zu reichlicher Anwendung, so daß sie dem Verfasser der Schedula artium zu dem angeführten Vergleiche Anlaß gab.

Im Dom zu Bamberg werden Reste von Kaisermänteln aufbewahrt, welche bis auf die Zeit Heinrichs II. zurückreichen. Ein nur wenig jüngeres ausgezeichnet schönes Werk der Stickkunst ist beinahe unversehrt erhalten geblieben; es ist die von der Hand der Königin Gisela, der Schwester des genannten Kaisers, angefertigte und von ihr in Gemeinschaft mit ihrem Gemahl, König Stephan von Ungarn, i. J. 1031 der Marienkirche zu Stuhlweißenburg geschenkte Kasel, welche jetzt einen Bestandteil des ungarischen Königsornats bildet. Dieselbe besteht aus feinster Purpurseide, auf welche mit Goldfäden zahlreiche Figuren von Heiligen und Engeln, dazwischen in mehrfacher Wiederholung die Gestalt Christi in strenger, noch an die byzantinischen Einflüsse des 10. Jahrhunderts erinnernder Zeichnung gestickt sind; Namensbeischriften und leoninische Verse erläutern die Darstellungen (Abb. 111).

Reste von künstlerischen Webearbeiten aus dem 11. und 12. Jahrhundert befinden sich noch in mehreren Kirchen. Solche von besondrem Kunstwert besitzt die Schloßkirche zu Quedlinburg in einer Anzahl von Teppichen, welche höchst wahrscheinlich gegen Ende des 12. Jahrhunderts von der Äbtissin Agnes und ihren Jungfrauen gewirkt worden sind (Abb. 112). Der Inhalt ihrer Darstellungen, die Vermählung des Merkur mit der Philologie, ist den beiden ersten Büchern des im Mittelalter als Schulbuch gebrauchten Werkes „Satirikon" des Grammatikers Marcianus Capella (um 470) entnommen. Dieser allegorische Stoff scheint von alters her ein beliebter Gegenstand für derartige Arbeiten gewesen zu sein; schon im 10. Jahrhundert schenkte Herzogin Hedwig, wie der Chronist Eckehard berichtet, dem Kloster St. Gallen einen Teppich, auf welchem der nämliche Vorwurf behandelt war. Ein solches älteres Werk hat wohl der Künstler, welcher die Vorzeichnungen für jene Quedlinburger Teppiche anfertigte, vor Augen gehabt: die Trachten sowohl wie die ganze Auffassung deuten darauf hin. Aber die Zeichnung der Figuren ist von ungewöhnlicher Schönheit, die Bewegungen sind frei und lebendig, die Gewänder geschmackvoll angeordnet. Das Werk zeigt nichts mehr von der trockenen Steifheit der byzantinischen Kunst, sondern ist ein bezeichnendes Beispiel für den frischen Aufschwung, welchen alle Zweige der zeichnenden Künste in jener Zeit nahmen, wo der romanische Baustil zur Vollendung gediehen war.

Abb. 112. Überrest eines Teppichs der Äbtissin Agnes in der Schloßkirche zu Quedlinburg.

Abb. 113. Stuckornament von der Chorschranke in der Michaeliskirche zu Hildesheim.

5. Die Bildhauerkunst im 11. und 12. Jahrhundert.

Abb. 114. Anfangsbuchstabe aus einer westfälischen Evangelienhandschrift des 11./12. Jahrhunderts in der ständischen Landesbibliothek zu Kassel.

Plastischer Kunstwerke von größerem Umfang geschieht bei Theophilus keinerlei Erwähnung. Die Steinbildnerei gehörte freilich in den Thätigkeitsbereich des Baukünstlers und fiel daher nicht in den Rahmen eines Werkes über diejenigen Künste, welche zur Ausschmückung des fertigen Gotteshauses dienten. Aber auch von größeren Gußwerken figürlichen Inhalts ist an keiner Stelle des Buches die Rede, so eingehend auch sonst der Erzguß behandelt wird. Die Plastik großen Stils bildete zur Zeit des Theophilus noch keinen Wesensbestandteil des Kirchenschmucks. Die Stellung, welche die Bildnerei in Stein oder Stuck einnahm, war noch eine sehr untergeordnete, und der Erzguß wurde, wie es scheint, nur in einzelnen Gegenden zur Herstellung großer Bildwerke benutzt. Darum ist der Entwickelungsgang der Bildnerei im Großen von demjenigen der bildnerischen Kleinkunst wesentlich verschieden. Die letztere, als zur Goldschmiedekunst gehörig, war gleich der Malerei zur Ausstattung der Gotteshäuser unentbehrlich; wie diese wurde sie seit der Einführung des Christentums in ununterbrochener Übung betrieben, und ausgehend von den mit dem Christentum zugleich aufgenommenen Überlieferungen der spätrömischen Kunst, teilweise beeinflußt von barbarischer Unbeholfenheit und phantastischem Sinn, weiter gefördert durch das Studium der in Bezug auf geschulten Geschmack und handwerkliche Vollendung überlegenen Werke der Byzantiner, arbeitete sie sich an den großartigen Aufgaben, welche ihr von Anfang an geboten wurden, langsam und fast unmerklich zu einem eignen Stil empor. Die große Skulptur aber, während des karolingischen und frühromanischen Zeitalters sehr vernachlässigt, das ganze 11. Jahrhundert hindurch nur in beschränktem Maße gepflegt, betrat den Weg höherer Entwickelung erst zu einer Zeit, wo die übrigen Künste schon eine gewisse Höhe erreicht hatten. Dann aber machte sie, von dem ausgebildeteren allgemeinen Kunstgefühl getragen, desto raschere und glänzendere Fortschritte, so daß sie gegen das Ende des 12. Jahrhunderts zu einer Formvollendung gelangte, wie sie die Malerei damals bei weitem noch nicht erreicht hatte.

Zunächst war es der seit dem Beginn des 11. Jahrhunderts lebhaft gepflegte Erzguß, welcher größere Werke mit Figurendarstellungen hervorbrachte. Hauptsächlich im Sachsenlande wurde diese Kunst, zu welcher der heilige Bernward hier in so erfolgreicher Weise den Grund gelegt hatte, schwunghaft betrieben. Mit Bildwerken geschmückte Thüren und figurenreiche Taufbecken, Grabplatten mit dem Bilde des Verstorbenen, Leuchter und Schreine, welche auf Menschengestalten ruhten, gingen aus den sächsischen Gießhütten hervor. Von weit entlegenen Ländern aus wurden hier derartige Arbeiten bestellt. Bernwards künstlerische Eigenart konnte sich freilich in seiner Schule nicht vererben. Die nach seiner Zeit entstandenen sächsischen Gußwerke, welche sich erhalten haben, entbehren des Reizes jener ursprünglichen schaffenskräftigen Frische, die den unter seiner persönlichen Leitung entstandenen Werken eine so außergewöhnliche Bedeutsamkeit verleiht. Aber eine große handwerkliche Geschicklichkeit und ein gewisses unbefangenes Streben nach Natürlichkeit müssen wir in allen auf uns gekommenen Schöpfungen der sächsischen Metallgießer, die im übrigen den allgemeinen Fortschritten der Zeit folgten, anerkennen.

Werke des 11. Jahrhunderts von herber altertümlicher Strenge, dabei aber von höchst eigenartiger Erfindung, sind der auf vier knieenden Männern ruhende eherne Kasten, welcher zu Goslar in der stehen gebliebenen Vorhalle des abgebrochenen Domes aufbewahrt wird, gewöhnlich der Krodoaltar genannt, weil man ihn lange Zeit irrtümlicherweise für ein heidnisches Werk hielt, und das als Leuchterträger dienende Standbild eines betenden Mannes im Dom zu Erfurt.

Diesen Arbeiten reihen sich die Grabplatten des Erzbischofs Gisiler von Magdeburg im dortigen Dom und des Gegenkönigs Rudolf von Schwaben im Dom zu Merseburg an. Beide zeigen — wie es noch lange Zeit hindurch gebräuchlich blieb, — die Reliefsigur des Verstorbenen in gerader aufrechter Haltung. Das Bild des Königs Rudolf († 1080) ist ein für jene Zeit sehr bedeutendes Denkmal, das schon einen entschiedenen Fortschritt in der Formengebung bekundet (Abb. 115).

Augenscheinlich hat der Künstler die Absicht gehabt, ein wirkliches Bildnis des Fürsten zu geben. Der Kopf tritt in fast voller Rundung hervor, während die übrige Figur in ziemlich flachem Relief gehalten ist. Die Züge des Antlitzes zeigen einen strengen, fast unheimlichen Ausdruck, der ursprünglich noch in barbarischer Weise gesteigert

Abb. 115. Die eherne Grabplatte Rudolfs von Schwaben im Dom zu Merseburg.

wurde durch Edelsteine, welche die jetzt leeren Augensterne ausfüllten. Auch die Krone war mit Steinen geschmückt. Die ganze prunkende Herrschertracht ist bis in die kleinsten Einzelheiten der Verzierung aufs genaueste ausgeführt. Der Faltenwurf ist in ungekünstelter Natürlichkeit angegeben.

Ehemals war das ganze Bild vergoldet und galt lange Zeit hindurch für etwas besonders Prächtiges. Im Anblick dieses Grabmals sagte jemand, wie Otto von Freising, der Lebensbeschreiber Friedrich des Rotbarts erzählt, zu Kaiser Heinrich IV., warum er denn dulde, daß jener, der doch nicht König gewesen sei, mit königlichen Ehren bestattet liege; worauf Heinrich die bekannte Antwort gab: „Möchten nur alle meine Feinde so ehrenvoll daliegen!“

Eine wesentlich freiere Auffassung der menschlichen Gestalt, als bei diesem Werke des 11. Jahrhunderts, zeigt sich bei einem anscheinend der Frühzeit des folgenden Jahrhunderts angehörigen Taufbecken im Dom zu Osnabrück, dessen fünf Relieffelder die Taufe Christi, dargestellt durch die drei Figuren des Heilands, des Täufers und eines dienend herbeieilenden Engels, sowie die Bilder der Apostel Petrus und Paulus enthalten.

Für das Ausland angefertigte sächsische Gußwerke des 12. Jahrhunderts sind die Erzthüren, welche sich am Dom zu Gnesen und an der Sophienkirche zu Nowgorod befinden. Die letztere Thüre wurde,

Inschrift:

Rex hoc Rodulfus patriae pro lege peremptus
plorandus merito conditur in tumulo.
Rex illi similis, si regnet tempore pacis,
Consilio, gladio non fuit a Karolo.
Qua vicere sui, ruit hic sacra victima belli.
Mors sibi vita fuit, ecclesiae cecidit.

Übersetzung:

König Rudolfus, der für der Heimat Rechte gefallen,
Zu beklagen mit Recht, ruhet hier aus in dem Grab.
Einen König, der ihm, hätt' in Friedenszeit er geherrschet,
Gleich war in Rat und That, gab es seit Karolus nicht.
Da, wo die Seinen gesiegt, fiel er als ein heiliges Opfer,
Leben ward ihm der Tod, da für die Kirche er fiel.

wie aus den auf ihr angebrachten, mit Namensbeischrift versehenen Bischofsfiguren hervorgeht, zu Magdeburg unter der Regierung des Erzbischofs Wichmann (1152—92) für Bischof Alexander von Plozk in Masovien (1129—56) gegossen. Der Meister hieß Riquin und hat auch sich und seine Gesellen Abraham und Waismuth auf dem Werke abgebildet, dessen übrige Bildtafeln hauptsächlich den Sündenfall und die Erlösung behandeln. — Die Gnesener Domthüre befindet sich an ihrem ursprünglichen Bestimmungsort. Ihre Bildwerke haben das Leben des heiligen Adalbert zum Gegenstand, des Apostels der Preußen, dessen Leichnam Herzog Boleslav gegen eine große Summe von den heidnischen Mördern erkauft und in Gnesen hatte beisetzen lassen. Schöner als die nicht sehr bedeutenden figürlichen Darstellungen sind hier die Schmuckwerkränder, welche die beiden Flügel einfassen.

Während diese Thüren mehr als Zeugnisse eines großartigen Kunstbetriebes, wie durch künstlerischen Wert von Bedeutung sind, beweisen andre Werke aus der zweiten Hälfte des 12. Jahrhunderts, daß die sächsischen Erzgießer an dem mächtigen künstlerischen Aufschwunge dieser Zeit in vollem Maße teilnahmen. Vor allem beweist dies der majestätische Löwe auf dem Domplatz zu Braunschweig, den der tapfre und trotzige Herzog Heinrich, Bezug nehmend auf seinen Beinamen, hier im Jahre 1166 als Sinnbild seiner Oberhoheit errichten ließ (Abb. 116).

Außerhalb Sachsens scheint im 11. und 12. Jahrhundert der Guß größerer Erzwerke mit figürlichen Darstellungen nur vereinzelt ausgeübt worden zu sein. Das einzige erhaltene deutsche Werk dieser Art von augenscheinlich nicht sächsischem Ursprung ist die vermutlich bald nach der Mitte des 11. Jahrhunderts entstandene eherne Thüre des Doms zu Augsburg.

Der bildliche Schmuck dieser Thüre besteht aus einzelnen Figuren und kleinen Gruppen in ganz flachem Relief, die alle in besonderen Feldern stehen. Die jetzige Verbindung der einzelnen Platten ist nicht mehr die ursprüngliche; offenbar sind zwei Flügel zu einem zusammengearbeitet worden. Unter den 33 vorhandenen Bilderplatten befinden sich neun Wiederholungen, so daß 24 verschiedene Darstellungen da sind. Der Inhalt derselben ist sehr mannigfaltig und scheinbar zusammenhangslos. Neben vereinzelten biblischen Gegenständen erblicken wir Centauren, Löwen, einen Bären, der sich unter einem von Vögeln umflatterten Baume aufrichtet, eine Frau, die Hühnern Futter streut, einen Riesen, der einen kleinen Menschen niederschlägt, Krieger und andre Einzelfiguren und Gruppen, für deren Deutung jeder Anhalt fehlt. Die Menschen- und Tiergestalten sind lebendig aufgefaßt und nicht ohne eine gewisse Gefälligkeit gebildet. Ihre Formgebung und ihre verhältnismäßig gute Modellierung deuten auf ein verständiges Studium von Werken des Altertums; aber sie entbehren des eigentlich künstlerischen Reizes, wie denn auch die Gesamtwirkung der mit kleinen Einzeldarstellungen gleichsam bestreuten Thüre nüchtern und unkünstlerisch ist, so daß Vorzüge und Mängel dieses Werkes denen der Bernwardschen Thürflügel gerade entgegengesetzt sind.

Häufiger als die prunkenden ehernen Thüren waren selbstverständlich solche von Holz. Daß auch diese bisweilen mit Bildwerk bedeckt wurden, beweisen die erhaltenen Thürflügel aus dem 11. Jahrhundert am Nordportal von St. Maria im Kapitol zu Köln. Dieselben enthalten eine Folge von Darstellungen aus dem Neuen Testament in derber, schwerfälliger Ausführung; die einzelnen Felder

Abb. 116. Der von Heinrich dem Löwen im Jahr 1166 zu Braunschweig als Zeichen fürstlicher Oberhoheit errichtete eherne Löwe.

Das steinerne Untergestell ist mehrmals erneuert worden.

sind mit Bandgeflechten eingefaßt, die ganzen Flügel aber umgibt eine Umrahmung von prächtigen Blattwerkverzierungen.

Auch zu lebensgroßen Darstellungen wurde die Holzschnitzerei bisweilen benutzt. Ein höchst altertümliches Werk dieser Art, zugleich bemerkenswert wegen der Erkennbarkeit seiner ursprünglichen Bemalung, sind die drei starren Reliefsfiguren des thronenden Erlösers und der Heiligen Dionysius und Emmeram in der Vorhalle von St. Emmeram zu Regensburg; das Alter dieser Arbeit ergibt sich aus einer gleichzeitigen Inschrift, welche den zu den Füßen Christi abgebildeten Abt Reginward (1049—61) als Stifter nennt. — Sehr häufig waren, wie es scheint, lebensgroße oder überlebensgroße, in Holz vollrund gearbeitete Darstellungen des Gekreuzigten. Erhaltene Bildwerke dieser Gattung lassen freilich die Mängel einer noch ganz unreifen Kunst, das Fehlen jeder Natürlichkeit und Schönheit in der Wiedergabe der Menschengestalt bei ihren großen Verhältnissen doppelt auffällig hervortreten.

Fast noch unbeholfener als die Holzschnitzwerke stellen die ältesten Bildhauerarbeiten in Stein sich dar. Doch sind neben Resten, welche das Gepräge äußerster künstlerischer Anspruchslosigkeit und rohesten Ungeschickes tragen, einige wenige Werke von sehr anerkennenswerter Tüchtigkeit vorhanden, welche man keiner andern Zeit als dem 11. Jahrhundert zuschreiben kann. Die Steinmetzen wußten in vereinzelten Fällen von dem damals vorübergehend wieder rege gewordenen Studium der antiken Kunst, das in den baulichen Einzelformen hin und wieder so unverkennbar zu Tage tritt, auch für figürliche Darstellungen Nutzen zu ziehen. Zu diesen an die altchristliche Kunst sich wieder anlehnenden Werken gehören drei Relieftafeln in der Michaelskapelle der Burg Hohenzollern, auf deren einer der Erzengel Michael und darunter in kleineren Figuren die Jungfrau mit den drei Königen dargestellt sind, während man auf den andern zwei ehemals zu einer Reihe gehörige Apostel erblickt; dieselben zeigen zwar recht unverstandene Gewandmotive und einige ziemlich verdrehte Bewegungen, aber daneben ungewöhnlich gute Verhältnisse der Gestalten und einen gefälligen Fluß der Linien. Unvergleichlich viel besser und in höherem Maße von einem Abglanz der Römerkunst belebt sind zwei ursprünglich zu Altarvorsätzen dienende Steintafeln im Münster zu Basel, von denen die eine in vier Feldern die Märtyrergeschichte des heiligen Vincentius, die andre sechs Apostelfiguren enthält.

Diese Apostel sind mit einem geradezu überraschenden Verständnis der Antike aufgefaßt. Es sind wundervolle Gestalten mit individuell verschiedenen Köpfen, in vortrefflich angeordnete Gewänder gekleidet, und — wenn man von den etwas zu großen Händen absieht — sehr wohlgebildet in den Körperverhältnissen. Zu je zweien unter den Bogen einer Säulenarkade stehend, scheinen sie sich mit ausdrucksvollen, aber ruhigen und gemessenen Gebärden miteinander zu unterhalten (Abb. 117).

Die figurenreichen Reliefbilder der andern Tafel sind nicht minder anziehend. Das erste derselben zeigt in zwei durch eine Säule getrennten Gruppen die Vorführung des heiligen Vincentius vor den heidnischen Richter und seine Geißelung, das zweite seine Einkerkerung und Feuermarter. Im dritten Bilde sieht man, wie Schergen den nackten Leichnam des Heiligen, dessen Seele in Kindesgestalt von Engeln emporgetragen wird, aus dem Turm hervorziehn, um ihn aufs freie Feld zu werfen; aber Vögel des

Himmels verteidigen die Leiche gegen die reißenden Tiere. Darauf wird, wie auf dem letzten Bilde zu sehen ist, der tote Körper von einem Schiffe aus ins Meer versenkt; die Wellen aber tragen ihn ans Land, wo ihn Christen finden, die dann über den irdischen Resten des Glaubenszeugen eine Kirche errichten. Es ist erstaunlich, mit welcher Lebendigkeit diese mannigfaltigen Hergänge und bewegten Handlungen aufgefaßt und mit welchem Geschick sie in die beschränkten Räume hineinkomponiert sind. Die Gewandung zeugt auch hier von Geschmack und Verständnis, und selbst die nackten Körper sind nicht ungeschickt behandelt.

Abb. 117. Steinbildnerei des 11. Jahrhunderts: Altartafel mit sechs Aposteln im Münster zu Basel.

Aber solche Werke waren Ausnahmen, und so kräftige Nachwirkungen der spätrömischen Kunst, wie sie die beiden Baseler Altartafeln zeigen, standen ganz vereinzelt da. Im allgemeinen ward der Übergang von den rohen Anfängen zum strengen Stil, der sich mit dem beginnenden 12. Jahrhundert vollzog, ebensowenig durch Auffrischung der Überlieferungen aus dem Altertum, wie durch etwaige Einflüsse von Byzanz wesentlich gefördert. Mit der Entwickelung der Baukunst, welche des bildnerischen Schmuckes nicht mehr entbehren konnte, stiegen die Anforderungen an die Bildhauerkunst, und diese suchte, so gut es eben ging, den gestellten Ansprüchen aus eigner Kraft gerecht zu werden. So bildete sich in der romanischen Bildhauerkunst mit größerer Selbständigkeit als bei den übrigen Künsten ein eigner Stil aus.

Diejenige Stelle, an welcher die Baukunst zuerst die Bildhauerkunst in ihren Dienst zog, waren die Portale. Je reicher die Architektur sich ausbildete, um so reicher wurden auch die Eingänge in das Gotteshaus gestaltet, und mit der baukünstlerischen Auszierung der Wandungen und des Rundbogenschlusses der Pforte war eine kahle Leerheit des halbkreisförmigen Feldes zwischen dem Bogen und dem wagerechten Thürsturz unvereinbar. Hier mußte der Stein durch figürliche Darstellungen belebt werden, welche die Heiligkeit des Innenraums, zu dem der Eingang führte, andeuteten. — Eine fernere Gelegenheit zur Ausbildung der Figurenbildnerei in Stein gaben außer den verhältnismäßig selten gebrauchten steinernen Altarvorsätzen die steinernen Taufbecken. Je mehr dann diese Kunst an Leistungsfähigkeit und dadurch an Ansehn gewann, desto mehr Stellen boten sich ihr im Innern und im Äußern der Kirchen dar, wo sie sich bethätigen konnte.

Die ältesten Bildhauerwerke, welche für die beginnende selbständige Richtung der romanischen Skulptur bezeichnend sind, gehören dem Westfalenlande an. Hier finden sich selbst in sonst anspruchslosen Dorfkirchen an Thürbogenfeldern und Taufsteinen figürliche Bildnereien aus der ersten Hälfte des 12. Jahrhunderts, welche der künstlerischen Bedeutsamkeit nicht entbehren.

Zu den besten Werken dieser immerhin noch sehr befangenen Entwickelungsstufe gehört die mächtig bewegte Darstellung des Drachenbezwingers Michael über einer Seitenthüre der Kirche zu Erwitte in der Nähe von Lippstadt. Im Chor derselben Kirche befinden sich zwei Ecksäulen, welche an Fuß, Schaft und Haupt mit Figuren bedeckt sind. Diese freilich mehr um der ungewöhnlichen Verwendung der Bildnerkunst als um des Kunstwertes willen merkwürdigen Bildwerke stellen den Traum Jakobs von der Himmelsleiter dar; an den Schäften sind die auf- und absteigenden Engel abgebildet.

Abb. 118. Das Bildwerk an den Externsteinen.

Vor allen andern Werken aber ragt ein ebenso großartiges wie in jeder Beziehung merkwürdiges Reliefbild hervor, welches man seiner Zeitbestimmung nach zugleich wohl als das allerfrüheste Werk betrachten muß, das die Bildung eines eignen höheren Stils und das gleichsam plötzliche Erwachen künstlerischen Gefühls in der Bildhauerkunst scharf und deutlich ausspricht. An einer jener seltsamen Klippen bei Horn in der Nähe von Detmold, die den Namen der Externsteine (d. h. Elstersteine) führen, befindet sich, in den lebendigen Felsen gehauen, eine Darstellung der Kreuzabnahme in lebensgroßen Figuren (Abb. 118). Dieses Bildwerk bezeichnete ehemals eine geweihte Stätte; denn neben ihm befindet sich der Eingang zu einer Grotte, welche im Jahre 1115 von den Benediktinern von Paderborn als Kapelle des Heiligen Grabes geweiht wurde. Gleichzeitig mit dem Grottenheiligtum muß das Felsrelief entstanden sein. Die treffliche Anordnung der Figuren und mehr noch der kräftige Ausdruck tiefer Empfindungen lassen die Darstellung wahrhaft bewundernswürdig erscheinen; trotz starker Verstümmelung und Verwitterung übt sie noch einen mächtigen Eindruck auf jeden aus, der sich durch den Mangel an äußerer Richtigkeit der Formen den Genuß eines Kunstwerks nicht verkümmern läßt.

Unterhalb des Hauptbildes, gleichsam als eine Vorrede zu diesem, sehen wir eine Darstellung des ersten Menschenpaares, das am Baume der Erkenntnis kniet, von Tatzen, Leib und Schweif des höllischen Drachen fest umschlungen. Diese Gruppe, welche sich dicht über dem Erdboden befindet, ist am stärksten beschädigt; dennoch erkennt man, wie gut es dem Künstler gelungen ist, den Ausdruck der ohnmächtigsten Hülflosigkeit in die Gestalten der vom Bösen umstrickten Menschen zu legen. Das Hauptbild, das der Erlösung des Menschengeschlechts aus dieser Ohnmacht und Umstrickung gewidmet ist, steht auch äußerlich mit dem Sockelbilde in sinnreicher Verbindung. Der Kreuzesstamm geht gerade aus dem Stamm des Erkenntnisbaumes hervor, im Anschluß an eine tiefpoetische Legende, welche erzählt, daß Seth ein Reis von jenem Baum des Paradieses auf die Erde verpflanzt habe, und daß aus dem Baume, zu dem dieses Reis im Laufe der Jahrtausende heranwuchs, das Marterholz des Herrn gezimmert worden sei. Zu der Bedeutung der Heiliggrabkapelle steht es in naher Beziehung, daß nicht der Tod Christi, sondern die Abnahme seines entseelten Leibes dargestellt ist. Joseph von Arimathia ist mit Hülfe eines umgebogenen Bäumchens, das noch in völlig ornamentaler Bildung erscheint, zu dem Querbalken des Kreuzes emporgestiegen und hat die Arme des Heilandes gelöst; indem er sich mit der einen Hand am Kreuze anklammert, hält er mit der andern den herabgleitenden Leichnam; sein Oberkörper folgt dem Zuge der materiellen Last, sein Haupt aber wird durch die Wucht des Schmerzes noch tiefer herabgezogen. Der am Boden stehende Nikodemus, eine gedrungene muskelstarke Gestalt, nimmt den schlanken Leib des Erlösers mit Schultern und Armen auf; kraftvoll stemmt er sich dem Gewicht entgegen und senkt dabei in Ehrfurcht und Wehmut den Kopf unter der heiligen Bürde, die schlaff und schwer auf ihn heruntersinkt. Das Haupt des Heilandes aber hat Maria mit beiden Händen ergriffen; sie hält es empor und drückt in mütterlichem Schmerz die Stirn gegen das Haar des geliebten Sohnes. Es ist wunderbar, wie es dem Künstler gelungen ist, die ganze Gestalt der Maria so mit Empfindung zu erfüllen, daß wir, obgleich Kopf und rechter Vorderarm abgebrochen sind, doch noch die ganze Tiefe des ohne jede Übertreibung gegebenen Ausdrucks des größten Wehes zu erkennen vermögen. Am wenigsten ist ihm die Figur des an der Handlung nicht unmittelbar beteiligten Johannes gelungen; doch spricht sich auch hier in Gebärde und Ausdruck stummer Klage ein tiefes Gefühl aus. Sonne und Mond, in herkömmlicher Weise als Halbfiguren gebildet, nehmen teil an der allgemeinen Trauer; in rührender Kindlichkeit sind die Himmelslichter dargestellt, wie sie mit großen Thränentüchern sich die Augen trocknen. Was aber die Menschen und das Weltall mit Schmerz erfüllt, das ist der Sieg der Gottheit: die Seele Christi, in der Gestalt eines Kindes gebildet (leider auch verstümmelt), ruht neben der kreuzgeschmückten Siegesfahne im Arme des himmlischen Vaters, der über dem Kreuze erscheint und die Rechte segnend nach der menschlichen Hülle des Sohnes herabstreckt (Abb. 118).

Je länger wir das Bildwerk betrachten, desto mehr werden wir von der Tiefe und der menschlichen Wahrheit der Empfindungen ergriffen, von denen die dramatisch belebte und dennoch streng und wohlgeordnet aufgebaute Komposition durchdrungen ist.

Ebensosehr wie durch seine ungewöhnlichen künstlerischen Eigenschaften ist das Bildwerk durch den Umstand merkwürdig, daß es aus der natürlichen Wand eines in einsamer Gegend emporragenden Felsens herausgearbeitet ist. Bei den morgenländischen Völkern des

Altertums waren seit grauer Urzeit Grottentempel und Felsskulpturen heimisch; auch bis in das Mittelalter hinein bewahrten einzelne asiatische Völker diese eigentümliche Kunstsitte. Aber in Europa fand dieselbe, wenn man von der vorübergehenden Aufnahme des persischen Mithrasdienstes und des damit verbundenen Grottenkultus in der römischen Armee absieht, niemals Eingang. Als christliches Werk dieser Art dürfte das Relief der Externsteine völlig vereinzelt dastehen.

Abb. 119. Deckel des Sarkophags der h. Plektrudis in der Krypta von St. Maria im Kapitol zu Köln.

Die westfälische Bildhauerkunst war bis über die Mitte des 12. Jahrhunderts hinaus derjenigen aller übrigen Gegenden Deutschlands weit voran. Am Rhein und in Süddeutschland waren die ersten Leistungen der Steinbildnerei, welche an Stelle des völlig rohen einen einigermaßen strengen und geordneten Stil annahmen, bei weitem trockner und lebloser als in Westfalen. Selbst was in dem kirchenreichen und kunstfleißigen Köln an Portalbildwerken entstand, war auffallend unbedeutend. Ansprechender, doch auch noch in einer bezeichnenden Herbheit und Reizlosigkeit befangen, tritt uns die dortige Kunst jener Zeit in dem Grabstein der Plektrudis entgegen, der sich in der Krypta der von dieser Heiligen gegründeten Kirche St. Maria im Kapitol befindet und dessen Entstehungszeit, nach den Besonderheiten des umrahmenden Zierwerks zu schließen, etwa in die Mitte des 12. Jahrhunderts fällt (Abb. 119). Erst gegen das Ende des Jahrhunderts treffen wir eine rheinische Bildhauerarbeit an, in welcher die Trockenheit der Formen durch eine gewisse Belebtheit gemildert wird und in welcher ein Streben nach großartiger Auffassung hervortritt, so daß das Werk den viel älteren westfälischen Skulpturen einigermaßen verwandt erscheint: die Darstellung des segnenden Christus zwischen zwei kleineren Heiligenfiguren im Bogenfelde des Neuen Thors zu Trier.

In Süddeutschland, namentlich in Bayern, war zu jener Zeit die bildnerische Thätigkeit sehr rege; doch blieben hier ihre Schöpfungen durchgehends bis zum Ende des 12. Jahrhunderts in lebloser Starrheit befangen. Als unter der Herrschaft des großen Barbarossa alle übrigen Künste ein schöne Blüte zu

Abb. 120. Steinbildnis Friedrich des Rotbarts

am Eckstein eines Fensters im Kreuzgange des Klosters St. Zeno bei Reichenhall in Bayern. Die andre Seite des Steines zeigt eine Darstellung aus der Tierfabel, wie der Kranich dem Wolf den Knochen aus dem Halse zieht.

entfalten begannen, lieferte die Skulptur durch die Abbildungen dieses gewaltigen Kaisers, welche sie in St. Zeno bei Reichenhall und am Portal des Domes zu Freising hinterlassen hat, den Beweis, wie wenig sie noch imstande war, auch nur den bescheidensten Ansprüchen auf Natürlichkeit gerecht zu werden (Abb. 120). Aber auf einem andern Wege suchte sich um diese Zeit der Schaffensdrang der Künstler Luft zu machen. Neben den steifen und ausdruckslosen Heiligengestalten erschienen wunderliche Gebilde abenteuerlichster Phantastik, manchmal voll von Leben, aber rätselhaft und unverständlich; manches mag in schwer zu deutender christlicher Bildersprache seine Erklärung finden, andres aber erscheint völlig willkürlich. Man hat wohl nicht mit Unrecht vermutet, daß an der Entstehung dieser regellos phantastischen und wirren Gestaltungen die im Volke noch immer lebendige alte heidnische Sagenwelt Anteil habe, welche ja um dieselbe Zeit und in denselben Gegenden auch in der Poesie wieder auflebte und in freilich viel geklärterer Form im Nibelungenliede das Meisterwerk mittelalterlichen Heldengesanges hervorbrachte.

Abb. 121. Säule in der Unterkirche des Doms zu Freising.

Merkwürdige Werke dieser Richtung besitzt die i. J. 1160 begonnene, durch einen Steinmetz Liutprecht ausgeführte Krypta des Domes zu Freising in dem phantastischen Schmuck ihrer Säulenkapitäle; bei der Mittelsäule ist sogar der ganze Schaft in ein unheimliches Gewirre von einander bekämpfenden Menschen und Ungeheuern aufgelöst, ein wunderliches Bildwerk, das jeden Versuchs einer Deutung spottet (Abb. 121).

Nicht minder abenteuerlich und seltsam, dabei aber sauberer in der Ausführung ist die bildnerische Ausschmückung, welche die „Schottenkirche“ St. Jakob zu Regensburg am Portal und dessen Umgebung erhalten hat, das umfangreichste Werk dieser Art. Da erblickt man neben den heiligsten Gestalten des Christentums fischschwänzige Meerweiber und andre Fabelwesen, Drachen und Krokodile mit halbverschlungenen Menschen im Rachen, verschrobene Figuren mit ungeheuerlichem Kopfputz, die als Träger von Bogenreihen dienen, und ähnliche wunderliche Dinge mehr.

Um dieselbe Zeit aber, — gegen Schluß des 12. Jahrhunderts, — wo in Regensburg und an andern Orten Heiligenfiguren von unerquicklicher, durch kein Naturgefühl gemilderter Strenge entstanden, während die Bildhauer sich zugleich und an denselben Wänden, gleichsam als ob sie sich für den Zwang hätten entschädigen wollen, in zügelloser Wildheit ergingen, um dieselbe Zeit wurden in der fränkischen Stadt Bamberg Bildhauerwerke geschaffen, welche auch im Vergleich mit den westfälischen Arbeiten einen weiteren Fortschritt in der Kunst und das Erreichen einer höheren Entwickelungsstufe bekunden. Es sind dies die vierzehn Reliefgruppen, welche die Brüstungswände des östlichen Chors im Dome schmücken, auf der einen Wand der Erzengel Michael mit dem Drachen und sechs Paare von Propheten, auf der andern die Verkündigung und die Apostel, diese ebenso wie die Propheten zu je zweien zusammengestellt. In diesen Bildwerken, welche die Anfänge einer ganz ausgezeichneten Bildhauerschule bezeichnen, die im folgenden Jahrhundert in Bamberg blühte, erkennen wir den beginnenden Übergang vom strengen Stil zum freien Stil. Die Gewänder sind zum Teil noch ganz gleichförmig gefältelt und unnatürlich geschwungen; aber in der Verteilung ihrer Massen spricht sich durchweg das Streben nach Natürlichkeit der Anordnung aus. Die Haarlocken sind mit gleichmäßig nebeneinander laufenden Strichen angegeben; aber der Charakter des Haares ist bei den einzelnen Personen verschieden und der Besonderheit des Kopfes entsprechend. Denn die Köpfe sind hier schon durchaus individuell, und während bei den Gestalten neben Lebendigkeit der Bewegung Richtigkeit der Verhältnisse wenigstens angestrebt ist, erscheinen manche Gesichter in Form und Ausdruck schon völlig naturwahr (Abb. 122). Der Künstler, der diese Gebilde schuf, hat noch nicht alles so wiederzugeben vermocht, wie es ihm vorschwebte. Aber indem er den in diesen Gegenden noch durch keine andern Werke vorbereiteten großen Schritt unternahm,

Abb. 122. Prophetengruppe an der Chorschranke des Bamberger Doms.

die Formen der Wirklichkeit getreu nachzubilden, hat er eine künstlerische That vollbracht, die an Bedeutsamkeit derjenigen des westfälischen Meisters, der zuerst den Stein mit Leben und Seele erfüllte, nicht nachsteht.

Die Bildwerke sind in etwa zwei Drittel Lebensgröße ausgeführt. Sie sind nicht alle gleichwertig, aber die meisten haben eine hohe künstlerische Bedeutung. In der Gruppe der Verkündigung ist namentlich die Gestalt des Himmelsboten Gabriel von einer eigentümlichen Hoheit. Der Erzengel Michael dagegen erscheint wie eine Verkörperung unwiderstehlicher Heldenkraft, wie er mit hochgeschwungenem Schwerte zu einem gewaltigen Hiebe nach dem Drachen ausholt, der sich unter seinen Füßen windet und sich vergeblich gegen den Schild und das Kreuzeszeichen emporbäumt. Die Gruppen der Apostel und Propheten sind sämtlich in der Weise angeordnet, daß zwei neben- oder hintereinander herschreitende ehrwürdige Männer in ein ernstes Gespräch vertieft erscheinen; und doch kommt nirgends eine Wiederholung oder auch nur eine Ähnlichkeit der Bewegungen vor. Das Fesselndste sind die Köpfe dieser Männer: es sind Erscheinungen von unbedingter Wahrheit darunter, Gesichter, wie man ihnen auch in der Wirklichkeit begegnen könnte (Abb. 122); der Meister, der die Natur als Vorbild benutzte, hat sich selbst nicht gescheut, einzelnen der Propheten ein ausgesprochen jüdisches Aussehn zu geben.

Der freibleibende Raum unter den Kleeblattbogen, welche diese Gruppen einschließen, ist mit reichem und kräftigem Rankenwerk ausgefüllt.

Am allerweitesten vorgeschritten finden wir zu dieser Zeit die Plastik in Niedersachsen, in derjenigen Gegend, die schon seit den Tagen des heiligen Bernward auf dem Gebiete der Bildnerkunst im allgemeinen einen weiten Vorsprung vor allen übrigen hatte, und die sich auch in Bezug auf die Steinbildnerei nur vorübergehend von dem stammverwandten westlichen Nachbarlande überflügeln ließ. In der ersten Hälfte des 12. Jahrhunderts haftete auch in diesen Gegenden den in Stein ausgeführten Bildwerken noch eine unbehülfliche Starrheit an, wie sie doch bei den für den Erzguß modellierten Arbeiten schon längst überwunden war. Den Übergang von diesem unvollkommen strengen Stil zu einem wahrhaft freien und schönen vermittelte hier die Bildnerei in dem gefügigeren Stoffe der Stuckmasse. Dieser Bildstoff wurde jetzt in Niedersachsen sehr beliebt und auch bei Reliefarbeiten von großem Maßstabe angewendet. Dieselben erhielten stets eine vollständige Bemalung, deren Reste in den meisten Fällen noch vorhanden sind. Die älteren Stuckarbeiten, wie die acht Seligkeiten in der Michaelskirche zu Hildesheim, sind noch äußerst steif und unbeholfen. Aber sehr schnell wurden auf diesem Gebiete große und auffallende Fortschritte gemacht, und eine Anzahl von Werken, die der Schlußzeit des 12. Jahrhunderts anzugehören scheinen, sind von bewundernswürdiger Schönheit der Köpfe, einfach aber edel in Haltung und Gebärde der Gestalten, und dabei durch eine klassische Anordnung der Gewänder ausgezeichnet, die freilich noch mehr aus verständnisvoller Durcharbeitung überkommener Motive, als aus eigner Naturbeobachtung hervorgegangen ist.

Hierzu gehören zunächst die halberhabenen Figuren, welche in der Kirche zu Hamersleben, in der Liebfrauenkirche zu Halberstadt und in der Michaelskirche zu Hildesheim die Chorschranken schmücken. In den beiden erstgenannten Kirchen erblicken wir Christus, Maria und die Apostel sitzend dargestellt; in Hildes-

Abb. 123. Madonna von der Chorschranke der Michaelskirche zu Hildesheim. Stuckbild.

heim, wo nur eine dieser Brüstungswände erhalten ist, erscheint Maria zwischen Aposteln stehend (Abb. 123).

Die Hildesheimer Bildwerke sind unter diesen diejenigen, in denen die größte Freiheit erreicht ist. Die Apostel zeigen eine große Mannigfaltigkeit der Stellungen. Für die noch vorhandenen Mängel in der Körperbildung entschädigt vielfach die Schönheit der Gewänder, welche dieselben verhüllen. Die prächtigen Köpfe zeigen nicht jenen Naturalismus, welcher den Bamberger Chorschrankenbildern eine so ausgezeichnete Stellung anweist, aber sie sind darum nicht weniger ausdrucksvoll und überaus edel; das Haar ist schon freier behandelt als dort. Die Figur der Maria, welche in der Mitte unter einem Kleeblattbogen steht, während bei den übrigen Figuren die baldachinartig überbauten Nischen rundbogig schließen, ist von großer Anmut. Auch hier ist der Körper am wenigsten gelungen, was um so mehr hervortritt, da der Künstler einen ziemlich unglücklichen Versuch gemacht hat, in das Untergewand, welches naturgemäß in geraden Falten herabfallen müßte, durch einige den Körperformen sich anschmiegende Züge Abwechselung zu bringen. Aber die ganze Haltung ist von einer liebenswürdigen schlichten Natürlichkeit, der Kopf mit dem leicht gewellten Haar, das in Flechten über die Schultern herabfällt, zeigt ein liebliches Antlitz voll Unschuld und Holdseligkeit. Die jungfräuliche Mutter erscheint wie in stilles Sinnen versunken; der Zeigefinger ihrer linken Hand berührt leicht die Wange. Die Rechte trägt das Kind, das mit dem Händchen spielend nach dem Kinn der Mutter greift; leider wird der Eindruck dadurch gestört, daß das Köpfchen des Kindes abgebrochen ist (Abb. 123).

Dieser Schmuck von Figuren in reicher Umrahmung befindet sich, wie gewöhnlich, auf der äußeren Seite der Brüstungswand. Die Seite nach dem Chor hin, vor welcher die Sitze der Chorgeistlichen standen, blieb glatt, um den Schmuck von wirklichen oder gemalten Teppichen aufzunehmen. Dagegen hat die zierliche Bogenreihe, welche den oberen Abschluß der Schranke bildet, auf der dem Chor zugewendeten Seite einen äußerst reizvollen bildnerischen Figurenschmuck erhalten. Über den an Kapitälen und Schäften geschmackvoll und abwechslungsreich verzierten Säulchen erscheinen kleine sitzende Engelsgestalten mit lieblichen Köpfchen und in anmutigen Bewegungen, welche mit den Spitzen der ausgespannten Flügel einander fast berühren und so die Bogenzwickel auf das glücklichste füllen (Abb. 124).

Abb. 124. Engelfigur von der Chorschranke der Michaelskirche zu Hildesheim.

Das Bekrönungsgesimse der Bogenreihe, welches dicht an den Köpfen der Engel beginnt, ist mit einem einfachen Blattwerkmuster verziert. Unterhalb der Säulenstellung aber zieht sich als Abschluß der Wandfläche ein breiter Fries her, welcher wieder in reicherer und eigentümlicher Weise geschmückt ist. Hier hat die Phantasie des Künstlers sich in mutwilligen Erfindungen gefallen (Abb. 113). Das Friesornament besteht abwechselnd aus pflanzlichen und aus tierischen Bildungen. Die einzelnen Büschel des üppigen Blattwerks gehen überall aus den verschlungenen Schweifen wunderlicher Geschöpfe hervor, die paarweise symmetrische Zierfiguren bilden. Da sehen wir neben dem beliebten Motiv der Drachen mit verschlungenen Hälsen und neben Gänsen mit Drachenköpfen, die sich selbst in die Flügel beißen, seltsame Schöpfungen einer tollen Laune: bald endigen die Drachenleiber in bärtige, mit spitzer Mütze bedeckte Männerköpfe, die einander mit drolligem

Ausdruck anstarren, bald wachsen sie in einem einzigen Menschenkopf zusammen; dann wieder verschwinden die Köpfe der Tiere in den Mäulern eines zweiköpfigen Männchens, das zwischen ihnen hervorwächst. Von den wilden Erzeugnissen der ungeheuerlichen süddeutschen Phantastik sind diese Kinder harmlos scherzenden übermütigen Humors wesentlich verschieden; sie wirken nicht grauenhaft, sondern nur komisch, und schon die strenge Regelmäßigkeit, mit welcher sie dem Zierwerk eingeordnet sind, kennzeichnet ihre rein ornamentale Bedeutung (Abb. 113). In der Folgezeit spielten derartige Scherze, für welche die Bezeichnung Drolerien gebräuchlich geworden ist, eine große Rolle in der Kunst.

Ein gleichfalls in Stuck ausgeführtes Werk von vorzüglicher Schönheit ist die Füllung des Bogenfeldes an einem Portal der Godehardskirche zu Hildesheim, welche die Halbfiguren Christi und zweier heiliger Bischöfe in edelster Auffassung und vollendeter Ausführung zeigt.

Die Leichtigkeit und Sicherheit, mit welcher die sächsischen Künstler die bildsame Stuckmasse behandelten, führte dazu, auch solche Stellen in den Kirchen, welche sonst der Flächenmalerei vorbehalten blieben, mit bemalten Stuckbildern zu schmücken. So finden wir in einer der Stiftskirche zu Gernrode eingebauten Kapelle des Heiligen Grabes, der sogenannten Bußkapelle, ein Wandrelief, welches die drei Marien und den Engel am Grabe darstellt; das Bildwerk ist verstümmelt, aber die am besten erhaltene Figur läßt noch eine wunderbare Lieblichkeit erkennen. In der Kirche zu Hecklingen ist das schöne Motiv, welches an der Bekrönung der Chorbrüstung von St. Michael im kleinen angewendet ist, in großem Maßstabe ausgeführt. Über den Stützen der Mittelschiffwände, Säulen und Pfeilern in Wechselstellung, füllen feierlich schöne Engelbilder mit gleichmäßig ausgespannten Schwingen die Bogenzwickel. Majestätisch und doch lieblich, mit Köpfen voll Hoheit, lebhaft und anmutig bewegt, von wohlgeordneten Gewändern umflossen, scheinen die Gottesboten in himmlischen Reigen zu schweben.

Die Anmut der sächsischen und der Naturalismus der Bamberger Schule strebten, trotz ihres scheinbaren Gegensatzes, dem gleichen Ziele der Formvollendung entgegen.

Zu derselben Zeit, wo die Bildnerkunst in verschiedenen Gegenden Deutschlands auf verschiedenen Wegen zu einer Entwickelungsstufe gelangte, welche die Erreichung der Vollkommenheit in nahe Aussicht stellte, erfuhr die Baukunst durch fremde Einflüsse eine mehr oder weniger ausgeprägte Veränderung.

Abb. 125. Durchbrochnes Zierwerk von einer Thüreinfassung an der Pfarrkirche zu Gelnhausen.

Abb. 126. Spätromanischer Zierbuchstabe aus einer Handschrift des Kölner Archivs, Mitte des 13. Jahrhunderts.

6. Die spätromanische Baukunst und der Übergangsstil.

Gegen die Mitte des 12. Jahrhunderts begann im nordöstlichen Frankreich eine so durchgreifende Umgestaltung der bisherigen Bauweise, daß schließlich etwas durchaus Eigenartiges und von allem Früheren im innersten Wesen Verschiedenes, ein neuer Stil entstand. Diese neue Bauweise, welche wir mit einer ursprünglich in spöttischem Sinne gegebenen Bezeichnung die gotische zu nennen pflegen, nahm ihren Ausgang von einer Vervollkommnung des Gewölbebaues. Die Bogen, welche die Grundlagen und Begrenzungen der viereckigen Kreuzgewölbefelder bildeten, — die frei über das Schiff gespannten Quergurte und die der Wand anliegenden Schildbogen oder Längsgurte — wurden nicht mehr als Halbkreise, sondern aus zwei unter größerem oder kleinerem Winkel zusammenstoßenden Kreisstücken, als Spitzbogen, errichtet. Diese Bogenform, welche in der Baukunst der Araber und der sizilischen Normannen schon längst gebräuchlich war und auch im südlichen Frankreich bereits früh angewendet wurde, besaß den großen Vorzug, daß sie, steiler emporsteigend als der Halbkreisbogen, ihren Druck mehr in senkrechter und weniger in seitlicher Richtung ausübte. Die Stützen des spitzbogigen Gewölbes bedurften daher keiner so gewaltigen Mächtigkeit, wie das Rundbogengewölbe sie erfordert hatte. Überdies erfand man ein Mittel, das Gewicht des Gewölbes selbst zu verringern. Man spannte nämlich durch jedes Gewölbefeld auch in den diagonalen Richtungen, also da, wo die Kappen in den Nähten aneinanderstießen, selbständig ausgeführte Bogen; diese sich durchkreuzenden Gurte („Diagonalrippen") bildeten nun im Verein mit den Quer- und Längsgurten ein in sich selbst vollkommen gesichertes Gerüst, gleichsam ein Gerippe des Gewölbes, in welches die Kappen nur als leichte Füllungen eingespannt zu werden brauchten, da sie der Aufgabe sich gegenseitig zu stützen enthoben waren. Dem Rest von Seitendruck, den die leichten und steil emporsteigenden Wölbungen noch ausübten, wirkte man durch außerhalb des Gebäudes angelegte Strebemassen entgegen; so konnte die Stärke der Stützen auf das denkbar geringste Maß zurückgeführt werden, und man erlangte die Möglichkeit, Innenräume von einer Leichtigkeit und Schlankheit zu schaffen, wie sie die Welt nie zuvor gesehen hatte.

Mit der spitzbogigen Überwölbung der Seitenschiffe nahmen die Scheidebogen von selbst die Spitzbogenform an, die sich hier außerdem dadurch empfahl, daß sie eben vermöge ihres steilen Aufsteigens widerstandsfähiger gegen die Last der Wand erschien. Dieselbe Form wurde dann auch auf alle andern Öffnungen übertragen, auf die Portale, die Fenster und auf die Bogenreihen der Laubengänge, welche man in den Mittelschiffwänden anzubringen liebte.

Da die ganze Last des Gewölbes nur auf diejenigen Stellen drückte, wo die Gurte, von denen es getragen wurde, ihren Ursprung nahmen, da mithin die Wand zwischen den Gewölbestützen vollständig entlastet war, so konnten die Wandfelder in reichlichem Maße durchbrochen und die Fenster viel größer gehalten werden als bisher. Auf diese Weise wurde dem Tageslicht ein so ausgiebiger Zutritt gestattet, wie es bis dahin in keiner Bauweise bei geschlossenen und gegen alle Unbilden der Witterung geschützten Räumen möglich gewesen war.

Die hohen und kühnen, lichten und luftigen Kirchenbauten entsprachen dem Geschmack eines Zeitalters, das ein gegen früher vielfach verändertes Aussehn angenommen hatte, das nach allen Seiten hin regsamer und beweglicher geworden war, das die Freude an heiterem Lebensgenuß mit innigster und aufrichtigster Frömmigkeit zu vereinigen wußte, und in dem eine abenteuernde Thatenlust sich begeisterungsvoll in den Dienst frommer Pflichten stellte. Der Verkehr unter den Völkern war lebhafter geworden, und es konnte nicht fehlen, daß die neue französische Bauweise bald über ihre ursprünglichen engen Grenzen hinaus bekannt wurde.

Aber in Deutschland war die Baukunst zu hoch entwickelt, als daß sie ohne weiteres einer neuen Bauart, die erst in der Entwickelung begriffen war, so groß auch deren Vorzüge sein mochten, hätte weichen können. Auch hier konnte die große Zeit, in der das Rittertum und mit ihm die nationale Dichtkunst zur höchsten Blüte gelangten, und in der die Städte zu Macht und Wohlstand gediehen und in ihrem Schoße die strebsamen Handwerker erzogen, in deren Hände die Ausübung der Kunst nach und nach aus den Händen der Geistlichkeit vollständig überging, die Zeit, die überall ein reges, großartig und glänzend bewegtes Leben und Streben entfaltete, nicht bei dem bereits Erreichten in der Baukunst stehen bleiben. Auch hier verlangte das allgemeine Gefühl begeisterter Glaubensfreude nach lichterfüllten, weiten und luftigen Räumen für den Gottesdienst. Aber die deutsche Baukunst strebte zunächst auf eignem Wege diesem Ziele zu, auf der Grundlage dessen, was sie bereits besaß; doch eignete sie sich dabei einige augenscheinliche Vorzüge der französischen Frühgotik an, vor allem den Spitzbogen. Das Eindringen dieser Bogenform in den romanischen Stil ist bezeichnend für dessen gegen das Ende des 12. Jahrhunderts beginnende Schlußzeit. Das Erscheinen des Spitzbogens in den Gewölben, den Bogenreihen der Schiffe und hier und da auch in den Fenstern und Portalen gibt den deutschen Bauten dieser Zeit eine gewisse Ähnlichkeit mit denen des gotischen Stils. Aber diese Ähnlichkeit ist nur eine oberflächliche. Die konstruktiven Vorteile, welche der Spitzbogen gewährte, wurden nicht mit jener äußersten Folgerichtigkeit ausgenutzt, die in Frankreich einen neuen Stil entstehen ließ. In Deutschland brachte er zunächst nur eine veränderte Erscheinung, nicht eine Umgestaltung des Baustils mit sich. Vielfach wurde er auch in ganz äußerlicher Weise, bloß um seiner wirksamen Erscheinung willen angebracht, und es ist sehr wohl denkbar, daß er in einzelnen Fällen ganz unabhängig von der französischen Kunst in Deutschland Eingang fand; mancher kunstverständige Mann, der in den Kreuzheeren ritt, mag von den morgenländischen Spitzbogenbauten die Anregung empfangen haben, in der Heimat diese Bogenform zur Anwendung zu bringen, die dem neuerungslustigen Sinne der Zeit ebenso zusagte, wie der Kleeblattbogen und andre aus dem fernen Osten mitgebrachte fremdartige Formen. Daher ist die Bezeichnung Übergangsstil, welche man der spitzbogig romanischen Architektur zu geben pflegt, nur in beschränktem Sinne zutreffend. Denn ihrem eigentlichen Wesen nach blieb diese Architektur bis zuletzt, bis zu dem Zeitpunkte, wo sie der zu völlig klarer Eigenart ausgebildeten Gotik das Feld räumen mußte, durchaus romanisch, und nur in vereinzelten Fällen finden wir in Deutschland Bauten, welche die Stellung von Zwischengliedern zwischen dem einen und dem andern Stil einnehmen und daher einen wirklichen Übergang bezeichnen.

Hatte die romanische Baukunst schon von Anfang an eine große Mannigfaltigkeit in ihren Erscheinungsformen an den Tag gelegt, so steigerte sich diese Vielgestaltigkeit noch in der Ausgangszeit des Stils; fast jedes spätromanische Bauwerk hat seinen eignen Charakter. Die Freude an Glanz und Pracht, welche zuerst bei den weltlichen Bauten der Großen mit reichen und schmuckvollen Bildungen die Architektur verschönert hatte, machte sich auch in der kirchlichen Baukunst geltend und umkleidete deren ernste Schöpfungen mit blühendem Schmuck. Dazu steigerte sich in einzelnen Gegenden die Neigung zu prächtiger äußerer Wirkung der Gebäude und führte zu mancherlei schönen und großartigen Anlagen. In andern Fällen wurde wie bei den nordfranzösischen Bauten das Hauptgewicht auf Tüchtigkeit der Konstruktion gelegt, wobei die Baumeister sich zum Teil die Errungenschaften des westlichen Nachbarvolkes mehr oder weniger zu Nutzen machten, zum Teil aber auch sich ihre eignen Wege suchten. In einzelnen Fällen wiederum vereinigten sich konstruktive Kühnheit und Sicherheit mit glänzender Ausschmückung und wirkungsvollem Aufbau zu herrlichsten Schöpfungen.

Vielleicht das allerälteste Spitzbogengewölbe Deutschlands finden wir in dem Dom zu Braunschweig. Heinrich der Löwe gründete im Jahre 1173 diese Kirche, damit dieselbe ein Gedächtnismal seiner glücklich vollbrachten Pilgerfahrt ins Gelobte Land sei und damit sie in weiter Krypta seine und seiner Nachkommen irdische Reste aufnehme. Das Gebäude wurde als gewölbte Pfeilerbasilika aufgeführt; jeder zweite Pfeiler, als zur Aufnahme der Last des Mittelschiffgewölbes bestimmt, wurde stärker gebildet, und zwar in der Weise, daß sein Grundriß die Gestalt eines Kreuzes bekam; derjenige Teil des Pfeilers, der dem nach dem Mittelschiff gewendeten Arm des Kreuzes entsprach, wurde an der Wand als Pilaster bis zum Gewölbe emporgeführt. Das Mittelschiffgewölbe nun wurde im Spitzbogen errichtet, erhielt im übrigen aber die allereinfachste Gestalt: nicht nur sind die Diagonalrippen noch nicht zur Anwendung gekommen, sondern es fehlen auch die Quergurte zwischen den einzelnen Kreuzgewölbefeldern, so daß man sagen kann, das Mittelschiff ist eigentlich mit einem zugespitzten Tonnengewölbe bedeckt, in welches von den Seiten her ebenso gestaltete Tonnengewölbe in Kappen einschneiden. Da die Seitenschiffe noch rundbogig überwölbt wurden, so darf man annehmen, daß lediglich die Rücksicht auf Verminderung des von dem weiten Mittelschiffgewölbe ausgeübten Seitendrucks es war, wodurch der Baumeister Heinrichs zu jener Neuerung veranlaßt wurde. Im übrigen schloß derselbe sich durchaus der landesüblichen Bauweise an; die Verzierung der Pfeiler, — sowohl der kreuzförmigen Haupt- wie der viereckigen Zwischenpfeiler — durch Würfelknaufsäulchen in den Ecken, alle sonstigen Verzierungen, die Sockel, die Gesimse, die schlichten Rundbogen der Schiffsarkaden, der Fenster und des Portals, die gesamte äußere Erscheinung, alles stimmt noch vollständig mit dem sonst damals im Sachsenlande Gebräuchlichen überein.

Der Bau war im Jahre 1188 so weit fertig, daß der noch vorhandene Hauptaltar, eine auf fünf Messingsäulchen mit Adlern an den Kapitälen ruhende Marmorplatte, geweiht werden konnte. Im Jahre 1194 war der Bau gänzlich vollendet, mit Einschluß der beiden Türme, welche aber bereits im folgenden Jahre, 15 Tage vor dem Tode des Gründers, durch den Blitz zerstört wurden und niemals vollständig wieder aufgebaut worden sind.

Das im Dom gegebene Beispiel vollständiger Überwölbung mit Benutzung des Spitzbogens fand bald in mehreren Kirchen Braunschweigs Nachahmung.

Ein dieser Gruppe sich anschließendes Gebäude, die kleine Kirche des nahe bei Braunschweig gelegenen Dorfes Melverode, welche nach Art mancher westfälischer Kirchen aus drei gleichhohen Schiffen besteht, zeigt eine besondere Verwertung des Spitzbogens. Der Umstand, daß ein Spitzbogen höher ist als ein gleichweiter Rundbogen, ist hier zur Ausgleichung der Höhenunterschiede benutzt, welche sich aus der Überspannung ungleicher Entfernungen durch gleichartige Bogen ergeben. Die Pfeilerabstände entsprechen der Breite des Mittelschiffs, und dieses ist mit rundbogigen Kreuzgewölben bedeckt. Während demnach die Pfeiler untereinander in der Längs- und Querrichtung rundbogig verbunden sind, ist ihre Verbindung mit den Wänden der schmalen Nebenräume im Spitzbogen hergestellt; so sind hier ungewöhnliche aber ganz zweckgemäße Wölbungen entstanden, welche aus Durchkreuzungen von weiten rundbogigen und annähernd dieselbe Höhe erreichenden schmalen spitzbogigen Tonnengewölben bestehen.

Ungefähr gleichzeitig mit dem Braunschweiger Dom, oder wenig später, wurde in einem andern Teil Deutschlands eine Kirche erbaut, welche bereits mit vollständigem Rippengerüst ausgestattete Spitzbogengewölbe erhielt, und in welcher der Spitzbogen auch in den Schiffsarkaden schon angewendet wurde. Es ist die Stiftskirche St. Peter in der damals zu Mainz gehörigen hessischen Stadt Fritzlar. Hier sind die einzelnen Gewölbefelder durch Gurtbogen eingeschlossen und außerdem an den Nähten mit Rippen unterlegt. Die Pfeilerverstärkungen sind, der vermehrten Zahl der von ihnen entspringenden Gurtungen entsprechend, mehrgliedrig gebildet, und damit das Aussehn der Pfeiler nicht allzu unebenmäßig werde, sind dieselben auch auf der Rückseite in ähnlicher Weise entwickelt, obgleich hier die noch in altertümlicher Weise ausgeführten Nebenschiffwölbungen strenggenommen keine derartigen Bildungen erforderten. Die Zwischenpfeiler sind durch eine viel geringere Stärke von den Hauptpfeilern scharf unterschieden, aber um in der Gestalt mit diesen nicht zu sehr in Mißklang zu stehen, sind auch sie mit Vorlagen, welche allerdings nichts zu tragen haben, versehen. Eine charakteristische Neuerung der Zeit finden wir ferner im Chorschluß. Mit dem Rippengewölbe des Schiffs hätte eine schlichte Halbkuppel in der Chornische schlecht übereingestimmt; darum wurde auch deren Gewölbe aus einer Anzahl von Kappen zusammengesetzt, welche nach einem gemeinschaftlichen Mittelpunkt hinter dem Trennungsbogen zwischen Apsis und Chorquadrat emporstiegen und durch Gurte gefestigt und voneinander geschieden wurden. Auch diese Gurte bedurften besonderer Träger, die nun in Übereinstimmung mit den Gurtträgern des Schiffs aus Pilastern und Halbsäulen gebildet wurden. So wurde die Wand der Apsis in mehrere Abteilungen zerlegt, und es ergab sich hieraus fast von selbst, daß dieselbe nicht mehr im Halbkreis, sondern vielwinkelig angelegt wurde, indem die einzelnen Gurtträger nicht durch gebogene, sondern durch gerade Wände miteinander verbunden wurden.

Die Gestalt der Hauptpfeiler ist in der Stiftskirche zu Fritzlar schon sehr reich. Sie bestehen aus einem breiten länglich rechteckigen Kern mit einer Pilastervorlage nach dem Mittelschiff zu, an die sich dann ein zweiter, etwas schmalerer, mit einem Bündel von drei Halbsäulen besetzter Pilaster anschließt, der über dem gemeinschaftlichen Kapitäl der Pfeilermasse zum Gewölbe emporsteigt; an der Nebenschiffseite ist ein ebensolcher Pilaster mit drei Halbsäulen angelegt. Die Zwischenpfeiler haben eine quadratische Grundform und sind auf allen vier Seiten mit Halbsäulen besetzt.

Die Bogen der Arkaden und der Hauptgurte sind noch völlig ungegliedert. Auch die diagonalen Gurtungen haben im Mittelschiff die denkbar einfachste Form von schmucklosen glatten Bogen erhalten, die sich wie flache Bänder an das Gewölbe legen. Diese einfache, im Querdurchschnitt rechteckige Form, welche bei den aus viereckigen Pilastern hervorgehenden Gurtbogen ebenso wie bei den aus dem schlichten viereckigen Pfeilerkern hervorwachsenden Scheidbogen ganz naturgemäß, gewissermaßen selbstverständlich war, wirkte bei den Diagonalrippen, wo sie sich keiner andern Bildung harmonisch anschloß, sehr ungefällig; die Baukünstler sannen daher alsbald darauf, den Rippen anstatt des „Bandprofils" eine belebtere und für ihren Platz, der ja die Durchschneidungskanten der Gewölbe bezeichnete, passendere Gestalt zu geben. Derartigen Versuchen begegnen wir in den östlichen Teilen der Kirche: im Gewölbe der Vierung ist dem Band eine im Durchschnitt dreieckige Kante, im Chorquadrat ein Rundstab untergelegt. In der Wölbung der Apsis sind die Gurtbänder mit in den Ecken eingesetzten Rundstäben verziert.

Die Baumeister der Fritzlarer Stiftskirche dachten noch nicht daran, die Erleichterung des Gewölbes, welche durch das Rippengefüge ermöglicht wurde, in der Weise auszunutzen, daß sie die Stützen schlanker und leichter gebildet hätten. Im Gegenteil sind alle Formen noch sehr mächtig gehalten Da überdies feinere Schmuckgebilde gänzlich fehlen, so wirkt der ganze Innenraum sehr schwer und ernst. Einen um so schärferen Gegensatz bildet die reizvolle Vorhalle, welche dem Bau einige Jahrzehnte nach seiner Vollendung angefügt wurde, vermutlich bei Gelegenheit der Ausbesserungen, welche die wilde Verwüstung der Kirche durch den Landgrafen Konrad von Thüringen im Jahre 1232 notwendig gemacht haben mochte. In dieser Vorhalle ist alles Zierlichkeit und Reiz. Die schlanken, mit je vier Halbsäulen besetzten Pfeiler, welche die spitzbogigen Kreuzgewölbe tragen, sind mit Kapitälen von größtem Reichtum und Geschmack der Verzierung geschmückt; da erblicken wir figürliches Bildwerk und stilisierte Blätterornamente neben eigentümlichen Knospenbildungen und der Wirklichkeit nachgebildeten Blättern und Blumen. Ebenso reich sind die großen viereckigen Schlußsteine der Gewölbe verziert. Die weit herabreichenden Fenster bestehen aus kleinen Säulenarkaden, die von spitzbogigen Blenden umschlossen werden. Das rundbogige Portal ist in den Wandungen mit feinen, schöngeschmückten Säulen besetzt, die sich im Bogen in Gestalt von Wulsten fortzusetzen scheinen, deren gleichmäßige Form an mehreren Stellen durch umgelegte Ringe unterbrochen wird; aus einer Hohlkehle, welche sich zwischen Säulen und Wulsten herumzieht, sprießen schlanke Knospen hervor, — kurz, alles ist von Leben und heiterer Schönheit erfüllt.

Die ganze wirkungsvolle Erscheinung dieser Vorhalle, die reiche Portalbildung, der üppige Schmuck, Einzelformen wie jene Ringe an den Rundstäben und wie jene Knospen, in denen gleichsam die freie Laubornamentik zu schlummern scheint, welche die Gotik später hervorbrachte, alles das sind bezeichnende Eigentümlichkeiten des sogenannten rheinischen Übergangsstils, der nach Fritzlar leicht seinen Weg fand, da Stadt und Stift dem Mainzer Erzbischof gehörten.

In den Rheinlanden nämlich, zumal am Mittel- und Niederrhein, entfaltete die spätromanische Baukunst die höchste Pracht. Die bereits früher bestehende Neigung zu wirkungsreicher Gruppierung der Gebäudeteile zu großartiger malerischer Gesamterscheinung erreichte jetzt ihren Höhepunkt. In Köln fand das in der Kapitolskirche zuerst gegebene Beispiel der Anordnung von drei in Kleeblattform um das Vierungsquadrat herumgelagerten mächtigen Chornischen jetzt mehrfache Nachahmung, wobei die Höhenwirkung durch stattliche Turmgruppen und durch Weglassung des Umganges wesentlich gesteigert wurde. Die beiden Kirchen Groß St. Martin und St. Aposteln, bei denen dieses geschah, sind Meisterwerke von machtvoller Gruppenwirkung, dazu reich und prächtig ausgeschmückt, wie der rheinische Geschmack es stets verlangte. Bei der Apostelkirche (Abb. 127) ist die Entstehungszeit bekannt: ein Brand des älteren Gebäudes im Jahre 1199 gab die Veranlassung zu dem Neubau, bei dem nur im Langhaus und an den Westteilen stehengebliebene Reste wieder benutzt wurden; bereits 1219 wurden die Gewölbe durch den Baumeister Albero, von dem ausdrücklich gesagt wird, daß er ein Laie war, vollendet.

Abb. 127. Die Apostelkirche zu Köln am Rhein.

Die äußere Ausschmückung der drei Chorrundungen ist bei beiden Kirchen gleich: Blendarkaden auf Pilastern im Untergeschoß, darüber Blendarkaden auf Halbsäulen; dann folgt der Plattenfries, eine rheinische Neuerung dieser Zeit, die aus viereckigen Schieferplatten in hervortretenden hellfarbigen Einfassungen besteht; die schwarze Schieferfarbe bildet einen malerischen Übergang zu den tiefen Schatten der aus Gruppen kleiner Säulchen gebildeten Zwerggalerie, die unter den Dachgesimsen den wirkungsvollen Abschluß bildet. Die Dächer der Rundungen werden überragt durch die Giebel der viereckigen Teile der drei Kreuzarme; diese Giebel sind bei der Apostelkirche durch Nischen und Bogenöffnungen belebt, bei der Martinskirche durch Fenster und Blenden in Rosettenform verziert. In den höher gelegenen Teilen weichen die beiden Kirchen voneinander ab. Bei der Apostelkirche erhebt sich über der Vierung ein achteckiger Turm, der die Kuppelwölbung der Vierung einschließt, unterhalb des Daches durch

Gruppen zierlicher Bogenöffnungen geschmückt, oben von einem durch Blendbogen belebten, zeltartig überdachten Aufsatz („Laterne") bekrönt. In den Winkeln zwischen den Kreuzflügeln steigen schlanke Türme empor, unterhalb rund und in derselben Weise ausgeschmückt wie die Apsiden, oberhalb achteckig; die acht Seiten endigen in Spitzgiebel, von denen aus sich das spitze Turmdach mit acht gleichsam in Falten eingezogenen Flächen erhebt. Vervollständigt wird die Wirkung dieses Aufbaues durch den alles überragenden mächtigen viereckigen Turm der Westseite, dessen Wände gleichfalls in Giebeln endigen (Abb. 127). — Die Martinskirche besitzt keinen Westturm, dafür aber erhebt sich ein gewaltiger viereckiger Turm über der Vierungskuppel; derselbe ist außer mit Lisenen und Rundbogenfries mit einer Zwerggalerie geschmückt, die ihn aber nicht unter dem Dache, sondern mit allzuverwegener Durchbrechung der Mauermasse in halber Höhe umzieht. An seinen Ecken schießen schlanke Türmchen empor; auch diese sind in ihren Unterteilen, welche hier viereckig sind, mit den drei Chorrundungen durch gleichartigen Schmuck gleichsam zusammen gebunden; in ihren achteckigen Oberteilen steigen sie vielgeschossig bis weit über die Mauerhöhe des Hauptturmes hinauf, der sie dann wiederum vermittelst seines hohen spitzen Daches überragt.

Die eigentlich bedeutsamen Neuerungen der Zeit kommen in diesen beiden Kirchen nur noch spärlich zur Geltung. In beiden finden sich noch Würfelkapitäle, die sonst in der spätromanischen Epoche durchgehends von kelchartigen Bildungen verdrängt wurden. In der Martinskirche zeigen die Wölbungen schön gegliederte Kreuzrippen, sind dabei aber noch im Rundbogen ausgeführt. Der Spitzbogen kommt in der Apostelkirche nur in ganz nebensächlicher Verwendung als Schmuckform vor, in der Martinskirche erscheint er in den zierlichen, auf gekoppelten Säulchen ruhenden Arkaden eines schmalen Ganges, welcher sich innerhalb der Mauerstärke über den Schiffsarkaden hinzieht und durch seine Bogenreihe in einer jetzt sehr beliebten Weise die Mittelschiffwand belebt; außerdem ist hier das reich geschmückte Westportal schon spitzbogig überwölbt.

Eine sehr reichliche Verwendung des Sitzbogens finden wir dagegen in einer andern Kirche aus der Frühzeit des 13. Jahrhunderts, welche in der Choranlage mit jenen beiden übereinstimmt, in der St. Quirinskirche zu Neuß (Abb. 128), deren Bau im Jahre 1209 durch den Baumeister Wolbero begonnen wurde. Auch hier erscheint der Spitzbogen noch nicht da, wo seine bedeutungsvollste Stelle war, im Gewölbe; die Wölbungen sind alle rundbogig ausgeführt, und mit Ausnahme des achtseitigen Gewölbes der Vierungskuppel entbehren sie auch der Rippen. Aber in den Arkaden des Innern herrscht der Spitzbogen, sowohl in den Reihen der Scheidbogen als auch in den kleineren Arkaden der Emporen, welche über den Seitenschiffen angebracht sind, und welche in einem Umgange, der sich durch die drei abgerundeten Chorarme herumzieht, ihre Fortsetzung finden. Man sieht, wie hier der Spitzbogen, der auch an diesen Stellen noch mit vereinzelten Rundbogen untermischt ist, noch lediglich um seiner Form willen als anregende Neuerung Beifall und Aufnahme gefunden hat. Demgemäß erscheint er auch in den Fenstern und in dem Außenschmuck in reichlicher Verwendung und zwar in bunter Mischung mit allen andern damals gebräuchlichen, zum Teil recht seltsamen Bogenformen, von denen die Kirche eine wahre Musterkarte bietet. Die äußere Ausstattung derselben, namentlich an dem von

Abb. 128. St. Quirinskirche zu Neuß, Westansicht.

einem mächtigen Turm überragten breiten westlichen Vorbau, gewährt übrigens ein sehr bezeichnendes Beispiel von dem glänzenden Schmuckwesen der rheinischen Baukunst dieser Zeit.

Eine fast überreiche, vielgestaltige Fülle von Schmuck erscheint an der in der Mitte von einem Giebel bekrönten Fassade (Abb. 128). Die Seitenwände des Vorbaues sind mit ähnlichem Reichtum, wenn auch nicht ganz so bunt, geschmückt. Die Giebel sind hier von Radfenstern durchbrochen, Rosetten, die von Kreisen eingefaßt und durch ein speichenartiges Stabwerk geteilt sind. Am Langhaus und an den östlichen Teilen finden wir dann Fenster, deren Rundbogen in vielen kleinen Halbkreisen ausgezackt ist, und solche, bei denen die Rundung, gleichfalls aus solchen Zacken zusammengesetzt, weiter ist, als der untere geradlinige Teil des Fensters, so daß eine zwar sehr auffallende, aber nicht gerade schöne, fächerähnliche Gestalt entsteht; auch erscheint hier neben dem gewöhnlichen Kleeblattbogen eine Umbildung dieser Form, welche den mittleren Bogen des Kleeblattes zum Spitzbogen macht.

In der Ausschmückung des westlichen Turmes, welche derjenigen des Unterbaues an Reichtum nicht nachsteht, herrscht der reine Spitzbogen vor, sowohl in den Öffnungen wie in den Blenden, welche diese paarweise zusammenfassen. In den unteren der beiden großen Turmgeschosse sehen wir an den Säulen, welche diese Blenden tragen, die für diese Zeit und besonders für die Rheinlande kennzeichnenden Schaftringe. Durch diese Ringe, welche sich auch im Innern der Kirche mehrfach finden, erscheint die überschlanke Säule gleichsam an die Mauer festgebunden; oder man kann auch sagen, sie erscheint aus mehreren aufeinander gestellten Säulen zusammengesetzt, indem die stark ausladenden, nach oben und nach unten mehrfach gegliederten Ringe sich wie eine Verschmelzung eines Kapitäls mit einer daraufstehenden Basis darstellen.

In sehr vielen Fällen dienten diese Schaftringe thatsächlich dem Zwecke der Befestigung, indem sie aus einem dem Mauerverbande eingefügten Steine gearbeitet wurden, während die Schäfte aus je einem Stücke hergestellt und in Wirklichkeit, nicht bloß scheinbar, der Mauer angelegt wurden, wo sie in jenen heraustretenden Steinen, welche äußerlich wie umgelegte Ringe erscheinen, eine sichere Stütze fanden. Man benutzte in den Rheinlanden mit Vorliebe eine tiefschwarze Steinart zu den Säulenschäften, welche durch ihre Farbe und ihren eigentümlichen Glanz eine sehr reizvolle malerische Wirkung hervorbrachte. Auch bei der Neußer Kirche wird durch diese schwarzen Säulenschäfte, in Verbindung mit noch anderweitiger Verschiedenfarbigkeit des Steinmaterials, die Wirkung des reichen Schmucks noch wesentlich erhöht.

Da die Schaftringe als Unterbrechungen langer Linien einen Reiz für das Auge besaßen, so wurden sie bisweilen nicht bloß bei den Säulenschäften, sondern, wie bei dem Portal der Fritzlarer Vorhalle, auch bei Bogenwulsten verwendet, welche gleichsam als eine Fortsetzung solcher schlanken Säulen erschienen, und gelegentlich sogar bei den Rippen der Wölbungen, wenn dieselben in Rundstabform gebildet wurden.

Am ganzen Mittel- und Niederrhein war die Bauthätigkeit in der ersten Hälfte des 13. Jahrhunderts eine außerordentlich lebhafte. Die Mehrzahl der dortigen Kirchen trägt das Gepräge dieser Zeit; bei großer Mannigfaltigkeit im einzelnen ist ihnen eine glänzende schmuckvolle Erscheinung und eine höchst malerische Wirkung gemeinsam.

Das bedeutendste und großartigste Gebäude, welches die spätromanische rheinische Architektur hervorbrachte, ist wohl das Münster zu Bonn, das zugleich, da es in langer und unterbrochener Bauzeit aufgeführt wurde, in seinen nacheinander entstandenen Teilen eine Übersicht der Entwickelung der Baukunst innerhalb des Schlußzeitraums des romanischen Stils darbietet. An dem auf älterer Grundlage bald nach der Mitte des 12. Jahrhunderts erbauten langgestreckten Ostchor tritt zwischen zwei mächtigen viereckigen Ecktürmen die Apsis noch in ungebrochener Halbkreisform hervor. Alle Bogen, sowohl der Fenster wie der Blendarkaden, sind hier noch rund; nur an den Langwänden des Chors zeigen sich spitzbogige Blenden, welche kreisrunde Fenster einschließen. Die Kreuzarme aber endigen nicht in halbkreisförmigen Nischen, sondern vielwinkelig, in halben Zehnecken; und die Fenstergruppen des gewaltigen achtseitigen Turms über der

Vierungskuppel sind alle spitzbogig und in spitzbogigen Blenden eingeschlossen. Im Langhaus dann, von dem berichtet wird, daß es im Jahre 1221 noch im Bau begriffen war, haben die Fenster der Seitenschiffe die Fächerform, die Mittelschiffsfenster stehen in Gruppen von je dreien, von denen das mittlere höher ist als die beiden andern, zusammen; vor diesen Fenstergruppen, welche etwas zurückliegen, zieht sich eine spitzbogige Säulengalerie her. Spitzbogig ist auch das reichgegliederte, an der Nordseite befindliche Hauptportal. Die Westseite schließt wieder mit Resten eines älteren Baues, einem viereckigen Turmunterbau mit zwei runden Treppentürmchen, welche im 13. Jahrhundert, nach Beendigung des übrigen Baues, achteckig weiter geführt wurden, während der viereckige Raum durch eine zierlich geschmückte Apsis erweitert und oben durch ein spitzbogiges Gewölbe geschlossen wurde. — Besonders großartig wirkt das Innere des Langhauses mit seinen reichgegliederten, kräftigen und doch im Verhältnis zu den zwischen ihnen ausgespannten weiten Rundbogen schlanken Pfeilern, auf deren aus Pilastern und Säulen zusammengesetzten Vorlagen die spitzbogigen Rippengewölbe ruhen und deren Kapitäle lebensvoll sprossendes Knospen- und Laubwerk schmückt, mit den lichtstrahlenden Fenstergruppen, welche auch auf der Innenseite hinter spitzbogigen Säulenstellungen zurücktreten, und mit dem geschmackvoll verzierten rundbogigen Laubengang unterhalb dieser Fenster.

Solche durchlaufende Säulengänge in den Mittelschiffwänden, für welche der Name Triforium gebräuchlich geworden ist — gleichviel ob die Zahl der jedesmal zusammenstehenden Öffnungen drei oder mehr beträgt —, fehlten jetzt nicht leicht mehr in einem ansehnlichen Bau. Wenn man auch noch nicht, wie es die Gotik mit sich brachte, dazu überging, die Wandmassen vollständig in aufsteigende Glieder aufzulösen, so waren doch mit dem ganzen Charakter der jetzigen reich und kräftig gegliederten, hochstrebenden Bauten die großen toten Wandflächen unvereinbar, welche sich, durch die Höhe der an die äußere Mittelschiffwand angelehnten Dächer der Nebenschiffe bedingt, unterhalb der Fenster zeigten, und welche auch dann noch verhältnismäßig leer wirkten, wenn man sie, wie es z. B. in den drei großen mittelrheinischen Domen geschehen war, durch Pilaster zerteilte; man mußte es als ein Bedürfnis empfinden, diese Flächen in einer wirkungsvolleren Weise zu beleben, als es durch bloße Malerei geschehen konnte. Diesen Zweck erfüllten die Triforien, deren Öffnungen sich wieder durch größere Blendbogen in Gruppen einteilen ließen, auf das schönste und vollkommenste.

Von den auch in der älteren Bauweise bisweilen vorkommenden Emporen sind diese Laubengänge wesentlich verschieden. Jene hatten die Tiefe der Nebenschiffe, und ihre Öffnungen waren völlige Durchbrechungen der Mittelschiffwand, auch wurde durch dieselben die leere Fläche, welche durch das angelehnte Nebenschiffdach bestimmt ward, immer noch nicht beseitigt, da dieses Dach ja erst oberhalb des Emporraumes ansteigen konnte. Die Umgänge der Triforien dagegen wurden in der Mauerstärke des Mittelschiffs angebracht, und ihre Öffnungen konnten ebenso hoch hinansteigen wie die Seitendächer. Nebenbei hatten diese Umgänge den nicht unwichtigen Nützlichkeitszweck, daß sie die oberen Teile des Gebäudes bei Ausbesserungen und dergleichen leichter zugänglich machten. Doch begnügte man sich in einzelnen Fällen auch mit blinden Triforien, die allerdings bei weitem nicht so wirkungsvoll sind wie die offenen.

Im Schiff des Bonner Münsters ist alles hoch, licht und geräumig, die Hauptvorzüge des gotischen Stils scheinen erreicht, und doch ist das schmuckvolle Gebäude in seiner Gesamterscheinung wie in den einzelnen Formen noch wesentlich romanisch. Eine stärkere Annäherung an das eigentliche Wesen der Gotik findet sich nur im Äußeren, in kleinen Strebebogen nämlich, welche von niedrigen Aufsätzen über den Wänden der Seitenschiffe entspringen und über die Seitendächer hinweg sich gegen das Mittelschiff spannen, um den Trägern der Gewölbelast von außen her Unterstützung und Sicherheit zu bieten.

Eine solche Aufnahme des in Frankreich neu aufgekommenen Verfahrens, den Gewölbebau durch außerhalb angebrachte Massen sicher zu stellen, finden wir schon bei dem unter Erzbischof Hillin (1152—69) begonnenen Neubau des Ostchors am Trierer Dom, dessen fünfseitige Apsis an den Ecken mit Strebepfeilern besetzt ist. Doch blieb die Anwendung der Strebebogen auch in der Folgezeit noch auf ziemlich vereinzelte Fälle beschränkt.

Wie wenig aber auch bei derartigen, man könnte sagen gotisierenden Bestrebungen ein wirklicher näherer Anschluß an den neuen Stil stattfand, dessen innerstes Wesen sich darin aussprach, daß er alles der Konstruktion unterordnete und schließlich das ganze Gebäude gewissermaßen in ein konstruktives Gerüst mit Einfügung der unentbehrlichsten Füllungen auflöste, — wie vielmehr die diesem Stil entlehnten Neuerungen nur um ihrer Zweckmäßigkeit willen bei sonst ganz in rheinischer Weise aufgeführten Bauten angewendet wurden, beweist sehr anschaulich die stattliche Pfarrkirche zu Gelnhausen, die zu den reizvollsten Schöpfungen des spätromanischen rheinischen Stils gehört. Die Ecken der fünfseitigen Chornische und die Ecken der geradlinig schließenden Kreuzarme sind hier mit Strebepfeilern bewehrt. Aber dazwischen ergeht sich die buntgestaltige rheinische Schmuckanhäufung in fast übermütigem Spiel. Während die Gotik in der denkbar vollkommensten Durchbildung des Gewölbebaues ihre Aufgabe suchte, hat hier das Langhaus sogar noch flache Balkendecken, obgleich das Gebäude zweifellos erst im Anfang des 13. Jahrhunderts entstanden ist.

In dem glänzenden Außenschmuck der für eine bloße Pfarrkirche ungewöhnlich reich aufgebauten und ausgestatteten Kirche zu Gelnhausen herrscht der Kleeblattbogen vor. Im Schiffe sind die Arkaden spitzbogig, die Oberfenster aber rundbogig. Im Chor erscheinen über hohen Spitzbogenfenstern, die in ausgezackten Blenden liegen, kreisrunde Fenster, die aus je einer großen vierblättrigen und vier kleinen dreiblättrigen Öffnungen zusammengesetzt sind. Auch die Querhausfronten sind mit Rosettenfenstern durchbrochen; darüber haben sie in ihren Giebeln Fenster, welche sich innerhalb eines Spitzbogens aus zwei auf Säulchen ruhenden Kleeblattbogen und einer Kreisöffnung über diesen zusammensetzen. Solche Zusammenfassungen von verschiedengestaltigen Fenstern zu einer Gruppe wurden später bedeutsam für die Entwickelung der eigenartigen gotischen Fensterarchitektur.

Das Querhaus und die Chorräume sind mit ausgebildeten Rippengewölben bedeckt, bei denen nicht nur die Kreuzrippen gefällig profiliert, sondern auch die Hauptgurte schön und reich gegliedert sind. Im Chor ruhen die Gurtungen auf Gruppen schlanker, von Schaftringen umgebener Säulen. An den westlichen Vierungspfeilern erblicken wir gurttragende Säulen, welche nicht vom Boden aufsteigen, sondern auf Konsolen stehen. Auch die Halbsäulchen der Blendarkaden, welche im Chor die Wände zieren, ruhen zum Teil auf solchen Kragsteinen (Abb. 129).

Eine für die Sinnesart der Zeit sehr bezeichnende Neuerung ist es, daß die Krypta fehlt. Man wollte jetzt alles licht und heiter haben und fand keinen Gefallen mehr an jenen dunklen Räumen. Der Chor liegt daher nicht mehr wesentlich höher als das Schiff

Abb. 129. Chor und Lettner der Pfarrkirche zu Gelnhausen.

der Kirche, sondern ist nur um wenige Stufen erhöht. Dafür aber ist er, wie es jetzt vielfach gebräuchlich wurde, durch einen Einbau schärfer von den für die Gemeinde bestimmten Räumen gesondert: durch den Lettner (Lektner, Lektorium), der vom Chor aus besteigbar, eine zum Vorlesen der Epistel und des Evangeliums bestimmte Bühne bildet. Der Lettner zu Gelnhausen tritt dreiseitig in die Vierung hinein, und öffnet sich hier in zwei Rund- und einem Spitzbogen, die auf gekoppelten Säulchen ruhen, und in deren Zwickeln wir eine Reliefdarstellung des jüngsten Gerichts erblicken. Unter dem Mittelbogen befindet sich ein Altar; überall wo ein Lettner angebracht wurde, pflegte man an seiner Vorderseite einen von der Gemeinde nicht abgeschlossenen Altar zu errichten, während der Hauptaltar sich wie bisher in der Mitte des Chors befand. Die seitlichen Bogen bilden überwölbte Durchgange, welche sich nach dem Chor hin in Kleeblattbogen öffnen (Abb. 129).

Von vorzüglicher Schönheit ist in dieser Kirche das ornamentale Schmuckwerk, das mannigfaltige, knospenartige Blattwerk der Kapitäle und das in tadellosen Linien geschwungene durchbrochene Rankenwerk, welches die Konsolen und Portaleinfassungen schmückt (Abb. 125 u. 130). Mit diesen prächtig erfundenen und unübertrefflich ausgeführten Ziergebilden stehen die figürlichen Bildwerke der Bogenfelder in auffallendem Widerspruch; diese sind noch ganz steif und leblos und beweisen, daß auch in der Blütezeit der mittelalterlichen Bildhauerkunst nicht jeder Bildhauer ein großer Künstler war.

Abb. 130. Konsole im Chor der Pfarrkirche zu Gelnhausen.

Entschiedener als am Mittel- und Niederrhein näherte sich am linken Ufer des Oberrheins die spätromanische Bauweise der frühgotischen. Der Spitzbogen sowohl wie die Rippenwölbung fanden im Elsaß sehr früh und vielleicht unabhängig von den nordfranzösischen Neuerungen Eingang, so daß die Grundlagen zur Bildung eines Übergangsstils vorhanden waren. Bisweilen schloß sich dieser der schmuckvollen Bauart der nördlichen Rheingegenden an; häufiger aber richteten die Baukünstler ihr Hauptaugenmerk auf die Konstruktion und suchten die Vorteile des Spitzbogens und des Rippengewölbes auszunutzen, so daß sie in der That die Gotik vorbereiteten.

Eine ganz besondere Stellung unter den rheinischen Bauwerken dieser Zeit nimmt die im Jahre 1235 geweihte Stiftskirche St. Georg (der jetzige bischöfliche Dom) zu Limburg an der Lahn ein. Diese Kirche ist eines der allervorzüglichsten Meisterwerke des glänzenden spätromanischen Stils der Rheinlande, dessen bezeichnende Eigentümlichkeiten sie in allen Teilen zur Schau trägt. Sie ist mit Strebepfeilern und Strebebogen versehen, ohne daß dadurch die äußere Erscheinung wesentlich beeinflußt würde; denn das Strebewerk ist auf die wichtigsten Stellen beschränkt. Aber im Innenbau zeigt sie eine so augenfällige Ähnlichkeit mit Werken der frühesten, noch auf einer vorbereitenden Entwickelungsstufe befindlichen französischen Gotik, daß sie sich in diesem Sinne als ein wirkliches Denkmal des Übergangs zum Stil des Nachbarlandes darstellt. Der äußere Aufbau der Limburger Domkirche, die sich auf steilem Felsen am Ufer des Flusses hoch über der Stadt erhebt, ist der denkbar wirkungsvollste. Von sieben Türmen: zweien an der Westseite, einem über der Vierungskuppel und vieren an den Querarmen überragt, von unten bis oben mit Blenden, Bogenfriesen, Säulenarkaden und verschieden gestalteten Fenstern aufs reichste geschmückt, ist sie ein Prachtbau von unvergleichlich malerischer Erscheinung (Abb. 131). Im Innern sehen wir die Wände zwischen den Gurtträgern überall durchbrochen, so daß diese letzteren in ihrem ununterbrochenen Aufsteigen um so entschiedener zur Geltung kommen und sich als wichtigste Glieder darstellen. Über den Schiffsarkaden öffnen sich die Bogen einer Empore, über dieser ein Triforium, das bis dicht unter die Fenster reicht. In derselben Weise sind in

Abb. 131. Dom zu Limburg an der Lahn. Nordwestansicht.

den Querarmen und im Chor, den ein die Seitenschiffe fortsetzender Umgang umgibt, die Wandflächen eingeteilt und durchbrochen. Sämtliche Bogen zeigen eine mehr oder weniger zugespitzte Form; nur bei einem Teil der Fenster ist der Rundbogen beibehalten. Die Wölbungen des Mittelschiffs sind keine einfachen Kreuzgewölbe, sondern aus je sechs Kappen zusammengesetzt, indem quer durch jedes Kreuz, also in gleicher Richtung mit den Hauptgurten, eine Mittelrippe gespannt ist; der Träger dieses Zwischengurts besteht in einer Wandsäule, die oberhalb des Zwischenpfeilers von einer Konsole aus emporsteigt. So ist ein Teil der Gewölbelast auf die sonst nur beim Tragen der Seitenschiffwölbungen beteiligten Zwischenpfeiler gelenkt (Abb. 132).

Die Hauptpfeiler sind mehr als doppelt so breit wie die Zwischenpfeiler; die starken Massen der ohne jede Unterbrechung an ihnen emporsteigenden, aus einem Pilaster und drei Halbsäulen zusammengesetzten Träger der Hauptgurte stehen in sprechender Gegenwirkung zu den quergeteilten und vieldurchbrochenen Wänden, welche von ihnen eingeschlossen werden. Die drei übereinandergeordneten, das ganze Gebäude durchziehenden Reihen von Bogenöffnungen, mit einer Steigerung der Leichtigkeit und Zierlichkeit von unten nach oben, erfüllen den Raum mit lebendigstem Reiz. Die Gruppierung der Emporenöffnungen ist im Chor anders als im Schiff; während hier jede Wandabteilung zwei von einem Blendbogen zusammengefaßte säulengetragene Bogen zeigt, stehen dort in jeder Wandabteilung drei Bogen, von denen der mittlere höher ist als die beiden seitlichen, unter einem Blendbogen. Im übrigen ist im Chor, dessen Apsis trotz der Einteilung in mehrere Wandfelder keinen vieleckigen, sondern einen halbkreisförmigen Grundriß hat, die Einteilung der Wände derjenigen im Schiff ganz gleich. Die Träger der Rippen sind hier ebenso wie die Zwischengurtträger des Schiffs aus Säulen gebildet, um welche sich die sämtlichen Gesimse der Wand und ihrer Pfeiler als Ringe herumlegen; nur daß im Chor diese Wandsäulen ihren Ursprung vom Boden aus nehmen. Auf ihren schmuckvollen Kapitälen tragen dieselben hier wie dort je drei niedrige Säulchen, von deren mittlerem die Rippe ausgeht, während auf den beiden äußeren die Gurte der Schildbogen ruhen (Abb. 132).

Das sechsteilige Gewölbe, dessen Kappen von zwei weiteren und daher mit stumpferer Spitze gebildeten Quergurten und von vier schmäleren und folglich steileren Schildbogen aus zum Scheitelpunkt der Mittelrippe ansteigen, war eine charakteristische Schöpfung der frühesten französischen Gotik. Sie war eine richtige Übergangsform, welche bald von einer schöneren und zweckmäßigeren Gewölbebildung verdrängt wurde; von derjenigen nämlich, welche mit länglich rechteckigen Feldern sämtliche Pfeiler gleichmäßig als Stützen der Gewölbelast ausnutzt. Was schon vor hundert Jahren der Erbauer der Kirche Maria-Laach ausgeführt hatte, ließ sich mit Hülfe des Spitzbogens, der durch stumpfere oder steilere Bildung die Höhenunterschiede zwanglos auszugleichen vermochte, aufs leichteste erreichen. Man bildete die Mittelrippe den Hauptgurten gleich und spannte in jede der beiden Hälften des früheren Gewölbequadrats Kreuzrippen ein: so entstanden an Stelle des einen quadratischen Sechskappengewölbes zwei schmale langgestreckte Kreuzgewölbe.

Im Schiff der Abteikirche zu Werden an der Ruhr, eines dem Limburger Dom nahe verwandten Gebäudes, sehen wir, wie anfänglich die Absicht bestand, sechsteilige Gewölbe auszuführen; denn gerade so wie in jenem Bau, sind die

Abb. 132. Dom zu Limburg. Innenansicht.

Zwischenpfeiler von den Hauptpfeilern durch geringere Stärke scharf unterschieden, und über jedem von ihnen steigt von einer in der Höhe der Emporenbrüstung angebrachten Konsole eine schlanke Wandsäule auf, die zum Tragen der Mittelrippe bestimmt war. Das Chorquadrat wurde auch noch in jener Weise überwölbt. Im weiteren Verlauf des Baues aber entschloß man sich zu länglich rechteckigen Kreuzgewölben, die auf der Grundlage derselben Hauptquergurte und Schildbogen, welche jene andere Wölbung erforderte, ohne weiteres errichtet werden konnten; nur mußte hier, ebenso wie in den Schiffsarkaden stärkere Haupt- und schwächere Nebenpfeiler miteinander wechselten, im Gewölbe ein Wechsel von breiten Haupt- und schmäleren Zwischengurten entstehen, da die letzteren wegen ihrer schlanken Träger nicht die Stärke von jenen erhalten konnten, vielmehr den Diagonalrippen an Stärke gleichgebildet werden mußten.

Die Werdener Kirche, die auch dadurch eine besondere Bedeutung hat, daß man in ihr unter der Tünche die ursprüngliche, überaus geschmackvolle Bemalung der Bauglieder entdeckt hat, ist ein merkwürdiges Beispiel zähen Festhaltens an der rheinisch-romanischen Bauweise, der sie trotz der Aufnahme der von der entwickelten Gotik ausgebildeten Wölbungsart ihrem ganzen Wesen nach durchaus noch angehört. Zwischen 1255 und 1257 hatte ein Brand das ältere Gebäude zerstört, an dessen Stelle sie mit Beibehaltung der Krypta und der westlichen Teile, welche verschont geblieben waren, errichtet wurde; ihre Erbauung fällt also in eine Zeit, wo die Gotik schon weite Verbreitung gefunden hatte, und wo deren ausgezeichnetstes Werk, der Dom zu Köln, bereits im Bau begriffen war. Die Einweihung wurde im Jahre 1275 vollzogen.

Man kann sich nicht wundern darüber, daß die romanische Bauart sich neben der eindringenden neuen Bauweise noch mit solcher Kraft zu behaupten vermochte. Denn die heimische Kunst bewies auch in ihren spätesten Leistungen gerade in denjenigen deutschen Landen, die der Heimat der Gotik am nächsten lagen, eine so große schöpferische Kraft und entfaltete so viel Pracht und Reichtum, daß sie sich sehr wohl mit jener messen konnte.

Nicht wenig trägt zu der glänzenden Erscheinung der spätromanisch rheinischen Werke die Gefälligkeit der Schmuckformen und die Schönheit des feineren Zierwerks bei. Als vorzüglich geeignete Stellen zur Anbringung reichen Schmuckes boten sich die Eingänge dar. Schon früher hatte man die Thürwandungen in mehreren Abstufungen schräg nach außen erweitert, so daß sie sich gleichsam einladend dem Herantretenden entgegen öffneten. Wie nun im Innern die Pfeiler durch die an ihnen emporsteigenden Träger der Gurtungen eine immer reichere Gestalt erhielten, lag es nahe, jene breiten Wandungen in ähnlicher Weise zu beleben. Man schmückte sie mit Säulen, die mit rechtwinkligen Ecken wechselten, so daß das Portal sich gleichsam wie eine perspektivische Ansicht von zwei Reihen eckiger, mit Säulen besetzter Pfeiler darstellte. Und wie im Schiff von den Pilastern und Säulen Rippen und Gurte ausgingen, so ließ man auch beim Portal die Gliederung der senkrechten Wandungen sich im Bogengewände fortsetzen: durch kräftige Wulste über den Säulen, durch feinere rippenartige oder durch kantige Vorsprünge über den Ecken. Die Ecken selbst wurden dann wohl wieder ausgehöhlt und eingefaßt, die Wirkung der Gliederung im Bogen durch tiefe Hohlkehlen gesteigert. Der Eingang bot dem Vorüberwandelnden gewissermaßen eine gedrängte Übersicht des architektonischen Reichtums dar, der ihn im Innern umgeben würde. Die Säulenkapitäle erhielten hier, wo sie dem Auge des Beschauers nahe lagen, die reichste Gestaltung; in unendlicher Mannigfaltigkeit und üppiger Pracht lösten sich die schwellenden Knospen und Blätter, nicht selten mit Menschen- oder Tiergebilden untermischt, von der kelchähnlichen Grundform. Die Freude am Schaffen prächtiger Ziergebilde begnügte sich nicht mit der Verzierung der Kapitäle; häufig ließ man im Bogen reichverzierte Glieder mit den glatten wechseln; auch wurden wohl die ganzen Schäfte der Säulen mit Ornamenten bedeckt; nicht selten steigerte sich in der nächsten Umgebung der Thüre die Pracht aufs höchste, indem die Öffnung mit einem Rankengewinde von wunderbarer Meißelarbeit umgeben wurde.

Ähnlich wie die Pforten, nur nicht ganz so reich, wurden dann die Fensterleibungen gegliedert und geschmückt; die Zierarkaden und Blendbogen folgten nach, und selbst der Rundbogenfries erhielt eine feine, gefällige Gliederung.

Leichte, zierliche Bauten, wie jene Vorhalle an der Stiftskirche zu Fritzlar, oder wie die Kreuzgänge, denen man ja von jeher gern ein gefälliges heiteres Aussehn gab, gewährten dem Sinn für malerische Wirkung und für Pracht der Verzierung eine besonders willkommene Gelegenheit zur Bethätigung. Hier liebten es die Steinmetzen auch bisweilen, in den Bildwerken der Kapitäle und Gesimse dem übermütigsten Humor und ausgelassenen Mutwillen, gelegentlich selbst der Satire eine Stelle zu gönnen. So findet sich z. B. eine Darstellung des Teufels, der mit einem Zettel mit den Worten „peccata Romae“ (die Sünden Roms) dem Pelikan, dem bekannten Sinnbild der göttlichen Liebe, entgegentritt, an der Vorhalle von Maria-Laach, einem spätromanischen Anbau an der Westseite der Kirche. Diese Vorhalle selbst ist wohl der köstlichste Zierbau, den die romanische Baukunst hervorgebracht hat. Sie umschließt nach Art der Kreuzgänge einen viereckigen Hof, öffnet sich aber nicht wie diese nur nach innen, sondern an der West- und Nordseite auch nach außen in zierlichen Säulenarkaden. Sowohl durch ihre ganze Erscheinung, wie durch den reichen Ornamentschmuck, der sich namentlich an dem Eingangsthor in höchster Pracht entfaltet, ist sie von unübertroffenem malerischen Reiz.

Gegen den Prunk und den künstlerischen Aufwand der kirchlichen Architektur erhoben sich bereits im 12. Jahrhundert laut tadelnde Stimmen. Sie gingen von der Ordensgesellschaft der Cisterzienser aus, die es sich zur Aufgabe gemacht hatte, die Regel des heiligen Benedikt in ihrer ursprünglichen Strenge wiederherzustellen.

Hatten einst die Benediktiner in der Pflege der Künste eine ihrer Hauptaufgaben, ein Mittel zur Verherrlichung Gottes erblickt, so verwarf der Eifer des neuen Ordens alle überflüssigen Kunstschöpfungen, weil sie dem Gebote der Armut widersprächen und zerstreuend wirkten. Schöne Gemälde, hieß es, und mannigfaltige Meißelarbeiten, die einen wie die andern mit Gold geziert, schöne und kostbare Meßgewänder, schöne buntfarbig gewirkte Teppiche, schöne und kostbare Fenster, saphirgleiche Scheiben, das alles seien Erfordernisse nicht des notwendigen Gebrauches, sondern nur der Augenlust. Diese äußerste Abneigung gegen jeden Prunk trat nicht nur in der Ausschmückung, sondern auch in der Architektur selbst der von den Cisterziensern errichteten Kirchen zu Tage.

Bemerkenswert sind die scharfen Äußerungen, mit denen das größte Mitglied des Cisterzienserordens, der heilige Bernhard, Abt von Clairvaux, jener redegewaltige Kreuzzugsprediger, der Fürsten und Völker zu glühender Begeisterung zu entflammen wußte, gegen das als Schmuck der Architektur so sehr beliebte phantastisch-figürliche Bildwerk eiferte. „Was hat denn", schreibt er an den Abt eines andern Klosters, „in den Klosterhöfen vor den Augen der lesenden Brüder jene lächerliche Ungeheuerlichkeit zu thun, eine sonderbare unschöne Schönheit? Was sollen da die schmutzigen Affen, was die wilden Löwen, was die mißgestalteten Centauren, was die wilden Männer, was die gefleckten Tiger, was die kämpfenden Krieger, was die hornblasenden Jäger? Man sieht unter einem Kopfe viele Körper und wieder an einem Körper viele Köpfe. Hier erblickt man an einem Vierfüßer den Schwanz einer Schlange, da an einem Fisch den Kopf eines Vierfüßers. Dort zeigt sich eine Bestie vorn als Pferd und schleppt eine halbe Ziege rückwärts; hier trägt ein gehörntes Tier hinten ein Pferd. Kurz, eine so vielfache und so seltsame Mannigfaltigkeit verschiedener Formen erscheint überall, daß man lieber in den Steinen als in den Büchern liest und den ganzen Tag damit verbringt, jene Dinge einzeln zu bewundern, statt über Gottes Gebot nachzudenken. Bei Gott, wenn man sich der Albernheiten nicht schämt, warum schämt man sich nicht wenigstens der Kosten?"

Ebenso entschieden spricht der heilige Bernhard sich in demselben Briefe mit sehr gerechtfertigtem Tadel gegen den Figurenschmuck der Fußböden aus:

„Aber warum hält man denn nicht wenigstens die Bilder der Heiligen in Ehren, von denen sogar der Boden schimmert, den man mit Füßen tritt! oft wird in das Gesicht eines Engels gespuckt, oft wird das Antlitz irgend eines Heiligen von den Füßen der Vorübergehenden getreten. Und wenn man nicht die heiligen Bilder schont, warum schont man nicht wenigstens die schönen Farben? Warum schmückt man, was bald besudelt werden soll? Warum malt man, was notwendig mit Füßen getreten werden muß?"

Nicht der ungeeignete oder an ungeeigneter Stelle angebrachte Figurenschmuck allein erfuhr den Tadel des feurigen Predigers; dieser richtete sich auch gegen die ganze prunkhafte Kirchenausstattung, wie gegen die großen Kronleuchter, die eher Räder als Kronen zu nennen und ebenso reich mit Edelsteinen wie mit Lichtern besetzt seien, und gegen ähnliche Dinge, in denen die romanische Kunst ihr Höchstes leistete.

Bestimmte Vorschriften verboten den Cisterziensern den Gebrauch von Gold und Silber; nur der Meßkelch sollte aus vergoldetem Silber bestehen, auch ein silberner Leuchter war gestattet; alle Kruzifixe mußten in bemalter Holzschnitzerei hergestellt werden. Der Farbenschmuck wurde zwar nicht völlig verbannt, aber doch sehr eingeschränkt; bunte Fenster waren ausdrücklich verboten; wo sich etwa über den Altären bunte Bildwerke befanden, sollten dieselben entfernt oder weiß angestrichen werden; selbst bunte Stickereien an den Altartüchern waren nicht gestattet und sogar der Gebrauch der Seide bei den Meßgewändern wurde verworfen. Hinsichtlich der Architektur bestanden keine so bestimmten Vorschriften, aber das Gesetz der Armut mußte auch sie beherrschen, damit die Ansiedelung „in der Einfachheit und Demut der Bauten die Einfachheit und Demut der

Armen Christi ausspreche". Gewisse Eigentümlichkeiten ergaben sich aus den Ordenssitten; da der Gebrauch großer Glocken verboten war, erhielten die Kirchen keine Türme — die ja auch der Demut widersprochen haben würden —, sondern nur einen kleinen hölzernen Dachreiter. Zu stillen Bet- und Bußübungen der einzelnen Brüder wurden in der Umgebung des Chors kleine niedrige Kapellen in größerer Zahl angebracht. Dem Chor wurde mit Vorliebe ein einfach geradliniger Abschluß anstatt der heraustretenden Apsis gegeben; doch war dies keine allgemein angenommene Regel. Es lag nahe, daß die Baukünstler des Cisterzienserordens, welche in den Klöstern selbst ausgebildet wurden — während die Ausübung der Bildnerei und Malerei den Brüdern untersagt war —, ihr Hauptaugenmerk auf die Konstruktion richteten; Gebäude, die aus vielerlei Gliedern zusammengesetzt wurden, welche alle einen bestimmten baulichen Zweck hatten, konnten der schmückenden Zuthaten entbehren und dennoch einen bedeutenden Eindruck machen. Denn die Gotteshäuser sollten arm, aber nicht ärmlich, einfach, aber würdevoll und vornehm erscheinen.

Hierdurch wurde die Bauweise des Ordens, der gegen das Ende des 12. Jahrhunderts in Deutschland eine große Ausbreitung gefunden hatte und Angehörige der vornehmsten Häuser zu seinen Mitgliedern zählte, für die Entwickelung der deutschen Baukunst bedeutsam. Die Cisterzienser arbeiteten gewissermaßen der Gotik vor, deren Wesen ja auch in der folgerichtigen Ausbildung eines Konstruktionsgedankens beruhte; sie gehörten auch zu den ersten Einführern des Spitzbogens in Deutschland.

Die Kirche des im Jahre 1151 gegründeten Cisterzienserklosters Bronnbach an der Tauber (in der Nähe von Wertheim), ein wahrscheinlich erst um den Schluß des Jahrhunderts vollendeter Bau, hat im Mittelschiff ein spitzbogiges Gewölbe, welches demjenigen des Braunschweiger Doms völlig gleicht, ohne Gurte und ohne Rippen, aus sich durchschneidenden spitzbogigen Tonnengewölben gebildet. Die Seitenschiffe sind mit halben Gewölben derselben Art bedeckt, so nämlich, daß die Scheitelpunkte dieser Gewölbe in den Mittelschiffmauern liegen; auf diese Weise sind die Seitenwölbungen dazu benutzt, als kräftige Strebemassen dem seitlichen Druck der Hauptgewölbe entgegenzuwirken.

Ein vorzüglich geschmackvoller und schöpferisch frei erfundener Cisterzienserbau war die in den Jahren 1202—33 errichtete Kirche der Abtei Heisterbach im Siebengebirge. Ihr Chorschluß ist als malerische Ruine noch vorhanden. Derselbe zeigt eine sehr sinnreich erdachte Art und Weise, den Gewölbedruck allmählich abzuleiten. Die halbrunde eigentliche Chornische ist von einem Umgange umgeben, der durch schlanke gekoppelte Säulen von ihr geschieden ist. Über diesen trägt eine zweite Säulenstellung die Wölbung der Apsis. Die Wand der Apsis ruht auf dem Gewölbe des Umgangs, sie trägt nicht mit an der Apsiswölbung, aber sie erfüllt die Aufgabe eines Strebewerks, indem sie sich in kurzen Bogen über den Zwischenraum, der sie von den freistehenden Säulen trennt, hinüber wölbt, um sich dem Druck der durch Rippen verstärkten Halbkuppel entgegen zu stemmen. Die Wand wird dann wieder gestützt durch eine über dem Gewölbe des Umgangs schräg ansteigende Mauermasse und durch besondere höhere Strebemauern, welche aus dieser hervorgehen. Der Umgang wiederum findet seine Sicherung in einer sehr mächtigen, oberwärts gleichfalls schräg ansteigenden Mauer. Tiefe, spärlich beleuchtete Nischen, welche von innen in der Stärke dieser Mauer angebracht sind, ersetzen die der Ordenssitte entsprechenden Kapellen. Der Umgang ist durch kleine Fenster beleuchtet, deren sich je drei über jeder der Mauernischen befinden; zwischen ihnen sind Wandsäulchen als Träger der Rippen des künstlich zusammengesetzten Umgangsgewölbes angebracht. Die Apsiswand ist in sieben Fenstern durchbrochen.

Jedes Glied in diesem Bau hat seinen bestimmten, durch die Konstruktion bedingten Zweck, nichts ist müßiger Schmuck; und doch ist eine vortreffliche Wirkung erreicht. Die Säulen, welche im oberen Geschoß durch Rundbogen, die stark erhöht sind, um die Fenster nicht zu beengen, im unteren durch Spitzbogen verbunden werden, sind von einer so außerordentlichen Schlankheit, daß es aussieht, als ob der Ordensbaumeister habe zeigen wollen, wie vollkommen sicher er der Genauigkeit seiner Berechnungen in Bezug auf die Verteilung der Gewölbelast gewesen sei. Im Langhause, welches nebst dem Querhause in der Zeit der Fremdherrschaft abgerissen wurde, war eine ähnliche künstlich berechnete Anordnung durchgeführt wie im Chor. Die Seitenschiffe stützten mit ihren in verwickeltem Gefüge hergestellten Gewölben das mit länglich rechteckigen Gewölben bedeckte Mittelschiff und wurden wiederum durch eine mit tiefen Nischen versehene Mauer gestützt.

Einen Einfluß auf die bestehende, prächtige Schauwirkung anstrebende rheinische Bauweise übte dieser Bau ebensowenig aus, wie andre Werke der Cisterzienser, in welchen es in andrer Weise erreicht wurde, daß bei Vermeidung alles Überflüssigen doch eine gefällige Wirkung zustande kam. Dagegen versagten die Cisterzienser es sich nicht auf die Dauer, die geschmackvolle Ausstattung der Eingänge, Vorhallen und Kreuzgänge mit den Kleeblattbogen, den Ringsäulen, den verzierten Schäften und Wulsten, die Knospenkapitäle und das kräftige Blätterschmuckwerk des rheinischen Stils anzunehmen. Sie übertrugen sogar diese zierlichen Formen in entferntere Gegenden, und manche der anmutigsten Werke solcher Art entstanden an süddeutschen Cisterzienserbauten, wie beispielsweise das jetzt im Germanischen Museum zu Nürnberg befindliche köstliche Kapellenportal aus Heilbronn. Die Verwendung des gefälligen Zierwerks zur Belebung der Einzelteile erschien ebenso unbedenklich wie die niemals verworfene schmuckvolle Gestaltung der Kapitäle; nur Figürliches mußte dabei vermieden werden. Aber gegen die großartige Bekleidung der ganzen Gebäude mit reichem Schmuck, in welcher der rheinische Stil sich auszeichnete, verhielten sich die Cisterzienser beständig durchaus ablehnend.

Nicht in allen Gegenden Deutschlands stand die Bauweise des Ordens mit ihrer vornehmen Bescheidenheit in so starkem Gegensatze zu der einheimischen Bauart wie in den Rheinlanden. In den durch endlose Kämpfe den Slaven abgerungenen nordöstlichen Marken des Reiches war die Architektur so schlicht und prunklos, daß die Cisterzienser, welche in den letzten drei Jahrzehnten des 12. und in den ersten des folgenden Jahrhunderts hier ziemlich zahlreiche Niederlassungen gründeten, sich ohne weiteres den landesüblichen Bausitten anschließen konnten. Die Spitzbogenwölbung, die vielleicht schon auf anderm Wege in diesen Gegenden Eingang gefunden hatte, gelangte schnell überall zu allgemeiner Verbreitung. Zu sonstigen baulichen Neuerungsversuchen wie die Ordensbaumeister sie liebten, war der fast ausschließlich angewendete Backsteinstoff wenig geeignet. So unterschieden sich hier die Cisterzienserbauten nur durch die in der Nähe der Chöre angebrachten Kapellen und durch das Fehlen der Türme von den übrigen Kirchen dieser Gegenden. Aber selbst diese Unterschiede verwischten sich; denn die Kapellen waren kein unumstößliches Erfordernis und blieben gelegentlich weg, und Türme fehlten auch an manchen Landkirchen.

Der Charakter der Baukunst war in all diesen, zum größten Teil erst im Laufe des 12. Jahrhunderts dem Christentum und deutscher Gesittung gewonnenen Gebieten — den östlich der Elbe gelegenen sächsischen Landschaften, den brandenburgischen Marken, Mecklenburg, Pommern — ein gemeinsamer und eigentümlich ernster. In diesem weiten Flachlande fehlte es vollständig an bildsamem Haustein Zur Errichtung der ersten steinernen Kirchen wurden die granitnen Irrblöcke benutzt, welche sich überall in Menge vorfanden; aber bei diesem Baustoff stellte sich schon die Schwierigkeit der Bearbeitung jeder feineren künstlerischen Ausbildung der Architektur hindernd in den Weg. Bald aber verlegte man sich auf die Anfertigung von Backsteinen, deren Zubereitung in den westlichen Gegenden Deutschlands, woher viele der das Land besetzenden Ansiedler kamen, von den Römerzeiten her bekannt und geübt war. In einzelnen Fällen wurden die gebrannten Steine in Verbindung mit dem Granit verwendet, bald aber verdrängten sie jenen ungefügigen Stoff vollständig. Begreiflicherweise erhielt schon durch dieses Material die Bauweise hier ein wesentlich andres Gepräge als in den übrigen Ländern, wo ausschließlich Haustein verwendet wurde. Die Ziegelsteine konnten nur in kleinen Stücken geformt werden, daher waren keine stark und frei ausladenden Bildungen möglich; auf den Reiz der schlanken Säule, die mit weit überragendem Kapitäl breite Massen trug, mußte notwendig verzichtet werden. In den wenigen Fällen, wo freistehende Säulen überhaupt verwendet wurden, mußten sie die Gestalt mächtiger Rundpfeiler erhalten; der Durchmesser des Kapitäls durfte nicht wesentlich größer sein als der des Schafts. Eine eigentümlich trockene Umbildung des Würfelkapitäls kam in Aufnahme; statt der unten abgerundeten Wangen gab man demselben dreieckige oder trapezförmige Seitenflächen. Von der Möglichkeit, die Ziegelerde vor dem Brennen zu zierlichen Schmuckgebilden zu formen, wurde verhältnismäßig wenig Gebrauch gemacht. Das Leben der deutschen Kolonistenbevölkerung in diesen Gegenden, wo den weiten Wäldern und Sümpfen das urbare Land in schwerer Arbeit abgerungen werden mußte, wo beständige Kriegsbereitschaft erforderlich war, um den verheerenden Streifzügen der noch unbekehrten Slavenstämme entgegenzutreten, war zu ernst und hart, als daß der Sinn für Anmut, Reichtum und Heiterkeit der Formen hätte gedeihen können. Die Bauten dieser neubesiedelten Landstrecken entbehren jener unbeschreibbaren Poesie, die nur auf altem Heimatboden erwachsen kann; aber sie entbehren darum keineswegs der künstlerischen Bedeutung, und auch nicht der Reize einer eigentümlich anspruchslosen, im gebrannten Ziegelstoff leicht herstellbaren Ausschmückung. Jene Zeit war zu sehr künstlerisch beanlagt, als daß sie etwas völlig Nüchternes hätte schaffen können.

Eine bezeichnende Zierform dieser romanischen Backsteinarchitektur ist der doppelte, gleichsam aus zwei durcheinander geflochtenen Bogenreihen gebildete Rundbogenfries, der durch das reichere Spiel der einander durchschneidenden Formen ersetzt, was ihm an kräftiger Wirkung durch weite Ausladung fehlt. Über diesem bereicherten Bogenfries brachte man gern in mehrfacher Wiederholung den sogenannten Zahnfries an; diese auch wohl mit dem Namen „deutsches Band" bezeichnete Verzierung, die als eine Aneinanderreihung aufrechtstehender dreiseitiger Prismen erscheint, und die auch im Hausteinbau nicht unbeliebt war, ließ sich beim Ziegelbau in der denkbar einfachsten Weise durchübereck gestellte gewöhnliche Backsteine ausführen. Die Lisenen, in denen der Bogenfries sich von Zeit zu Zeit herabsenkt, wurden in zweckmäßiger Gesetzlichkeit so angebracht, daß sie den Pfeilern des Innern entsprachen, daß sie also auch zur Verstärkung der Wand an denjenigen Stellen dienten, wo das Gewölbe lastete. Größere leerbleibende Flächen, wie namentlich die Giebel, wurden durch senkrechte Rundstäbe, durch aus Rundstäben gebildete Kreise und dergleichen belebt. Die Fensterleibungen und Portalwandungen wurden in runden und eckigen Formen ebenso gegliedert, wie es in andern Gegenden geschah, nur daß freilich der Baustoff den Formenwechsel in die bescheidensten Grenzen bannte. Ein Mittel zur Verzierung der Flächen fand man auch in verschiedenartiger Schichtung der Backsteine. Durch farbig glasierte Ziegel wurde gelegentlich der Reiz der bescheidenen Schmuckwirkung gesteigert. Einzelne Zierformen wurden durch Kalkverputz des Grundes, von dem sie sich abhoben, zu besonderer Wirkung gebracht; so wurde z. B. der Bogenfries sehr wirksam hervorgehoben, indem man die kleinen spitzbogigen Flächen und die kleinen Zwickel, welche von den Durchschneidungen gebildet wurden, weiß verputzte.

Man fand so viel Gefallen an dem einfachen Farbenspiel, welches die Ziegelsteine mit den weißen Mörtelfugen hervorbrachten, daß man im Innern der Kirchen vielfach den Baustoff bloßliegen ließ, wobei durch den Wechsel von gelben, roten und grünglasierten Ziegeln eine gefällige Wirkung hervorgebracht wurde. Die farbige Bemalung wurde auf einzelne Stellen beschränkt; da der weiße Kalkputz mit der Ziegelfarbe angenehm zusammenstimmte, ließ man denselben bei den Malereien gern als Grund stehen, namentlich im Gewölbe. Vereinzelt kommt der merkwürdige Fall vor, daß die Wände mit einer Nachbildung von Hausteinarchitektur bemalt sind.

Da die endgültige Befestigung des Christentums und der deutschen Herrschaft in diesen Gegenden zumeist erst in der zweiten Hälfte des 12. Jahrhunderts entschieden war, trägt hier bei weitem die Mehrzahl der romanischen Kirchen den ausgeprägten Charakter der durch den mehr oder weniger vorherrschenden Gebrauch des Spitzbogens gekennzeichneten Übergangszeit.

Abb. 133. Dom zu Ratzeburg. Innenansicht.

Ein bezeichnendes Beispiel dieser Backsteinarchitektur, und zwar aus der Zeit der frühesten Anwendung des Spitzbogens, bietet der Dom zu Ratzeburg (Abb. 133 u. 134). Die Erbauung desselben fällt überwiegend in das letzte Viertel des 12. Jahrhunderts. Sein Inneres zeigt eine gewisse Ähnlichkeit mit dem etwa gleichzeitig begonnenen, aber in kürzerer Frist vollendeten Dom zu Braunschweig. Wie dort sind die Hauptpfeiler kreuzförmig, die Zwischenpfeiler viereckig gebildet, die Arkaden und die paarweise unter jedem Schildbogen stehenden Fenster rundbogig, die Hauptgewölbe aber spitzbogig. Wie dort sind auch die Pfeiler an allen

Abb. 134. Dom zu Ratzeburg. Südansicht.

Ecken mit Säulchen verziert; es sind freilich nur sehr schwache Andeutungen von Füßen und Kapitälen, welche es rechtfertigen, diese Rundstäbe als Säulchen zu bezeichnen. Die Wölbungen entbehren auch noch der Diagonalrippen, aber sie sind durch kräftige Gurtbogen von der Breite der Wandpilaster in quadratische Felder geschieden. Bildnerisches Zierwerk ist nirgendwo vorhanden. Alles ist mit der größten Einfachheit ausgeführt, und doch übt der Raum eine bedeutende Wirkung aus.

Am Äußeren des Gebäudes sehen wir alle jene erwähnten Schmuckbildungen des romanischen Ziegelbaues: die Friese aus sich durchschneidenden Rundbogen, darüber, meistens in doppelter, unter dem Querschiffgiebel sogar in dreifacher Übereinanderstellung die Zahnfriese; die geraden Stäbe und die Kreise und die Hervorhebung dieser Kreisfiguren, wie der Bogenfriese durch Kalkputz; die Rundstabgliederungen der Gewände der Fenster und des Eingangs. Der Giebel des großen, dem Westbau an der Südseite angelegten Vorbaues, in welchem die Eingangspforte liegt, zeigt auch die Verzierung durch wechselnde Lagerung der Steine. Der Turm, der an seiner Vorderseite schon Strebepfeiler hat, ist der zuletzt vollendete Teil des Baues; die zweiteiligen Fenster seines Obergeschosses sind eine wirkliche Übergangsform zu den ausgebildet gotischen Fenstern, wie wir sie an dem bedeutend jüngeren Kapellenanbau an der Mitte des Seitenschiffs sehen.

Ausnahmsweise kam es vor, daß ein Bauherr nicht vollständig auf den wirkungsvollen Schmuck der Meißelarbeit verzichten wollte, und daß zur An-

Abb. 135. Nordportal des Doms zu Lübeck.

fertigung von Säulen und sonstigen Einzelteilen Hausteine aus der Ferne herbeigeschafft wurden. Es ist begreiflich, daß in diesen Fällen auf die Bearbeitung des seltenen und durch die Frachtkosten gewaltig verteuerten Stoffs die größte Sorgfalt verwendet wurde; gewiß ließ man aus den Gegenden, wo der Haustein geholt wurde, zugleich auch erfahrene Steinmetzen mitkommen. So entstanden gerade in den Gegenden des Ziegelbaues vereinzelte schmuckreiche Steinarbeiten von ganz vorzüglicher Schönheit. Das Portal z. B., welches sich in der nördlichen Vorhalle des Doms zu Lübeck, eines sonst sehr schlichten Bauwerks befindet, und welches in Sandstein angefertigt ist mit eingesetzten Ringsäulen aus glänzend geschliffenem Basalt, ist einer der ausgezeichnetsten unter den spätromanischen Prachteingängen; seine Ziergebilde, namentlich das verschiedengestaltige Blatwerk, welches die Gliederungen der spitzbogigen Wölbung schmückt, sind unübertrefflich geschmackvoll erfunden und ausgeführt (Abb. 135). Die Einfachheit und Strenge der übrigen Architektur aber wird durch solche schmückende Zuthaten, die hier immer als etwas Fremdartiges erscheinen, nicht gemildert, sondern eher noch schärfer hervorgehoben.

Das nordöstliche Flachland, wo infolge der Besonderheit des Baustoffs und infolge der eigenartigen Verhältnisse eines erst seit kurzem besiedelten Gebietes die Baukunst ganz naturgemäß ein strenges und hartes Wesen annahm, war nicht die einzige Gegend Deutschlands, wo der Übergangsstil in Formen auftrat, die zu dem poetischen und reichen Stil der Rheinlande in scharfem Gegensatze standen. Auch in Westfalen trug die spätromanische Baukunst überwiegend einen sehr ernsten Charakter. Zwar fand man auch hier Gefallen an reicher bildnerischer Ausschmückung der Kapitäle und an prunkvoller Ausstattung der Eingänge; hierbei nahm man gern die rheinischen Zierformen an, wenn man sie auch selten mit solcher Feinheit durchbildete, wie es im Nachbarlande geschah. Aber das Hauptaugenmerk blieb auf das Zweckmäßige, die Geräumigkeit, Helligkeit und Dauerhaftigkeit der Gebäude gerichtet; alles übrige war nebensächliche Zuthat. Nach einer glänzenden äußeren Gesamterscheinung, nach reichem malerischen Aufbau zu streben, lag dem verständig berechnenden, allem Überschwenglichen abgeneigten Sinn der Westfalen sehr fern, dagegen wurden Neuerungen von augenscheinlichem Nutzen bereitwillig anerkannt; so fand der Spitzbogen seit dem Schlusse des 12. Jahrhunderts nach und nach allgemeine Aufnahme in der westfälischen Baukunst, und da man die Vorteile für das Baugefüge, welche er gewährte, nach Möglichkeit auszunutzen suchte, entstand auch hier ein wirklicher Übergangsstil, der durch manche selbständige Versuche merkwürdig ist.

Was die Gotik durch die außen angebrachten Streben erzielte: völlige Sicherung des Gewölbes bei größter Leichtigkeit der Mauermassen und ohne übermäßige Breite der Stützen, wurde in Westfalen bisweilen in ganz eigenartiger Weise auf dem umgekehrten Wege erreicht. So ist der fünfseitige, von einem Umgange umgebene Chorschluß des Doms zu Münster im Innern mit hereintretenden Eckpfeilern besetzt, welche die ganze Gewölbelast aufnehmen, während der in der Mauerdicke steckende Teil dieser Pfeiler die Aufgabe von Strebepfeilern erfüllt; die dazwischen liegenden Mauerflächen sind oberhalb der Bogenöffnungen des Umgangs ganz leicht gehalten und nach innen durch einen Laubengang verziert, welcher vor ihnen her sich unterhalb der Fenster hinzieht und die Eckpfeiler miteinander verbindet.

Übrigens war die vieleckige Apsis in der spätromanischen Baukunst Westfalens eine nur ausnahmsweise angewendete Form; in der Regel ließ man jetzt den Chor, in Übereinstimmung mit den Bausitten der Cisterzienser, einfach rechtwinkelig schließen.

Eine sehr auffallende Eigentümlichkeit ist ferner die Verwendung der Rippen im Sinne eines Schmuckes. Häufig wurden dieselben gar nicht zum Tragen des Gewölbes benutzt, sondern nur als Schaugebilde aus Stuck hergestellt. Ihre Zahl wurde nicht selten vermehrt; man ließ von den Spitzen der Quergurte und Schildbogen überflüssige Rippen ausgehen, die dann manchmal gar nicht bis zum Schlußstein durchgeführt wurden, sondern in einem Ringe endigten, der diesen in einiger Entfernung umgab. Auch wurden die Rippen bisweilen verziert, mit Knöpfen und Blumen besetzt oder in regelmäßigen Abständen mit Schildchen belegt.

Die auffallendste und bedeutsamste Erscheinung des westfälischen Übergangsstils bilden die Kirchen mit gleich hohen Schiffen, die sogenannten Hallenkirchen. Der Spitzbogen gewährte durch die Möglichkeit, ungleiche Entfernungen mit gleich hohen Bogen zu überspannen, das Mittel zur harmonisch abgeschlossenen Durchbildung dieser Bauform, welche im übrigen Deutschland nur ganz ausnahmsweise und nur bei Gebäuden von geringer Ausdehnung zur Anwendung kam. Die westfälischen Baukünstler gaben bei dieser Anlage die herkömmlichen Grundrißverhältnisse der Schiffe gänzlich auf; die Nebenschiffe erhielten eine Breite, die derjenigen des Mittelschiffs nahe kam; die Zwischenstützen fielen dabei selbstverständlich weg, alle Pfeiler erhielten gleiche Gestalt und wurden so gestellt, daß ihre Abstände zwischen der Breite des Hauptschiffs und derjenigen des Nebenschiffs die Mitte hielten. So wurden alle Räume mit gleichartigen, länglich rechteckigen, aber nicht weit von der quadratischen Form entfernten Kreuzgewölben bedeckt, deren Gurtungen von Trägern ausgingen, welche den Pfeilern ebenmäßig an allen vier Seiten angelegt waren. Die ganze Kirche stellte sich jetzt als ein einheitlicher Raum, als eine überall gleich hohe Halle dar, deren Decke von zwei Reihen gleichmäßiger Pfeiler getragen wurde. Diese eigenartig wirkungsvolle Anlage wurde, nachdem sie ihre verschiedenen Entwickelungsstufen an kleineren Kirchen durchgemacht hatte, auch in großartigem Maßstabe ausgeführt, wie bei dem stattlichen Dom zu Paderborn, dessen Hauptteile der spätromanischen Zeit angehören.

Anfänglich hielt man beim Hallenbau auch nach der Einführung des Spitzbogens an dem alten Gebrauch durchgängiger quadratischer Überwölbung fest und ließ jedem Gewölbefeld des Mittelschiffs zwei halb so breite, mithin auch niedrigere Gewölbequadrate in jedem Seitenschiff entsprechen. Aber bald verließ man diese Form und beseitigte, wie es ja schon bei rundbogigen Bauten dieser Art mehrfach geschehen war, die Zwischensäule oder den Zwischenpfeiler mit dem großen darauf ruhenden Zwickelfeld, so daß jetzt die Schiffsarkaden selbst die Längsgurte der Gewölbe bildeten. Aber erst nach mehrfachen Versuchen mit einer künstlichen Überwölbungsart der nunmehr länglich viereckig gewordenen Abteilungen der Seitenschiffe fand man in dem länglich viereckigen Kreuzgewölbe, dessen Herstellung bei der Anwendung des Spitzbogens ja keine Schwierigkeiten machte, die einfachste Lösung. Da die Einteilung des Grundrisses in Quadrate jetzt nicht mehr durch die Wölbung bedingt war, ging man alsbald zur Verbreiterung der Seitenschiffe über und erlangte so, bei reichlicher Anbringung von Fenstern in den breiten Wandfeldern der Seitenschiffe, weite lichte Innenräume, wie sie dem Zeitgeschmack zusagten.

Die schwerfällige Erscheinung des gewaltigen, alle drei Schiffe umfassenden Daches der Hallenkirche wurde häufig dadurch gemildert, daß die Seitenwände mit einer der Zahl der Gewölbeabteilungen entsprechenden Anzahl von Giebeln versehen, und dann an diese Giebel quer gestellte Nebendächer angelegt wurden.

Während in Westfalen, in den germanisierten Nordostlanden und in den mittleren und unteren Rheingegenden sich ganz bestimmt ausgeprägte Richtungen der spätromanischen Baukunst ausbildeten, welche voneinander durchaus verschieden und in sich bei aller Mannigfaltigkeit der Einzelerscheinungen durch gemeinsame Eigentümlichkeiten bezeichnet waren, äußerte sich im übrigen Deutschland die Neuerungslust der Zeit und die durch die allmählich sich verbreitende

Kenntnis der neuen französischen Bauweise beeinflußte Umgestaltung der romanischen Baukunst in mannigfaltigen Versuchen.

In den sächsischen Landen hatte der Braunschweiger Dom, vielleicht der älteste Gewölbebau dieser Gegend, schon früh das Beispiel einer spitzbogigen Überwölbung gegeben. Dennoch wurde hier, als die Überwölbung der Schiffe allgemeine Verbreitung fand — was verhältnismäßig spät geschah —, noch geraume Zeit hindurch der Rundbogen häufiger angewendet als der Spitzbogen. Auch in den Schiffsarkaden blieb der Rundbogen vorherrschend, doch wurden dieselben in vereinzelten Fällen schon in flachgedachten Kirchen spitzbogig gebildet. Vielfach zeigen die spätromanischen Bauten der Sachsenlande kaum eine wesentliche Veränderung des Stils; wie die älteren Werke wirken sie höchst anziehend durch die geschmackvolle Gestaltung und Verzierung der Einzelheiten und durch die gefälligen Verhältnisse. Mehr als früher wurde jetzt auf die Ausschmückung des Äußeren, namentlich der Eingänge Gewicht gelegt, und die köstliche, fein entwickelte sächsische Zierkunst verband sich aufs reizvollste mit den hin und wieder aufgenommenen rheinischen Zierformen.

Gleichzeitig mit solchen von den Neuerungen der Zeit nur oberflächlich berührten Bauten entstanden aber auch andre, in den Gewölben und Arkaden spitzbogige, in denen die Baukünstler alle Formen den besonderen Erfordernissen des Gewölbebaues aufs innigste anzupassen suchten und deshalb mit dem bisherigen Herkommen brachen.

Das Hauptwerk dieser Richtung ist der Dom zu Naumburg, welcher mit Ausschluß der älteren Krypta mit ihren reichgeschmückten Säulen und der beiden späteren gotischen Chöre der ersten Hälfte des 13. Jahrhunderts angehört; der Überlieferung nach fand die Einweihung im Jahre 1242 statt. Hier ist die Gestalt der Pfeiler ganz durch die Rücksicht auf die Gurte und Wölbungen, die sie zu tragen haben, bestimmt. Die Hauptpfeiler sind kreuzförmig, mit Halbsäulen an jedem Arm und mit dünnen Säulchen in den Winkeln. Von den vier gleichgestalteten Pfeilerarmen tragen drei über einem gemeinsamen Kapitäl die den Scheidebogen untergelegten Gurte, den Quergurt und die Nähte der Seitenschiffgewölbe; der vierte steigt an der Mittelschiffwand empor und nimmt Gurt und Nähte der Hauptgewölbe auf. Die Zwischenpfeiler sind an den drei dem Nebenschiff und den Scheidebogen zugewendeten Seiten, wo sie ganz dasselbe zu tragen haben wie die Hauptpfeiler, diesen völlig gleichgebildet, auf der Vorderseite aber folgerechterweise ganz glatt. Beachtenswert ist die Wahrnehmung, daß man sich erst im Verlauf des Baues dazu entschlossen hat, den Zwischenpfeilern diese sachgemäße, aber ungewöhnliche Gestalt zu geben: das östlichste Zwischenpfeilerpaar hat noch die landesübliche viereckige Gestalt mit eingesetzten Ecksäulchen. Von außen sind die Mittelschiffgewölbe durch kunstlose Strebemauern gesichert.

Während aber solche Werke, wie der Naumburger Dom, als bezeichnende Schöpfungen des deutschen Übergangsstils von der französischen Frühgotik wesentlich verschieden sind, zeigt sich an einem sächsischen Bau, früher vielleicht als an irgend einem andern deutschen Werke, eine unmittelbare Anlehnung an diesen neuen Stil. Der Chor des Doms zu Magdeburg (Abb. 136), dessen Bau im Jahre 1208 begonnen wurde, nachdem ein Brand den alten, von Kaiser Otto I. gegründeten Dom zerstört hatte, ist ganz nach dem Plane angelegt, der bei den gotischen Kathedralen Frankreichs gebräuchlich war. Der Chorschluß ist von

Abb. 136. Chorinneres des Magdeburger Doms.

einem Umgang umgeben, und dieser wiederum von einem Kranze aneinander gereihter niedriger Kapellen; Chornische, Umgang und Kapellen sind als halbe Vielecke gebildet; die Bogen sind vorherrschend, auch in den Fenstern, spitz, die

Wölbungen mit Gurten und meistens auch mit Rippen versehen; der zweigeschossige Umgang hat oberhalb der Kapellen ausgebildete Strebepfeiler. Der Umstand, daß Erzbischof Adalbert II., unter dem dieser Bau begonnen wurde, in Paris studiert hatte, mag dazu beigetragen haben, daß die fremdländische Choranlage hier so früh Eingang fand. Im einzelnen aber zeigt der Chor noch die edelsten und reichsten romanischen Formen, Zierwerk von unübertrefflicher Schönheit mit einzelnen wahrhaft klassischen, der antiken Kunst entlehnten Bildungen.

Namentlich die Kapitäle des Untergeschosses sind aufs köstlichste verziert mit reichem Blattwerk der mannigfaltigsten Art. In den Ecken der Chornische sind die Pfeiler der durch die starke Überhöhung ihrer Spitzbogen fremdartig aber reizvoll wirkenden unteren Arkaden mit Bündeln schlanker Säulchen besetzt; diese tragen kräftige Säulen mit schöngeglätteten Schäften aus Granit und Porphyr, welche noch aus dem ursprünglichen Ottonischen Bau stammen; auf den Kapitälen stehen Standbilder, und über den Baldachinen, welche diese beschirmen, steigen die hohen Wandsäulen empor, auf denen die Rippen des Apsisgewölbes ruhen. Zu dem reichen Spiel der spätromanischen Formen gesellt sich das nicht minder reizvolle Linienspiel, welches die Wölbungen des oberen und des unteren Umgangs und der Kapellen mit ihren vielfachen und in jeder Ansicht sich anders darstellenden Durchschneidungen und Überschneidungen in den Durchblicken der Bogenöffnungen bilden (Abb. 136).

In der romanischen Zeit steht diese Choranlage, deren Wirkung auch im Äußeren eine glänzende ist, in Deutschland ganz vereinzelt da. In früherer Zeit war die einzige einigermaßen ähnliche an der Godehardskirche zu Hildesheim ausgeführt worden; aber hier traten nur drei vereinzelte halbrunde Kapellen apsisartig aus dem halbrunden Umgang hervor. Die Cisterzienser liebten es zwar, ihre Chöre mit Umgang und aneinandergereihten Kapellen zu umgeben; aber da diese Chöre der Mehrzahl nach viereckig sind, so baut sich das Ganze reizlos massenhaft in viereckiger Pyramidenform auf, und auch reicht die gleichartige halbkreisförmige Anlage zu Heisterbach mit den in einem glatten Mauerring verborgenen kapellenartigen Nischen nicht annähernd an die reiche Wirkung hinan, welche die gleich einem Strahlenkranz aus dem Chor heraustretenden Kapellen hervorbringen, eine Wirkung, deren lebendigster Reiz außerdem auf der vielwinkeligen Grundrißform mit den daraus entstehenden vielen Ecken und verschieden beleuchteten Flächen beruht.

Im Verlauf des ziemlich langsam geförderten Ausbaues der Ostteile des Magdeburger Doms verließ man immer mehr — fast unmerklich — die romanischen Formen und näherte sich der Gotik; das Langhaus wurde auf romanischer Grundlage in rein gotischem Stil vollendet.

Zu derselben Zeit, wo der Chor des Doms zu Magdeburg gebaut wurde, erhielt in der dortigen Liebfrauenkirche das Mittelschiff die für die früheste Gotik charakteristischen sechsteiligen Gewölbe.

Die Aufnahme eines andern Erzeugnisses der französischen Baukunst und zwar eines solchen, welches bereits der reiferen Entwickelung des neuen Stils angehört, findet sich an einem Werke, welches im übrigen eine der allerprächtigsten Schöpfungen des spätromanischen Stils ist, an der berühmten, wegen der reichlichen Verwendung des Goldes in ihrer ehemaligen Bemalung sogenannten „goldenen Pforte“ des Doms zu Freiberg. Die breiten Wandungen dieses Portals sind in der üblichen Weise mit Säulen zwischen vorstehenden Ecken besetzt, und die halbkreisförmige Bogenwölbung ist entsprechend gegliedert. Die reiche romanische

Zierkunst zeigt sich auf der höchsten Stufe der Vollendung; das Blattwerk der Kapitäle und Gesimse ist von unübertroffener Schönheit, und jede Einzelheit ist mit staunenswürdiger Feinheit und höchstem künstlerischem Reiz ausgeführt. Die Säulenschäfte sind verschiedenartig verziert und zwar so, daß die einander gegenüberstehenden immer den gleichen Schmuck zeigen; beachtenswert ist dabei, am zweiten Säulenpaar von vorn, die Wiederaufnahme der sonst der mittelalterlichen Kunst ganz fremd gebliebenen antiken Kannellierung, der Belebung durch dichtgereihte senkrechte Rinnen. Die Bogenwulste sind ebenso wie die jedesmal unter ihnen stehenden Säulen, aber — um im Schatten des Bogens ihre Wirkung nicht einzubüßen — in breiterer und kräftiger hervortretender Ausarbeitung verziert; ihre Ansätze über den Gesimsen werden durch phantastische Zierfigürchen vermittelt. Zu all diesem Reichtum kommt nun noch ein nicht minder reicher Figurenschmuck. Die eckigen Vorsprünge zwischen den Säulen sind ausgekehlt, und zwar sind diese Auskehlungen bedeutend breiter als sie sonst gemacht wurden, so daß sie eine Art von Nischen bilden; in diesen Nischen, welche oben durch vorspringende Köpfe oder sonstige Verzierungen abgeschlossen werden, stehen vollrunde Standbilder auf niedrigen Säulchen. Im Bogen laufen zwischen den Wulsten entsprechende breite Hohlkehlen herum, welche ganz mit übereinander gereihten kleineren Figuren gefüllt sind. Die französische Gotik, welche auf die üppige romanische Zierkunst verzichtete, hatte eine solche figürliche Ausschmückung der Eingänge aufgebracht. Aber während bei ihr die großen und kleinen vollrunden Figuren dicht nebeneinander angebracht sind, so daß sie Wölbung und Wände des Portals fast ganz bedecken, ordnen sich an der Freiberger Pforte die Figuren den vollen romanischen Zierformen als ein gleichwertiger Schmuck ein; sie sind gewissermaßen als eine neue Art von Ornament aufgefaßt. So verbindet sich an diesem Portal das Alte mit dem Neuen zu einem einzig dastehenden Prachtwerk, dessen Bedeutung um so größer ist, als die Figuren, denen sich im Bogenfelde eine Darstellung in Hochrelief anschließt, mit der gleichen Vortrefflichkeit ausgeführt sind wie die Ziergebilde (Abb. 137).

Die Vorliebe für schmuckreiche Prachteingänge wurde in der spätromanischen Zeit in ganz Deutschland — mit Ausnahme der Gebiete des reinen Ziegelbaues — allgemein. Die sogenannte Riesenpforte am Stephansdom zu Wien, mit ihren reichverzierten Säulen und mit den abwechselnd glatten und von kräftigem Zierwerk bedeckten Bogenwulsten, legt das glänzendste Zeugnis ab, wie wirkungsvoll man auch in Gegenden, die von den damaligen Hauptsitzen künstlerischer Thätigkeit, von den sächsischen und rheinischen Landen, weit entfernt waren, derartige Werke zu gestalten wußte.

Die Freude an reichen Schmuckstücken war in ganz Süddeutschland, vom rechten Rheinufer bis zu den entferntesten Ostgrenzen und ebenso in der deutschen Schweiz verbreitet, und die Bauten des 13. Jahrhunderts prangten hier mit üppigem Zierwerk und mit häufig allzureichlich verwendeten phantastischen Figurengebilden, die mitunter ganz regellos über die Fassaden verstreut wurden, und die auch im Zierwerk selbst bisweilen das Übergewicht über die stilisierten Pflanzenformen erhielten.

Abb. 137. Goldene Pforte am Dome zu Freiberg.

Der Kreuzgang des Großmünsters zu Zürich bietet an Kapitälen und Gesimsen eine wahre Musterkarte von solchen seltsamen Darstellungen, Gruppen von menschlichen und tierischen Gestalten in den wunderlichsten Lagen und Stellungen. Mit dem schönen Arabesken- und Blätterwerk, womit die rheinische und sächsische Baukunst solche Stellen schmückte, läßt sich diese abenteuerliche Verzierungsart nicht vergleichen; aber sie besitzt einen merkwürdig anziehenden Reiz, und man begreift hier vollständig die Äußerung des heiligen Bernhard, daß die Steine die Aufmerksamkeit der Brüder von den Büchern abzögen.

Der Spitzbogen fand bisweilen auch hier schon in flachgedachten Kirchen Eingang, und die jetzt in ein Gasthaus verbaute Dominikanerkirche zu Konstanz

Abb. 138. Inneres der Dominikanerkirche zu Konstanz vor dem Umbau.

zeigte die in Deutschland sehr ungewöhnliche Gestalt einer spitzbogigen Säulenbasilika (Abb. 138).*) Aber die wesentlichen, nicht auf Äußerlichkeiten der Erscheinung, sondern auf das bauliche Gefüge selbst gerichteten Neuerungen, welche die Zeit mit sich brachte, traten in all diesen Landen außer bei den Bauten der Cisterzienser nur vereinzelt auf. In denjenigen Fällen jedoch, wo die Erbauer größerer Kirchen sich mit Entschiedenheit diesen Neuerungen zuwandten, entstanden auch hier sehr gediegene Werke des Übergangsstils, wie die Sebalduskirche zu

*) Die Säulen sind den um beinahe zwei Jahrhunderte älteren des Konstanzer Münsters nachgebildet, von denen sie sich fast nur durch die geringere Schlankheit und die schwächere Verjüngung unterscheiden.

Nürnberg, bei der das Mittelschiff mit dem Westchor und die Turmunterbauten von einem der Hauptsache nach in der ersten Hälfte des 13. Jahrhunderts vollendeten Bau herstammen, und wie das Münster zu Basel, dessen Kern derselben Zeit angehört, — zwei spitzbogig überwölbte mächtige Gebäude, mit spitzbogigen Schiffsarkaden und mit Laubengängen in den Wänden über denselben.

Dem südlichen Deutschland, aber einer Gegend, die weder von den rheinischen noch von den sächsischen Gebieten allzuweit entfernt ist, gehört auch eine der allervorzüglichsten Leistungen der spätromanischen Baukunst an: der Dom zu Bamberg, ein wundervolles Werk, in welchem alle Vorzüge, welche dieses Zeitalter an den Tag legte, gediegene Konstruktion, großartige und schmuckreiche äußere Erscheinung, reizvolles Zierwerk und ausgezeichneter bildnerischer Figurenschmuck vereinigt sind (Abb. 139).

Der Bamberger Dom, ein mächtiges doppelchöriges Gebäude, ist unstreitig eine der schönsten Kirchen, die es überhaupt gibt. Unvergleichlich ist der Eindruck, den man empfängt, wenn man die ziemlich beträchtliche Anhöhe, auf welcher der Dom liegt, erstiegen hat und sich dem prachtvoll geschmückten Ostchor gegenüber befindet, zu dessen Seiten zwei schlanke viereckige Türme vielgeschossig emporragen. Das ganze Gebäude ist weniger auf Fernwirkung angelegt, als darauf, daß man es in der Nähe bewundere, um den Reiz seiner unübertrefflich geschmackvoll verteilten Schmuckgebilde und die klassischen Formen der Gliederungen in vollem Maße zu würdigen. Zu höchster Fülle steigert sich der Schmuck an den beiden Portalen, welche zu den Seiten der mit Ecksäulen, reichen Fensterumrahmungen, Bogenfriesen und Zwerggalerie glänzend ausgestatteten Apsis, in den Unterbauten der Türme liegen. Besonders prächtig ist der nördliche der beiden Eingänge. Die Kapitäle seiner vielgestaltigen Säulchen sind mit entzückend gearbeiteten, teilweise zu freien Gehängen herausgemeißelten Ziergebilden von geschmackvollster Feinheit bedeckt, unter denen die beliebten Mischgestalten von Mensch und Tier, die „Meerwunder", eine große Rolle spielen. Über den Kapitälen zeigen sich kleine Halbfiguren von Engeln und Propheten, von denen die letzteren jederseits durch ein langes Schriftband, von dem sie abzusingen scheinen, verbunden sind. Das Bogenfeld füllen hübsche Heiligenfiguren von mäßiger Größe, unter denen sich ein Ritter befindet, dessen Tracht auf eine verhältnismäßig frühe Zeit der Entstehung schließen läßt. Die südliche Pforte der Ostseite ist im Bogen mit wiederholten Zickzackornamenten verziert, im übrigen architektonisch weniger reich als das andre, dafür aber durch herrliches figürliches Bildwerk ausgezeichnet. Nach oben zu nimmt der Reichtum des Schmuckes in den Türmen, die sich im obersten Geschoß verjüngen und mit schlanker Spitze leicht und zierlich in die Luft ragen, stufenweise in dem Verhältnis ab, wie das Auge des Beschauers den Einzelheiten nicht mehr zu folgen vermag. Dagegen sind die vollständig zu überblickenden oberen Teile der beiden gegenüberliegenden Westtürme bis oben hinaus sehr reich, aber in größeren, kräftigeren Formen, geschmückt. Dieselben sind von erkerartigen luftigen Ecktürmchen begleitet, die aus je drei Geschossen reizvoller Säulenarkaden bestehen.

Es ist augenscheinlich, daß beim Bau der Kirche auf den Standpunkt des Beschauers auf dem freien Platze vor der Ostseite besondere Rücksicht genommen ist. Die Untergeschosse der Westtürme und die westliche Apsis, welche nicht wie die östlichen Teile frei und offen liegen und zu denen kein unmittelbarer Zugang den Berg hinan führt, sind viel einfacher gehalten als jene. Die Hauptzierde bilden hier die mit Säulchen besetzten reichgegliederten spitzbogigen Fenstereinfassungen. Von den Langseiten des Doms liegt nur die nördliche — und auch diese nicht vollständig — frei. Die Ausschmückung derselben ist derjenigen der Ostseite ähnlich, aber weniger reich. Die höchste Pracht ist hier wiederum an dem architektonisch wie bildnerisch gleich herrlich ausgestatteten Hauptportal gesammelt, das unter einem besonderen Vorbau in das nördliche Seitenschiff führt.

Die Fenster des Langhauses sind alle rundbogig. Die Giebel des Querschiffes, das hier ungewöhnlicherweise sich nicht an den östlichen, sondern an den westlichen Chor anschließt, zeigen je ein großes schmuckvolles Rosettenfenster. Die Fenster der Türme haben verschiedene Formen; nach oben herrscht der Spitzbogen vor; in mehrfacher Wiederholung sehen wir die

Abb. 139. Dom zu Bamberg. Südwestansicht.

Zusammenfassung von je zwei zweiteiligen, im Bogenfeld kreisförmig durchbrochenen Spitzbogenfenstern unter einer Rundbogenblende (Abb. 139).

Die prächtigen Eingänge sind des Raumes würdig, der sich hinter ihnen öffnet. Denn die Wirkung des Inneren ist über alle Beschreibung großartig und erhaben. Es ist die wunderbare Schönheit der Verhältnisse, die diesen Eindruck hervorruft. Schmuckwerk ist nur sparsam angebracht, und alle Formen sind verhältnismäßig einfach. Die viereckigen Pfeiler und ihre im Mittelschiff emporsteigenden Pilastervorlagen sind mit schlanken Ecksäulen besetzt; die hohen spitzen Arkadenbogen und die Gurte der gleichfalls spitzbogigen Rippengewölbe sind in einer Weise gegliedert, die mit jener Auszierung der Pfeiler harmonisch übereinstimmt. Am reichsten ist der östliche Chor geschmückt, dessen Apsiswand durch Nischen und verschiedenartig gezierte Säulchen belebt ist, und dessen langgestreckter vorderer Teil seitlich durch prächtige Brüstungswände abgeschlossen ist, an denen sich jene früher beschriebenen schönen Bildwerke befinden. Der westliche Chor ist augenscheinlich bedeutend jünger; hier sind die Gewölbequadrate schon in je zwei länglich rechteckige Kreuzgewölbefelder zerlegt.

Die Baugeschichte dieses herrlichen Doms ist ziemlich dunkel. Nachdem der von Kaiser Heinrich II. zu Bamberg gegründete Dom im Jahre 1081 abgebrannt war, wurde schon dreißig Jahre später ein Neubau durch Bischof Otto den Heiligen eingeweiht. Aber der jetzt bestehende Bau gehört überwiegend der Schlußzeit des 12. und dem 13. Jahrhundert an. Am 6. Mai 1237 wurde in Gegenwart der Bischöfe von Würzburg, Eichstädt, Naumburg und Merseburg eine feierliche Weihe vollzogen; doch wurde im Jahre 1274 noch an dem Bau gearbeitet. Offenbar sind die westlichen Türme die jüngsten Teile des Gebäudes. Wenn sich demnach auf diese die Nachricht von im Jahre 1274 noch nicht vollendeten Arbeiten bezieht, so geben sie ein merkwürdiges Zeugnis dafür ab, mit welchem Bewußtsein gelegentlich noch zu einer Zeit, wo die Gotik schon weite Verbreitung gefunden hatte, an den romanischen Formen festgehalten wurde.

Die romanische Baukunst hat keine Zeit des Verfalles gehabt. Ihre spätesten Schöpfungen noch zeigten die frischeste Lebenskraft und entfalteten die bewunderungswürdigste Schönheit. Werke wie der Bamberger Dom brauchten den Vergleich mit den stolzesten Erzeugnissen des neuen Stils nicht zu scheuen. Dennoch war die Zeit des romanischen Stils, der in den drei Jahrhunderten seiner Herrschaft so mannigfaltige und so herrliche Bauten hervorgebracht hatte, jetzt abgelaufen; die Gotik machte seinem Dasein ein sozusagen gewaltsames Ende. Diese hatte den Vorzug einer unbedingten Folgerichtigkeit des ganzen Baugefüges, einer klaren Einheitlichkeit, und dadurch wurde ihr der Sieg über die in einer unendlichen Vielfältigkeit zersplitterte, in fast allen Gegenden Deutschlands verschiedenartig ausgebildete heimische Bauweise erleichtert.

Am längsten widerstrebte der Profanbau der Gotik. Noch im Jahre 1284 erbaute Graf Wilhelm von Katzenellenbogen bei St. Goarshausen die stolze, von zwei gewaltigen Bergfrieden überragte Burg Reichenberg in völlig romanischer, sogar altertümlicher Weise, mit vorherrschendem Rundbogen und mit einfachen Würfelknaufsäulen.

Aus der spätromanischen Zeit sind nicht nur von Burgen, sondern auch von städtischen Gebäuden bedeutende Reste erhalten. Zu derselben Zeit, wo die Kunst in den festen Burgen Eingang fand, die von stolzer Höhe aus die umliegende Landschaft beherrschten, begannen auch die innerhalb der Städtemauern hausenden adeligen Geschlechter ihre Häuser ansehnlich und schmuckvoll zu gestalten. Die Bedingungen des Aufbaus waren hier natürlich ganz andre als dort; eine reich gruppierte Anlage verschiedener Gebäude ließ sich hier nicht aufführen. Die Häuser standen in Reih und Glied mit andern an den engen Gassen, denen sie ihre schmale Giebelseite zuwendeten; was an seitlicher Entfaltung benommen war, mußte durch vielstöckigen Höhenbau ersetzt werden. Köln besitzt noch mehrere solcher Patrizierhäuser aus dem 13. Jahrhundert, darunter das sehr ansehnliche Stammhaus des mächtigen Geschlechts der Overstolze (das sog. Tempelhaus), mit von unten nach oben an Höhe abnehmenden Stockwerken, mit den mannigfaltigen Fensterformen des rheinischen Übergangsstils und mit treppenförmig abgestuftem hohem Giebel (Abb. 140). Das besterhaltene romanische Wohnhaus, anscheinend aus dem ersten Drittel des 13. Jahrhunderts, befindet sich zu Carden an der Mosel; es ist ein ziemlich freiliegendes zweigeschossiges Gebäude mit mäßig steilen Giebeln, mit einem höheren, zweigiebeligen Anbau an einer Langseite; seinen Schmuck bilden die schöngegliederten Fenstereinfassungen und Dachgesimse und die zierlichen Säulchen, welche die meisten Fenster teilen; am merkwürdigsten ist die Fensterreihe des oberen Stockwerks an der dem Flusse zugewendeten Langseite, indem hier die Säulchen statt der Bogen wagerechte Steinbalken tragen und auch die Einfassungen der Fenster viereckig sind, im Gegensatz zu den übrigen, teils in halbkreisförmigen, teils in kleeblattförmigen, teils in noch anders gestalteten Bogen geschlossenen Fenstern und Fenstereinfassungen; die Schornsteine treten aus der Mauer hervor und erscheinen durch über sie fortgeführte Gesimse gleichsam an die Wand gebunden. Älter — vielleicht noch aus dem 12. Jahrhundert — ist ein kürzlich in Gelnhausen hinter einer jüngeren Fassade entdeckter Bau, der an Eingang und Fenstern Formen zeigt, die denen der benachbarten Kaiserpfalz sehr ähnlich, freilich viel weniger sorgfältig ausgeführt sind. Möglicherweise war dies ursprünglich kein Wohnhaus, sondern ein öffentliches Gebäude; denn als in der Hohenstaufenzeit die Städte anfingen eigne Bedeutung zu erlangen, da erforderte es das Ansehn des Gemeinwesens, daß die Versammlungshäuser des Rats eine ihrer Bedeutung würdige monumentale Gestalt erhielten. Das Rathaus zu Dortmund, gleich den Privathäusern mit dem Giebel, den schmuckvolle Fenster durchbrechen, der Straße zugewendet, im Erdgeschoß nach weitverbreiteter Sitte mit einem offenen Laubengang versehen, dessen mächtige Spitzbogen auf starken einfachen Pfeilern ruhen, zeigt trotz mannig-

Abb. 140. Das älteste erhaltene Privathaus Deutschlands; das sogenannte Tempelhaus in Köln, Stammhaus der Familie Overstolz, erbaut im Anfang des 13. Jahrhunderts.

Abb. 141. Kapitäl und Gewölbeansätze in der Schloßkapelle zu Freiburg an der Unstrut.

facher Verunstaltung noch sehr anschaulich, welch würdevoll ernstes Aussehen die romanische Baukunst solchen bürgerlichen Gebäuden zu geben wußte.

Welches Maß von äußerster Zierlichkeit und von phantastischem Reichtum in dieser Spätzeit die ritterliche Baukunst bisweilen an den Tag legte, davon gibt wohl die Schloßkapelle zu Freiburg an der Unstrut, mit den wunderbar scharf und zierlich ausgemeißelten vergoldeten Kapitälen ihrer schwarzen Säulen und dem entsprechend geschmückten Wandkonsolen, mit den ausgezackten, sehr entschieden an sarazenischen Geschmack erinnernden Bogen ihrer Gewölbe, das glänzendste Beispiel (Abb. 141).

7. Die erste Blütezeit der bildenden Künste.

Abb. 142. Zierbuchstabe aus einer spätroman. Handschrift d. k. Bibliothek zu Aschaffenburg.

Als die romanische Baukunst Deutschlands im Wettbewerb mit der jenseit des Rheines entstandenen gotischen, wenn auch nicht ihre allergroßartigsten und charaktervollsten, so doch ihre glänzendsten und bestechendsten Werke hervorbrachte, gelangten die bildenden Künste, deren jene zur Vervollständigung ihrer reichen Ausschmückung bedurfte, zu einer überraschenden Höhe. Die Regierungszeit Kaiser Friedrichs II. und die nächstfolgenden zwei Jahrzehnte bezeichnen die Blütezeit der romanischen Bildnerkunst und Malerei; damals wurden in Deutschland Werke geschaffen, die auch das Beste, was in andern Ländern auf diesem Gebiete geleistet wurde, an künstlerischer Vollendung weit überragten. Teilweise hing die rasche Entwickelung, welche die bildenden Künste schon in der zweiten Hälfte des 12. Jahrhunderts genommen hatten, mit dem Umstande zusammen, daß ihre Ausübung, ebenso wie die der Baukunst, fast ausschließlich in die Hände von Laien übergegangen war. Was die Geistlichen und namentlich die Klosterbrüder früher in dieser Beziehung geleistet hatten, ist der höchsten Bewunderung wert; aber begreiflich ist es auch, daß von Männern, welche der Kunst nicht ihre ganze Kraft widmeten, sondern derselben nur so weit oblagen, wie ihre geistliche und anderweitige, häufig sehr vielfältige Thätigkeit ihnen gestattete, vollendete Meisterschaft in den künstlerischen Fertigkeiten nicht leicht erreicht werden konnte. Die bürgerlichen Leute, welche jetzt Malerei und Bildnerei übten, waren zwar auch nicht ausschließlich Künstler; die Kunst war vielmehr nur ein Zweig ihres Handwerks. Die Bildhauer waren Steinmetzen und die Maler strichen ebenso wie es Theophilus gethan hatte, auch Thüren und Pferdesättel an. Aber sie blieben doch fortwährend mit ihrem Werkzeug und Arbeitsstoff in Berührung, blieben in ununterbrochener technischer Übung und erlangten dadurch jene unbedingt sichere Geschicklichkeit der Hand und jene beherrschende Kenntnis ihres Arbeitszeugs, welche ihnen gestatteten, unbehindert durch den Kampf mit handwerklichen Schwierigkeiten ihren Gedanken Form zu verleihen. Dasjenige, worauf es bei den Darstellungen zunächst ankam, war jetzt ebenso wie früher der geistige Inhalt und nicht die Naturwahrheit der Erscheinung. Das Bild sollte eine Schrift sein, welche den Zweck hatte, zu erbauen und zu belehren oder auch das Gedächtnis von Personen und Begebenheiten zu erhalten. Daß aber Naturtreue das beste Mittel war, um diese Schrift deutlich und sprechend zu machen, hatten die deutschen Künstler von den ältesten Zeiten an begriffen; das Bild von Kaiser Karl dem Kahlen und Vivianus, das Frankfurter Elfenbein mit den singenden Geistlichen, der Brudermord auf Bernwards Erzthüre, das Bildwerk der Externsteine und ungezählte andre Darstellungen sind redende Beweise, wie ernsthaft sich die Begabteren bemüht hatten, die Natur zu belauschen. Bei solcher Neigung zur Naturbeobachtung mußten die Künstler schließlich von selbst darauf kommen, daß sie auch die äußere Form der dargestellten Gegenstände, also vor allem der menschlichen Gestalt, so getreu wie möglich nachzubilden versuchten. Die Anfänge solcher Bemühungen zeigten sich schon gegen das Ende des 12. Jahrhunderts in den sächsischen und Bamberger Bildhauerarbeiten. Dazu kam noch etwas andres, dasjenige, was dem Bildwerk der Externsteine eine solche Ausnahmestellung in seiner Zeit zuweist, was aber jetzt die ganze Kunst durchdrang. Die Künstler wollten in ihren Werken nicht mehr bloß sachlich erzählen, nicht mehr allein durch den als anderweitig bekannt vorausgesetzten Inhalt ihrer Darstellungen, sondern durch diese selbst auf das Gemüt des Beschauers einwirken, sein Gefühl unmittelbar erregen; ihre eignen tiefen Empfindungen sollten sich in ihren

Schöpfungen wiederspiegeln und vom Beschauer nachempfunden werden, und dadurch erst wurden ihre Werke im eigentlichen Sinne zu Kunstwerken. Ebenso wie die nach treffender Verdeutlichung des Inhalts strebende Verstandesthätigkeit führte dieses Bedürfnis nach seelischer Vertiefung zur Durchbildung der Form. Denn der Ausdruck der Seele ließ sich nicht wiedergeben ohne Kenntnis der Ausdrucksmittel, die Innigkeit der Empfindungen trat um so fühlbarer hervor, je natürlicher die Menschen dargestellt waren, je mehr die Haltung des Körpers, die Bewegung der Gliedmaßen und der Gesichtsmuskeln der Wirklichkeit entsprachen. Das ernsthafte Studium der Menschengestalt erschloß den Begriff von deren Schönheit, und so schuf jene Zeit Gebilde, welche auf einer reinen künstlerischen Höhe stehen, und deren Gefühlstiefe wir bewundern können, ohne durch die herbe Schale der Häßlichkeit und Unnatürlichkeit der Körper, welche die Träger jener Empfindungen sind, abgestoßen zu werden. Freilich fehlte es noch an wirklicher anatomischer Kenntnis, und die große Schwierigkeit der Darstellung des Nackten wurde niemals überwältigt; aber da die meisten Figuren in weiten, faltenreichen Gewändern erscheinen, fällt dieser Mangel wenig störend ins Gewicht. Nachdem man einmal angefangen hatte, die Figuren als wahre Abbilder des Lebens zu gestalten, mußte man auch deren Umhüllung der Wirklichkeit entsprechend bilden und die Naturgesetze des Faltenwurfs zu ergründen suchen. Auch hierin wurde die höchste Meisterschaft erreicht; die der Überlieferung gemäß in altrömische Gewandung gehüllten Gestalten gleichen thatsächlich den Antiken, und die in zeitgenössische Tracht gekleideten Personen zeigen bis in die kleinste Einzelheit in völliger Naturtreue die Erscheinung der Menschen jener Zeit.

In vollem Maße treten uns die Vorzüge der damaligen Kunst nur an den Bildhauerarbeiten entgegen. Immer und überall wenn die Künste es zuerst unternehmen, die Natur wirklich nachzubilden, eilt die Kunst des Bildners derjenigen des Malers voraus. Denn nur sie bildet die Körper wirklich ab, so wie sie thatsächlich sind. Die Malerei muß die körperlichen Formen der Natur in die Fläche übersetzen, und wenn diese Übersetzung das Urbild glaubwürdig wiedergeben soll, so muß durch Schatten und Licht der Schein der Körperlichkeit hinzugefügt werden. Jede Verkörperung bedarf, um einen naturwahren Eindruck zu machen, der Modellierung, der scheinbaren plastischen Wirkung; in bloßen Linien ausgedrückt — mögen diese an sich noch so richtig sein — wirkt sie nur andeutend, nicht überzeugend. Da aber jene Zeit die Malerei noch durchaus als Flächenausschmückung betrachtete, bei der körperhafte Wirkung nicht nur nicht angestrebt wurde, sondern auch nicht anstrebenswert erschien, so mußten die Maler die körperlichen Formen der Wirklichkeit durch Linien wiedergeben, die nur so weit durch oberflächliche Schattenangaben begleitet wurden, wie es zur Verständlichung unentbehrlich schien. Sie konnten daher nicht, wie die Bildner, in jedem Falle jede Einzelform gerade so zum Ganzen stellen, wie die Natur es vorführte, sondern sie mußten, da sie von den körperlichen Gegenständen immer nur eine Seite zeigen konnten, diese eine Seite so wählen, daß sie eine deutliche

Vorstellung von dem betreffenden Körper gewährte; sie waren mithin in einer Weise gebunden, die ihnen nicht gestattete, die Natur gänzlich unbefangen und mit unbedingter Treue wiederzugeben, und durch die Nichtkenntnis der Perspektive wurden die Schwierigkeiten, mit denen sie zu kämpfen hatten, noch vergrößert. Daher fällt es uns, die wir an eine andre Art von Malerei gewöhnt sind, nicht ganz leicht, die großen Verdienste der Maler des spätromanischen Zeitalters in ihrem ganzen Umfange zu würdigen, während die Vorzüge der gleichzeitigen Bildnerwerke unmittelbar und jedem faßlich zu uns reden.

Vorzügliche Bildhauerarbeiten aus verschiedenen Abschnitten dieses Zeitraums besitzt der Dom zu Bamberg. An dem reichen Hauptportal des nördlichen Seitenschiffs erblicken wir an den Wandungen die Apostel, welche auf den Schultern der Propheten stehen, — eine eigentümliche Versinnbildlichung des Verhältnisses zwischen den einen und den andern. Diese in kaum halber Lebensgröße ausgeführten Figuren sind denjenigen an den Brüstungswänden des Ostchors noch nahe verwandt; wie bei diesen hat das Streben nach Lebendigkeit den Künstler zu manchen verdrehten Bewegungen geführt, und die Gewänder sind noch vielfach in einer Weise behandelt, die mit den Naturgesetzen des Faltenwurfs nicht vereinbar ist. Doch zeigen sowohl die Falten wie die Körper schon einen bedeutenden Fortschritt, eine größere Annäherung an die Natur gegen jene Darstellungen. Ausgezeichnet sind die Köpfe, bei denen das Haar überraschend breit und frei behandelt ist; der Bildner hat dieselben ebenso individuell gehalten, wie sein Vorgänger, aber er hat sie aus dem Kreise der Alltäglichkeit hinausgerückt, und hat, wie es der Würde dieser Personen zukam, Menschen mit bedeutenden, über das Gewöhnliche hinausragenden Gesichtern dargestellt. Besonders sind ihm die Köpfe der Propheten gut gelungen; dieselben zeigen in ihren tief ernsten Zügen eine gewaltige Großartigkeit des Ausdrucks. Die von mächtigem Bart und Lockenhaar umwallten Häupter dieser ehrwürdigen Männer scheinen gebeugt und ihre Mienen zusammengepreßt durch die Last des Wissens, daß sie noch durch Jahrhunderte von der Erfüllung der durch sie geoffenbarten Verheißungen getrennt sind (Abb. 143). Dagegen tragen die Apostel in ihren von Heiterkeit verklärten Zügen das Bewußtsein zur Schau, daß sie Verkündiger der frohen Botschaft sind. — Das Bogenfeld derselben Pforte zeigt eine eindrucksvolle

Abb. 143. Kopf eines Propheten am Nordportal des Bamberger Doms.

Darstellung des jüngsten Gerichts, die in gedrängter Anordnung als reicher Schmuck die halbkreisförmige Fläche ausfüllt, dabei aber doch vollkommen übersichtlich ist. Die unnahbare Majestät des Weltenrichters, die Wonne der zu den Engeln gescharten Seligen und die Verzweiflung der Verdammten, das alles hat der Künstler lebendig vor Augen zu führen unternommen. Die Wiedergabe des Ausdruckes der Glückseligkeit überstieg freilich seine Kräfte, aber fast alles übrige ist ihm vortrefflich gelungen; der nackte Teufel, welcher die Verworfenen an einer Kette in den Abgrund reißt, ist von packender Großartigkeit, und seine angespannten kraftvollen Muskeln zeugen von überraschendem Naturstudium.

Abb. 144. Kopf des Standbildes Kaiser Heinrichs am Bamberger Dom.

Eine weitere Durchbildung der Formen gewahren wir an den lebensgroßen Standbildern, welche sich am südlichen Portal der Ostseite befinden, aber augenscheinlich jünger sind als dessen Architektur. Adam und Eva, Petrus und Stephanus, Heinrich II. und Kunigunde sind die dargestellten Personen. Die nackten Körper, namentlich derjenige Evas, befriedigen zwar keineswegs unsere Vorstellungen von der Vollkommenheit der Menschengestalt, lassen auch in anatomischer Beziehung vieles zu wünschen übrig. Aber die Gewänder sind dafür von vollendeter Durchbildung, ebenso naturwahr wie geschmackvoll geordnet. Dabei ist alles mit vollendeter Handfertigkeit gearbeitet. Der heilige Heinrich mit dem klassisch schönen Königshaupt voll Hoheit und Milde, majestätisch in der Haltung, von den weiten Falten des Herrschermantels umflossen, ist eine prächtige Gestalt, der Kopf ist ein unübertreffliches Meisterwerk (Abb. 144). Auch die Frauenköpfe sind vortrefflich, namentlich das Gesicht der sehr jugendlich aufgefaßten Eva, mit den sehnsüchtig blickenden Augen und mit den leicht geöffneten Lippen hat einen eigentümlichen Reiz (Abb. 145).

Abb. 145. Kopf der Evastatue am Bamberger Dom.

In Bezug auf die Auffassung und Durchbildung der Köpfe behauptete die Bamberger Schule überhaupt damals die erste Stelle; in Bezug auf die gleichmäßige Vollendung der ganzen Gestalten nahm die sächsische Schule den ersten Rang ein.

Hildesheim besitzt aus dieser Zeit wieder ein großes Meisterwerk des Erzgusses, das Taufbecken im Dom, welches auf den knieenden Gestalten der vier Paradiesesströme ruht und ganz mit halberhabenen Bildwerken bedeckt ist; die Bewegungen, die Gewänder, die individuellen Köpfe zeigen, daß auch bei Figuren von kleinem Maßstabe die Fortschritte der Bildnerkunst zur Geltung kamen. Die ganze Ausschmückung des Werks, die ornamentale Verteilung der Figurenmassen ist prachtvoll (Abb. 146).

Abb. 146. Das eherne Taufbecken im Dom zu Hildesheim.

Die Paradiesesströme sind wie gewöhnlich als männliche Figuren mit Wasserurnen dargestellt; sie knieen alle in verschiedenen und sehr natürlichen Stellungen; während drei von ihnen nach der üblichen Auffassung fast nackt erscheinen, trägt der vierte auffallenderweise einen vollständigen Kettelharnisch. Die nahezu cylindrische Fläche des eigentlichen Beckens ist durch weite Kleeblattbogen in vier Bildfelder geteilt; unter den Füßen der Trennungssäulchen erblicken wir kleine Rundfelder mit den Halbfiguren der vier Tugenden Gerechtigkeit, Mäßigung, Weisheit und Stärke, über den Kapitälen Rundfeldchen mit den Büsten der vier großen Propheten und darüber in den Bogenzwickeln die Evangelistenzeichen, dargestellt durch Halbfiguren von Engeln mit ausgespannten Flügeln und mit den verschiedenen Köpfen der vier lebenden Wesen.

Von den vier Hauptbildfeldern enthält das eine die Taufe im Jordan, wobei das Wasser noch in altertümlicher naiver Weise nicht als wagerechte Fläche dargestellt, sondern nur in bergartig aufsteigenden Wellenlinien angedeutet ist, welche die Gestalt Jesu wie ein Gewand bis über die Hüften bedecken; die beiden rechts und links sich anschließenden Bilder zeigen in trefflichen Kompositionen die vorbildlichen Ereignisse des Durchgangs der Juden durch das Rote Meer und durch den Jordan; auf dem letzten Feld ist der Stifter des Taufbeckens, der Domherr Wilbern, zu den Füßen der Gottesmutter knieend abgebildet. Auch die Kegelfläche des Deckels ist durch Säulchen mit Kleeblattbogen in vier Abteilungen zerlegt; deren Bilder zeigen Magdalena, die dem am Tische des Pharisäers sitzenden Heiland mit den Haaren die Füße trocknet — die Reue; daneben die Barmherzigkeit in allegorischer Darstellung; auf der andern Seite den bethlehemitischen Kindermord — die Bluttaufe; schließlich — oberhalb des Bildes der Jungfrau — Aaron mit dem blühenden Reis. In den Zwickeln der Bogen erscheinen Halbfiguren von Heiligen, und das Ganze bekrönt ein mächtiger Blätterknauf.

Abb. 147. Standbild König Davids an der goldenen Pforte zu Freiberg.

Die sächsische Steinskulptur schuf jetzt großartige Werke; in ihr erreichte die mittelalterliche Bildnerkunst ihren Höhepunkt. Die Figuren der „goldenen Pforte“ zu Freiberg (vergl. Abb. 137) sind in Ausdruck, Bewegung, Körperformen und Gewandung gleich ausgezeichnet. Zwischen den Säulen der Seitenwandungen erblicken wir Gestalten aus dem alten Bunde in bewunderungswürdiger Auffassung und Ausführung (Abb. 147). Im Bogenfelde sehen wir die Himmelskönigin, der die Kirche geweiht war, von Engeln umschwebt, zu ihrer Rechten die drei Weisen, die dem göttlichen Kinde knieend ihre Gaben darreichen, zu ihrer Linken, durch einen Engel von ihr getrennt, den sitzenden Joseph. In den vier Figurenreihen, welche dieses Bild umkreisen, erscheinen die Bewohner des Himmels: Engel, Propheten, Apostel, zwischen ihnen in den Scheiteln der Halbkreise die göttlichen Personen; in der äußersten, weitesten Umkreisung die Scharen der Gerechten, welche sich auf den Ruf des Engels aus den Gräbern erheben. Unter diesen Auferstehenden sind ganz meisterhafte Figuren, die sowohl durch die Kühnheit der Bewegungen wie durch die natürliche Behandlung des Nackten Staunen erregen.

Von sehr verwandter Art sind die Bildwerke in der Schloßkirche zu Wechselburg, der Kirche des ehemaligen Augustinerklosters Zschillen. Die ältesten unter diesen scheinen zwei Standbilder am Choreingange zu sein, ein Priester und ein Ritter, der letztere in morgenländischer (mittelalterlich-byzantinischer) Rüstung;

an diesem tritt eine allen männlichen Figuren der Wechselburger und der Freiberger Bildhauerwerke gemeinsame, bald mehr bald weniger ausgeprägte Eigentümlichkeit besonders scharf hervor, die flache und breite Bildung des starkknochigen, fast viereckigen Gesichts, die namentlich in der Seitenansicht auffällt. — Die Brüstung der Kanzel ist mit halberhabenen Bildern geschmückt. In der Mitte derselben erblickt man die prachtvolle Figur des thronenden Erlösers zwischen den Evangelistenzeichen, daneben Maria und Johannes den Täufer; weiterhin Darstellungen von alttestamentlichen Vorbildern des Opfertodes Christi: auf der einen Seite die eherne Schlange in der Wüste, darunter Kain und Abel mit ihren Opferspenden, auf der andern das Opfer Abrahams, — alles von Leben und Empfindung erfüllt, mit vollen natürlichen Formen und trefflichen Gewändern, so daß einzelne Mängel, wie die Plumpheit der nackten Figur des Knaben Isaak, neben den allgemeinen Vorzügen verschwinden. — Am vollendetsten sind die Bildwerke, welche eine lettnerartige Brüstungswand hinter dem Hochaltar schmücken: in Nischen vier alttestamentliche Figuren, welche denen des Freiberger Portals überaus ähnlich sind, in den Zwickeln Halbfiguren von Engeln; dann freistehend über dem hohen mittleren Bogen der Wand die in Holz geschnitzte stark lebensgroße Gruppe der Kreuzigung. Hier ist selbst der nackte Christuskörper so gebildet, daß die noch vorhandenen Härten und Ungenauigkeiten seiner Formen den natürlichen Gesamteindruck nicht stören; der Natürlichkeit der äußerlichen Bildung entspricht die Natürlichkeit der Auffassung: während die ältere Kunst in mehr sinnbildlicher Weise Christus in gerader Haltung am Kreuze stehend, anfangs noch häufiger bekleidet als nackt, das Haupt mit der Himmelskrone geschmückt darzustellen pflegte, erscheint der Erlöser hier in naturalistischer Veranschaulichung des Vorganges hängend, leidend, mit gebogenen Knieen, mit vornüber gesenktem dornengekrönten Haupt; menschlicher Schmerz durchzuckt die Züge des schönen Antlitzes, dessen sprechende Blicke auf die Mutter geheftet sind. Die in faltenreiche Gewänder gehüllten Gestalten der Maria (Abb. 148) und des Johannes wirken vollkommen richtig, und der tief empfundene Ausdruck des Schmerzes, mit dem die Jungfrau zu dem duldenden Sohn empor und der Jünger auf Maria hinblickt, spricht unmittelbar und ergreifend zum Beschauer.

Die Gruppe des Gekreuzigten zwischen Maria und Johannes, eine in jener Zeit sehr häufig an allgemein sichtbarer Stelle in den Kirchen angebrachte Darstellung (z. B. im Dom zu Ratzeburg, Abb. 133) ist hier durch mehrere Nebenfiguren bereichert. In den kleeblattförmigen Endungen der Kreuzbalken erscheint oben Gott Vater, zu beiden Seiten herbeischwebende Engel. Am Fuße des Kreuzes befindet sich in halb sitzender, halb liegender Stellung Joseph von Arimathia, der den heiligen Gral emporhält, um das Blut des Heilandes aufzufangen. Unter den Füßen der Jungfrau und des Jüngers liegen gekrönte Gestalten, die überwundenen Mächte des Judentums und des Heidentums.

So bewunderungswürdig diese Werke sind, bezeichnen sie doch noch nicht die höchste Leistungsfähigkeit der sächsischen Bildhauerschule. Die herrlichsten Werke, welche diese hervorbrachte, zugleich wohl die ausgezeichnetsten Schöpfungen

Abb. 148. Schmerzensmutter von der Kreuzigungsgruppe am Altar zu Wechselburg.

der bildenden Kunst des Mittelalters überhaupt, — finden wir im Dom zu Naumburg. Der Lettner, welcher den westlichen Chor vom Schiffe trennt, enthält wieder eine Darstellung der Kreuzigung; der Mittelpfosten des Durchgangs zum Chor ist als Kreuz gestaltet, das den Erlöser trägt; in Nischen zu beiden Seiten erblicken wir Maria und Johannes. Die Formen des Christuskörpers sind noch natürlicher als in Wechselburg, runder und kräftiger, aber so stark, daß die Figur etwas Schwerfälliges bekommen hat und dadurch trotz ihrer Vorzüge weniger ansprechend wirkt als jene. Aber die bekleideten Figuren sind noch trefflicher als dort; aus den Gewändern ist der letzte Rest von steif befangener Formengebung verschwunden; die Falten sind im ganzen und im einzelnen durchaus wahre, unmittelbare Nachbildungen der Natur. Die Tiefe des seelischen Ausdrucks ist bei allen drei Figuren vollendet großartig. — An der oberen Brüstung des Lettners sind Darstellungen aus der Leidensgeschichte Christi in kleinerem Maßstabe ausgeführt. Diese bei beschränktem Raume sehr gestaltenreichen Bilder sind von dramatischem Leben erfüllt; die ganzen Vorgänge sind wie aus dem Leben herausgegriffen, die Figuren bewegen sich neben- und hintereinander, die vordersten treten fast völlig rund aus dem Relief hervor, während andre flacher gehalten sind und weiter zurücktreten, so daß eine nicht unbeträchtliche perspektivische Vertiefung die Natürlichkeit der Wirkung erhöht. Dabei ist jede einzelne Figur ein sprechendes Charakterbild: die biederen, echt deutschen Erscheinungen der Apostel, wie die derben Gestalten des niederen Volks, die flüsternden Vornehmen und die lärmenden Kriegsknechte der nach mittelalterlicher Sitte durch Spitzhüte gekennzeichneten Juden. Ein Meisterwerk der Naturbeobachtung ist die Darstellung des letzten Abendmahls mit den prächtigen Aposteln, die so zwanglos essen und trinken, wie es lebenswahrer von der reifsten Kunst nicht wiedergegeben werden kann (Abb. 149). Eins der allerschönsten unter den herrlichen Bildern, gleich ausgezeichnet in der sprechenden Wahrheit der Schilderung und in der künstlerischen Abrundung, ist die Gefangennahme Christi mit der unübertrefflichen Figur von des Malchus Knecht, der dem wuchtigen Schwerthiebe des Petrus ausweichend auf ein Knie stürzt (Abb. 150). — Eine so realistisch schaffende Kunst mußte ihr Bestes leisten, wenn sie Gelegenheit hatte, Gestalten zu schaffen, deren Vorbilder sie unmittelbar der umgebenden Wirklichkeit entnehmen konnte. Eine solche Gelegenheit bot die Aufstellung der Standbilder der ersten Gründer, Förderer und Wohlthäter der Naumburger Kirche, welche Bischof Dietrich veranlaßte. Jene Personen waren allerdings längst verstorben, aber sie waren Landsleute gewesen, verdienstvolle aber nicht ungewöhnliche Menschen von derselben Art, wie sie den Künstlern täglich vor Augen standen; daß in den zweihundert Jahren, welche seit der Gründung des Domes verflossen waren, die Kleidertracht eine andre geworden war, das wußte damals — in einer Zeit, wo die Moden noch langsam wechselten, — niemand, und in den Bildern jener Gönner des Kirchenbaues wurden die Abbilder von Zeitgenossen gegeben. Hier

Abb. 149. Das Abendmahl. (Rechts ein Teil des nächsten Bildes mit der Figur des Hohenpriesters.) Steinbildwerk am Lettner des Doms zu Naumburg.

Abb. 150. Christi Gefangennahme. Steinbildwerk am Lettner des Doms zu Naumburg.

arbeiteten die Künstler frei von jedem Zwange der Überlieferung und bildeten die Menschen, so wie sie sie sahen, mit der liebevollsten Treue nach; da sie dabei von einem bewundernswürdigen Schönheitsgefühl geleitet wurden, schufen sie vollkommene Kunstwerke. Frei, wahr und schön stehen diese Gebilde den besten aller Zeiten zur Seite; sie enthalten nichts, was das Gefühl des heutigen Beschauers fremdartig berühren könnte, sie zeigen uns die ritterlichen Männer und die sittigen Frauen des 13. Jahrhunderts in unbedingter Lebenswahrheit (Abb. 151 u. 153).

Abb. 151. Standbild eines Ritters im Naumburger Domchor.

Die Standbilder stehen in dem Westchor des Doms an den Pfeilern und Säulenbündeln, welche die zierlichen spitzbogigen Säulenarkaden eines Umgangs unterbrechen, der in der Höhe der Fensterbänke die Chorwände durchzieht. Über jeder Figur ist ein reicher Baldachin angebracht. Statuen, Baldachin und Arkaden bilden jedesmal zwischen den Fenstern des Chorschlusses eine prächtige Gruppe; noch glänzender erscheint die reiche Gesamtwirkung dieser Anordnung an den Seitenwänden des Chorvierecks, wo unterhalb des Umgangs die Baldachinreihe der reichen Schmuckarchitektur hervortritt, welche die Plätze der Chorherrn überbaut (Abb. 152). Die dargestellten Personen sind acht Männer und vier Frauen mit sprechend individuell gebildeten Gesichtern, ebenso mannigfaltig in den stets naturwahren Stellungen wie im Faltenwurf der stoffreichen Röcke und Mäntel. An den Hauptpfeilern, welche die Apsis begrenzen, stehen sie paarweise zusammen. Die Ritter

Abb. 152. Ansicht einer statuengeschmückten Chorwand im Dom zu Naumburg.

erscheinen in langem Feierkleide, mit dem Schwert umgürtet, den mächtigen Schild an der Seite; bald blicken sie, auf ihre Waffen gestützt, ruhig vor sich hin, bald gibt das Fassen des Mantels oder der Waffen Veranlassung zu einer bewegteren aber stets naturgetreuen Stellung. Die Frauen tragen alle einen langen und weiten Mantel über dem faltenreichen Unterkleid, um Wangen und Hals das „Gebende“, auf dem Kopf eine Krone oder einen kronenartigen „Schapel“, nur eine ist mit dem Witwenschleier bedeckt. Zu den bewundernswürdigsten Figuren gehören die beiden am nördlichen Hauptpfeiler: der Ritter, eine breitschultrige, starkknochige Gestalt in schlichter, gerade aufgerichteter Stellung, schaut mit ernstem Blick gerade aus, die Dame an seiner Seite, eine zierliche Erscheinung, zieht mit der Rechten den Kragen des Mantels über die Wange, wie um sich gegen die Zugluft zu schützen, während die linke Hand — eine Hand, die an sich schon ein vollendetes Meisterwerk ist, — die Faltenmassen der linken Mantelhälfte zusammengerafft hält. Beide scheinen ihre Aufmerksamkeit einer feierlichen Handlung zuzuwenden (Abb. 153). Die Natürlichkeit der Haltungen und jeder Einzelheit, jeder Falte, ist die denkbar vollkommenste; wir sehen die wahren Abbilder des Lebens vor uns.

Die ursprüngliche naturähnliche Bemalung, welche damals keinem Bildwerk fehlte, ist hier und bei der Wechselburger Kreuzigungsgruppe erhalten; mit ihren weichen, schöngestimmten Tönen trägt sie nicht wenig zur Wirkung der Figuren bei. Wie wesentlich die Farbe zu diesen Bildwerken gehört, und wie sehr die Bildhauer von vornherein auf dieselbe rechneten, zeigt sehr deutlich — namentlich bei den Naumburger Standbildern — ein Vergleich der Originale mit Gipsabgüssen derselben; in den letzteren erscheint alles sehr viel härter und unvollkommener.

Der Bau des Westchors am Naumburger Dom wurde unter Bischof Dietrich im Jahre 1249 begonnen und in reinem gotischem Stil ausgeführt. Dennoch gehören die Bildhauerwerke desselben, denen sich die gleichfalls höchst natürlichen Tierfiguren der Wasserspeier am Chordach anreihen, noch dem romanischen Stil an; denn nur auf Grund der freien und unbeengten Stellung, welche dieser den bildenden Künsten gewährte, konnten diese sich zur Freiheit und dadurch zur Naturwahrheit emporarbeiten. Als die Gotik zur Alleinherrschaft gelangte, ordnete die Baukunst sich die übrigen Künste dergestalt unter, daß die erreichte Freiheit von neuen Stilgesetzen unterdrückt wurde: eingeengt zwischen schlanken, dünnen Baugliedern, wurden auch die Figuren in die Länge gezogen; um ihren ornamentalen Zweck zu erfüllen, mußten dieselben durch Stellung oder Gewandung gewisse mehr oder weniger scharf betonte Wellenlinien zwischen den senkrechten architektonischen Formen bilden. Damit war jener unbedingten Naturtreue, jenem vollen, nur durch das persönliche Schönheitsgefühl der Künstler geregelten Realismus, den wir bei den Naumburger Bildwerken bewundern, der Weg abgeschnitten. Diese Bilder und Einzelgestalten erscheinen daher als die letzten und glänzendsten Leistungen der romanischen Bildnerkunst, die in der Spätzeit des romanischen Stils übrigens auch in vielen andern Gegenden Deutschlands Werke, wenn auch nicht von gleicher, so doch von ähnlicher Schönheit hervorbrachte.

Abb. 153. Standbilder eines Stifterpaars im Dom zu Naumburg.

Die spätromanische Bildhauerkunst konnte ihrer Neigung zur Naturnachahmung am unbehindertsten bei Darstellungen von Personen in zeitgenössischer Tracht nachgehen. Aber nur selten bot sich zu solchen Darstellungen eine so glückliche Gelegenheit wie bei den Stifterbildern im Naumburger Dom. Die Sitte, die Grabstätten in den Kirchen mit Bildern der Verstorbenen zu schmücken, fand jetzt zwar eine sehr allgemeine Verbreitung; aber hier stellte sich den Künstlern eine eigentümliche Schwierigkeit in den Weg. Es war gebräuchlich, die Verstorbenen stehend abzubilden; die Füße ruhten auf einer Art von Konsole oder sehr häufig auf einer zusammengekauerten Tierfigur, die Hände führten die Zeichen der Herrscherwürde oder sonstige Standesabzeichen oder waren wie zum Gebet gefaltet, die Augen blickten offen gerade aus. Dies erschien ganz natürlich, wenn der Grabstein, wie es bisweilen geschah, aufrecht in die Wand eingemauert wurde; aber viel häufiger bedeckte der Stein in flacher Lage die Grabstätte. In der aufrechten Haltung des auf einer liegenden Platte angebrachten Bildes lag ein innerer Widerspruch. Solange die Figuren in sehr flachem Relief ausgeführt wurden, also auch gewissermaßen nur einen Flächenschmuck bildeten, war dieser Widerspruch nicht aufgefallen; wenn man dagegen, wie es jetzt beliebt wurde, in ganz hohem Relief arbeitete und der Figur volle Seitenansichten gab, trat die Unnatürlichkeit der Anordnung scharf hervor. Da man indessen darauf bestand, den Verstorbenen nicht als Toten, sondern als Lebenden, im vollen weltlichen oder geistlichen Schmucke abzubilden, suchte man durch ein dem Kopf der Figur untergelegtes Kissen zu vermitteln, obgleich dieses Mittel im Grunde die Fühlbarkeit des Widerspruchs nur verstärkte. Die Hauptschwierigkeit aber lag in der Anordnung der Gewandung. Ein lang herabfließender faltiger Rock, wie er damals nicht nur von den Frauen, sondern auch von Männern von Stande getragen wurde, verläßt bei gerader Stellung von den Hüften abwärts die Linien des Körpers und folgt dem Zug der eignen Schwere, so daß er zunächst oberhalb der Füße ziemlich weit von den Beinen absteht; daß dies bei stehenden Figuren in liegender Stellung — anders kann man jene Grabfiguren nicht füglich bezeichnen — nicht anging, war selbstverständlich. Naive Künstler halfen sich daher in unbefangener Weise dadurch, daß sie die geraden Falten des Rockes dicht auf die Beine legten, und im übrigen die Gewandung ganz so behandelten, als ob die Figur frei stände (vergl. Abb. 164). Je mehr aber die Bildhauerkunst nach Naturwahrheit strebte, um so unlösbarer wurde jener Widerspruch; der Sinn für sachliche Richtigkeit konnte sich nicht darein finden, die Falten in wagerechter Richtung dem Gesetz der Schwere folgen zu lassen; andrerseits aber gestattete der Umstand, daß die Figuren wie lebend aufgefaßt waren und Scepter, Schwert oder Bischofsstab handhabten, auch keine derartige Anordnung der Falten, wie sie die Natur bei einem liegenden Körper zeigt. In den Versuchen, beides zu vermitteln, gelangten gerade die vorzüglichsten Künstler, diejenigen, die am meisten nach Formvollendung und Naturwahrheit strebten, zu der größten inneren Unwahrheit, indem sie die Gewänder weder völlig wie bei einer aufgerichteten Figur hängend, noch auch völlig liegend darstellten, so daß man weder wenn man sich die Figur aufgerichtet denkt, noch auch wenn man sie als eine liegende betrachtet, ein glaubwürdiges Bild erhält.

Das schönste aller romanischen Grabmäler, der doppelte Gedenkstein Heinrichs des Löwen und seiner zweiten Gemahlin Mathilde im Dom zu Braunschweig, ein augenscheinlich erst im 13. Jahrhundert ausgeführtes Werk, zeigt diese Widersprüche sehr auffallend (Abb. 154). Der Herzog hält mit der Linken das Schwert, mit der Rechten das

Abb. 154. Grabfiguren Heinrichs des Löwen und seiner Gemahlin Mathilde im Dom zu Braunschweig.

Modell des Doms und zugleich den hinter den rechten Arm zurückgeworfenen und dann wieder nach vorn genommenen Mantel. So weit ist trotz des Kissens unter dem Kopf alles so, als ob die Figur aufrecht stände; weiter unten aber drücken sich die Kniee durch den Mantel durch, als ob dieser den Beinen aufläge, während er doch, wie die geradlinigen Faltenzüge auch andeuten, vor denselben herabhängen sollte; wo der Mantel oberhalb des rechten Kniees sich dem Körper nicht mehr anlegt, scheint er zunächst in losen knitterigen — und als solchen sehr natürlichen — Falten auf der Platte zu ruhen, nimmt aber dann sofort wieder eine geradlinige Richtung an, die sich den Falten des Rockes anschließt; dieser ist so behandelt, wie es am meisten gebräuchlich war: in der Vorderansicht erscheint er geradlinig, wie hängend, in der Unteransicht liegen die Säume dicht aufeinander. Noch auffallender ist die Anordnung der Gewänder der Herzogin. Auch hier ist der Mantel, soweit er auf den Schultern liegt, und da, wo er unter dem linken Arm in die Höhe gezogen ist und dann wieder herabfällt, durchaus der aufrechten Haltung entsprechend angeordnet; unterwärts aber erscheint er wie lose über eine liegende Figur hingeworfen, und nur einzelne künstlich gezogene Falten erinnern daran, daß die Gestalt eigentlich stehend gedacht ist. Das Untergewand fällt wieder geradlinig, schmiegt sich dabei aber unterhalb des Gürtels wieder in einer Weise dem Körper an, die bei einem herabhängend gedachten Kleidungsstück unnatürlich wäre, und legt sich unten in kleinen gebrochenen Falten dicht an die Füße und die Oberfläche der Konsole.

Dabei ist die Kenntnis der Bildungsgesetze des Faltenwurfs im höchsten Maße bewundernswert, jeder einzelne Zug ist eine treue Nachbildung der Natur; man kann einen Stoff genau so legen, wie der Mantel der Mathilde geordnet ist, aber nicht das Ganze zu gleicher Zeit, sondern die obere Hälfte über einem stehenden, die untere über einem liegenden Modell.

Köpfe und Hände dieses Denkmals, namentlich das edle und ausdrucksvolle Haupt Heinrichs, sind mit wunderbarer Vollkommenheit ausgeführt.

Die Malerei jener Zeit konnte bei den Beschränkungen, welche die strenge Flächenhaftigkeit ihr auflegte, nach einer solchen Naturtreue, wie sie von der Bildhauerkunst erreicht wurde, gar nicht einmal streben. Doch beobachteten auch die Maler jetzt mit Aufmerksamkeit die Natur und entdeckten deren Schönheit. Die Zeichnung wurde, wenn auch nur selten völlig richtig, so doch wesentlich besser als sie vorher gewesen war; die Bewegungen wurden freier und natürlicher; in den individuell verschiedenen ausdrucksvollen Köpfen und fast noch mehr in den wohlgeformten Händen sprechen sich die Fortschritte besonders deutlich aus. Auch bei den Gewändern wurde Naturwahrheit beabsichtigt; aber hier ließ sich diese bei bloßer Angabe durch Linien noch weniger erreichen als bei den immerhin durch Umrisse verständlich zu machenden unverhüllten Körperteilen. Wenn daher auch die großen Massen der Gewänder naturgemäß geordnet wurden, so blieb doch die Angabe der einzelnen Falten immer mehr oder weniger in einer ausdruckslosen Regelhaftigkeit befangen. Aber diese regelhaften Linienzüge nahmen jetzt ein wesentlich verändertes Gepräge an; wie in der Baukunst der Rundbogen vom Spitzbogen, Kleeblattbogen und vielzackigen Bogen beiseite gedrängt wurde, wie überhaupt eine Vorliebe für reichere Formen herrschte, so wurden auch in der Malerei die schlichten runden Züge durch vielfach und scharfwinklig gebrochene Linien ersetzt. Dies führte in gewissem Sinne allerdings zu größerer Richtigkeit und Lebendigkeit der Faltenangabe, aber es führte auch zu Übertreibungen; alles Spitzige, wie die Zipfel der Kleidungsstücke, wurde mit besonderer Vorliebe betont, und bisweilen erscheinen die Gewänder bei der Häufung geknickter Falten förmlich scharfkantig oder stachlig. Was aber bei allen Mängeln, welche die Malerei von ihrem damaligen Standpunkte aus abzustreifen außer stande war, die spätromanischen Bilder anziehend macht, ist das lebendige Schönheitsgefühl, von dem das ganze Zeitalter durchdrungen war, und das auch hier zur Geltung kommt.

Wandmalereien aus dieser Zeit sind in den verschiedensten Gegenden Deutschlands zu Tage gekommen. Am Rhein, in Westfalen, im Sachsenlande und selbst im äußersten Südosten, in Kärnten, sind ganz vortreffliche Werke von zum Teil sehr bedeutendem Umfange erhalten; leider ist freilich in den meisten Fällen die ursprüngliche Wirkung kaum mehr zu erkennen, indem die Gemälde aufgefrischt und dabei mehr oder weniger vollständig übermalt worden sind. Die Einteilung der Flächen, die in Übereinstimmung mit den reicheren Formen der Architektur belebter und mannigfaltiger wird, ist stets bewundernswürdig, und die dekorative Haltung ist unübertrefflich. Die Bemalung und Vergoldung der Bauglieder, die auch in einzelnen Fällen erhalten ist, schließt sich den Bildern aufs innigste an und bildet mit denselben ein einheitliches Ganzes.

Das Sachsenland, wo die Bildhauerkunst so weit vorgeschritten war, behauptete auch in der Malerei den Vorrang. Im Dom zu Braunschweig sind sehr ausgezeichnete Wandmalereien dieser Zeit, welche sich über den ganzen Chor, die Vierung und den südlichen Kreuzarm erstrecken, in fast vollständigem Zusammenhange an Gewölben und Wänden noch vorhanden; nur in der Apsis konnten die ursprünglichen Gemälde nicht gerettet werden, im übrigen sind bloß einzelne Stücke ergänzt worden. Auch hier ist fast alles übermalt worden, und dabei haben die Farben ihre ursprüngliche Leuchtkraft eingebüßt, namentlich das Blau der Hintergründe ist trüb und schwer geworden. Dennoch ist die wunderbare Gesamtwirkung im wesentlichen erhalten, die alle Farben in völligem Gleichgewicht hält, indem sie ihnen die Räume im Verhältnis zu ihrer Kraft bemißt, so daß nirgendwo ein Ton sich hervordrängt; die vollkommene Harmonie, die das Auge nicht an der kleinsten Stelle verletzt, läßt sich am ersten mit dem Farbenreiz eines indischen Teppichs vergleichen. Als die Farben noch ihre ursprüngliche Reinheit und Durchsichtigkeit besaßen, muß die Wirkung eine unvergleichlich zauberhafte gewesen sein. Das Auge des Beschauers wird gefangen genommen durch den ornamentalen Reiz des farbigen Schmuckes, so daß man sich schon im Banne eines vollen Schönheitsgenusses befindet, wenn man anfängt das Einzelne zu erkennen und sich mit dem erbaulichen Inhalt des Schmuckes zu beschäftigen.

Im Gewölbe der Vierung ist das himmlische Jerusalem verbildlicht durch einen Kranz von Mauern mit Zinnen und mit Türmen, die nach dem Mittelpunkt der Wölbung emporsteigen, wo das Lamm Gottes erscheint; aus den Thoren der Türme treten die Apostel hervor, deren jeder ein Spruchband mit einem Satze des apostolischen Glaubensbekenntnisses hält. Unterhalb des Mauerkranzes stehen gleichsam als dessen Träger acht Propheten. In den Feldern, welche zwischen dem Bilde des Lamms und den Zinnen freibleiben, sind Christi Geburt und Darbringung im Tempel, die drei Marien am Grabe, der Gang nach Emaus und die Erscheinung des Auferstandenen vor den Jüngern, schließlich die Ausgießung des heiligen Geistes dargestellt. — Im Gewölbe des Chorvierecks erblicken wir den Stammbaum Christi, der von der ruhenden Gestalt des Stammvaters Jesse ausgeht, mit den prächtigen Blätterranken seiner Zweige Rundfelder mit den Bildern der königlichen Vorfahren Jesu einschließt und in seinem Gipfel die Darstellung der Verkündigung enthält. In der anstoßenden Apsiswölbung befand sich das Bild des thronenden Erlösers in der Herrlichkeit, darunter sieben Halbfiguren mit Spruchbändern, welche die Bitten des Vaterunsers enthielten, und zwischen den Fenstern die Evangelistenzeichen. An den Seitenwänden des Chors sind oben beiderseits alttestamentliche Vorbilder von Christi Menschwerdung und Opfertod dargestellt: hier Abels Opfer und Ermordung, dort Abraham, wie er die drei Engel bewirtet, und wie er seinen Sohn zu opfern bereit ist, und Moses, wie ihm der Herr im feurigen Busch erscheint, und wie er die eherne Schlange in der Wüste aufrichtet. Darunter sind in je drei übereinander stehenden friesartigen Bilderreihen die Legenden der Schutzpatrone des Doms erzählt: einerseits die Geschichte Johannes des Täufers, andrerseits die des heiligen Blasius, dessen Reliquien Heinrich der Löwe mitgebracht hatte, und die des heiligen Thomas Becket, der auf Veranlassung Heinrichs II. von England, des Schwiegervaters Heinrichs des Löwen, ermordet worden war, und der daher hier gleichsam zur Sühne unter die Kirchenpatrone aufgenommen erscheint. Die Heiligen Johannes und Blasius stehen in reichlich lebensgroßen Figuren neben den Schilderungen ihres Lebens an den Pfeilerflächen des Bogens zwischen Vierung und Chor, der Bogengurt selbst ist mit köstlichem Rankenwerk und mit eingeflochtenen Rundfeldchen und Inschriften gefüllt, welche im Hinweis auf die Verkündigung die Begrüßungsworte des Engels enthalten. — Der Bogen, welcher die Vierung mit dem südlichen Querarm verbindet, ist in ähnlicher Weise geschmückt; die Inschriften enthalten den Lobgesang des 148. Psalms, an den Pfeilern stehen die Figuren der Madonna und der heiligen Katharina. An den Wänden des südlichen Flügels, dessen Bilder mehr gelitten haben als die der Mittelräume, sehen wir unten wieder legendarische Darstellungen, die sich auf verschiedene Heilige und vorwiegend auf die Auffindung des heiligen Kreuzes, von dem Heinrich gleichfalls eine Reliquie von seiner Kreuzfahrt mitgebracht hatte, beziehen. Darüber erblicken wir auf der Ostwand, oberhalb der Nebenapsis, den Sieg und Triumph des Gekreuzigten in den drei Bildern der Höllenfahrt, der Auferstehung und der Himmelfahrt; auf den beiden andern Wänden das mahnende Gleichnis von den klugen und thörichten Jungfrauen. Im Gewölbe aber ist die Herrlichkeit des Himmels geschildert: in der Mitte thront Christus neben seiner gekrönten Mutter, umgeben von den Chören der Engel, den vierundzwanzig Ältesten und von Propheten, die hier wie im Vierungsgewölbe die Zwickel neben den Bogen einnehmen.

Wenn wir die Figuren im einzelnen betrachten, so müssen wir der sicheren Linienführung, der gefälligen Zeichnung, dem Ausdruck der Köpfe und namentlich der Lebendigkeit und Anschaulichkeit der erzählenden Bilder unsere volle Anerkennung schenken. Manches ist sehr naiv angegeben; so ist das Wasser bei der Taufe im Jordan und bei andern Bildern durch hellblaue Wellenlinien angedeutet, welche über die Füße der Figuren herüber gezogen sind; der Eindruck der Durchsichtigkeit ist in dieser kindlichen Weise sehr gut erreicht. Wie die Maler nach bestem Wissen geschichtliche Treue in der äußeren Erscheinung ihrer Figuren anstrebten, sehen wir daran, daß die morgenländischen Krieger (in der Kreuzlegende) nicht in der heimischen, sondern in der von den Kreuzzügen her wohlbekannten byzantinischen Rüstung abgebildet sind.

Daß das ganze Innere des Doms im 13. Jahrhundert mit Malereien geschmückt worden ist, geht aus mehreren im Langhause aufgefundenen Resten hervor. Jetzt sind in den Mittelschiffgewölben neue Gemälde ausgeführt worden, welche mit bewundernswürdigem Verständnis und staunenswerter Genauigkeit den Stil der Älteren nachahmen. Gerade durch diese Bilder aber wird das Hauptverdienst der mittelalterlichen Maler, ihr feines Gefühl für Schmuckwirkung, in das hellste Licht gesetzt: bei den neuen Malereien sehen wir zunächst nur Figuren, die in Formengebung und Vortrag etwas Fremdartiges für uns haben; bei den alten wird das Auge sofort gefesselt durch einen wohlthuenden Farbenzauber, der teppichartig alle Flächen bedeckt, und wenn wir aus diesem allgemeinen Reiz die Figuren herauslösen, so finden wir die Art, wie sie als Teile dieses Ganzen ausgeführt sind, vollständig in der Ordnung. Als malerische Raumauskleidung haben die alten Gemälde des Braunschweiger Doms, namentlich die der Gewölbe, kaum ihresgleichen. Wie unendlich überlegen in dieser Beziehung die mittelalterliche Flächenmalerei der modernen, körperhaft modellierenden Malerei ist, empfinden wir sehr eindringlich, wenn wir einen Blick in den nördlichen Flügel des Querschiffes werfen, wo moderne Wandgemälde im modernen Stil ausgeführt sind. Hat unser Auge vorher auf dem alten Wandschmuck oder auch nur auf dessen Nachahmungen im Langhause geruht, so wendet es sich hier beleidigt ab, obgleich die Bilder an sich vielleicht gar nicht so schlecht sind; man kann sie eben neben jenen andern, als schmückende Wandbekleidung so sehr viel richtigeren gar nicht ansehn.

Aus dem 13. Jahrhundert stammen auch die ältesten Tafelmalereien, welche sich erhalten haben. Es sind meistens Antependien, die Malerei erscheint hier mithin nur als Ersatzmittel für kostbare Stickereien oder für Gebilde aus edlen Metallen. Das bedeutendste dieser Werke stammt aus der Wiesenkirche zu Soest und befindet sich jetzt im Berliner Museum. Wir erblicken auf demselben in der Mitte den Gekreuzigten zwischen Maria und den Jüngern einerseits, den Juden und dem Hauptmann andrerseits; ein Engel führt die Ecclesia (die christliche Kirche) herbei, welche das Blut des Erlösers aus der Seitenwunde auffängt, ein andrer treibt die ebenso wie jene als Frau dargestellte Synagoge (das Judentum) hinweg; Scharen von Engeln umschweben wehklagend das Kreuz. Links und rechts von diesem figurenreichen Hauptbilde sind die Vorführung Christi vor Kaiphas und der Besuch der drei Marien am Grabe in sehr ansprechenden Darstellungen abgebildet. Halbfiguren von Propheten und Engeln füllen die Ecken und Zwickel zwischen den verschiedenen Zierwerkrändern, welche die ganze Tafel und die einzelnen Seitenbilder umgeben. Die Malerei ist mit starken dunklen Umrissen und in anspruchslosen aber kräftigen Farben mit geringer Schattenangabe auf Goldgrund ausgeführt. Leben und Ausdruck müssen wir auch hier in hohem Maße bewundern.

Prachtwerke der Buchmalerei wurden in dieser Zeit zahlreich angefertigt, und es fehlt nicht an solchen, in denen sich die damalige Malerei auf der Höhe ihres Könnens zeigt. Hier fing man jetzt an, dem Goldgrund vor den farbigen Hintergründen den Vorzug zu geben; dadurch veränderte sich die ganze Farbenstimmung; in den Figuren wurden kräftigere Töne vorherrschend, die mit dem Gold in prächtiger Wechselwirkung standen; innerhalb dieser Töne bestand dann eine gewisse Gleichmäßigkeit des Werts, so daß die Figuren und Gruppen sich als einheitliche Masse mit sprechendem Gesamtumriß von dem leuchtenden Grund abhoben, während früher Figuren und Grund zusammen gleichsam einen ineinander verwobenen Teppich bildeten, wie es bei der Wandmalerei auch jetzt noch der Fall war. In dieser Anordnung, die wir auch bei dem Soester Tafelbilde finden, lagen die Anfänge einer Bildwirkung im Gegensatz zur Teppichwirkung; Versuche körperhafter Modellierung oder perspektivischer Vertiefung wurden aber auch hier noch nicht gemacht.

In der Zierkunst der Schriftmalerei äußerte sich derselbe Lebensdrang, der die Ziergebilde der Baukunst erfüllte. Das Blattwerk nahm mehr und mehr das Aussehn wirklicher spitzzackiger Blätter an, wenn auch nicht solcher, die ein Vorbild in der Natur hatten, so doch solcher, die den Schein pflanzlichen Lebens besaßen; aus den Ranken wuchsen lange Sprossen hervor, welche wie in üppigem Wachstum über den Rahmen des Buchstaben hinausragten und an ihren Spitzen noch unentwickelte zusammengerollte Blätter trugen (Abb. 126 und 142). Das naturnachahmende Pflanzenzierwerk des gotischen Stils bereitete sich vor.

Abb. 155. Christi Himmelfahrt.

Miniatur in einem Evangelienbuch aus der ersten Hälfte des 13. Jahrlunderts in der königl. Schloßbibliothek zu Aschaffenburg.

Eines der prächtigsten Miniaturwerke des 13. Jahrhunderts, gleich ausgezeichnet in Zierbuchstaben wie in Bildern, besitzt die königliche Schloßbibliothek zu Aschaffenburg in einem aus dem Domschatz zu Mainz stammenden goldgeschriebenen Evangelienbuch, welches so vorzüglich erhalten ist wie kaum ein andres und daher die vollste Würdigung der Malereien gestattet. Die großen Anfangsbuchstaben (Abb. 142) sind in entzückender Farbenpracht, aber ohne Anwendung von Gold ausgeführt; die Bilder haben alle dick aufgetragenen und glänzend polierten Goldgrund; in den Gewändern spielen verschiedene Abstufungen von Rot eine große Rolle. Die Freiheit der Kompositionen ist noch durch das Nebeneinanderreihen der Figuren auf ein und demselben Plan gehemmt;

um so bewunderungswürdiger ist die Mannigfaltigkeit der Stellungen, durch welche der Künstler die eintönigsten Handlungen zu beleben wußte. Alle Bewegungen sind sprechend und ausdrucksvoll, die Köpfe ausgezeichnet (Abb. 155).

Es ist sehr anziehend, mit diesen Miniaturen solche aus der Blütezeit der Renaissance, wie deren dieselbe Bibliothek ganz ausgezeichnete besitzt, unmittelbar zu vergleichen. Diese sind mit allen Reizen des Realismus ausgestattet und blenden durch die vollendete malerische Bildwirkung und die wunderbar feine Modellierung. Jene mittelalterlichen Bilder sind dagegen unkörperhaft, es fehlt die Räumlichkeit der Anordnung, alle starken Wirkungen von Hell und Dunkel sind vermieden, da der Goldgrund einen beherrschenden Gegensatz gegen alle Farben bildet. Dennoch stehen dieselben als künstlerische Schöpfungen ebenbürtig neben den um drei Jahrhunderte jüngeren Meisterwerken; im Charakter und großartigen Ausdruck der Köpfe sind sie ihnen fast überlegen.

Unter den Büchern, die eine Ausschmückung von ähnlichen Vorzügen besitzen wie dieses Evangelienbuch ist ein etwas älterer Psalter in der königlichen Privatbibliothek zu Stuttgart besonders anziehend, der für den Landgrafen Hermann von Thüringen (1193—1216) angefertigt wurde und am Schlusse die Bilder dieses Fürsten und seiner zweiten Gemahlin Sophie sowie die der Könige von Ungarn und Böhmen mit ihren Gemahlinnen enthält; bei diesen Bildnissen, wenigstens bei den beiden ersten, ist es ersichtlich, daß der Künstler sich bemüht hat, wirkliche Porträts zu schaffen.

In voller Blüte stand jetzt jene flüchtige Illustrierung der Bücher durch Federzeichnungen. In Werken solcher Art finden wir nur selten etwas wirklich Schönes, aber eine Menge von neuen Gedanken, frisch und unbefangen erfundenen, oft genrehaften Darstellungen. Gelegentlich bildete der Schreiber, der bei solchen Arbeiten wohl stets auch der Zeichner war, sich selbst am Schlusse des Buches ab. So hat sich in einer Handschrift der Kapitelsbibliothek zu Prag der Schreiber Hildebert in einem launigen Bildchen auf die Nachwelt gebracht, wie er sich, die Feder hinter dem Ohr, am Schreibpulte umdreht, um mit dem Poliersteine nach einer Maus zu werfen, die sich auf seinen Eßtisch geschlichen hat; auf einem Schemel zu seinen Füßen sitzt ein Klosterschüler Everwin und übt sich auf einer Tafel im Ornamentzeichnen (Abb. 156).

Es wurde damals außerordentlich viel geschrieben und viel illustriert, und in dieser leichten und künstlerisch anspruchslosen Art konnte ein fleißiger Mann eine große Menge von Büchern herstellen. Ein solcher fleißiger Arbeiter, der Mönch Konrad, welcher in dem bayrischen Benediktinerkloster Scheyern unter den Äbten Konrad (1206—16) und Heinrich (1216—59) als Schreiber, Maler und Goldschmied thätig war, hat in einem der von ihm geschriebenen und mit leicht angemalten Federzeichnungen ausgestatteten Bücher,

Abb. 156. Federzeichnung aus einer Prager Handschrift: Der Schreiber Hildebert.
(Nach Woltmann, Geschichte der Malerei.)

deren die Münchener Bibliothek eine ganze Anzahl besitzt, seiner Namensnennung am Schlusse die bezeichnenden Verse hinzugefügt:

Und wenn etwas vielleicht nicht ganz genau er geschrieben,
Bittet er drum um Verzeihung, ersucht um gefällige Nachsicht;
Denn er hat ganz allein geschafft und das Buch vollendet,
Und Schreiblohn, den er hätte verdient, hat er niemals bekommen.

So dürfen auch wir an die Bilder dieser Art keinen allzu strengen Maßstab anlegen.

Die Stilregeln, welche die gotische Baukunst mit sich brachte, und welche nicht ganz unabhängig von der französischen Mode waren, fanden fast das ganze 13. Jahrhundert hindurch nur sehr spärlich Eingang in der Malerei.

Ebenso hartnäckig wie die bildenden Künste leistete auch die Goldschmiedekunst den Gesetzen, welche von der neuen Baukunst ausgingen, lange Zeit hindurch Widerstand, obgleich auf sie naturgemäß die architektonischen Formen größeren Einfluß ausüben mußten als auf die unabhängigeren Künste des Malers und Bildners.

Bei den großen Schreinen in hausähnlicher Sarkophaggestalt kamen natürlich die spätromanischen Bauformen zur unmittelbaren Verwendung und zwar, da diese Schreine vorzugsweise in den Werkstätten niederrheinischer Goldschmiede entstanden, in der reichen und glänzenden Gestaltung des rheinischen Übergangsstils. Die hausartige Bildung kam jetzt nicht ausschließlich bei wirklichen Sarkophagen zur Anwendung, sondern wurde überhaupt die bevorzugte Form der Gehäuse für besonders hochverehrte Reliquien, soweit diese nicht durch ihre eigne Gestalt oder durch ihre Beziehungen (wie beispielsweise Stückchen des heiligen Kreuzes) der Sitte gemäß eine anderweitige Form des Gehäuses verlangten. Von jener bevorzugten und zu glänzender Ausstattung besonders geeigneten Gattung hat die erste Hälfte des 13. Jahrhunderts zwei wahre Wunderwerke an Pracht und Schönheit hervorgebracht. Das eine ist der Marienschrein im Münster zu Aachen, welcher auf Veranlassung Kaiser Friedrichs II. um 1220 in Arbeit genommen wurde, zu welchem die zahllosen Pilger, die nach Aachen zu den großen Heiligtümern wallten, Opfergaben beisteuerten, und welcher erst gegen das Jahr 1237 vollendet wurde (Abb. 157). Das andre ist der Elisabethschrein zu Marburg, der etwas jünger ist und wahrscheinlich im Jahre 1249 die Gebeine der heilig gesprochenen Landgräfin von Thüringen aufnahm (Abb. 158). Beide Schreine sind sich sehr ähnlich; an den Schmalseiten und unter hohen, gleichsam ein Querschiff andeutenden Giebeln in der Mitte der Langseiten zeigen sie größere sitzende Gestalten in runder Arbeit unter Kleeblattbogen; an dem übrigen Raum der Langwände sitzen kleinere Figuren der zwölf Apostel unter Spitzgiebeln, die gleich jenen Kleeblattbogen von Paaren zierlicher Säulchen getragen werden; an den Dachflächen sind zwischen Säulenstellungen Geschichtsbilder in schwach erhabener Arbeit angebracht. Alle Giebellinien und der Dachfirst sind von herrlichem durchbrochenem Blattwerk begleitet, über welches reich geschmückte Knäufe an den Giebelspitzen und in regelmäßigen Abständen

Abb. 157. Seitengiebel des Marienschreines im Aachener Münsterschatz.

Abb. 158. Der Elisabethschrein zu Marburg.

an der Firstlinie hervorragen. Mit wunderbar vollendetem Filigran- und Schmelzwerk, mit einer Fülle von Juwelen ist alles aufs köstlichste geschmückt.

Der Elisabethschrein wurde für eine in reinem gotischem Stil begonnene Kirche angefertigt; dennoch ist er durchaus romanisch. Seine Flachbildwerke sind sogar noch von Rundbogen eingeschlossen, während der Marienschrein an dieser Stelle Kleeblattbogen hat, und die Kleeblattbogen seiner Giebel sind nicht wie bei jenem zugespitzt. Nur gleichsam unbewußt äußert sich die Hinneigung zum neuen Stil in einem stärkeren Betonen der Höhenrichtung: die Giebel sind steiler gebildet, die Knäufe ruhen auf schlanken Hälsen, der ganze Schrein ist höher und weniger lang. Auch macht sich im Zierwerk bei aller echt ornamentalen Strenge der Linienführung eine Neigung zu naturnachahmenden Einzelformen geltend.

Der Aachener Schrein wirkt reicher als der Marburger durch die Musterung der Gründe hinter den Figuren, durch die ganz durchbrochene Arbeit der größeren Knäufe, durch die größere Anzahl von Bildwerken auf den Dachflächen, durch die belebte Form der Kleeblattbogen und durch die Engelsbüsten, welche am Dach deren Zwickel ausfüllen. Dagegen ist das Marburger Reliquiengehäuse weit vorzüglicher in Bezug auf die Ausführung der Figuren. Zwar sind auch bei dem Aachener Schrein die Bewegungen der Gestalten sehr frei, mannigfaltig und naturwahr, sämtliche Köpfe sind prächtige, lebenswahre Charaktere; in der Madonna mit dem leicht zur Seite gewendeten Haupt ist eine ungewöhnliche Lieblichkeit erreicht (Abb. 157). Aber beim Elisabethschrein werden die nämlichen Vorzüge durch eine größere Richtigkeit im einzelnen, durch eine wahrhaft klassische Anordnung und Ausführung der Gewänder und durch bessere Verhältnisse der Gestalten sehr viel vollkommener zur Geltung gebracht; das Mißverhältnis zwischen dem großen Kopf und den kleinen Unterschenkeln und Füßen, welches bei dem Mariaschrein an fast allen Figuren auffällt, tritt hier nur bei den größeren Gestalten störend hervor. Auch die Flachbilder sind schärfer und gefälliger ausgeführt, lebendiger erdacht. In dieser letzteren Beziehung kam dem Bildner, welcher am Elisabethschrein arbeitete, freilich der Umstand zu statten, daß er zeitgenössische Begebenheiten, das Leben einer erst kürzlich verstorbenen Fürstin zu schildern hatte, während der Aachener Meister, auf Schilderungen des Lebens Christi und seiner Mutter angewiesen war, also auf Darstellungsstoffe, die bereits unendlich häufig behandelt worden waren und ein mehr oder weniger feststehendes Gepräge angenommen hatten.

Wenn wir die Zierwerkbildung des Marienschreines mit derjenigen älterer Werke und wieder die des Elisabethschreins mit jener vergleichen, so bemerken wir eine zunehmende Neigung zu schlankeren, leichteren Formen. Diese Vorliebe für das Zierliche finden wir in allen Werken des 13. Jahrhunderts vorherrschend.

Sehr bezeichnend ist in dieser Hinsicht das abgebildete (Abb. 159) kleine (44 cm lange und 26 cm hohe) Reliquienkästchen mit seinen leichten, offenen Filigranverzierungen und mit dem anmutigen Linienspiel in den als Kugelabschnitte hervortretenden großen Schmelzwerkeinlagen. Die Figuren dieses Werkes stehen nicht auf der Höhe der Zeit; aber sie zeigen eine neue Verwendung des Schmelzschmuckes, welche im 13. Jahrhundert aufkam. Man hatte früher gern bei Emailwerken den Figuren in nicht gerade geschmackvoller Weise plastisch hervortretende Köpfe gegeben; jetzt zog ein richtigerer Geschmack es vor,

Abb. 159. Spätromanisches Reliquienkästchen mit Schmelzwerk aus dem 13. Jahrhundert. In einer Privatsammlung.

die ganzen Gestalten halberhaben zu bilden, ohne deswegen auf die glänzende Farbenwirkung der in Schmelzwerk ausgeführten Gewandung zu verzichten: man überzog, wie die Abbildung zeigt, die plastischen Gewänder mit Email. Die schönen Schmelzornamente des oberen und unteren Randes gleichen denjenigen, welche, in unerschöpflicher Abwechselung erfunden, auch die großen Meisterwerke der Goldschmiedekunst schmücken.

Wir finden im 13. Jahrhundert die deutsche Kunst in allen Zweigen auf einer Höhe stehen, die in mehr als einer Beziehung die Vollkommenheit erreicht hatte, in andern dicht an die Vollkommenheit hinanreichte. Aber der eingeschlagene Weg der Entwickelung wurde abgeschnitten; denn unaufhaltsam drang der neue Baustil ein und unterwarf auch die übrigen Künste seinen unerbittlichen Gesetzen.

III. Die Gotik.

1. Das erste Auftreten des gotischen Baustils in Deutschland.

Abb. 160. Frühgotischer Zierbuchstabe aus einem Meßbuch des 13. Jahrhunderts. (Germanisches Museum zu Nürnberg.)

Ein Bericht über die antiken Baudenkmäler Roms und über die Aufnahmen derselben, welchen Rafael Santi im Jahre 1519 in seiner Eigenschaft als Vorsteher sämtlicher römischen Ausgrabungen an Papst Leo X. richtete, enthält denkwürdige Äußerungen des unsterblichen italienischen Malers über die deutsche Baukunst des Mittelalters, deren Formen auch in Italien Eingang gefunden hatten. „Fast überall," sagt Rafael, von der Kunst des Altertums auf die des Mittelalters übergehend, „begann dann die deutsche Bauweise aufzutreten, welche, wie man noch sieht, äußerst weit von dem schönen Stil der Römer und der Alten entfernt ist . . . Die Deutschen, deren Stil an vielen Orten noch fortdauert, setzen oft als Verzierung irgend ein zusammengekauertes Figürchen hin, schlecht gemacht und noch schlechter gedacht als Konsole, um einen Balken zu tragen, und andre seltsame Geschöpfe und Laubwerk ohne allen Sinn. Und doch hatte diese Architektur einen Sinn, nämlich daß sie ihren Ursprung nahm von den noch unbeschnittenen Bäumen, deren Äste gebogen und zusammengebunden ihre Spitzbogen bilden. Und obgleich dieser Grundgedanke nicht ganz zu verwerfen ist, so ist er doch schwächlich . . . Aber es ist nicht nötig Worte zu machen, um die römische Baukunst mit der barbarischen zu vergleichen . . . Es ist gar keine Schwierigkeit, die römischen Baudenkmäler von jenen zu unterscheiden, die zur Zeit der Goten entstanden sind und noch viele Jahre nachher; denn das sind gewissermaßen zwei geradeswegs entgegengesetzte Extreme."

Der große Meister zeigt sich hier in einem doppelten Irrtum befangen; er bezeichnet die allen civilisierten Ländern jenseits der Alpen gemeinsame Bauweise zu eng als „die deutsche", und er bringt mit gänzlicher Übersehung des in Italien allerdings weniger auffallend hervortretenden älteren romanischen Stils die Spitzbogenarchitektur, deren Ursprung übrigens auf ganz andern Gründen als auf der Ähnlichkeit mit Bäumen beruhte, unmittelbar mit der Bauthätigkeit der Goten in Zusammenhang. Seine Zeitgenossen teilten diese Ansicht, und so bürgerte sich bei den klassisch gebildeten italienischen Schriftstellern des 16. Jahrhunderts, die außer ihrer eignen Zeit nur das griechisch-römische Altertum bewunderten, das Wort gotisch zur Bezeichnung jener eigentümlichen Bauart ein, die gleich den Gotenscharen von Norden her eingedrungen war. Die Bezeichnung ist geblieben, und in Deutschland wie in Italien wird jetzt ganz allgemein der Baustil, der dem romanischen folgte, der gotische genannt. Das Wort, das ursprünglich nur der Ausdruck der Geringschätzung barbarischer Kunstweise war, hat, durch den Sprachgebrauch dieser Bedeutung längst entkleidet, derjenigen Bauweise den Namen gegeben, die eine der bewunderungswürdigsten Erscheinungen nicht nur des Mittelalters, sondern der ganzen Kunstgeschichte ist.

In einem Punkte hatte Rafael recht: die Gotik und die antike Kunst sind geradeswegs entgegengesetzte Extreme. Zwar war auch jene in ihren ersten Anfängen nur eine Abzweigung des vielgestaltigen romanischen Stils, ruhte daher wie dieser mit ihren Wurzeln in der Kunst des Altertums; aber bald hatte sie die letzten Erinnerungen an diese heidnische Herkunft abgeworfen, und erschien nun als etwas völlig Neues, von der antiken Kunst Grundverschiedenes, das mehr als alle andern Versuche dem Ideal eines christlichen Tempels, wie es der gesamten abendländischen Christenheit vorschwebte, entsprach. Daher verbreitete sich diese Bauweise mit siegreicher Schnelligkeit unter den durch gleichen Glauben wie durch gleiche Anschauungen und Sitten miteinander verbundenen Völkern des Abendlandes. Sie war neben der Poesie der lebendigste und vollendetste künstlerische Ausdruck des vollen Gefühls jener thatenfrohen und schaffenskräftigen, dabei tief innerlich frommen Zeit. Ihre Werke scheinen erschaut zu sein in den schwärmerischen Gesichten der theologischen Mystik und ausgeführt mit der scharfen Folgerichtigkeit der scholastischen Gelehrsamkeit; in ihnen spiegelt sich die trotzige Kraft und die zierliche Sitte des Rittertums, sowie der strebsame Fleiß und die Genauigkeit der Bürger und das stolze Selbstbewußtsein der Städte.

Die gotische Kirche ist ein Wunderwerk von Kühnheit und scharfsinniger Berechnung, das der schweren Masse des aufzutürmenden Stoffes spottet. Das natürliche Gesetz der wagerechten Lagerung des Steins scheint aufgehoben, der ganze Bau fügt sich aus aufrechtstehenden Formen zusammen. Wie von innerer Lebenskraft getrieben, Bäumen des Waldes vergleichbar, wachsen die hohen Pfeiler vom Boden empor, aus einer Anzahl schlanker Schäfte gebildet, die über dem leichten bekrönenden Laubkranz sich fortsetzen und in sanft ansteigenden Spitzbogen sich gegeneinander neigen. Blick und Sinn des Beschauers werden mächtig nach oben gezogen. Das Auge folgt den aufsteigenden Formen, die nicht wieder umkehren, und der Blick des Geistes wird durch die gleichsam gewichtlos auf den schlanken Stämmen schwebenden Wölbungen nicht aufgehalten und schweift über das Irdische hinaus in die Unendlichkeit. Und in andrer Richtung wiederum folgt das Auge dem Zuge der belebten Perspektive, welche die rasche Folge der Pfeiler hervorbringt, und wendet sich dem Heiligtum des Chores zu. Eine Fülle von Helligkeit durchdringt den ganzen Raum; die Wände verschwinden fast gänzlich und werden zu weiten Fenstern, deren farbenglänzende Scheiben durch ein künstliches steinernes Gitterwerk gehalten werden.

Das Streben nach Licht und Geräumigkeit bezeichnet das eigentlichste Wesen der Gotik. Mit Recht wird von ihr gesagt, daß keine andre Baukunst mit verhältnismäßig so wenig Steinen so große Räume herzustellen vermocht habe.

Von der Erfindung des spitzbogigen Rippengewölbes gingen die Eigentümlichkeiten des Stils aus. Die einzelnen Rippen und Gurte, auf denen das Gewölbe ruhte, verlangten besondere an den Pfeilern aufsteigende Stützen, „Dienste" nach der Handwerkssprache des Mittelalters. Die Säule, deren Rundform man jetzt, dem Grundsatze möglichst freier Raumöffnung gemäß, zunächst wieder anstatt des viereckigen Pfeilers anwendete, wurde dadurch, daß man ihr vom Boden auf jene dienenden Glieder in Gestalt von mehr als zur Hälfte hervortretenden schlanken Säulen anlegte, zum „kantonierten Rundpfeiler" (vgl. Abb. 167). Anfangs begnügte man sich mit vier solchen Halbsäulen, welche die Hauptgurte trugen; später fügte man zwischen diese vier starken („alte") Dienste vier schwächere („junge") Dienste als Träger der Kreuzrippen ein. Aus dieser Form ging dann der „Bündelpfeiler" hervor, eine Verschmelzung der sämtlichen Dienste, deren Zahl je nach der Gliederung der Gurte vergrößert wurde, zu einem einheitlichen Ganzen; der innere Kern tritt hierbei nicht mehr zu Tage, Halbsäule ist mit Halbsäule durch eine tiefe Einkehlung verbunden (vgl. Abb. 185). Dies ist die eigentlich charakteristische Form des entwickelten gotischen Stils: wie im Gewölbe das Gerüst der Rippen und Gurte als Hauptsache, die Kappen aber als bloße Füllung erscheinen, so zeigt auch der Pfeiler nur die Stützen dieses Gerüstes. Im ganzen gotischen Bau treten die konstruktiven Teile als das Wesentliche hervor. Alles übrige verliert daneben an Bedeutung; auch die Wand wird zur leichten Füllung, die sich auf das Unentbehrlichste einschränken läßt. Die Zwischenpfeiler, die im Mittelschiff sich nur als Träger der Wand darstellten, verschwinden; sämtliche Pfeiler werden vielmehr zum Tragen der Gewölbe auch des Mittelschiffs benutzt. Die einzelnen Gewölbejoche erhalten daher eine länglich viereckige Gestalt. Dabei wurde es zur Regel, die Entfernung der Pfeiler voneinander etwas größer als die halbe Mittelschiffbreite anzunehmen. Auch das frühere Gesetz, daß die Seitenschiffe genau halb so breit sein mußten wie das Mittelschiff, brauchte nicht mehr beobachtet zu werden.

Mit der malerischen perspektivischen Erscheinung der dichten Reihen hoher, schlanker Pfeiler und der schmalen Gewölbefelder wird die Gestalt des Chores durch vieleckige Grundform der Apsis und eine dieser entsprechende Rippenwölbung in Einklang gebracht. Da die erhöhende Krypta unter dem Chor regelmäßig wegbleibt, erscheint dieser als eine unmittelbare Fortsetzung des Vorderhauses, besonders in den nicht seltenen Fällen, wo das trennende Querschiff gänzlich fehlt. Häufig ist der Chor in der Weise gebildet, daß die beiden Pfeilerreihen sich über das Querhaus hinaus fortsetzen und sich in einem halben Vieleck miteinander vereinigen; in der Breite der Seitenschiffe ist dann um diesen inneren Raum ein Umgang herumgeführt, an den sich bei reicheren Gebäuden ein Kranz von wiederum vieleckigen Kapellen anschließt. Auch durch verschiedenartige Anlage von Nebenchören wird manchmal der Chorraum vergrößert und bereichert. Selten erhält er einen rechtwinkligen Abschluß; die ruhige Halbkreisform ist völlig ausgeschlossen.

Auch in der Profilierung der Einzelteile wendet die Gotik nur künstliche, vielfach gebrochene Linien an; der ursprüngliche schlichte Rundstab der Rippen erhält eine nach unten zugespitzte herz- oder birnförmige Gestalt des Durchschnitts. Die Quer- und Längsgurte erhalten ein ähnliches, der größeren Breite dieser Teile entsprechend mannigfaltiger entwickeltes, aus Stäben und Einziehungen zusammengesetztes Profil. Die reiche und kräftige Gliederung der Scheidebogen folgt dem nämlichen Bildungsgesetz, das schließlich auch bei der architektonischen Einteilung der Fenster Anwendung findet.

In den hohen und weiten Fenstern breitet sich ein geometrisch konstruiertes zierliches Steingerüst aus, welches der bunten Verglasung Halt gewährt. Diese Gitterarchitektur, eine der reizvollsten und eigentümlichsten Erfindungen der Gotik, kann man sich hervorgegangen denken aus der Zusammenziehung einer Fenstergruppe, wie sie der spätere romanische Stil liebte, zu einer einheitlichen Lichtöffnung. Die beliebte Form von zwei nebeneinanderstehenden Spitzbogenfenstern, über denen in der Mitte ein kreisrundes Fenster die Füllung eines die beiden umschließenden größeren Spitzbogens durchbrach, gab den Ausgangspunkt: das trennende Wandstück wurde zu einem Säulchen oder zu einem schlanken Pfosten, an welchen sich ebenso wie an die Hauptfensterwandungen Halbsäulchen anlehnten; die kleinen Spitzbogen und der Kreis, in welchem in der Regel eingelegte Stücke kleinerer Kreise eine Rosette bildeten, wurden durch Stabwerk eingefaßt; in den Figuren, welche diese Umrahmungen miteinander und mit dem Umfassungsbogen bildeten, blieb die Füllung weg, so daß auch hier verschiedengestaltige kleine Öffnungen entstanden. In ähnlicher Weise wurde auch aus einer Gruppe von drei Fenstern mit einer oder mehreren Rosetten eine Einheit geschaffen. So entwickelte sich im Oberteil der Fenster ein gefälliges Formenspiel, das durch verschiedenartige Durchschneidung und Verschlingung der Bogen und Kreise Gelegenheit zu überaus abwechselungsreichen Bildungen gab, und dessen Eigentümlichkeit, daß es durchaus aus konstruierbaren und meßbaren Linien besteht, der alte Name „Maßwerk" bezeichnend ausdrückt.

Jene einfachste Form gotischer Fenster zeigt die Elisabethkirche zu Marburg (vgl. Abb. 167). Das merkwürdige Beispiel eines Versuches, Maßwerkformen mit dem vollen Rundbogen des älteren Stils zu vereinigen, bietet der Kreuzgang des Doms zu Trier (Abb. 161).

In dem Grade, wie bei fortschreitender Entwickelung der Gotik die Fenster sich vergrößerten, wuchs der Reichtum und die Mannigfaltigkeit ihrer Gliederung. Die Zahl der

Abb. 161. Kreuzgang des Domes zu Trier.

Pfosten vermehrte sich; je nachdem sie größere oder kleinere Bogen trugen, wurden sie stärker oder schwächer gebildet und als „alte“ und „junge“ Pfosten unterschieden; sie erhielten eine Gliederung, welche dem Bildungsgesetz der Pfeiler entsprach, und aus der sich die Maßwerkverschlingungen ebenso folgerecht entwickelten, wie aus jenen die Bogen und Rippen. Aus der schrägen Fensterbank hervorwachsend, erschien die ganze Gitterarchitektur der Fenster (nach den Worten unseres großen Kunsthistorikers Schnaase) „wie eine aus der organischen Kraft der Pfosten von unten aufgeschossene Pflanzung“, die ihre letzten Sprossen in den Bogenzacken trieb, welche außer in den Kreisen auch in den Spitzbogen und an andern Stellen sich entwickelten. In der Handwerkssprache heißen diese an ihrer Spitze häufig mit einer blumenartigen Verzierung gekrönten Zacken „Nasen“, und die durch dieselben gebildeten Rosetten werden nach der Zahl der Blätter als „Dreipässe“, „Vierpässe“ u. s. w. bezeichnet.

Die so entstandenen geometrisch zusammengesetzten Gebilde erschienen so schmuckreich, daß ihre Verwertung als Zierwerk sich von selbst darbot. Während an den Kapitälen und sonst noch hin und wieder regelmäßig geordnete und in gesetzlicher Gleichmäßigkeit gebildete Nachahmungen natürlicher Pflanzenformen das im romanischen Stil zu so großer Schönheit entwickelte künstlerisch freie Ornament verdrängten, wurde an andern Stellen im Inneren und im Äußeren der Gebäude das Maßwerk, bald blind, bald durchbrochen, als Verzierung reichlich verwendet. Es trägt nicht wenig zu der zauberhaften Wirkung bei, welche ein gotisches Bauwerk ausübt.

Ein Geist von Erhabenheit und Himmelssehnsucht erfüllt den ganzen Innenraum, der den Beschauer überwältigt, daß er das Wunder anschaut und nicht darüber grübelt, wie es möglich geworden sei.

Die starken Massen, welche dem luftigen Werke den festen Halt verleihen, liegen im Äußeren des Gebäudes. Aber auch diese bestehen aus kühn aufgerichteten Einzelgestalten, die nur den Eindruck von Kraft und Sicherheit, nicht den der Schwere hervorrufen. Anstatt ruhiger Mauerflächen umzieht eine dichtgereihte Schar von senkrecht dastehenden Strebepfeilern den ganzen Bau, von denen aus Bogen in mächtigem Schwunge aufwärts gegen das höhere Mittelschiff streben. Der Umfang dieser Pfeiler wird in mehreren Absätzen von unten nach oben geringer, bis sie in schlanken Spitztürmchen auslaufen. So erscheinen auch sie wie emporwachsende organische Gebilde, deren treibende Lebenskraft in den Knospen und Blättern den letzten Ausdruck findet, die von den schrägen Kanten der Spitzen sich loslösen und über deren Gipfelpunkt in Gestalt kreuzförmiger Blumen emporschießen. Der lebendige Drang nach oben scheint gleichsam einen Überschuß an Kraft hervorzurufen, der, nachdem die Aufgabe der Sicherung des Gebäudes erfüllt ist, immer noch Sprossen hervortreibt. Dieselbe Lebensfülle bricht an den Bekrönungen der Fenster, an den steilen Giebeln und selbst noch am First des hohen Daches hervor.

Das sorgfältig berechnete künstliche Strebewerk (vgl. Abb. 177) gewährt dem kühnen und scheinbar unmöglichen Innenbau dadurch vollkommen gesicherte Festigkeit, daß es den seitlichen Druck, welchen die Wölbungen neben dem senkrechten ausüben, genau an denjenigen Stellen auffängt, wo seine Wirkung sich äußern würde. Die Strebepfeiler legen sich der Wand der Seitenschiffe von außen überall da an, wo im Inneren die Dienste der Seitengewölbe an ihr aufsteigen, wo also die gesammelte Kraft des Druckes hinwirkt. In etwas geringerer Stärke setzen sie sich über den Rand der Bedachung des Nebenschiffs fort und dienen hier den Strebebogen als Widerlager, welche nach den strebepfeilerartigen Mauerverstärkungen des Mittelschiffs, in denen gewissermaßen die emporsteigenden Schiffspfeiler äußerlich hervortreten, sich hinüberspannen, um sich dem Seitendruck der Hauptgewölbe entgegenzustemmen. Die Widerstandskraft des Strebepfeilers wird noch vergrößert durch eine Belastung, die ihm in Gestalt eines eckigen Türmchens oberhalb des Strebebogenursprungs aufgesetzt ist. Anfangs und auch später noch bei einfacheren Bauten erhielt dieser Pfeileraufsatz als Abschluß ein kleines Satteldach. In der Regel aber wurde er mit einer steilen Spitze bekrönt und reich geschmückt. Die Ausdrucksweise der alten Meister bezeichnet diese schlanken Spitztürmchen, die noch an vielen andern Stellen angewendet wurden, mit dem rätselhaften Namen „Fiale" und unterscheidet an ihnen den senkrechten Teil als „Leib", die pyramidenförmige Spitze als „Riese".*) Die freistehenden einzelnen Blätter, welche die Kanten der Fialenspitzen und andre schräge Linien beleben, werden „Bossen" oder „Krabben (Krappen)" genannt; wo zwei oder mehr Reihen von solchen zusammenstoßen, erhebt sich die aus vier Blättern und einer in der Mitte hervorwachsenden Sprosse gebildete „Kreuzblume".

Die vielgliedrige Zusammensetzung des Außenbaues erforderte besonders sorgfältige Vorkehrungen zum Schutz gegen die nachteiligen Wirkungen des Regens und des schmelzenden Schnees. Daher wurde ein künstliches Gerinne angelegt, vermittelst dessen das vom Dach ablaufende Wasser in Kanälen, die in den geradlinig schrägen Oberseiten der Strebebogenkörper eingegraben waren und sich quer durch die Strebepfeiler hindurch fortsetzten, in die „Wasserspeier" geleitet wurde, frei hervorragende humoristische oder unheimliche Menschen- und Tiergestalten, durch deren Maul es sich auf die Straße ergoß. Auch wurden die einzelnen Absätze der Strebepfeiler entweder durch kleine Giebeldächer oder durch einfache, etwas vorspringende und vorn rechtwinklig abgeschnittene Schrägungen abgeschlossen, welche als „Wasserschlag" gleichfalls dazu dienten, das Wasser schneller ablaufen zu lassen und von den darunter liegenden Flächen fernzuhalten. Nach diesem Grundsatz wurden auch die Gesimse gebildet, welche über dem ein wenig hervortretenden Sockelstreifen als „Fußgesims", in der Höhe der Fensterbänke als „Kafgesims" und unter dem Dach als „Dachgesims" das Gebäude umzogen. So erfüllten sie nicht nur dem Regen gegenüber einen praktischen Zweck, sondern sie nahmen auch durch ihre steile Schräge an dem allgemeinen Aufwärtsstreben teil; durch eine starke Auskehlung auf der Unterseite, welche ihnen das charakteristische Profil der „Wassernase" gab, wurden sie noch lebendiger gestaltet. Diese Form wurde maßgebend für alle im gotischen Bau vorkommenden wagerechten Gesimse, selbst bei den kleinsten Einzelgebilden.

Die Reinigung der Dachrinnen und zugleich die Besichtigung und Besteigung des Daches zu Ausbesserungszwecken wurde erleichtert durch ein in Maßwerkformen durchbrochenes Geländer, welches sich von Fiale zu Fiale um das Dach herumzog, stellenweise überragt von mit Krabben und Kreuzblumen geschmückten Spitzgiebeln, den „Wimbergen", welche sich über den Fenstern erhoben und auch hier noch die wagerechte Linie auflösten.

Den allerentschiedensten Ausdruck findet schließlich der in allen Formen sich aussprechende Höhendrang in den gewaltigen Türmen. Während auf dem Kreuzungspunkte der Dächer des Lang- und des Querhauses sich nur ein leichter Dachreiter erhebt, wachsen an der Fassade mächtige Turmmassen auf, an den Ecken verstärkt durch Strebepfeiler, in mehreren mit schlanken Fenstern durchbrochenen Stockwerken von immer leichteren Formen in die Höhe steigend, bis zuletzt aus einem Kranze von Fialen und Giebeln die achtseitige Spitze, die in einer Kreuzblume endet, zum Himmel emporschießt. Zu mehr als doppelter Höhe des stolzes Gebäudes erheben sich die Turmriesen, hoch hinaus über das Häusermeer und das Getreibe der Menschen, und verkünden weithin im Lande die Ehre Gottes und den Ruhm der Stadt.

*) Von dem Zeitwort „risen", sich erheben, abgeleitet.

An der Westseite, wo die ragenden Türme nach oben weisen, öffnen sich die Haupteingänge des Gotteshauses. Die nach außen weit auseinander gehenden Portalwandungen und ihre Bogen enthalten in den breiten Einziehungen, welche an ihnen mit schlanken Säulchen und Rundstäben wechseln, eine Fülle von Figurenschmuck, vollrunde Gestalten unter Baldachinen, die ihrem Inhalte nach zu den Reliefbildern in Beziehung stehn, welche das hohe Bogenfeld über dem Thürsturz füllen. An Schönheit kommen diese Portale mit den in den Bogen unnatürlich und beängstigend hängenden Figuren, mit den dichtgedrängten, übereinander gereihten Flachbildwerken, mit ihrer ganzen Überladenheit den romanischen Prachtportalen nicht annähernd gleich; aber sie ziehen dafür in einem andern Sinne an und beschäftigen Auge und Geist. Das gesamte reiche Bildwerk der Fassade stellt sich nämlich wie ein zusammenhängendes, in Stein gemeißeltes Gedicht dar, das belehrend und ermahnend die Heilswahrheiten erzählt, teils in tiefsinniger Symbolik, teils in schlichter geschichtsmäßiger Schilderung. Zwischen den Fialen, die an den Seiten jedes Portals emporsteigen, erhebt sich ein luftiger Wimberg, in dem die figürlichen Darstellungen häufig noch fortgesetzt sind. Kaum weniger reich geschmückte Pforten enthalten die Kreuzarme, deren Giebelwände die unruhige Folge der Strebepfeiler wohlthuend unterbrechen. Niemals aber gehn die Portale, selbst bei den stolzesten Domen, über die natürlichen Maße eines stattlichen Eingangs hinaus; sie stehn in unmittelbarer Beziehung zum Menschen und sind daher menschlichen Verhältnissen angepaßt, so daß sie die über alles Menschliche erhabene Größe des gottgeweihten Baues um so deutlicher hervortreten lassen.

Die Aufgaben, welche das Zeitalter des gotischen Stils sich bei seinen Kirchenbauten stellte, waren so großartig, daß ihre gänzliche Bewältigung in sehr vielen Fällen nicht gelang, weil entweder der Zufluß der Mittel nicht in ausreichendem Maße andauerte, oder weil der Bau sich bis in eine Zeit hineinzog, in der die Herrschaft der Gotik ihr Ende erreicht hatte und eine völlig veränderte Geschmacksrichtung der Arbeit ein Ziel setzte. Jenes Zeitalter aber hat in den Werken der Baukunst seine Anschauungen und Empfindungen so vollständig auszusprechen vermocht, wie kaum irgend ein andres. Wir sehn daher in diesen Werken (nach Schnaases treffendem Ausspruch) „das Abbild einer vergangenen Zeit, aber das verklärte, von den Zufälligkeiten der Geschichte gereinigte Abbild einer bedeutenden, im Entwickelungsgange des menschlichen Geschlechts hochwichtigen Zeit".

Es ist nicht uninteressant, mit den wirklichen Baudenkmalen jener Jahrhunderte die dichterische Schilderung zu vergleichen, welche der Verfasser des „jüngeren Titurel", Albrecht von Scharfenberg (um 1270), vom Tempel des heiligen Grales entwirft. Zwar ist das Gebäude, welches der Dichter vor uns entstehen läßt, ein durchaus phantastisches, ganz aus Edelsteinen, Gold und „lignum aloë" hergestelltes; aber gerade diese Beschreibung eines idealen Gotteshauses, das alle in der Wirklichkeit vorhandenen an Vollkommenheit weit übertreffen sollte, läßt uns in manchen Beziehungen erkennen, was in den Augen der Zeitgenossen vorzugsweise als großartig und des erhabensten Tempels würdig erschien.

Die Kirche der Gralsritter oder „Templeisen", welche der Held des Gedichtes zur

Aufbewahrung des geheimnisvollen Wundergefäßes, das der Sage nach zur Aufnahme von Christi Herzblut gedient hatte, in der Wildnis errichtet, hat die ungewöhnliche — aber bei dem geschichtlichen Templerorden beliebte — Gestalt eines Rundbaues. Sie enthält nicht weniger als „zweiundsiebzig Chöre,

Nach außen hin hervorgestoßen,
Jeglicher Chor besonders",

— eine dichterisch übertreibende Ausbildung des stattlichen Chorkapellenkranzes der Kathedralen, mit ausdrücklicher Hervorhebung der gotischen Stileigentümlichkeit, welche jeden Bauteil in seiner selbständigen Bedeutung zeigt. Jeder Chor dient zur Aufnahme eines besonderen, nach Osten gerichteten und mit Reliquienkapseln, Schmucktafeln, kostbaren Bildern und reichen Ciborien ausgestatteten Altares. Drei unvergleichlich reich geschmückte Pforten führen in das Heiligtum, von Süden, Westen und Norden, wie es der gotische Stil allgemein feststellte, während die frühere Bauweise sich häufig mit einem westlichen Haupteingang begnügt hatte. Die kleinen und großen Gewölbe, die sich auf ehernen Säulen und Pfeilern erheben,

„Mit Schwibbogen unterstoßen,
Von vier Ecken über sich geschlossen",

werden so gebildet, daß sie wie ein Durchblick in den freien Himmelsdom erscheinen:

„Überall das Gewölbe oben
Ward aus Saphir gewölbet;"

kein andrer Stein kommt dazu,

„Nur daß es licht besternt war mit Karfunkeln,
Die gleich der Sonne leuchteten."

Auch die Wirklichkeit mit ihren bescheideneren Mitteln liebte es, den Wölbungsfeldern blaue Farbe zu geben und sie mit goldnen Sternen zu bestreuen. Die Einbildungskraft des Dichters geht noch weiter in der Ausmalung eines naturgetreuen Abbildes des Himmels: die goldfarbene Sonne und der silberweiße Mond, aus Edelsteinen gebildet, bewegen sich durch ein künstliches Werk am Gewölbe.

„Wes Auge es erblickte,
Des Herze ward im Jammerthale so geleitet,
Daß die Gedanken gehen
Hin zu dem Himmelsthrone
Und alle Ding verschmähen,
Die da rauben solche Krone,
Die die Armen zu den Königen setzet."

Die mit Beryllen und Kristallen geschlossenen Fenster lassen eine solche Fülle von Licht einströmen, daß das Auge des Beschauers Schaden leiden würde, wenn nicht der Glanz gemildert worden wäre durch buntes Bildwerk, zu welchem wieder Edelsteine den Herstellungsstoff liefern: Saphir für Lasursteinblau, Topas für Gelb oder Goldfarbe u. s. w. — Mit staunenswürdiger Fertigkeit wußte das Mittelalter in der That in seinem gebrannten Glas die Farbe der Edelsteine nachzuahmen.

Bei soviel Freude an Licht und Glanz kann es nur natürlich erscheinen, daß die Dunkelheit und Niedrigkeit der Krypten den Empfindungen des Dichters und der Zeit, aus deren Anschauungen heraus er redet, entschieden widerstrebte; es klingt wie ein förmlicher Abscheu durch die Strophe:

„Ob sich da Grüfte finden?
Nein, Gott der Herr bewahre,
Daß unter Erdengründen
Reines Volk sich je verstohlen schare,
Wie was in Grüften sich zusammenfindet!

Uns werde an dem Lichte
Der Christenglaube und Christi Amt verkündet!"

Der Reichtum der inneren und äußeren Ausstattung wird mit großer Breite und Ausführlichkeit geschildert. Die in der Neuzeit aufgekommene Ansicht, als ob die gotische Architektur in der nackten Schönheit ihrer Glieder einen selbstgenügenden Schmuck besäße, liegt jener Zeit durchaus fern. In dem dichterischen Prachtbau tritt zu der bildnerischen Verzierung überall die malerische, hier allerdings nicht mit gewöhnlicher Farbe, sondern mit Edelsteinen hergestellt:

„Nun merkt, es hatte keine leere Stelle
Spannenbreit der Tempel außen oder innen;
Es sei gegossen und gemeißelt
Und auch gemalt mit kunstreichen Sinnen,
Wie sie verteilt es hatten,
Stets stand es da zu Lobe."

Und die Bildwerke selbst sind farbig, trotz der Kostbarkeit ihres Stoffs: die gegossenen und gemeißelten Engel würden von einem unerfahrenen Menschen für lebendig gehalten werden, sind also in natürlichen Farben gedacht; und selbst die Ziergebilde von naturgetreuem Laubwerk,

„Die Reben stark von Golde
Waren übergrünet".

Auch hohe Glockenhäuser vergißt der Dichter nicht seinem Bau in überreicher Zahl hinzuzufügen, die in sechs Stockwerken sich erheben, mit drei Fenstern an allen Wänden in jedem Stockwerk, mit Dächern, auf deren Knopf ein Kreuz weithin blitzt „dem Teufel zu einer Scheuche".

Die gotische Baukunst, von der man mit Recht sagen kann, daß sie das mittelalterliche Idealbild eines Gotteshauses verwirklichte, hatte in der zweiten Hälfte des 12. Jahrhunderts im nordöstlichen Frankreich ihre ersten Entwickelungsstufen zurückgelegt. Im Beginn des 13. Jahrhunderts dort zu wunderbar einheitlichem und vollkommenem Stil durchgebildet, verdrängte sie sozusagen plötzlich im westlichen Europa die ältere Bauart. Deutschland aber, wo der romanische Stil eine so edle und schöne Ausbildung erfahren hatte, hielt ungeachtet der Nachbarschaft des Ursprungsgebietes der Gotik mit größerer Zähigkeit an jenem fest. Aber trotz der großen Lebensfähigkeit, welche die romanische Baukunst unseres Vaterlandes noch fortwährend durch Werke von hoher Vollkommenheit an den Tag legte, trat daneben während der Regierungszeit des zweiten hohenstaufischen Friederich auch die neue Bauweise auf, und ehe mit diesem Fürsten der Glanz und die Herrlichkeit des römisch-deutschen Kaisertums dahinsank, hatte die Gotik schon in vielen deutschen Landen begeisterte Aufnahme gefunden. Wir sehen an zahlreichen Beispielen, wie Kirchen, deren Bau noch nach der alten Weise begonnen war, in der neuen weitergebaut worden sind; und dies geschah mitunter so rücksichtslos, daß es sogar vorkommt, daß Bogen, deren Ansätze schon in romanischer Bildung ausgeführt waren, ohne weiteres in gotischer Gliederung beendet wurden.

Man war sich in Deutschland des fremden Ursprungs des neuen Stiles wohl bewußt. So wird über den Bau der Stiftskirche St. Peter zu Wimpfen im Thal (am Neckar) unter dem Dechanten Richard von Dietenstein (1262—78) in der Chronik berichtet:

„Das durch hohes Alter baufällige Münster brach er (der Dechant) ab, und nachdem er einen in der Baukunst sehr erfahrenen Steinmetzen berufen hatte, welcher gerade kürzlich aus der Stadt Paris im Lande Frankreich gekommen war, ließ er nach dem im Frankenlande heimischen Verfahren (opere francigeno) die Basilika aus behauenen Steinen errichten; und derselbe bewundernswerte Künstler zierte die Basilika innen und außen aufs schmuckvollste mit Heiligenbildern, machte Fenster und Säulen mit Meißelwerk in mühevoller Arbeit und mit großem Kostenaufwand, wie noch heute zu sehen ist.*) Von allen Seiten kommen darum Volksmengen herbei, bewundern ein so vortreffliches Werk, loben den Künstler und verehren den Diener Gottes, Richard."

Aber wenn auch die deutschen Baumeister gelegentlich in Frankreich selbst die neue Bauart studierten, so daß sich in manchen Fällen sogar bestimmte französische Vorbilder erkennen lassen, so waren sie doch weit davon entfernt, sich mit bloßer Nachahmung des Erlernten zu begnügen. Vielmehr trat der gotische Stil „schon bei seinem ersten Erscheinen auf deutschem Boden mit voller Selbständigkeit und mit tieferem Verständnis des Prinzips auf; der deutsche Geist behandelte ihn nicht als eine fremde fertige Schöpfung, sondern als sein Eigentum." (Schnaase.)

So ist schon der älteste völlig gotische Bau Deutschlands, die im Jahre 1227 gegründete und wahrscheinlich in nur sechzehnjähriger Bauzeit in der Hauptsache vollendete Liebfrauenkirche zu Trier eine ganz eigenartige Erfindung: ein von acht schlanken Säulen und vier kantonierten Rundpfeilern getragener Rundbau, dessen Umriß sich aus zwölf vieleckigen Nischen, vier größeren und acht kleineren zusammensetzt; die vier großen Nischen, von denen die östliche zur Vergrößerung des Chorraums über den Umfang des Kreises, innerhalb dessen die übrigen liegen, hinausgeschoben ist, sind die Endigungen zweier sich rechtwinklig durchschneidenden, somit ein Kreuz bildenden höheren Schiffe, die acht kleinen begrenzen die niedrigeren Räume, welche die Winkel dieses Kreuzes füllen. Außen sind alle die zahlreichen Ecken und Winkel, welche so entstanden sind, mit Strebepfeilern besetzt. Über der Vierung erhebt sich ein Turm, dessen ursprüngliche Bedachung, wie man auf der alten Abbildung der Stadt Trier in Sebastian Münsters im Jahre 1546 herausgegebener „Cosmographey" sehen kann, ein sehr hoher und spitzer Helm bildete.

Der Meister, welcher dieses anmutige Erstlingswerk der deutschen Gotik schuf, hat kein Bedenken getragen, bei den drei Portalen und bei den Öffnungen im Obergeschoß des Turms im Gegensatz zu allen andern Bogen den Rundbogen beizubehalten, — wie dies auch in dem möglicherweise gleichfalls von ihm erbauten Kreuzgange der Fall ist, der die Liebfrauenkirche mit dem Dom verbindet. Auch die Schaftringe, welche alle Pfeiler und Säulen umziehn, durchlaufenden Gesimsen an den Wänden entsprechend, und die attische Form der Säulenfüße erinnern noch an den romanischen Stil. Im übrigen

*) Die betreffende Chronikstelle wurde vor dem Schluß des 13. Jahrhunderts geschrieben. Aber auch heute noch können wir die schöne Kirche und ihren prächtigen figürlichen Portalschmuck bewundern. Von den Glasmalereien, welche die Fenster damals erhielten, werden im Museum zu Darmstadt Reste aufbewahrt.

Abb. 162. Westportal der Liebfrauenkirche zu Trier.

aber zeigt sich das gotische Gepräge auch in den Einzelheiten, in den spitzbogigen Maßwerkfenstern, in den Gliederungen der Scheidbogen und Rippen, im Laubwerkschmuck der Kapitäle und Thürbogen, der mit frischer Natürlichkeit die Blätter der Weinrebe und andrer einheimischer Pflanzen nachbildet. Während die beiden Nebeneingänge im Norden und Osten noch die gefällige romanische Gliederung haben, ist das westliche Hauptportal nach französischer Art mit Figuren dicht besetzt (Abb. 162); an seinen Seitenwänden stehen große Standbilder unter Baldachinen, im Bogengewände reihen sich in fünf Halbkreisen Standbildchen an Standbildchen übereinander, so daß in jeder Reihe die beiden obersten in beinahe wagerechter Stellung sich mit den Köpfen gegeneinanderneigen. Die Figuren selbst und die halberhabenen Bilder der Bogenfelder gehören zu den Meisterwerken dieser Blütezeit der deutschen Bildhauerkunst; aus ihnen spricht derselbe offene Sinn für die Natur, der sich in den Laubwerkverzierungen kundgibt.

Acht Jahre später wurde in Hessen, wo vielleicht die Cisterzienser von Haina, die ihre sehr schöne, wahrscheinlich im Jahre 1221 romanisch begonnene Kirche gotisch zu Ende führten, das erste Beispiel der neuen Bauweise gaben, eine Kirche gegründet, bei der sich in voller Eigenart die Selbständigkeit der deutschen Auffassung des neuen Stils ausspricht, und die in künstlerischer wie in kunstgeschichtlicher Beziehung von der höchsten Bedeutung ist. Die Elisabethkirche zu Marburg (Abb. 163 u. 167), dieses durch einfache, man möchte sagen jungfräuliche Schönheit ausgezeichnete Werk der frühesten deutsch-gotischen Baukunst, ist, wenn man von einigen unwesentlichen Einzelheiten absieht, völlig aus einem Guß hervorgegangen, eine während der Zeit des gotischen Stils, in welcher der Baugeschmack in manchen Beziehungen fast ebenso schnell wechselte wie die Kleidermoden, bei umfangreicheren und langsam aufgeführten Bauten sehr seltene Erscheinung. Von den Stürmen der Natur und der Zeitläufte ebenso wie von der Umänderungssucht späterer Jahrhunderte im großen und ganzen verschont geblieben, ist sie in der harmonischen Einheitlichkeit und Übersichtlichkeit ihres Wesens und in der reinen Anmut ihrer Formen eines jener Gebäude, die sich dem Gedächtnis des Beschauers unvergeßlich einprägen. Sie hat aber auch eine weitgehende Bedeutung für die Entwickelungsgeschichte der deutschen Gotik als erste gotische Hallenkirche. Diese von der hergebrachten Basilikengestalt durch Gesamterscheinung und Beleuchtungsverhältnisse so wesentlich verschiedene Form, in der die Besonderheit des gotischen Stils mit größter Deutlichkeit zur Geltung kommt, da bei dem Fehlen der Wandflächen über den Bogenreihen des Schiffs thatsächlich der ganze Innenbau aus senkrecht aufsteigenden und oben in scharfen Spitzen gegeneinanderstoßenden Einzelgliedern besteht, die nirgendwo miteinander verschmelzen, diese unserem Vaterlande fast ausschließlich eigentümliche Art des Kirchenbaues, die man nach ihrer Ähnlichkeit mit den großen Hallen, den Fest- und Versammlungssälen der Klöster und Schlösser benannt hat, wurde später in ganz Deutschland beliebt und in manchen Gegenden durchaus vorherrschend.

Veranlassung zum Bau der Elisabethkirche gab die Heiligsprechung der Landgräfin Elisabeth von Thüringen. Die jugendliche schwergeprüfte Fürstin hatte in Marburg ihren Witwensitz genommen und widmete dort ihre ganze Zeit den Werken der Frömmigkeit und Barmherzigkeit, so daß sie schon bei Lebzeiten vom Volke als eine Heilige angesehn wurde, sie starb vierundzwanzigjährig am 19. November 1231 und wurde in der Kapelle des von ihr erbauten Franziskushospitals bestattet. Am dritten Jahrestage ihres Todes

Abb. 163. Elisabethkirche zu Marburg.

trat Landgraf Konrad, der Bruder ihres früh verstorbenen Gemahls, in den Deutschherrenorden ein, welcher seit 1233 in Marburg eine Niederlassung hatte. Bei ihren Lebzeiten hatte Konrad, der in jüngeren Jahren ein gar gewaltthätiger Herr war, seine Schwägerin mit Härte und Ungerechtigkeit behandelt; jetzt betrieb er mit um so größerem Eifer bei Papst Gregor IX. ihre Heiligsprechung. Davon, daß diese nicht ausbleiben werde, war man so fest überzeugt, daß schon im voraus, im Laufe des Jahres 1234, die Vorarbeiten in Angriff genommen wurden für den Bau der über dem Grabe der neuen Heiligen zu errichtenden Kirche, die zugleich das Münster der Deutschordensbrüder werden sollte. Und als der Papst am 27. Mai 1235 die Landgräfin Elisabeth in aller Form und Feierlichkeit als unter die Heiligen der Kirche aufgenommen erklärt hatte, vollzog Landgraf Konrad alsbald nach Empfang dieser Nachricht, am 14. August desselben Jahres, in Gegenwart der Ordensritter und vieler andrer vornehmer Herren die festliche Handlung der Grundsteinlegung. Am 1. Mai 1236 wurden die Gebeine der heiligen Elisabeth mit großem Gepränge aus der Gruft erhoben. Eine nach Hunderttausenden zählende Volksmenge war von nah und fern zu dieser Festlichkeit herbeigeströmt; schwerlich, meint ein Berichterstatter, seien jemals so viele nach Abstammung und Sprache verschiedene Menschen an einem Orte Deutschlands zusammengekommen, noch auch werde solches in Zukunft sich wieder ereignen. Kaiser Friedrich II., das ganze landgräfliche Haus von Thüringen, die Kirchenfürsten von Mainz, Köln und Trier und zahlreiche andre geistliche und weltliche Würdenträger waren zugegen. Friedrich selbst, barfuß, aber mit der Kaiserkrone auf dem Haupte, hob in Gemeinschaft mit andern fürstlichen Personen den Bleisarg, in welchen die Leiche vorläufig eingeschlossen worden war, empor und trug ihn im Umzuge durch die gedrängten Massen der Zuschauer. Während des feierlichen Hochamtes trat der Kaiser vor den Altar und legte eine goldne Krone von sehr großem Werte auf dem Sarge nieder, um, wie er sagte, derjenigen, die er im Leben nicht zu seiner Königin habe machen können, im Tode den Königstitel zu verleihen. Auch die übrigen Vornehmen machten reiche Spenden. Die Fülle der Opfergaben war so groß, daß sie unschätzbar erschien. Überhaupt flossen die Mittel zum Bau sehr reichlich; überall wo der deutsche Orden Besitzungen hatte, hielt er Sammlungen ab für diesen Zweck, und in den entlegensten Ländern förderten die Bischöfe das fromme Werk: aus Skandinavien, Unteritalien und Palästina gingen Beiträge ein.

Abb. 164. Grabfigur des Gründers der Elisabethkirche zu Marburg, des Deutschordensmeisters Konrad von Thüringen.

Der Neubau ward so gerichtet, daß sein nördlicher Kreuzarm die Stelle umschließen sollte, wo der Leib der Heiligen in der Erde geruht hatte. Im Jahre 1249 war der

Bau so weit gediehen, daß die Franziskuskapelle, unter der sich die Gruft befand, niedergelegt, und der Sarg der Heiligen auf den Hochaltar des Neubaus übertragen werden konnte. Der Gründer der Kirche erlebte diesen Zeitpunkt nicht. Konrad starb 1240 zu Rom, fand aber in seiner Stiftung die letzte Ruhestätte. Er ist auf seinem Grabmal, welches ursprünglich in dem damal wohl eben fertig gewordenen Chor, erst später im südlichen Kreuzarm aufgestellt wurde, in ganzer Figur abgebildet, in der Ordenstracht, eine Geißel in der Hand, die an die öffentliche Kirchenbuße erinnern soll, der er sich einst an der Thüre des Münsters zu Fritzlar unterzog, weil er diese Stadt zerstört und sich an hohen geistlichen Würdenträgern thätlich vergriffen hatte. Am Fußende des Grabsteins sind die Wappen des Ordens und der Landgrafschaft angebracht; die Form der Schilde sowie das den Sarkophag schmückende Laubwerk bekunden den Einfluß des gotischen Stils, während die Figur selbst in ihrer schlichten, aber würdevollen Auffassung den spätromanischen Grabmälern ähnlich ist (Abb. 164). Die Bemalung des Denksteins ist verhältnismäßig sehr gut erhalten; man erkennt die Farben der Tracht, der Polster und des Laubwerks; auf die glatte Fläche des Kopfendes ist ein prächtiger Wappenlöwe gemalt.

Die Einweihung der Elisabethkirche fand erst nach achtundvierzigjähriger Bauzeit am 1. Mai 1283 statt. Auch da waren die Türme mit ihren hohen Helmen aus Quadersteinen noch nicht vollendet; ihr Ausbau zog sich bis weit in das folgende Jahrhundert hinein, ohne daß indessen die Wandlungen des Geschmacks eine wesentliche Abweichung vom ursprünglichen Bauplan herbeigeführt hätten. Es gibt wenige gotische Kirchen von so einheitlichem Charakter, keine, in der die erhabene Schönheit, deren der gotische Stil auch ohne Aufwendung reichen Schmuckes fähig war, so voll und klar zum Ausdruck kommt. Der Giebelaufsatz zwischen den Türmen mit seinen zierlichen, für die Mitte des 14. Jahrhunderts bezeichnenden Formen und der nur noch in moderner Erneuerung vorhandene Dachreiter sind zu untergeordnete Teile, um diesen Gesamteindruck zu beeinträchtigen. Eine wesentliche Umgestaltung hat nur das Dach erlitten: ursprünglich waren die Seitenschiffe mit so vielen aus dem Dach des Mittelschiffs heraustretenden Einzeldächern bedeckt, wie sie Abteilungen in Wand und Gewölbe zählten; an den Dächern des Chors und der Kreuzarme befanden sich, gleichfalls der Zahl der Wandfelder entsprechend, spitze Ausbauten mit Lucken, sogenannte „Chorhauben". Im Jahre 1660 ward der Orden durch Geldnot veranlaßt, das Blei, aus dem bis dahin das ganze Dach bestand, abnehmen zu lassen und zu verkaufen; bei der Neubedeckung mit Schiefer wurden die Seitendächer auf die Hälfte der ursprünglichen Anzahl eingeschränkt, also viel breiter und stumpfer gestaltet als früher, und die Chorhauben blieben weg.

Da die aneinandergereihten Seitendächer ohne Giebel, als Walmdächer, angelegt sind, und da die Strebepfeiler — wie es auch bei der Liebfrauenkirche zu Trier der Fall ist — noch keine Spitzen besitzen, so kommt, im Gegensatz zu dem Bestreben der späteren Gotik, alle wagerechten Linien zu beseitigen oder wenigstens häufig zu unterbrechen, die wagerechte Grenzlinie zwischen Mauer und Dach noch zu sprechender Geltung, und das gleichmäßige Durchgehn dieses Mauerabschlusses um Langhaus, Querhaus und Chor hebt auch äußerlich die Eigentümlichkeit der Hallenkirche, die gleichmäßige Höhe des ganzen Innenraums ausdrucksvoll hervor.

Reiches Schmuckwerk zeigt das Äußere der Elisabethkirche nur an den Eingängen, namentlich am Hauptportal. Da das Querhaus keine Fassaden hat, sondern in Chornischen endigt, besitzt die Kirche keine großartigen Seitenportale; nur eine kleine rundbogige Thür, mit Säulchen, verzierten Kapitälen und schöner Bogengliederung ausgestattet, führt an jeder Langseite in das Nebenschiff. Von diesen ist die südliche (Abb. 165) in Bogen und Bogenfeld mit entzückendem Knospen- und Blätterwerk geschmückt, von dessen ursprünglicher Bemalung viele deutliche Spuren vorhanden sind; auch erkennt man noch, daß die ganze Umgebung der Thüre mit figürlichen Malereien bedeckt gewesen ist. Das zweiteilige Hauptportal zwischen den Türmen ist eine der ausgezeichnetsten Zierden des Gebäudes (Abb. 166). Es ist nicht, wie es die Gotik sonst mit sich brachte, mit Figuren überladen, sondern ist nach seiner ganzen Anordnung mit dicht nebeneinander stehenden Säulchen und mit wechselweise reich verzierten und glatt gegliederten Bogenläufen noch im Sinne der spätromanischen Baukunst erfunden. Aber das prächtige freigearbeitete Blattwerk an den Kapitälen und im Bogen, das natürliche Pflanzenformen in vortrefflicher Stilisierung wiedergibt, offenbart den neuen Stil; auch das Bogenfeld ist mit einem reizenden Geranke von Weinrebe und Rosenstrauch ausgefüllt. Die Wahl gerade dieser beiden Pflanzen steht zu dem Figurenschmuck der Pforte in Beziehung: der Weinstock deutet auf Christus, die Rose auf Maria, die von den Dichtern als „blühende Rose an Aarons altem Stamm" Gefeierte. In der Mitte des Bogenfeldes steht unter einem Baldachin das Standbild der jungfräulichen Himmelskönigin, der Schutzpatronin des Ordens; zu ihren Seiten knieen dienende Engel, welche Kronen in den Händen tragen. Die Gottesmutter hält in der Rechten das Scepter, auf dem linken Arm das Kind, und indem sie sich mehr auf den linken als auf den rechten Fuß zu stützen scheint, nimmt sie mit rechts geneigtem Oberkörper jene zierliche seitwärts ausgebogene Stellung ein, welche für die gotischen Figuren so überaus bezeichnend ist und die später manchmal auffallend übertrieben wurde. Die Thürflügel, deren Holz ehemals mit bemaltem Pergament überzogen war, haben noch die ursprünglichen prächtigen Eisenbeschläge von freiem ornamentalen Schwunge und schöne messingne Löwenköpfe. Die Innenseiten haben noch die

Abb. 165. Bogen und Bogenfeld mit frühgotischem Laubwerk von der Seitenthür der Elisabethkirche zu Marburg.

Abb. 166. Hauptportal der Elisabethkirche zu Marburg.

alte Pergamentbekleidung, auf der in gewaltiger Größe, jeden Flügel ganz einnehmend, das Ordenswappen gemalt ist.

Das Innere der Kirche (Abb. 167) macht denselben Eindruck von schlichter

Abb. 167. Inneres der Elisabethkirche zu Marburg vom Hauptaltar aus gesehen.

Großartigkeit und anmutiger Würde wie das Äußere. Starke Rundpfeiler mit angelehnten Säulen tragen die schönen Gewölbe. An den Seitenschiffwänden

18*

steigen Bündel von je fünf Diensten empor, so daß jede Rippe hier ihren eignen Träger hat; die Vierungspfeiler sind mit je sechzehn Diensten besetzt, indem hier auf jede der breiteren und reicher gegliederten Hauptgurtungen deren drei kommen; im Schiff dagegen hat jeder Pfeiler nur vier Dienste, so daß die Kreuzrippen hier der besonderen Träger entbehren. Durch die größere Einfachheit der Schiffspfeiler gegenüber den Wand- und Vierungspfeilern wird die der Hallenkirche eigentümliche wirkungsvolle Raumeinheitlichkeit des ganzen Langhauses bedeutsam hervorgehoben; diese einfachen, schlanken Pfeiler wollen keine Scheidung aussprechen, sondern nur als Stützen der Gewölbedecke dastehen. In den zuerst vollendeten östlichen Teilen der Kirche sind die Sockel der Dienste und des Pfeilerkerns noch rund, der Kapitälkranz besteht aus hervorspringenden rundlichen Knospen, wie die spätromanische Baukunst sie liebte; im westlichen Teil dagegen sehen wir die Knospen zu scharfkantigen gezackten Blättern erschlossen, und die Sockel haben Vieleckform angenommen. Der Chorraum und ebenso die als Nebenchöre dienenden Kreuzarme endigen fünfseitig, als halbe Zehnecke. Diese Anlage dreier zusammen eine Kleeblattform bildenden Nischen bekundet wiederum sehr augenscheinlich die Unabhängigkeit des Baumeisters von französischen Mustern, da sie ihr Vorbild nur in deutsch-romanischen Kirchen, wie St. Maria im Kapitol und den dieser verwandten kölnischen Prachtbauten, findet. Dasselbe gilt von der Anordnung der Fenster in zwei Reihen übereinander, welche außer in den Chören vieler romanischen Kirchen auch in den vier Hauptnischen der Trierer Liebfrauenkirche angewendet, in der französischen Gotik aber ungebräuchlich war. An den abwechselungsreichen Kapitälchen der Fensterpfosten ist eine ähnliche Entwickelung in der Richtung von Osten nach Westen wahrzunehmen wie an den Pfeilerkapitälen. Die Einfachheit des Maßwerks wird in den Mittelfenstern der drei Chornischen durch einen dem Kreise eingelegten Sechspaß belebt. Nur das große Fenster über dem Haupteingang hat reicheres, sehr schönes Maßwerk.

Von der inneren Ausstattung, welche die Kirche in der Zeit von der Vollendung des Ostchores bis zu ihrem gänzlichen Ausbau allmählich erhielt, ist trotz mancher erlittenen Unbilden noch sehr vieles, zum Teil freilich in mehr oder weniger stark erneuertem Zustande, übrig geblieben, so daß vielleicht keine andre Kirche so viel Zusammengehöriges aus dieser Zeit besitzt.

Das Schicksal der Elisabethkirche, die nicht nur den Landkomturen des Ordens, sondern auch den hessischen Landgrafen als Begräbnisstätte diente, und die beständig von zahlreichen Pilgerscharen besucht wurde, unter andern im Jahre 1357 von Kaiser Karl IV. und der Königin Elisabeth von Ungarn, ist ein sehr wechselreiches gewesen. Landgraf Philipp der Großmütige führte 1539 den protestantischen Gottesdienst ein, und da ihm die Wallfahrten nach den Reliquien der Heiligen ein Greuel waren, beseitigte er eigenhändig die Gebeine seiner Ahnfrau. Während der Gefangenschaft des Landgrafen wurde die Kirche dem katholischen Gottesdienst zurückgegeben, dem dann seit 1554 wieder der lutherische folgte; von 1810—27 war der Chor den Katholiken eingeräumt Im Anfange des 17. Jahrhunderts stiftete der bilderstürmerische Eifer der Reformierten große Verwüstungen an, und nur dem entschlossenen Auftreten des damaligen Landkomturs gelang es, die gänzliche Zerstörung aller Altarbilder zu verhindern. Im Jahre 1761 richteten die Franzosen in der Kirche ein Heu- und Mehlmagazin ein, bei welcher Gelegenheit sämtliche Sitzbänke im Schiff weggeschafft und die schönen Glasgemälde der Fenster zum größten Teil zerstört wurden. Noch in unserm Jahrhundert, zur Zeit des Königreichs Westfalen, wurden die steinernen Chorschranken zwischen Vierung und Kreuzarmen niedergerissen, und die Absicht des damaligen Pfarrers, auch dem bereits stark verunstalteten Lettner dieses Schicksal zu bereiten, wurde beim Ende der Fremdherrschaft eben rechtzeitig vereitelt. Noch später wurde — unglaublich zu sagen — alles Bild- und Schnitzwerk im Langhause fleischfarbig angestrichen; glücklicherweise entging der Chorraum dieser Verunstaltung.

Der erwähnte Lettner, eine mit vielen kleinen Standbildern geschmückte, architektonisch gegliederte und durchbrochene Steinwand aus der Mitte des 14. Jahrhunderts, welche die beiden westlichen Vierungspfeiler miteinander verbindet, ist bei der sorglichen Wiederausbesserung der Kirche mit Zuhülfenahme der wiederaufgefundenen Bruchstücke und mit Erneuerung der fehlenden Figuren ergänzt worden; obgleich dabei manches Moderne mit untergelaufen ist, fesselt er doch durch seine reiche und glänzende Erscheinung den Blick des Eintretenden.*) Er ist mit einem hohen, prächtig in Holz geschnitzten Bogen bekrönt, der augenscheinlich älteren Ursprungs ist als der Lettner und begründeter Vermutung nach von einem 1287 gestifteten Altare herstammt. Hinter dem Lettner stehen an den drei abgeschlossenen Seiten der Vierung, also an ihrer ursprünglichen Stelle, die aus Eichenholz angefertigten einfach schönen Chorstühle aus dem 13. Jahrhundert (s. Abb. 167). Sehr wohl erhalten und durch geringe Ergänzungen wieder in stand gesetzt ist der am 1. Mai 1290 geweihte Hochaltar in der Ostapsis. Bereits 1247—48 war an dieser Stelle ein Altar errichtet worden, auf welchem 1249 der kostbare Schrein, der nunmehr die Gebeine der Heiligen umschloß, eines der glänzendsten Werke der mittelalterlichen Goldschmiedekunst, seine Aufstellung erhielt. Nach einer geistreichen neuerlichen Vermutung ist das Ciborium dieses ersten Altars in dem prächtigen, mit einer Auswahl der köstlichsten Schmuckgebilde in Gestalt verschiedenartiger Blätter und Blumen verzierten frühgotischen Baldachin erhalten, welcher sich in der Abschlußnische des nördlichen Kreuzarms über einem reliefgeschmückten Steinsarg erhebt und die Stelle bezeichnet, wo sich das Grab Elisabeths befunden hatte. Bei dem neuen Hauptaltar kam die früher allgemein gebräuchliche Anordnung eines Ciboriums nicht mehr zur Anwendung. Statt dessen wurde hinter dem steinernen Altartische ein bemalter und vergoldeter Hochbau errichtet, der eines der allerausgezeichnetsten Werke der Steinmetzenkunst ist. Er zeigt an seiner Vorderseite drei spitzbogige Nischen mit Standbildchen, von Spitzgiebeln überdeckt; neben und zwischen diesen erheben sich schlanke Fialen. Das Ganze ist ein schmuckreiches architektonisches Gebilde, nach den Regeln der gotischen Baukunst aufgeführt, aber weit davon entfernt, nur in kleineren Verhältnissen die Formen der großen Architektur einfach nachzuahmen; schon die Größe der wunderbar schönen Knospen und Blätter, welche die Bogen umrahmen, an Kanten und Giebelseiten hervorsprießen und die Kreuzblumen bilden, gibt den richtigen Maßstab an (Abb. 168). Einen auffallenden Gegensatz zu dem Altarbau bietet in dieser Beziehung der links neben ihm an der Chorwand stehende aus Eichenholz geschnitzte und ebenfalls reich bemalte Celebrantenstuhl, die dreisitzige Bank, deren Bestimmung es war, den beim feierlichen Gottesdienst mitwirkenden aber nicht beständig beschäftigten Priestern einen zeitweiligen Ruheplatz zu gewähren. Obgleich kaum mehr als ein halbes Jahrhundert jünger wie der Altar, zeigt dieses Stuhlwerk in seinem dreiteiligen Baldachin, über dem sich drei offene Türmchen mit je einer Figur erheben, schon eine völlige Nachahmung der großen Architekturformen im kleinen, ohne Rücksicht auf deren eigentümliches Wesen und Bedeutung; sogar die Wasserspeier fehlen nicht, die doch an einer Stuhlbekrönung ein wirklich sinnloser Schmuck sind.

Bei der hohen Vollendung, welche die Elisabethkirche zu Marburg in Anlage und Ausführung zeigte, muß es nur natürlich erscheinen, daß bei vielen

*) Auf der Abbildung (167) ist nur die weniger verzierte Rückseite mit der Bühne für den Vorleser zu sehen.

gleichzeitigen und späteren Bauten Hessens und der benachbarten Gegenden, vom Rheine bis nach Thüringen hinein, ihr Einfluß sichtbar wurde. Wir erkennen denselben z. B. deutlich bei der schönen Stiftskirche zu Wetzlar, die bereits in romanischem Stil begonnen war, und bei einer großen Anzahl kleinerer Kirchen, namentlich auch in Westfalen, wo der Hallenbau zuerst aufgetreten war und jetzt bei größeren Werken im neuen Stil eine eigentümliche und glänzende Ausbildung erfuhr. Bei dem im Jahre 1238 begonnenen Neubau der ehrwürdigen Krönungskirche der deutschen Könige, des Bartholomäusdoms zu Frankfurt am Main, wurde das Langhaus in einer der hessischen Bauart ganz ähnlichen Weise hergestellt.

Abb. 168. Hochaltar der Elisabethkirche zu Marburg.

Die weitere Erneuerung dieses Domes erfolgte indessen erst erheblich später in völlig verändertem Geschmack und mit mehrfachen Unterbrechungen; von 1315—38 wurde der langgestreckte Chor ausgeführt, in der zweiten Hälfte desselben Jahrhunderts die Querflügel, deren bedeutende Länge bei der ungewöhnlichen Kürze des Langhauses doppelt auffällt; der Bau des stattlichen Turms wurde 1415 unter Meister Madernus Gertener begonnen und 1514 abgeschlossen; erst die neueste Zeit hat die kuppelartige Turmspitze nach erhaltenen Plänen, welche gegen Ende des 15. Jahrhunderts gezeichnet wurden, ausgeführt.

Marburg besitzt auch eins der ältesten großartigen Beispiele von Anwendung des gotischen Stils auf die weltliche Baukunst in dem „hohen Saalbau" des Schlosses, das auf weithin sichtbarer Höhe die Stadt und die Kirchtürme überragt. Dieser Bau wurde von Elisabeths Enkel, dem Landgrafen Heinrich I. von Hessen (1263—1308), aufgeführt; von der gleichzeitig erbauten Schloßkapelle wissen wir, daß sie 1288 geweiht wurde; gänzlich vollendet wurden beide Werke aber erst unter Heinrichs Sohn Ludwig, Bischof von Münster, im zweiten Jahrzehnt des 14. Jahrhunderts. Der hohe Saalbau erhebt sich über einem Kellergeschoß in zwei überwölbten Stockwerken, mit gewaltigen viereckigen

Abb. 169. Rittersaal im hohen Saalbau des Schlosses zu Marburg.

Strebemassen, die neben den steilen Giebeln des Hauses in achtseitige Türmchen auslaufen, an den Ecken und mit schwächeren, aber immer noch sehr mächtigen Strebepfeilern zwischen den Fenstern verstärkt. Die Fenster des unteren Stockwerks, welches aus zwei mit rippenlosen Kreuzgewölben überdeckten Räumen besteht, sind aus Gruppen hoher und sehr schmaler Spitzbogenöffnungen, die durch gemeinsame Blenden eingeschlossen werden, gebildet. Das ganze Obergeschoß des Hauses wird von einem großen Saal von mächtiger Wirkung eingenommen (Abb. 169). Die hohen Gewölbe desselben ruhen auf Rippen, welche von Konsolen an den Wänden und von vier stämmigen achtseitigen Pfeilern ohne Kapitäle entspringen und in mit Laubwerk, Masken und Tierfiguren verzierten Schlußsteinen zusammenstoßen. Die Fenster, deren Brüstungen, zu Sitzplätzen ausgearbeitet, Gelegenheit zu behaglichem Genießen der prächtigen Aussicht gewähren, sind sehr einfach in der Ausführung, aber merkwürdig in der Anordnung, welche gewissermaßen als ein unentwickeltes Vorbild reicher Maßwerkarchitektur angesehen werden kann: ein großer spitzer Blendbogen faßt jedesmal zwei Fenster, die wiederum aus je zwei schlanken Spitzbogenöffnungen und einem Vierpaß bestehen, mit einer einfachen Kreisöffnung zu einer Gruppe zusammen. Von den spätromanischen Palästen mit der verschwenderischen Pracht ihres Schmuckwerks ist dieser Saalbau in seiner schlichten Großartigkeit sehr charakteristisch verschieden. Die Gotik herrscht hier schon unbedingt und hat jede Erinnerung an den früheren Stil verdrängt.

Schon vor der Mitte des Jahrhunderts wurde eine ganze Anzahl von Kirchen im gotischen Stil neu errichtet oder in ihm weitergeführt, nicht nur in Hessen und Westfalen, am Nieder- und Mittelrhein, sondern auch am Oberrhein, in Schwaben und der Schweiz sowohl wie im Elsaß, wo schon die Bauten des Übergangsstils sich den Formen der französischen Frühgotik zugeneigt hatten, in Sachsen, Thüringen und selbst in Böhmen. Unter den geistlichen Ordensgesellschaften nahmen nicht allein die Cisterzienser, deren eigentümliche Bausitten der Gotik schon früh gewissermaßen vorgearbeitet hatten, und welche für ihr Kloster Marienstatt in einer einsamen Gegend des Westerwaldes in demselben Jahre, wo der Bau der Trierer Liebfrauenkirche begann, den Grund zu einer sehr prunklosen, aber streng gotischen Kirche legten, den neuen Stil bereitwillig auf, sondern auch die jetzt zu Macht und Ansehn gelangenden Bettelorden, für deren Bauten neben einer absichtlichen Einfachheit noch der völlige Mangel jener gewählten Vornehmheit, welche die Werke der Cisterzienser auszeichnet, charakteristisch ist. Als das Jahrhundert zur Wende ging, hatte die Gotik fast in ganz Deutschland bis zu den äußersten nördlichen und südlichen Marken der Ostgrenze Wurzel gefaßt. Überall stiegen die hochstrebenden Gotteshäuser empor, bald in ruhiger Anmut, bald reich geschmückt, bald in dürftiger Einfachheit; teils als Basiliken, teils als weite Hallen, hier aus bildsamen Hausteinen, dort aus sprödem Ziegelstoff aufgeführt; mit Chorbildungen der verschiedensten Art vom reichen Kapellenkranz bis zu schlicht geradlinigem Abschluß. Schon die Mannigfaltigkeit der Erscheinungen beweist, wie wenig die deutschen Baumeister von ihren französischen Vorbildern abhängig waren, wie sehr sie den neuen Stil zu ihrem und der deutschen Nation Eigentum gemacht hatten.

Die ganze Fülle seiner stolzen Herrlichkeit aber zu entfalten fand der gotische Stil schon wenige Jahrzehnte nach seinem ersten Erscheinen in Deutschland Gelegenheit bei drei großartigen Domen, deren Vollendung freilich die Arbeit vieler aufeinander folgender Geschlechter in Anspruch nahm, die daher auch die Wandlungen des Geschmacks, denen die Gotik während der Dauer ihres Bestehens unterworfen war, erkennen lassen. Zwei dieser Prachtbauten, die Münster zu Straßburg im Elsaß und zu Freiburg im Breisgau, schlossen sich bereits vorhandenen romanischen Teilen als unmittelbare Fortsetzungen an. Der größte von den dreien dagegen, die erzbischöfliche Kathedrale von Köln, wurde von Grund auf nach den neuen Kunstgesetzen erbaut und gestaltete sich, wenn auch erst nach Jahrhunderten zu Ende geführt, zu dem herrlichsten Meisterwerk, das die gotische Baukunst überhaupt hervorgebracht hat.

Abb. 170. Maßwerkverzierung vom Chorgestühl des Kölner Doms.

2. Die drei großen rheinischen Dome.

Abb. 171. Zierbuchstabe aus einer Handschrift d. 2. Hälfte des 13. Jahrh. (Kölner Archiv.)

An den beiden oberrheinischen Domen, den Münstern zu Straßburg und zu Freiburg, zeigt es sich deutlich, mit welchen Schwierigkeiten die Baumeister zu kämpfen hatten, um die von ihnen ausgeübte neue Bauweise mit den Verhältnissen bestehender älterer Teile einigermaßen in Einklang zu bringen, und mit welchem Geschick sie diese Aufgabe zu lösen wußten. Hier wie dort handelte es sich zunächst darum, romanischen Chorräumen und Querschiffen neue Langhäuser anzufügen. Dies geschah bei beiden Domen in so übereinstimmender Weise, daß es nahe liegt, gegenseitige Beziehungen der Meister anzunehmen.

Das Münster zu Freiburg (Abb. 172), das kleinere der beiden Prachtgebäude, war, wenn man von der erst später erfolgten Erneuerung des Chors absieht, das am frühesten vollendete. Das Querschiff desselben ist in den schönen Formen des spätromanischen Stils der Rheinlande aufgeführt, spitzbogig im Innern, an den Giebeln mit Bogenfries, großem Radfenster und kleineren Bogenfenstern, sowie reich verziertem Portal geschmückt; über der Vierung erhebt sich eine Kuppel, von vier starken mit Halbsäulen besetzten Pfeilern getragen. Die beiden, später mit einem gotischen Aufsatz gekrönten, sechseckigen Treppentürme, welche sich, in den oberen Stockwerken durch zweiteilige Rundbogenfenster mit Säulchen durchbrochen, an der Ostseite des Querhauses erheben, stammen aus derselben Zeit wie dieses. Der Chor, dessen Erneuerung im folgenden Jahrhundert beschlossen wurde, war wahrscheinlich noch älter, aus der Zeit des Herzogs Konrad von Zähringen, der 1123 den Grund zum Münsterbau legte.

Abb. 172. Münster in Freiburg.

Der Meister, welcher den Bau des Langhauses begann, führte dieses, um die Höhenausdehnung, welche seine Bauweise verlangte, nach Möglichkeit zu erreichen, so hoch empor, wie es die vorhandene Kuppel nur eben gestattete: er ließ das Gewölbe nicht unmittelbar über dem Triumphbogen der Vierung an die senkrechte Vorderwand der Kuppel anstoßen, sondern in einem viel höher angesetzten Bogen, dessen Spitze er bis dicht an den obersten Rand jener Wandfläche hinaufreichen ließ, so daß hier zwischen dem unteren (Triumph-) und dem oberen (Schild-) Bogen ein großes Feld von eigentümlicher Form leer blieb, während außen die Kuppel ganz unter dem Dache verschwand. Auf diese Weise erhielt das Mittelschiff, für dessen Breite die Stellung der Vierungspfeiler maßgebend blieb, ein schlankes Höhenverhältnis. Um den Gesamtraum der Kirche zu vergrößern, gab der Meister den Seitenschiffen dagegen eine ungewöhnliche Breite, indem er ihre Außenmauern bis zu gleicher Flucht mit den Querhausgiebeln hinausrückte. Die Pfeiler wurden so dicht gestellt, daß ihr Abstand wenig mehr als die Hälfte der Mittelschiffbreite beträgt. Sie sind aus vier stärkeren Ecksäulen und zwölf schlankeren Runddiensten gebildet, deren gemeinsamer Sockel die Gestalt eines übereckstehenden Quadrats mit Verbreiterungen an den Ecken hat, so daß die romanische Kreuzform des Pfeilergrundrisses noch leise nachklingt; jeder Dienst hat sein eignes Laubkapitäl, die fünf dem Mittelschiff zugewendeten Dienste steigen ununterbrochen bis zum Hauptgewölbe empor. Im 14. Jahrhundert wurden an den Pfeilern Standbilder der Apostel angebracht, die unter Baldachinen auf Konsolen stehen. Die Wandfelder zwischen den Scheidebogen und den Oberfenstern sind leer gelassen; dagegen sind die Flächen unter den Seitenschifffenstern durch eine Bogenstellung und ein zierliches Maßwerkgeländer reich und gefällig belebt. Dieses Geländer verband mit dem Reiz der Schmuckwirkung den Nützlichkeitszweck, daß der hinter ihm befindliche Gang den Zutritt zu den Fenstern, bei welchen man auf häufige Ausbesserungen bedacht sein mußte, erleichterte, — ein Zweck, der in andern Fällen, z. B. bei der Elisabethkirche in Marburg, durch außen angebrachte, sich durch die Strebepfeiler hindurchziehende Laufgänge erreicht wurde. An den Fenstern erkennt man ein dem allmählichen Vorrücken des Baues entsprechendes Fortschreiten von den einfachsten zu mannigfaltigen und schönen Formen.

An der Westseite erhebt sich in der Breite des Mittelschiffs ein einzelner Turm, dessen Fuß in tiefer Nische den reichgeschmückten Haupteingang einschließt. Die Umrahmung der Pforte ist in der für gotische Prachtportale bezeichnenden Weise mit Figuren bedeckt: in den Einkehlungen der Thürwandungen stehen lebensgroße Standbilder, in den unmittelbaren Fortsetzungen dieser Einkehlungen am Bogen befinden sich kleinere Statuen, derartig geordnet, daß immer der Baldachin der einen Figur den Stützpunkt für die Füße der nächstfolgenden gibt. Bei den meisten derartigen Portalen treffen so in der Spitze eines jeden Bogenlaufs zwei Baldachine zusammen; in andern Fällen, und so beim Freiburger Münster, scheidet an dieser Stelle eine mit dem Kopf nach vorn gerichtete Figur die beiden aufsteigenden Hälften jeder Reihe. Das Bogenfeld ist ganz mit Reliefbildern angefüllt. In dem vorderen Teil der Eingangsnische sind die Bogenläufe nicht mit Figuren gefüllt, aber an den Wänden setzt sich die Standbilderreihe der Thüreinfassung fort. In ihrem Zusammenhange bildet diese ganze umfangreiche Folge von vortrefflich ausgeführten Bildnerwerken eine der geistvollsten jener großartigen geistlichen Bilderdichtungen, deren Sprache den Zeitgenossen leichter verständlich war als uns, deren Gedankentiefe wir aber bewundern müssen, sobald wir uns eingehend mit ihnen beschäftigen.

Die Standbilder, welche vor dem eigentlichen Portal an den Wänden der Eingangsnische stehen, enthalten gleichsam die Einleitung. Wir erblicken zunächst auf der einen

Seite, durch Jungfrauen verbildlicht, die sieben freien Künste, auf der andern die Gestalten Abrahams, Aarons, der Maria Jacobi, Johannes des Täufers und der Maria Magdalena. Daß die Wissenschaften der Welt, der Ruhm des heidnischen Altertums, den Himmel nicht zu erschließen vermögen, daß zu diesem nur der Glaube an die Verheißung führt, als dessen Vertreter die dargestellten biblischen Personen erscheinen, ist der Sinn dieser Bildwerke; denn an jene reihen sich die Gestalten der thörichten, an diese diejenigen der klugen Jungfrauen mit dem himmlischen Bräutigam. Am Beginn der vierfach abgeteilten engeren Portaleinfassung stehen als schöne Frauengestalten, neben den klugen Jungfrauen die christliche Kirche, neben den thörichten Jungfrauen die jüdische Synagoge. An die letztere schließen sich die Darstellungen der Heimsuchung und der Verkündigung (diese in zwei Nischen verteilt) an, gegenüber erscheinen als die ersten nicht aus dem Judentum hervorgegangenen Christusgläubigen die heiligen drei Könige. So leiten die an den Wandungen des inneren Portalrahmens angebrachten Figuren von beiden Seiten her auf den Mittelpunkt des Ganzen hin: am Trennungspfosten der zweiteiligen Thür steht Maria, „die Pforte des Himmels“, mit dem göttlichen Kind auf dem Arme. Im Bogen des Portals zeigt die vorderste Figurenreihe, diejenige, welche Judentum und Christentum verbindet, zwischen achtzehn Bildern von Patriarchen in der Spitze Gott Vater, den allen geoffenbarten Schöpfer; die zweite Reihe, die an den ersten der drei Weisen anknüpft, achtzehn Könige des alten Bundes, in ihrer Mitte den König der Könige, Gott Sohn, den jener sucht, und den Maria bei der Heimsuchung Elisabeths erwartet; die dritte zeigt zwischen vierzehn Propheten den Heiligen Geist, nicht als Taube, sondern in menschlicher Gestalt mit erhobenen Händen gebildet, gleich beziehungsvoll zu der einen Seite, wo die Jungfrau im Augenblicke der Verkündigung dargestellt ist, wie zu der andern, wo der zweite der drei Weisen, mit der Hand auf Maria hindeutend, sich ebenso natürlich den Propheten anschließt, wie der erste den Königen. Die letzte Reihe ist mit Engeln angefüllt, deren mittelster den Stern hält; aus ihren Scharen herabgestiegen scheinen auf der einen Seite der Verkündiger Gabriel, auf der andern ein über dem anbetend niedergesunkenen dritten Weisen schwebender göttlicher Bote. Die Bildwerke des Bogenfeldes erzählen in großen Zügen die Geschichte des Sohnes der Jungfrau. Der unterste Querstreifen schildert Christi menschliches Dasein: die Geburt mit herbeieilenden Hirten, und Begebenheiten des bitteren Leidens. Darüber ist die Vollbringung des Erlösungswerkes durch den Kreuzestod dargestellt; das Kreuz, auf dessen einer Seite Maria und Johannes, auf der andern Kriegsknechte stehen, hat die Gestalt eines knorrigen Baumes; an seinem Fuße liegt ein Totenkopf: der Schädel Adams, über dessen Grab nach uralter Sage das aus dem Baume der Erkenntnis gezimmerte Marterholz aufgerichtet wurde. Ganz oben erscheint Christus, wie er wiederkommt zu richten die Lebendigen und die Toten, neben ihm Maria und Johannes als Fürbitter, umgeben von Engeln mit den Leidenswerkzeugen und mit den Posaunen des Gerichts; dieses Bild findet zu beiden Seiten der Kreuzigungsgruppe seine Fortsetzung: neben dem Schädel des Stammvaters erheben sich die Toten aus den Gräbern, hinter den Heiligen beim Kreuze steigen Selige empor, hinter den Kriegsknechten werden Verdammte von einem Teufel hinweggeschleppt, und über den Kreuzesarmen, zunächst unter dem Weltenrichter, thronen in der Seligkeit des Himmels die Apostel. So schließt das Bildergedicht mit einer Schilderung des letzten Endes, dessen eingedenk zu sein schon in der Einleitung das Gleichnis von den klugen und thörichten Jungfrauen mahnt.

Im Jahre 1270 war, wie eine eingemeißelte Jahreszahl verkündete, der unterste Teil des Turmes vollendet; im ersten Jahr des neuen Jahrhunderts hingen die Glocken schon in seinem Oberbau, und er wurde nun anscheinend ohne Unterbrechung der Bauzeit bis zur letzten Spitze ausgebaut. Dieser Turm, von dem Sebastian Münster in seiner „Cosmographey“ sagt, „die Heiden hätten ihn vor Zeiten unter die sieben Wunderwerke gezählt, wo sie ein solch Werk gefunden hätten", ist das älteste und schönste Beispiel jener stolzen Riesenwerke der deutschen Baukunst, die in erhabener Kühnheit, wie spielend mit dem schweren Stoff des Steins, mit ganz durchbrochener, aus dünnen Stäben und Maßwerk zusammengesetzter Spitze in die Lüfte ragen. Über dem mit einer Brüstung gekrönten und an den Ecken mit Strebepfeilern versehenen viereckigen Unterbau, der in verhältnismäßig einfachen Massen bis über den Dachfirst des Mittelschiffs aufsteigt, erhebt sich, leichter als jener und von unten nach oben an Reichtum des Schmucks und an Luftigkeit zunehmend, das achtseitige Glockenhaus, von vier kräftigen Fialen, die den Übergang aus dem Viereck in das Achteck vermitteln, begleitet; in der Mitte seiner Höhe, da wo die spitzen Endigungen der Eckfialen sich vom Turmkörper lösen, ist dasselbe durch ein Gewölbe geschlossen und steigt von hier an völlig offen mit acht großen Fenstern empor. Zwischen den Wimbergen, welche diese Fenster überdecken, und den schlanken Fialen der acht Ecken erhebt sich dann der luftige Helm, aus acht in steiler Schräge aufsteigenden, in Wirklichkeit sehr starken, von unten aus aber sehr dünn erscheinenden Rippen gebildet, die mit Krabben besetzt und durch Querbalken und wechselnde Maßwerkfiguren miteinander verbunden sind, bis sie in ihrem obersten Teil ganz frei gegeneinander streben, um in einer Kreuzblume den letzten Abschluß zu finden (Abb. 172). Die Gesamthöhe des Turmes, dessen drei Abschnitte, der vierseitige Unterbau, das achtseitige Glockenhaus und der spitze Helm, ungefähr gleich hoch sind, sich dem unten stehenden Beschauer daher infolge der perspektivischen Verkürzung so darstellen, als ob jeder Abschnitt niedriger sei als der unter ihm befindliche, beträgt 116 Meter.

Nicht lange nach Vollendung des Turms, wie es scheint, wurde der Beschluß gefaßt, auch den Chor neu zu bauen; eine Inschrift berichtet, daß der Grundstein zu dieser Erneuerung im Jahre 1354 gelegt wurde, und aus einer Urkunde von 1359 erfahren wir, daß der Rat der Stadt den Meister Johannes von Gmünd als Werkmeister des neuen Chores und des Münsters auf Lebenszeit anstellte. Aber — wir wissen nicht aus welchen Gründen — erst mehr als ein Jahrhundert später wurde die Ausführung des jetzigen Chores thatkräftig in Angriff genommen. Im Jahre 1471 wurde zu diesem Zwecke Meister Hans Niesenberger aus Graz unter besonders vorteilhaften Bedingungen angestellt. Derselbe erhielt ein Jahresgehalt mit der Verpflichtung, alle Vierteljahre einmal nach dem Bau zu sehen, für einen tüchtigen Polier und tüchtige Gesellen zu sorgen und in Bezug auf die Zahl der Arbeiter sich nach den Wünschen der Baupfleger zu richten; für die Zeit seiner Anwesenheit und Thätigkeit in Freiburg bekam er außerdem einen Taglohn. Der Bau des langgestreckten, von einem niedrigeren Umgang und einem Kapellenkranze umgebenen Chores, dessen Mittelschiff noch höher hinaufgeführt und dabei noch schmaler ist als das des Vorderhauses, während der Umgang sehr viel schmaler ist als die vorderen Seitenschiffe, so daß selbst die Kapellen über deren Fluchtlinie nicht hervorragen, war im Jahre 1513 vollendet. Mit dem verschlungenen Netzwerk der Gewölberippen, mit dem vielgestaltig zusammengesetzten Maßwerk der abwechselnd durch breite und durch fast geradlinig steile Spitzbogen geschlossenen Fenster bekundet er in sprechendem Gegensatz zu der Einfachheit des Vorderhauses die Vorliebe der gotischen Spätzeit für gekünstelte Formen. Auch das Strebewerk des Chores mit seinen übertrieben dünnen Strebebogen unterscheidet sich auffällig von dem älteren (Abb. 172).

Die Gestalt der Chorkapellen ist eine ungewöhnliche, indem dieselben nicht wie sonst meistens gebräuchlich mit drei, sondern mit nur zwei Vielecksseiten, also in einer stumpfwinkligen Spitze nach außen hervortreten. Ebenso ungewöhnlich ist die Anordnung der Kapellen in Beziehung zur inneren Chornische; die letztere, durch Pfeiler gebildet, welche ebenso weit voneinander entfernt sind wie die Schiffspfeiler des Chores, beschreibt den Grundriß eines halben Sechsecks; die Trennungspfeiler der Kapellen aber beschreiben, da auch sie dieselben Abstände behalten wie in dem gerade gestreckten Teil des Chores, auf ihrer bedeutend größeren Umkreislinie ein halbes Zwölfeck, so daß der Blick zwischen den Pfeilern der inneren Nische hindurch jedesmal wieder auf einen Pfeiler stößt und selbst hinter dem Hochaltar keinen ruhigen Abschluß findet.

Abb. 173. Rheinischer Zierbuchstabe aus dem 13. Jahrh. (Handschrift des Kölner Archivs.)

Bedeutend umfangreicher als das Freiburger Münster war die bischöfliche Kathedrale von Straßburg von vornherein angelegt worden. Über der Basilika, welche Bischof Werinhar zu Anfang des 11. Jahrhunderts an Stelle des ältesten, angeblich schon zur Zeit Chlodwigs gegründeten und im Jahre 1007 durch den Blitz zerstörten Domes errichtet hatte, schwebte ein merkwürdiges Verhängnis; nicht weniger als fünfmal wurde sie eine Beute der Flammen, jedesmal aber wiederhergestellt, bis der letzte Brand im Jahre 1176 einen völligen Neubau veranlaßte. Doch wurde auch bei diesem die ältere Krypta beibehalten; der östliche Teil derselben, dessen Mittelschiff von einem Tonnengewölbe bedeckt ist, das auf einer Wechselstellung von Pfeilern und Säulen mit flachverzierten Kapitälen ruht, rührt noch von der Werinharschen Anlage her; der westliche, mit Kreuzgewölben, Würfelknaufsäulen, deren Basen Eckknollen haben, und Wandpfeilern mit Halbsäulen, stammt aus dem Ende des 11. oder dem Anfang des 12. Jahrhunderts. Auch der altertümliche Grundriß des Chores, dessen Apsis sich nach Art der altchristlichen Basiliken unmittelbar an die Vierung lehnt, blieb unverändert. Ein Überrest aus der Frühzeit des 12. Jahrhunderts ist noch das reiche romanische Portal mit phantastischen „Meerwundern“ an den Kapitälen, welches sich als Umrahmung eines Altars an der Ostwand des nördlichen Querarmes befindet, das aber ursprünglich wohl einen andern Platz gehabt hat. Unter den Bischöfen Konrad I., Heinrich I., Konrad II. (von Hünenburg), Heinrich II. (von Veringen) und Berthold von Teck, die nacheinander von 1179—1238 regierten, wurde der Bau mit Eifer betrieben, trotz mehrfacher kriegerischer Störungen im letzten Jahrzehnt des 12. Jahrhunderts. Die mit einer einfachen Halbkuppel geschlossene Chornische mit den beiden als bischöfliche Begräbnisstätten dienenden niedrigen Kapellen zu ihren Seiten, die durch den unter ihr liegenden Westteil der Krypta erhöhte Vierung und das Querhaus, dessen Flügel weiter ausladen, als sonst gebräuchlich war, so daß sie längliche Rechtecke bilden, wurden unter ihnen in schönem spätromanischen Stil vollendet.

Es ist interessant zu sehen, wie während der Bauzeit der Plan der Überdeckung der Kreuzarme geändert wurde. Ursprünglich sollten dieselben durch je ein mächtiges Kreuzgewölbe geschlossen werden, wie man noch aus den stehengebliebenen Ansätzen von jetzt zusammenhangslosen Gurtträgern erkennt. Dann aber wurde diese Absicht aufgegeben und die Querhausarme erhielten zweischiffige Gestalt; zu diesem Zwecke wurde in der Mitte eines jeden derselben ein mächtiger Pfeiler aufgerichtet und ihm entsprechend ein Zwischenpfeiler in den nördlichen und den südlichen Vierungsbogen gestellt. So wurde jeder Querarm durch vier länglich rechteckige Kreuzgewölbe gedeckt. Der südlichste jener Pfeiler hat eine viel reichere Gestalt erhalten als die drei übrigen, welche einfach rund, von einem Schaftring umzogen und mit achteckigem blattgeschmückten Kapitäl versehen sind. Seiner Gliederung nach steht er auf der Grenzscheide zwischen spätromanischer und frühgotischer Form: an einen achteckigen Kern legen sich vier stärkere und vier schwächere Dienste; die letzteren sind mit je drei lebensgroßen Figuren unter Baldachinen geschmückt: zu unterst stehen auf kurzen Säulen die vier Evangelisten, darüber vier Engel mit Posaunen, oben Christus zwischen drei Engeln mit den Leidenswerkzeugen. Wegen dieses Figurenschmucks, in welchem wir einen Hinweis auf das jüngste Gericht zu erblicken haben, ist dem Pfeiler der Name „Engelspfeiler" beigelegt worden; sein Kapitälkranz zeigt schönes knospenartiges Blattwerk.

Die Fenster beider Querarme enthalten noch manche sehr beachtenswerte Reste romanischer Glasmalerei aus dem 12. und dem Anfang des 13. Jahrhunderts, so einen thronenden Christus und unter ihm den heiligen Laurentius, ferner Johannes den Täufer im nördlichen Flügel, südlich außer andern Heiligen die Märtyrer der thebanischen Legion in der einfachen Kettelrüstung wie sie zur Zeit Friedrichs des Rotbarts getragen wurde; schönes romanisches Blattwerk umrahmt diese Figuren, zum Teil noch in rundbogigem Schluß, so daß zwischen der Einfassung des Bildes und dem Spitzbogen des Fensters ein Raum übrig bleibt, der mit bedeutungslosem Zierwerk gefüllt ist.

Das Querhaus schließt jederseits mit einer reich ausgebildeten Fassade von großer Schönheit ab. Die nördliche Fassade, deren Unterteil später durch die Laurentiuskapelle verbaut wurde, hat nur ein Portal, wurde also jedenfalls schon begonnen, ehe man sich entschlossen hatte, die Kreuzarme zweischiffig zu halten. Die südliche Front aber trägt dieser Umgestaltung schon durch ein Doppelportal Rechnung. Es ist anziehend, die beiden Fassaden miteinander zu vergleichen, um zu sehen, wie die Gotik allmählich an Einfluß gewonnen hat. Die nördliche ist noch rein und streng romanisch, wenn man von den an dem nachträglich erhöhten Giebel angebrachten gotischen Ecktürmchen absieht. Sie hat über dem schöngegliederten Rundbogenportal zwei einfache Spitzbogenfenster, über jedem derselben ein radförmiges Fenster in einer Rundbogenblende, dann eine durchgehende Säulenlaube unterhalb des Giebels, der in der Mitte wieder ein Kreisfenster enthält und mit einem Bogenfries verziert ist. Die Südfassade aber zeigt über dem Doppelthor, dem größeren Lichtbedürfnis des neuen Stils entsprechend, zwei Fensterpaare, darüber zwei von Spitzbogen umrahmte Kreisfenster, die nicht durch Speichen, sondern durch einen doppelten Ring kleiner Kreise, die sich um einen Achtpaß legen, gegliedert sind; zu beiden Seiten des Giebels, der in seiner Mitte eine aus zwei kleineren und einem breiteren und höheren Spitzbogenfenster bestehende Gruppe zeigt, erheben sich zwei völlig gotische durchbrochene Türmchen. Zwei Maßwerkgeländer, die sich unterhalb des Giebels und unterhalb der Kreisfenster hinziehen, sind in viel späterer Zeit hinzugefügt worden. Beide Fassaden sind an den Ecken durch Strebewände, d. h. durch sehr weit hervortretende wandartige Strebepfeiler gestützt.

Das nördliche Doppelportal war ehemals mit reichem Figurenschmuck ausgestattet. Das meiste davon ist in den Stürmen der französischen Revolution untergegangen; das übriggebliebene reiht sich würdig den ausgezeichneten Werken an, welche die Blütezeit der mittelalterlichen Bildhauerkunst in der ersten Hälfte des 13. Jahrhunderts hervorbrachte. Die in den halbkreisförmigen Bogenfeldern befindlichen Bildwerke, welche dadurch der Zerstörung entgingen, daß ein Schreiner den glücklichen Gedanken hatte, sie durch Transparente zu verkleiden, stellen den Tod Marias und ihre Krönung dar Beide sind von ganz außerordentlicher Schönheit: die edle Bildung der Körper und die Anordnung der Gewänder erinnern lebhaft an die Kunst des Altertums; dazu kommt die tiefe Innigkeit christlichen Gefühls, die sich im Ganzen der Darstellungen und im Ausdruck der einzelnen Figuren ausspricht. Ergänzungen sind namentlich an dem Krönungsbilde vorgenommen worden, doch sind dieselben nicht so stark, daß sie den ursprünglichen Eindruck zu trüben vermöchten. Völlig neu dagegen sind die beiden kleineren Bildwerke, welche sich unter jenen an den Thürsturzen befinden. Auch der König Salomo zwischen beiden Eingängen ist eine moderne Wiederholung Von den Standbildern der Pfortenwandungen sind nur die beiden ganz außen unter Baldachinen stehenden Figuren des Christentums und des Judentums erhalten geblieben. Diese schlanken und geschmeidigen Gestalten, deren Formen sich unter den fließenden Falten der Gewänder anmutig ausprägen, haben schon etwas von jener zierlichen Biegung in den Hüften, die für den gotischen Stil kennzeichnend ist. Das Christentum oder die Kirche, eine mit Krone und Mantel geschmückte Frau mit dem Kelch in der Linken und dem Siegesbanner des Kreuzes in der Rechten, ist eine hohe, vornehme Erscheinung, welche mit den wunderbar ausdrucksvollen und doch lieblichen Zügen des klassisch schönen Gesichts den Eintretenden anblickt (Abb. 174).

Abb. 174. Die Figur der christlichen Kirche am Südportal des Straßburger Münsters.

Das Judentum, ebenfalls eine Frauengestalt von schönen und biegsamen Formen, hat weder Krone noch Mantel; sie hält die Gesetztafel in der Linken und eine Fahne mit vielfach zerbrochenem Schaft in der Rechten; ihre Augen sind von einer Binde bedeckt und das abgewendete Haupt ist tief gesenkt. An diese beiden Figuren schlossen sich in den Portalwandungen, jetzt durch Säulen ersetzt, die Standbilder der zwölf Apostel an. Eins derselben trug ein Spruchband mit den Versen:

„Gratia divinae pietatis adesto Savinae,
De petra dura per quam sum facta figura“.

(Die Gnade der Barmherzigkeit des Herren möge stehn zur Seit'
Savinen, ihr, durch die ich ward Gestalt aus einem Steine hart.)

Bei der Seltenheit inschriftlicher Überlieferung von mittelalterlichen Künstlernamen ist hier die Nennung einer Künstlerin doppelt interessant. Eine durch gar nichts begründete Sage hat aus dieser Savina eine Tochter des Meisters Erwin von Steinbach gemacht, dessen Bauthätigkeit am Münster erst mehr als ein Menschenalter nach Vollendung des Querhauses und seines Portalschmucks begann. Die beiden erhaltenen Standbilder sind den Figuren des sogenannten Engelspfeilers sehr ähnlich in der Auffassung, übertreffen sie aber weit an künstlerischer Schönheit.

Nicht lange nach Vollendung der Ostteile, jedenfalls noch vor der Mitte des Jahrhunderts, ging man zum Neubau des Langhauses über. Der romanische Stil hatte seine Herrschaft jetzt völlig verloren, und die neuen Teile wurden in rein gotischen Formen aufgeführt. Die Breite der Vierung bestimmte die Breite des Mittelschiffs, die Seitenschiffe wurden so weit ausgedehnt, daß ihre Wände der Stellung der Mittelpfeiler in den Querarmen entsprachen. Das Mittelschiffgewölbe wurde so weit in die Höhe geführt, wie es eben möglich war, ohne die Vierungskuppel so vollständig unter dem Dache verschwinden zu lassen, wie dies in Freiburg geschah. Die Pfeiler erhielten eine ähnliche Gestalt wie dort. Unter den Oberfenstern wurde ein Triforium in der Weise angelegt, daß sich in seinen Hauptpfosten die Fensterpfosten nach unten fortzusetzen scheinen. Solche Gänge in der Mauerstärke waren bekanntlich schon früher beliebt als Mittel zur Belebung der Wandfläche, welche dem angelehnten Seitenschiffdache entsprach; hier aber wurden die Seitenschiffe mit nach außen und innen abfallenden Satteldächern gedeckt, so daß der Gang nun auch nach außen hin durchbrochen werden konnte. So trägt derselbe mit seiner Doppelreihe zierlicher Bogen nicht nur zum Schmucke, sondern auch zur stärkeren Beleuchtung des Mittelschiffs bei; nach innen war er ehemals mit einer Brüstung versehen. Unter den Fenstern der Seitenschiffe wurde eine blinde Bogenstellung angebracht, damit auch hier die Mauerfläche nicht unbelebt blieb. Die Fenster selbst, die oberen sowohl wie die unteren (vgl. Abb. 177), sind vierteilig mit zwei kleineren Vierpässen und einem größeren Sechspaß in streng regelmäßigen Formen. Sie nehmen die ganze Breite der Räume zwischen einem Wandpfeiler und dem andern ein und stoßen oben dicht an die Gewölbe.

Während von den ursprünglichen Wandmalereien, sowie von der Bemalung und Vergoldung der Bauglieder, — wenn letztere überhaupt jemals zur Ausführung gekommen ist, — nichts mehr zu sehen ist, hat sich von der farbenprächtigen Verglasung der Fenster trotz aller Mißgeschicke auch im Langhause noch vieles erhalten, und zwar aus verschiedenen Zeiten, so daß man hier den Entwickelungsgang der Glasmalerei vom 12. bis zum 15. Jahrhundert verfolgen kann.

Noch völlig romanisch, jenen ältesten Glasgemalden im Querhaus ähnlich, sind die überlebensgroßen Gestalten dreier Kaiser im westlichsten Fenster des rechten Seitenschiffs.

Abb. 175. Romanische Glasmalerei im Straßburger Münster: König Heinrich und König Friedrich.
(Umrahmungen und Baldachine gotisch.)

Sie müssen angefertigt worden sein, ehe das alte Langhaus dem neuen Platz machte. Heinricus rex, Fridericus rex und Heinricus Babenbergensis werden sie in den Inschriften benannt, welche ihre Häupter wie Heiligenscheine umgeben. Der letztgenannte ist Heinrich der Heilige; in den beiden andern dürfen wir wohl gleichzeitige Darstellungen von Friedrich Barbarossa und seinem noch jugendlichen Sohne Heinrich (VI.) erblicken. Die Figuren stehen in gerader feierlicher Haltung da, mit den königlichen Würdezeichen geschmückt, unter gotischen Baldachinen, welche der Zeit angehören, in der die Bilder den Spitzbogenfenstern angepaßt wurden (Abb. 175).*) Mit bewundernswürdig feinem Sinn ist die Farbenpracht der Gewänder und der Hintergründe in Harmonie gesetzt. Friedrich, mit rötlichem Haar und Bart, hat eine tiefgrüne Tunika und goldgelben Mantel, beide Kleidungsstücke mit reichen andersfarbigen Borten, die durch Perlenreihen eingefaßt sind; der Grund ist hinter der Figur blau, oben, hinter der hellen Architektur des Baldachins, tiefrot. Heinrich, blond und bartlos, auf durchgehends blauem Hintergrunde, trägt über dem grünen Unterkleid einen roten Mantel mit Purpurfutter; auch hier vermitteln die schmalen und die breiten Borten, zu denen bei dem einen wie dem andern Schulterverzierungen kommen, welche wie eine entfernte Erinnerung an den antiken Clavus, das Standesabzeichen der römischen Ritter und Senatoren, in seiner byzantinischen Umgestaltung erscheinen, in reizvollster Weise die Zusammenstimmung der Farben. Befremdlich für unser Gefühl ist die Verbleiung der Augen, welche den Eindruck macht, als ob die Kaiser Brillen trügen; die alten Glasermeister konnten an dieser Form, welche ihnen gestattete, die Augen aus andersfarbigem Glase herzustellen als das Gesicht, natürlich keinen Anstoß nehmen, da ihnen Brillen unbekannt waren. — Andre Königsfiguren aus derselben Zeit sind gänzlich zu Grunde gegangen und durch neue ersetzt.

Abb. 176. Gotische Glasmalerei um 1300 im Münster zu Straßburg: König Philipp.

Gegen Ende des 13. und im Anfange des 14. Jahrhunderts wurde die Königsreihe weitergeführt. Vergleicht man eine dieser späteren Figuren mit jenen älteren, so tritt der Unterschied zwischen gotischer und romanischer Auffassung bei ganz gleichartigem Gegenstande auffallend hervor. Der Mantel fällt nicht mehr in geraden Falten frei herab, sondern er wird um die Hüften zierlich zusammengerafft, so daß er sich in Querfalten spannt und die Seitenbiegung des Körpers scharf hervorhebt; mit dieser Biegung hängt eine stärkere Verschiebung der Füße zusammen, und auch in der Haltung der Arme tritt ein merklicher Unterschied hervor. Die älteren Kaiser tragen die Zeichen ihrer Herrscherwürde in der natürlichsten und ungezwungensten Haltung; bei den jüngeren macht sich die gesuchte Zierlichkeit des Zeitgeschmacks bemerklich. So hält der abgebildete König Philipp (Abb. 176) mit der Linken den Reichsapfel vor die

*) Von dem ursprünglichen romanischen Blattornament der äußersten Umrahmung sind noch Reste vorhanden; aber dieselben sind so willkürlich geflickt und so verworren, daß sich ihr Zusammenhang nicht mehr erkennen läßt. Es erschien daher um der Klarheit willen zweckmäßiger, diese undeutlichen Bruchstücke auf der kleinen Abbildung ganz wegzulassen und statt ihrer die spätere Umrahmung einheitlich durchzuführen.

Brust, gegen die rechte Schulter zu; die Rechte faßt in gezierter Haltung mit dem Scepter zugleich den Mantel. In der Farbe ist die Kleidung Philipps derjenigen Kaiser Friedrichs ähnlich; aber der Grund ist rot und die Scheibe um den Kopf ist blau. An Pracht und Harmonie der farbigen Gesamtwirkung stehen diese Fenster den früheren nicht nach; die der späteren Gotik häufig eigne Neigung zur Buntheit macht sich noch nicht geltend. In den Maßwerkfeldern herrscht im allgemeinen ein leuchtend blauer Grundton vor, der den Blick gleichsam in den Äther hinaufzieht.

Die Mehrzahl der übrigen Fenster, soweit dieselben überhaupt alt sind, gehört der ersten Hälfte des 14. Jahrhunderts an und bekundet gleichfalls einen vollendeten Geschmack in der Wahl der Farben und der Verteilung der Massen. Dies gilt namentlich auch von den in einem ganz andern Sinne entworfenen, nämlich mit figurenreichen Darstellungen aus der biblischen Geschichte teppichartig ausgefüllten Fenstern des südlichen Seitenschiffs. Später ließ das richtige Gefühl für die natürlichen Gesetze und Grenzen der Glasmalerei nach. Eine durch deutsche Verse erläuterte Darstellung des jüngsten Gerichtes, welche sich jenen biblischen Bildern im linken Seitenschiff anschließt, wirkt zwar als Flächenschmuck noch vortrefflich, ist aber so überladen mit Figuren, daß diese kaum zu entwirren sind; hier tritt schon ein Zwiespalt ein zwischen dem Wesen der Flächenhaftigkeit und der Figurenfülle der Darstellung, welche um verständlich zu sein die Andeutung einer räumlichen Tiefe erfordern würde. In den wenigen dem 15. Jahrhundert angehörigen Glasgemälden des Münsters läßt sich durchgehends in dieser Hinsicht eine Abnahme des richtigen Geschmacks erkennen.

Wenden wir uns dem Äußeren des Langhauses zu, so nehmen wir dieselbe wohlthuende Wirkung klarer und ruhiger Harmonie wahr, welche wir bei Betrachtung des Inneren empfinden. Jederseits treten sechs starke Strebepfeiler hervor, die bis zum Sims des durch ein Maßwerkgeländer begrenzten Seitenschiffdaches senkrecht aufsteigen, hier über den Wasserspeiern mit einem kleinen Giebel verziert sind, sich dann in dem Teile, von dem aus die kräftigen, nur von einem kleinen Vierpaß durchbrochenen Strebebogen sich emporspannen, durch schrägen Verlauf ihrer Außenseite verjüngen, um schließlich in Fialen zu endigen, die mit Nischen und Standbildern unter Spitzgiebeln und mit Krabben geschmückt sind. Die Fialen sind nicht alle gleich, einige sind reicher entwickelt und höher hinaufgeführt als die andern. Wie die Mauern der Seitenschiffe, so sind auch die des Mittelschiffs von einem nicht durch Wimberge überragten Maßwerkgeländer bekrönt, unterhalb dessen sich in der schattigen Einkehlung des Dachgesimses ein Fries von kräftigem Laubwerk hinzieht. Nur schlanke, spitzige Fialen, die sich auf kleinen Halbsäulen über dem Ansatze der Strebebogen an der Wand erheben, durchschneiden die wagerechte Linie des Geländers (Abb. 177).

Von den Baumeistern des Langhauses sind einige durch urkundliche Überlieferung bekannt: Meister Heinrich genannt Wehelin, der 1252 den der heiligen Jungfrau geweihten und zur Abhaltung der Frühmesse bestimmten „Frügealtar“ im östlichsten Mittelschiffjoche hinter dem Lettner errichtete, und Meister Konrad Oleyman, der von 1261—74 den Bau leitete. Zu des letztgenannten Zeit trat in der Verwaltung des Dombaues eine Veränderung ein. In dem Kampfe, welcher zwischen Bischof Walther von Geroldseck und der Bürgerschaft entbrannte, ward der Bischof bei Hausbergen in unmittelbarer Nähe von Straßburg 1262 vollständig besiegt; seitdem wurde der Bau unter Aufsicht des

Abb. 177. Langhaus des Straßburger Münsters.

Rates der Stadt, welcher weltliche Pfleger zur finanziellen Leitung des Unternehmens ernannte, weitergeführt. Das Datum der Vollendung des Lang=

hauses gibt ein gleichzeitiger Vermerk in einer Handschrift der Straßburger Jahrbücher an:

Im Jahre des Herrn 1275 am 7. September, dem Vorabende der Geburt der seligen Jungfrau, ist der Bau der Mittelgewölbe und des ganzen Werks — mit Ausnahme der vorderen Türme — der Straßburger Kirche vollendet worden, unter der Regierung des römischen Königs Rudolf, im zweiten Jahre seiner Herrschaft.

In Straßburg hatte damals Konrad III. (von Lichtenberg) den bischöflichen Stuhl inne, ein krieg- und kunstliebender Herr, der auch den Münsterbau eifrig förderte. Im dritten Jahre seiner Regierung, am 2. Februar 1276, that er selbst in feierlichem Aufzuge den ersten Spatenstich bei den Grundarbeiten zum Turmbau, und am 25. Mai des folgenden Jahres wurde der Grundstein der Fassade gelegt. Hierüber berichtete eine bis in das vorige Jahrhundert am Hauptportal befindlich gewesene Inschrift:

Im Jahre des Herrn 1277 am Tage des seligen Urban hat dieses glorreiche Werk begonnen Meister Erwin von Steinbach.

Der Name Erwin von Steinbach ist mit dem Straßburger Münster unzertrennlich verbunden. Über seine Persönlichkeit und seine Herkunft ist nichts bekannt. Auch der Zusatz „von Steinbach" zu seinem Namen beruht nur auf jener verschwundenen Inschrift; er heißt überall sonst schlechtweg Meister Erwin. Daß er den neuen Baustil in Frankreich studiert hatte, ist unzweifelhaft. Aber seine Straßburger Schöpfung kennzeichnet ihn als einen geistvollen Künstler, der das Gelernte mit großer Selbständigkeit zu verwerten wußte. Wodurch er sich den Ruf erworben hatte, der ihm einen so großartigen Auftrag einbrachte, welche andre Werke er noch geschaffen hat, darüber fehlen alle Nachrichten; nur der Plan und ein Teil der Ausführung der St. Florianskirche zu Niederhaslach in den Vogesen, deren Werkmeister später einer seiner Söhne war, wird ihm mit ziemlicher Wahrscheinlichkeit zugeschrieben. Wir wissen nicht einmal, wie viel am Straßburger Münster von Erwin herrührt, dürfen aber annehmen, daß es nicht wenig ist, da er dem Bau über 40 Jahre als Werkmeister vorstand. Mehrere im Original oder in Nachzeichnung erhaltene Risse der Münsterfassade, die im sogenannten Frauenhause (eigentlich Stift zu Unser Lieben Frauen) zu Straßburg und im Germanischen Museum zu Nürnberg aufbewahrt werden, glaubt man mit einiger Sicherheit zum Teil auf Erwin zurückführen zu dürfen; keiner derselben gibt Aufschluß darüber, wie der Ausbau der Türme ursprünglich gedacht war; alle hierauf bezüglichen Entwürfe sind viel späteren Ursprungs. Die einzigen urkundlichen Erwähnungen Erwins aus seiner Lebenszeit sind in einigen Eintragungen in dem im Münsterarchiv aufbewahrten Wohlthäterbuch erhalten, aus denen wir erfahren, daß er und seine Familienmitglieder verschiedene Geschenke zum Besten des Baues machten. Meister Erwin starb am 17. Januar 1318 und wurde neben seiner Gattin Husa, die ihm am 21. Juli 1316 vorangegangen war, auf dem kleinen Hofe in der Nordostecke des Münsters, dem sogenannten Leichhöfel hinter der Johanneskapelle beerdigt. Husa führt in der Grabschrift den Titel Frau (Domina), der der Regel nach nur adligen Damen zustand. Der einfache Grabstein enthält außer den Namen und den Todestagen der beiden auch Namen und Todestag eines später gestorbenen Enkels des Meisters.

Man darf kühnlich behaupten, daß es keine Domfassade gibt, die sich an Schönheit mit der Erwinschen messen kann. Der Meister gab ihr eine Dreiteilung, welche den Schiffen entsprach, und faßte die Teile mit starken Strebepfeilern ein; auch in wagerechter Richtung gliederte er die Fassade. Im unteren Geschoß nehmen die drei Portale, von denen das mittlere, wie immer üblich, das größte ist, fast die ganze Breite der drei Abteilungen ein; oberhalb der durchlaufenden wagerechten Trennung befindet sich in der Mitte ein großes kreisrundes Fenster, eine „Rose“ von großartig prächtiger Wirkung; zu ihren Seiten, in den Türmen, steigt je ein hohes Spitzbogenfenster empor (Abb. 180). Zu dieser einfach edeln und übersichtlichen Anordnung hat Erwin eine Ausschmückung von unvergleichlichem Reiz gesellt. Wie ein durchsichtiger Spitzenschleier ist ein Netz von feinen Stäben und zierlichem Maßwerk, das neben den fialengeschmückten und vielfach durchbrochenen Spitzgiebeln der Portale beginnt, über das Ganze ausgespannt; vor den Zwickelabschnitten des Vierecks, das die Fensterrose einschließt, schwebt das lockere Gebilde in Gestalt verschiedener luftiger Rosetten und eines großen Zackenkranzes, der die kreisrunde Einfassung der Rose durchschimmern läßt und die Strahlung der Fenstergliederung fortzusetzen scheint (Abb. 178).

Kritische Verständigkeit mag zwar behaupten, es sei unnatürlich, solche scheinbar haltlose Arbeit in Stein auszuführen; aber dem poetischen Zauber der vollendeten Thatsache gegenüber muß die Kritik verstummen. Die Verteilung von schlicht geradlinigen und von reich zusammengesetzten Formen, von losen und von dichtgedrängten Massen ist sowohl in sich als auch im Verhältnis zu den dazwischen hervortretenden festeren Teilen und zu den dahinterliegenden Flächen und Durchbrechungen von unübertroffener künstlerischer Vollkommenheit. Wenn die gotische Architektur schon im allgemeinen für die Länder des Nordens den großen Vorzug hat, daß ihre scharfe Gliederung den Gebäuden malerischen Reiz verleiht, auch ohne daß südliches Sonnenlicht die Formen umspielt und hervorhebt, so ist dies bei der Straßburger Münsterfassade noch in erhöhtem Maße der Fall; der trübste Tag ist nicht im stande, den wirkungsvollen Wechsel von Licht und Schatten völlig aufzulösen, mit dem das formenschöne Gitterwerk den Bau umspinnt.

Die zusammenhängende Folge von Bildnerwerken, die sich über die drei Portale ausbreitet, ist die umfangreichste, welche Deutschland besitzt. Sie enthält wieder gleichsam als Vorbereitung auf den Eintritt in das Gotteshaus eine erzählende und belehrende Darstellung der Glaubenswahrheiten; der vor die Kirche hintretende Beschauer hat dieselbe von links nach rechts wie in einem Buche zu lesen. Die Schilderung beginnt demnach am nördlichen Nebenportal. Hier erzählen die drei Bildstreifen des Bogenfelds, welche in den Hohlkehlen des Bogens ein vierfacher Reigen von Engeln und biblischen Personen umzieht, den Anfang des Erlösungswerkes: wie das Christkind geboren ward, wie die Weisen kamen es anzubeten, und wie es nach Ägypten floh, während Herodes die bethlehemitischen Kinder ermorden ließ. Daß aber dem Menschen nur dann die Erlösung zu gute kommt, wenn in ihm die Tugend zum Sieg gelangt, daran mahnen an und neben den Wandungen der Pforte die Bilder von zwölf Tugenden, welche die unter ihren Füßen sich windenden Verkörperungen der Laster niedertreten und mit Speeren durchbohren; die Tugenden haben, wie es von alters

Abb. 178. Die Fensterrose an Erwins Fassade des Straßburger Münsters.

her gebräuchlich war, die Gestalt von Frauen, „weil sie Gefallen erwecken und Nahrung spenden", nach der symbolischen Erklärung des Mittelalters. Das Hauptportal schildert dann die Vollendung des Erlösungswerkes. In den vier Streifen des Bogenfeldes erblicken wir in gedrängter Darstellung den Einzug Christi in Jerusalem, das Abendmahl, die Gefangennahme, die Vorführung vor Pilatus und die Geißelung; die Dornenkrönung, die Kreuzschleppung, den Tod des Heilands am Kreuze, das sich zwischen den Figuren des Judentums und des Christentums über dem Gerippe Adams erhebt, die Kreuzabnahme und die Frauen am Grabe; den Tod des Judas, vor dem sich der Höllenrachen öffnet, während die Stammeltern aus demselben erlöst werden, die Erscheinung Christi vor Magdalena und vor den versammelten Jüngern; schließlich die Himmelfahrt des Heilandes. Von den fünf Hohlkehlen des Bogens sind vier nicht mit Einzelgestalten, sondern mit kleinen Gruppen unter Baldachinen gefüllt; die innerste Reihe stellt den Zusammenhang zwischen den Bogenfeldbildern des nördlichen und des Hauptportals her durch Vorführung von Ereignissen aus dem Leben Jesu, welche zwischen seiner Kindheit und dem Beginn seines Leidens liegen; in den zwei äußersten Bogen ist die Vorgeschichte des Erlösungswerkes angedeutet in der Erzählung der Schöpfung und des Sündenfalles und solcher alttestamentlichen Begebenheiten, die sich auf göttliche Verheißungen beziehen oder Vorbilder der Erlösung sind; von den beiden übrigen Reihen enthält diejenige, welche der innersten zunächst kommt, die Einzelfiguren der Evangelisten und Kirchenlehrer, die andre ist den ersten Nachfolgern Christi gewidmet: sie schildert den Tod der ältesten Märtyrer. In den Wandungen und mit fortgesetzter Reihe auch hier darüber hinausgehend, stehen die Vorherverkünder des Erlösungswerkes, vierzehn ernste Prophetengestalten; zwischen ihnen steht am Mittelpfeiler die Gottesmutter, die Schutzpatronin des Münsters. In der Spitze des Giebels, der diese Darstellungen umfaßt und bekrönt, erscheint das Antlitz Gott des Vaters, unter ihm Maria, „die Mutter der Barmherzigkeit", mit dem göttlichen Kinde, und Salomon, der von dem Geiste göttlicher Weisheit Erfüllte. So enthält dieses dreieckige Giebelfeld neben einer Andeutung der Dreifaltigkeit einen Hinweis auf diejenigen göttlichen Eigenschaften, denen die Menschheit die Erlösung verdankt. An den Thronstufen des weisen Friedensfürsten befinden sich, der biblischen Schilderung gemäß, zwölf Löwen, und zwei an den Lehnen; diese letzteren richten sich empor und berühren mit den Vordertatzen den oberhalb Salomons Haupt sich erhebenden Sitz der Jungfrau, die sich somit als die eigentliche Inhaberin des Königsthrones darstellt. Es ist wie eine Verbildlichung der Verse Walthers von der Vogelweide:

Salomones
Hohen Thrones
Bist du, Frau, Gebieterin.

Musizierende Engel zeigen sich auf den Außenwänden des Giebels, zwischen und vor den Fialen. — Das südliche Nebenportal endlich schildert die Wiederkunft des Menschensohnes. Im untersten Streifen des Bogenfeldes steigen die Toten aus den Gräbern, durch die Posaunen erweckt; darüber werden die Guten von den Bösen geschieden; oben erscheint der Weltenrichter. Engel und Heilige füllen den Bogen als Zeugen des Gerichts. An und neben den Wandungen aber ist als ernste Mahnung zur Wachsamkeit im Hinblick auf die unbekannte Stunde das Gleichnis von den klugen und thörichten Jungfrauen dargestellt; den ersteren tritt der Bräutigam entgegen; zwischen den letzteren steht stolz lächelnd der Versucher. Die Sockel dieser zwölf Figuren enthalten einen Hinweis auf den natürlichen Kreislauf der Zeit als Gegensatz zu dem Thema des **Endes** aller Zeiten: die Tierkreiszeichen und die entsprechenden Monatsbilder in kleinen Darstellungen aus dem Alltagsleben.

Leider ist der größte Teil dieser Bildwerke durch den Fanatismus der großen französischen Revolution so stark beschädigt worden, daß sie beinahe vollständig erneuert werden mußten, so daß wir zwar den Inhalt, aber nicht mehr die Form der alten Darstellungen vor uns sehen. Nur die großen unteren Standbilder sind — mit Ausnahme der ganz modernen Madonna des Mittelpfostens — ziemlich unversehrt geblieben. An diesen läßt sich ein großer Unterschied gegen die etwa ein halbes Jahrhundert älteren Figuren des südlichen Querhausportals wahrnehmen. Die geschwungene Haltung mit starker Hüftverschiebung, die zwar an und für sich durch ihre Geziertheit uns, die wir uns ungebundener zu bewegen pflegen, als es die Sitte der damaligen ritterlichen Gesellschaft vorschrieb, fremdartig anmutet, die aber zwischen den geraden Linien der engen architektonischen Einfassungen das Auge wohlthuend berührt, tritt namentlich bei den weiblichen Figuren schon sehr auffallend hervor. Die Gewänder lassen nicht mehr in weichem Flusse schmaler Falten die Körperformen durchschimmern, sondern sind in breiten großen Massen angeordnet. Hierdurch bekommen die Gestalten der Propheten etwas sehr Würdevolles, die Frauen aber verlieren entschieden an Anmut. Daß die Künstler die Natur mit Aufmerksamkeit beobachteten und in die Köpfe nicht nur durch Mannigfaltigkeit der Charakterzeichnung Abwechselung zu bringen suchten, sondern auch die den verschiedenen Charakteren entsprechende Verschiedenartigkeit des Ausdrucks in Gesicht und Stellung treffend wiederzugeben wußten, ist unverkennbar.

Besonders fesselnd ist in dieser Beziehung die Gruppe der thörichten Jungfrauen (Abb. 179). Das dem Eingange zunächst stehende Mädchen ist dem Schlafe erlegen; der Kopf ist vornüber gesunken und ihre Züge zeigen die herbe Zusammenziehung, die vielen Menschen im Schlafe eigen ist; da sie sich auf den rechten Fuß stützt und zugleich den Oberkörper nach links neigt, würde sie in Gefahr scheinen das Gleichgewicht zu verlieren, wenn nicht die linke Schulter sich an die Einfassung lehnte. Die Nächstfolgende behauptet noch das Gleichgewicht, indem sie bei ähnlicher Beinstellung wie jene, den Oberkörper nach rechts wiegt; aber dem Schlafe kann auch sie nicht mehr widerstehen: man glaubt das schwere Haupt wie zwischen Traum und Wachen nicken zu sehen. Beide halten in der schlaff herabhängenden Linken die becherförmige Lampe verkehrt, mit der offenen Seite nach unten. Das dritte der Mädchen ist völlig wach, aber darum hat sie ihre Aufgabe nicht weniger vergessen; der Lichtbehälter ist ihr ganz entfallen und liegt in Scherben am Boden; in lustiger Bewegung, die den ganzen Körper durchzieht und in den Falten des entgürteten Gewandes nachwirkt, dreht sie den Kopf und lauscht hingegeben und lächelnd der Stimme des Versuchers. Dieses weltlich-heitere Lächeln finden wir in Werken des gotischen Zeitraums zum allerersten Male, und zwar mit großer Lebendigkeit und Naturtreue wiedergegeben; es beruht durchaus auf eignem Naturstudium der Künstler dieser lebens- und genußfrohen Zeit; es hat gar keine Vorbilder und ist von dem sinnlichen Grinsen antiker Faune und Kentauren ebenso weit entfernt wie von dem starren Emporziehen der Mundwinkel, wodurch bei älteren mittelalterlichen Bildwerken bisweilen der trockene Ernst heiliger Gestalten gemildert werden sollte. Das unmittelbare Anlehnen an die Natur gibt sich auch in der sorgfältigen und realistischen Wiedergabe der zeitgenössischen Tracht, — da wo deren Anwendung überhaupt statthaft schien, — zu erkennen. Der Versucher, eine ganz vortreffliche Gestalt trotz der sehr mageren und eckigen Arme, ist genau nach der Mode gekleidet; sein Haar, über der Stirne kurz abgeschnitten und gekräuselt, ist zu beiden Seiten in wellenförmige, unten stark aufwärts geringelte Locken gekämmt, wie es in der zweiten Hälfte des 13. und in den ersten Jahrzehnten des folgenden Jahrhunderts strenge Modevorschrift war; auf den Haaren ruht als „Schapel" ein Kranz von Rosen. Zu der geraden, selbstbewußten Stellung paßt die

Abb. 170. Der Versucher und die thörichten Jungfrauen.

Aus der Gruppe der klugen und thörichten Jungfrauen am südlichen Nebenportale des Straßburger Münsters.

aufgestemmte Linke und die aufrechte, etwas zurückgelehnte Haltung des Kopfes; das Kinn ist angezogen und ein gleisnerisches Lächeln umspielt die dünnen Lippen, während die rechte Hand den verführerischen Apfel emporhält. Aber wie stattlich auch die Lust der Welt, als deren Vertreter diese Figur aufzufassen ist, demjenigen erscheint, dem sie entgegentritt, auf der Rückseite offenbart sich die Nichtigkeit ihres Wesens: Schlangen, Molche und Kröten kriechen am Rücken der Gestalt empor. Es ist dies ein den Dichtern jener Zeit geläufiges und auch an andern Orten von der Skulptur benutztes Bild, das am eingehendsten durchgeführt worden ist in dem Gedichte „der Welt Lohn" von Konrad von Würzburg, der gerade um die Zeit der Entstehung unsrer Bildwerke in dem benachbarten Basel lebte und starb. Wie sehr übrigens gerade die beiden zuletzt beschriebenen Figuren schon bei den Zeitgenossen Beifall fanden, beweist der Umstand, daß sie bald nachher — allerdings in ungleich geringerer künstlerischer Ausführung — am Dom zu Basel nachgemacht wurden. Von den beiden außerhalb der Portalwandung befindlichen (auf der Abbildung nicht sichtbaren) thörichten Jungfrauen ist die eine in Gedankenlosigkeit versunken, die letzte lächelt wie im Traume leise vor sich hin.

Mit solchem Reichtum der Erfindung hat der mittelalterliche Bildner sein Thema zu variieren gewußt; und dasselbe gilt von den übrigen Standbilderreihen, wenn es auch dort, bei der Verbildlichung gewissenhafter Pflichterfüllung, siegreicher Tugend und feierlicher Würde weniger auffallend zu Tage tritt als hier.

Die Monatsbilder fangen nach der kirchlichen Jahreseinteilung mit dem November, dem Monat, in dem der Advent beginnt, unter der Figur der zuletzt erwähnten thörichten Jungfrau an; die auf unsrer Abbildung sichtbaren sind daher den vier ersten Monaten des bürgerlichen Jahres gewidmet. Wir sehen zunächst einen Schmausenden an reichbesetzter Tafel; denn im Januar wurden nach uralter Sitte die festlichen Gelage fortgesetzt, die mit Weihnachten ihren Anfang nahmen. Der Februar ist in sehr treffender Weise durch einen Mann gekennzeichnet, der sich am Kamin die Füße wärmt; dabei füllt er aus einem Horne einen am Feuer stehenden Badenapf. Im März sehen wir, wie die Bäume beschnitten werden, und im April erscheint ein Kind, das freudestrahlend mit beiden Händen große Sträuße von Frühlingsblumen emporhält.

Von außerordentlicher Schönheit ist die Umrahmung von Ahornlaub, die sich neben den Standbildern emporzieht und den ganzen Portalbogen umschließt. Die Ausführung der architektonischen Verzierungen, z. B. der auf der Abbildung angedeuteten Baldachine, ist so unendlich fein, daß der Stift des Zeichners außer stande ist, derselben in der starken Verkleinerung nachzukommen. Wenn man die Schmuckarchitektur in der Nähe betrachtet, so wirkt die haarspaltende Folgerichtigkeit, die der Gotik innewohnt, man möchte fast sagen beklemmend, während die handwerkliche Fertigkeit in der Bearbeitung des Steins unser höchstes Staunen erregen muß. Die Strebepfeiler zum Beispiel, welche die Fassade senkrecht teilen, zeigen an ihren drei Seiten halberhabene Verzierungen, welche den Fenstern und ihrem Maßwerk nachgebildet sind; denn eine unbelebte Fläche wird hier nicht geduldet; das unterste Geschoß dieser Verzierungen zeigt — dem Vorbild der Portale entsprechend — über seinen Spitzbogen durchbrochene freistehende Giebel. Da in der großen Architektur jeder mit einem Wimberg bedeckte Bogen zu seiner Begleitung und Sicherung Streben und Fialen erforderte, so steigen nun auch hier an den Ecken der wirklichen Strebepfeiler kleine Streben und Fialen empor. Nun aber bieten diese wieder Flächen, die fensterartig verziert werden müssen, und die Seiten der kleinen Fialen laufen wieder in Giebel aus; daher wiederholt sich hier, nochmals verkleinert, dasselbe Spiel. Und so geht es fort, soweit es die Schärfe des Meißels gestattet, bis zuletzt noch Andeutungen von Maßwerkfenstern mit Wimbergen und Krabben in zartestem Relief in kaum mehr als Daumenbreite sich zeigen.

Im Jahre 1291 war der Frontbau bereits bis über das Untergeschoß hinaus gediehen. Denn in diesem Jahre wurden in den Tabernakeln über den ersten

Absätzen der Strebepfeiler die Reiterfiguren der Frankenkönige Chlodwig und Dagobert, welche die Überlieferung als die Gründer des ersten Straßburger Domes bezeichnete, und Rudolfs von Habsburg, des eben verstorbenen Kaisers, aufgestellt.*) Als sieben Jahre später Rudolfs Nachfolger Albrecht Straßburg besuchte, brach infolge der Unvorsichtigkeit eines der königlichen Diener im Pferdestall des bischöflichen Palastes Feuer aus, das rasch um sich griff und auch das Münster beschädigte. Wie groß dieser Schaden war, und welchen Umfang die durch ihn erforderlich gewordenen Ausbesserungen hatten, ist unbekannt. Gewöhnlich nimmt man an, daß der ganze Oberteil des Mittelschiffs durch Erwin erneuert worden sei, so daß diesem Meister auch das Innere einen großen Teil seiner schönen Wirkung verdanke.

Bischof Konrad von Lichtenberg, der den Münsterbau durch großartige Geschenke und durch Ablaßausschreibungen zum Besten des Baues, „der wie eine Maienblume in die Höhe steige und das Auge des Beschauers immer mehr anziehe", aufs regste gefördert hatte, starb am 4. August 1299 an einer in der Fehde mit den Freiburgern erhaltenen Speerwunde. In der Johanniskapelle des Münsters, wo er beigesetzt wurde, ward ihm ein prächtiges Denkmal errichtet, das unter einem schönen architektonischen Baldachin die liegende Figur des Kirchenfürsten in bischöflicher Amtstracht zeigt, während die Inschrift die weltmännischen Eigenschaften des Verstorbenen preist, in denen er seinesgleichen nicht gehabt habe.

Der Bau erlitt durch den Tod seines thätigen Gönners keine Unterbrechung. Reiche Gaben und Stiftungen wurden auch von einzelnen Bürgern fortwährend gemacht.

Die Vorhalle im Inneren der unteren Turmgeschosse und des Mittelbaues wurde, wie es die Fassade mit ihrem großen Radfenster verlangte, höher hinaufgeführt als das Mittelschiff; auch sie ist durch Stab- und Maßwerk, Triforien und eine kleine blinde Rose unterhalb der großen Fensterrose reich geschmückt. Vollendet wurden der obere Teil der Vorhalle und die zweiten Geschosse der Türme wohl erst einige Zeit nach Erwins Tode.

An der nördlichen und an der südlichen Seitenwand des Frontbaues fesseln die Aufmerksamkeit zwei merkwürdige Reliefstreifen, die sich unter dem Abschlußgesimse der untersten Stockwerke hinziehen. Am Südturme ist die Macht des Bösen mit phantastischer Künstlerlaune geschildert. Da sehen wir zunächst zwei Teufel, die einen nackten Juden, den der Spitzhut kenntlich macht, fortschleifen; dann lockende Sirenen, kämpfende Kentauren und andre Mischgebilde von Mensch und Tier, neben Gruppen, welche die Schwäche des Menschen seinen Leidenschaften gegenüber verbildlichen. Am Nordturm dagegen weist die entsprechende Bilderreihe auf die Erlösung hin, und zwar durch Schilderungen, in denen die Tierwelt eine vorwiegende Rolle spielt, teils der Bibel, teils der fabelhaften und sinnbildlich ausgelegten Naturlehre des Mittelalters entlehnt. Neben Daniel und Simson als Löwenbezwingern erblicken wir den Löwen, „der seine toten Jungen am dritten Tage mit seiner Stimme vom Tode erweckt"; neben der Jagd auf das Einhorn, das sich in den Schoß der Jungfrau flüchtet, einer oft angewendeten sinn-

*) Vergl. Abb. 178. Die ursprünglichen Figuren fielen der Revolution zum Opfer; die jetzt vorhandenen sind Erneuerungen des französischen Bildhauers Malade, zu denen später als viertes Reiterbild noch das Ludwigs XIV. hinzugefügt wurde.

bildlichen Darstellung der Menschwerdung des Herrn, sehen wir Jonas, der vom Fische ausgespieen wird, und die eherne Schlange in der Wüste; dann den Pelikan, der seine Jungen mit dem eignen Blute tränkt, und den Phönix, der sich durch Selbstverbrennung verjüngt; ferner das Opfer Abrahams: alles bekannte Vor- und Sinnbilder von Christi Opfertod und Auferstehung. Daran reiht sich der Adler, der seine Jungen in die Sonne blicken lehrt, ein ebenfalls auf Christus, dessen Lehre unfaßbare Wahrheiten erkennen läßt, angewendeter Vergleich; das Einhorn ist noch einmal dargestellt, aber nicht flüchtend, sondern sich gegen den Jäger kehrend, und den Schluß bildet ein Kampf mit einem Eber, der als unreines Tier das Gegenteil von jenem bedeutet.

Von den kleinen Fialen sind manche statt mit Kreuzblumen mit Figürchen oder mit Tieren bekrönt, namentlich mit Störchen, einem alten Wahrzeichen Straßburgs. Einzelfiguren sind in großer Zahl in Nischen und Tabernakeln angebracht.

Meister Erwins letzte Schöpfung war eine der Jungfrau gewidmete kleine Kapelle im Inneren des Langhauses, die sich an den frühgotischen Lettner anlehnte. Aber nur die Reste der lateinischen Inschrift, welche sich unter dem Bekrönungsgeländer dieses hochgepriesenen schmuckreichen Einbaues hinzog, sind erhalten geblieben und werden in dem als Münstermuseum dienenden Frauenhause aufbewahrt; sie lautete: „1316 erbaute dieses Werk Meister Erwin. Siehe, ich bin die Magd des Herrn, mir geschehe nach deinem Wort.“ Kapelle, Lettner und Frügealtar ließ Bischof Egon von Fürstenberg zur Gewinnung größeren Raumes für den Chordienst niederreißen, nachdem die Stadt verräterischerweise an Ludwig XIV. übergeben worden, und der Bischof wieder in den Besitz des Münsters gelangt war.

Nach Erwins Tode waren seine Söhne Johannes und Erwin Werkmeister des Münsters. Im Jahre 1348 wird ein Werkmeister Gerlach genannt.

An das südliche Nebenschiff wurde in den Jahren 1331—49 mit Durchbrechung der beiden östlichsten Wandabteilungen desselben die Katharinenkapelle angebaut, eine Stiftung des Bischofs Berthold von Bucheck, der in ihr seine letzte Ruhestätte fand. Während bei den damaligen Fortsetzungsarbeiten am Frontbau die künstlerischen Gedanken Meister Erwins noch im wesentlichen maßgebend blieben, zeigen die Formen dieser Kapelle schon eine merkliche Wandlung des Geschmacks; an die Stelle der ruhigen und reinen Schönheit ist eine bewußte Zierlichkeit getreten, die aber immerhin noch anmutig und gefällig wirkt; das Maßwerk der acht dicht aneinander gereihten Fenster zeigt ein wechselndes Formenspiel, dem die ruhige Harmonie teilweise schon sehr fehlt; außen sind die Fenster mit steilen Giebeln überdeckt, die mit ihren Spitzen das zierliche Dachgeländer überschneiden.*) Die Glasmalereien mit den Gestalten der Apostel werden einem Meister Johannes von Kirchheim mit Sicherheit zugeschrieben, der im Jahre 1348 urkundlich als Glaser des Straßburger Münsters erwähnt wird. Die wirr verschlungenen Netzgewölbe der Kapelle sind eine Erneuerung aus der Mitte des 16. Jahrhunderts, einer Zeit, in der die letzte Lebenskraft der Gotik erloschen war.

Über die Vollendung beider Türme bis zur jetzigen Plattform, d. h. bis

*) Eine kleine Ecke dieser Kapelle ist auf Abb. 177 (ganz rechts) zu sehen.

dahin, wo nach dem alten Plan die Helme beginnen sollten, berichtet die zwischen 1386 und 1390 geschriebene Königshofensche Chronik: „Danach (nach der Vollendung des Langhauses im Jahre 1275) über zwei Jahre am St. Urbanstage, da fing man an zu machen den neuen Turm des Münsters wider die Prediger (d. h. nach der Dominikanerkirche zu), und ward vollbracht bis an den Helm nach Gottes Geburt 1365 Jahre. Hierzwischen ward der andre Turm wider den Fronhof (jetzt Schloßplatz), der da heißet der alte Turm, angefangen und gebaut und ganz vollbracht."

Es scheint, daß nun der Bau etwas ins Stocken geriet. Neue Thätigkeit erforderte das Jahr 1384. „In der Nacht," berichtet die Chronik, „ging die hölzerne Bühne an, darauf der Herd stand, und verbrannte, und die Orgel damit und das bleierne Dach und Gespärre oben auf dem Münster und alles Holzwerk, das da gebaut war, von den zwei Türmen bis an den Chor." Vielleicht entstand bei Gelegenheit der damaligen Erneuerung des Daches, vielleicht auch schon früher, eine gotische Bedachung des romanischen Vierungsturmes, die sog. „Bischofsmütze", die 1759 bei einem abermaligen Dachbrande unterging und nicht wieder erneuert wurde.

Während man zu der Zeit, wo Königshofen seine Chronik schrieb, wie aus der angeführten Stelle über den Turmbau unzweifelhaft hervorgeht, noch die Absicht hatte, den Bau im Sinne des Erwinschen Planes, mit dem die nach allen Seiten durch je drei hohe Fenster durchbrochenen dritten Turmgeschosse noch im wesentlichen übereinstimmten, durch die Hinzufügung der Helme zu vollenden, kam man bald nachher zu der Meinung, daß eine größere Höhe der Türme dem Ansehn und der Würde der Stadt besser entsprechen würde. Daher wurde zunächst die geschlossene Masse der Fassade bis zur Plattform erhöht; über der mit kleinen Giebeln bekrönten Bogenstellung mit den Standbildern der Apostel (s. Abb. 178) welche, wenn auch ursprünglich wohl in etwas andrer Gestalt, als sie sich jetzt zeigt, den obersten Abschluß des Mittelbaues bildete, wurde zwischen den beiden bis dahin freistehenden Turmgeschossen ein plumper und schwerfälliger Zwischenbau aufgeführt, der zu den unter und neben ihm befindlichen Bauteilen in grellem Gegensatz steht. Hierdurch erhielt die Fassade eine Höhe, die zu den Maßen des Langhauses ganz außer Verhältnis steht. Zur Ausführung des erhöhten Turmbaues wurde zunächst (um das Jahr 1400) Meister Ulrich von Ensingen gewonnen, der vorher am Ulmer Münsterbau gearbeitet hatte und dessen Name großen Ruhm genoß. Dieser stand dem Bau zwanzig Jahre lang vor und starb zu Straßburg im Jahre 1419. Vielleicht wurde schon zu seiner Zeit festgesetzt, daß nur einer der beiden Türme, und zwar der nördliche, ausgeführt werden sollte. Vollender dieses zu unerhörter Höhe emporgeführten Riesenturmes war der im Jahre 1428 berufene Meister Johannes Hültz aus Köln. Im Anfange des 15. Jahrhunderts hatte die Gotik bereits zu verwildern begonnen und die klare Gesetzmäßigkeit ihrer Formen aufgegeben. Als Merkmal dieses beginnenden Verfalles fällt besonders die geschweifte Bogenform in die Augen, welche man gewöhnlich „Eselsrücken-" oder auch „Kielbogen" nennt, mit der hier die Fenster anstatt mit Spitzgiebeln bekrönt sind. Ein ganz neuer Gedanke war es, den Turm bis zur schwindelnden Höhe der Spitze von außen besteigbar zu machen. Zu diesem Zwecke wurden dem achteckigen Turmgeschoß, das über der Plattform aufgeführt ward, vier beinahe völlig freistehende und ganz durchsichtige Türmchen mit Wendeltreppen angefügt. Über den hohen Fenstern sollte das Glockenhaus geschlossen werden, wie die noch sichtbaren Ansätze der Gewölberippen beweisen, aber während des Baues entschloß man sich, noch höher hinaufzugehen und ein Geschoß mit niedrigen Fenstern hinzuzufügen. Die kühnen luftigen Schneckenstiegen wurden demgemäß gleichfalls weitergeführt. Der spitze Helm erhielt eine Ausbildung, in der die phantastische Neigung des Zeitalters und das Streben der damaligen Architekten, mehr durch künstliche und noch nie dagewesene, als durch künstlerische Erfindungen zu glänzen, sich noch schärfer ausspricht. Die Grundlage bilden, wie in Freiburg und anderswo, acht bis zu einer gewissen Höhe durch Maßwerk verbundene Rippen. Aber aus jeder Rippe erheben sich stufenweise ineinandergreifende, ganz durchbrochene Türmchen, in denen sich eine Treppe bis zu der Brüstung emporwindet, die den Fuß der sogenannten Laterne umgibt. Dieser abschließende Aufsatz trägt eine Krone und ganz oben den Knopf mit dem Kreuz. Ursprünglich stand auf dem Knopf ein Standbild der heiligen Jungfrau, aber bereits 1488 wurde dasselbe als gefährlich wieder herabgenommen und über dem Doppelportal der südlichen Querhausfront angebracht. Jedem Beschauer fällt der wagerechte Abschluß der Stiegentürmchen als dem Geiste des Ganzen widersprechend auf. Einer der erhaltenen Originalrisse beweist aber auch, daß für dieselben vom Erfinder spitze Helme angeordnet waren; auch über jedem der Türmchen auf den Rippen des großen Helms sollte sich eine schlanke Spitze erheben. Die Ausführung verzichtete indessen auf diese strenggenommen von den Kunstgesetzen mit Notwendigkeit erforderten Endigungen.

Im Jahre 1439 war der Turm und damit das Münster vollendet. Denn damals dachte man ganz sicherlich nicht mehr daran, dem in seiner Art einzig dastehenden luftigen Werk ein Gegenstück zu geben, durch welches das Mißverhältnis zwischen Höhe und Breite des Westbaues noch stärker würde hervorgehoben worden sein. Überdies wirkte die Einseitigkeit ungewöhnlich, so daß der damalige, dem Auffallenden zugeneigte Geschmack sich leicht mit ihr versöhnen konnte. Die Höhe des Turmes (142 m), die nur von sehr wenigen Gebäuden übertroffen wird, damals aber in Europa nicht ihresgleichen hatte, war der Stolz der Stadt. In einer für die Zeit bezeichnenden Spielerei ist am Fuße der Turmerhöhung über der Plattform eine Figur angebracht, die hinaufzublicken und die gewaltige Höhe zu ermessen scheint. Eine andre Figur, welche dieser gegenübersteht, hält einen Sonnenzeiger in der Hand; die Volksüberlieferung bezeichnet die beiden als „die Werkmeister".*)

*) Eine ähnliche genrehafte Spielerei des 15. Jahrhunderts ist das sogenannte „Bäuerlein", das sich auf das spätgotische Geländer über dem Eingange zur Andreaskapelle lehnt und den Engelspfeiler betrachtet; ohne allen Sinn und Grund hat man in diesem Männlein, an das sich eine hübsche Sage knüpft, später ein Bildnis des Meisters Erwin zu finden geglaubt.

Abb. 180. Das Münster zu Straßburg.

In seiner Gesamterscheinung macht der Westbau des Straßburger Münsters (Abb. 180) unleugbar einen überaus großartigen und überwältigenden Eindruck, namentlich wenn man ihn in einiger Nähe betrachtet, wo man Erwins geistvoll künstlerische Schöpfung unmittelbar vor Augen hat, während der spätere Turmaufsatz sich perspektivisch zusammenzieht und als phantastisch luftiges Gebilde, dessen Formen man nicht im einzelnen verfolgen kann, in den Äther ragt. Ja, es liegt sogar ein eigner Reiz darin, daß dem Frontbau und dem ganzen Gebäude die Einheit der Erfindung fehlt, daß man vielmehr sieht, wie Jahrhundert auf Jahrhundert nach seinem Geschmack das Beste geleistet hat, um das Gotteshaus immer herrlicher und prächtiger zu gestalten. Die

Bewunderung, die der Größe und Schönheit des gewaltigen Werkes zu allen Zeiten gezollt wurde, ist in vollstem Maße gerechtfertigt. Selbst der Italiener Enea Silvio de' Piccolomini, der nachmalige Papst Pius II., ein weitgereister und feingebildeter Mann, der von den humanistischen Grundsätzen und Anschauungen seiner Heimat durchdrungen war, konnte ihm seine Anerkennung nicht versagen: „Die bischöfliche Kirche (Straßburgs)," schreibt er in seinem Buche über Land und Leute von Deutschland, „die Münster genannt wird, aus behauenem Stein prachtvoll errichtet, ist zu einem mächtig großen Bau emporgestiegen, mit zwei Türmen geschmückt, von denen der eine, welcher ausgebaut ist, ein wundervolles Werk, sein Haupt in den Wolken birgt."

Das Jahrhundert der Renaissance, das sonst wenig geneigt war, die Schöpfungen des Mittelalters zu bewundern, reihte das Straßburger Münster den sieben Weltwundern, mit denen ja auch der Freiburger Dom verglichen wurde, als achtes an. Man glaubte sogar aussprechen zu müssen, daß dasselbe den Dianentempel zu Ephesus, die ägyptischen Pyramiden und alle jene Wunderwerke des Altertums noch weit überträfe.

Die Bauhütte blieb auch nach Beendigung des Werkes bestehen, da der Riesenbau fortwährend Ausbesserungen erforderte. „Der ehrsame und kunstreiche Johannes Hültz, Werkmeister dieses Baues und Vollbringer des hohen Turmes hier zu Straßburg" (wie ihn seine Grabschrift nannte) starb 1449. Schon unter seinem Nachfolger, Jost Dotzinger von Worms, mußten die Gewölbe des Langhauses ausgebessert werden. Von diesem Meister rührt der in durchbrochener Arbeit trefflich ausgeführte Taufstein her, welcher neben dem Eingang zur Johanneskapelle aufgestellt ist. Ein noch glänzenderes Schmuckstück erhielt die Kirche in der steinernen Kanzel (Abb. 181), welche im Jahre 1485 auf Veranlassung des Ammeisters Peter Schott zu Ehren des beliebten redegewaltigen Predigers Dr. Johannes Geiler von Kaysersberg im Langhause aufgestellt wurde. Ihr Erfinder ist Hans Hammerer, der später (seit 1510) Werkmeister des Münsters war.

Die Kanzel ruht auf einem achteckigen Mittelpfeiler, der mit Säulchen, Figuren und Baldachinen geschmückt ist, und auf sechs jene Hauptstütze umgebenden, mit Figuren und einer Überfülle von Schmuckwerk bedeckten schlankeren Pfeilern; zwischen diesen spannen sich geschweifte Bogen aus, die von gleichartigen, sich von oben herabsenkenden Bogen durchschnitten werden. Krauses Blattwerk — entartete Krabben — wächst auf den Schweifungen; die Zwischenräume füllt üppig wucherndes Maßwerk, aus den Spitzen der hängenden Bogen steigen kleine Türmchen auf. In demselben Geiste ist die zusammenhängende Baldachinmasse gebildet, die sich über den Figuren der Brüstung herumzieht. Es ist, als ob das Grundwesen eines gleichsam lebendigen Wachstums, das der Gotik von ihrem ersten Auftreten an innewohnte, in einem letzten Aufflackern von Kraft vor dem völligen Absterben den Zwang des regelnden Gesetzes durchbrochen hätte; die einst so wohlentwickelten Formen ranken wild umher wie ungepflegtes Gesträuch. Daß diese überreichen Gebilde in ihrer prunkenden Fülle einen starken malerischen Reiz ausüben, läßt sich dabei nicht leugnen. Die figürlichen Bildwerke der Brüstung zeigen in einem Felde den Gekreuzigten zwischen Maria und Johannes, in den übrigen je zwei Apostel. An den Säulchen, welche die Felder voneinander trennen, stehen unter besonderen

Abb. 181. Oberteil der Kanzel im Straßburger Münster von Hans Hammerer.

Baldachinen kleine Engel mit den Leidenswerkzeugen. Auch die Figuren sind überaus bezeichnend für die Spätzeit des gotischen Stils. Die massigen Gewänder sind im Faltenwurf ebenso wild und so bewegungsvoll wie die architektonischen Gebilde; sie haben keine Spur von Naturwahrheit, während sich dagegen in dem nackten Christuskörper ein sehr sorgfältiges Naturstudium zu erkennen gibt. Im ganzen enthält die Kanzel etwa fünfzig größere und kleinere Standbilder. Auch die Lust am Genreartigen fand ihre Bethätigung: am Fuß der Treppe sieht man einen Mann, der Pilgerstab und Tasche abgelegt hat, und eine Frau als andächtige Zuhörer. In den Figuren am Treppengeländer ließ sich ein so mutwilliger Humor aus, daß dieselben einer späteren Zeit anstößig erschienen und beseitigt wurden. Die Ausführung des ganzen wunderbar fein und sauber ausgearbeiteten Werkes ist wahrhaft blendend (Abb. 181).

In den Jahren 1494—1505 wurde die alte Lorenzkapelle, welche zwischen den Strebemauern der nördlichen Querhausfront schon früh für den städtischen Pfarrgottesdienst eingebaut worden war, durch einen Neubau nach den Plänen des Meisters Jakob von Landshut ersetzt. Hier zeigt sich noch mehr als an der Kanzel die Entartung des gotischen Stils, obgleich auch dieser Bauteil in seinem Äußeren durch eine malerisch-phantastische Wirkung anziehend und fesselnd ist. Die Figuren neben dem Eingange — auf der einen Seite verschiedene Heilige, auf der andern Maria mit den drei Königen — mit ihren häßlichen und gewöhnlichen Gesichtern, mit den unruhig zerknitterten, schweren Gewändern und den ausdruckslosen Bewegungen veranschaulichen treffend die Irrwege, auf welche die gotische Bildnerei schließlich geriet; die von einem Meister Konrad verfertigte Gruppe im Bogenfelde, die Marter des heiligen Laurentius, zeigt sich uns nicht mehr in ihrer ursprünglichen Gestalt, da sie in unserm Jahrhundert erneuert worden ist. Die architektonischen Zierformen sind noch wilder und verwickelter als die der Kanzel. Die kleinen Baldachine erscheinen wie Dornengestrüpp. Der große Baldachin, der sich über dem Bogenfeld vorbaut, ist aus sechs sich durchschneidenden Bogen gebildet, von denen der große mittlere nicht allein in sich geschweift, sondern auch zuerst vorwärts und dann aufwärts gebogen ist; als ob die ungebändigte treibende Kraft gar nicht wüßte, wo sie hinaus sollte, sprießen aus den Bogen wiederum Bogenansätze hervor, die frei in der Luft endigen und wie abgeschnitten behandelt sind; die eingeknickten Flächen zwischen den Bogenspitzen stellen sich wie ausgespanntes mit Stickerei verziertes Tuch dar. Das Maßwerk der Fenster ist in der willkürlichsten Weise gebildet; bei einigen Fenstern sind die Pfosten wie biegsame Bänder behandelt, die, durcheinander gesteckt und in Schleifen geknüpft, hier und da plötzlich abgeschnitten, das Maßwerk vorstellen. Das Motiv des plötzlichen Abbrechens wiederholt sich auch in den Pässen der Brustwehr, welche den ganzen Einbau bekrönt (Abb. 182).

Eine noch später, in den Jahren 1515—20, als Gegenstück zur Katharinenkapelle an das nördliche Seitenschiff angebaute, ursprünglich dem heiligen Martin, später, als die Laurentiuskapelle zu Sakristeizwecken verwendet wurde, diesem Heiligen geweihte Kapelle hat Gewölbe, die in künstlich zusammengesetztem Gefüge so gestaltet sind, daß eine Überzahl von Rippen eine Reihe von ineinandergreifenden Sternen bildet. Sonst bietet dieses Werk der völlig ersterbenden Gotik kaum noch etwas von Interesse.

So erzählt das Straßburger Münster in seinen verschiedenen Teilen eine ganze Geschichte der gotischen Baukunst, von ihren ersten vorbereitenden Anfängen im Übergangsstil, von der ruhigen Schönheit ihres ersten Entwickelungsalters und von der Pracht ihrer Blütezeit, von ihren späteren Neigungen zu berechneter Zierlichkeit und dann zu phantastischer Künstelei, schließlich von ihrer Verwilderung und ihrem endlichen Erstarren.*)

*) Als eine kunstgeschichtliche Merkwürdigkeit verdient erwähnt zu werden, daß im vorigen Jahrhundert, als die alten Verkaufsläden, welche sich um das Münster herum zwischen den

Abb. 182. St. Lorenzportal vom Straßburger Münster von Jakob von Landshut.

Die Übersicht über den Entwickelungsgang der Bildhauerkunst des gotischen Zeitalters, die das Straßburger Münster gewährt, würde eine viel vollständigere sein, wenn nicht die meisten Bildwerke in der französischen Revolution zerstört und später entweder gar nicht oder mit mehr oder weniger zweifelhafter Genauigkeit erneuert worden wären. Die Reste und Bruchstücke, welche im Frauenhause aufbewahrt werden, vermögen den Verlust nicht zu ersetzen.

Die Stürme der großen Revolution waren das schwerste Unheil, von dem das Straßburger Münster betroffen wurde. Ungewitter, Blitzschläge und Brände richteten verschiedentlich Schaden an, die aber meist in kurzer Zeit ausgebessert werden konnten. Die Reformation, infolge deren das Münster von 1525—1681 den Lutheranern gehörte, besaß mehr schonende Ehrfurcht gegen die Kunstdenkmäler des Inneren, als nachher Bischof Egon von Fürstenberg. Die französische Beschießung von 1678 fügte dem Münster keine nennenswerte Beschädigung zu. Aber das Jahr 1793 brachte einen wahnwitzigen Zerstörungseifer mit. Der damalige Bürgermeister Téterel war der größte Fanatiker; nachdem das Münster zum Tempel der Vernunft erklärt worden war, erging unter dem „4. Frimaire des Jahres II“ eine Verfügung, „sämtliche Steinstatuen, welche den Tempel umgeben, abschlagen zu lassen“. Das Zerstörungswerk begann sofort. Vergebens legte der Stadtrat Verwahrung ein, unter Hinweis darauf, daß es gesetzwidrig sei, das Gebäude durch Beseitigung derjenigen Statuen, welche zur Architektur selbst gehörten, zu degradieren; am 15. desselben Monats erging der Befehl, „mit der allermöglichsten Geschwindigkeit alle Statuen, welche sich am genannten Tempel befinden, wegnehmen zu lassen“. In zwei Tagen war der Befehl ausgeführt und 235 steinerne Figuren der blinden Wut zum Opfer gefallen. Es ist oben erwähnt worden, in welcher Weise die Bogenfeldbilder der südlichen Querhausfront geschützt wurden; was sonst noch erhalten blieb, wurde meistens durch heimliche Beseitigung gerettet. Téterel wollte noch weiter gehen; er verlangte Niederreißung des Turmes, weil seine große Höhe eine Beleidigung der republikanischen Gleichheit sei. Glücklicherweise ging der Antrag nicht durch, da dagegen geltend gemacht wurde, daß es wider die Humanität verstoße, die Bewohner der umliegenden Häuser durch den Umsturz des Turmes in Gefahr zu bringen. So begnügte man sich denn damit, den republikanischen Eifer dadurch zu befriedigen, daß man der Turmspitze eine rot angestrichene Jakobinermütze aus Blech aufsetzte, welche bis 1870 in der Stadtbibliothek als Kuriosum bewahrt wurde. Als die Ruhe wiederhergestellt war, wurde das Münster im Jahre 1800 dem katholischen Gottesdienste zurückgegeben. Die Wiederherstellung des Münsters wurde seit 1848 durch den Dombaumeister Klotz mit Liebe und Verständnis geleitet. Die Beschießung von 1870 führte abermaliges Abbrennen des Daches herbei; die übrigen durch dieselbe verursachten Beschädigungen sind in den meisten Nachrichten stark übertrieben dargestellt worden. Im Jahre 1879 waren nicht nur alle Ausbesserungen aufs vollständigste ausgeführt, es gibt seitdem auch wieder ein in romanischem Stil errichteter Kuppelturm der Vierung die ihr gebührende Hervorhebung.

ls ein Werk von noch großartigerer Anlage, aber als unvollendetes Bruchstück ist der Dom zu Köln auf unsre Zeit gekommen, die in wiedererwachter Begeisterung für die Größe

Strebepfeilern eingenistet hatten, niedergerissen wurden (1772—78), durch den Dombaumeister Götz an deren Stelle Bogenreihen im spätgotischen Stile angelegt wurden (vgl. Abb. 177), die dem Münster allerdings nicht zur Zierde gereichen, aber doch eine anerkennenswerte Leistung sind für eine Zeit, in der sonst noch kein Mensch daran dachte, die Bauformen des Mittelalters zu studieren oder gar in ihrer Art etwas Neues zu schaffen.

Abb. 183. Buchstabe aus dem Inschriftenfries der Chorschrankenbemalung im Kölner Dom.

des Mittelalters sich nicht auf Erhaltung des Vorhandenen beschränkte, sondern den Riesenbau nach den zum Teil erhaltenen alten Plänen zur Vollendung brachte. Da die Pläne bereits im 14. Jahrhundert, wie es scheint, vollständig festgestellt waren, auch die Bauthätigkeit des folgenden Jahrhunderts hier keine sehr große war, so zeigt die Kölner Kathedrale keine so großen Stilunterschiede, wie die Straßburger. Sie bringt neben den Formen der Frühzeit vorwiegend die der Blütezeit des Stils zur Anschauung.

Der Gedanke der Errichtung eines prächtigen Neubaues an Stelle des alten St. Petersdoms, dessen Gründung in die Zeit Karls des Großen zurückreichte, wurde schon von Engelbert I. dem Heiligen (1216—25) gefaßt. Köln war damals unbestritten die stolzeste und mächtigste Stadt Deutschlands. Zwischen ihren zahlreichen Kirchen, von denen eine die andre an Pracht und künstlerischer Vollendung überbot, mußte in den Augen der Zeitgenossen jener altertümliche Dom allzu bescheiden erscheinen. Die Würde des erzbischöflichen Stuhles, von dem aus eine der allerangesehensten Kirchenprovinzen regiert wurde, und die Heiligkeit des Ortes, zu welchem besonders seit der Überführung der Reliquien der heiligen drei Könige beständig Scharen von Pilgern aus allen christlichen Landen wallfahrteten, erforderten dringend eine stattlichere Kathedrale, welche mit den erhabensten Tempeln der Christenheit wetteifern sollte.

Der heilige Engelbert, ein mit den glänzendsten Gaben eines geistlichen und weltlichen Herrschers ausgestatteter Mann, der als Vormund des jungen Königs Heinrich mit starker Hand die Geschicke Deutschlands während der Abwesenheit des Kaisers leitete, „liebte und begehrte", wie uns Cäsarius von Heisterbach in seiner im Jahre 1226 verfaßten Lebensbeschreibung des Erzbischofs berichtet, „so sehr die Schönheit des Hauses Gottes, daß er die Domherrn aufforderte, die Kirche des heiligen Petrus, welche die Mutter aller Kirchen der kölnischen Provinz ist, zu erneuern, indem er selbst sofort 500 Mark*) für den Anfang und alsdann alljährlich den gleichen Betrag bis zur Vollendung des Baues beizutragen versprach". Aber Engelbert erlebte nicht einmal den Anfang des Werkes; am 10. November 1225 wurde der mit zahllosen Wunden bedeckte Leichnam des schmählich ermordeten Kirchenfürsten im Dome ausgestellt. Erst sein zweiter Nachfolger, Konrad von Hochstaden (1238—61), nahm den Plan thatkräftig wieder auf. Der Beschluß, „daß die große Kirche von neuem gebaut werden sollte", wurde vom Domkapitel in aller Form gefaßt. Papst Innocenz IV. bewilligte wiederholt Ablässe zu gunsten des Unternehmens. Ein Teil des Einkommens des Domschatzmeisters wurde durch einen 1247 zwischen diesem und dem Kapitel abgeschlossenen Vertrag für eine Reihe von Jahren den Baugeldern zugewiesen. Ein Brand im Jahre 1248 beschleunigte die Inangriffnahme des Werkes, und am 14. August dieses Jahres legte Erzbischof Konrad im Beisein einer glänzenden Versammlung den Grundstein zu dem jetzigen Dom, dessen Bau mit dem Chor begonnen wurde.

*) Eine Summe, die etwa dem Betrage von 12,000 bis 15,000 M. heutigen Geldes entspricht. Die Berechnung der Geldwerte des 13. Jahrhunderts ist sehr schwierig und unsicher.

Der erste Dombaumeister, dessen Namen überliefert ist, und den man daher als den Schöpfer des Werkes zu betrachten pflegt, ist Gerhard von Rile; wegen seiner Verdienste um den Bau wurden ihm 1257 vom Domkapitel besondere Vergünstigungen bewilligt. Über das Leben des Meisters wissen wir nichts; aus Urkunden geht hervor, daß sein Vater aus dem nahegelegenen Dorfe Rile, nach welchem er zubenannt wird, in die Stadt übergesiedelt war und sich daselbst angekauft hatte, daß auch Gerhard Hausbesitzer in Köln war und seinen Kindern ein nicht unbedeutendes Vermögen hinterließ. Ob er wirklich den Plan des Domes entworfen hat, ob der damalige Plan sich auf das ganze gewaltige Gebäude, eine fünfschiffige Basilika mit dreischiffigem Querhaus, oder nur auf den Chor bezogen hat, darüber lassen sich nur Vermutungen aufstellen.

Gerhards Nachfolger gegen das Ende des Jahrhunderts war Meister Arnold; diesem folgte nach einigen Jahren sein Sohn Johannes, dem gleich dem ersten Meister Ehre und Auszeichnungen zu teil wurden.

Der Chor des Kölner Domes zeigt die Aufnahme der in der französischen Gotik entwickelten prächtigen Anlage von fünf Schiffen, von denen das mittlere in einer vieleckigen Apsis endet, welche die inneren Seitenschiffe als Umgang umziehen, während an diese sich als Fortsetzung der äußeren Seitenschiffe ein Kranz von Kapellen lehnt. Aber der deutsche Meister übertraf seine Vorbilder, nicht nur an räumlicher Größe, sondern auch an Schönheit und an Harmonie der Verhältnisse.

Der Ausbau des Chores, der während der blutigen Fehden, welche Erzbischof Konrad und seine beiden nächsten Nachfolger gegen die Bürgerschaft von Köln führten, begreiflicherweise nicht mit vollem Eifer gefördert wurde, zog sich sehr in die Länge. Wir nehmen daher in der Ausführung des Werks schon auffallende Unterschiede des Geschmackes wahr.

Das ganze Untergeschoß hat noch einfach ernste Formen. Die Pfeiler lassen den runden Kern durchblicken zwischen ihren Diensten von verschiedener Stärke, die sich über einem gemeinsamen Sockel von der Gestalt eines übereckstehenden Vierecks mit abgestumpften Kanten erheben. Die Fenster, welche überall die ganze Breite der Flächen zwischen den Wanddiensten einnehmen, haben reiches, aber einfach und streng angeordnetes Maßwerk. Die Strebepfeiler sind gewaltige viereckige Massen. Der Oberstock dagegen zeigt die glänzende Pracht des weiter entwickelten Stils, formenreiche Zusammensetzung des Maßwerks von vollendeter Schönheit und die ganze prunkende Ausschmückung des mächtigen Strebewerks mit belebenden Zierformen (Abb. 184).

Unter den Oberfenstern befindet sich ein nach innen und nach außen offener Triforiengang. Im Äußeren des Gebäudes trägt derselbe als Bedachung einen unten an den Fenstern sich herumziehenden, von einem durchbrochenen Maßwerkgeländer geschützten balkonartigen Umgang, von dem aus man über den niedrigen Nebendächern einen Einblick in die Massen des Strebewerks genießen kann, die sich einem hier in nächster Nähe darstellen, ebenso überwältigend durch ihre Riesenhaftigkeit wie bezaubernd durch die Fülle ihres Schmuckes. Die gewaltigen Strebepfeiler der Rundung, welche im Inneren die sieben Kapellen voneinander trennen und somit bis an den Chorumgang hineinreichen, erheben sich zwischen den Kapellendächern wie Verschmelzungen von je zwei voreinander stehenden Strebetürmchen, deren äußeres von dem inneren überragt wird; von diesem aus spannen sich zwei Strebebogen übereinander gegen die entsprechende Ecke des Chorschlusses. An den geraden Seiten aber, wo die Strebepfeiler nicht in das Innere hinein-

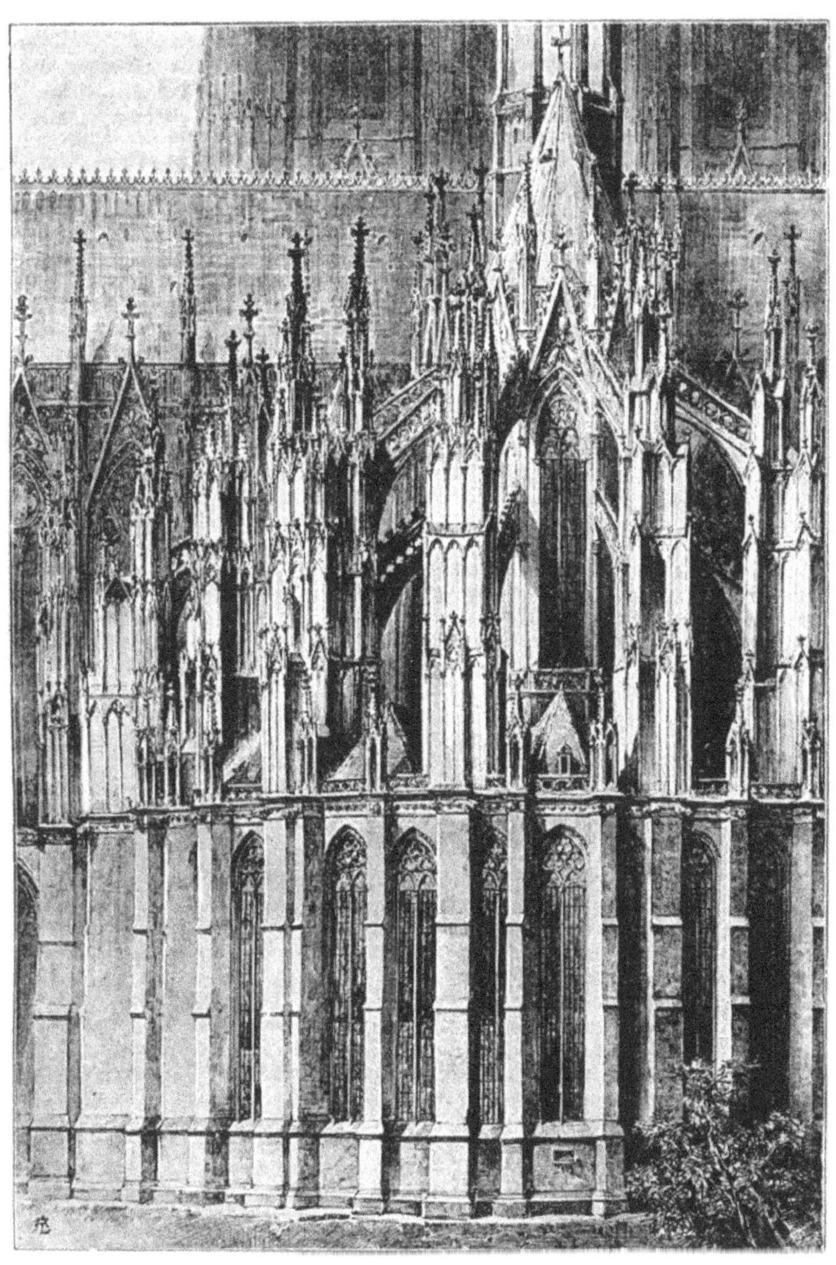

Abb. 184. Choransicht des Kölner Doms.

ragen, steigen sowohl über ihnen wie über den Trennungspfeilern der nebeneinanderherlaufenden Seitenschiffe Strebetürme empor; von den inneren, schlankeren Türmchen aus streben Bogenpaare gegen das Mittelschiff, sie selbst werden wiederum von gleichen Bogenpaaren gestützt, die sich von den äußeren, stärkeren Streben aus zu ihnen herüberspannen. Die Strebetürme, welche sich in mehreren Absätzen verjüngen, lösen sich zuletzt in Fialen auf, welche wieder von kleineren Fialen begleitet sind; ihre Flächen sind mit Stab- und Maßwerk und Giebelchen belebt, alle Spitzen sind mit Krabben und Kreuzblumen geschmückt. Auch die Strebebogen sind nicht ungeschmückt geblieben; ihr oberer, geradliniger Teil ist von einer Rosettenreihe anmutig durchbrochen, über welcher Blattknospen aus der obersten Kante hervorsprießen. Bei allem Schmuckwerk ist auf die perspektivische Wirkung mit bewunderns-würdiger Sorgfalt Rücksicht genommen; bei der Betrachtung in der Nähe staunt man über die Größe der einzelnen Formen, während sie dem unten stehenden Beschauer bei der Schärfe ihrer Ausführung sich als reizvoll zierliche Gebilde darstellen. Auch die feineren Strebepfeiler der Kapellenecken, deren je zwei zwischen den großen Strebepfeilern aufsteigen, erheben sich in tabernakelartig ausgehöhlten Fialen über die hinter ihnen liegenden Dächer. Vervollständigt wird die prächtig reiche Wirkung des Choräußeren durch eine in maßwerkgefüllten Bogen durchbrochene Brustwehr, welche, von schlanken Fialen über den Strebebogenansätzen unterbrochen und von äußerst geschmackvoll ausgearbeiteten Wimbergen über den Fenstern überragt, sich um das Dach herumzieht. Der Reichtum an Formen, die sich von jedem Standpunkte aus in neuen Überschneidungen und Verschiebungen darstellen, erscheint unerschöpflich (Abb. 184).

Das Innere des hohen Chores (vergl. Abb. 185) übt mehr durch erhabene Großartigkeit, als durch Fülle von Schmuck eine überwältigende Wirkung aus. Von den ununterbrochen emporsteigenden inneren Diensten gehen über Blattwerkkapitälen die vollendet schön gegliederten Rippen der Hauptgewölbe aus, deren Schlußsteine sich in einer Höhe von 45 Meter über dem Boden befinden. In der Chorrundung stehn die sechs Pfeiler, welche den Trennungspfeilern der sieben Kapellen entsprechen, nahe zusammen und sind deswegen bedeutend schlanker als die übrigen. Steht man in ihrer Mitte, vor dem Hochaltar, so trifft der Blick zwischen jedem Pfeilerpaar auf die drei Fenster der entsprechenden Kapelle; befindet man sich in größerer Entfernung, so erzeugen die schlanken inneren und die mächtigen äußeren Pfeiler mit den Kapellenfenstern verschiedenartige, aber immer reizvolle malerische Bilder. Im Oberteil des Chores aber schwimmt alles in farbigem Licht; Fenster reiht sich dicht an Fenster, nach unten fortgesetzt durch die Verglasung der äußeren Bogenöffnungen des Triforiums. Die tiefe Glut der erhaltenen ursprünglichen Glasgemälde ist von unbeschreiblich zauberhafter Pracht.

Hier erblicken wir die schönsten erhaltenen Denkmäler der gotischen Glasmalerei. In wohlthuendem Gegensatz zu den aufsteigenden Linien des architektonischen Gerüsts sind die Triforienfensterchen vorwiegend mit teppichartiger Musterung bedeckt, ebenso die oberen Hälften der großen Fenster; in deren unteren Teilen aber, welche die Gestalten der biblischen Könige und im Mittelfenster die Anbetung der heiligen drei Könige enthalten, erheben sich, diese Darstellungen umrahmend, in weit stattlicherer Ausbildung als bei den ähnlichen Fenstern des Straßburger Münsters, hohe goldig schimmernde Architekturen, welche in geschmackvollster Weise den Übergang von den vollen farbenprächtigen Figuren zu dem Teppichgrunde, der in ihren Zwischenräumen wieder zum Vorschein kommt, vermitteln. Die gotische Baukunst drängte in dieser Zeit ihrer höchsten Ausbildung allen Künsten ihre Formen zu ornamentaler Verwendung auf.

Von der sonstigen malerischen Ausschmückung sind noch die Wandgemälde erhalten, welche über den Chorstühlen die Innenseiten der Chorschranken bedecken; ihres sehr beschädigten Zustandes wegen aber sind sie unter schützenden Teppichen verborgen. Sie stellen auf der Evangelienseite (rechts vom Altare aus) über einer Reihe von Bischöfen Vorgänge aus den Legenden des heiligen Petrus und des heiligen Silvester, auf der Epistelseite (links vom Altare) Begebnisse aus dem Leben der heiligen Maria und aus der Dreikönigs-Legende über einer Reihe von Königen dar. Die Wahl dieser Stoffe hängt mit dem Umstande zusammen, daß das Kölner Domkapitel auf dieser Seite für den Kaiser, auf jener für den Papst eigene Ehrensitze bereit hielt. Auch hier sind die Darstellungen, ganz gleichartig den Glasgemälden, von gemalten Architekturen eingeschlossen und überbaut; in den Teppichmustern der Hintergründe und in den Lücken der erklärenden Inschriftfriese hat der Maler in harmlosem Mutwillen kleine drollige Figürchen angebracht.

Große Engelsgestalten, welche sich in den Bogenzwickeln befanden und beinahe unkenntlich geworden waren, sind durch moderne, von ihnen gänzlich abweichende Erneuerungen ersetzt worden.

An den vierzehn Pfeilern des Hochaltars befinden sich auf Konsolen unter Baldachinen die Standbilder von Christus, Maria und den zwölf Aposteln, welche um die Mitte des 14. Jahrhunderts dort angebracht wurden. Sie zeigen die charakteristische Körperbiegung in auffälliger Übertreibung, sind aber interessant durch die wohlerhaltene Bemalung, deren Farbenpracht durch eingesetzte Glasstückchen in den Borten der Gewänder erhöht wird. Schöner als diese Figuren ist die sogenannte Mailänder Madonna in der Marienkapelle, jedenfalls eine deutsche Arbeit aus derselben Zeit. Andre gleichzeitige Bildhauerwerke sind die Marmorbilder der Apostel und der Krönung der Jungfrau in den Nischen des Hauptaltars. In höchstem Maße beachtenswert sind die figürlichen Schnitzereien der schönen Chorstühle; überall, wo sich Gelegenheit bot, in den Füllungen, an den Bekrönungen, an den konsolenartigen Vorsprüngen („Misericordien") der aufgeklappten Sitzbretter, an den Köpfen der Armlehnen, ist Bildwerk aller Art angebracht: biblische und profangeschichtliche neben genrehaften Darstellungen, die eine reiche Quelle des Studiums der Trachten- und Sittengeschichte bieten, bekannte christlich-symbolische Darstellungen neben den phantastischen Überlieferungen des Heidentums, den beliebten Meerwundern und Kentauren, dazu ritterliche Kämpfe gegen Sarazenen und Halbmenschen, und derbe Spottbilder auf die Juden. Die Ausführung dieser mannigfaltigen Schnitzereien, die nicht alle einer und derselben Zeit anzugehören scheinen, ist ganz vortrefflich, zum Teil wahrhaft künstlerisch.

Da der gewaltige Chorbau das alte Langhaus weit überragte, wurde er, um sofort nach seiner Vollendung benutzt werden zu können, nach Westen durch eine provisorische Wand geschlossen. Die festliche Einweihung des Chores, in welchen bereits im letzten Jahrzehnt des 13. Jahrhunderts mehrere Altäre gestiftet worden waren, ward am 27. September 1322 durch Erzbischof Heinrich Graf von Virneburg vollzogen.

Die Gebeine derjenigen Erzbischöfe, welche im alten Dom bestattet worden waren, wurden nunmehr in den neuen Chor übertragen; das Andenken des Gründers ehrte man dadurch, daß die irdischen Reste Konrads von Hochstaden an derselben Stelle eingesenkt wurden, wo er den ersten Stein zum Gebäude gelegt hatte. Ein prachtvolles Denkmal in Erzguß ward über dem Grabe errichtet.

Unmittelbar nach Vollendung des Chores wurde das Langhaus in Angriff genommen und die alte Kirche, in welcher bis dahin noch Gottesdienst gehalten worden war, allmählich abgetragen. Meister Johannes, der den Chorbau zu Ende geführt hatte, wußte die Vorderschiffe demselben in vollkommener Harmonie anzuschließen, und seine Nachfolger bauten sie in dem nämlichen Sinne weiter. Die Strebepfeiler wurden denen des Chores ganz gleich gebildet, die Fenster der Seitenschiffe wiederholten die Formen der Oberfenster des Chores. Die Pfeiler des vorderen Mittelschiffes mit vier Haupt- und acht Nebendiensten, wurden den entsprechenden Chorpfeilern ganz ähnlich gestaltet, aber der cylindrische Kern kam bei ihnen schon weniger zum Vorschein als dort: die einzelnen Säulenschäfte der Dienste sind großenteils durch kannellurenartige Einkehlungen miteinander verbunden. Bei den die gleichhohen Seitenschiffe trennenden Pfeilern, die aus einer Zusammenfassung von vier starken und vier schwächeren Diensten bestehen, ist der Rundstamm völlig verschwunden. Eine Neuerung im Geschmacke der Zeit ist die Ausschmückung der Scheidbogen durch eine mit Krabben und Kreuzblumen besetzte Einfassung (Abb. 185).

Zu den Querflügeln wurden damals die Grundmauern nur unvollständig gelegt, der Bau der Westfassade aber, deren Türme die höchsten Gebäude der Welt überragen sollten, wurde schon bald begonnen.

Die Mittel zum Bau gingen noch immer reichlich ein; eine Petri-Bruderschaft hatte sich in der Diöcese gebildet, deren Mitglieder jährliche Beiträge für den Dombau zahlten; die Opfergaben der Pilger, Schenkungen und Vermächtnisse kamen hinzu. Daneben kam es denn freilich auch vor, daß Dombaugelder unterschlagen wurden und daß Unberufene Kollekten abhielten.

Bei den ungeheuren Kosten, die der Bau beanspruchte, rückte er immerhin nur langsam vorwärts, aber er gewann ein zunehmend stattliches Ansehn. Hatte schon der jugendliche Petrarca, als er 1331 auf einer seiner großen Reisen Köln besuchte, den unvollendeten Tempel bewundernd gerühmt, so konnte 1357 der Erzbischof Wilhelm von Gennep in einem Hirtenbriefe mit Recht „die allergenaueste Sorgfalt der Werkleute und die wunderbare Köstlichkeit unsers sehr reichen Baues“ preisen. Dennoch schien allmählich die Kraft zu ermatten, welche zur Vollendung des Riesenwerkes erforderlich war. Die erbitterten Kämpfe in der politisch unruhigen Stadt zwischen den patrizischen Geschlechtern untereinander und zwischen Geschlechtern und Zünften mochten auch dazu beitragen, daß das allgemeine Interesse sich dem Bau abwandte und der fromme Eifer nachließ.

Das Langhaus erhielt ein vorläufiges Dach und wurde 1388 dem Gottesdienst übergeben, obgleich es auf der Südseite noch nicht über die Pfeilerkapitäle der Nebenschiffe hinausgekommen war.

In der dem Langhaus sich anschließenden Vorhalle im Inneren des Fassadenbaues gewahren wir in der Bildung der Pfeiler ein sehr bezeichnendes Merkmal der gegen die Wende des 14. Jahrhunderts auftretenden Vorliebe für übertriebene, nüchtern berechnete Ausarbeitung des Folgerichtigkeitsgedankens: anstatt mit säulenartigen Diensten sind die Pfeiler hier mit Gliedern besetzt, welche dieselben birnförmig zugespitzten Umrisse des Durchschnitts haben wie die entsprechenden Bogen und Rippen und sich ohne jede Unterbrechung unmittelbar in diesen fortsetzen.

Im 15. Jahrhundert wurde stetig am Westbau weitergearbeitet; aber nur langsam gipfelten sich die gewaltigen Frontmassen empor. Im Jahre 1447 war der südliche Turm so weit vorgerückt, daß er die Glocken aufnehmen konnte. Von den drei Portalen der Westfront erhielt das südliche noch in der Spätzeit des Mittelalters seine figürliche Ausstattung.

Abb. 105. Mittelschiff des Kölner Doms.

Erst unter Erzbischof Hermann von Wied (1515—47), der sich der Reformation zuwandte, wurde die Arbeit am Dome völlig eingestellt.

So stand das unfertige Werk fast drei und ein halbes Jahrhundert hindurch vernachlässigt; auf viele Meilen in der Runde sah man in dem flachen Lande den gewaltigen Stumpf in seltsamen Umrissen sich am Horizont abzeichnen: den hohen Chor, der senkrecht abgeschnitten das Notdach des Vorderhauses überragte, und den Ansatz des südlichen Turmes mit dem riesigen Krane, der zum Hinaufwinden der Bausteine benutzt worden war, und der über vierhundert Jahre ein Wahrzeichen der Stadt Köln bildete.

Mehr und mehr fiel der stolze Bau der Vernachlässigung anheim. Was das 17. und 18. Jahrhundert in seinem Geschmacke zur inneren Ausstattung that, gereichte ihm nicht zur Zierde. Nachdem die Franzosen 1796—97 den Dom zum Heumagazin benutzt und das Dach des Bleies beraubt hatten, schien der Verfall unaufhaltsam hereinzubrechen, zumal da der Sandstein vom Drachenfels der Verwitterung stärker ausgesetzt war, als der treffliche rote Sandstein, der für die Münster zu Straßburg und Freiburg den Baustoff geliefert hatte.

Erst die nationale Begeisterung der Freiheitskriege lenkte die Aufmerksamkeit wieder auf dieses erhabene Meisterwerk deutscher Kunst. Der Anblick des alten Krans begeisterte den Dichter Max von Schenkendorf zu dem Seherwort, es scheine

„nur das Werk verschoben,
Bis die rechten Meister nahn".

König Friedrich Wilhelm III. von Preußen ordnete die Erhaltung des Vorhandenen an. Die Ausbesserungsarbeiten wurden alsbald begonnen, nachdem vom Staate wieder ein Dombaumeister angestellt worden war. Wie durch ein Wunder waren die alten Pläne des Westbaues erhalten geblieben; 1814 wurde in Darmstadt ein Teil einer Gesamtansicht der Fassade mit den Türmen, 1816 in Paris der andre Teil dieser $4\frac{1}{2}$ Meter hohen, auf mehreren zusammengenähten Pergamenthäuten ausgeführten Zeichnung aufgefunden; außerdem fand sich hier noch ein Originalgrundriß und eine östliche Ansicht des Südturmes. So lag die Möglichkeit vor, den Dom im Sinne der Vorzeit zu vollenden, wobei nur die Querschifffassaden und die Bekrönung der Vierung nach eigner Erfindung ergänzt werden mußten. Der Dombaumeister Zwirner, der von 1833—61 den Wiederherstellungsarbeiten vorstand, faßte diesen Gedanken, der überall in Deutschland begeisterten Anklang fand, mit vollem Eifer auf. Es bildete sich ein Dombauverein, dessen Protektorat König Friedrich Wilhelm IV. übernahm, und im Jahre 1842 legte dieser kunstsinnige Fürst den Grundstein zum Weiterbau. Der preußische Staat übernahm den größten Teil der Kosten; aber auch Vereine und Private beteiligten sich so rege wie einst im Mittelalter durch Gaben an dem Unternehmen. Ganz Deutschland trug zu dem Werke bei, der Kölner Dom sollte ein Sinnbild der zukünftigen Einheit des Vaterlandes werden. Am 14. August 1848, nachdem die Überwölbung der Seitenschiffe ausgeführt und das Mittelschiff mit einem neuen Notdach versehen war, wurde im Beisein Friedrich Wilhelms IV., des Reichsverwesers Johann von Österreich und vieler Abgeordneten der Frankfurter Nationalversammlung die sechste Säkularfeier der Grundsteinlegung festlich begangen. 1859 waren die Fassaden des Querhauses nach Zwirners Entwürfen in verständnisvoller Übereinstimmung mit dem übrigen Bau vollendet. Die Überwölbung des Mittelschiffes schloß sich an, nachdem der nördliche Turmunterbau zu der erforderlichen Höhe geführt worden war. Bald erhob sich das Dach mit dem eisernen Dachreiter über dem Bau, und unter Zwirners Nachfolger Voigtel stiegen die Türme, von riesenhaften Gerüsten umkleidet, zusehends in die Höhe. Dem Einiger Deutschlands, unserm Kaiser Wilhelm, war es vergönnt, die gänzliche Vollendung dieses Wahrzeichens der deutschen Einheit in Gegenwart fast aller deutschen Fürsten am 15. Oktober 1880 zu feiern.

In zwei Kapellen des Chores werden die Originalrisse der Turmfassade aufbewahrt, die kurz vor der Mitte des 14. Jahrhunderts entstanden zu sein scheinen.

Es ist fraglich, ob das späte Mittelalter im stande gewesen wäre, sich bei der Ausführung so getreulich nach ihnen zu richten, wie es die Gegenwart gethan hat; schon bei der Ausschmückung der Turmstreben sind kleine, freilich nebensächliche, Abweichungen wahrzunehmen. In seiner jetzigen Vollendung aber können wir in dem Westbau des Kölner Doms, wenn er auch der Ausführung nach zur größeren Hälfte ein Werk unsrer Zeit ist, die vollkommenste derartige Schöpfung der zu prächtiger Blüte erschlossenen Gotik des 14. Jahrhunderts in ungetrübter Erscheinung bewundern (Abb. 186).

Die Fassade des Kölner Doms, ein von keinem französischen Vorbild beeinflußtes Erzeugnis des deutschen Kunstgeistes, ist in noch weit höherem Maße als die des Straßburger Münsters von dem Gedanken des senkrechten Emporwachsens beherrscht und durchdrungen. Sie geht ganz auf in den beiden Türmen, welche, die Breite von je zwei Seitenschiffen einnehmend, die Front des Mittelschiffs nur als ein untergeordnetes Bindeglied erscheinen lassen; dabei entwickelt sich alles mit einer unbedingten Folgerichtigkeit, so daß das eigentliche Wesen des gotischen Außenbaues in seiner äußersten Durchbildung hier nicht nur den glänzendsten, sondern auch den charakteristischsten Ausdruck findet. In ihren beiden unteren Stockwerken sind die Türme zweiteilig, den doppelten Seitenschiffen entsprechend; jede freiliegende Seite ist von mächtigen Strebepfeilern eingeschlossen, während schlankere Strebepfeiler an den senkrechten Teilungslinien emporsteigen und die weiten hohen Fenster, welche die Flächen einnehmen, voneinander scheiden. Das unterste, der Seitenschiffhöhe entsprechende Stockwerk enthält in den dem Hauptportal des Mittelbaues zunächst liegenden Feldern Nebenportale, welche wie in die Fenster hineingebaut erscheinen, vor denen ihre durchbrochenen und mit Fialen besetzten Wimberge sich ausbreiten. Die Wimberge der Fenster und des Hauptportals überragen hier wie in allen folgenden Geschossen die wagerechten Begrenzungen der Stockwerke, so daß an keiner Stelle eine Horizontallinie in ihrem ganzen Verlaufe sichtbar wird. Das zweite Stockwerk, das der Höhe des Mittelschiffs entspricht, ist bedeutend höher als das erste; es zeigt auch im Mittelbau ein hohes Fenster, also aufsteigende Formen statt der strahlenden Rose; in dem Maßwerk dieses prächtigen sechsteiligen Fensters sehen wir die im 14. Jahrhundert sehr beliebte Form eines Vierecks mit gebogenen Seiten die Stelle der kreisrunden Rosette einnehmen. Der hohe Wimberg, welcher den Fensterbogen bekrönt, überschneidet die Brustwehr, welche derjenigen des Daches entspricht und, nur durch die Strebepfeiler unterbrochen, sich auch um die Türme herumzieht, und ragt weit in den mit Stab- und Maßwerk gezierten Spitzgiebel hinein, der den Mittelbau abschließt. Die Flächen unter den Fenstern sind, damit auch in ihnen der lebendige Zug nach oben nicht unausgesprochen bleibe, ebenfalls mit Stab- und Maßwerk verziert, und in gleicher Weise sind die Strebepfeiler in sprechendem Gegensatz zu denen des Chores und der Seitenschiffe vom Boden auf gegliedert; geschmückte Giebelchen und zierliche Fialen bezeichnen außerdem kleine Absätze im Verlaufe derselben.

Über dem zweiten Stockwerk hört die senkrechte Zweiteilung auf; sie klingt

Abb. 186. Fassade des Kölner Doms.

in den Fialen der Zwischenstreben aus. Die Hauptstrebepfeiler lassen einen Teil ihrer Masse in reichgeschmückte Fialentürmchen auslaufen und gehen mit ihrem Körper in die vielgliederigen Strebetürme des freistehenden oberen Turmbaues über. Von diesen Streben eingeschlossen, bereitet das nächste Geschoß über der Brustwehr, welches nach jeder Seite hin ein Fenster hat, auf bewegtem Grundriß den Übergang in das Achteck vor, in dem sich das letzte Stockwerk, nach allen Seiten offen, zwischen den frei aufsteigenden und in einer unendlichen Fülle von schmuckvollen Endigungen der einzelnen Glieder sich allmählich verjüngenden Spitzen der Strebetürme erhebt.

Aus den Kronen von Giebeln und Fialen, welche die luftigen achtseitigen Stockwerke schmücken, wachsen dann schließlich in gesteigerter Luftigkeit die aus je acht krabbenbesetzten Rippen und aus Maßwerk gebildeten Helme empor, deren riesige Kreuzblumen sich in der schwindelnden Höhe von 156 Meter entfalten (Abb. 186).

Unzweifelhaft sind diese Türme, die höchsten von Europa, der erhabenste, beredteste und harmonischte Ausspruch der gewaltigen himmelanstrebenden Poesie der gotischen Baukunst. Das Ziel dieser Kunst ist hier erreicht; eine weitere Ausbildung ihres Grundgedankens war nicht möglich, daher neigte sich die Gotik in der Zeit, die derjenigen folgte, in der die Kölner Domfassade entworfen wurde, allmählich, aber unabänderlich dem Verfalle entgegen.

Abb. 187. Gotischer Zierbuchstabe von 1271.
Aus einer Urkunde des Koblenzer Staatsarchivs.

Notwendigerweise mußten die herrlichen Wunderwerke der Baukunst, welche am Ober- und Niederrhein zu gleicher Zeit emporstiegen, auf die rege Bauthätigkeit der gesamten Rheinlande, welche im 14. und 15. Jahrhundert eine überaus große Zahl von zum Teil sehr stattlichen Kirchen hervorbrachte, einen mächtigen Einfluß ausüben. Der Ruf der Kölner Bauhütte namentlich verbreitete sich weit, auch über die Grenzen Deutschlands hinaus. Daß nach dem benachbarten Holland Kölner Meister zum Bau von Kirchen berufen wurden, ist leicht begreiflich; aber selbst an der Kathedrale von Burgos wurde seit 1442 der Fassadenbau von einem Meister Johannes aus Köln geleitet. Es ist nur natürlich und würde auch ohne die in einzelnen Fällen vorliegenden bestimmten Zeugnisse ohne weiteres anzunehmen sein, daß in der näheren Umgegend die Kölner Baukünstler häufig zu Rate gezogen wurden. Der Chor der im übrigen romanischen Benediktinerabteikirche zu München-Gladbach, dessen Einweihung 1275 der hochberühmte gelehrte Dominikaner Albert der Große vollzog, ist aller Wahrscheinlichkeit nach ein Werk des Dombaumeisters Gerhard von Rile. Manche ausgezeichnete Bauten in geringerer oder größerer Entfernung von Köln, wie der seit 1353 dem Aachener Münster angefügte hohe Chor und die Kathedrale von Metz, deren Schiff dem 14., deren Chor dem 15. und teilweise dem beginnenden 16. Jahrhundert angehört, zeigen unverkennbare Verwandtschaft mit dem Kölner Dom.

Doch traten daneben auch in den niederrheinischen Gegenden mitunter gänzlich verschiedene, auf selbständiger Erfindung oder auf anderweitigen Vorbildern beruhende Erscheinungen auf. Dies war namentlich bei den Kirchen der Cistercienser der Fall, deren schönste die Abteikirche zu Altenberg ist, die nicht weit von Köln in einem einsamen grünen Thal gelegene Begräbnisstätte der Grafen von Berg, jenes mächtigen Geschlechts, dem Engelbert der Heilige entstammte und aus dem auch der Stifter dieses Klosters hervorgegangen war. Sie hat gleich der ältesten gotischen Cistercienserkirche Deutschlands, der zu Marienstadt, an Stelle der Pfeiler noch einfache Rundsäulen, über deren Kapitälen die Dienste der Mittelschiffgewölbe beginnen; sie ist in den Einzelheiten schlicht und ernst, aber in der großartigen Anlage gleicht sie dem Kölner Dom; wie dieser hat sie ein dreischiffiges Querhaus und einen fünfschiffigen Chor mit Umgang und sieben Kapellen Der Bau wurde 1255 begonnen und 1379 beendet.

Schlichte Rundsäulen hat auch die einige Jahre vor dem Kölner Dom gegründete Stadtkirche zu Ahrweiler, die außerdem als eine der wenigen rheinischen Hallenkirchen und durch ihre eigentümliche Choranlage merkwürdig ist; die drei Schiffe, deren mittelstes länger ist als die beiden andern, und die durch kein Querhaus unterbrochen werden, endigen in drei vieleckigen Nischen, von denen die der Nebenschiffe schräg gestellt sind, so daß sie über die Seitenwände der Schiffe hervortreten. Dieselbe Anlage zeigt die großartige Kollegiatkirche St. Viktor zu Xanten, aber noch reicher, indem sich hier dem höheren Mittelschiff jederseits zwei Seitenschiffe anlegen, von denen das äußerste wieder kürzer ist als das innere; dadurch entsteht eine ähnliche Form des Chores, wie sie in der Liebfrauenkirche zu Trier der Ostchor mit Hinzunahme der ihm jederseits zunächst liegenden niedrigeren Nischenpaare zeigt. Im übrigen ist diese prachtvolle Kirche, an welcher vom 13. Jahrhundert bis zum Schlusse des Mittelalters gearbeitet wurde, wiederum dem Kölner Dom verwandt.

In Köln selbst verschwinden die gotischen Kirchen neben der alles beherrschenden Kathedrale und neben den vorzüglichen Schöpfungen des romanischen Stils. Ein stattliches Baudenkmal ist der Rathausturm, der 1407—17 „zu Ehren der Stadt und zum gemeinen Besten“ aus dem Ertrage der im Jahre 1396 eingezogenen Güter adliger Geschlechter errichtet wurde, ein kraftvoller Bau, der, mit Stabwerk und ehemals auch mit Standbildern reich geschmückt, sich in fünf Stockwerken erhebt, von denen die drei unteren vierseitig, die zwei oberen achtseitig sind. Ein andres ansehnliches Werk spätgotischen Kölner Profanbaues, nebenbei von geschichtlichem Interesse durch die glänzenden Festlichkeiten, welche hier zu Ehren der Kaiser Friedrich III., Maximilian I. und Karl V. gegeben wurden, und durch die Staatshandlungen, welche die beiden erstgenannten Kaiser in diesen Räumen vornahmen, ist der sogenannte Gürzenich, den Bürgermeister und Rat 1441—47 als großes Kaufhaus und „unser Herren Dantz-Huis“ durch den Stadtsteinmetzen Johannes von Büren mit großem Kostenaufwand erbauen ließen; die breite Front an der Straße ist mit Stabwerk und Wappen geschmückt, mit Erkern und Zinnen gekrönt. — Wie lange die Gotik in Köln ihre Lebenskraft behauptete, geht daraus hervor, daß noch 1524 dort eine gotische Kirche, die St. Peterskirche, erbaut wurde, in der aber schon rundbogige Emporen das Eindringen der Renaissance bekunden.

Auch die gotischen Kirchenbauten des Elsaß zeigen nicht ausschließlich den Einfluß der Kathedrale. Vielmehr sind hier, wo die Gotik an verschiedenen Orten schon sehr früh auftrat, gerade die bedeutendsten Bauten, wie die schöne Abteikirche St. Peter und Paul zu Weißenburg, ganz selbständig erfunden. Selbst bei dem schmuckreichen, 1516 durch Meister Remigius Balch vollendeten Turm der reizenden spätgotischen Kirche St. Theobald zu Thann hat der damals doch so hoch gefeierte Straßburger Münsterturm nicht zum Muster gedient.

Am mittleren Lauf des Rheins, wo die Einflüsse von Köln und von Straßburg sich berührten, entstand in verhältnismäßig bescheidenen Größenverhältnissen eine der schönsten gotischen Kirchen Deutschlands, die Katharinenkirche zu Oppenheim. Der greuliche Raubzug der Franzosen im Jahr 1689 hat dieses edle Bauwerk zwar stark verwüstet, aber seit kurzem wird an seiner gänzlichen Wiederherstellung mit Eifer gearbeitet. Der 1262 begonnene Chor hat jenen eigentümlichen Grundriß mit zwei schrägstehenden Nebenapsiden, wie er sich zu Ahrweiler und Xanten findet, und ist in einfachen frühgotischen Formen aufgeführt. Das Vorderhaus aus der Blütezeit des Stils hat die Eigentümlichkeit, daß sich in ihm unter den Seitenschiffsfenstern zierliche Bogenstellungen öffnen, hinter welchen niedrige Kapellen die Zwischenräume der Strebepfeiler ausfüllen. Daher zeigt das Äußere eine dreifache Abstufung: zuunterst die Kapellen mit kleinen, ganz mit Maßwerk gefüllten Fenstern von spitzbogig dreieckiger Gestalt, dann zwischen den Strebepfeilern zurücktretend die durch große Fenster ausgefüllten Seitenschiffwände, darüber das Mittelschiff mit hohen Wimbergen über den Fenstern. Das Maßwerk dieser letzteren, die Wimberge und Fialen und die ganze Ausschmückung des Strebewerks bekunden sehr deutlich, daß der Meister eingehende Studien am Kölner Dom gemacht hat, während das überaus prächtige, zum Teil rosenförmige Maßwerk der im Verhältnis zu ihrer Breite niedrigen Seitenschiffsfenster und die Ausschmückung nicht nur der Strebepfeilerflächen, sondern auch der Zwickel neben den Fensterbogen mit Stab- und Maßwerk ebenso entschieden auf Straßburger Studien hinweisen. Die Querhausfronten vermitteln in sehr geschickter Weise den Übergang von dem schlichten Chor zu dem Schmuckbau des Langhauses, das nicht mit Unrecht einem Gebilde der Goldschmiedekunst verglichen wird. Ganz ungewöhnlich für die deutsche Gotik ist die Anordnung eines starken achtseitigen Turms auf der Vierung. Die Wirkung des Inneren wird durch vortreffliche Glasmalereien aus der Zeit der Erbauung erhöht. Statt einer reichen Fassade, wie sie der Meister gewiß beabsichtigt hatte, wurde später ein Westchor in ganz verändertem Stil angebaut, dessen Weihe 1439 stattfand.

Abb. 188. Kreuzgang des Prämonstratenserklosters Allerheiligen im Schwarzwald.
Bezeichnendes Beispiel für einfachere Maßwerkformen des 14. Jahrhunderts.

3. Die Gotik im mittleren und südlichen Deutschland.

Abb. 189. Gotischer Zierbuchstabe aus der Endzeit des 13. Jahrhunderts. Aus einem Meßbuch des Stifts Admont in Östreich.

Neben den Verschiedenheiten der gotischen Formenbildung, welche aus dem Wandel des Zeitgeschmacks hervorgingen, und die bei fast allen größeren Werken der Baukunst den nacheinander aufgeführten Teilen ihr besonderes Gepräge gaben, machten sich örtliche Unterschiede geltend, die mehr noch als durch den vielleicht zufälligen Charakter der ersten bedeutenden Bauten, mit welchen die Gotik in den einzelnen Gegenden auftrat, durch die Stammeseigentümlichkeiten der verschiedenen deutschen Gebiete und teilweise durch den Baustoff bedingt wurden. Bisweilen nahm die Kunst sogar in einzelnen Städten mehr oder weniger schulmäßig abgeschlossene Besonderheiten an. Es versteht sich von selbst, daß bei einer solchen selbständigen Verarbeitung des neuen Stils der fremdländische Ursprung desselben sich nirgends mehr zu erkennen gab. Die Gotik war den deutschen Baukünstlern in Fleisch und Blut übergegangen und erhielt überall ein unabhängiges und völlig deutsches Gepräge.

Am eigenartigsten trat sie in Westfalen auf. Hatte dieses Land schon zur Zeit des romanischen Stils gegen die benachbarten, aber durch Sprache und Sitte sich scharf abgrenzenden niederrheinischen Gebiete auch in künstlerischer Hinsicht in deutlich hervortretendem Gegensatz gestanden, so prägte sich während des gotischen Zeitraums dieser Gegensatz noch stärker aus. Statt von der begeisterungsvollen Poesie, welche die rheinischen Kirchen zu schmuckreichen Wunderwerken emporwachsen ließ, wurde die westfälische Gotik von einem ruhigen, besonnenen Ernst geleitet. Sie trat nicht sowohl als eine plötzliche Neuerung auf, als sie sich vielmehr wie die folgerichtige Ausbildung dessen darstellte, was der westfälische Übergangsstil angebahnt hatte.

Die bedeutsamste Schöpfung des letzteren, die Hallenform der Kirchen, gelangte mit dem neuen Stil zu ganz ausschließlicher Herrschaft, und zwar in einer Gestalt, welche von derjenigen der hessischen Elisabethkirche wesentlich verschieden war. Während bei dieser die Teilung des Langhauses in drei Schiffe sich durch die enge Pfeilerstellung und durch die geringe Breite der Nebenschiffe noch ganz bestimmt ausprägte, verwischte die westfälische Baukunst diese Teilung, indem sie mit dem Höhenunterschiede auch den Breitenunterschied zwischen Mittelschiff und Seitenschiffen aufhob; die letzteren wurden dem ersteren beinahe gleich breit gebildet, und der seitlichen Ausdehnung entsprechend wurden auch in der Längsrichtung die Pfeiler so weit auseinander gestellt, daß der ganze Raum nunmehr von gleichartigen, annähernd quadratischen Gewölben bedeckt ward. So sprachen die Pfeiler auch nicht andeutungsweise mehr eine Scheidung aus, sondern sie stellten sich mit Entschiedenheit nur als die Träger der gemeinschaftlichen Decke der weiten Halle dar. Auf diese Weise entstanden Innenräume von einer ganz eigenartigen Wirkung. Es ist nicht, wie sonst in gotischen Kirchen, der lebendige Drang nach oben, welcher den vorherrschenden Eindruck bestimmt; denn der Blick durchmißt nach allen Seiten hin frei den ausgedehnten einheitlichen Raum, dessen Breite die Höhe bedeutend übertrifft.

Das erste größere Werk der westfälischen Gotik ward in Minden ausgeführt, wo zwischen dem alten romanischen Westbau und dem im Übergangsstil erbauten Querhaus des Doms in der zweiten Hälfte des 13. Jahrhunderts ein neues Langhaus errichtet wurde. Die geschilderten Eigentümlichkeiten kommen in diesem Werke voll zur Geltung; zugleich stellen sie sich hier am schönsten und großartigsten dar. Die weite luftige Halle des Mindener Doms, deren Formen die ganze frische Anmut der jugendlichen Gotik umkleidet, reiht sich den edelsten Meisterwerken der gotischen Baukunst an (Abb. 190). Reizvollstes Leben verleihen dem Raum die prächtigen, ungewöhnlich reichen und phantasievollen Maßwerkgebilde der hohen und breiten Fenster, von denen aus das Tageslicht hell einströmt und die schönen Pfeiler mit ihren Laubkränzen und mit den nach allen Seiten sich gleichmäßig auseinanderbiegenden Gurtungen der Gewölbe rings umstrahlt.

Abb. 190. Inneres des Domes zu Minden.

Das Fenstermaßwerk des Mindener Domes ist ganz eigenartig. Dasselbe zeigt in jedem Fenster oben ein großes rad- oder rosenförmiges Gebilde, in welches von unten her die spitzen Verbindungsbogen der Fensterpfosten einschneiden; sowohl die Zusammenfassung und Ausfüllung dieser kleineren Spitzbogen, als auch die strahlenartige Füllung der großen Kreisformen ist überall verschieden, aber überall gleich reizvoll.

Die Pfeiler zeigen die regelmäßige, den von ihnen ausgehenden Gurten und Rippen entsprechende Form von Rundstämmen mit vier stärkeren und vier schwächeren säulenförmigen Diensten.

Der einfache fünfeckige Chorschluß, durch den die Kirche zu ihrer jetzigen Gestalt vollendet wurde, ist um ein Jahrhundert jünger als das Langhaus; er wurde erst in den Jahren 1377—79 erbaut.

Man kann den Dom zu Minden als das Vorbild für den Schiffbau der meisten gotischen Kirchen Westfalens betrachten. Nur wurde dabei in der Regel auf eine außergewöhnlich glänzende Erfindung des Maßwerks verzichtet, und die Pfeiler erhielten häufig eine einfachere Gestalt, indem der runde Kern mit nur vier Diensten besetzt wurde. Das Querschiff blieb regelmäßig weg. Der Chor bildete in den meisten Fällen eine Verlängerung des Mittelschiffs mit mehreckigem Schluß. Die Türme bekamen durchgehends eine massige viereckige Gestalt, in den verschiedenen Stockwerken nur wenig verjüngt und mit so kräftigen Mauern, daß sie keiner verstärkenden Strebepfeiler bedurften; die Helme wurden aus Holz aufgeführt und mit Schiefer gedeckt. Zweitürmige Fassaden wurden nur in ganz vereinzelten Fällen angelegt. Die schon in vorgotischer Zeit bisweilen angewendete Bedeckung der Seitenschiffe durch querstehende kleine Giebeldächer, deren Anzahl der Zahl der Gewölbefelder entsprach, wurde allgemein beliebt. Die so entstehenden Giebelseiten boten Gelegenheit zur Ausschmückung durch Nischen, Stabwerk, Fialen und dergleichen. Doch blieb dieser Schmuck meistens ein bescheidener. Das ganze Äußere der Kirchen wurde ernst und schlicht gehalten, und selbst die Eingänge wurden nur ausnahmsweise mit reichem Zierat ausgestattet.

Anlagen, welche abweichend von dem Mindener Dom an dem alten Herkommen festhielten, wonach die Seitenschiffe nur die halbe Breite des Mittelschiffs bekamen, waren Ausnahmen. Dagegen fanden die Baukünstler des 14. Jahrhunderts bisweilen Gefallen daran, die eigenartige Raumwirkung der breiten Hallen dadurch aufs höchste zu steigern, daß sie die Längenausdehnung des Schiffs auf das Maß der Gesamtbreite beschränkten, so daß der Breitenwirkung auch durch die Längsrichtung kein Abbruch mehr gethan wurde. Mit mathematischer Genauigkeit finden wir diese Anordnung in der schönen, durch das treffliche Maßwerk und die prächtigen Glasmalereien ihrer Fenster besonders ausgezeichneten Marienkirche („Bergerkirche“) zu Herford durchgeführt. Hier ist der Schiffraum eine vollständig quadratische Halle, in welcher vier schlanke, mit je acht Diensten besetzte Rundpfeiler die neun ganz gleichen Kreuzgewölbe tragen; der Chor schließt sich als ein länglich viereckiger Raum dem Mittelschiffe an. Ähnlich, wenn auch nicht ganz so regelmäßig, da die Seitenschiffe etwas schmäler sind als das Mittelschiff, ist der Schiffbau von St. Maria zur Wiese („Wiesenkirche“) zu Soest angelegt, einer zweitürmigen, mit prächtigem Chorbau ausgestatteten Kirche, welche durch die kühnen schlanken Verhältnisse des Inneren und durch die reiche malerische Gestaltung des Äußeren unter allen westfälischen Bauwerken hervorragt.

Der Chor der Soester Wiesenkirche ist eine eigentümliche und sehr wirkungsvolle Anlage, die indessen hier nicht völlig neu war, da sie in einer älteren Kirche der Stadt.

in St. Peter, ein Vorbild hatte. Die drei Schiffe endigen in Apsiden, von denen die beiden äußeren halbe Zehnecke bilden, die mittlere aber, von sieben Seiten eines größeren Zehnecks begrenzt, sich beträchtlich über die Breite des Mittelschiffs hinaus erweitert.

Die Pfeiler zeigen das einzige westfälische Beispiel jener wenig ansprechenden Bildung, daß die zugespitzten Gliederungen der Gurte und Rippen an ihnen unverändert und ununterbrochen herablaufen.

Eine Inschrift nennt als den Architekten, welcher den stolzen Bau begann, den Meister Johannes Schendeler. Die Jahreszahl der Gründung ist in derselben Inschrift in so wunderlichem Latein gegeben, daß man im unklaren sein könnte, ob 1313 oder 1331 herauskommt*); es ist aber unzweifelhaft die letztere Zahl gemeint.

Die beiden mit Strebepfeilern bewehrten Türme der stattlichen Fassade wurden erst im 15. Jahrhundert in Angriff genommen, als die reiche Handelsstadt, die selbst mit dem Kölner Erzbischof die Fehde aufnehmen konnte, auf der Höhe ihrer Macht und Blüte stand. Doch gelangten sie damals nicht zur Vollendung, und erst in unseren Tagen sind ihnen die durchbrochenen Helme aufgesetzt worden.

Im allgemeinen bietet der gotische Kirchenbau Westfalens im Vergleich mit demjenigen der meisten andern deutschen Länder wenig Abwechselung. Nicht selten zeigt derselbe eine ganz außergewöhnliche Einfachheit. Als in der zweiten Hälfte des 14. Jahrhunderts die Gotik anfing an innerer Lebenskraft zu verlieren, kamen vielfach Formen von großer Nüchternheit auf. So sind in manchen spätgotischen Kirchen die Pfeiler schlichte Rundstämme, welche ein schmuckloses Gesimse abschließt, über dem dann die Gurtungen unvermittelt entspringen.

Die Verflechtung der Gurtungen zu verschiedenen Mustern ist häufig das einzige, was solchen prunklosen Bauten einigen Reiz verleiht. Die späte Gotik brachte nämlich die mannigfaltigsten gekünstelten Wölbungsarten hervor, unter denen namentlich diejenige Beifall fand, in welcher sich die Rippen zu einem sternartigen Gebilde zusammenfügten. Die eigentliche Heimat dieser eigentümlichen Gewölbebildung lag in den Gegenden des Backsteinbaus, wo dieselbe, unter übrigens ganz besonderen Entwickelungsverhältnissen der Baukunst, schon im 13. Jahrhundert angewendet wurde. Da aber in Westfalen schon in der spätromanischen Zeit die Verwendbarkeit der Rippen als Schmuckmittel erkannt worden war, so mag man wohl annehmen, daß hier ganz unabhängig von jenem älteren Vorkommen die Erfindung selbständig gemacht worden sei, zumal da sie in einer nicht unwesentlich verschiedenen Gestalt auftritt. Vielleicht das älteste größere Sterngewölbe im Gebiete des Hausteinbaus findet sich in der 1353 geweihten Dominikanerkirche (der jetzigen katholischen Pfarrkirche) zu Dortmund, einem, wie es auch sonst noch einigemal in Westfalen und anderswo vorkommt, mit nur einem Nebenschiff versehenen Bau.

Neben den künstlichen und zierlichen Überwölbungen, welche im 15. Jahrhundert überall in Mode kamen, fanden auch die sonstigen prunkenden und überreichen Bildungen, in denen sich die spätgotische Kunst gefiel, hier und da in Westfalen Eingang. Die Macht des herrschenden Zeitgeschmacks war zu stark, als daß die westfälische Baukunst, ungeachtet aller angestammten Vor-

*) „C ter X mille et tribus Ique."

liebe für die Einfachheit, sich ihm völlig hätte verschließen können. Aber das üppige Spiel der geschwungenen Formen umkleidete die Gebäude nur wie ein äußerlich umgehängter Schmuck, ohne ihnen den ernsten Grundcharakter zu nehmen.

Am glänzendsten entfaltete sich die spätgotische Architektur Westfalens in Münster. In dieser alten Bischofsstadt zeigt sich uns eine ganze Anzahl von kirchlichen Bauwerken voll stolzer Pracht. Da erhebt sich an der schönen Liebfrauenkirche („Überwasserkirche") der stattlichste Turm des Landes über einem mit schmuckvollem Giebel und schlanken Fialen ausgestatteten, im Bogenfeld mit Maßwerk verzierten Prachtportal; in drei gewaltigen viereckigen Stockwerken, die mit Blendnischen geziert sind, steigt er mächtig empor und ragt mit einem in den blendenden Formen der Spätzeit reich geschmückten achteckigen Oberbau und mit vier neben diesem aufschießenden zierlichen Ecktürmchen hoch in die Luft. Mit diesem Bauwerk wetteifern an malerischer Wirkung die luftigen Obergeschosse des Ostturms von St. Ludger. Das prunkvollste Gebäude von ganz Westfalen erblicken wir in der Lambertikirche, die ganz in spätgotischer Zeit, zum größten Teil im 15. Jahrhundert, ausgeführt wurde und von dem älteren Bau nur den vor einiger Zeit wegen Baufälligkeit abgetragenen, schlichten viereckigen Turm beibehielt. Der hohe und weite Innenraum dieser Kirche, den Netz- und Sterngewölbe bedecken, ist hell erleuchtet durch große Fenster mit eigenartigen reizvollen Maßwerknetzen; in künstlichem Spiel ist die perspektivische Wirkung dadurch gesteigert, daß die Pfeilerabstände nach dem Chore zu allmählich abnehmen, so daß die Länge des Schiffs größer erscheint, als sie wirklich ist; das Äußere ist mit Standbildern unter Baldachinen, mit geschweiften spitzbogigen Wimbergen über Fenstern und Portalen, mit Fialen, Blendnischen, Maßwerkgeländern glänzend geschmückt. Die späteste Gotik hat auch den romanischen Dom von Münster in einigen äußeren Teilen prunkvoll umgestaltet und mit reich verzierten Giebeln ausgestattet. Einer dieser Giebel trägt die Jahreszahl 1568 und beweist dadurch, mit welcher ungewöhnlichen Zähigkeit hier der gotische Stil seine Herrschaft behauptete.

Anziehender noch als die Kirchenbauten sind in Münster die zahlreichen Denkmäler des spätgotischen Profanbaues. Ganze Stadtteile haben hier noch ein vorherrschend mittelalterliches Gepräge bewahrt. Die vielstöckigen schmalen Häuser mit Bogengängen vor dem Erdgeschoß und mit hohen, treppenförmig abgestuften, fialengeschmückten Giebeln zeigen, in welcher Weise die bürgerliche Baukunst den gotischen Stil, der ja seinem ganzen Wesen nach kirchlich war und für dessen hochaufsteigende Formen und kühne Gewölbekonstruktionen hier kein Platz war, sich äußerlich anzupassen wußte, und wie sie sich mit den gotischen Zierformen reizvoll schmückte. In vorzüglicher Schönheit tritt uns die bürgerliche Gotik in dem seinem Aufbau nach dem 15. Jahrhundert angehörigen Rathaus entgegen, das nach allgemeiner westfälischer Sitte mit den Wohnhäusern in Reih und Glied steht und gleich diesen seine Schmalseite der Straße zuwendet (Abb. 191).

Abb. 191. Das Rathaus zu Münster in Westfalen.

Wie die andern Häuser zeigt das Rathaus in seinem Erdgeschoß die Laube, welche sich vor dem Eingange die Straße entlang ausdehnt; kurze starke Säulen tragen die schlichten Spitzbogen dieses offenen Durchgangs. Das erste Stockwerk wird in seiner ganzen Breite von vier großen, schönen Maßwerkfenstern zwischen reich gegliederten, mit Standbildern unter Baldachinen geschmückten Pfeilern ausgefüllt. Darüber erhebt sich der prächtige Giebel in stufenförmigen Absätzen, welche die schrägen Dachlinien verbergen. Hier hört die naturgemäße wagerechte Einteilung auf, nur die in drei Reihen übereinander stehenden Fenster verraten, daß der Giebelbau in mehrere Stockwerke zerfällt; die ganze Ausschmückung ist vielmehr durch das dem gotischen Stil eigene Wesen des senkrechten Emporwachsens bestimmt. Pfeilerartige Pfosten, die in schlanke Fialen auslaufen, teilen den Giebel in sieben schmale Felder, die mit Spitzbogenblenden, mit Wappen in runden Vertiefungen und mit einem Heiligenbilde geschmückt sind. Die einzelnen Stufenabsätze, deren Breite durch diese Feldereinteilung bestimmt wird, tragen zierliche durchbrochene Krönungen, von denen die unteren sich als von Fiale zu Fiale hinübergespannte Strebebogen darstellen; auf den beiden letzten Staffeln nächst der Mitte steigen die luftigen Stab- und Maßwerkgebilde in fensterartiger Form höher empor und vereinigen sich mit dem reichen Aufsatz der Mittelstaffel zu einer prachtvollen Schlußbekrönung, aus welcher die Spitzen der vier letzten Fialen hervorragen. Das figürliche Bildwerk, welches die Fensterpfeiler, den Abschluß des

Giebels und die Spitzen der Fialen schmückt, ist trotz der weltlichen Bestimmung des Hauses religiösen Inhalts: es zeigt Gott und die Heiligen, in deren Schutz die fromme Bürgerschaft die Stadt empfahl; anmutig schweben über den obersten Fialen Engel mit ausgespannten Fittichen.

Abb. 192. Gotischer Buchstabe von einem gestickten Altartuch in der Wiesenkirche zu Soest (erste Hälfte des 14. Jahrh.).

Gegen Westfalen mit dem einheitlich geschlossenen Charakter seiner Gotik bilden die angrenzenden niedersächsischen Gegenden und ebenso die obersächsischen Marken und Thüringen wiederum einen sprechenden Gegensatz dadurch, daß in diesem Gebiete die gotische Baukunst in den allerverschiedensten Formen dicht nebeneinander auftritt und die ganze Mannigfaltigkeit ihrer Erscheinungen zur Schau trägt.

Einige der ersten Bauten im neuen Stil verdankten auch hier den Niederlassungen der Cistercienser ihre Entstehung, und sie zeigen das diesem Orden eigne vornehme und einfache Gepräge. Später übten die von den verschiedenen Bettelorden errichteten Basiliken, für welche die größte Prunklosigkeit und eine sehr weite, man möchte sagen sparsame Pfeilerstellung bezeichnend ist, auch außerhalb dieser Orden einen Einfluß aus. Schlichte Hallenkirchen, welche sich meistens westfälischen, seltener hessischen Vorbildern anschlossen, wurden häufig errichtet. Daneben kamen dann wieder glänzende Bauten zur Ausführung, die sich mehr der rheinischen Weise annäherten.

Ein Blick auf einige der hervorragendsten unter den zahlreichen bedeutenden Kirchenbauten, welche während der Zeit des gotischen Stils in diesen Gegenden entstanden sind, zeigt, wie groß die Verschiedenartigkeit der Erfindungen war.

Das erste Gebäude, bei welchem das Studium frühgotischer französischer Werke unverkennbar zu Tage getreten war, der Dom zu Magdeburg, läßt uns in seinen jüngeren, in reinem und edlem gotischen Stile ausgeführten Teilen die Geschicklichkeit bewundern, mit der die Meister die Harmonie des Ganzen ungeachtet der Stilunterschiede zu wahren wußten, und mit der sie über bereits in vorgotischer Zeit begonnenen Unterbauten ein Werk herstellten, das dem Geschmacke ihrer Zeit entsprach. Die weite Pfeilerstellung der romanischen Basilika, welche auf quadratische Überwölbung berechnet war, wurde beibehalten; aber zwischen den Wanddiensten wurde an der Mittelschiffwand, die eine sehr bedeutende Höhe erhielt, über jedem Scheidbogen noch eine Wandsäule angebracht, die von einer Konsole aus als Gurt- und Rippenträger emporstieg, so daß die Gewölbe nunmehr doch die vom gotischen Basilikenbau bevorzugte länglich rechteckige Gestalt erhielten und daß das Ganze ein hohes und schlankes Ansehen bekam. In entsprechender Weise wurden die Wandfelder der niedrigen, verhältnismäßig sehr breiten Seitenschiffe jedem Scheidbogen gegenüber in zwei Abteilungen zerlegt und mit zwei Fenstern versehen; die Seitenschiffgewölbe wurden auf

Grund dieser eigentümlichen Anordnung in je fünf Kappen ausgeführt. — Äußerlich zeigt dieser großartige Dom eine vorwiegend sehr ernste Erscheinung. Seine Seitenwände sind, wie es bei den westfälischen Hallenkirchen gebräuchlich und überhaupt in ganz Norddeutschland vielfach beliebt war, mit Reihen von Spitzgiebeln bekrönt, welche die querstehenden Einzeldächer der Nebenschiffe begrenzen. Eine andre norddeutsche Eigentümlichkeit erblicken wir in dem hohen Glockenhaus, welches, zwischen den beiden Türmen eingebaut, mit hohen Giebeln das Mittelschiffdach überragt. Die gewaltigen, erst im 16. Jahrhundert vollendeten Türme, welche mit ihren glatten achtseitigen Steinhelmen eine Höhe von 103 Meter erreichen, sind schlicht und massig; so heben sie den reichen Schmuck des von ihnen eingeschlossenen Zwischenbaues um so stärker hervor.

Eines der schönsten Werke der sächsischen Gotik, der Dom zu Halberstadt, dessen Bau um 1240 an der zweitürmigen Westseite noch im Übergangsstil begonnen, bald darauf aber im neuen Stil fortgesetzt und erst nach mehreren Unterbrechungen, jedoch mit wesentlicher Beibehaltung des durch die älteren gotischen Teile vorgezeichneten Gepräges, beendigt wurde, stellt sich als eine stattliche, in schlanken Formen emporsteigende Basilika mit schmalen Seitenschiffen dar; derselbe zeigt auch das vollständig ausgebildete Strebewerk einer solchen, während bei dem Magdeburger Dom die Strebebogen fehlen.

Der Dom zu Meißen dagegen, von Bischof Witigo I. (1266—93) in den ersten Jahren seiner Herrschaft begonnen, unter Witigo II. (1312—42) in den Hauptteilen vollendet, und im 15. Jahrhundert gänzlich zum Abschluß gebracht, ist eine reich ausgestattete Hallenkirche mit Querschiff und schmalen Seitenschiffen. Von seinen vier Türmen bildet der südöstliche mit zierlich durchbrochenem Helm einen besondern Schmuck des Gebäudes.

Im Laufe des 14. Jahrhunderts gelangte der Hallenbau zu entschiedenem Übergewicht. Vorzüglich glänzend entwickelt finden wir denselben in der Marienkirche zu Mühlhausen in Thüringen. Hier besteht das Langhaus, dem sich ein Querhaus von gleicher Breite mit dem Mittelschiff und dann ein langgestreckter Mittelchor mit zwei kürzeren Nebenchören anschließen, aus fünf gleich hohen Schiffen. Mit ihren vier Reihen schlanker, zierlich gegliederter Pfeiler bietet diese geräumige Halle eine ungewöhnliche und großartige Erscheinung dar. Das Äußere der Kirche zeigt die beliebte Verwendung von aneinandergereihten Giebeln nicht bloß an den Seitenwänden des Langhauses, wo die Giebel die Bedachungen der äußersten Schiffe abschließen, sondern auch am Chor, wo dieselben als rein äußerliche schmückende Zuthat erscheinen und in mannigfaltig durchbrochener Gestalt emporsteigen; die Giebel der Seitenwände und ebenso die sehr hohen mit ihnen in gleicher Flucht liegenden Querhausgiebel überragen ihre Dächer und sind treppenförmig abgestuft, wie es in der bürgerlichen Baukunst aufgekommen, bei Kirchenbauten aber sonst nicht gebräuchlich war.

Ein eigenartiges Beispiel von dem kühnen Unternehmungsgeist der Baumeister dieser Zeit führt uns der Chorbau des Domes zu Erfurt vor Augen. Da die Anhöhe, auf welcher Bonifacius hier den ersten Dom gegründet hatte, an der Ostseite steil abfällt und für die beabsichtigte Vergrößerung nicht ausreichte, wurden an dem Abhange gewaltige Unterbauten aufgeführt und auf diesen der neue Chor errichtet. Gleichzeitig mit diesem Bau — um die Mitte des 14. Jahrhunderts — wurde vor dem nördlichen Eingang des Domes eine prächtige Vorhalle auf dem durch die Enge des Raums bedingten ungewöhnlichen Grundriß eines gleichseitigen Dreiecks ausgeführt, deren beide Portale nach französisch-rheinischer Art mit Statuen und Baldachinen geschmückt und von hohen, mit Maßwerk verzierten Wimbergen bekrönt sind. Wie sich das herrliche Bauwerk, durch eine mächtige Freitreppe zugänglich, über den riesigen Bogen der Unterbauten emportürmt, das gewährt ein ungewöhnlich malerisches Bild, um so ungewöhnlicher, als der gotische Kirchenbau im allgemeinen nicht, wie der romanische, die Anhöhen aufsuchte, sondern auf dem platten Boden der Städte fußte. Der Reiz des Bildes wird noch erhöht dadurch, daß gleich neben dem Dom die ebenfalls im 14. Jahrhundert erbaute Severikirche ihre drei schlanken spitzigen Türme emporstreckt.

Als in den Jahren 1456—72 auch das Langhaus des Erfurter Domes erneuert wurde, erhielt dasselbe, da nunmehr die Basilikenform gänzlich außer Mode gekommen war, Hallengestalt; dabei wurden die Nebenschiffe in ungewöhnlicher Weise breiter gebildet als das Mittelschiff.

In dieser Schlußzeit des gotischen Stils machte sich auch in den sächsischen und thüringischen Gegenden dessen Erstarrung und Entartung in mancherlei Erscheinungen geltend. Die baulichen Schmuckformen beschränkten sich nicht auf jene früher geschilderten eigentümlichen Schweifungen und Verschlingungen, hängende und abgebrochene Bogen, Nachahmung von hängenden Teppichen und dergleichen, sondern bildeten auch geradezu knorrige Bäume mit verschlungenen Ästen nach und nahmen in ausgesprochener Weise die Besonderheiten der Holzschnitzerei an, die bei den bürgerlichen Fachwerkbauten Niedersachsens zur Anwendung kam. Dabei wurden die eigentlichen Bauglieder selbst entweder sehr nüchtern gehalten oder in gekünstelter Weise umgestaltet. An Fenstern und Thüren wurden geknickte, gedrückte und auch runde Bogen angewandt. An den ungegliederten Pfeilern blieben häufig die Kapitäle weg, so daß die Rippen, die meistens ein verwickelt zusammengefügtes Netzgewölbe bilden, ganz unvermittelt aus ihnen hervorspringen. Die Pfeiler wurden dabei mit Vorliebe achteckig gebildet, und ihre Flächen dann nicht selten in leichter Krümmung, den Kannellierungen der dorischen Säule ähnlich, eingezogen. Neben solchen schlichten Pfeilerbildungen wurden dann auch wieder ganz auffallende und seltsame erfunden, wie beispielsweise die schraubenförmig gedrehten Pfeiler vom Jahre 1469 im nördlichen Seitenschiff des Domes zu Braunschweig.

Nachdem das südliche Seitenschiff des Braunschweiger Domes bereits im 14. Jahrhundert verbreitert und in eine zweischiffige Halle umgestaltet war, begann in dem genannten Jahre ein ähnlicher Umbau des nördlichen Seitenschiffs. Hier sehen wir die zierlichen Netzgewölbe, deren Rippen statt der scharfen Zuspitzung eine stumpfe Abplattung zeigen, auf schlanken Rundstämmen ruhen, welche von je vier Diensten in Schneckenlinien umwunden werden. Der Eindruck von Unruhe und scheinbarer Bewegung, den

Abb. 193. Nördliches Seitenschiff im Dom zu Braunschweig.

diese ungewöhnlichen Formen besonders bei scharfer Beleuchtung hervorrufen, wirkt um so auffallender, weil dicht daneben sich die mächtigen Pfeiler aus der Zeit Heinrichs des Löwen in ernster Ehrwürdigkeit erheben. Auch in den Sockeln und Kapitälgesimsen offenbart sich hier das Suchen nach neuen, nie dagewesenen Erfindungen. Die Fenster sind statt im Spitzbogen in einem stumpfen geradlinigen Winkel überwölbt (Abb. 193).

Braunschweig ist überhaupt sehr reich an interessanten Denkmälern der Gotik, besonders aus der späteren und spätesten Zeit des Stils. Die Hallen=

form fand hier so großen Beifall, daß alle älteren Kirchen mit Ausnahme des Domes während der gotischen Zeit in Hallenkirchen umgewandelt wurden. Bei dieser Umgestaltung erhielten die Chor- und Seitenschiffwände hohe Fenster mit reichem Maßwerk und wurden mit Giebelreihen bekrönt; den Türmen wurden achteckige Obergeschosse aufgesetzt, und zwischen ihnen wurden hohe Glockenhäuser eingebaut, die sich an ihrer Vorder- und ihrer Rückseite in einem mächtig großen Fenster öffneten. Zu großer Schönheit entwickelte sich in Braunschweig die weltliche Baukunst. Das Altstädter Rathaus (Abb. 194), das bereits um die Mitte des 13. Jahrhunderts angefangen wurde, das Wesentliche seiner Erscheinung aber den Bauzeiten von 1393—96 und von 1447—68 verdankt, wird mit Recht als das schönste unter all den vielen stattlichen Ratsgebäuden gepriesen, welche die deutschen Städte in der Zeit ihrer höchsten Macht und ihres stolzesten Selbstgefühls errichteten. Es ist eine Eigentümlichkeit der Braunschweiger Profanarchitektur, daß die Häuser meistens nicht ihre Giebelwand, sondern die Langseite der Straße zukehren. Das Rathaus, das mit beiden Giebelseiten frei liegt, umschließt in breiter Ausdehnung mit zwei rechtwinklig aufeinanderstoßenden Flügeln eine Ecke des Marktplatzes und nimmt schon dadurch eine ausgezeichnete Stellung ein; zudem ist es in Haustein ausgeführt, während bei den bürgerlichen Wohnhäusern der Fachwerkbau herrscht.

Der Braunschweiger Altstadtmarkt ist in seiner ganzen Erscheinung geeignet, uns völlig in die Zeit des Mittelalters zurückzuversetzen. Zu einem prächtigen Bilde sehen wir Werke der kirchlichen und der weltlichen Gotik an diesem schönen Platze vereinigt, dessen Mitte ein im Jahre 1408 aus Blei gegossener, phantastisch aufgebauter, mit Wappen und mannigfaltigem Bildwerk sowie mit Inschriften in plattdeutscher Sprache ausgestatteter Brunnen schmückt, ein reizvolles und eigenartiges Erzeugnis des gotischen Kunsthandwerks. Wir erblicken hier die im 14. und 15. Jahrhundert glänzend erneuerten Ostteile der in ihrem Kern teils romanischen, teils frühgotischen Martinikirche mit ihren hochragenden, von schmuckvollem Reliefmaßwerk übersponnenen Giebeln. In malerischer Wechselwirkung mit der Kirche erhebt sich ihr gegenüber das Rathaus, dessen beide Stirnseiten mit Staffelgiebeln bekrönt sind, das aber seine größte Pracht an den dem Markte zugewendeten Langseiten seiner beiden Flügel entfaltet. Hier öffnet sich dasselbe in einem doppelten Laubengange. Kräftig einfache spitzbogig verbundene Pfeiler bilden die untere Laube. Die obere, doppelt so hoch wie jene, prangt reich und zierlich in schmuckvoller Bildung. Ihre Bogen erscheinen als große Fenster, die in ihrer unteren Hälfte über einer schönen Maßwerkbrüstung eine ungeteilte rundbogige Öffnung zeigen; auf der stabdünnen oberen Begrenzung dieser Öffnung erheben sich schlanke Pfosten, von denen ein reiches Maßwerk ausgeht, das die Spitzbogen der Fenster füllt. Das Vorkommen des Halbkreisbogens, der nicht nur als Träger der Fensterpfosten, sondern auch als Verbindungsbogen im Maßwerk angewendet ist, erscheint hier sehr befremdlich; wie diese Form in der allerersten Zeit der Gotik als romanisches Überbleibsel sich bisweilen noch im Maßwerk zeigte, so trat sie jetzt an derselben Stelle wie etwas um der Abwechselung willen neu Erfundenes wieder auf. Im Inneren des Laubenganges spannen sich von jedem Pfeiler zu der dahinter liegenden Wand gleichfalls Halbkreisbogen mit darüber stehendem Maßwerk. An den gemeinschaftlichen Pfeilern der oberen und der unteren Bogenreihe steigen Strebepfeiler empor, die mit den Standbildern von Fürsten und Fürstinnen des Landes in der Tracht des 15. Jahrhunderts geschmückt sind; an den Ecken des Hauses und in dem durch die beiden Flügel desselben gebildeten Winkel laufen diese Strebepfeiler in freistehende Fialen aus; an den übrigen Stellen endigen sie mit einer Abschrägung, über

Martinikirche. Marktbrunnen. Rathaus.

Abb. 194. Der Altstadtmarkt zu Braunschweig.

welcher ein Wasserspeier hervorragt. Wie das Seitenschiff einer Kirche ist der obere Laubengang mit querstehenden Einzeldächern bedeckt, deren mit Krabben und Kreuzblumen geschmückte Giebel wie Wimberge die Spitzen der hohen Fenster einschließen (Abb. 194).

Die in Fachwerk ausgeführten Häuser zeigten natürlich ein wesentlich andres Aussehen als die steinernen Gebäude. Hier war das Holzgerüst die Hauptsache, und dieses bot einer von Kunsttrieb erfüllten Zeit Gelegenheit zu eigenartiger künstlerischer Gestaltung in Konstruktion und Verzierung. Die gotische Holzarchitektur Niedersachsens entfaltete besonders einen großen Reiz. In Braunschweig, sowie in Halberstadt und an andern Orten können wir noch zahlreiche aus dem 15. und dem beginnenden 16. Jahrhundert stammende Beispiele dieser behaglich anheimelnden, äußerst malerischen Häuser bewundern. Was bei denselben am meisten spricht, ist die Querteilung in Stockwerke. Jedes obere Stockwerk ist weiter vorgebaut als das untere. Die hervorragenden Balkenköpfe werden von den unteren Pfosten, welche die Balken tragen, den sogenannten Standsäulen aus durch hervorspringende Träger („Kopfbänder“ oder

Abb. 195. Alte Wage zu Braunschweig.

„Knacken") gestützt; auf ihnen ruhen die Schwellen, welche wiederum die Standsäulen des nächsten Stockwerkes tragen. So tritt das Haus nach oben zu immer weiter in die Straße hinein, bis das mächtige, von vielen Fenstern durchbrochene Dach mit oder ohne Giebel das Ganze abschließt. Das ganze gezimmerte Gerüst von senkrechten, wagerechten und schrägen Balken, welches die Flächen der Backsteinfüllungen umrahmt, ist in einfacherer oder reicherer Weise geschmackvoll behandelt. Die aufrechten Stützen erinnern in ihrer Gestaltung bisweilen an die Strebepfeiler der Steinarchitektur und sind nicht selten mit Figuren unter geschnitzten Baldachinen geschmückt. Hauptsächlich aber entwickelt sich an den Begrenzungen der Stockwerke eine reiche Holzschnitzkunst, deren Schöpfungen erfolgreich mit denen des Meißels wetteifern. Die Kopfbänder sind mannigfaltig gegliedert, auch wohl mit Figuren, Wappen oder anderm Bildwerk geziert, die Balkenköpfe über ihnen bisweilen als Gesichter zurechtgeschnitten. Die in den Zwischenräumen der Balkenköpfe durch die untere Wand und die obere Schwelle gebildeten Winkel werden durch schräge Bretter verkleidet, welche mit flachem Schnitzwerk oder auch mit Malerei geschmückt sind; in der späteren Zeit treten häufig gegliederte Balkenstücke an die Stelle dieser Bretter. Die Schwellen bedeckt geschmackvolles Ornament, das sich bei der Länge dieser Balken hier besonders frei entfalten kann, bald in schlichteren Formen, bald in bewunderns-wertem Reichtum der Erfindung. Die in mannigfaltigem Stabwerk geschnitzten Einfassungen der Fenster und Thüren vervollständigen die künstlerische Gestaltung des Hauses, die durch verschiedenfarbige Auszierung den letzten Abschluß erhält. Bisweilen sind auch die Backsteine der Füllungen dazu benutzt, durch Abwechse-lung in ihrer Schichtung die schmuckvolle Erscheinung zu erhöhen.

Ein besonders stattliches Fachwerkhaus aus der letzten Zeit der Gotik ist „die alte Wage" zu Braunschweig, ein nach allen Seiten freistehendes, im Jahre 1534 von der Stadt zu öffentlichen Zwecken errichtetes Gebäude (Abb. 195). Hier sehen wir an den Thoren und an den großen Lucken, durch welche die Vorräte herauf- und herabgelassen wurden, die bezeichnende Form des flachen und geknickten Eselsrückenbogens der spätesten Gotik, daneben freilich auch schon den einfachen Rundbogen, der auf die beginnende Renaissance hindeutet; an den kleineren Fenstern eine Bedeckung in Gestalt von sich durchschneidenden hängenden Rundbogenstücken. Solche Formen ergaben sich leicht beim Ausschnitzen der Balken; sie wurden dann aber auch von der Steinarchitektur dieser Spätzeit, die stets nach neuen Vorwürfen für die Schmuckbildung suchte, bereitwillig aufgenommen.

Die Lust des seinem Ende entgegengehenden gotischen Stils an vielgestaltigen und prunkenden Zierformen, an künstlichen Gebilden, die nur durch die äußerste Geschicklichkeit des Meißels hergestellt werden konnten und für welche die sächsische Holzarchitektur willkommene Vorbilder lieferte, umkleidete jetzt auch die ritterlichen und fürstlichen Burgen wieder mit reichem Schmuck. Das glänzendste und stattlichste Bauwerk dieser Art ist das kur-fürstliche Schloß in Meißen, die 1471—83 erbaute Albrechts-burg, die sich neben dem Dom in male-rischem Aufbau mit Altanen, Erkern und Türmen stolz und prächtig erhebt.

Abb. 196. Zierbuchstabe aus der Manessischen Handschrift.

Unter den gotischen Kirchenbauten der vom Rhein entfernteren Gegenden des südlichen Deutschland, die wiederum mancherlei Besonderheiten aufweisen, steht eine stattliche Kathedrale an erster Stelle, welche mit den rheinischen Domen an Pracht und Größe wetteifert, der Dom zu Regensburg.

In dieser schon seit vielen Jahrhunderten blühenden und dicht bevölkerten Stadt hatte die Gotik sich bereits um die Mitte des 13. Jahrhunderts bei dem Bau der

St. Ulrichskirche (der jetzt als Museum dienenden „alten Pfarr“) bemerklich gemacht, freilich noch in wunderlicher Vermischung ihrer Formen mit ausgesprochen romanischen. Das erste rein gotische Werk wurde alsdann durch die Dominikaner in Gestalt einer Basilika von größter Einfachheit, aber von ansehnlicher Größe errichtet, und zwar in der unglaublich kurzen Zeit von fünf Jahren (1273—77). Zwei Jahre später als der Bau dieser Kirche wurde der Neubau des Domes in Angriff genommen, nachdem der alte Dom, der schon längst baufällig war, durch eine Feuersbrunst so starken Schaden gelitten hatte, daß eine Wiederherstellung unthunlich erschien. Der damals regierende Bischof, Leo Thundorffer, ein geborener Regensburger aus altberühmtem Geschlecht, nahm sich des Werkes mit großem Eifer an. Am Vorabend des St. Georgstages des Jahres 1275 legte er den Grundstein zu einer Kathedrale, die von dem Reichtum und der frommen Opferwilligkeit seiner Vaterstadt ein ruhmvolles Zeugnis geben und den stolzen bischöflichen Kirchen des Westens, an denen gerade damals mit dem größten Eifer gearbeitet wurde, nicht nachstehen sollte. Die Begeisterung für das Unternehmen blieb längere Zeit hindurch sehr groß. Die beiden nächsten Nachfolger Leos entäußerten sich sogar ihrer Familienbesitzungen zu gunsten des Dombaus. Aber trotz der Reichlichkeit der Beiträge nahm, wie bei all diesen Riesenwerken, auch hier die Ausführung mehrere Jahrhunderte in Anspruch.

Als erster Werkmeister wird Ludwig der Steinmetz genannt. Der langjährigen Wirksamkeit dieses Mannes, der das Unternehmen fast ein Menschenalter hindurch leitete, schreibt man es wohl mit Recht zu, daß der Bau von vornherein eine so umfassende Grundlage erhielt, daß er, wenn man von der Turmfassade absieht, einen im wesentlichen einheitlichen Eindruck macht. Bei aller Annäherung an den französisch-rheinischen Kathedralstil schaltete auch hier der deutsche Meister selbständig mit dem Erlernten. In der Anlage des Chores sowohl wie des Querschiffs wich er vollständig von jenen Vorbildern ab: das Querhaus ließ er nicht, wie es dort Regel war, über die Seitenschiffe hinaustreten, sondern legte seine Fronten in gleiche Flucht mit deren Wänden; jenseits des Querhauses führte er die Seitenschiffe nicht als kapellengeschmückten Umgang um den hohen Chor herum, sondern ließ sie in besonderen Apsiden endigen, so daß die ganze Choranlage die in Deutschland vielfach beliebte Gestalt eines langgestreckten Hauptchors mit zwei kürzeren Nebenchören erhielt.

Der großartige und feierlich erhabene Innenraum der mächtigen Prachtbasilika, der in den Breitenverhältnissen demjenigen des Straßburger Münsters sehr ähnlich ist, in der Höhe aber diesen übertrifft, gehört zu den ausgezeichnetsten Meisterwerken der gotischen Baukunst. Die schön gegliederten Pfeiler mit ihren kräftigen Laubwerkkapitälen, die reichgemusterten Maßwerkfenster, die offenen Laubengänge unter den oberen und die Blendbogenreihen unter den seitlichen Fenstern erfüllen das Gebäude mit dem vollen Leben, das der blühenden Gotik innewohnte.

In den Seitenschiffen finden wir noch jene altertümliche Anordnung der Fenster, daß je zwei spitzbogige Fenster mit einer Kreisöffnung zusammen gruppiert sind; dabei ist aber jede dieser Abteilungen in sich mit ausgebildetem Maßwerk versehen. Die übrigen Fenster sind dagegen sehr groß und reich. Am Schlusse des Hauptchores stehen sie zweigeschossig übereinander, wie bei den Erstlingsbauten der deutschen Gotik; aber der Regensburger Meister wußte diese Anordnung lebendiger zu gestalten, indem er die unteren Fenster in stark vertiefte Nischen legte.

Manche der Fenster strahlen noch in der farbigen Pracht der ursprünglichen Verglasung und überliefern durch Inschriften und Wappen Namen und Geschlecht von Geistlichen und Bürgern, welche sie gestiftet haben.

Zu dem reichen Ansehen des Inneren tragen außer den Bauformen selbst eine Anzahl reizender Schmuckwerke aus dem 14. und 15. Jahrhundert nicht wenig bei. Mehrere Nebenaltäre sind mit Baldachinen überdeckt und zeigen die Anwendung der voll entwickelten Gotik auf die altertümliche, in jener Zeit sonst nur noch selten vorkommende Form des Ciborienaltars; luftig und zierlich steigen die Baldachine über je vier Säulchen als kleine Architekturwerke mit Fialen, Wimbergen und Kreuzblumen empor. Rechts neben dem Hauptaltar erhebt sich an der Chorwand das Sakramentshäuschen, ein zur Aufbewahrung der geweihten Hostie dienender turmartiger Aufbau, in prächtigem Formenreichtum. Die Kanzel, welche im Jahre 1482 errichtet wurde, ruht auf gewundenem Fuß und zeigt an ihrer Brüstung zierliche Baumastverschlingungen. Im rechten Seitenschiff befindet sich zwischen zwei Weihwassergefäßen ein geschmackvoll bekrönter Ziehbrunnen mit der Darstellung von Christus und der Samariterin am Brunnen.

Das mit der Jahreszahl 1493 bezeichnete Sakramentshäuschen und der Ziehbrunnen sind Werke des Dombaumeisters Wolfgang Roritzer. Dieser Wolfgang war der letzte einer Reihe von Mitgliedern des ratsfähigen Regensburger Geschlechts der Roritzer, welche nacheinander fast 80 Jahre lang den Dombau leiteten. Der hochbegabte Meister, dessen guten Geschmack wir um so mehr bewundern müssen, als er zu einer Zeit wirkte, wo die Gotik im allgemeinen schon sehr entartet war, endete auf dem Schaffot. Er nahm an einem stürmischen Volksaufruhr teil und wurde als Haupträdelsführer am 12. Mai 1514 öffentlich enthauptet. — Das bekannteste Mitglied der Familie ist Wolfgangs älterer Bruder, der Werkmeister des Domes und Buchdrucker Matthäus Roritzer, Verfasser des zu Eichstädt 1486 gedruckten Büchleins „von der Fialen Gerechtigkeit". In dieser dem Bischof Wilhelm von Eichstädt, „dem Freunde und Förderer der freien Kunst Geometrie", gewidmeten Schrift wird durch handwerksmäßige Regeln und durch Zeichnungen die geometrische Konstruktion der Fialen, Wimberge u. s. w. gelehrt. Der Verfasser bemerkt ausdrücklich, daß er seine Erklärungen nicht aus sich selbst gebe, sondern so, wie schon vor ihm „der Kunst Wissende" sich ausgesprochen hätten.

Das Äußere des Domes ist mit reichem Strebewerk, mit Fialen und Wimbergen und mancherlei Schmuck aufs glänzendste ausgestattet. Mit der größten Pracht ist die zweitürmige Fassade aufgebaut. In der Ausführung im einzelnen ist dieselbe sehr ungleichartig, da jeder Werkmeister rücksichtslos seinem und seiner Zeit Geschmack folgte.*)

Der zuerst errichtete südliche Turm steht bis zur Höhe des Mittelschiffdaches noch völlig im Einklang mit dem Chor und den Schiffen. Der entsprechende Teil des nördlichen Turms aber und der Mittelbau, der über dem Abschlußgeländer des Unterstocks die Jahreszahl 1482, am Giebel die Zahl 1486 zeigt, sind mit geschweiften Wimbergen und sonstigem Schmuckwerk, wie es die späte

*) Es ist bezeichnend für die Bauweise des Mittelalters, daß man noch im 15. Jahrhundert schwankte, in welcher Gestalt die Fassade vollendet werden sollte. Von zwei noch vorhandenen Originalrissen zeigt einer statt der zwei Türme nur einen Mittelturm, der sich zu gewaltiger Höhe phantastisch aufgipfelt.

Abb. 197. Haupteingang des Doms zu Regensburg.

Gotik in verschwenderischer Fülle anzubringen liebte, malerisch bekleidet. Vor dem westlichen Hauptportal ist ein ungewöhnlicher, dreieckiger Vorbau angebracht, der mit seinem reichgeschmückten Mittelpfeiler weit in die breite Freitreppe einschneidet und der von einer mit zierlichen Bogenzacken umsäumten Brüstung bekrönt wird; gleich dem Portal selbst ist der Vorbau mit großen und kleinen Standbildern besetzt (Abb. 197). Den obersten Abschluß des Mittelbaues der Fassade bildet ein aus dem Giebel hevortretender Erker mit kleinem Kuppeldach, das sogenannte Eicheltürmchen. Die Turmgeschosse zu den Seiten des Giebels sind ebenso wie dieser mit freistehendem Stabwerk verziert nach Art des Straßburger Münsters; Meister Matthäus Roritzer, unter dessen Leitung an diesem Teil des Werkes gearbeitet wurde, war in Straßburg Gesell gewesen.

Als diese beiden Turmgeschosse zum Abschluß gelangt waren, hörte die Bauthätigkeit am Dome auf. Die Begeisterung für das bischöfliche Werk erlosch, da Regensburg sich der Reformation zuwandte. Die unvollendeten Türme wurden nicht einmal mit Notdächern abgedeckt; erst im Jahre 1618 wurden sie mit solchen versehen. Es blieb der Gegenwart vorbehalten, das Riesenwerk durch Ausbau der Türme, für deren oberste Geschosse und Helme neue Pläne entworfen wurden, zu vollenden. Unter König Ludwig I. von Bayern begannen die Ergänzungsarbeiten und unter Ludwig II. wurde im Jahre 1869 das Unternehmen zu Ende geführt.

Der Einfluß des schmuckreichen und geschmackvollen Stils, in welchem im 14. Jahrhundert der größte Teil des Domes aufgeführt wurde, ist an mehreren andern Bauten Regensburgs und der Umgegend wahrzunehmen. Er wirkte auch auf die weltliche Baukunst. So ist er unverkennbar bei dem reizenden Portal am Seitenflügel des Rathauses, das auch durch seinen eigentümlichen Figurenschmuck bemerkenswert ist. Die seit dem Ende des 14. Jahrhunderts auftretende Lust an genreartigen Darstellungen hat über dem Portalgiebel zwei Krieger in Harnisch und Eisenhut angebracht, die aus kleinen Lucken hervorzuschauen und den Eingang zu bewachen scheinen; der eine blickt trotzig herab, einen Streithammer in den verschränkt auf die Brüstung gestützten Armen; der andre beugt sich heraus und erhebt einen schweren Stein, um ihn auf denjenigen zu schleudern, der unbefugt hier eintreten wollte (Abb. 198).

Abb. 198. Steinbildwerk am Portal des Seitenflügels des Rathauses zu Regensburg vom Jahr 1440: Verteidiger der Stadt.

Zu der Zeit, wo der Bau der Regensburger Kathedrale begonnen wurde, entstanden in Süddeutschland sonst nur wenige kirchliche Neubauten von hervorragender Bedeutung. Um so großartiger trat dafür die Baukunst in diesen Gegenden im 14. und 15. Jahrhundert auf. In dieser Zeit der höchsten Machtentfaltung der Städte, unter denen namentlich die freien Reichsstädte von Franken und Schwaben im Genusse ihrer Vorrechte durch Handel und Gewerbfleiß rasch aufblühten, waren es hier nicht mehr die Domkapitel und die Klöster, welche die größten und schönsten Kirchen bauten, sondern die städtischen Gemeinden. Die gesteigerte Zunahme der Bevölkerung in den schnell anwachsenden Städten rief das Bedürfnis nach großen Gotteshäusern hervor, und Reichtum und Selbstgefühl ließen in der Bürgerschaft das Verlangen entstehen, die Denkmale ihres Gemeinsinns und ihrer Frömmigkeit so stattlich und prächtig wie möglich herzustellen, in ihren Pfarrkirchen nicht nur den Kirchen der angesehensten Klöster, sondern selbst den bischöflichen Kathedralen gleich zu kommen oder sie noch zu überbieten.

So bildete sich hier eine bürgerliche Kirchenbaukunst von großer Pracht aus, bei der sich aus der Natur der Sache bemerkenswerte Unterschiede vom Kathedralstil ergaben. Die vornehme Absonderung des Chores vom Schiff hörte auf, der Zutritt zum Hochaltare wurde frei; denn an diesem, nicht wie sonst an einem besonderen kleineren, vor dem Lettner befindlichen Pfarraltar, wurde der Gottesdienst für die Gemeinde abgehalten; und nicht nur der Lettner kam in Wegfall, sondern das ganze Querhaus, welches jene Scheidung betonte, blieb regelmäßig weg.

Daß neben der kirchlichen Baukunst sich auch die Profanarchitektur, und zwar sowohl die öffentliche wie die private, in den wohlhabenden und stolzen Städten glänzend entwickelte, versteht sich von selbst.

Bildhauerkunst und Malerei erfuhren durch zahlreiche von Familien und einzelnen Bürgern gemachte Stiftungen verschiedener Art die reichlichste Förderung, so daß auch in diesen Künsten ein neues und eigenartiges Leben erblühte, das sehr bedeutsame Erscheinungen zu Tage brachte.

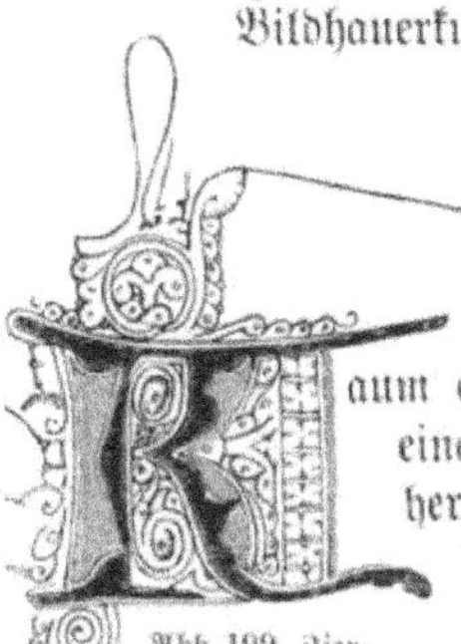

Abb. 199. Zierbuchstabe aus d. Manessischen Handschrift.

Kaum eine andre Stadt Deutschlands hat so viel von dem Gepräge einer großen mittelalterlichen Reichsstadt in die Gegenwart herüber gerettet, wie Nürnberg. Und gerade hier finden wir in den zahlreichen Denkmälern des 14. und 15. Jahrhunderts den besonderen Charakter einer von Bürgerfleiß und Bürgerstolz getragenen städtischen Kunst aufs deutlichste ausgesprochen. In dieser reichen und wehrhaften Stadt, die sich andauernder Vergünstigung von seiten der Kaiser erfreute, konnten die Künste um so glücklicher gedeihen, als die im 14. Jahrhundert fast überall wütende Zwietracht zwischen den Adelsgeschlechtern und den Zünften der Handwerker hier nur einmal (im Jahre 1348) in ernsthafteren Ruhestörungen hervorbrach.

Neben großartigen Kirchenbauten entstanden hier Wohnhäuser von vornehmer Pracht; die Bildhauerkunst brachte eine Menge von Werken hervor, die in ihrer

Zeit eine ganz besondere Stellung einnehmen, und die Malerei, insbesondere die seit dem Ende des 14. Jahrhunderts immer mehr in den Vordergrund tretende Tafelmalerei, entwickelte sich zu einer eignen „Nürnberger Schule“.

Was uns an all diesen Erzeugnissen des Nürnberger Kunstfleißes besonders anzieht und fesselt, ist nicht sowohl jener hohe ideale Schwung, welcher anderswo die Werke dieser Zeit auszeichnet, als vielmehr ein gewisser behaglicher bürgerlicher Charakter. Wir finden in ihnen keine aus der Fülle der Begabung begeistert schöpfende Dichtungskraft, wie sie Meister Erwin oder der Urheber der Kölner Domfassade besaßen, aber die Gediegenheit einer mit Selbstbewußtsein und erprobter Sicherheit schaffenden regsamen und strebsamen Handwerkerkunst.

Das erste Werk der gotischen Baukunst in Nürnberg war das Langhaus der Pfarrkirche St. Lorenz, das schon im 13. Jahrhundert in Bau genommen wurde, das aber den neuen Stil bereits in durchaus selbständiger Verarbeitung zeigt. Der Chor derselben Kirche gehört der gotischen Spätzeit an; er wurde in den Jahren 1439—77 erbaut. Während das Vorderhaus niedrige Seitenschiffe hat, ist der Chor ein hoher Hallenbau, ein gestreckter Langchor, den ein Umgang von gleicher Höhe umgibt. Der Meister, welcher den Plan zum Chor entwarf, der Regensburger Konrad Roritzer, hat nicht die geringste Rücksicht auf das früher Ausgeführte genommen, sondern ist durchaus dem Geschmacke seiner Zeit gefolgt; nur hat er darin den Anschluß an die Basilikengestalt des älteren Teils einigermaßen zu vermitteln gesucht, daß er die Chorfenster in derselben Weise zweigeschossig übereinander stellte, wie er es im Dom seiner Vaterstadt kennen gelernt hatte. So verschiedenartig demnach die verschiedenen Teile der Kirche nach Formengebung und Anlage sind, gemeinsam ist ihnen und der gesamten gotischen Baukunst Nürnbergs ein Geist von Würde und Kraftbewußtsein, der uns so recht das Wesen der damaligen Bürgerschaft vor Augen führt. Der ernste Raum des Schiffs, dem die großen leeren Oberwände mit verhältnismäßig kleinen Fenstern und die mit sehr zahlreichen und sehr dünnen Dienstsäulen besetzten Pfeiler ein ganz eigenartiges Aussehen geben, verbindet sich zu einem großartigen Ganzen mit dem prächtigen lichterfüllten Chor; wie ein Hain von Palmen, dessen ausgebreitete Blätterkronen ineinander greifen, so erscheinen hier die hohen Pfeiler mit den von ihnen ausgehenden, in augenscheinlicher Absicht in einer gewissen Ähnlichkeit mit Palmzweigen gebildeten Gewölbenetzen. Im Äußeren der Kirche ist ein stolzer Reichtum zur Schau gestellt, doch mit Vermeidung aller Überladung; an der Fassade entfaltet sich eine glänzende Pracht, deren wirkungsvollen Rahmen die ernsten Massen zweier mächtigen Türme bilden.

Eine ebenso stattliche Gestalt wie St. Lorenz erhielt während der gotischen Zeit die ältere Nürnberger Pfarrkirche St. Sebald. Die bereits in romanischer Zeit begonnenen Türme wurden auch hier im Laufe des 14. und 15. Jahrhunderts in einfacher, aber machtvoller Gestalt ausgebaut. Im Jahre 1361 wurde der alte Ostchor samt dem Querhaus abgebrochen, um einer geräumigen Choranlage in Hallenform Platz zu machen. Der Widerspruch zwischen dieser weiten hohen

Halle mit übermäßig schlanken kahlen Pfeilern und mit riesengroßen Fenstern und dem düsteren und schweren, aber schmuckvollen romanischen Schiff tritt einem hier allerdings gleich beim ersten Anblick des Innenraumes schroff und unvermittelt entgegen, und zwar nicht zu gunsten des Chores.

Obgleich der Chor von St. Sebald im Jahre 1377 vollendet war, trägt er doch schon in auffallender Weise ein spätgotisches Gepräge. Neben reizlos nüchternen Formen erblicken wir die künstlichsten und zierlichsten Gebilde, staunenswerte Meisterwerke der Steinmetzenkunst. Die unvermittelt aus den Gliederungen der Pfeiler hervorgehenden Rippen der Gewölbe zeigen eine eigentümliche Art von Schmuck, die damals eben aufkam und die in der spätesten gotischen Zeit bisweilen in höchst phantastischer Weise ausgebildet wurde: aus den Gurtungen biegen sich in der Nähe der Scheitelpunkte kleine hängende Bogen herab, die wiederum von kleineren Bogen zackig umsäumt sind. An dem künstlichen Spiel solcher frei schwebenden Bogen fand man großes Gefallen. Die Steinmetzen setzten damals überhaupt ihren Stolz darein, die Steine zu den luftigsten und zartesten, scheinbar haltlosen Formen auszuarbeiten. Welch reizvolle Gebilde sie herzustellen wußten, zeigt die sogenannte Brautthür des Chores von St. Sebald, vor der ein von kleinen hängenden Bogen umsäumtes, reich und zierlich durchbrochenes Maßwerknetz gleich einem köstlichen Vorhange schwebt (Abb. 200).

Abb. 200. Brautthür an St. Sebald zu Nürnberg.

Recht im Gegensatz zu solchen zierlichen Bildungen steht der bei beiden Kirchen ungeachtet ihres Reichtums auffallende Mangel an jenen frei und kühn aus der Masse herauswachsenden großen Formen, die sonst bei reichen gotischen Kirchen eine so stolze Zierde des Äußeren bilden; die spitzen Fialen und Bedachungen der Figurennischen, überhaupt alles, was andre gotische Bauten sich in so eigentümlich reizvollen phantastischen Umrissen vom Himmel abzeichnen läßt, haftet hier am Körper der mächtigen Strebepfeiler und der Wände, ist nur reliefartig angedeutet. Unwillkürlich bekommt man die Vorstellung, als ob ein vorsorglicher Magistrat darauf geachtet habe, daß keine allzukühnen Steingebilde in der Höhe angebracht würden, die möglicherweise einmal herabstürzen und das Leben eines vorüberwandelnden Bürgers in Gefahr bringen könnten.

Eine von den beiden Pfarrkirchen gänzlich verschiedene Gestalt zeigt ein kleineres, aber gleichfalls sehr charakteristisches und bedeutsames Werk der Nürnberger Baukunst, die Frauenkirche, welche auf Veranlassung Kaiser Karls IV. in den Jahren 1354—61 an der Stelle errichtet wurde, wo die kurz vorher zerstörte Judensynagoge gestanden hatte. Dieses Gebäude besteht — ebenso wie mehrere westfälische Kirchen — aus einem völlig quadratischen Raum, dem sich ein Langchor von der Breite des Mittelschiffs anschließt; vier Rundpfeiler tragen die neun gleichen quadratischen Gewölbefelder der Schiffe. Diese Anlage machte auf den kunstsinnigen Kaiser, der seine Jugend in Frankreich verbracht hatte und eine Vorliebe für den dort heimischen prächtigen Kathedralstil besaß, gar nicht den Eindruck einer Kirche, und er gab dem Bauwerk den bezeichnenden Namen „Unser Lieben Frauen Saal". Es war Bestimmung des Kaisers, daß von hier aus jede neue Königswahl dem Volke der getreuen Reichsstadt öffentlich verkündigt werden sollte, und dieser Bestimmung gemäß erhielt die dem Großen Markt zugewendete Fassade der Kirche eine besonders glänzende Ausstattung. Eine prächtig geschmückte Vorhalle (Abb. 201) wurde hier aufgeführt, von deren geräumiger Plattform aus jene Bekanntmachungen geschahen. Der große Giebel des gemeinsamen Daches der drei Schiffe erhielt eine Gestalt, die auch auf uns einen unkirchlichen Eindruck macht, nämlich die dem bürgerlichen Häuserbau entliehene Gestalt des Staffelgiebels: nur ein erkerartig in seiner Mitte emporsteigendes Glockentürmchen weist an dieser Stelle auf den kirchlichen Charakter des Hauses hin.

Den Schmuck des Giebels bilden außer dem Erkertürmchen und den Fialen der Strebepfeiler, die ihn einschließen und durchschneiden, zahlreiche Reihen kleiner Bogenpaare und Nischen.

Die Plattform, zu welcher kleine Treppentürmchen emporführen, ist von einer prächtigen Brustwehr umgeben, in deren üppiges Maßwerk die Wappen des Reiches, der sieben Kurfürsten und der Stadt Rom eingeflochten sind; der Adlerschild steht aufrecht in der Mitte, die andern Wappen zeigen die schräge („gestürzte") Stellung, welche die gotische Kunst verzierungsweise angebrachten Schilden regelmäßig zu geben pflegte, und die der natürlichen Lage des Schildes am Arm des Reiters entsprach (Abb. 201). Auf der Plattform erhebt sich ein Kapellchen, ein besonderes Miniaturgebäude mit eignem Giebeltürmchen. Dasselbe zeigt spätere Formen als das übrige Bauwerk; es wurde im Jahre 1462, der Überlieferung nach durch den Bildhauer Adam Kraft, ausgeführt.

Die ganze Vorhalle ist innen und außen aufs reichste mit Figuren ausgestattet, selbst die Rippen der Wölbung sind mit Standbildchen von Engeln bedeckt, der Schlußstein zeigt eine Darstellung der Krönung Marias, in den Bogenzwickeln außen erscheinen schwebende Gestalten in halberhabener Arbeit.

Der Figurenschmuck an der Vorhalle der Frauenkirche zeigt die Nürnberger Bildhauerkunst des 14. Jahrhunderts auf einer eigenartigen Höhe der Entwickelung. Obgleich diese zahlreichen größeren und kleineren Gestalten von verschiedenen

Abb. 201. Eingangsvorhalle der Frauenkirche zu Nürnberg.

Händen und in sehr ungleicher Weise ausgeführt sind, muß man in ihrer Erfindung doch wohl den Einfluß eines einzelnen Mannes, mindestens einer besonderen Schule, erkennen; denn sie unterscheiden sich durchgehends sehr auffallend von den meisten gleichzeitigen Bildhauerarbeiten. Die ornamentale Haltung der Figuren mit stark verschobenen Hüften wurde sonst gerade um diese Zeit häufig bis zur Grenze der anatomischen Möglichkeit getrieben; in der Frauenkirche selbst zeigen einige der übrigens sehr schönen Figuren an den Wanddiensten im Chor, wie weit man hierin ging. Jene Gruppe bürgerlicher Meister aber gab ihren Heiligen statt der höfisch-gezierten eine echt spießbürgerliche, etwas steife, aber natürliche Stellung. Und nicht hierin allein äußerte sich ein frischer Sinn für Naturwahrheit; derselbe kam auch in der Durchbildung der Einzelheiten zum Ausdruck. Die ganze Erscheinung der Gestalten mit den zum Teil sehr ausdrucksvollen Köpfen zeigt eine unbefangene Natürlichkeit, die den modernen Beschauer angenehm berührt, wenn wir auch weder die Spuren eines hochbegabten Künstlergeistes noch ideale Schönheit in diesen Bildwerken entdecken.

Die Nürnberger Bildhauer entfalteten überhaupt während des ganzen 14. und 15. Jahrhunderts eine sehr rege Thätigkeit, die sich nicht auf den Schmuck der Kirchen beschränkte. Das Wohlgefallen an plastischen Bildwerken war allgemein, und selten wurde ein ansehnlicheres Privathaus errichtet, ohne daß es mindestens mit einem steinernen Heiligenbilde geschmückt worden wäre. Dazu kamen häufig Reliefdarstellungen an den „Chörlein" der Hauskapellen, die als reichgestaltete Erker eine charakteristische Zierde der Nürnberger Wohnhäuser bildeten.

Die ganze gotische Profanarchitektur Nürnbergs, von deren prächtiger Entwickelung noch zahlreiche stolze und malerische Gebäude in den Straßen der ehrwürdigen Stadt Zeugnis ablegen, trug eine blühende Lust an reichem Schmuck zur Schau. Das sogenannte Nassauerhaus gegenüber der Lorenzkirche zeigt, wie glänzend und geschmackvoll selbst die burgartig festen Wohnungen, welche die adligen Geschlechter in der unruhigen Zeit des 14. Jahrhunderts erbauten, ausgestattet wurden. Das Haus ist vollkommen auf die Möglichkeit der Verteidigung eingerichtet; seine starken Wände sind nur spärlich von Fenstern durchbrochen, und ein Wehrgang mit Erkertürmchen an den Ecken zieht sich unter dem Dache herum; aber reich und zierlich tritt das Chörlein aus der glatten Mauer hervor, und unter dem Zinnenkranze her läuft ein wappengeschmückter Maßwerkfries (Abb. 202). — Die Patricierhäuser des 15. Jahrhunderts haben den kastellartigen Charakter aufgegeben; sie tragen das Gepräge sicheren Behagens im Genusse eines blühenden Wohlstandes. Mit hohem fialengeschmückten Staffelgiebel, mit Erkern und turmähnlichen Dachfenstern ragen sie schön und stattlich empor; doch ist es häufig nur der geringere Teil ihrer künstlerischen Gestaltung, den sie der Straße zukehren. Die größte Fülle behaglicher Pracht zeigt sich in den Höfen. Das große Einfahrtsthor führt durch eine geräumige Halle, deren Gewölbe bisweilen Netzwerkmuster zeigen gleich den Kirchenwölbungen, in den inneren Hofraum; hier öffnen sich ringsum die vier Flügel des Hauses in jedem Stockwerk mit zierlichen steinernen Lauben, deren Bogen auf schlanken Pfeilern ruhen und deren Brüstung ein glänzendes Maßwerkgeländer bildet; luftig und schmuckvoll steigt ein Stiegenturm mit einer bequemen Wendeltreppe bis zum obersten Stock empor.

Abb. 202. Der Nassauerhof zu Nürnberg.

Überall begegnen wir einer blendenden Fülle von Formenreichtum. Zu prunkvollsten Schöpfungen sehen wir Architektur und Bildhauerei in großartigen Zierbauten vereinigt. Das ansehnlichste Werk dieser Gattung ist der in den Jahren 1385—96 ausgeführte Schöne Brunnen auf dem Großen Markt, ein mit vielen Figuren geschmückter turmartiger Aufbau, der sich prächtig und zierlich in mehreren luftigen Geschossen zu einer Höhe von nahezu 20 Meter erhebt (Abb. 203). Um uns die ganze glanzvolle Erscheinung vorzustellen, welche dieses Meisterwerk ursprünglich besaß, müssen wir uns vergegenwärtigen, daß es von oben bis unten bemalt und vergoldet gewesen ist.

Der Schöne Brunnen war Jahrhunderte lang der Stolz der Nürnberger Bürgerschaft und wurde sehr sorgfältig bewacht und im Stand gehalten; gereimte Erklärungen seiner Bildwerke erschienen im Buchhandel. Erst nach dem dreißigjährigen Krieg wurde das städtische Kunstdenkmal vernachlässigt und kam allmählich dem Einsturz nahe, so daß es gestützt werden mußte. Als in unserm Jahrhundert das Interesse für die mittelalterliche Kunst wieder lebendig wurde, erfuhr auch der Schöne Brunnen eine gründliche Wiederherstellung, bei der allerdings die Figuren beinahe vollständig erneuert werden mußten.

Derartige steinerne Schmuckwerke bildeten seit der zweiten Hälfte des 14. Jahrhunderts einen unentbehrlichen Bestandteil der Kircheneinrichtung. Namentlich die turmähnlich aufgebauten Sakramentshäuschen waren ein Gegenstand, an dem die Künstler die höchste Geschicklichkeit des Meißels an den Tag zu legen eine würdige Gelegenheit fanden. Das prächtigste von all solchen Tabernakeln besitzt die Lorenzkirche; bei diesem aber tragen die Figuren, obgleich

Abb. 203. Der Schöne Brunnen in Nürnberg.

der architektonische Aufbau sich durchaus in gotischen Formen bewegt, bereits den Charakter der neuzeitlichen Kunst, zu deren Vorläufern sein Verfertiger Adam Kraft gehörte.

Ein Teil der kirchlichen Ausstattung, der Schmuck des Altares nämlich, war es auch, der der Tafelmalerei das Feld zu ihrer ersten bedeutsamen Entwickelung bot.

Die Aufstellung des Altars war ungefähr gleichzeitig mit dem Auftreten der Gotik eine wesentlich andre geworden als vorher. Während derselbe in der älteren Zeit den Mittelpunkt des Chores einnahm, erhielt er jetzt seinen Platz in der Tiefe des Chorschlusses; der Priester verrichtete die heilige Handlung nicht mehr hinter dem Altar, sondern an dessen der Gemeinde zugewendeter Vorderseite. Der kirchliche Gebrauch kam dem Bedürfnis der Zeit entgegen: „uns sei an dem Lichte der Christenglaube und Christi Amt verkündet!" Demgemäß blieb auch das säulengetragene Ciboriendach, welches sonst den Altartisch einschloß, wenigstens bei den Hauptaltären seit dem Ende des 13. Jahrhunderts regelmäßig weg. Nun aber bedurfte der heilige Tisch an Stelle des hohen Baldachins einer anderweitigen Auszeichnung, die seine Würdigkeit hervorhob und seine Stelle weithin sichtbar machte. Daher wurde an seiner jetzt unbenutzten Rückseite ein architektonischer Aufbau errichtet, der auch zwischen den hochstrebenden Formen des gotischen Bauwerks dem Altar seine Bedeutsamkeit äußerlich zu sichern geeignet war.

Einen in Stein ausgeführten Aufbau dieser Art haben wir in dem Hochaltar der Elisabethkirche zu Marburg kennen gelernt. Durch plastisches und malerisches Bildwerk wurden diese Aufsätze belebt. Später wurden die bildlichen Darstellungen zur Hauptsache und der architektonische Aufbau, den man nun meistens aus Holz herstellte, bildete deren stattliche und hoch aufgegipfelte Umrahmung. Da es wünschenswert war, nach den verschiedenen Festzeiten des Kirchenjahres den Bilderschmuck wechseln zu können, wurden dementsprechende Einrichtungen getroffen. Schon der Marburger Altar zeigt merkwürdige Vorrichtungen, durch welche ein verschiedenartiger Verschluß seiner mit Standfigürchen gefüllten Nischen bewirkt werden konnte, augenscheinlich um gelegentlich andres, und zwar gemaltes Bildwerk an Stelle jener steinernen Heiligenbilder zur Schau zu stellen.

In der späteren Zeit aber gestaltete man das Altarwerk regelmäßig in der Art, daß sich einem Mittelbilde bewegliche Flügel anschlossen, welche auf beiden Seiten bildlich ausgestattet waren, so daß sie geöffnet Darstellungen zeigten, welche mit dem Mittelbild im Zusammenhang standen, geschlossen aber dieses ganz verdeckten und andre Bilder zeigten. Bisweilen wurden die Flügel verdoppelt und so eine noch größere Abwechselung ermöglicht; oder das Ganze wurde auch so eingerichtet, daß bei völliger Öffnung anstatt drei nebeneinander stehender Tafeln deren fünf erschienen. Immer enthielt das verschließbare Innere die Hauptdarstellungen, es bildete die Festtagsseite des Altarwerkes. Diese bildergeschmückten Aufsätze, wegen ihrer Ähnlichkeit mit Schränken gewöhnlich Altarschreine genannt, welche im Verlaufe des 15. Jahrhunderts eine glänzende Durchbildung erfuhren, waren die hohe Schule der Holzschnitzkunst und der Tafelmalerei.

Dadurch daß die bemalten Tafeln als weithin sichtbarer Schmuck an der erhabensten Stelle des Heiligtums verwendet wurden, erhob sich die Tafelmalerei aus der untergeordneten Stellung, die sie bis dahin eingenommen hatte; die Auszeichnung, die ihr zu teil wurde, begünstigte ihre Vervollkommnung in solchem Maße, daß sie am Schlusse des gotischen Zeitalters den Vorrang vor allen andern Zweigen der Malerei einnahm.

Nürnberg, wo zahlreiche Stiftungen von Nebenaltären und außerdem die Sitte, zum Gedächtnis Verstorbener Bilder religiösen Inhalts in den Kirchen aufzuhängen, die Ausbildung dieser Kunst begünstigten, ist eine von denjenigen

Städten, in denen die Tafelmaler es zuerst mit einigem Erfolg versuchten, die Gestalten naturwahr durchzubilden und sie in körperhafter Rundung von den meistens goldigen oder mit goldenem Zierwerk durchmusterten Hintergründen abzuheben. Die Gedächtnistafeln und Altarbilder aus der ersten Hälfte des 15. Jahrhunderts, deren die Nürnberger Kirchen, besonders St. Lorenz, noch eine ziemliche Anzahl besitzen, sind freilich nicht dazu angethan, das Auge des modernen Beschauers zu befriedigen. Die Naturwahrheit ist nur angestrebt, aber nicht erreicht. Auch die Farbengebung ist ohne besondere Poesie, obgleich die tiefe und weiche Stimmung der mit einem starken Firnis überzogenen Temperafarben immerhin einen eigentümlich anziehenden Reiz ausübt. Selbst die besten Arbeiten dieser Schule, wie das Imhoffsche Altarbild (die Krönung der Himmelskönigin) auf der noch heute dem alten ritterlichen Geschlecht der Imhof gehörigen Empore in der Lorenzkirche, und der Tuchersche Altar in der Liebfrauenkirche, der in der Mitte die Kreuzigung zwischen der Verkündigung und Auferstehung, auf den Seitenflügeln je zwei Heilige zeigt — das bei weitem vollendetste unter all diesen Werken — stoßen beim ersten Anblick durch die mangelhafte Zeichnung ab; nach wirklicher Schönheit suchen wir vergebens, nur in vereinzelten Fällen zeigen die Köpfe der Madonnen und Engel einige Lieblichkeit. Dennoch finden wir bei näherer Betrachtung manche ansprechende Züge von unbefangener Natürlichkeit, und wir müssen die liebevolle Durchbildung bewundern, mit der die Figuren in zarter Modellierung aus der Fläche herausgearbeitet sind.

Abb. 204. Anfangsbuchstabe aus der Manessischen Handschrift.

Was Nürnberg in Franken, das war in Schwaben Augsburg dem Reichtum und der Bedeutung nach. Aber während Nürnberg den übrigen fränkischen Städten in Bezug auf allseitig reges künstlerisches Leben voraus war, wurde das alte und mächtige Augsburg auf diesem Gebiete von jüngeren, aber dafür desto frischer aufstrebenden Schwestern überflügelt.

Die bedeutendste bauliche Leistung Augsburgs während der Zeit der Gotik war die Umgestaltung des altehrwürdigen bischöflichen Domes, der in den Jahren 1321—1431 in eine fünfschiffige Kathedrale mit großem, von Umgang und Kapellenkranz umgebenen Ostchor verwandelt wurde. Was uns hier mehr als das Architektonische anzieht, ist die zum Teil ganz außergewöhnliche Schönheit der Bildwerke an den beiden Prachtportalen des Chores; die hohe Holdseligkeit der Jungfrau mit dem Kinde am Mittelpfosten der südlichen Pforte und die zarte Anmut der Verkündigungsgruppe zur Linken dieses Eingangs erfüllen uns durch ihre zauberhafte Lieblichkeit mit ungetrübter Bewunderung (Abb. 205).

In vielen andern schwäbischen Städten war die Bauthätigkeit seit der Mitte des 14. Jahrhunderts außerordentlich lebhaft und ließ eine große Anzahl sehr bedeutender und sehr verschiedenartiger Kirchen entstehen.

Wie großartig in dieser Beziehung der Unternehmungsgeist selbst ganz kleiner Reichsstädte war, beweist die Münsterkirche von Überlingen am Bodensee, eine stattliche fünfschiffige Basilika mit zwei Türmen — von denen allerdings

Abb. 265. Bildwerke am Südportal des Doms zu Augsburg.

nur einer vollendet worden ist — zu den Seiten des Chores. Dieselbe zeigt die Besonderheit, daß nicht nur das Mittelschiff höher ist als die Seitenschiffe, sondern auch die inneren Seitenschiffe die äußeren überragen; an die letzteren schließen sich Reihen von wiederum niedrigeren Kapellen an, so daß sich jederseits eine vierfache Abstufung darstellt. Als Erbauer wird in einer Inschrift Meister Everhard Raven aus Franken genannt.

Das Vorbild einer ganzen Anzahl süddeutscher Kirchen erblicken wir in der im Jahre 1351 gegründeten Stiftskirche zum heiligen Kreuz in Gmünd. Dieser Bau hat die schöne und regelmäßige Gestalt einer Hallenkirche, in welcher die Chorrundung den Abschluß des Mittelschiffs bildet, während die Nebenschiffe sich als gleichhoher Umgang um die Rundung herumziehen. Eine Bereicherung hat diese Anlage hier durch einen Kranz von zwischen die Strebepfeiler des Chores eingebauten Kapellen erhalten Die Türme stehen auch hier nicht an der Fassade, sondern an beiden Seiten der Kirche, an den Stellen, wo sonst die Kreuzarme hervorzutreten pflegten.

Die reiche und geschmackvolle Ausführung dieser prächtigen Kirche rechtfertigt den großen Ruf, welchen die Bauhütte von Gmünd weit und breit genoß. Außer von jenem Johannes von Gmünd, der 1359 nach Freiburg im Breisgau berufen und daselbst zur Leitung des Chorbaues auf Lebenszeit angestellt wurde, hören wir von mehreren andern dortigen Meistern, die in weiter Ferne die großartigsten Bauten ausführten: Peter von Gmünd, Sohn Meister Heinrichs von Gmünd, wirkte von 1356—96 am Prager Dombau; ein Heinrich von Gmünd war Werkmeister des im Jahre 1386 gegründeten Domes zu Mailand und gilt als der eigentliche Schöpfer dieses Prachtwerks, das in der That unverkennbar den Charakter der damaligen deutschen Baukunst trägt; auch in Brünn lebte 1387 ein Steinmetz Heinrich von Gmünd als Hofbeamter des Markgrafen von Mähren.

Eines der gewaltigsten Werke der gesamten gotischen Baukunst errichtete die Reichsstadt Ulm.

In demselben Jahre, in welchem der schwäbische Städtebund seinen grimmigen Gegner Graf Eberhard den Greiner von Württemberg bei Reutlingen vollständig besiegte, begann die stolze Stadt, vor deren festen Mauern im Jahre vorher Kaiser Karl IV. unverrichteter Dinge hatte umkehren müssen, den Bau einer Pfarrkirche, die sämtliche deutschen Dome mit Ausnahme des von Köln an Größe weit übertrifft. „Im Jahre des Herrn 1377 an dem Dienstag, der der letzte Tag war des Monats Juni, in der dritten Stunde nach der Sonne Aufgang legte im Auftrag des Rats Ludwig Kraft, Krafts am Kornmarkt seligen Sohn, den ersten Fundamentstein an der neuen Kirche“, berichten die Inschriften zweier in der Kirche eingemauerten reliefgeschmückten Denksteine. Der Bürgermeister Ludwig Kraft ist auf beiden Steinen abgebildet, das eine Mal, wie er der Schutzpatronin Maria das Münster in Gestalt eines kleinen Modells übergibt; das andre Mal, wie er in Gemeinschaft mit seiner Ehefrau das Münstermodell auf den Nacken eines Mannes setzt, der also wohl den Meister vorstellt, welcher die Ausführung des Werkes auf sich nahm.

Die ursprüngliche Gestalt der Pfarrkirche St. Maria zu Ulm, für die erst in späterer Zeit die Bezeichnung Münster gebräuchlich wurde, war die einer dreischiffigen Basilika; nachträglich aber wurden die im Verhältnis zu dem mächtig hohen und schlanken Mittelschiff ungewöhnlich breiten Seitenschiffe durch Säulenstellungen geteilt, so daß das Vorderhaus fünfschiffig wurde. Wie es bei Pfarrkirchen Regel geworden war, wurde kein Querhaus angelegt. Der Chor schloß sich als einschiffiger Raum dem Mittelschiff an. In den Ecken zwischen dem Chor und den Ostenden der Seitenschiffe sollten stattliche Türme errichtet werden, und an der Westfront sollte ein Turm emporsteigen, von dem alles was bisher an kühnen und prächtigen Turmbauten geschaffen worden war in den Schatten gestellt werden müßte.

Wie bei so vielen gotischen Kirchen reichte auch hier die Zeit der Begeisterung für derartige Riesenwerke nicht aus zur Vollendung der Türme. Soweit aber der Westturm im 15. Jahrhundert zur Ausführung kam, ist er in der That ein wahres Wunderwerk, von unten bis oben in die blendende Pracht spätgotischer Steinmetzenkunst gehüllt, mit schlanken offenen Bogenstellungen, die sich schmuckvoll vor Thür und Fenster ausspannen, mit zierlich dünnen Steingittern und mit köstlichen durchsichtigen Maßwerkgebilden von wunderbarer Feinheit bekleidet. An die mächtigen reichverzierten Strebepfeiler angelehnt führen luftige Wendelstiegen zu dem prächtigen Brüstungskranz empor, welcher den Abschluß des viereckigen Teiles des Turms und zugleich das Ende der mittelalterlichen Bauthätigkeit bezeichnet (vgl. Abb. 207).

Die Baugeschichte des Ulmer Münsters überliefert uns zahlreiche Namen von Architekten. Besonders tritt unter diesen die Familie der Ensinger hervor, die in mehreren Geschlechtern das gewaltige Unternehmen leitete, und deren Geschichte von der ausgedehnten Thätigkeit berühmter Meister jener Zeit ein anschauliches Bild gewährt.

Im Jahre 1392 schlossen Bürgermeister und Rat der Stadt mit Meister Ulrich von Ensingen einen Vertrag, wonach derselbe fünf Jahre lang „des Werkes zu Unser Lieben Frauen Kirchen, der neuen Pfarre zu Ulm, getreuer Meister, Ausrichter und Verweser“

sein sollte. Dieser Meister stand zu derselben Zeit in Beziehungen zu dem Dombau zu Mailand, die uns in einem ansprechenden Beispiel zeigen, wie verbreitet der Ruhm und wie groß das künstlerische Selbstbewußtsein der deutschen Dombaumeister war. Schon 1391 hatte die Mailänder Dombauverwaltung eine Anfrage an Ulrich gerichtet, ob er die dortige Werkmeisterstelle übernehmen wolle, und für den Fall der Nichtverständigung Vergütung der Kosten für Hin- und Rückreise und Aufenthalt zugesagt. Im April 1394 erfolgte seine Berufung, nachdem er sich bereit erklärt hatte, gegen ein Monatsgehalt von 24 Gulden auf drei bis vier Monate dorthin zu kommen, und am 4. November desselben Jahres traf er nach zwölftägiger Reise in Mailand ein. Nachdem er den Winter über daselbst für den Dombau thätig gewesen war, kam es zu einem Zerwürfnis. Der deutsche Meister bestand nämlich darauf, daß das große Mittelfenster nicht nach den schon vorhandenen Entwürfen, sondern nach seinen eignen Angaben ausgeführt werden solle, und weigerte sich auch, bei der Ausführung der Pfeilerkapitäle ein bereits fertiges Kapitäl als Muster zu nehmen. Er ließ durch den Dolmetscher Heinrich von Esselin aus Ulm erklären, daß er lieber gehen wolle als von seinen Entwürfen abstehen, und bekam darauf den Bescheid, daß man auf keine Änderungen der begonnenen Ordnungen der Kirche eingehen könne. Daraufhin bat er um seine Entlassung, und erhielt am 13. April 1395 Urlaub und Urkunde, daß er gehen könne nach seinem Wohlgefallen.

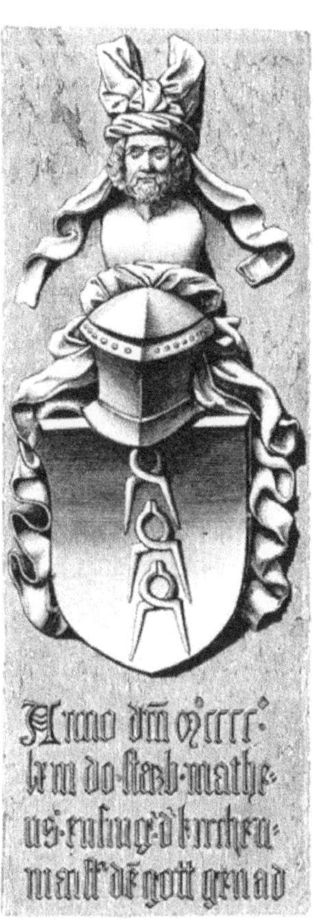

Abb. 206. Grabstein des Matthäus Ensinger am Ulmer Münster.
(Aus: Pressel, Ulm und sein Münster.)

Meister Ulrich starb, wie wir wissen, im Jahre 1419 zu Straßburg.

Sein Sohn Matthäus Ensinger wurde 1420 als Münsterbaumeister nach Bern berufen. Er erwarb daselbst das Bürgerrecht und wurde Mitglied des Großen Rats. Im Jahre 1446 kam Meister Matthäus nach Ulm und übernahm die Leitung des dortigen Münsterbaues, ohne darum seine Stellung in Bern aufzugeben; er ritt öfters auf einige Tage nach Bern, wo sein Sohn Vincenz, der gleichfalls in den Großen Rat gewählt wurde, ihn während seiner Abwesenheit vertrat. Auch in Straßburg war er eine Zeitlang thätig, verwahrte sich aber in einem im Jahre 1451 an die Straßburger Dombauverwaltung gerichteten Schreiben ausdrücklich gegen die von dort aus geltend gemachte Auffassung, daß er bei ihr eine Anstellung auf Lebenszeit angenommen habe. Seine Hauptthätigkeit widmete er von nun an dem Ulmer Münster. Er starb im Jahre 1463 und ward bei der Kirche begraben. (Abb. 206 zeigt Wappen und Inschrift seines Grabsteins.)

Zwei Jahre nach des Matthäus' Tode wurde dessen Sohn Moriz zunächst auf zehn Jahre, später aber auf Lebenszeit als Meister des Ulmer Werks angestellt, wobei derselbe versprechen mußte, daß alle von ihm und seinem Vater für das Münster und dessen Turm angefertigten „Visierungen“ (Zeichnungen) Eigentum der Kirchenverwaltung bleiben sollten. Dieser wurde der Vollender des „Hochmünsters“, d. h. des Oberbaues vom Mittelschiff; in den Jahren 1469—71 setzte er das Fensterwerk im Hochmünster ein, schloß die Gewölbe und brachte das Mittelschiff unter Dach.

Moritz Ensingers Nachfolger war ein Meister aus Eßlingen, Matthäus Böblinger.

Abb. 207. Entwurf des Ulmer Münsterturms aus dem Jahre 1494. Das Original befindet sich in der Sakristei des Münsters. (Nach: Pressel, Ulm und sein Münster.)

Unter ihm wurde im Jahre 1492 der Turmbau bis zur oberen Brüstung vollendet. Ein Denkstein meldet, daß damals König Maximilian den Turm bestiegen habe.

In welcher kühnen und prächtigen Gestalt der Turm weitergebaut werden sollte, zeigt eine in der Sakristei aufbewahrte Zeichnung, die dem Böblinger zugeschrieben wird (Abb. 207). Schlank und durchsichtig sollte sich ein achteckiges Geschoß zu mächtiger Höhe erheben, von Treppentürmchen begleitet und reich und zierlich geschmückt In den denkbar luftigsten Formen sollte darüber der hohe Helm emporsteigen; mehrere Kränze von durcheinander geflochtenen, zierlich geschwungenen Bogen sollten ihn gleich Kronen umgeben, und auf seiner Spitze sollte ein riesiges Marienbild anstatt der Kreuzblume prangen In dieser Ausführung würde der Turm sein unverkennbares, aber durch erfinderische Kühnheit noch überbotenes Vorbild, den Straßburger Münsterturm, an Höhe weit übertreffen.

Meister Böblinger mußte seine Thätigkeit einstellen, als er kaum über die ersten Anfänge des Achtecks hinausgekommen war. Im Jahre 1492 fielen eines Sonntags während der Predigt zwei Steine aus dem Turm herab, und im folgenden Jahre zeigten sich „merklich Brüch". Das veranlaßte die Verabschiedung des trefflichen Meisters. In großer Not und Sorge wandte sich der Rat von Ulm an Bürgermeister und Rat der befreundeten Stadt Eßlingen mit der Bitte um eilige Übersendung guter Steinmetzen. Aus vielen Orten sollen Baumeister zusammengekommen sein, um zu beraten, wie der

Turm gerettet werden könne. Der Werkmeister der Kirche St. Ulrich und Afra zu Augsburg, Burkhard Engelberg aus Hornberg, wurde der „Wiederbringer des Pfarrturms", wie man ihn dankbar nannte. Derselbe festigte den Turmbau durch Ausmauerung der großen Bogen, in denen er sich gegen die Vorräume der Seitenschiffe öffnete, und durch anderweitige Sicherungsbauten im Inneren der Kirche.

Unter Burkhard Engelbergs Leitung wurde dann im Anfange des 16. Jahrhunderts die Teilung der Seitenschiffe bewirkt durch die Einstellung schlanker Rundpfeiler, welche reizvoll gemusterte Netzgewölbe tragen.

Der Turm aber wurde nicht weitergeführt, sondern durch ein kurzes stumpfes Dach unschön geschlossen, und die Bauthätigkeit am Münster hörte alsbald gänzlich auf Auch hier hat erst unsre Zeit es übernommen, das gewaltige Werk durch Ausbau des Turms und der gleichfalls unvollendet gelassenen Nebentürme am Chor zu Ende zu führen.

Wie in den meisten spätgotischen Kirchen, so wird auch im Ulmer Münster die Aufmerksamkeit des Beschauers mehr durch die glänzenden Ausstattungsstücke als durch die Architektur des Inneren gefesselt. Die Meißelfertigkeit der spätgotischen Steinmetzen erreichte eine solche Höhe, daß sie einer späteren Zeit völlig unbegreiflich vorkam; von dem prächtigen, in den künstlichsten und zierlichsten Formen fast 30 Meter hoch aufsteigenden Sakramentshäuschen sagt ein alter Bericht in allem Ernst, „es sei gegossener Stein, welche Kunst Steine also zu gießen heutzutag unter die verlorenen gezählet wird". Die Steinarbeiten, Sakramentshäuschen, Taufbecken, Weihwasserkessel, Kanzel, werden indessen an künstlerischer Vollendung noch weit übertroffen durch das herrliche Chorgestühl aus Eichenholz, welches Meister Jörg Syrlin der ältere in den Jahren 1469—74 für den Preis von 1188 Gulden ausführte, nachdem er 1468 den ebenso prachtvollen dreisitzigen Celebrantenstuhl vollendet hatte. Zu dem geschmackvoll verwerteten üppigen Reichtum der spätgotischen Architekturformen gesellt sich bei diesen von hohen Baldachinen überbauten Stuhlreihen köstliches Blattornament von unerschöpflicher Mannigfaltigkeit und ausgezeichnetes figürliches Bildwerk, das durch seine Schönheit, Feinheit und Lebenswahrheit seinen Schöpfer zu einem der hervorragendsten Bahnbrecher einer neuen Kunst stempelt (Abb. 208).

Zum großen Teil ein Werk der nämlichen Meister, welche das Ulmer Münster erbauten, ist die Liebfrauenkirche zu Eßlingen, eine der allerreizvollsten architektonischen Schöpfungen der späten Gotik. Dieses Gebäude, eine Hallenkirche mit schmalen Seitenschiffen und einschiffigem Chor, ist in bescheidenen Größenverhältnissen ausgeführt, aber im Äußeren reich und sehr geschmackvoll ausgestattet. An der Westseite erhebt sich ein Turm mit äußerst zierlichem Glockenhaus und leichtem durchbrochenem Helm, der an Höhe freilich weit hinter andern derartigen Turmbauten zurückbleibt, an Schönheit aber manche jener Riesen übertrifft (Abb. 209). Auch das figürliche Bildwerk gehört zu dem besten, was die spätgotische Bildhauerkunst hervorgebracht hat.

Meister Ulrich von Ensingen leitete den Bau von Straßburg aus, nach ihm sein Sohn Matthäus von Bern aus. Eine Zeitlang war dessen Bruder Matthias in Eßlingen

Abb. 208. Ein Teil des Chorgestühls von Jörg Syrlin d. ä. im Münster zu Ulm.

Abb. 209. Liebfrauenkirche zu Eßlingen.

beschäftigt; nach dem Tode des letzteren wandten die Eßlinger sich 1438 wieder mit dringender Bitte an Meister Matthäus um Rat wegen eines neuen Meisters und ersuchten ihn, sich zu ihnen zu verfügen, sobald er nur irgend könne. Er folgte der Einladung im Frühjahr 1440, und in seiner Gegenwart stellte der Rat der Stadt den Meister Hans Böblinger als Leiter des Werkes an, der demselben dann 42 Jahre lang vorstand.

Dessen Sohn war jener Ulmer Werkmeister Matthäus Böblinger. Dieser übernahm nach dem Unfall am Münsterturm, der seinem verbreiteten und wohlbegründeten Ruf keinerlei weiteren Abbruch that, das Werkmeisteramt der ihrer Vollendung entgegengehenden Liebfrauenkirche in seiner Vaterstadt. Schon seit 1385 hatte er hier den Bau einer andern (im Jahre 1811 abgebrochenen) Kirche geleitet, obgleich es die Ulmer nicht gern sahen, wenn er ihren eignen „merklichen und schweren Bau" wegen andrer Arbeiten öfter verließ. Er wurde 1505 in der Liebfrauenkirche bestattet.

Abb. 210. Kapitäl einer Eckſäule im Turm der Eßlinger Liebfrauenkirche.

Hans Böblinger war es, der den Turm zum größten Teile ausführte; an mehreren Stellen hat er in demselben sein Handzeichen mit verschiedenen Jahreszahlen eingehauen. Ein wie kunstreicher Steinmetz dieser treffliche Baumeister war, zeigen die schönen, gleichfalls bezeichneten Kapitälchen unter dem Gewölbe des Glockenhauses, ausgezeichnete Meisterwerke der spätgotischen Blattornamentik, welche die natürlichen Pflanzenformen wieder zu einem stark und unnatürlich geschwungenen, aber äußerst wirkungsvollen zackigen Phantasielaubwerk umstilisierte, wie es in den Krabben zuerst vorgebildet worden war (Abb. 210).

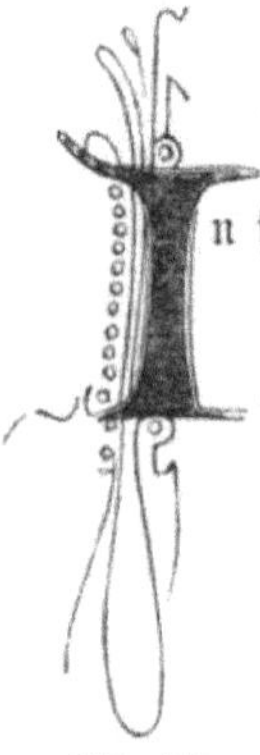

In starkem Gegensatz zu der blühenden Pracht, welche die spätgotische Baukunst in Schwaben, Franken und Regensburg entfaltet, steht der prunklose Ernst der gleichzeitigen Kirchenbauten in Bayern (im engeren Sinne). Zum Teil wurde dieser ernste Charakter durch den Baustoff veranlaßt. Da nämlich in der bayrischen Hochebene kein Überfluß an geeignetem natürlichem Stein vorhanden war, wurden hier hauptsächlich Backsteine zum Bauen verwendet. Auch in Ulm hatte man zu diesem billigen Aushülfsmittel gegriffen, indem man die unverzierten Füllungen, sowohl in den Wänden wie in den Gewölben, aus Ziegeln herstellte. Bei den bayrischen Bauten aber wurde der ganze Kern der Gebäude aus Ziegelsteinen aufgeführt, und nur Einzelheiten aus Haustein hinzugefügt; daher fand die Steinmetzenkunst hier nur ein sehr beschränktes Feld für ihre Thätigkeit.

Abb. 211. Aus der Manessischen Handschrift.

Aber auch unter diesen Backsteinbauten, welche seit dem Ende des 14. Jahrhunderts durchweg in Hallenform errichtet wurden, finden wir sehr bedeutende Werke, und die Mannigfaltigkeit der Erfindungen ist hier ebenso bewundernswert wie anderswo.

Das Ziegelmaterial verhinderte die Baukünstler nicht, die großartigsten und kühnsten Unternehmungen zu wagen. An der Martinskirche zu Landshut wurde ein Turm aufgeführt, von dem der Chronist Veit Arnpeck im Jahr 1495 voll Stolz berichtete, daß er, wenn vollendet, die höchsten Türme Deutschlands überragen würde; in der That ist er einer der höchsten geworden, denn mit seiner Spitze, deren Kupferbedeckung im Jahre 1580 ausgeführt wurde, bleibt er nur um wenige Fuß hinter dem Straßburger Münsterturm zurück. Derselbe Geist von Kühnheit erfüllt das Innere dieser Kirche: die zierlichen Netzgewölbe, welche sich in einer Höhe von mehr als 30 Meter schließen, ruhen auf Pfeilern von kaum einem Meter Durchmesser, so daß diesem Raum wohl kein andrer an Leichtigkeit gleichkommt.

Von dem Meister, dem das Hauptverdienst an diesem Werke zuzuschreiben ist, da unter ihm nicht allein der Chor vollendet, sondern auch der Turm bereits begonnen wurde, ist Name und Bildnis überliefert. An der Südseite der Kirche befindet sich ein Grabstein, dessen Inschrift meldet, daß im Jahre des Herrn 1432 am Laurentiustage Hans Steinmetz, Meister der Kirche, gestorben ist, der außerdem Meister war an der Spitalkirche (zu Landshut) und in Salzburg, zu Ötting, zu Straubing und in Wasserburg. Oberhalb der Inschrifttafel sehen wir zunächst drei Wappen, von denen das mittlere zwei Winkelmaße zeigt, darüber in einer von einem Baldachin überdeckten Nische, in der bescheidenen Stellung als Tragstein unter einer Halbfigur des leidenden Erlösers, das Brustbild des Meisters, eines alten bartlosen Mannes mit vieldurchfurchten nachdenklichen Zügen (Abb. 212).

Abb. 212. Grabstein des Hans Steinmetz in Landshut.

(Nach Sighart, Geschichte der bildenden Künste in Bayern.)

Völlig verschieden, aber nicht minder großartig ist die Frauenkirche zu München, das räumlich größte Bauwerk dieser Gegend. Während man in der Landshuter Kirche überall die freiesten Durchblicke durch den luftigen Raum hat, sind hier die Pfeiler so stark, daß es einen Punkt in der Kirche gibt, auf welchem dem Blick des Beschauers die sämtlichen großen Fenster vollständig entzogen werden. Dort sind die Seitenschiffe sehr schmal und der Chor ist einschiffig; hier ziehen sich die Seitenschiffe in beträchtlicher Breite als Umgang um den Chor, ihrer ganzen Ausdehnung nach von Kapellen begleitet, die ebenso hoch sind wie die Schiffe selbst. Das Äußere der Frauenkirche zeigt eine Schmucklosigkeit, die bei einem Gebäude von dieser Größe wohl nicht ihresgleichen hat. Der mächtige Bau wurde in den Jahren 1468—88 durch Jörg Gangkofer von Haslbach fast vollständig ausgeführt. Nur der Ausbau der beiden Türme mit ihren zwiebelförmigen Bedeckungen an Stelle spitzer Helme — das bekannte weithin sichtbare Wahrzeichen Münchens — zog sich bis in das 16. Jahrhundert hinein.

Wie eine Insel liegt dieses Gebiet einer spätgotischen Architektur, die

Riesenbauten schafft, ohne dieselben mit einer Überfülle von glänzendem Schmuck auszustatten, für sich abgeschlossen da. Denn in Östreich finden wir wieder die Lust an üppigen prunkenden Formen bis zum äußersten gesteigert. Hier ist auch einer jener in phantastischem Spiel unerschöpflichen Formenreichtums sich zu schwindelnder Höhe erhebenden Türme dem ursprünglichen Plane nach einheitlich und ohne Unterbrechung zur Ausführung gekommen: der südliche Seitenturm der Stephanskirche zu Wien.

Abb. 213. Gotischer Zierbuchstabe aus einer der zweiten Hälfte des 14. Jahrhunderts angehörigen Handschrift.

Die östreichische Hauptstadt hatte sich als Residenz des mächtigen und glanzliebenden Geschlechts der Habsburger blühend entwickelt. Schon im Anfange des 14. Jahrhunderts konnte der stattliche alte Stephansdom, die Hauptpfarrkirche Wiens, den Ansprüchen der Stadt und des Fürstenhauses nicht mehr genügen. Herzog Albrecht II. von Östreich, dessen Vater und dessen Bruder die Krone des Reiches getragen hatten, ließ einen schönen neuen Chor in Gestalt einer aus drei gleich breiten und gleich hohen Schiffen bestehenden Halle erbauen. Als nach ihm Rudolf IV. (1356—65) zur Regierung kam, der mit Kaiser Karls IV. Tochter Katharina vermählt war, suchte dieser alsbald mit seinem kunstsinnigen Schwiegervater, der in seinem Erblande Böhmen der Baukunst neue und kräftige Anregungen gegeben hatte, durch einen Bau von äußerster Pracht zu wetteifern. Er legte am 7. April 1359 den Grundstein zu einem Neubau des Langhauses der Kirche, an welches sich an Stelle hervortretender Querflügel zwei mächtige Türme anlehnen sollten. Zur Ausführung des Baues berief der Herzog einen Meister aus Klosterneuburg, wo im letzten Viertel des vorhergegangenen Jahrhunderts eines der ersten Werke der Gotik im Erzherzogtum, ein prächtiger Kreuzgang, entstanden war; die Anfertigung der „künstlichen Steinarbeiten“ übertrug er den Meistern Heinrich Kumpf aus Hessen und Christoph Horn aus Dinkelsbühl. Wie der Chor erhielt auch das Vorderhaus Hallengestalt, jedoch in etwas veränderten Verhältnissen und mit einer geringen Überhöhung des Mittelschiffs über Seitenschiffe und Chor. Als westlicher Abschluß wurde die durch ihr prächtiges Portal und durch zwei ansehnliche Türme sehr wirkungsvolle romanische Fassade beibehalten; dieselbe wurde im Mittelbau erhöht und durch zwei schöne gotische Kapellen verbreitert. Im Verhältnis zu dem mächtig hohen Bau der Kirche erschienen jene romanischen Türme allerdings unbedeutend; das gemeinsame Dach der drei Schiffe bekam eine so gewaltige Höhe, daß sein First nur wenig tiefer zu liegen kam als die Spitzen der gotischen Helme, welche jenen aufgesetzt wurden. Um so riesenhafter sollten sich die beiden neu angelegten Türme an den Schiffsseiten erheben. Der Bau des zuerst in Angriff genommenen Südturms wurde mit großem Eifer gefördert. Derselbe erreichte im Jahre 1404 unter der Leitung eines Meisters Wenzel, der allem Anschein nach das Werk auch begonnen hatte, zwei Drittel seiner Höhe; im Jahre 1433 ward der Turm durch Meister Hans von Brachadicz vollendet. Zu dem Bau des nördlichen Turms wurde erst 1450 der Anfang gemacht. Als man mit ihm eben bis zur Mittelschiffhöhe gelangt war, wurde im Jahre 1511 die Arbeit eingestellt, da auch hier, wie überall, die Begeisterung für die erhabenen Schöpfungen des Mittelalters in den Strömungen einer neuen Zeit unterging.

Der ganze Bau ist innen und außen mit verschwenderischer Pracht ausgestattet. Im Inneren gesellt sich zu dem reichen architektonischen Schmuck eine Menge von Bildwerk; mehr als hundert Standfiguren prangen an den reichgegliederten riesigen Pfeilern. Herrliche Einzelwerke aus dem 15. und dem Anfang des 16. Jahrhunderts, unter denen sich besonders die mit vorzüglich schönen Brustbildern gezierte Kanzel auszeichnet, erhöhen den Reichtum des Eindrucks.

Das Äußere (Abb. 214) erscheint fast überreich. Alles ist verziert, selbst die Zwickel über den Bogen der paarweise zusammenstehenden Fenster sind mit blindem Maßwerk bedeckt. Zwischen den zierlichen Endfialen der schön gegliederten starken Strebepfeiler erheben sich hohe, mit reichstem Stab- und Maßwerk gefüllte Giebel, eine prächtige Bekränzung des mit bunten glasierten Ziegeln gedeckten Daches.*) Den bildwerkgeschmückten Prachtpforten der Seitenschiffe, die uns unter ihren Standfiguren die Bilder der Herzöge Rudolf IV. und Albrecht III. mit ihren Gemahlinnen und mit Wappenträgern zeigen, hat die späteste gotische Zeit äußerst zierliche Vorhallen hinzugefügt. Auch vor den Eingängen der Türme sind zwischen den Eckstrebepfeilern schmuckvolle Vorhallen angebracht, die sich in je drei steilen Spitzbogen öffnen; an den Ostseiten der Türme sind Kapellen zwischen den Streben eingebaut.

Den Gipfelpunkt der Pracht bildet der mit seiner (1860—64 erneuerten) Spitze 136 Meter hohe Südturm. Der Reichtum, mit dem dieses Wunderwerk zwischen seinen gewaltigen, aber von zierlichem Schmuck bedeckten Eckstreben in steter Verjüngung emporsteigt, um schließlich in eine luftige Endigung auszulaufen, die eher mit einer herausschießenden Pfeilspitze als mit einem deckenden Helm zu vergleichen ist, spottet jeder Beschreibung (s. Abb. 215).

Als Enea Silvio de' Piccolomini sich in Wien aufhielt, das sieben Jahre nach der Vollendung des Turms wieder zur Kaiserresidenz geworden war und durch sein blühendes Leben dem kühl und scharf beobachtenden Italiener Äußerungen höchster Anerkennung zu entlocken vermochte, zollte er auch der dortigen Baukunst beredten Beifall. Italien, schrieb er, könne diese Tempel bewundern, unter denen das Heiligtum des h. Stephan bewundernswürdiger sei, als er mit seinen Worten auszudrücken vermöge; er fügt die Anekdote hinzu, daß einst bosnische Gesandte, als sie den Stephansturm besichtigt und seine Höhe und seine kunstvolle Ausführung angestaunt hatten, ihr Urteil in dem Ausspruch zusammenfaßten, der Turm habe mehr gekostet, als das ganze Reich Bosnien wert sei.

Wenn wir den Wiener Stephansturm, der von unten bis oben ein einheitliches, durchaus für die Zeit seiner Gründung in der zweiten Hälfte des 14. Jahrhunderts bezeichnendes Gepräge trägt, mit den andern prächtigen Turmriesen Deutschlands vergleichen, so finden wir, daß er gerade einen Wendepunkt in der Geschichte der deutschen Gotik bezeichnet. Während der Freiburger Turm

*) Die Vollendung der meisten dieser Giebel ist erst in unserm Jahrhundert geschehen; im Mittelalter war nur einer vollständig ausgeführt worden.

Abb. 214. St. Stephanskirche in Wien. Südwestansicht.

mit klarer Übersichtlichkeit das eigentliche Wesen des aus drei Höhenabschnitten bestehenden Gebäudes zu erkennen gibt, das mit steigender Höhe wie in zunehmender Begeisterung immer reicheren Schmuck entfaltet; während bei den

Abb. 215. Wiener Stephansturm: Partie an der Südseite, zunächst über der Eingangsvorhalle.

Kölner Türmen vom Boden an sich Form aus Form mit einer unbedingten Folgerichtigkeit entwickelt und das Ganze gleichsam erfüllt scheint von der Harmonie eines himmelansteigenden Lobgesanges, so daß jede Form bis zur kleinsten Endigung genau an der Stelle sein muß, wo sie sich befindet, um in diese Harmonie zu stimmen: so tritt hier dagegen schon die Kunst des Architekten um ihrer selbst willen in den Vordergrund; sie will bewundert sein, nicht bloß den gewissermaßen notwendigen Ausdruck einer gottbegeisterten Poesie bilden; darum spielt sie mit den ihr zu Gebote stehenden Formen, die sie in so reichlicher Fülle überall hervorwachsen läßt, daß die Grenzen der Stockwerke und selbst der Hauptabschnitte sich verwischen, und sie stellt ihren Reichtum durch die angewendete Mannigfaltigkeit der Formen zur Schau. Aber diese Formen selbst sind noch rein und schön, nirgends drängen sich unnatürliche Schweifungen hervor; darum unterscheidet der Wiener Turm sich auch wieder wesentlich von den mit künstlichen und gesuchten Formenbildungen prunkenden Schöpfungen des 15. Jahrhunderts, deren übertriebene Phantastik uns in dem Straßburger Turmoberbau und in noch höherem Maße in dem Entwurf zum Ulmer Turm entgegentritt.

Der seit dem Schluß des 14. Jahrhunderts überhandnehmende Hang zum Ungewöhnlichen machte sich an einem niedrigeren Turmbau zu Wien in auffallender Weise geltend. Die kleine Kirche St. Maria Stiegen (Maria am Gestade) erhielt an ihrer Südseite einen zierlichen siebeneckigen Turm, dessen in reichen Maßwerkformen durchbrochener Helm nicht die Gestalt einer spitzen Pyramide, sondern die einer geschweiften Kuppel annahm. Auch in weit überhängenden kuppelartigen Baldachinen über den Portalen äußerte sich bei derselben Kirche der phantastische Geschmack des 15. Jahrhunderts und die Lust an der Schaustellung des höchsten Maßes von Sicherheit und Geschicklichkeit in der Ausführung reizvoller und kühner Spielereien.

Für die in Deutschland sich immer weiter verbreitende Vorliebe für Hallenkirchen ist es bezeichnend, daß in Östreich und Steiermark sogar die Cistercienser diese ihren bisherigen Bausitten völlig fremde Form im 14. Jahrhundert allgemein anwendeten. In den mit Östreich unter demselben Herrscherhause verbundenen Landen wurde der deutsch-gotische Hallenbau zu den äußersten südlichen Grenzgebieten der deutschen Sprache getragen; in Tirol, wo sich der romanische Stil bis ins 14. Jahrhundert hinein gehalten hatte, gelangte er bis nach Meran und Bozen. In nordöstlicher Richtung verbreitete er sich von Östreich aus über Mähren, und ostwärts gelangte er weit über die Grenzen des Reiches hinaus bis zu den entlegensten deutschen Niederlassungen. Soweit hier Deutsche saßen, wurde jene Form der Baukunst, die den Charakter einer nationalen angenommen hatte, die ausschließlich herrschende. Beständigen feindlichen Überfällen ausgesetzt, benutzten die Siebenbürger Sachsen, diese vorgeschobenen Grenzposten deutscher Art und Sitte, die Eigentümlichkeiten der Gotik zu Befestigungszwecken, indem sie bei ihren mit Mauern und Gräben umgebenen Kirchen die Strebepfeiler durch Bogen verbanden, über denen ein durch das gemeinschaftliche Dach gedeckter Verteidigungsgang angelegt wurde.

4. Kaiser Karl IV. und die deutsche Kunst in Böhmen.

Abb. 216. Anfangsbuchstabe aus der „Wenzelsbibel" in der k. k. Hofbibliothek zu Wien (mit Darstellung des Königs Wenzel als des Gefangenen einer Bademagd).

ährend überall in Deutschland die Kunstpflege aus den Händen der Geistlichkeit überwiegend in die der Bürgerschaft übergegangen war, indessen die Fürsten und Großen des Reiches nur ausnahmsweise die Neigung und die Mittel besaßen, um sich mit künstlerischen Unternehmungen zu befassen, während daher die Kunst namentlich seit der Mitte des 14. Jahrhunderts ein in vielen Zügen zu Tage tretendes bürgerliches Wesen annahm, erwuchs gerade um diese Zeit in dem halbdeutschen Grenzlande Böhmen durch den Willen und die Anregung eines deutschen Kaisers eine glänzende Hofkunst zu prächtiger, wenn auch nur kurzer Blüte.

Karl IV., der gelehrte Förderer der Wissenschaften, der in Prag die erste deutsche Hochschule gründete, ließ auch seine außerordentliche Kunstliebe und seinen feingebildeten Kunstsinn vor allem seiner Geburtsstadt Prag zu gute kommen. Der nimmer rastende Fürst, der „Erzvater seiner Hauslande", wie ihn nachmals Kaiser Maximilian nannte, wußte sich ungeheure Geldmittel zu verschaffen, um seine geliebte Hauptstadt in jeder Beziehung — und nicht am wenigsten durch künstlerische Pracht — zu einer der ersten Städte Europas zu erheben.

Nicht nur aus seinem deutschen Reiche, sondern auch aus Frankreich, Italien, selbst aus dem Morgenlande ließ er Männer der Kunst und des Kunsthandwerks nach Prag kommen. Vorwiegend aber blieb natürlicherweise die dortige Kunst deutsch, wie sie es auch früher schon gewesen war; deutsche Geistliche und deutsche Bürger hatten in den vorangegangenen Jahrhunderten die Grundlagen der Kunst nach Böhmen getragen.

Die Entfaltung eines regen künstlerischen Lebens in der böhmischen Hauptstadt nahm schon unter der Regierung von Karls Vater Johann von Luxemburg ihren Anfang, begünstigt durch die Prachtliebe dieses Fürsten, dessen Bild in der Geschichte wie eine Verkörperung des kampf- und abenteuerlustigen, dabei festesfrohen und prunksüchtigen Rittertums seiner Zeit erscheint. Veranlassung zur Gründung eines großartigen Bauwerks gab die Errichtung des Erzbistums Prag. Am 21. November 1344 wurde auf der Höhe des Hradschin die päpstliche Bulle, welche die Unabhängigkeit Böhmens vom Mainzer Stuhle und die Stiftung des neuen Erzbistums beurkundete, feierlich verlesen, und darauf mit allem Pompe der Grundstein zu einem Neubau des Domes St. Veit, der nunmehrigen erzbischöflichen Metropolitankirche, gelegt.

Karl, damals Markgraf von Mähren, wohnte der Festlichkeit bei. Er hatte auch den Baumeister für das neue Werk, welches alle Kathedralen Deutschlands übertreffen sollte, angeworben. Aus Avignon, wo er am päpstlichen Hofe verweilt hatte, brachte er den vlämischen Meister Mathias von Arras mit sich nach Prag.

Dieser entwarf zunächst den Plan zum Chor nach reichster französischer Art, fünfschiffig mit Umgang und Kapellenkranz. Das Werk wurde mit großem Eifer gefördert. König Johann hatte zu den Einkünften desselben ein Zehntel des Ertrages aller böhmischen Silberbergwerke gestiftet, und Karl, der im zweiten Jahre nach der Grundsteinlegung zum Kaiser gewählt und durch den ritterlichen Tod seines Vaters in der Schlacht bei Crecy zum König von Böhmen wurde, betrachtete den Bau und die Ausstattung der Prager Kathedrale als eine Lebensaufgabe. Als Meister Mathias im Jahre 1352 starb, waren die unteren Hälften der Chorrundung und des südlichen Kreuzarms, sowie die Mehrzahl der Kapellen bereits vollendet.

Einen neuen Werkmeister von ausgezeichneter Tüchtigkeit fand der Kaiser im Jahre 1356 bei einer Reise durch das Reich: den erst dreiundzwanzigjährigen Sohn Peter des Meisters Heinrich von Gmünd in Schwaben. Er nahm denselben gleich mit sich und übertrug ihm die Weiterführung des Baues, an dem inzwischen ohne einheitliche Leitung fortgearbeitet worden war. Der jugendliche Meister war mit einer erfinderischen Phantasie begabt und vollendete den Chorbau in weit glänzenderer Weise, als ihn sein Vorgänger begonnen hatte. Namentlich wußte er dem Äußeren durch die reiche Gestaltung der Strebepfeiler mit ihren hoch emporragenden schlanken Fialen und mit zierlichen doppelten Strebebogen und durch eine überall ausgebreitete Fülle des edelsten Schmuckes ein prächtiges Ansehen zu verleihen, das mit den stolzesten Domen aus der Blütezeit der Gotik wetteifert (Abb. 217).

Der schwäbische Meister führte auch figürliche Arbeiten für das Innere des Domes eigenhändig aus. Als einen Bildhauer allerersten Ranges hat er sich durch einundzwanzig Bildnisse von Zeitgenossen bekundet, mit denen er den Triforiengang des Chores schmückte. In lebensgroßen, fast ganz erhaben hervortretenden Büsten blicken uns hier Kaiser Karl IV., sein Vater König Johann, seine Brüder Johann von Mähren und Wenzel von Luxemburg, sein Sohn und Nachfolger König Wenzel, die Damen des königlichen Hauses, die drei ersten Erzbischöfe von Prag, fünf geistliche Baudirektoren und die beiden Dombaumeister Mathias und Peter entgegen. Es ist unverkennbar, daß der Künstler von denjenigen Personen, die er selbst gekannt hat, also von der größten Mehrzahl, wirkliche Bildnisse gegeben hat, wie sie seit einem Jahrtausend nicht mehr geschaffen worden waren. Namentlich die Männer müssen sprechend ähnlich gewesen sein; die lächelnden Frauengesichter zeigen mehr eine gleichmäßige Idealisierung nach dem allgemeinen Geschmack der Zeit.

Abb. 217. Der Dom zu Prag. Südseite.

Das Bild des Meisters selbst (Abb. 218), das älteste deutsche Selbstbildnis eines Künstlers, zeigt uns einen ausdrucks- und charaktervollen Kopf mit schlichtem Haar und kurzem, an den Wangen abrasiertem Bart. Die Inschrift darunter berichtet die Herbeiführung Peters von Schwäbisch-Gmünd durch den Kaiser im Jahre 1356, seine Anstellung als Dommeister, die Vollendung des Chores im Jahre 1386, fügt hinzu, daß der Meister in diesem Jahre die Chorstühle in Arbeit nahm, und führt eine Anzahl andrer Werke auf, welche derselbe in jenen dreißig Jahren begonnen und vollendet hat: den Chor der Allerheiligenkirche, die Moldaubrücke und den von Grund auf neu errichteten Chor zu Kolin an der Elbe.

Abb. 218. Selbstbildnis des Meisters Peter von Gmünd im Dom zu Prag.

Die Allerheiligenkirche zu Prag ist später gänzlich umgestaltet worden; die malerische Moldaubrücke („Karlsbrücke") aber, welche die Altstadt und die Kleinseite von Prag miteinander verbindet, ein Wunder von Kühnheit und Festigkeit der Konstruktion, ist wohlerhalten, ebenso der Chor der Bartholomäuskirche zu Kolin. Bei diesem letzteren Werke hat der Meister an ein vorhandenes Langhaus in Hallenform einen hohen Chor angebaut, der die bei den Prachtbasiliken gebräuchliche Anlage mit niedrigem Umgang und Kapellenkranz zeigt, ganz entgegen der herrschenden Richtung seiner Zeit, welche dem Hallenbau vor dem Basilikenbau den Vorzug gab; auch hier ist der Name des Meisters durch eine Inschrift verewigt. Auf ihn pflegt man auch den Bau der Karlshofer Kirche zu Prag zurückzuführen; diese ist ein mit hervortretendem Chor versehener achteckiger Rundbau, dessen auf sternförmig geordneten Rippen ruhende Kuppel die größte ist, welche die Gotik überhaupt geschaffen hat.

Bei seinem Hauptbau hat dem Meister unverkennbar der Kölner Dom vorgeschwebt, wenn er auch keineswegs denselben nachahmte, sondern durchaus mit erfinderischer Selbständigkeit schuf. Daß er in Köln Studien gemacht habe, wird durch die Thatsache bestätigt, daß seine erste Frau die Tochter eines dortigen Steinmetzen war.

Es ist bemerkenswert, daß in dem abwechselungsreichen phantasievollen Maßwerk, womit Meister Peter die riesigen Fenster des Hochchores im Prager Dom schmückte, gewisse geschweifte Formen, die sogenannten „Fischblasen", früher vielleicht als irgendwo anders vorkommen. Im 15. Jahrhundert beherrschte diese Form fast alles Maßwerk; man kann sich dieselbe am leichtesten veranschaulichen durch die Gestalt der Zwischenräume, welche sich ergeben, wenn man in einen Halbkreis einen Eselsrückenbogen einzeichnet.

Um die glänzende Gestalt des schwäbischen Meisters sammelte sich ein Kreis gelehriger Schüler, die nicht nur in Böhmen eine Anzahl stattlicher Werke ausführten, sondern auch im Reich den Ruf der Prager Bauhütte verbreiteten. Den größten Ruhm genossen drei Brüder, die „Junker von Prag", deren Name oft genannt wird, die hier und dort bei deutschen Dombauten mitwirkend auftreten, auf die sich Matthäus Roritzer in seinem „Büchlein von der Fialen Gerechtigkeit" als vornehmste Autoritäten beruft, die auch als Bildhauer und Maler gepriesen werden, — die aber seltsamerweise bei alledem niemals in greifbarer Gestalt erscheinen.

Meister Peter selbst leitete noch mehrere Jahre nach der Vollendung des durch eine Schutzmauer im Westen vorläufig abgeschlossenen Chores den Dombau, dessen Weiterführung auch nach des Kaisers Tode eifrig betrieben wurde. Im Jahre 1392 wurde der Grundstein zum Langhaus gelegt. Vielleicht schon vorher wurde der südliche von den beiden Riesentürmen, die sich in den Winkeln zwischen Langhaus und Querhaus erheben sollten, in Angriff genommen. Meister Peters Sohn Hans, der im Jahre 1396 die Werkmeisterstelle einnahm, arbeitete im Sinne seines Vaters weiter. Der Turm wuchs schnell empor, aber der Ausbruch der Hussitenstürme unterbrach das Werk.

Zwar wurde unter König Wladislaw II. (1471—1516) der Bau des Turmes fortgesetzt, und mit dem entsprechenden Turm an der Nordseite der Anfang gemacht, die Ausführung der Vorderschiffe aber, deren Pfeiler und Umfassungsmauern bereits begonnen waren, unterblieb. Jener Zeit erschienen die stolzen Türme, die als Werke ohnegleichen von aller Welt angestaunt werden sollten, als der wichtigste Teil des Unternehmens. Der südliche Turm soll zu einer Höhe gelangt sein, welche diejenige der gewaltigsten Bauten Europas weit hinter sich zurückließ. Aber nur kurze Zeit konnte Prag mit diesem Riesenwerke prahlen. Am 2. Juni 1541 brach ein fürchterlicher Brand aus, welcher die Hälfte der Stadt in Asche legte und am Dom das Notdach des Vorderhauses, das Dach des Chores und die ganze innere Kircheneinrichtung zerstörte und beide Türme stark beschädigte. Damals war Ferdinand von Habsburg, der nachmalige Kaiser, König von Böhmen. Dieser beauftragte die Meister Bonifaz Wolgemuth und Hans Tirol mit der Wiederherstellung des Domes; aber von einem Weiterbau desselben war keine Rede, die Zeit der großartigen Kirchenbauten war vorbei. Die Gewölbe und das Dach des Hochchores wurden erneuert. Der halbfertige Kreuzarm der Südseite wurde in der Höhe der Chorkapellen durch ein Dach geschlossen; der mit einem dreifach abgestuften zierlichen Treppentürmchen geschmückte Oberteil desselben mit seinen großen offenen Spitzbogen, welche mit reichem Maßwerk gefüllte Fenster hätten werden sollen, wurde mit Zwickelverzierungen und einem durchbrochenen Krönungsgeländer in phantastisch-gotischem Stil ausgestattet und blieb so als zweckloses Schaustück bestehen. Dagegen wurden der Stumpf des Nordturms und die Anfänge des Vorderhauses im Jahre 1561 vollständig abgetragen; vom Südturm blieben nur die untersten Stockwerke bestehen; derselbe erhielt einen fremdartigen Abschluß durch eine wunderliche barocke Haube. So blieb das großartige Werk als Bruchstück liegen (Abb. 217), bis auch hier unsre Zeit die Wiederherstellung und den Weiterbau unternahm.

Mehrfach finden wir am Prager Dom die Spuren von Karls IV. persönlicher Anteilnahme am Bau. Gewiß beruht die Anbringung der Bildnisreihe auf einem Gedanken des Kaisers, dessen Bild den Ehrenplatz in der Mitte der Chorrundung einnimmt. Nach des Kaisers besonderen Bestimmungen erbaute Meister Peter in der Südwestecke des Chores eine in den Querarm hineinreichende geschlossene Kapelle, welche im Jahre 1366 vollendet war und dem heiligen Wenzel geweiht wurde. Diese Kapelle, in welcher die Gebeine des böhmischen Landespatrons in einem Schrein von Gold und Silber niedergelegt wurden, ließ Karl mit märchenhaft schimmernder Farbenpracht in seltsamer Weise ausschmücken: ihre Wände erhielten bis zur Höhe der Fensterbänke einen nur durch einzelne kleine viereckige Wandgemälde unterbrochenen Überzug von vergoldetem und durch eingepreßte Muster verziertem Stuckmörtel, in welchen Amethyste, Karneole, Chrysoprase und andre böhmische Edelsteine von außerordentlicher Größe und unregelmäßiger Gestalt eingepreßt wurden, so daß es aussieht, als ob die Wände selbst aus Gold und Edelsteinen aufgeführt wären; die oberen Hälften der Wände wurden mit Malereien bedeckt.

Die Vorliebe Karls für glänzende Farbenpracht veranlaßte ihn auch zur Wiedereinführung der diesseits der Alpen gänzlich außer Gebrauch gekommenen Mosaikmalerei; er ließ in diesem Verfahren durch italienische Arbeiter in den Jahren 1370 und 1371 eine große Darstellung des Weltgerichts über den drei (später vermauerten) Bogen der Portalvorhalle des Kreuzarms ausführen. Das Gemälde wurde von den Zeitgenossen höchlich bewundert; wiederholt erwähnt ein gleichzeitiger Chronist das Mosaikbild, „ein Glaswerk nach griechischer Art, ein schönes und sehr kostspieliges Werk“, „das, je öfter es vom Regen abgespült wird, nur um so reiner und glänzender erscheint.“

Unermüdlich war der Kaiser thätig, um für die kirchliche Einrichtung seines Domes das Kostbarste zu beschaffen, was sich nur auftreiben ließ. Auf seinen vielen und weiten Reisen sammelte er die verehrungswürdigsten Reliquien, für die er dann Behälter von größtem Reichtum und von höchster künstlerischer Vollendung anfertigen ließ. Die Schatzverzeichnisse von St. Veit aus dem 14. Jahrhundert zählen eine unglaubliche Menge von Reliquiengehäusen, von gottesdienstlichen Geräten und Gewändern auf, fast alles Geschenke des kaiserlichen Herrn. Und heute noch hat der Prager Domschatz an Reichtum kaum seinesgleichen; er birgt eine große Anzahl der herrlichsten Werke der damaligen deutschen Goldschmiedekunst, Schöpfungen kunstfertiger Meister, welche Karl IV. von Augsburg und Nürnberg nach Prag kommen ließ. Der vielgereiste und kunstverständige Kaiser wußte ganz genau, wo er die denkbar besten Kräfte zur Ausführung seiner künstlerischen Absichten zu suchen hatte. Um die Teppichweberei, mit deren kunstreichen Erzeugnissen damals in den Kirchen ein großartiger Aufwand getrieben wurde, zu vervollkommnen, rief er Weber aus dem Morgenland herbei.

Den freien Platz an der Südseite des Domes ließ Karl durch ein ausgezeichnetes Werk des deutschen Erzgusses schmücken. Zur Bekrönung eines hier, dem Eingang zur kaiserlichen Burg gegenüber errichteten Brunnens gossen die Meister Martin und Georg von Clusenbach im Jahre 1373 ein Reiterbild des Drachentöters St. Georg, das an Lebendigkeit wohl von keinem Kunstwerk jener Zeit erreicht wird (Abb. 219).

Besonders müssen wir bei dieser Gruppe das Pferd bewundern, einen mächtigen Hengst, der sich zum Sprunge hebt, den Kopf nach dem Lindwurm gewendet, in dessen Rachen der Ritter mit hoch erhobener Rechten den Speer einbohrt. Das zu Tode getroffene Scheusal ringelt seinen Schweif um ein Vorderbein des Pferdes; so wußte der Künstler durch ein lebensvolles Motiv den gehobenen vorderen Pferdefüßen eine ganz ungesucht erscheinende Stütze zu geben. Die Ausführung des Bildwerks zeigt das höchste Maß von Sorgfalt. Die Einzelheiten der ritterlichen Rüstung, die Schuppen des Lindwurms, Haare und Mähnen sind aufs feinste durchgebildet. Bei dem Pferd sind sogar die apfelförmigen Flecken im Fell, die schon in der Karolingerzeit als eine besondere Schönheit galten, und deren Andeutung bei Pferdedarstellungen auf gotischen Miniaturen selten fehlt, durch Striche angegeben. Der Boden ist als ein Basaltfelsen behandelt, dem niedriger Pflanzenwuchs entsprießt, und auf dem allerlei kleines Gewürm herumkriecht.

Neben dem Dom nahm noch ein andres Gebäude den Kaiser in ganz besonderem Maße in Anspruch: das Schloß Karlstein, welches er in einiger Entfernung von Prag bald nach seiner Thronbesteigung gründete und bei dessen Bau, Einrichtung und künstlerischer Ausstattung er völlig seinen eignen Eingebungen folgte. Nach außen eine durch starke Mauern und Türme befestigte, für damalige Zeiten uneinnehmbare Burg, im Inneren eine prächtige Kaiserpfalz und zugleich ein geheimnisvolles Heiligtum, das in einer Kirche und mehreren Kapellen die kostbarsten Reliquienschätze barg, war dieses auf einem steilen Felskegel in einsamer Wald- und Bergwildnis errichtete Schloß des Kaisers „Montsalvatsch", die geheiligte Ritterburg der Gralssage, die damals in allen Köpfen

Abb. 219. Erzbild des heil. Georg auf dem Domplatz zu Prag.

der Ritterwelt lebte. Ein Dekan mit einem Kollegium von neun Geistlichen war hier angestellt, um täglich die gottesdienstlichen Stunden abzuhalten. Ein Burggraf hatte die Aufsicht über das Schloß, zu dessen Schutze die Ritterschaft der Umgegend beständig kampfbereit sein mußte. Zwanzig Bewaffnete hielten Tag und Nacht Wache und ließen vom Turm herab in bestimmten Zwischenräumen den Warnungsruf erschallen, daß kein Wanderer sich zu nahe heranwagen möge. Kein Weib, nicht einmal die Kaiserin, durfte über Nacht innerhalb der Mauern von Karlstein verweilen. Den Mittelpunkt des Heiligtums bildete eine dem heiligen Kreuz geweihte Kapelle in dem mächtigen, auf der höchsten Stelle des Felsens sich erhebenden Hauptturm.

„In wunderbarer Arbeit," sagt der Chronist, welcher die Einweihung dieser Kapelle durch den Erzbischof Johannes von Prag im Jahre 1365 berichtet, „und mit sehr festen Mauern hat der Kaiser dieses Schloß erbaut, und oben im Turm hat er eine große Kapelle angelegt, deren Wände er mit Gold und kostbaren Juwelen umgab, und er stattete dieselbe sowohl mit Heiligenreliquien wie mit den Ornatstücken für den Dekan und das Kapitel oder Kollegium, das er dort einsetzte, aus und schmückte sie mit sehr kostbaren Gemälden. Auf dem weiten und breiten Erdkreis gibt es kein Schloß und keine Kapelle von solcher Kostbarkeit, und das mit Recht, denn in ihr hob er die Kaiserinsignien und den ganzen Reichsschatz auf."

Diese Kapelle (Abb. 220), die so heilig gehalten wurde, daß ihr kaiserlicher Stifter selbst sie nur mit entblößten Füßen betrat, und über deren Altar in einer Mauernische die böhmischen Krönungsinsignien bis zur Schlacht am Weißen Berge sicher geborgen lagen, muß eine völlig zauberhafte Wirkung ausgeübt haben, als die Stürme der Zeit sie noch nicht mit mancherlei Unbill heimgesucht hatten. Ihre Wände sind bis zu einer gewissen Höhe — gleich denen der Wenzelskapelle im Dom — mit Vergoldung und Edelsteinen bedeckt; darüber reiht sich Bild an Bild in vergoldeten, mit gepreßten Mustern verzierten Einfassungen. An den Wölbungen glänzen goldigschimmernde gewölbte Glasscheibchen wie Sterne; einst vervollständigten Sonne und Mond aus lauterem Gold und Silber das Bild des Himmelsgewölbes. Was die Phantasie eines Dichters bei der Schilderung des mystischen Graltempels ersonnen hatte, erschien hier verwirklicht. Die Fenster waren buchstäblich aus Edelsteinen statt aus Glas gebildet: geschliffene runde Tafeln von Amethyst, Kristall u. dergl. waren durch vergoldete Verbleiung miteinander verbunden, wie heute noch an einem freilich schwachen Rest zu erkennen ist. Ein vergoldetes eisernes Gitter mit einem schmuckreichen Bogen über der Mitte, von dem einst Edelsteine in großer Menge herabhingen, dient zur Abgrenzung des Altarraums und teilt die Kapelle in zwei gleiche Hälften. Rings an den Wänden befinden sich kleine eiserne Leuchterarme für mehr als 1300 Kerzen. Im Glanze all dieser Lichter muß das funkelnde, in Gold und Farben strahlende Gemach den Eindruck des Überirdischen gemacht haben.

In demselben wundersamen Schmuck von Gold und Edelsteinen prangt auch eine kleinere, der heiligen Katharina geweihte Kapelle in der Mauer der für den alltäglichen Gottesdienst auf der Burg bestimmten Marienkirche. Hier sind selbst die Schlußsteine der reich verzierten Gewölberippen mit Silber und Juwelen

Abb. 220. Die Kreuzkapelle auf Burg Karlstein in Böhmen.

geschmückt. Die Fenster aber enthalten figürliche Glasmalereien. Wohlerhalten ist die prächtige eisenbeschlagene Thür dieser Kapelle, die in rautenförmigen Abteilungen immer abwechselnd den schwarzen Reichsadler im goldnen Felde und den weißen böhmischen Löwen im roten Felde zeigt.

Was für uns der Kreuzkapelle noch ein besonderes Interesse vor den übrigen Räumen der Burg verleiht, ist ihr Bilderschmuck. Die Gemälde sind hier — außer in den Fensterwölbungen, wo sie auf dem Mauerverputz ausgeführt sind — auf Holz gemalt; sie bilden mit ihren Umrahmungen eine zusammenhängende Täfelung der Wandflächen. Hundertunddreißig von diesen Bildern, meistens stark lebensgroße Halbfiguren von Heiligen, sind noch an Ort und Stelle; drei derselben, die Kreuzigungsgruppe, welche sich über dem Altar befand (Abb. 221), und die Halbfiguren der Kirchenväter Augustinus (Abb. 222) und Ambrosius, befinden sich in der Wiener Gemäldegalerie. Besser erhalten als die Wandgemälde, zeigen diese Bilder, daß die Maler hier früher als anderswo kühnlich mit dem Herkommen brachen und sich dreist und unbefangen die Natur zur Lehrmeisterin wählten, die sie in scharfer Charakteristik und in runder Modellierung nachzuahmen strebten. Auf dieser Stufe konnte die Malerei es wohl wagen, ebenso gut wie die gleichzeitige Bildnerkunst naturgetreue Bildnisse zu entwerfen. In der That finden wir, wenn auch nicht unter jenen Tafelbildern, so doch in mehreren andern Räumen der Burg, unverkennbar ähnliche Porträts von Kaiser Karl und Mitgliedern seiner Familie.

Abb. 221. Christus am Kreuz.
Tafelgemälde von Meister Theodorich, früher über dem Altar der Kreuzkapelle auf Burg Karlstein in Böhmen, jetzt im Belvedere zu Wien.

Der Schöpfer der Tafelmalereien in der Kreuzkapelle war ein vom Kaiser hochgeehrter und als Hofbeamter angestellter Meister, der durch seinen deutschen

Namen Dietrich (Theodoricus) als Deutscher gekennzeichnet wird, während das Fehlen einer Heimatsangabe darauf schließen läßt, daß er in Prag — einer damals noch beinahe völlig deutschen Stadt — einheimisch war.

Den Namen des Meisters sowie seine Stellung zu Karl IV. erfahren wir aus einer am 28. April 1367 ausgefertigten Urkunde. „Im Hinblick auf die kunstvolle und herrliche Malerei Unserer königlichen Kapelle in Karlstein", heißt es im Eingange dieses Schriftstücks, „womit Unser getreuer, geliebter Meister Dietrich, Unser Maler und Hofbeamter, zur Ehre des allmächtigen Gottes und zu lautem Preise Unserer königlichen Würde vorgenannte Kapelle so geistreich und künstlerisch geschmückt hat, und auf die Beständigkeit seiner angeborenen Treue und auf die beständige Reinheit andrer Ergebenheitsbeweise, in denen derselbe gleichfalls Unserer Hoheit durch seines Herzens Aufrichtigkeit gefallen hat und nichtsdestoweniger fernerhin durch eifrigen Willen und thatkräftiges Werk noch inniger zu gefallen begehrt: so wollen Wir .... ihm und seinen Erben die Belohnung einer Schenkung und eine besondere Gunst zukommen lassen, nach reiflicher Überlegung und im Einvernehmen mit dem Rat der Prinzen, Barone, Edlen und andern Getreuen." Die dem Maler gemachte Schenkung bestand in dem Erlaß sämtlicher Abgaben von dem Hofe und den vier Morgen Land, die er in dem Dorfe Mortschin bei Karlstein besaß; nur sollten der Meister und seine Erben „Gott zu Ehren und zur Verherrlichung der genannten königlichen Kapelle" alljährlich 30 Pfund Wachs nach Karlstein zinsen.

Abb. 222. Bild eines heiligen Kirchenvaters von Meister Theodorich. Tafelgemälde aus Karlstein, jetzt im Belvedere zu Wien.

Zwei andre Urkunden machen uns mit einem von auswärts herbeigekommenen Hofmaler bekannt, der bereits im Jahre 1359 angestellt war, und auf den mit großer Wahrscheinlichkeit ein Teil der Wandmalereien in den übrigen Karlsteiner Kapellen, besonders in der Marienkirche, zurückgeführt wird. Durch die erste dieser Urkunden, vom 8. November des genannten Jahres, verleiht der Kaiser „dem Meister Nikolaus genannt Wurmser aus Straßburg, seinem Maler, deswegen, damit derselbe mit um so eifrigerem Fleiß die Orte und Burgen ausmale, zu denen er hingeschickt werden wird", das Recht des Testierens und jeder Art von freier Verfügung über seine bewegliche und unbewegliche Habe, — ein Recht, welches Fremde sonst nicht besaßen. Der Meister führte die ihm zugedachten Aufträge zur völligen Zufriedenheit des Kaisers aus. Dies geht aus der zweiten Urkunde, welche aus dem Jahre 1360 datiert und vom Kaiser selbst ausgestellt ist, hervor, und zwar nicht allein aus dem Umstande, daß der Meister eine Belohnung in Gestalt lebenslänglicher Befreiung von allen Abgaben von seinem — gleichfalls in Mortschin gelegenen — Hofe erhält, sondern auch aus den Ausdrücken, in denen der Kaiser des Malers gedenkt: die Vergünstigung wird bewilligt „in Anbetracht der vielfältigen Verdienste von Redlichkeit und auch der getreuen und angenehmen Dienstleistungen, mit denen Unser geliebter Meister Nikolaus der Maler, Unser Hofbeamter, Uns zu gefallen bisher beflissen gewesen ist und weiterhin in Zukunft vermag und im stande sein wird".

In ähnlicher Weise wie die zum Schmuck der Wände dienende Malerei, gelangte auch die Miniaturmalerei, die übrigens schon früher in Böhmen beachtenswerte Schöpfungen hervorgebracht hatte, zur Zeit Karls IV. zu einer eigenartigen Blüte. Im böhmischen Museum zu Prag werden mehrere für den ersten Prager Erzbischof Arnestus von Pardubitz und für des Kaisers Kanzler Johannes von Neumarkt angefertigte Prachtgebetbücher aufbewahrt, deren Bilder uns den glänzenden Aufschwung dieses Kunstzweigs vor Augen führen. Körperhafte Rundung und eine entschiedene Naturbeobachtung, die es auch hier gelegentlich zu einer wirklichen Bildnisdarstellung kommen läßt, dazu eine reiche prächtige Farbenstimmung, ansprechende Erfindung der Gesamtanordnung und anmutige Schönheit der Engel und weiblichen Figuren verleihen diesen zum Teil sehr großen Bildern einen hohen Reiz. Auch die Pflanzenornamente der Randverzierungen sind körperhaft modelliert. Bunte phantastische Blumen entsprießen aus den reich geschwungenen vielzackigen Blättern; kleine Figürchen, die bald an den Pflanzenstengeln klettern, bald aus den Blütenkelchen hervorwachsen, ferner allerlei scherzhafte Darstellungen von drolligen Halbmenschen u. dergl. beleben die Randverzierungen. Bisweilen finden wir auch statt der durchmodellierten üppigen Blätter und Blumen scharf und dünn gezeichnetes Rankengewinde mit kleinen flachen, naturgetreuen Blättchen, eine aus Frankreich stammende neue Art der Bücherverzierung, welche gleichsam vermittelnd zwischen die prächtige Blattornamentik und die in der gotischen Zeit aufkommende kalligraphische Ausschmückung der Anfangsbuchstaben durch mit der Feder gezogene Schnörkel trat.

Die glänzende höfische Miniaturmalerei, welche sich unter dem kunstsinnigen Kaiser in Prag entwickelte, behauptete sich auch unter dessen Nachfolger Wenzel. Großartige Prachtwerke wurden für diesen König selbst angefertigt, von denen in der Wiener Hofbibliothek eine Handschrift der Goldenen Bulle und eine sechsbändige deutsche Bibelübersetzung, in der Ambraser Sammlung zu Wien eine Handschrift von Wolfram von Eschenbachs „Willehalm" aufbewahrt werden. Diese Bücher sind überreich mit Miniaturen ausgestattet, die beiden größeren Werke sind auf eine solche Fülle von Bilderschmuck angelegt, daß nur ein Teil desselben vollendet werden konnte. Ausgezeichnet sind hier namentlich die Randverzierungen mit eingestreuten figürlichen Darstellungen von meistens lustigem Inhalt. König Wenzel selbst spielt in den letzteren eine Hauptrolle; für uns völlig unbegreiflich ist der kecke Mutwille, mit dem in den Anfangsbuchstaben und Randverzierungen der Bibel der König bald in auffallendem modischem Putz, bald völlig entkleidet, in mancherlei zum Teil recht bedenklichen Situationen mit einer oder zwei Bademägden dargestellt ist; die köstliche Lebendigkeit dieser kleinen Genrebildchen aber müssen wir aufrichtig bewundern (Abb. 216). Mit ausgesprochener Porträtähnlichkeit sind Wenzel, sowie sein Vater Karl und verschiedene Personen des königlichen Hofes in den großen Miniaturen der Goldenen Bulle abgebildet (Abb. 223). Aber ungeachtet der charaktervollen Ausführung der Köpfe und ungeachtet alles prächtigen Farbenzaubers zeigt sich in diesen und den meisten andern größeren Bildern der genannten Handschriften schon ein geringeres Maß von Geist und lebensvoller, künstlerischer Frische als in den Werken aus der Zeit Karls IV.

Abb. 223. Miniatur aus der Handschrift der Goldnen Bulle in der Wiener Hofbibliothek: Kaiser Karl im Kaiserornat mit seinem Sohne König Wenzel und Bischöfen.

König Wenzel „der Faule“ war nicht die geeignete Persönlichkeit, um die schöne Kunstblüte, welche sein Vater ins Dasein gerufen hatte, weiter zu pflegen. Schon bald nach dem Tode ihres Schöpfers begann diese Blüte dahin zu welken, noch ehe die wilden Zeiten der Hussitenunruhen sie gänzlich brachen. Man braucht bloß die Siegel der beiden Fürsten miteinander zu vergleichen, um sich von der schnellen Abnahme des Kunstgeschmackes zu überzeugen; während des ganzen Mittelalters bilden die Siegel mit ihren kleinen und oft unscheinbaren Bildwerken einen sicheren Gradmesser für den jeweiligen Kunstsinn und Geschmack einer Zeit und eines Landes. Scharf, geistreich und lebendig erscheint die thronende Gestalt Karls IV., stumpf, ausdruckslos und unnatürlich in der Bewegung die Halbfigur Wenzels; in der Bildung der Wappentiere sogar können wir den Unterschied wahrnehmen. Bis ins kleinste läßt sich die belebende Einwirkung der von Karl IV. gegebenen Anregung verfolgen; selbst die unter ihm geprägten Münzen sind wahrhaft künstlerisch ausgeführt (Abb. 224), — der sprechendste Beweis von dem durchdringenden Einfluß, den eine einzelne maßgebende Persönlichkeit von so gebildetem und thätigem Kunstsinn, wie jener Kaiser besaß, auszuüben vermag.

Abb. 224. Goldmünze Karls IV.

Vorderseite: der Kaiser mit „Karolus Dei Gracia“. | Rückseite: Der böhmische Löwe mit „Romanorum et Boemie rex“.

Königliches Münzkabinett Berlin.

5. Der norddeutsche Backsteinbau.

Die kunstfördernde Thätigkeit Karls IV. beschränkte sich nicht auf Böhmen, sie wirkte auch in den übrigen Gebieten seines ausgedehnten Hausbesitzes. In der Mark Brandenburg erwählte der Kaiser Tangermünde zu seiner Residenzstadt und begann daselbst gleich im ersten Jahre nach der Erwerbung der Mark (1374) den Bau eines großen Schlosses, dessen Kapelle er mit Gold und Edelsteinen auskleidete. Aber Schloß und Kapelle sind im dreißigjährigen Krieg zerstört worden, und nichts ist übrig geblieben, was uns einen Schluß auf den künstlerischen Charakter dieses Bauwerks gestattete. Dagegen hat sich in Schlesien, namentlich in der Hauptstadt des Landes, vieles aus der Zeit Karls IV. erhalten. Mehrere Brände gaben die Veranlassung zu großartigen Neubauten, und die meisten bedeutenden Bauwerke Breslaus sind in jener Zeit entstanden. Aber so thatkräftig die Beihülfe und so belebend die Anregung Karls IV. auch gewesen sein mögen, dessen Andenken die Breslauer dadurch ehrten, daß sie eine Straße nach ihm benannten, so erscheint doch hier die Baukunst in durchaus andern Formen als in Böhmen. Der Strom deutscher Einwanderer, der Breslau zu einer ganz deutschen Stadt gemacht hatte, war hauptsächlich von Norden her nach Schlesien gekommen, aus den Gegenden, in denen man mit Ziegeln baute, und hatte den Backsteinbau auch in der neuen Heimat eingeführt, wo vordem die Kirchen noch vielfach aus Holz errichtet worden waren.

Dieser nordische Backsteinbau hatte sich aber mit der Aufnahme des gotischen Stils zu großer Besonderheit entwickelt. Das Material versagte die Nachbildung der kühnen lebensvollen Formen, mit denen die Gotik auftrat; aus kleinen Formstücken zusammengesetzt, mußten die Bauwerke hier aus festen geschlossenen Massen bestehen. Aber der frische unternehmungslustige Sinn einer Be-

Abb. 225. Aus der Kasseler Prachthandschrift d. „Wilhelm v. Oranse“ vom Jahre 1334.

völkerung, welche nach Bewältigung der ersten schwierigen Ansiedelungsarbeiten rasch und kräftig aufblühte, konnte sich nicht mit einem einfachen Verzicht auf dasjenige, was sich in Ziegelsteinen nicht herstellen ließ, zufrieden geben, sondern setzte neue, dem Baustoff zusagende Erfindungen an dessen Stelle. Die Wirkung des Inneren wurde durch kunstreiche Sterngewölbe belebt, die in diesen Bauten um ein halbes Jahrhundert früher als im Hausteinbau ausgeführt wurden. Im Äußeren wurde die schon in romanischer Zeit aufgekommene Verzierungsweise durch flache Ornamente und Nischen aufs reichste ausgebildet; im Verein mit der Verschiedenfarbigkeit der Ziegel umkleidete sie die geschlossene Mauermasse mit eigenartigem Reiz. Wurde auch das reiche Strebewerk des Hausteinbaues mit seinen vielfach abgestuften mächtigen Pfeilern, den schlanken Fialen und den kühnen Bogen entweder gar nicht oder doch in sehr eingeschränkter Weise angewendet, so wurden dafür die leichten Backsteine zu schlank und luftig emporsteigenden anderweitigen Bildungen aufgeschichtet, die als ein stattlicher Schmuck die Gebäude bekrönten. Die Arbeit des Maurers wußte mit der Kunst des Steinmetzen erfolgreich zu wetteifern, und in den mächtigen Hansestädten entstanden stolze Bauten, die dem Ansehen und der Bedeutung dieser Städte würdig entsprachen.

In Schlesien freilich kamen die Besonderheiten dieser norddeutschen Backsteingotik nicht in vollem Maße zur Geltung. Es fehlte dem Lande ja nicht an zum Bauen geeignetem natürlichem Stein, und so wurden das Fenstermaßwerk, die Einfassungen der Fenster und Thüren und andre Einzelheiten aus Haustein angefertigt. Dadurch entstand hier ein Mischstil, der aber gleichfalls manche bedeutende Werke hervorbrachte.

Eines der frühesten rein gotischen Werke in Breslau, zum großen Teil noch dem 13. Jahrhundert angehörig, ist die h. Kreuzkirche, welche besonders dadurch merkwürdig ist, daß sie gewissermaßen aus zwei Kirchen übereinander besteht. Sie hat nämlich eine Krypta, welche sich nicht nur unter dem langgestreckten Chor und dem weit ausladenden, in Apsiden endigenden Querschiff, sondern auch unter den drei Schiffen des Vorderhauses in völlig gleicher Ausdehnung wie die durch eine hohe Freitreppe zugängliche Oberkirche erstreckt.

Hallenbau und Basilikenbau bestanden nebeneinander. Die beiden großartigsten Kirchen Breslaus, St. Elisabeth und St. Maria Magdalena, sind Basiliken, aber ohne Querschiff.

Reicher in der äußeren Erscheinung als die Kirchen ist das Rathaus (Abb. 226), das seinem Kern nach ebenso wie die beiden genannten und die meisten andern Kirchen der Stadt der Zeit Karls IV. angehört, das aber seine prachtvoll malerische Ausschmückung durch reichverzierte Erker und durch wirkungsvolle Belebung der Giebelflächen den letzten Jahrzehnten des 15. und den ersten Jahren des 16. Jahrhunderts verdankt. Als eine bezeichnende Neuerung bemerken wir mehrfach bei Fenstern und bei Blenden den einfach rechtwinkligen Abschluß und die Teilung durch ein Fensterkreuz.

In ähnlicher Weise wie in Schlesien bildete sich im Westen von Niederdeutschland ein gemischter Stil aus. In den nördlichsten Gegenden des Niederrheins verdrängte in der späteren gotischen Zeit der Ziegelstoff den Haustein. Aber hier wußte man noch mehr als dort der Steinarchitektur, von der man ja die glänzendsten Werke vor Augen hatte, nahe zu bleiben. Die Hauptkirchen

Abb. 226. Das Rathaus in Breslau.

von Kalkar und von Kleve, sowie die sehr stattliche Pfarrkirche der kleinen Stadt Erkelenz beweisen, daß man auch hier aus gebrannten Steinen großartige Bauten aufzuführen verstand.

Viel anziehender aber als in diesen Grenzgebieten, die der Ziegelbau erst in der gotischen Zeit in Besitz nahm, gestaltete sich derselbe da, wo er schon den romanischen Stil beherrscht hatte.

Die mächtige Handelsstadt Lübeck, der Vorort der norddeutschen Hansa, führte den ersten großen gotischen Backsteinbau aus. Nachdem die unter Heinrich dem Löwen gegründete Hauptpfarrkirche St. Maria im Jahre 1276 abgebrannt war, wurde alsbald ein großartiger zweitürmiger Neubau begonnen, welcher — sehr bezeichnend für den Stolz der Bürgerschaft dieser bereits seit einem halben Jahrhundert reichsunmittelbaren Stadt — den bischöflichen Dom völlig in Schatten stellte. Der Bau, welcher so eifrig gefördert wurde, daß bereits im ersten Jahrzehnt des 14. Jahrhunderts nach Vollendung des Übrigen beide Türme in Angriff genommen wurden, erhielt die reiche Gestalt einer Basilika mit Kapellenkranz um den Chor. Das hohe Mittelschiff wurde durch starke Strebebogen gestützt; aber die schmuckvollen Bildungen, zu denen das Strebewerk bei den gotischen Domen des Westens, die für die Gesamtanlage das Vorbild gegeben hatten, Veranlassung bot, wurden in keiner Weise nachgeahmt. Alles wurde in festen ernsten Massen aufgeführt, ganz dem Wesen des Ziegelstoffs entsprechend. Die Fenster erhielten kein Maßwerk, ihre aus Backsteinen aufgemauerten Pfosten wurden oben durch einfache Spitzbogen verbunden. Und doch wurde mit dieser Schmucklosigkeit eine stolze und großartige Wirkung erzielt, das kühne Gerüst des gotischen Baues wirkte durch sich selbst. Nur die gewaltigen Massen der viereckigen Türme bekamen einen leichten Schmuck durch flach vertiefte Rosetten und durch verschiedenartige Auszierung der Giebel, über denen die mächtig hohen achtseitigen Helme aus Holz aufgeführt wurden (Abb. 227). Vor dem südlichen Haupteingang wurde eine Kapelle errichtet, die im Jahre 1310 vollendet war; diese zeigt bereits eine künstliche Überwölbung in stern- oder fächerförmigen Bildungen, deren zierliches Netz auf zwei sehr schlanken, 9 Meter hohen Granitstämmen ruht. Durch eine solche Verwendung des festen Granits zum Tragen weitgespannter reicher Wölbungen wußte die gotische Baukunst des deutschen Nordostens ganz eigenartige Räume zu schaffen, deren unvergleichliche Kühnheit einen wundersamen Reiz ausübt.

Im weiteren Verlauf des 14. und im 15. Jahrhundert verwendete die Architektur Lübecks den Schmuck, der sich aus gebrannten Steinen herstellen ließ, in reichlicherem Maße, als es bei der Marienkirche geschehen war. Blendnischen von verschiedener Gestalt und Größe, mancherlei Friese, der Wechsel von roten und schwarzglasierten Ziegeln belebten die Flächen kirchlicher und weltlicher Gebäude. Selbst die mächtigen Turmbauten der Stadtthore wurden in solcher Weise reich und malerisch geschmückt. Die Bürgerhäuser erhielten ein eigenartiges Gepräge dadurch, daß die spitzbogigen Blenden, welche die meistens mit einem flachen Bogen überwölbten Fenster oder kleinere Blenden einschlossen,

Abb. 227. Der Markt zu Lübeck mit Marienkirche und Rathaus.

in verschiedener Höhe den Abstufungen des Staffelgiebels folgten. Mit der größten Pracht umkleidete eine Stadt wie Lübeck begreiflicherweise ihr Rathaus. Die beiden Flügel dieses eine Ecke des Marktplatzes einschließenden Gebäudes (Abb. 227) zeigen als besonders charakteristische Erscheinung breite rechteckige, in großen Öffnungen durchbrochene und von schlanken Türmchen mit spitzigen Holzhelmen überragte Giebelmauern, hinter denen sich die verschiedenen Dächer des Hauses verbergen; welch wirkungsvollen Schmuck man aus geformten Ziegeln herzustellen wußte, zeigt namentlich die östliche Giebelmauer des Südflügels (Abb. 228).

Die kunstreichen Steinmetzengebilde, mit denen anderwärts in der spätgotischen Zeit die Kirchen prunkvoll ausgestattet wurden, wußte man durch nicht minder prächtige Werke aus anderm Stoff zu ersetzen. So besitzt die Marienkirche ein hoch und zierlich aufgebautes figurenreiches Sakramentshäuschen aus Messing, das einer Inschrift nach im Jahre 1479 durch den Goldschmied Nikolaus Rughese und den Erzgießer Nikolaus Gruden angefertigt wurde. Im Dom, den Bischof Heinrich von Bockholt (1317—41) durch einen neuen Chor mit gleichhohen Schiffen vergrößerte, ist der auf Granitsäulen ruhende, mit reicher Holzbrüstung und Holzverkleidung der Bogenzwickel, sowie mit holzgeschnitzten Figuren geschmückte Lettner ein Meisterwerk, das keiner Steinarbeit an glänzender Wirkung nachsteht.

Die Bauweise, welche sich in Lübeck ausbildete, war maßgebend für weite Länderstrecken. Ganz Mecklenburg und westwärts die niedersächsischen Gegenden

Abb. 228. Teil von einer Giebelmauer des Lübecker Rathauses.

bis über die Weser hinaus zeigen verwandte Erscheinungen in ihren Bauten. Stolze, zum Teil sehr reich geschmückte spätgotische Profangebäude aus Ziegelsteinen können wir namentlich in Rostock, Wismar und Lüneburg bewundern. Kirchen wurden im 14. und 15. Jahrhundert in diesem Gebiet in sehr großer Anzahl erbaut. Dabei herrschte in den östlichen Landschaften die Basilikenform vor, und zwar häufig mit der reichen kapellengeschmückten Anlage, welche die Lübecker Marienkirche eingeführt hatte; die Cistercienserkirche zu Doberan gilt als das schönste Werk dieser Gattung. In den westlichen Gegenden, wo der Ziegelbau südwärts bis Hannover vordrang und dem Hausteinbau das Gebiet mit Entschiedenheit streitig machte, gab man im allgemeinen dem Hallenbau den Vorzug.

In den brandenburgischen Marken gingen die ersten gotischen Bauten von Ordensniederlassungen aus. Die Klosterkirche der Franziskaner zu Berlin, ein sehr schmuckloser Bau, dessen Vorderhaus durch seine niedrigen Verhältnisse noch an den romanischen Stil erinnert, und in dem auch an Kapitälen und Konsolen noch romanische Blätterranken neben gotischem naturähnlichem Laubwerk vorkommen, und die Cistercienserkirche zu Chorin (jetzt eine Ruine), welche die Belebung der Flächen durch schlanke Blendnischen und durch Rosetten, dazu die Bekrönung der Giebel durch freistehende, willkürlich gestaltete Aufsätze bereits in malerischer Ausbildung zeigt, sind die ältesten bedeutenderen gotischen Bauwerke des Landes, beide wahrscheinlich in den siebziger Jahren des 13. Jahrhunderts begonnen. Sie sind, wie es bei Klosterkirchen auch in der Folgezeit im allgemeinen Regel blieb, Basiliken. Der städtische Kirchenbau dagegen, der mit dem 14. Jahrhundert auch in diesen Gegenden dem klösterlichen Bau den Vorrang abgewann, bevorzugte mit Entschiedenheit die Hallenform. Bisweilen wurden die Pfarrkirchen, selbst solche von bedeutender Größe, mit außerordentlicher Einfachheit ausgeführt, wie beispielsweise die Nikolaikirche zu Berlin. In andern Fällen dagegen machte sich eine Vorliebe für reiche, in Formen und Farben prangende Verzierung geltend. Neben der denkbar einfachsten Teilung der Fenster durch senkrechte Pfosten, welche mitunter nicht einmal durch Spitzbogen untereinander verbunden, sondern ohne weiteres bis an den Fensterbogen herangeführt wurden, kamen mehr oder weniger reiche Nachahmungen des Maßwerks durch Zusammenstellung verschiedengestaltiger Durchbrechungen in den Fensterspitzen vor. Auch die Krabben und Kreuzblumen der Hausteinarchitektur wurden in Formsteinen nachgebildet. Die Flächen der nur wenig hervortretenden Strebepfeiler wurden durch überdachte Nischen mit Figuren aus gebranntem Thon, durch Giebelchen und Rosetten belebt, und in ähnlicher Weise wurden die schlanken fialenähnlichen Türmchen der über die Dächer emporsteigenden Giebelmauern geschmückt, die überhaupt ein Gegenstand der reichsten Auszierung durch Nischen und durch blinde oder durchbrochene Maßwerkrosetten wurden. Auch das Farbenspiel der Ziegel wurde zur Herstellung mannigfaltiger Musterungen verwendet, in denen sich dunkelgrüne oder schwarze glänzende und matte rote oder gelbliche Steine durcheinander flochten. Die Katharinenkirche der an sehenswürdigen gotischen Baudenkmälern reichen Stadt Brandenburg, ein dem Beginne des 15. Jahrhunderts angehöriges Werk des inschriftlich genannten Meisters Heinrich Brunsberg aus Stettin, ist wohl das prächtigste kirchliche Beispiel dieser formen- und farbenfreudigen Ziegelarchitektur, die den eigenartigen Reiz ihres Schmucks bei weltlichen Bauten in fast noch größerem Reichtum zur Schau zu stellen wußte. Ungewöhnlich malerisch in Formen- und Farbenwirkung wurden die stattlichen Thortürme aufgebaut; vorzüglich schöne Beispiele solcher schmuckreichen Festungswerke haben sich in Brandenburg, Tangermünde, Stendal und an andern Orten erhalten. Besonders prunkvoll wurden auch in diesen Gegenden die Rathäuser ausgestattet; das Rathaus zu Tangermünde zeigt uns die prächtige Ausbildung des spätgotischen Ziegelbaues der Mark auf der glänzendsten Höhe (Abb. 229).

Nicht minder ansehnlich gestaltete sich die gotische Baukunst in Pommern. Die als Mitglieder des Hansabundes zu großer Macht und Blüte gelangenden Städte dieses Landes schmückten sich mit stolzen Kirchen in großer Zahl, die bald das kühn erhabene Wesen der in den westlich benachbarten Hansestädten entstandenen Basiliken annahmen, bald den mächtigen Hallenbauten der Mark glichen, mit der sie auch in der Erfindung mannigfaltigen Schmuckes wetteiferten. Bunt und vielgestaltig erhoben sich auch hier die Versammlungshäuser des Rats und die stattlichen Wohnungen der reichen Handelsherren.

Wesentlich anders als in jenen schon vollständig dem Christentum und der deutschen Gesittung gewonnenen Länderstrecken lagen zur Zeit der Einführung des gotischen Baustils die Verhältnisse in Preußen. Nicht die selbstgefällige Prachtliebe begüterter Kauffahrer, noch der demütig fromme Sinn stiller Klosterbrüder ließ hier die ersten künstlerischen Bauwerke entstehen. — nur mit einer vereinzelten Niederlassung, dem im Jahre 1178 gegründeten Kloster Oliva in der

Abb. 229. Rathaus zu Tangermünde.

Nähe der halb slavischen, halb dänischen Handelsstadt Danzig, waren die Cistercienser in die Nordwestecke des heidnischen Landes vorgedrungen. Durch kriegskundige Ritter, gottgeweihte Streiter mit dem Speer in der Faust, ward die Kunst nach Preußen getragen, und so war es natürlich, daß diese nicht klösterliche und nicht bürgerliche, sondern ritterliche Kunst unter so eigenartigen Verhältnissen sehr eigenartige Erscheinungen hervorbrachte.

„Die Fahrt ins Preußenland", eine gereimte Chronik des Deutschherrenordens vom Ende des 13. Jahrhunderts, entrollt ein bluttriefendes, aber ungemein lebensvolles und fesselndes Bild von dem schonungslosen Vernichtungskampf, den die Deutschen Ritter gegen die mit dem Todesmute der Verzweiflung und mit der Verschlagenheit von Wilden ihr Land und ihre Götter verteidigenden Preußen führten. Der Bau fester Burgen war das erste Erfordernis, und überall wo die unüberwindlichen Gottesstreiter Fuß faßten, sicherten sie das Gewonnene sofort durch die Aufführung uneinnehmbarer Bollwerke. Scharen deutscher Einwanderer wurden alsdann herangezogen, die unter dem Schutze der Burgen Städte gründeten und dem Orden in der Befestigung seiner Herrschaft beistanden. Der Ritterorden hielt darauf, daß die Städter nichts versäumten, um sich gegen feindliche Überfälle zu sichern. Er war ihnen auch selbst behülflich dabei, durch Geldvorschüsse und durch thätige Mitwirkung. So wurden die Mauern und Türme der Stadt Kulm durch den Orden erbaut; dafür drohte der Komtur aber auch den Kulmern, er werde ihre Strohdächer sengen, wenn sie sich nicht alsbald entschließen wollten, ihre Häuser aus feuerfestem Baustoff herzustellen. Im Jahre 1242 war das ganze Preußenland durch den Orden in Besitz genommen, aber noch elf Jahre lang mußte heiß gekämpft werden, um das Gewonnene zu behaupten. Dann folgten mehrere Friedensjahre (1253 bis 1262), in denen ein starker Zuzug von Einwanderern stattfand, und der Orden begann seinen aus den ersten Anforderungen des Notwendigen hervorgegangenen Bauten eine ansehnlichere monumentale Gestalt zu geben. Aber noch einmal versuchten es die mit eiserner Faust niedergehaltenen Eingebornen, ihr Joch abzuschütteln; und wieder bedurfte es eines elfjährigen Kampfes, um die zähe Lebenskraft des dem Untergange geweihten Volkes zu brechen. Und jetzt erst, in den letzten Jahrzehnten des 13. Jahrhunderts, trat bei den Ordensbauten die Kunst in ihr volles Recht.

Was die Ordensritter bauten, waren Festungen. Die Uneinnehmbarkeit war die Hauptsache, und auf die Stärke der Befestigung mußte um so sorgfältiger Bedacht genommen werden, als in diesem Lande keine Felsenhöhen die Verteidigung erleichterten. So erhielten die Ordensburgen die Gestalt fest geschlossener, in mehreren Stockwerken aufgebauter viereckiger Massen, die in ihrem Inneren alles enthielten, was der Kriegsbedarf, das klösterliche Zusammenleben und die Bequemlichkeit der vornehmen Herren erforderte. Den Mittelpunkt des Ganzen bildete ein viereckiger Hof mit mehrgeschossigen Kreuzgängen; unter einer dieser Bogenlauben befand sich der Eingang in die Kirche, welche sich ebenso gut wie die Vorratskammern, Stallungen, Wachtstuben, Wohnungen und Versammlungssäle der geschlossenen Gesamtmasse einordnen mußte. Überall waltete ein praktischer wohlerfahrener Geist, der mit Hülfe von sehr ausgiebigen Mitteln alles mit äußerster Zweckmäßigkeit und größter Gediegenheit herzustellen vermochte. Die Anlage von Luftheizungen ist ebenso bewundernswert wie die Einrichtung, daß diejenigen Räumlichkeiten, von denen im Falle einer Ansammlung von großen Menschenmassen in der Burg eine Verpestung der Luft hätte ausgehen können, außerhalb des Vierecks in einem besonders starken Turm, dem „Dansker“, angelegt wurden, der durch einen mächtigen hochgewölbten Bogengang mit dem Schlosse verbunden war. Die meisten Räume wurden überwölbt, und zwar kamen dabei nicht bloß spitzbogige, sondern auch rund- und flachbogige Wölbungen zur Anwendung, wie es bei der Häufung der Stockwerke zweckmäßig erschien. Die Kirchen, die Versammlungssäle und die Wohnungen der Höchstgestellten wurden durch Sterngewölbe ausgezeichnet, deren Erfindung man den Ordensbaumeistern zuschreiben muß, da sie hier viel früher als irgendwo anders vorkommen. Nirgendwo anders wurden auch diese kunstvollen Wölbungen mit solcher Schönheit ausgeführt wie hier. In dichten Büscheln entspringen die feinen Rippen über schlanken Säulen aus Granit oder schwedischem Kalkstein und über zierlichen Wandkonsolen und breiten sich dann zu mächtigen Kronen auseinander, deren Fächer sich zu reizvollen Gebilden ineinander verschränken. Es ist als ob die Ordensritter sich in diesen Räumen eine Erinnerung hätten bewahren wollen an die Palmenhaine des Morgenlandes, die ihnen einst nach heißen Heldenthaten Kühlung zufächelten. Daran, daß der Orient die alte Heimat des Ordens war, gemahnen auch manche Besonderheiten des Schmucks, die lebhaft an die dem ritterlichen Geschmack ja auch in früherer Zeit wohlgefällige Kunst der Sarazenen anklingen; besonders auffallend erinnert an arabische Verzierungsweise die schmuckmäßige Verwendung erhaben gearbeiteter Buchstaben, die zu langen Inschriften aneinandergereiht wirkungsvolle Friese bilden.

Die Ritter, deren Wappenrock nur das schwarze Kreuz mit dem Adlerschild schmückte, waren prunkendem weltlichem Aufwand abgeneigt, aber ihr idealer ritterlicher Sinn empfand es als Notwendigkeit, die festen Burgen mit edler Schönheit zu umkleiden. Was der Ziegelstoff an Formen und Farben darbot, wurde in vornehmer Maßhaltung zum Schmuck der Mauern verwendet, selbst der Zinnenkranz des Wehrgangs blieb nicht kahl und leer.

Die meisten dieser stolzen Schlösser erlagen nach dem Verfall des Ordens einer vervollkommneten Kriegskunst, so daß sie nur noch in Trümmern zu uns reden. Aber das schönste und großartigste derselben, das Hochmeisterschloß zu Marienburg, ist verhältnismäßig wohl erhalten geblieben. In den letzten Jahren mit liebevoller Sorgfalt wiederhergestellt, ist diese unvergleichliche Burg, die Krone aller deutschen Schlösser, ein von wunderbarer Poesie erfülltes Denkmal jener ritterlichen Ordenskunst, welche „die wuchtige Kraft des Nordens mit den träumerischen Reizen des Südens verband".

Das Schloß zu Marienburg (Abb. 230) ist eine Vereinigung von zwei Burgen, denen sich als Außenwerk noch eine dritte, die nur teilweise erhaltene „Vorburg", anreihte.

Der älteste Teil ist das „Hochschloß", welches im 13. Jahrhundert gegründet und nach den allgemeinen Regeln des ordensritterlichen Burgenbaues angelegt wurde. Nachdem aber im Jahre 1309 der Hochmeister Siegfried von Feuchtwangen seine Residenz nach Marienburg verlegt hatte, wurde das Schloß mehrfach verändert und späterhin eine neue, größere Burg, das „Mittelschloß", als würdiger Fürstensitz an den alten Bau angeschlossen. Der schönste Raum des Hochschlosses ist die Kirche, welche unter dem Schutze des vielstöckig aus der Gebäudemasse emporsteigenden, mit Giebeln und Zinnen geschmückten Hauptturms in der Nordostecke der Burg liegt. Das Kirchenportal, die sogenannte goldene Pforte, mit wundervollem Laubwerk, wappentragenden Greifen und

Mittelschloß mit dem Konventsremter und dem Meisterremter. Hochschloß.

Abb. 230. Die Marienburg.

andern Tiergestalten, sowie mit Heiligenfiguren aus gebranntem Thon reich und geschmackvoll geziert, ist der herrlichste Portalbau, den die Ziegelgotik geschaffen hat. Ursprünglich hatte die Schloßkirche, wie es allgemein gebräuchlich war, die einfache Gestalt eines länglichen Vierecks. Nach der Erhebung Marienburgs zur Hochmeisterresidenz bedurfte auch die Kirche der Vergrößerung; der mit einem schönen Sterngewölbe bedeckte und mit der reizvollen Anmut frühgotischen Schmuckes bekleidete Raum ward nach Osten hin verlängert, so daß der Chor bedeutend aus dem Burgviereck hervortrat. Da die Kirche im ersten Stock liegt, mußte im Erdgeschoß ein entsprechender Anbau ausgeführt werden. Dieser wurde zur Begräbniskapelle der Hochmeister bestimmt und demgemäß schön und würdig ausgestattet; seine beiden Eingänge bekamen einen prächtigen Schmuck von Ornamenten und Bildwerken aus Stuckmasse. Eine ganz eigentümliche und großartige Zierde erhielt das Äußere der Kirche: an der mittelsten Vieleckseite des Chorschlusses wurde in einer Blende ein fünfmal lebensgroßes Reliefbild der Jungfrau mit dem Kinde angebracht. Anfangs mit Stuck überzogen und bemalt, wurde das nicht nur durch seine Größe, sondern auch durch Schönheit ausgezeichnete Bild nachträglich mit Glasmosaik ausgelegt; in schimmernder Farbenpracht, mit goldnem Untergewand, rotem, mit goldnen Mustern durchwirktem und blau gefüttertem Mantel bekleidet, blickt die hoheitsvolle Gestalt, weithin erkennbar, über die fruchtbare Ebene.

Das Mittelschloß wurde mit der vornehmen Pracht ausgestattet, die dem Gebieter des Ordens und Beherrscher des Landes gebührte. Das Herrlichste in diesem Schlosse ist das große Refektorium, der „Konventsremter", ein Wunderwerk, das auf der Welt nicht seinesgleichen hat (Abb. 231). Das war in der That ein würdiger Beratungs- und Festsaal für die stahlharten Männer in Panzer und Ordenskleid, die ein Land zu erobern, zu besiedeln und durch weise Gesetze zu lenken verstanden. Gern möchte die Phantasie des Beschauers, die den Raum mit jenen Gestalten wieder bevölkert, auch die einstige Ausschmückung der weiten, auf drei feinen Granitsäulen ruhenden und durch dreizehn hohe Spitzbogenfenster beleuchteten Halle, die Bekleidung durch Teppiche und Wandgemälde und die ganze vornehm-behagliche Einrichtung zurückrufen können. — Würdig schlossen sich an den Konventsremter die Wohnräume des Hochmeisters an, welche Winrich von Kniprode (1351—82) zur Zeit der höchsten Blüte des Ordensstaates erbauen ließ. Auch hier sind die Hauptgemächer mit hohen Palmengewölben überdeckt, die vielrippig von einem schlanken, mit Kapitäl und Sockel aus Sandstein geschmückten Granitstamm aufsteigen; ein bemerkenswerter Unterschied von jenem großen Saal besteht darin, daß hier alle Fenster viereckig sind. Der größte Raum der Hochmeisterwohnung, „Meistersremter" genannt, liegt in einem stattlichen Ausbau, der seine stolze Stirn in der Nogat spiegelt. Starke viereckige Strebepfeiler steigen an diesem in allen seinen Teilen von innen und außen aufs gediegenste ausgeführten Bau empor; zwischen den Fenstern vor dem Meisterremter werden die Pfeilermassen — um die Aussicht nicht zu beschränken — in großartiger Kühnheit unterbrochen und durch schlanke granitne Säulenpaare ersetzt; über den Fenstern des obersten Stockwerks sind sie dann durch gegliederte Flachbogen miteinander verbunden und tragen den reichgeschmückten Zinnenkranz, der sich an den Ecken über kühn und phantastisch herausgebauten Massen von Konsolen und Bogen erkerartig erweitert. So zeigt auch das Äußere des Schlosses hier eine majestätische Pracht und eine stolze Kühnheit, die seiner Bedeutung voll entspricht (Abb. 230).

In ebensolchen Burgen, wie sie die Ordensritter erbauten, schlugen die Bischöfe des Landes ihre Sitze auf, um gegen Überfälle der Heiden gesichert zu sein. Bisweilen wurde selbst der bischöfliche Dom als wesentlicher und wehrhafter Bestandteil mit dem festen Schlosse verbunden. So bildet der Dom zu Marienwerder die eine Seite eines mächtigen Kastells; die Basilikengestalt ist bei ihm zu Verteidigungszwecken benutzt, indem der Wehrgang, welcher das Schloß umgibt, sich über den Seitenschiffen der Kirche fortsetzt; demgemäß hat das Mittelschiff keine Fenster, seine Wände sind nur durch kleine flachbogige Öffnungen durchbrochen, welche im Notfall vom Wehrgang aus als Schießscharten benutzt werden konnten. Aber auch die freistehenden Dome wurden

Abb. 231. Der Konventsremter zu Marienburg.

festungsmäßig eingerichtet, auch wohl mit besonderen Mauern und Türmen umgeben. Der Orden wachte eifersüchtig darüber, daß durch solche Bauten seinen eignen Werken kein allzustarkes Gegengewicht geboten wurde; so wollte, der Hochmeister den Bau eines bischöflichen Domes in der bei der Ordensburg Königsberg entstandenen Stadt anfänglich gar nicht zulassen, und nachdem er schließlich eingewilligt hatte, gab er ganz genaue einschränkende Vorschriften über die Höhe der Mauern und Türme des Domes.

Die Bauweise der Ordensritter war maßgebend für das ganze von ihnen beherrschte Land. In der ersten Zeit baute der Orden gelegentlich selbst die Pfarrkirche für eine unter seinem Schutze anwachsende Stadt, wie die Jakobskirche in der Thorner Neustadt. Aber auch wo dieses nicht geschah, erhielten die Bauwerke ein Gepräge, in dem das straffe kriegerische Wesen der Ritter sich wiederspiegelte. Fest und kühn, ohne jeden üppigen Prunk, aber nicht schmucklos wurden geistliche und weltliche Gebäude errichtet. Selbst als die Städte immer mehr zu selbständiger Bedeutung gelangten, als sie sich der Bevormundung des Ordens zu entziehen trachteten und im Anschluß an den Hansabund eine starke Stütze und die Grundlage großartigsten Aufblühens fanden, und als sie schließlich sich in hartem Kampfe (1453—65) vom Orden losrissen, blieb jener Charakter der Baukunst im allgemeinen bestehen. Die Kirchen wurden durchgehends in Hallenform angelegt und auf verhältnismäßig schlanken Stützen mit Sterngewölben überdeckt; der Chor wurde rechtwinklig abgeschlossen, und an der hierdurch entstehenden breiten östlichen Giebelwand entfaltete sich der reichste Schmuck des Äußeren in malerischen Aufbauten von unendlicher Mannigfaltigkeit der Erfindung. Für anspruchsvolle weltliche Gebäude waren in Werken wie des Hochmeisters Wohnung zu Marienburg unübertreffliche Vorbilder gegeben. Selbst die Mönchsklöster, die übrigens nur in einigen Grenzgebieten neben dem Ritterorden aufkommen konnten, schlossen sich der Bauweise des letzteren an.

Die größte Anzahl stattlicher Baudenkmäler jener Zeit finden wir in Danzig vereinigt, der bedeutendsten Stadt des Landes, die schon vor der Eroberung bestanden hatte, dann unter der Ordensherrschaft durch deutsche Ansiedler bedeutend vergrößert wurde und als Hansastadt zu einer Beherrscherin der Meere heranwuchs. Die Marienkirche zu Danzig, die ihrer Hauptmasse nach dem 15. Jahrhundert entstammt, eine dreischiffige Hallenkirche mit dreischiffigem Chor und dreischiffigem Querhaus, gehört zu den räumlich größten Bauwerken Deutschlands. In ihren hohen glatten Mauern, dem Zinnenkranze, der die Dächer umgibt, und dem gewaltig starken Turm sehen wir noch ganz das kriegsmäßige Gepräge der Ordensbauten gewahrt. Mit den meisten Danziger Kirchen teilt sie die Eigentümlichkeit, daß die drei Schiffe nicht von einem gemeinsamen übergroßen Dach zusammengefaßt werden, wie es sonst gebräuchlich war, sondern daß jedes Schiff sein besonderes Dach hat; durch diese Aneinanderreihung verschiedener gleichhoher Dächer, die in andern norddeutschen Städten bei ausgedehnten Rathausanlagen gern angewendet wurde, kommen die reichen Giebelbauten mit ihren schlanken spitzen Ecktürmchen um so malerischer zur Geltung (Abb. 232). In den Seitenschiffen erblicken wir eine in der spätesten Zeit der Gotik vorzugsweise in Preußen beliebte Umgestaltung der Sterngewölbe. Die Rippen sind weggelassen und dafür die einzelnen kleinen Felder zwischen den

Abb. 232. Marienkirche in Danzig. Ostansicht.

Nähten um so stärker vertieft, so daß ein Zellengewölbe von eigentümlich phantastischer Wirkung entsteht. Solche Zellengewölbe finden wir auch in den meisten Räumen des (jetzt zur Aufbewahrung der städtischen Kunstsammlungen dienenden) Franziskanerklosters; die Kirche dieses erst im 15. Jahrhundert gegründeten Klosters ist durch ihren reizvollen Giebelschmuck ausgezeichnet, in dem sich krabbenbesetzte geschweifte Spitzbogen luftig durcheinanderschlingen. Ein würdiges Seitenstück zu den kühnen Hallen der Marienburg ist der große Saal des Artushofes, des nach der Tafelrunde des sagenhaften Britenkönigs so benannten Hauses, in dem sich die Junker der reichen Danziger Geschlechter am Feierabend versammelten. Von den beiden alten Rathäusern Danzigs ist dasjenige der Rechtstadt ausnahmsweise ganz aus Hausteinen erbaut. Zur Bildung von Einzelheiten fand der Haustein, der von den gegenüberliegenden überseeischen Küsten eingeführt wurde, in Preußen reichlicher Verwendung als in den übrigen deutschen Ostseeländern, sogar bei Privathäusern wurde er gebraucht; aber das Wesen der Ziegelarchitektur wurde durch solche Zuthaten nicht beeinträchtigt, der natürliche Stein mußte sich hier dem in ausgeprägter Eigenart entwickelten Backsteingefüge unterordnen.

6. Die Innungen der Künstlerhandwerker.

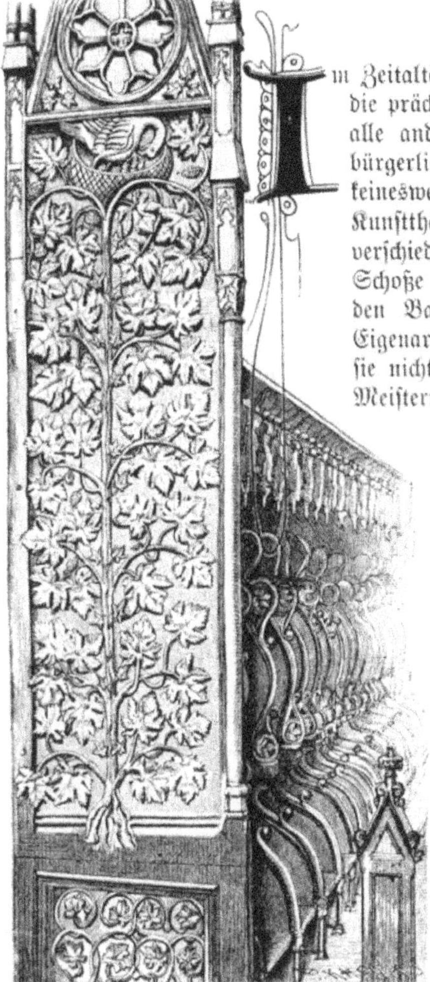
Abb. 233. Frühgotisches Chorgestühl (Klosterarbeit) in der Cistercienserkirche zu Dobberan.

Im Zeitalter der Gotik waren die Männer, welche die prächtigen Dome, Burgen und Häuser sowie alle andern Kunstwerke schufen, durchgehends bürgerliche Meister. Zwar trat die Geistlichkeit keineswegs vollständig von dem Gebiet der Kunstthätigkeit zurück; namentlich erzogen die verschiedenen Orden meistens noch im eignen Schoße die Künstler, deren sie bedurften. Bei den Bauten der Deutschherren ist schon die Eigenartigkeit der Werke ein Beweis dafür, daß sie nicht von außerhalb des Ordens stehenden Meistern erfunden worden sind. In manchen andern Fällen wird der geistliche Stand von Architekten durch Inschriften oder anderweitige Belege ausdrücklich überliefert; in der Dominikanerkirche zu Regensburg ist an einem Kapitäl ein Dominikaner ausgemeißelt, der in der einen Hand einen großen Zirkel trägt, die andre mit gestreckten Fingern senkrecht vor die Augen hält, wie um zu visieren, — eine bildliche Beurkundung des Umstandes, daß der Baumeister dem Orden angehörte. Auch Bildnerarbeiten und Malereien wurden im 14. und selbst im 15. Jahrhundert noch bisweilen durch Geistliche angefertigt, die es gelegentlich nicht verschmähten, die Werke mit ihrem Namen zu bezeichnen; so nennt sich, um ein Beispiel für mehrere anzuführen, auf einem Chorgestühl vom Jahre 1323, dessen Reste im Museum zu Freising aufbewahrt werden, der Kanonikus der St. Andreaskirche Berthold Aublinger als Verfertiger. Besonders wurde die Miniaturmalerei andauernd in den Klöstern geübt, und zwar auch in den Nonnenklöstern; den Namen einer sehr begabten Buchmalerin, der Schwester Gisela des Klosters Herzenbrock, bewahrt ein Vermerk in einem bilderreichen Gesangbuch vom Jahre 1300, das sich in der Bibliothek zu Osnabrück befindet. Daß die Ordensschwestern sich vielfach mit der Herstellung kunstvoller Stickereien beschäftigten, mit der ja auch weltliche Damen ihre langen Mußestunden füllten, bedarf kaum der Erwähnung.

Ebensowenig wie im früheren Mittelalter die unfreien Leute, welche ein künstlerisches Handwerk betrieben, neben den klösterlichen und weltgeistlichen Künstlern von Bedeutung waren, ebensowenig übten nunmehr die kunstbeflissenen Mitglieder des Klerus auf das Wesen der Kunst einen Einfluß aus. Nachdem sich seit der Hohenstaufenzeit ein freier Handwerkerstand in den Städten gebildet hatte, vermochten die Geistlichen, die doch nur einen Bruchteil ihrer Zeit den Künsten widmen konnten, nicht mehr mit denjenigen Leuten zu wetteifern, welche die Ausübung einer Kunst zu ihrem Lebensberuf machten. Alle anspruchsvollen Werke wurden daher schon im 13. Jahrhundert fast ausschließlich weltlichen Meistern übertragen. Eine gewisse künstlerische Mitwirkung der Geistlichkeit spricht sich in der ersten Zeit des gotischen Stils noch in den geistreichen Gedanken des Inhalts aus, welche wir bei umfassenden Zusammenstellungen bildnerischer oder gemalter Werke bewundern, und die gewiß nicht aus dem Kopfe der zwar sehr geschickten, aber wenig gebildeten Handwerksmeister hervorgegangen sind; aber auch eine solche Art von Beeinflussung hörte auf, wie der Handwerkerstand an Ansehen und Selbstbewußtsein zunahm.

Schon früh verbanden sich die Meister eines und desselben Handwerks, die meistens, wie aus vielen Straßennamen alter Städte heute noch erhellt, ihre Werkstätten nahe bei einander aufschlugen, zu Bruderschaften oder Einungen (Innungen), welche gemeinschaftliche Andachtsübungen abhielten, womöglich einen besonderen, dem Schutzpatron ihres Handwerks geweihten Altar in einer Kirche ausstatteten, bei Todesfällen in der Familie eines Mitglieds für würdiges Begräbnis sorgten und Zwistigkeiten zwischen Meister und Gesellen, sowie zwischen Meistern untereinander durch Schiedsspruch zu schlichten suchten. Nach und nach erwarben die Bruderschaften die Anerkennung der Behörden, das Zugeständnis eigner Gerichtsbarkeit in Sachen des Handwerks und das Recht, jeden, der in der Stadt das nämliche Gewerbe ausüben wollte, zum Beitritt zu zwingen. So erwuchsen sie allmählich zu den festgeschlossenen und wohlorganisierten Zünften, welche im 14. Jahrhundert als streitbare Macht den Kampf mit den herrschenden Geschlechtern aufnahmen, um in den Besitz der höchsten städtischen Rechte zu gelangen. Um hinter mächtigeren Innungen nicht zurückzustehen, verbanden sich verschiedene der Zahl nach schwächere Gewerke, die unter sich mehr oder weniger verwandt waren, häufig zu einer gemeinsamen Zunft; bei den künstlerischen Gewerben war dies fast immer der Fall. Die Zünfte hielten auf die Ehre ihres Handwerks und stellten streng gehandhabte Satzungen auf, welche das Lehrlings- und Gesellenwesen, sowie die Bedingungen der Aufnahme in den Meisterstand regelten und die einzelnen Erwerbsgebiete genau gegeneinander abgrenzten. Dadurch wurde das Zunftwesen, das im 15. Jahrhundert seine schärfste Ausprägung erfuhr, für die Kunst von großer Bedeutung.

Die strenge Schulung in einer bestimmten Lehrzeit, die Verpflichtung zum Wandern, um die erworbenen Kenntnisse zu erweitern, der Befähigungsnachweis für den Meisterstand, dem anzugehören jeder gezwungen war, der selbständige Aufträge übernehmen wollte, all diese Einrichtungen hatten den Vorzug, daß sie kein Pfuschertum aufkommen ließen und dem Künstler eine sehr gediegene Unterlage handwerklichen Könnens gaben; alle Erfahrungen pflanzten sich unmittelbar fort und wurden stets vergrößert. Anderseits aber konnte ein junger Mann, der schon von seinen Kinderjahren an für ein künstlerisches Gewerbe bestimmt war, sich sehr wohl alle erforderlichen Fähigkeiten in der langen Lehrlings- und Gesellenzeit erwerben und sein Meisterstück technisch vollkommen zur Zufriedenheit der Schiedsrichter herstellen, ohne daß ihm darum der geringste wirklich künstlerische Beruf innewohnte; begreiflicherweise verhält es sich so in den meisten Fällen, und die Kunst nahm dadurch ein überwiegend handwerkliches Wesen an, dem der wahre künstlerische Geist oft allzusehr fehlte.

Bei der Entschiedenheit, mit welcher jede Zunft einen bestimmten Erwerbszweig als ihr ausschließliches Eigentum ansah, konnte es nicht ausbleiben, daß der Kunstbetrieb in den Klöstern als ein Eingriff in die zünftigen Rechte betrachtet wurde, dem die betreffende Innung gelegentlich gewaltsam entgegentrat. So erstürmten die Wappensticker zu Köln im Jahre 1482 mit bewaffneter Faust ein Nonnenkloster, dessen Insassen sich mit der Stickerei beschäftigten; der Rat der Stadt ermahnte daraufhin zwar die Zunft, sich solcher „Unzüchtigkeiten und Gewalt" zu enthalten, verbot aber anderseits auch den Ordensschwestern aufs entschiedenste jede Thätigkeit, welche dem Wappensticker-Amt zum Nachteil gereiche.

Ganz außerhalb der städtischen Zünfte und ihres Machtbereichs standen die Dombaumeister und die unter ihnen arbeitenden Bauhandwerker. Es war natürlich, daß bei der Errichtung ansehnlicher Kirchen oder auch sonstiger Gebäude von hervorragender Bedeutung die Bauherren sich nicht den Zwang auferlegen konnten, bei der Wahl eines Meisters für ihr Werk lediglich die ortsangesessenen Steinmetzen in Betracht zu ziehen; sie wendeten sich vielmehr an solche Baukünstler, welche dadurch, daß sie ihre Schule an ähnlichen Werken durchgemacht und ihre Tüchtigkeit erwiesen hatten, für die Güte des auszuführenden Baues Gewähr leisteten. Es bildeten sich daher neben den städtischen Steinmetzeninnungen Genossenschaften von Bauhandwerkern, welche sich vorzugsweise mit jenen großartigen Arbeiten befaßten, und die von Ort zu Ort zogen, wohin sie gerade durch ein derartiges Unternehmen gerufen wurden. Auch diese einigten sich untereinander zu einem festgeordneten zunftmäßigen Verbande, dessen Satzungen denjenigen der übrigen Zünfte im wesentlichen durchaus gleich waren; nur fielen natürlich die rein städtischen Verpflichtungen, wie der Waffendienst u. dergl., darin weg; auch wurde, da ja alle an einem und demselben großen Werk schufen, kein besonderes Meisterstück von dem einzelnen verlangt. Nach den Bretterhütten, welche als Werkstatt für Meister und Gesellen auf dem Bauplatz errichtet wurden, erhielten diese Genossenschaften den Namen „Bauhütte". In kleineren oder größeren Gebieten einigten die verschiedenen Bauhütten sich untereinander über gemeinschaftlichen Handwerksbrauch, und es bildete sich schließlich eine große allgemeine deutsche Steinmetzenbruderschaft, welche ganz Deutschland mit Ausnahme der nördlichen Gegenden, in denen der Kirchenbau nicht Sache der Steinmetzen, sondern der Maurer war, umfaßte.

Formell wurde die allgemeine deutsche Steinmetzenverbrüderung erst am 25. April 1459 zu Regensburg geschlossen, wo auf die Anregung des dortigen Dombaumeisters Konrad Roritzer eine große Zahl von Architekten aus allen deutschen Landen zu diesem Zwecke zusammen gekommen war. Thatsächlich bestand sie schon lange vorher; denn in den Satzungen, die nunmehr niedergeschrieben und durch Kaiser Friedrich III. in aller Form bestätigt wurden, ward nur „alt Herkommen erneuert und geläutert". „Da rechte Freundschaft, Einhelligkeit und Gehorsam ein Fundament alles Guten ist, darum und um gemeinen Nutzen und Frommen aller Fürsten, Grafen, freien Herren, Städte, Stifter und Klöster, die Kirchen, Chöre oder andres großes Steinwerk und Gebäu jetzt machen oder in künftiger Zeit machen möchten, daß sie desto besser versorgt und versehen würden, und auch um Nutz und Notdurft willen aller Meister und Gesellen des ganzen gesamten Handwerks des Steinwerks", — aus diesen Gründen wurden die Statuten so wie es geschah festgestellt. Diese „Ordnungen" regelten das religiöse Zusammenleben der Bauleute, das Kranken- und Begräbniskassenwesen, sowie die Disziplin in der Hütte, deren höchster Vorgesetzter der Werkmeister war. Sie forderten von den Mitgliedern Teilnahme an den gemeinsamen gottesdienstlichen Übungen, Befolgung der Kirchengebote und in jeder Beziehung einen streng ehrbaren Lebenswandel. Namentlich sollten Streitigkeiten vermieden werden: „ein jeglicher Meister soll seine Hütte frei halten, daß darinnen kein Zwietracht geschehe, und soll die Hütte frei halten wie eine Gerichtsstätte." Alle sollten in treuer Freundschaft miteinander leben, und auch wenn einer von der Bruderschaft außerhalb der Hütte in Ungelegenheiten kam, sollte jeder, er sei Meister oder Gesell, bei seinem Gelübde verpflichtet sein ihm beizustehen. Wenn es zu Zwistigkeiten kam, durfte niemand bei den Bauherren oder bei den städtischen Gerichten klagen, sondern alles mußte innerhalb des Verbandes geschlichtet werden. Gleichsam als höhere Behörden wurden vier Haupthütten, Straßburg, Wien, Zürich und Köln, bestimmt; Deutschland wurde demgemäß in vier Bezirke geteilt, in deren jedem eine dieser Haupthütten die oberste Rechtsprechung handhabte; unter ihnen wiederum war Straßburg die vornehmste. Die Strafen bestanden in Geldbußen, bei Hartnäckigkeit und in schweren Fällen in Ausschließung aus dem Bunde. Aufgenommen als „Diener" (Lehrling) wurde jeder, der den Nachweis ehelicher Geburt und ehrlicher Herkunft führen konnte — eine Bedingung, die sich auch in allen städtischen Zunftordnungen findet. Der Lehrling mußte in der Regel fünf Jahre dienen. Er erhielt während dieser Zeit unentgeltlichen Unterricht vom Meister, der, damit er genügende Sorgfalt auf den Unterricht verwenden könne, nur eine beschränkte Zahl von Dienern annehmen durfte. Auch für die weitere Ausbildung der Gesellen durfte der Meister kein Geld annehmen, und ebenso durften diese sich nicht bezahlen lassen für die Unterweisung, die sie etwa einem Mitgesellen oder den Lehrlingen zu teil werden ließen. Als ein nach allgemeinem Brauche sorgfältig gewahrtes Handwerksgeheimnis wurden die durch die Erfahrung festgestellten Regeln überliefert und durch geometrische Zeichnungen, die sich dem Gedächtnis einprägten, veranschaulicht, deren Beobachtung für die Schönheit und die Festigkeit eines Gebäudes Gewähr leisteten. Hatte der Lehrling genug gelernt, so wurde er vom Meister in feierlicher Handlung, die mit einem Gottesdienst begann und mit einem Festmahl endete, „losgesprochen". Er bekam sein „Zeichen", eine mit dem Meißel leicht herzustellende, meist aus einfachen Linien zusammengesetzte Figur, mit der er nunmehr die von ihm bearbeiteten Werkstücke als seine Arbeit kennzeichnen konnte. Der Handwerksgruß wurde ihm mitgeteilt, durch den er sich in fremden Hütten als zur Bruderschaft gehörig ausweisen konnte, und er durfte jetzt als Geselle auf Wanderschaft gehen. Die höchste Stellung unter den Gesellen einer Hütte nahm der „Polier“ (Ballier oder Parlierer, Aufseher oder Sprecher) ein. Um zu dieser Würde vom Meister bestellt werden zu können, mußte einer mindestens ein Jahr lang auf Wanderschaft gewesen sein. Der Polier war verpflichtet, jederzeit als der erste auf dem Bauplatz zu erscheinen und als der letzte denselben zu verlassen. Er überwachte die Arbeit, wies einem jeden seine Thätigkeit zu, gab den Gesellen Auskunft und Belehrung und mußte auf Wunsch die Werkstücke „anreißen“, d. h. den richtigen Anfang der Bearbeitung machen; er hatte jedes einzelne Stück zu prüfen, ehe dasselbe durch Einhauen des Handzeichens als fertig erklärt werden durfte; er kreidete auch die Arbeitsversäumnisse eines jeden auf dessen Werkstück an und gab acht darauf, daß alle mit dem Handwerksgerät, namentlich mit den Meßinstrumenten, säuberlich und ordentlich umgingen. In Abwesenheit des Meisters war er dessen Stellvertreter. Unter den Satzungen der Steinmetzenordnung, welche sich auf den Meister selbst beziehen, ist namentlich diejenige von Interesse, welche bestimmt, daß ein Meister, der in ein Werk neu eintrat, das daselbst vorgefundene Steinwerk, mochte dasselbe sich nun schon an seinem Bestimmungsorte befinden oder noch auf dem Bauplatze liegen, nicht verwerfen oder wieder abheben lassen durfte, zur Vermeidung unnützer Kosten und damit „der Meister, der solch Werk hinterlassen, nicht im Grabe geschmähet werde“. Bei dem verhältnismäßig schnellen Wechsel des Zeitgeschmacks mochte eine solche Bestimmung besonders wichtig sein. Aber auch die eignen Entwürfe durfte der Meister nicht ohne Genehmigung der Bauherren im Verlauf der Arbeit umändern.

Die Steinmetzenbruderschaft überlebte das Zeitalter der gotischen Bauten. Im Jahre 1563 erhielten ihre Satzungen, die als „Steinmetzenrecht“ oder „Bruderbuch“ zur Verteilung an die einzelnen Hütten gedruckt wurden, eine neue Fassung und durch Ferdinand I. die kaiserliche Bestätigung. Noch im vorigen Jahrhundert war die Genossenschaft so ansehnlich, daß der Reichstag sich wiederholt mit ihr beschäftigte: im Jahre 1707 untersagte er infolge der Losreißung Straßburgs vom Reich den deutschen Bauhütten den Verkehr mit der bisherigen Haupthütte; im Jahre 1731 trat er durch ein Verbot dem alten Brauch der Bruderschaft entgegen, ihre Mitglieder eidlich zur Verschwiegenheit zu verpflichten, vermutlich weil man damals befürchtete, daß das Geheimwesen sich nicht ausschließlich mit Handwerkslehren und Handwerksgebräuchen befassen möchte. Mit dem ausgehenden Jahrhundert löften sich dann allmählich die Bauhütten gleich den übrigen Zünften auf.

Es ist begreiflich, daß die Männer, welche die wunderbaren gotischen Prachtbauten ersannen und ausführten, höher standen und auch höher angesehen wurden als die Menge der übrigen Handwerkskünstler;

Nach hohen Künsten streben
Steinmetzen, Sänger, Dichter,

sagt ein Poet des 15. Jahrhunderts. Die Baukunst, die eine so erhabene Vollkommenheit erreicht hatte, beherrschte alle übrigen Künste; in jedes Gebiet drangen ihre Formen ein, überall waren die Gesetze gültig, welche der Einklang mit diesen Formen erforderte.

Durchaus selbstverständlich war dies bei der Bildhauerkunst in Stein, die ja einen Zweig der Steinmetzenthätigkeit bildete und deren Werke der Mehrzahl nach einen Bestandteil der Bauten selbst ausmachten.

Das ganze 13. Jahrhundert hindurch wirkte bei dieser Kunst dasjenige, was die Schlußzeit des romanischen Stils erreicht hatte, noch nach. Bei sehr vielen Bildnerwerken an Portalen und Pfeilern der Kirchen aus dieser Zeit

Abb. 234. Frühgotisches Relief (die Seligen und die Verdammten am Tage des Gerichts) im Kreuzgange des Mainzer Doms.

können wir eine Vereinigung von hoher Schönheit mit reiner Natürlichkeit bewundern. Je mehr dann aber die oft erwähnte geschwungene ornamentale Haltung, welche das Hauptkennzeichen der gotischen Figurendarstellung bildet, sich hervordrängt, um so fremdartiger werden die Gestalten für das Auge des heutigen Beschauers, wenn auch die Einzelheiten bisweilen mit gesteigertem Sinn für Naturbeobachtung ausgeführt sind. Bei der ungeheuren Menge von Bildwerken, welche an den zahlreichen Kirchen des 14. und 15. Jahrhunderts angebracht wurden, dürfen wir uns schließlich nicht wundern, daß die Mehrzahl derselben sich mit der Erfüllung der Aufgabe begnügt hat, einen mehr oder weniger glücklich angeordneten Schmuck des Gebäudes zu bilden, und daß gar viele solcher Werke ein stark handwerksmäßiges Gepräge tragen und weder durch Form noch durch Inhalt einen besonderen Eindruck auf uns machen.

Das Wesen der schönen frühgotischen, der spätromanischen noch nahestehenden Bildhauerkunst mögen außer den früher geschilderten Werken am Straßburger Münster noch einige charakteristische Werke veranschaulichen: das Relief aus der zerstörten St. Albanskirche zu Mainz im Kreuzgange des dortigen Domes, welches die Scheidung der Seligen und der Verdammten am Tage des Gerichts darstellt, ein durch den ergreifenden Ausdruck der Köpfe und Gebärden ausgezeichnetes Werk (Abb. 234); ferner das Reiterstandbild Kaiser Konrads III. an einem Pfeiler des Bamberger Domes (Abb. 235). Bei dem letzteren Werk müssen wir nicht nur die vornehm ritterliche, freie und ungesuchte Haltung des Fürsten aufrichtig bewundern, sondern wir können auch der schwierigeren, weil weniger geübten, Wiedergabe des Pferdes unsre Anerkennung nicht versagen; zwar ist dieser Hengst nach unsern Begriffen kein schönes Tier — denn auch in Bezug auf Pferdeschönheit ist der Geschmack dem Modewechsel unterworfen —; aber sein Knochenbau und im wesentlichen auch die Muskulatur sind ganz naturgetreu und dürften in Bezug auf die Richtigkeit auch dem Pferdekenner nur zu wenig Ausstellungen Anlaß geben.

Freistehende Steinbilder wurden nur selten errichtet. Wo es aber geschah, da blieb nicht leicht eine architektonische Einfassung der Figuren weg. Bei besonders prächtigen Werken wurde ein hoher Baldachin über dem Bilde aufgebaut, so daß dasselbe wie in einem Tabernakel eingeschlossen erschien; so geschah es bei dem Denkmal, welches die Stadt Magdeburg in den letzten Jahrzehnten des 13. Jahrhunderts dem Kaiser Otto I. als dem Begründer ihrer städtischen Rechte und Freiheiten errichtete, und das den Kaiser zu Roß zwischen zwei sinnbildlichen Frauengestalten, die Schild und Banner tragen, zeigt. Künstlerisch weniger anspruchsvolle Standbilder waren die in Niedersachsen beliebten sogenannten Rolandssäulen, geharnischte Ritter als Wahrzeichen der unabhängigen städtischen Gerichtsbarkeit und der Marktfreiheit. Diese Sinnbilder durch einen Tabernakelbau gleich einem Heiligtum zu bergen lag kein Grund vor; man begnügte sich damit, dieselben dadurch architektonisch zu binden, daß man sie mit dem Rücken an eine Art von Pfeiler lehnte, der mit einem kleinen Baldachin und einer fialenartigen Bekrönung abschloß. Heutzutage macht diese Einrichtung bei Figuren, die auf offenem Marktplatz stehen, namentlich wenn sie eine so riesenhafte Größe haben, wie der im Jahre 1412 errichtete Roland zu Bremen (Abb. 236), einen überaus befremdlichen Eindruck; aber die damalige Zeit war durchaus daran gewöhnt steinerne Statuen nur im Zusammenhang mit der Architektur zu sehen und ließ sich durch diese Gewöhnung auch bei der Herstellung der von Bauwerken unabhängigen Standbilder leiten.

Abb. 235. Reiterstandbild Kaiser Konrads III. im Dom zu Bamberg.

Die am häufigsten vorkommende Gattung von solchen Bildhauerarbeiten, welche nicht unmittelbar zur großen Architektur gehörten und daher meistens nicht von den Werkleuten der Bauhütten, sondern von den städtischen Stein-

Abb. 236. Der „Roland" auf dem Markt zu Bremen.

metzen ausgeführt wurden, waren die Grabsteine. Diese wurden während der gotischen Zeit in sehr großer Zahl angefertigt, und sie bieten eine reichliche Gelegenheit, den Entwickelungsgang der gotischen Bildhauerkunst zu verfolgen. Anfangs hielt man auch hierbei an den in der spätromanischen Zeit gewonnenen Grundlagen fest; nur bevorzugte man bei den Figuren, deren Stellung es unentschieden ließ, ob sie liegend oder stehend gedacht waren, wieder einfachere, gerade, aufrechter Haltung entsprechende Linien der Gewandung. Doch kam diese unentschiedene Stellung der Figuren mehr und mehr außer Gebrauch. Man zog es vor, je nachdem die Grabsteine an einer Wand oder auf dem Boden angebracht werden sollten, die Figuren in ausgesprochener Weise entweder stehend oder liegend darzustellen. Auch im letzteren Falle behielten dieselben anfangs noch einen Schein des Lebens in den geöffneten, ruhig blickenden Augen; später aber wurden sie in ganz natürlicher Weise als Tote gebildet. Die stehenden Figuren nahmen zwischen der architektonischen Umrahmung, die man auch den Grabsteinen zu geben liebte, und die häufig mit einem reichen das Haupt der Figur überragenden Baldachin abschloß, die gebogene Haltung an, welche dem Zeitgeschmack gefiel. Die Grabsteine mit liegenden Gestalten bekamen meistens einen geschlossenen oder in kleinen Bogenstellungen durchbrochenen Untersatz, auf dem dann wohl leidtragende Figuren und andres Bildwerk angebracht wurden. Auch durch sonstige kleine Nebenfiguren, wie betende Mönche oder Nonnen zu den Füßen und Engel, welche die Seelen in Gestalt von Kindern emportragen, zu Häupten der Verstorbenen, oder Heiligenbilder in den Einfassungsarchitekturen, sowie durch Wappen und andres Beiwerk wurden die Denkmäler bisweilen bereichert. Der im 13. Jahrhundert erwachte Sinn für schärfere Naturbeobachtung fand bei der Ausführung der Grabmäler stetige Nahrung; die Angehörigen des Verstorbenen fanden begreiflicherweise Gefallen daran, wenn das Steinbild so lebhaft wie möglich die äußere Erscheinung desjenigen zurückrief, dessen Andenken es bewahrte. Ehe es freilich zu wirklichen Bildnissen nach unserm Begriffe kam, vergingen mehrere Jahrhunderte; die Porträtköpfe im Prager Dom sind eine in ihrer Zeit noch sehr vereinzelte Erscheinung. Das Bild wurde bewundert, wenn es die abgebildete Person durch einige besonders auffallende Eigentümlichkeiten kenntlich machte. Wie gewissenhaft dennoch die Künstler dabei verfuhren, zeigt uns aufs anschaulichste der köstliche Bericht, welchen der östreichische Chronist Ottokar über das heute noch vorhandene, wenn auch in einigen Teilen ungenau ergänzte Grabbild bringt, das für Rudolf von Habsburg schon bei dessen Lebzeiten angefertigt wurde (Abb. 237):

Abb. 237. Grabstein Rudolfs von Habsburg in der Krypta des Doms zu Speier. (Beide Hände und die Krone sind neu.)

Ein kluger Steinmetz
Ein Bild sauber und rein
Aus einem Marmelstein
Schön hatt' gehauen;
Wer das wollte schauen,
Der mußt' ihm gestehen,
Daß er nie ein Bild hätt' gesehen
Einem Manne also gleich.
Denn wenn der Meister kunstreich
Irgend einen Fehler fand,

So lief er hin zuhand,
Wo er den König sah,
Und nahm darnach
Die Gestalt hier ab,
Die er dort dem Bild gab.
Er hatte so ganz sich eingeprägt
Und fest sich in sein Herz gelegt
All des Königs Gestalt,
Daß er die Runzeln zählt'
An dem Antlitze:
Das hat der Meister nütze
Alles getreulich gemerkt.
Und da ward das Bild gewirkt,
Wie er ihn ins Gedächtnis genommen.
Nun hatte der König bekommen
Beschwerden mannigfalte
Und allermeist das Alter,
Daß der König hehr
Eine Runzel mehr
An dem Antlitz gewann.
Das ward dem Meister kundgethan.
Der hub sich auf die Straßen
Und lief hin nach Elsaßen,
Wo der König da was;
Da entnahm er und las
Aus der Sache die Wahrheit
Des, was man ihm hatte gesait.
Und da er das befand,
Da kehrt' er zuhand
Gegen Speyer wieder
Und warf das Bild nieder
Und macht es wied'rum gleich
Rudolfen dem König reich.
— Der Stein ward nun sein Dach.

Ein jugendlicher Realismus klammert sich stets zunächst an Äußerlichkeiten. Darum wurden jetzt alle Einzelheiten der Tracht mit peinlicher Genauigkeit ausgearbeitet. Das 14. Jahrhundert war eine Zeit des schroffsten und schnellsten Wechsels in den Kleidermoden, in dieser Beziehung nur mit dem 17. Jahrhundert zu vergleichen. Namentlich die ritterliche Kriegstracht war beständigen Änderungen unterworfen, immer aber war sie durch den längeren oder kürzeren Wappenrock, der über den Harnisch gezogen wurde, höchst malerisch. Es wurde denn auch allgemein Gebrauch, ritterliche Herren auf ihrem Grabmal in Kampfesausrüstung abzubilden, und diese Ritterfiguren, bei denen jedes Ringlein des Kettelpanzers, jede Niete der Harnischplatten und jede Schnalle des Lederzeugs gewissenhaft angegeben ist, sind schon durch ihre trachtengeschichtliche Bedeutung ungemein anziehend. Hohe fürstliche Personen wurden meistens im langfaltigen Feierkleid abgebildet, doch erscheint auch König Günther von Schwarzburg auf seinem Grabstein im Dom zu Frankfurt in voller Ritterrüstung, das Haupt mit der eisernen Becken- oder Pickelhaube bedeckt, den großen geschlossenen Helm, welcher im Kampfe über die Haube gestürzt wurde, in der Rechten, die Linke auf das Schwert gestützt, von dessen Kreuzgriff der Schild herabhängt (Abb. 238). Geistliche Würdenträger wurden nach wie vor in voller Amtstracht, mit Stab und Inful, dargestellt. Die langen Reihen erzbischöflicher Gräber in den Domen zu Köln und Mainz enthalten eine ganze Anzahl von bedeutenden Werken dieser Art. Unter den Mainzer Gedenksteinen ist derjenige des Erzbischofs Petrus von Aspelt besonders merkwürdig durch den — übrigens schon in romanischer Zeit, bei dem Grabmal des Erzbischofs Siegfried von Epstein, vorgebildeten — Versuch, eine bewegte Handlung darzustellen, ohne daß darum die Hauptperson die für ein Grabdenkmal sich geziemende würdevolle Ruhe einbüßen sollte: zu den Seiten des Kirchenfürsten stehen in kleineren Figuren die drei Könige, denen er die Krone aufs Haupt setzte, und dieser Vorgang ist in der unbefangensten Weise verbildlicht; doppelt befremdlich erscheint hier, bei einer handelnden Person, das unter dem Kopfe derselben liegende Kissen (Abb. 239). Von einem Streben nach Porträtähnlichkeit ist bei diesem Bilde noch keine Spur zu entdecken; der Erzbischof sowohl wie die Könige haben gleichmäßig ideale, jugendliche Gesichter; die letzteren sehen einander so ähnlich, als ob sie Drillinge wären. Der Sinn für jugendliche Anmut, der in vielen Werken des 14. Jahrhunderts noch sehr lebendig hervortritt, ließ den Künstlern die Grabbilder von Frauen, die stets idealisiert dargestellt wurden, bisweilen vorzüglich gut gelingen.

Abb. 238. Grabstein Günthers von Schwarzburg im Dom zu Frankfurt a. M. (Das Denkmal besitzt noch die ursprüngliche Bemalung und Vergoldung.)

Einer der trefflichsten Bildhauer des 14. Jahrhunderts hat uns an zwei sehr schönen Grabmälern seinen Namen hinterlassen, Meister Wölvelin, Werkmeister der Kirche zu Rufach, seit 1341 Bürger von Straßburg. Das eine dieser sowohl durch ihre Auffassung wie durch ihre Ausführung ausgezeichneten Werke befindet sich in der Kirche des Cistercienserinnenklosters Lichtenthal bei Baden-Baden und stellt die

Abb. 239. Grabstein des Erzbischofs Peter von Aspelt im Dom zu Mainz.

Stifterin dieses Klosters, Markgräfin Irmengard, dar; das andre ist der Grabstein des Landgrafen Ulrich von Elsaß (gestorben 1344) in der St. Wilhelmskirche zu Straßburg. Auf beiden Denkmälern ist die ganz erhaben gearbeitete Figur liegend dargestellt, ausgestreckt auf einer von zwei Löwen getragenen Platte. Die Lage ist besonders bei dem Landgrafen eine völlig natürliche. Sein von der Eisenkappe bedecktes Haupt wird statt durch ein Kissen durch den unter den Nacken geschobenen Helm gestützt; die linke Hand, welche den Schwertgurt gefaßt hält, ruht auf der Brust, die Rechte ist herabgesunken auf das Schwert, das nebst den Eisenhandschuhen zur Seite des Ritters liegt; die Füße sind gegen zwei kleine Löwen gestützt, — ein bei Grabmälern vornehmer Herren, mögen diese nun in aufrechter Haltung oder liegend abgebildet sein, fast niemals fehlendes Sinnbild des überwundenen Bösen, des Versuchers, der umhergeht „wie ein brüllender Löwe“. Das einzige, was hier der Lage eines Toten oder Ruhenden noch widerspricht, sind die geradfaltigen Schöße des Wappenrocks. Die Beifügung des Künstlernamens ist in dieser Zeit eine große Seltenheit; es scheint, daß der Meister selbst mit

Abb. 240. Grabstein der Agnes Bernauerin auf dem St. Peterskirchhof zu Straubing.

seinem Werke recht zufrieden gewesen ist, daß er die Inschrift auf die Platte meißelte: meister woelvelin von rufach ein burger zu strasburg der het dis werc gemaht. Ähnlich lautet die Inschrift auf dem durch die hohe Schönheit der Frauengestalt anziehenden Denkmal der Markgräfin: dis werc machte meister wlvelin von strasburg.

Die Grabmäler des 15. Jahrhunderts zeigen weitere Fortschritte in der Natürlichkeit, wenn auch noch lange Zeit hindurch eine gewisse Befangenheit in der Anordnung der Gewänder liegender Gestalten bestehen blieb. Eines der fesselndsten Werke aus der ersten Hälfte des Jahrhunderts ist das rührend schöne Bild der Agnes Bernauerin, der schuldlos getöteten Gattin des Herzogs Albrecht von Bayern. Der in rotem Marmor ausgeführte Grabstein, welcher sich in einer besonderen Kapelle auf dem St. Peterskirchhof zu Straubing befindet, zeigt die junge Frau als Leiche (Abb. 240); die Hände, deren eine einen Rosenkranz hält, liegen schlaff übereinander, das zur Seite geneigte Haupt drückt sich schwer in das Kissen; die Augen sind geschlossen, und um den Mund zeigt sich ein schmerzlich herber Zug, wie der Tod ihn häufig hervorruft. Zu den Seiten der Toten sind ein lebendes und ein totes Hündlein angebracht, welche im Hinblick auf die falsche Anklage, der Agnes zum Opfer fiel, die Treue im

Leben und im Tode sinnbildlich andeuten. Anders ist die Bedeutung der Hunde, wenn sie unter den Füßen der Abgebildeten erscheinen; dann bezeichnen sie, entsprechend den Löwen unter den Füßen der Männer, die überwundenen Begierden der Welt. — In der späteren Zeit des Jahrhunderts als ein gereifter Naturnachbildungssinn die bildende Kunst in gänzlich neue Bahnen lenkte, zeigten die Bildhauer bisweilen recht geflissentlich, daß sie die früher gebräuchliche Zwitterstellung zwischen Stehen und Liegen mißbilligten; sie gaben den Füßen des Ruhenden eine ungleiche Lage, indem sie das eine Bein etwas anzogen, das andre gestreckt ließen, so daß die Vorstellung, als ob die Figur sich auf ihre Füße stütze, völlig beseitigt war.

Neben den prunkenden Grabmälern mit lebensgroßen plastischen Figuren, an denen die Steinmetzen ihre höchste Meisterschaft zu beweisen Gelegenheit fanden, wurden selbstverständlich auch manche sehr viel bescheidenere ausgeführt. Selbst bei vornehmen Personen begnügte man sich oft mit Wappen und Inschrift. In andern Fällen wurde das Bild des Verstorbenen, von architektonischem Rahmen und anderm Beiwerk, wie bei jenen plastischen Werken, umgeben, mit dem Meißel in wenigen, aber ausdrucksvollen und sicheren Linien in einen flachen Stein eingeritzt. Solche Grabplatten mit vertiefter Zeichnung waren besonders in den Gegenden des Ziegelbaues beliebt, wo kunstreiche Steinmetzenarbeit teuer und schwer zu beschaffen war, während die zu bildnerischen Werken andrer Gattung häufig verwendeten Stoffe des gebrannten Thons und des Stucks ebenso wie das nur ganz ausnahmsweise zur Anfertigung eines Grabmals benutzte Holz nicht dauerhaft genug erschienen, um das Andenken eines Toten kommenden Jahrhunderten zu erhalten. Für besonders anspruchsvolle Monumente konnte allerdings eine mit dem Meißel gerissene Zeichnung nirgends genügen; zur Herstellung stattlicherer Denkmäler wurde daher im Norden vorzugsweise Metall genommen.

Der Erzguß wurde damals im allgemeinen weniger zu künstlerischen Zwecken benutzt als in der romanischen Zeit. Dennoch bildeten sich auch in den Werkstätten der Rotgießerzunft einzelne Künstler ersten Ranges aus. Die wenigen vorhandenen großen Erzbildwerke aus der gotischen Zeit zeichnen sich sogar durch ungewöhnliche Schönheit aus, was um so auffallender ist, als die meisten gleichzeitigen Bronzewerke aus dem Gebiet der Kleinkunst den romanischen Arbeiten derselben Gattung an künstlerischer Feinheit weit nachstehen. Es sind drei Bischofsgrabmäler, welche, nächst dem Reiterbild des heiligen Georg zu Prag, die gotische Erzbildnerei auf ihrer Höhe zeigen. Zwei derselben befinden sich in Kapellen des Kölner Doms: das dem Erzbischof Konrad von Hochstaden nach der Übertragung seiner Gebeine in den von ihm gegründeten Chor errichtete Denkmal (Abb. 241) und dasjenige des im Jahre 1414 gestorbenen Erzbischofs Friedrich von Saarwerden; eines ist im Dom zu Lübeck in der Mitte des Chores errichtet und bewahrt in sorgfältiger bildnismäßiger Wiedergabe die Züge des Bischofs Heinrich von Bocholt, der diesen Chorbau ausführen ließ. Alle drei zeigen majestätische ruhende Gestalten, von dem weiten Faltenwurf der priesterlichen

Gewandung umflossen, mit schönen ausdrucksvollen Köpfen. Sie wetteifern mit den besten Werken der gleichzeitigen Steinbildnerei; wenn es freilich auf uns den Eindruck macht, als ob sie diese sogar an Feinheit und Schärfe überträfen, so dürfen wir nicht vergessen, daß die Steinwerke ihre letzte Vollendung erst durch die Farbe erhielten, die heute entweder verblaßt oder gänzlich verschwunden, oder aber ohne das Stilgefühl jener Zeit erneuert ist.

Abb. 241. Erzgegossenes Bild des Erzbischofs Konrad von Hochstaden auf seinem Grabmal im Chor des Kölner Doms (angefertigt im Jahre 1348).

Derartige eherne Grabmäler mit vollrunden lebensgroßen Figuren blieben wegen ihrer großen Kostspieligkeit begreiflicherweise etwas Ungewöhnliches. Dagegen wurde eine andre Art, das Metall anstatt des Steins zu Denkmälern zu verwenden, im nördlichen Deutschland erfunden, die großen Beifall und weite Verbreitung auch außerhalb Deutschlands in den vom Hansabunde kommerziell beherrschten Gebieten, in den Niederlanden, England, Dänemark und Schweden, fand. Was sich durch Meißelstriche in einer Steinplatte nur in beschränkter Weise angeben ließ, das konnte in einer Messingplatte mit dem Grabstichel in unbegrenzter Feinheit ausgeführt werden. Seit dem Anfange des 14. Jahrhunderts wurden Messingplatten mit eingegrabener Zeichnung als Grabmäler gebräuchlich. Die ganze Fläche der Platte wurde künstlerisch belebt; Architekturen, Teppichmuster, Laubwerk, Wappen, Inschriften, kleine Heiligenbilder und andre Figürchen bildeten einen prachtvoll reichen Hintergrund und hoben durch den wunderbaren Reiz ihrer ebenso meisterhaft verteilten wie sauber ausgeführten kleinen Formen die breit gezeichneten lebensgroßen Gestalten der Verstorbenen wirksam hervor. Die Linien der Zeichnung und die kleinen vertieften Flächen zwischen den einzelnen Gebilden des Grundes wurden mit einer dunklen Masse ausgefüllt, so daß das ganze Bild kräftig und wirkungsvoll hervortrat.

Eine beträchtliche Anzahl dieser mit unübertrefflichem Geschmack ausgeführten Werke ist noch in Deutschland vorhanden. Die meisten befinden sich in den Gegenden des Ziegelbaues, die schönsten darunter in Lübeck, das allein deren fünfundzwanzig besitzt, in Schwerin, Stralsund, Thorn; aber auch im Meißner und Thüringer Land, am Niederrhein und in andern Gegenden finden sich solche Prachtwerke. Am Niederrhein scheinen sie in größerer Menge für das Ausland angefertigt worden zu sein; denn in England hießen sie „kölnische Platten“ (Cullen plates).

Als Beispiel mag die Grabplatte des am 3. März 1356 verstorbenen Bürgermeisters Johannes Klingenberg von Lübeck in der dortigen Petrikirche dienen (Abb. 242). Wir sehen hier den Verstorbenen mit gefalteten Händen auf zwei wilden Männern stehn; zwei anmutige Figürchen halten das Kissen unter seinem Kopfe, und unterhalb seiner Füße bildet eine kleine Jagddarstellung einen Fries; in der Architektur erscheinen seitwärts Apostel und Propheten, oben Gott Vater mit Heiligen und Engeln; den äußeren Rand bildet der Stammbaum Christi.

Die Feinheit der Arbeit bei diesen Messingplatten legt den Gedanken nahe, daß die Gravierungen durch die geübten Hände von Goldschmieden ausgeführt worden seien. Die Inschrift an dem Messingtabernakel in der Marienkirche zu Lübeck bekundet ja, daß sich Erzgießer und Goldschmiede bisweilen zu gemeinsamen Arbeiten vereinigten. Anderseits aber beweisen die großen plastischen Gußwerke, daß auch solche Zünfte, deren Hauptthätigkeit eine rein handwerkliche, auf Gegenstände des Alltagsgebrauchs gerichtete war, künstlerischen Sinn zu pflegen wußten. Jene Zeit war von künstlerischem Gefühl in einem Maße durchdrungen, das wir heutzutage uns zu vergegenwärtigen nicht recht im stande sind. Selbst solche Gewerke, welche der Natur der von ihnen bearbeiteten Stoffe nach sich niemals mit wirklichen Kunstschöpfungen befassen konnten, bewiesen in ihren Arbeiten einen künstlerischen Geschmack und dasjenige, was die moderne Ausdrucksweise Stilgefühl zu nennen pflegt. Namentlich gewahren wir dies an den Eisenarbeiten. Als im 15. Jahrhundert sich infolge der Erfindung der Feuerwaffen die Bepanzerung der Ritter derartig veränderte, daß ein Gefüge von beweglich ineinandergreifenden Eisenplatten den ganzen Mann bedeckte, schuf die angesehene Zunft der Harnischmacher oder Plattner Rüstungen, die man sehr wohl als Kunstwerke bezeichnen darf, und die es begreiflich machen, daß jetzt die Sitte aufkam, das Eisenkleid völlig unverdeckt zu tragen, statt es unter einem Wappenrock zu verbergen. Auch die gewöhnlichen Schlosser und Schmiede haben uns besonders in den prächtig geschwungenen breiten Eisenbändern, mit denen die Thüren beschlagen wurden, bewundernswerte Proben ihres Schönheitsgefühls hinterlassen. In der späteren Zeit der Gotik, als die Steinmetzen luftige Gitterwerke schufen, die sich eher zur Ausführung in Eisen geeignet hätten, gefielen die Schmiede wiederum sich darin, die Formen des Steinwerks

Abb. 242. Messinggrabplatte des Bürgermeisters Klingenberg in der Petrikirche zu Lübeck.

nachzuahmen, und bedeckten ihre Arbeiten mit feinen ausgeschnittenen Verzierungen in Gestalt von Fensterchen und krabbengeschmückten Bogen (Abb. 243).

Überhaupt bestand damals eine stetige Wechselwirkung zwischen den verschiedenen Künsten. Die zünftige Abgrenzung der einzelnen Erwerbsgebiete nach den zu bearbeitenden Stoffen war nicht so eng gezogen, wie man wohl glauben könnte. Es war zum Beispiel einem Holzbildhauer, auch wenn derselbe keine Lehrzeit bei einem Steinmetzen durchgemacht hatte, gestattet, „Bildwerk, Grabstein, Schild und Helm“ in Stein zu hauen, und es durfte ihm dabei ein Steinmetzengesell helfen; nur „Thür, Fenster, Sakramentsgehäus oder Gewölb“ zu machen war ihm untersagt. Auch ein Maurer durfte an dem zu seinem Bau gehörigen Steinwerk wenigstens die nötigen Ausbesserungen vornehmen, ohne die Zunftgesetze zu übertreten.

Abb. 243. Spätgotischer eiserner Thürklopfer von der Sakristei der Pfarrkirche zu Bruck a. d. Murr.

Das Handinhandgehen der verschiedenen Kunstzweige, ein gegenseitiger Austausch von Ansichten und Erfahrungen wurde noch besonders dadurch gefördert, daß die meisten künstlerisch thätigen Gewerke sich zu gemeinschaftlichen Zünften miteinander verbanden. Häufig bildeten die von den Malern zu Ehren des heiligen Lukas, von dem die Legende sagte, daß er die Jungfrau Maria nach dem Leben abgemalt habe, gestifteten Bruderschaften die Grundlage großer Künstlervereinigungen, in deren Einrichtungen mehrere noch vorhandene Zunftbücher interessante Einblicke gewähren.

Schon bei der Gründung der St. Lukasbruderschaften finden wir die Maler mit den Schiltern oder Schildern (Schildmachern) vereinigt. Das Gewerbe der letzteren war die Anfertigung derjenigen Teile der ritterlichen Ausrüstung für Mann und Roß, welche weder von den Harnischmachern, noch von den Wappenstickern, noch auch von gewöhnlichen Sattlern gemacht wurden. Alle diese Ausrüstungsstücke, unter denen der Schild das vornehmste war, wurden mit Malereien bedeckt, die schon früh die größten künstlerischen Ansprüche machten und auch als wahre Kunstwerke von den Zeitgenossen bewundert wurden. Wolfram von Eschenbach preist im Parzival die Schönheit seines Helden, da er zum erstenmale im ritterlichen Schmucke hoch zu Roß erscheint, mit den Worten:

Von Köln noch von Maastricht
Kein Schilter entwürfe ihn baß.

Die Schilder waren also auch Maler, wie ja heute noch im Niederländischen schilderen malen heißt und das gleichlautende hochdeutsche Wort diese ursprüngliche Bedeutung in übertragenem Sinne bewahrt. Die Schildmacher verstanden sich auf ritterliche Darstellungen und wußten solche auch an andrer Stelle als auf dem beschränkten Raum eines Rüststückes auszuführen. In mittelalterlichen Zunftordnungen werden die Schilder unter der Gesamtbezeichnung Maler mit einbegriffen; zum Unterschied von ihnen werden die andern, hauptsächlich für Kirchen arbeitenden Maler „geistliche Maler“ genannt. Daß die Schilder auch aus denjenigen Arbeiten, welche die eigentliche Aufgabe ihres Handwerks bildeten, wahre Kunstwerke zu machen wußten, beweisen die Kampfschilde aus dem 13. und 14. Jahrhundert, welche sich in der Elisabethkirche zu Marburg erhalten haben (Abb. 244).

Der Schild war ein so wichtiges Waffenstück, daß auf seine Ausschmückung von jeher der größte Wert gelegt wurde, besonders aber in der gotischen Zeit, als die ganze ritterliche Ausrüstung einen staunenswerten Aufwand zur Schau trug. Ungefähr gleichalterig mit der Gotik ist die Heraldik (Heroldskunst oder Wappenlehre). In der Hohenstaufenzeit war der Gebrauch von Helmen aufgekommen, welche das ganze Gesicht verbargen, und um sich im Turnier und im Ernstkampfe kenntlich zu machen, wählten die Ritter bestimmte Abzeichen, welche sie auf dem Schilde, später auch auf dem Wappenrock und den Pferdedecken, anbrachten. Seit dem Anfange des 13. Jahrhunderts etwa wurde es gebräuchlich, daß diese Abzeichen sich vererbten, daß sie nicht mehr einer einzelnen Person, sondern ganzen Familien angehörten. Es bildeten sich nun feste Regeln aus, nach denen die betreffenden Figuren in übereinstimmender Weise und leicht erkennbar gezeichnet wurden. Die Tierfiguren, die hier eine große Rolle spielten, wurden, da man sie nicht als wirkliche Tiere, sondern eben nur als heraldische Zeichen auffaßte, rein ornamental in prachtvollem Linienzuge über die Fläche des Schildes ausgebreitet. Alle Zwischenräume zwischen den eigentlich bedeutsamen Wappenzeichen wurden mit zierlichem Rankenwerk ausgefüllt, in das wohl kleine Figürchen von allerlei Art eingeflochten wurden. Auch wo die heraldischen Zeichen bloß in einfachen Einteilungen der Schildfläche, in Balken, Quadrierungen und dergleichen bestanden, wurden die verschiedenfarbigen Felder durch verschiedenartige Ziermuster belebt; völlig leere Flächen duldete die an künstlerischen Reichtum gewöhnte Zeit auch auf dem Schilde nicht. Da die Malereien auf den Schilden dem Verblassen durch Sonnenschein und Regen ausgesetzt waren, so wurden sie häufig, damit die Erfindung des Künstlers bei einer etwaigen Auffrischung der Farben gewahrt bleibe, plastisch vorgearbeitet (Abb. 244): der Kreidegrund, mit dem man das über den hölzernen Kern des Schildes gespannte Leder behufs Aufnahme der Farbe überzog, wurde sehr dick aufgelegt, bisweilen noch durch mehrere Leinwandschichten verstärkt, und in dieser Masse wurde, solange sie naß war, das Bildwerk aufs sorgfältigste in flachem Relief modelliert, bevor man die Farben aufsetzte. Die Schaffenslust der Künstler bedeckte auch die Innenseiten der Schilde mit leicht aufgemaltem Zierwerk und selbst kleinen Figurenbildchen.

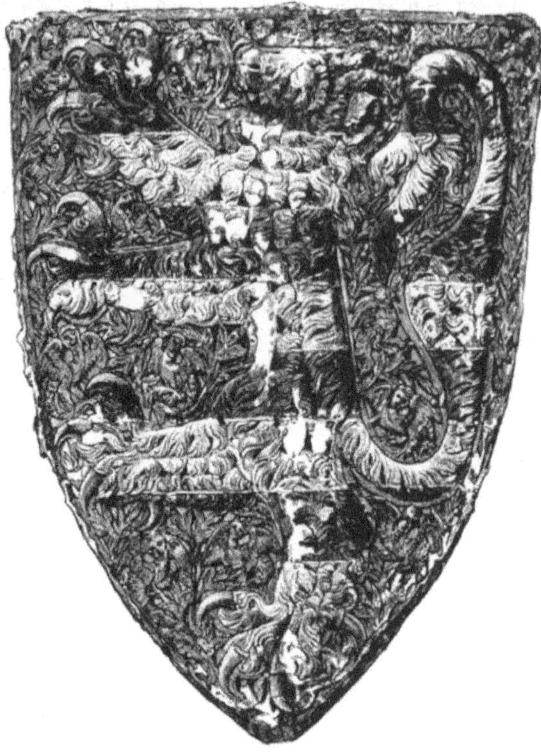

Abb. 244. Kampfschild Heinrichs des jüngeren von Hessen († 1298) in der Elisabethkirche zu Marburg.

Das blaue Feld, in welchem der rot und weiß gestreifte Löwe steht, ist aus durchbrochenem Rankenwerk mit kleinen Fabeltieren gebildet, in dessen Zwischenräumen das stark vergoldete Leder des Untergrundes durchscheint.

Es war die Bestimmung der Schilde, verhauen und verstochen zu werden. Sie hielten selten lange, sie mußten in jener kampflustigen Zeit fast ebenso oft erneuert werden wie die Kleider und waren wie diese der Mode unterworfen. Bald sehr auffallend, bald fast unmerklich, aber für ein geübtes Auge immer wahrnehmbar, sind die Veränderungen, welche die Form des Schildes vom 13. bis zum 15. Jahrhundert durchmachte. Dadurch erhalten die in der gotischen Zeit so vielfach angebrachten Wappen, welche stets den wirklichen Kampfschilden nachgebildet wurden, für die Kunstgeschichte noch eine besondere Bedeutung, indem sie einen untrüglichen Anhalt gewähren, um die Entstehungszeit des betreffenden Werkes zu bestimmen.

Erhaltene wirkliche Schilde gehören zu den allergrößten Seltenheiten. Die Marburger Schilde verdanken ihre Erhaltung der Sitte, daß die vornehmen Herren, welche in der Elisabethkirche das Ordenskreuz nahmen, ihre Schilde mit den früher geführten weltlichen Wappenzeichen im Gotteshause niederlegten.*)

Die ältesten Statutenaufzeichnungen einer St. Lukasbruderschaft sind diejenigen der Malerzeche (Zeche heißt soviel wie Versammlung) zu Prag, welche im Jahre der Gründung dieser Genossenschaft von Malern und Schildern (1348) niedergeschrieben wurden. Dieselben enthalten noch keinerlei auf das Handwerk

*) Im 15. Jahrhundert, als die vollständige Plattenpanzerung durchgeführt wurde, verloren die Schilde ihre Bedeutung als Schutzwaffe; im Krieg wurden sie kaum noch getragen; sie dienten hauptsächlich bei den Kampfspielen als Erkennungszeichen. In dem Sinne von Erkennungszeichen übertrug sich das Wort Schild nun auch auf die bemalten Tafeln, welche an den Häusern — anfangs auch meist in Schildesform — angebracht wurden und entweder ein vom Besitzer nach irgend welchen Rücksichten gewähltes Sinnbild enthielten oder auf das in dem betreffenden Hause betriebene Gewerbe hinwiesen. Erst eine spätere Zeit hat es für nötig befunden, die an sich ganz unbegründete Unterscheidung von „der Schild“ und „das Schild“ aufzubringen.

bezügliche Bestimmungen, sondern sind eben nur die Satzungen einer religiösen Vereinigung, die auf Eintracht und eine gewisse Disziplin unter ihren Mitgliedern hält; Sankt Lukas wird zum Patron erwählt darum, „daß er der erst ist gewest, der je Unser Frauen Bild gemalt hat". Erst im folgenden Jahrhundert wurden eigentlich zünftige Satzungen in das Buch eingetragen, das übrigens auch dadurch interessant ist, daß in einem Verzeichnis von Mitgliedern, welche an einem bestimmten Tage ihren Beitrag bezahlt haben, an erster Stelle Meister Theodorich genannt wird.

Ausführliche Belehrung über die Anforderungen, welche eine St. Lukaszeche an diejenigen stellte, die sich als Meister niederlassen wollten, geben uns die Wiener Zunftordnungen, welche vom 14. bis ins 16. Jahrhundert reichen. Die älteste Fassung dieser Satzungen, deren Entstehungszeit der Stadtschreiber, der im Jahre 1430 die bestehenden Ordnungen aus älteren Stadtbüchern zusammentrug und in dem noch heute vorhandenen Buche niederschrieb, nicht mehr bestimmen konnte, ist sehr kurz. Von jedem neu anziehenden Schilder oder geistlichen Maler, der in Wien sein Gewerbe als Meister betreiben will, wird der Nachweis gefordert, daß er sich an seinem früheren Aufenthaltsorte ehrbarlich verhalten habe; er muß — was übrigens alle städtischen Zünfte verlangten — verheiratet sein und das Bürgerrecht gewinnen. Zwei oder mehr Meister sollen aus der Zunft erwählt und vom Rat bestätigt werden, welche die Schilderarbeiten zu beschauen haben, „und so sie ein falsch ungerecht Werk finden, das soll man verbrennen, auf daß Herren, Ritter und Knecht damit nicht betrogen werden". In der zweiten Fassung vom Jahre 1410 werden bestimmte Meisterstücke zum Beweise der Kunst vorgeschrieben. Wer im Schildwerk Meister werden will, soll eigenhändig binnen sechs Wochen einen Stechsattel, ein Brustleder (des Pferdes), einen Roßkopf (Stirnschutz des Pferdes) und einen Stechschild machen; das sollen die Meister gemeinschaftlich beschauen, „damit sie auch erkennen, ob er des Werks Meister sein mag oder nicht, wie das von alters Herkommen ist, und ob er auch das malen kann, wie es Herren, Ritter oder Knechte von ihm fordern". Ein geistlicher Maler soll eine Tafel von einer Elle Länge mit pruniertem (geglättetem) Golde zubereiten und soll darauf binnen drei Wochen ein Bild mit eigner Hand malen. Im Jahre 1446 wird noch bestimmt, daß die Meisterstücke Eigentum der Zeche St. Lukas werden sollen, oder ihr Urheber löse sie mit einem ungarischen Gulden. Wo eine ungenügende Arbeit gefunden wird, oder so einer schlechtere Arbeiten anfertigt und feil hält, als er in seinem Probestücke gewiesen hatte, solche Arbeiten sollen zum Besten der Stadt beschlagnahmt werden; wenn aber einer sagt, er sei ungerecht beurteilt worden, so soll ihm gestattet sein, in Gegenwart aller andern Meister sein Werk nochmals prüfen zu lassen.

Die Tafelmalerei war jetzt der vornehmste Zweig der Malerkunst. Die Wandmalerei fand in den gotischen Kirchen nicht mehr die breiten Flächen, welche der romanische Stil ihr gewährt hatte; sie hatte hier auch nicht mehr die selbständige Bedeutung wie früher, sie war nur ein untergeordneter Schmuck

Abb. 245a. Eine Kappe aus dem Gewölbe der Deutschordenskapelle zu Ramersdorf (im Siebengebirge): Gruppe der Verdammten aus der Darstellung des jüngsten Gerichts.
Nach E. aus'm Weerth, Wandmalereien des Mittelalters.

Abb. 245b. Die anstoßende Gewölbekappe mit der Darstellung der Seligen am Tage des jüngsten Gerichts (Gruppe von Handwerkern, welche durch einen Engel in den Himmel geleitet werden).
Aus E. aus'm Weerth, Wandmalereien des Mittelalters.

des Bauwerks. Die vorhandenen Reste von Wandgemälden gotischen Stils zeigen daher im allgemeinen keinen Fortschritt gegen die ältere Zeit. Sie sind durchgehends sehr handwerksmäßig ausgeführt, es fehlt der feine künstlerische Sinn in der Verteilung der Farbenmassen und es stellt sich daher häufig eine gewisse Buntheit ein; die weich geschwungenen Bewegungen lassen die kraftvolle Majestät der romanischen Werke vermissen.

Eines der besten und umfangreichsten unter den Werken der gotischen Wandmalerei, die sich bis in unser Jahrhundert erhalten haben, befand sich in der Deutschordenskapelle zu Ramersdorf im Siebengebirge; dasselbe konnte indessen nicht erhalten werden, als die Kapelle, ein schönes Werk des rheinischen Übergangsstils, auf den Friedhof zu Bonn übertragen wurde. Kopien dieser anscheinend im Anfang des 14. Jahrhunderts entstandenen Bilder, welche, über die Wände und sämtliche Gewölbe ausgebreitet, die christliche Heilslehre in gedrängter Übersicht schilderten, werden im Kupferstichkabinett des Berliner Museums aufbewahrt; sie zeigen im allgemeinen noch große Ähnlichkeit mit den romanischen Wandmalereien der niederrheinischen Gegenden, nur herrscht eine bald mehr bald weniger glücklich zum Ausdruck kommende Neigung für das Anmutige vor, die weibliche Figuren besser gelingen läßt, als männliche. Bemerkenswert ist die Darstellung des jüngsten Gerichts, weil sie ein Denkmal der demokratischen Gesinnung ist, die im 14. Jahrhundert in den Zünften lebte und die erbitterten Zunftkämpfe hervorrief: unter den Begnadeten, die ins Paradies eingehen, erblickt man außer einem Bischof nur Handwerker mit ihren Werkzeugen, denen sich ein Bauer mit dem Dreschflegel anschließt; in die Krallen des Teufels werden dagegen ein fürstlicher Herr, zwei gekrönte Frauen, zwei Nonnen und ein Mönch getrieben (Abb. 245a und b).

Abb. 246. Heraldische Holzschnitzerei aus spätgotischer Zeit in der Marienkirche zu Lübeck.

Die Tafelmalerei war derjenige Kunstzweig, der sich in der Zeit der Gotik am freiesten entwickelte, der sich auch am frühesten von dem Stilzwang, den die gotische Architektur ausübte, unabhängig machte. Wenn auch die Altaraufsätze, welche die Bilder als Rahmen umgaben, sich in den reichsten Architekturformen aufbauten, so waren doch die Bildtafeln selbst viereckig, und namentlich die großen Mittelbilder der Flügelaltäre gaben Gelegenheit zur Ausarbeitung von Kompositionen, welche sich nach den eignen Gesetzen der Malerei richteten, anstatt auf Bündelpfeiler und Spitzbogen in der Linienführung und Massenverteilung Rücksicht zu nehmen. Bei der Ausführung dieser großen Altarwerke vereinigte sich die Kunst des Malers mit der des Bildschnitzers. Häufig war ein und derselbe Meister Maler und Schnitzer zugleich. Aber auch wo dies nicht der Fall war, trat ein inniges Wechselverhältnis zwischen den beiden zusammenwirkenden Künsten ein: die Schnitzerei schuf Kompositionen, welche gewissermaßen nur plastisch ausgeführte Gemälde waren, und die Malerei hinwiederum wurde von jener insofern beeinflußt, als sie, um neben ihr überhaupt zur Geltung zu kommen, die kräftigste körperhafte Wirkung anstreben mußte.

Die Bildschnitzer gehörten anfänglich zur Zunft der Tischler, welche ebenso gut wie die Schmiede ihren für den alltäglichen Gebrauch bestimmten Erzeugnissen ein schönes und stilvolles Ansehen zu geben wußten (Abb. 247). Später aber schlossen sie sich meistens den Malern an. In dem Prager Bruderschaftsbuch erscheinen sie schon zur Zeit des Meisters Theodorich als Mitglieder der St. Lukaszeche. In Straßburg stritten sich im Jahre 1427 die Maler mit der Zunft der Wagner und andern Holzarbeitern um die Zugehörigkeit der Schnitzer; der Streit wurde zu gunsten der ersteren entschieden, „weil Bildschneider immer und immer mit ihnen gedient hätten und sie auch zusammen gehörten, und kein Bildschneider noch Bossenhauer (Bosse oder Posse heißt soviel wie Puppe, kleine Figur) ohne den Maler Nützes schüfe“.

Abb. 247. Gotische Tischlerarbeit: Wandschränkchen aus dem 15. Jahrhundert.
(Im Kunstgewerbemuseum zu Berlin.)

Von der hohen Kunstfertigkeit der Schnitzer legt manches prächtige Chorgestühl ein glänzendes Zeugnis ab. Zur Ausführung lebensgroßer freistehender Figuren erhielten dieselben Gelegenheit durch den seit dem 13. Jahrhundert häufig werdenden Gebrauch, auf einem zwischen Schiff und Chor quer durch die Kirche gespannten reichverzierten Balken das Bild des Gekreuzigten zwischen Maria und Johannes aufzustellen. Gleich der Steinbildhauerei brachte auch die Holzbildhauerei ihre künstlerisch vollendetsten Werke in einer Zeit hervor, welche dem spätromanischen Zeitalter noch nicht allzufern lag; das zu dem Celebrantenstuhl in der Elisabethkirche zu Marburg gehörige kleine Standbild der heiligen Elisabeth (erste Hälfte des 14. Jahrhunderts) ist eine der bewunderns- würdigsten Figuren, welche das Mittelalter geschaffen hat (Abb. 248). In der späteren Zeit trat an die Stelle der edlen Natürlichkeit eine gesuchte Zartheit in Bewegung, Ausdruck und Formen bei den weiblichen, eine trockene Härte bei den männlichen Gestalten. Manches gotische Christusbild hält nicht im entferntesten einen Vergleich aus mit den Bildern des Gekreuzigten zu Wechselburg und zu Naumburg, oder selbst mit einem viel älteren Werke, dem noch von einem Hauche antiker Kunst übergossenen elfenbeinernen Kruzifix aus der Zeit Kaiser Heinrichs des Heiligen im Dom zu Bamberg. Die Gewänder wurden immer mehr in scharfkantige eckige Falten gebrochen, in Übereinstimmung mit den scharfen Formen der architektonischen Zierkunst und in Nachahmung der im 14. und 15. Jahrhundert von der Mode besonders bevorzugten Atlas- und Sammetstoffe, aber nicht immer zu gunsten der Schönheit und Wahrheit (Abb. 249). In der Schlußzeit des gotischen Stils endlich folgte die Schnitzkunst den Fortschritten der Tafelmalerei, welche den Beginn eines neuen Kunstzeitalters einleiteten. — In vollendet mustergültiger Weise wurde stets das Zierwerk ausgeführt, sowohl die der großen Architektur entliehenen Gebilde von Maßwerk, Fialen, Wimbergen u. dergl., als auch die Blattornamente, die in der Frühzeit und in der Blütezeit der Gotik natürliches Laub in schönster Stilisierung wiedergaben, später wiederum in ganz unnatürliche, aber überaus geschmackvoll bewegte und durcheinander geschlungene Formen übergingen, die ihr Vorbild in Lederarbeiten gehabt zu haben scheinen (Abb. 246).

Abb. 248. Die hl. Elisabeth. Holzschnitzwerk in der Elisabethkirche zu Marburg. (1. Hälfte des 14. Jahrh.)

Als ein in seiner Art einziges Prachtstück mag der große Kronleuchter in der St. Nikolai-Pfarrkirche zu Kalkar die Kunstfertigkeit und den unübertrefflichen Ziergeschmack der Bildschnitzer und zugleich der Schmiede in der spätesten Zeit der Gotik veranschaulichen (Abb. 250). Diese Krone wurde in den Jahren 1508—11 von zwei Meistern aus Wesel angefertigt, von dem Schmied Faber und dem Holzschnitzer Heinrich Bernts; der letztere hatte unmittelbar vorher eine glänzende Probe seiner Erfindungsgabe und seines Könnens abgelegt, indem er für die nämliche Kirche das herrliche, gleichfalls noch dort befindliche Chorgestühl lieferte. Die sechs in prächtigem Linienzuge geschwungenen Eisenarme des Leuchters, die ursprünglich nur je einen Lichthalter trugen — je fünf weitere sind später hinzugefügt worden —, gehen von einem hölzernen Knaufe aus, der in Nischen Figuren beherbergt: einerseits den Stammvater Jesse, anderseits den

Abb. 249. Holzgeschnitzte Madonna. (Ende des 15. Jahrhunderts.)

Aus der Kirche zu Herne (Westfalen). An der Krone sind die großen Blätter abgebrochen.

Evangelisten Matthäus, dazwischen Propheten. Auf dem Knauf steht überlebensgroß die Himmelskönigin, „mit der Sonne bekleidet und den Mond zu ihren Füßen“ (Offenb. Joh. 12, 1); schwebende Engel halten über ihrem Haupt die Sternenkrone und noch weiter oben erscheinen Gott Vater und der Heilige Geist. Zu beiden Seiten wächst, vom Schoße des Jesse ausgehend, als prächtige Umrahmung des Muttergottesbildes der Stammbaum Christi empor, in Gestalt eines verschlungenen Rankenwerks, daß die Halbfiguren der Könige von Juda einschließt, — ein wunderbares Meisterwerk spätestgotischer Zierkunst.

Bei den großen Altarwerken wurden häufig die Hauptdarstellungen geschnitzt und die Malerei nur an weniger bedeutungsvoller Stelle, an den Außenseiten der Flügel, angewendet, während in andern Fällen hingegen sämtliche Bilder gemalt wurden und die Schnitzkunst auf die Umrahmung beschränkt blieb. Sehr beliebt war auch die Anordnung, daß das Mittelbild in der wirkungsvolleren Kunst des Schnitzers ausgeführt, die Seitenbilder daneben aber gemalt wurden (Abb. 251).

Die Farbe wurde bei den Schnitzwerken nicht unmittelbar auf das Holz, sondern auf einen darüber gestrichenen Kreidegrund aufgetragen. Durch sehr reichliche Verwendung des Goldes, nach dem sie die übrigen Farbentöne stimmten, wußten die Bildschnitzer ihren Arbeiten eine überaus prächtige Farbenwirkung zu geben.

Besondere Erwähnung verdient ein Altarwerk in der Kirche zu Tiefenbronn (zwischen Pforzheim und Weil), sowohl wegen seiner Schönheit als auch wegen der merkwürdigen daran befindlichen Künstlerinschrift. „Schrie kunst, schrie und klag dich ser, din begert jectz niemen mer. So o we! 1431. Lucas Moser, maler von wil (Weil), maister des werx. bit Got vir in!“ lautet die letztere. Der Altar ist der heiligen Maria Magdalena geweiht. Eine den ganzen Schrein umgebende spitzbogige Tafel und die Außenseiten der Flügel zeigen verschiedene auf Goldgrund gemalte Vorgänge aus dem Leben Magdalenas und ihrer Geschwister Martha und Lazarus nach der Heiligen Schrift und nach der Legende; auf der Staffel oder Predella (Untersatz) des Schreins erscheint Christus zwischen den klugen und thörichten Jungfrauen. Geöffnet zeigen die Flügelthüren die gemalten Figuren der Martha und des Lazarus, und zwischen ihnen breitet sich das durch große Anmut ausgezeichnete geschnitzte Hauptbild aus, welches die von ihrem langen Haar umwallte Büßerin zeigt, wie sie durch Engelscharen der Erde entrückt wird. — Daß ein Künstler, der so gut zu malen und zu schnitzen verstand, wie es das Werk beweist, sich veranlaßt sah, jenen schmerzlichen Notschrei der Nachwelt zu überliefern, erscheint für jene sonst so kunstfreundliche Zeit sehr befremdlich.

Ein Gewerbe, das sich ganz regelmäßig den Genossenschaften der Maler und Schilder anschloß, war dasjenige der Glaser. Unter diesen bestand ein Unterschied zwischen denjenigen, welche schlechtweg Glaser genannt wurden, d. h. den Glasmalern, und den „schlechten (d. i. einfachen) Glasern, die gebranntes Werk nicht können". Die Wiener Zunftordnung von 1410 bestimmt das Meisterwerk der ersteren wie folgt: „Ein Glaser soll machen ein Stück, eine Kaufelle lang, von Glaswerk mit Bildern, das soll darin gebrannt sein, und das mit seiner eignen Hand; das soll er thun in vier Wochen."

Abb. 250. Der Muttergotteskronleuchter in der St. Nikolai-Pfarrkirche zu Kalkar.
Angefertigt 1508—1511 von Meister Heinrich Bernts aus Wesel; die schmiedeeisernen Arme von Schmied Faber zu Wesel.

Als „der beste Meister der Welt" im Fache der Glasmalerei wurde in der ersten Hälfte des 15. Jahrhunderts ein Lübecker Meister gepriesen, Franz, Sohn des Dominicus Livi aus Gambassi, ein Italiener von Geburt, aber in Lübeck aufgewachsen und in der Kunst unterrichtet. Als seine Werke gelten die aus der Dominikanerkirche stammenden Fenster der Marienkirche zu Lübeck, die sich durch eine große Schönheit der Formengebung auszeichnen. Im Jahr 1436 wurde der Meister, nachdem sich derselbe eine Zeit lang in Schottland aufgehalten hatte, nach Florenz berufen, um daselbst unter sehr ehrenvollen Bedingungen die Verglasung der Domfenster auszuführen.

Bei der Riesengröße der gotischen Fenster spielte die Glasmalerei die Hauptrolle in der farbigen Ausschmückung der Kirchen; sie übertraf auch alles andre an Farbenpracht. Daher übten ihre Werke lange Zeit hindurch großen Einfluß auf die

Abb. 251. Altaraufsatz aus der Mitte des 15. Jahrhunderts (vollendet 1455) mit geschnitztem Mittelschrein (Darstellungen aus der St. Georgslegende) und gemalten Flügeln (Legende der hl. Ursula).

In der St. Nikolai-Pfarrkirche zu Kalkar.

übrigen zeichnenden Künste aus: bei Wand- und Miniaturmalereien liebte man bis weit in das 14. Jahrhundert hinein starke dunkle Umrißlinien, die ihr augenscheinliches Vorbild in der Verbleiung farbiger Fenster haben.

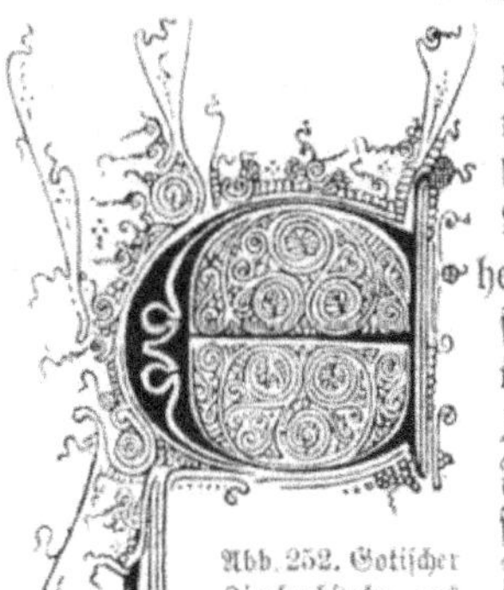

Abb. 252. Gotischer Zierbuchstabe aus dem Brevier Balduins von Lützelburg, Erzbischofs von Trier, auf der Gymnasialbibliothek zu Koblenz. Anfang des 14. Jahrhunderts.

Ehe die Tafelmalerei einen höheren Flug begann und infolgedessen die Führerschaft der verwandten Künste übernahm, stand die Miniaturmalerei, die in der gotischen Zeit sehr fleißig geübt wurde, auch in Bezug auf die Farbengebung unter dem Einfluß der Glasmalerei. Sie suchte es dieser gleich zu thun, indem sie die kräftigsten Farben zwischen die schwarzen Umrisse setzte; da ihr aber das vermittelnde Element des gleichmäßig durchstrahlenden Lichtes fehlte, bekamen ihre Werke auf diese Weise häufig eine sehr grelle, durch die in der gotischen Zeit herrschende Neigung zur Buntheit noch gesteigerte unruhige Wirkung. In den Hintergründen verdrängten dabei mehr und mehr farbige Teppichmuster den ruhigen einfachen Goldgrund. Gegen das Ende des 14. Jahrhunderts aber trat ein völliger Wandel des Geschmacks in der Buchmalerei ein. Dieselbe folgte jetzt nicht mehr der Glasmalerei, die ja in dieser Zeit entschiedene Rückschritte machte und in ihren Erzeugnissen mitunter so kleinlich und unruhig wurde, daß es langen und eingehenden Betrachtens bedarf, um die Darstellungen überhaupt nur entwirren zu können, sondern der aufblühenden Tafelmalerei. Ähnliche Werke wie in Böhmen unter Karl IV. entstanden bald auch in andern Gegenden, namentlich am Niederrhein. Die sichtbaren Umrißlinien verschwanden gänzlich; die Farben blieben sehr kräftig, aber zarte Schattierungen, welche die Formen körperhaft rundeten, brachten eine harmonische Stimmung in das Ganze. In bisweilen unglaublich kleinen Verhältnissen, mit Vorliebe eingeengt in den Zwischenraum eines Buchstabenkörpers, wurden vollständig abgerundete Bildchen von großem Reiz in wunderbar sauberer und sorgfältiger Ausführung gemalt. Die Verfertiger dieser kleinen Gemälde, die Illuminatoren oder Illuministen, traten, sofern sie nicht Geistliche waren, gleichfalls den St. Lukasgilden bei. Ihre Arbeiten waren sehr gesucht und wurden mit Preisen bezahlt, die für damalige Verhältnisse ganz außerordentlich hoch sind.

Eines der schönsten Miniaturwerke der gotischen Zeit, das in der Königlichen Bibliothek zu Berlin befindliche in niederdeutscher Sprache geschriebene Gebetbuch der Herzogin Maria von Geldern, nennt einen Geistlichen, den Bruder Helmich, regulierten Chorherrn zu Marienborn (bei Arnheim) als seinen Verfertiger, das Jahr 1415 als dasjenige der Vollendung. Überwiegend aber lag auch die Buchmalerei jetzt in den Händen zünftiger Meister. Die Nachfrage nach gemalten Büchern, nicht nur nach Gebetbüchern und Bibeln, sondern auch nach Ritterromanen und andern Dichtungen, war seit der Hohenstaufenzeit auch in Laienkreisen groß geworden, und es bildete sich sogar schon eine Art von Buchhandel aus.

Mehrere unvollendet gebliebene Bücher gewähren uns einen Einblick in den Gang ihrer Entstehung. Zuerst stellte der Schreiber den Text fertig, mit Aussparung der Räume für die verzierten Anfangsbuchstaben und für die Bilder; die ersteren merkte er dabei, um Irrungen zu verhindern, durch ganz kleine Buchstaben vor, welche sich durch Wegradieren oder Übermalen leicht beseitigen ließen. Darauf zeichnete der Rubrikator die kleineren Zierbuchstaben in Rot und Blau, und umgab und füllte dieselben durch mit der Feder gezogenes Schnörkelwerk (s. Abb. 189, 196, 198, 213, 225, 252 u. a.); die reichen und geschmackvollen Linienzüge wurden bisweilen mit solcher Feinheit ausgeführt, daß selbst ein sehr gutes Auge das Vergrößerungsglas zu Hülfe nehmen muß, um diesen Proben einer beneidenswerten Sehkraft in alle Einzelheiten zu folgen. Jetzt erst kam das Buch in die Hände des Illuminators, der die größeren, mit Blattwerk geschmückten Anfangsbuchstaben, die Rankengewinde der Randverzierungen und die Bilder zu malen hatte. Die Bilder zeichnete der Meister zuerst mit der Feder vor. Dann wurden die Lokaltöne aufgetragen, zuerst im Hintergrunde, dann in den Figuren, und zwar wurden mit jedem Tone gleich auf mehreren Bildern die betreffenden Stellen angelegt. Diese den Geist wenig in Anspruch nehmende Arbeit wurde wohl meistens den Gesellen übertragen, und diesen widerfuhr bisweilen das Menschliche, daß sie die Vorzeichnung des Meisters nicht verstanden und bei verwickelten Kompositionen über die Zusammengehörigkeit von Körpern und Gliedmaßen ins unklare gerieten; es fehlt nicht an Beispielen derartiger Mißverständnisse und Flüchtigkeiten. Zuletzt führte der Meister die Modellierungen aus und zeichnete mit bewundernswürdiger Sicherheit die Gesichter auf den nur in den allgemeinen Umrissen eines Antlitzes hingestrichenen Fleischton.

In dem Maße wie die Bücher häufiger wurden, nahm die stoffliche Kostbarkeit ihrer Einbände ab. Aber künstlerisch wertvoll wurden die Buchdeckel noch immer hergestellt, und die Buchbinder, welche Lederdecken mit hochgetriebenem Bildwerk, in geschnittener und gepreßter Arbeit auf das reichste und schönste zu schmücken wußten, bildeten mit vollem Rechte einen Bestandteil der St. Lukasgilden.

Vollständig hörte indessen die Sitte, die Buchdeckel mit Edelmetall zu bekleiden, nicht auf. In der früheren gotischen Zeit fertigten die Goldschmiede gelegentlich noch silberne Prachteinbände an, die, mit figürlichem Bildwerk, mit reichen Architekturen und schönem Laubwerk in blühender Formenfülle bekleidet, den Vergleich mit dem Besten, was jemals auf diesem Gebiete geschaffen wurde, nicht zu scheuen brauchten. Ganz vereinzelt wurden selbst in der Spätzeit des 14. Jahrhunderts noch silberne Buchdeckel ausgeführt Diese besitzen freilich nicht mehr den Reiz der älteren, da ihnen das freie Zierwerk fehlt; statt dessen sind die baulichen Schmuckformen um so wirksamer zur Geltung gebracht: nicht in halberhabener Arbeit hergestellt, sondern ganz freistehend und durchbrochen breiten sich die kleinen Gehäuse und die mitunter weit hervortretenden Baldachine vor und über den fast vollrund gearbeiteten Figuren aus (Abb. 253). Beliebter als die ganz metallenen Deckel wurde nunmehr eine Verzierung der Bucheinbände mit ganz durchbrochenen Silberbeschlägen, die sich von einer Unterlage aus dunkelfarbigem Sammet wirkungsvoll abhoben.

Die Thätigkeit der Goldschmiede wurde von dem ungeheuren Aufwand des 14. und 15. Jahrhunderts so sehr in Anspruch genommen, daß dieses Gewerbe

Abb. 253. Vorderdeckel eines Evangelienbuches aus vergoldetem Silber im Domschatz zu Limburg a. d. Lahn 1380.

in manchen Städten stark genug war, um eine eigne Zunft zu bilden. Häufiger aber traten auch sie den von den Malern gegründeten Vereinigungen bei.

Die glänzende Entwickelung der Goldschmiedekunst in der romanischen Zeit hatte zur Folge, daß diese Kunst im allgemeinen verhältnismäßig lange an den älteren Formen festhielt. So ist der im Jahre 1264 angefertigte Reliquienschrein des heiligen Suitbert in der Kirche zu Kaiserswerth in der Hauptsache noch völlig romanisch; nur die Laubkapitäle der Säulchen, die Krabben der Giebel und die Knäufe des Dachfirstes sind ausgesprochen gotisch (Abb. 254). Im 14. Jahrhundert nahmen die Goldschmiede dafür um so vollständiger die Formen der gotischen Baukunst an, ihre Werke wurden von diesen vollkommen beherrscht. Die baulichen Schmuckgebilde erschienen zur verkleinerten Wiedergabe in Edelmetall besonders geeignet. Die Gesetze der Maßwerkbildung boten sich fast von selbst für durchbrochene Arbeit dar, und auch in der Flächenausschmückung wurde die Verzierung durch geometrisch konstruiertes Leistenwerk bald so beliebt, daß sie die Anwendung des schönen naturähnlichen Laubwerks, das die Goldschmiedekunst in der Frühzeit der Gotik mit begreiflicher Freude aufnahm, allmählich beiseite drängte, bis in der Folgezeit das derbere spätgotische Blattwerk sich wieder bereichernd zu den geometrischen Bildungen gesellte. Es sind zahlreiche prachtvolle Gold- und Silberarbeiten aus dem 14. und 15. Jahrhundert erhalten, die durch die geschmackvolle Anordnung der Stab- und Maßwerk- und Paßverzierungen, in Verbindung mit Wappen- oder Figurenschmuck, sich als mustergültige Schöpfungen des feinsten künstlerischen Gefühls darstellen. Vielfach aber begnügte sich die Goldschmiedekunst nicht damit, daß sie ihre Verzierungsweise aus den Stilgesetzen der Baukunst herleitete, sondern sie ging so weit, daß sie fast bis zur Außerachtlassung der eignen, durch Stoff und Zweck der von ihr hergestellten Gegenstände bedingten Stilgesetze der Baukunst folgte, daß sie ihre Werke aus rein baulichen Formen sozusagen baute. Bei manchen Aufgaben

Abb. 254. Reliquienschrein des heil. Suitbert in der Stiftskirche zu Kaiserswerth.

Abb. 255. Schrein des heil. Emmeram vom Jahre 1423 in St. Emmeram zu Regensburg.
Der Kern dieses Schreins besteht aus Kupfer, während die Figuren und die ornamentale Bekleidung in Gold und Silber getrieben sind.

lag freilich, wenn einmal die Architektur die Grundlage für die Schmuckbildungen abgab, die Versuchung hierzu ziemlich nahe, so namentlich bei den haus- oder vielmehr kirchenförmigen Reliquienschreinen. Daß auch bei derartigen Werken die Goldschmiede nicht immer dieser Versuchung unterlagen, beweisen manche treffliche Beispiele, wie der schöne, im Jahre 1423 angefertigte Schrein in der St. Emmeramskirche zu Regensburg, der die Gebeine des Namensheiligen dieser Kirche bewahrt (Abb. 255), ein Muster feinster Abwägung des Flächenschmucks in der geschmackvollen Verteilung der freieren Formen reich und malerisch wirkender Büsten und der regelmäßigen Züge geometrisch gefundenen Zierwerks. Anderseits aber finden wir nunmehr nicht selten Reliquienschreine, die so vollständig die große Architektur nachahmen, daß ihnen fast nur die Türme fehlen, um sie als verkleinerte Nachbildungen gotischer Dome erscheinen zu lassen. Ganz regelmäßig wurde ein erst in gotischer Zeit aufgekommener Gegenstand gottesdienstlichen Gebrauchs in den Formen der kirchlichen Steinarchitektur aufgebaut. Es war dies die Monstranz, das stets mit besonderer Pracht hergestellte Gerät, welches seit der Einführung des Fronleichnamsfestes zum feierlichen Umhertragen und Zeigen der geweihten Hostie diente; über einem Fuß und einem zum Anfassen dienenden Knauf gestaltete sich das Gehäuse, welches das in einem Glascylinder eingeschlossene heilige Brot umgab, ähnlich den steinernen Sakramentshäuschen zu einem durchsichtigen Turmbau aus Streben, Bogen, Wimbergen, Fialen, mit Maßwerk, Krabben, Kreuzblumen und Standbildchen geschmückt (Abb. 256). Es ist interessant, daß gelegentlich die Entwürfe zu solchen Goldschmiedearbeiten geradezu von Steinmetzen gemacht wurden: unter den in der Kunstakademie zu Wien aufbewahrten Originalrissen aus der Wiener Bauhütte befinden sich auch derartige Zeichnungen. Alle Wandlungen der Architektur machten jene meist beträchtlich hohen Goldgebäude mit. In der Schlußzeit des 14. Jahrhunderts, der die ältesten vorhandenen Monstranzen angehören — die älteste mit Zeitangabe versehene ist vielleicht die der Pfarrkirche zu Ratingen bei Düsseldorf vom Jahre 1394 —, wurden sie streng nach den Gesetzen der Baukunst hergestellt und bildeten in diesem Sinne ein durchaus einheitliches Gefüge. Nur ein vereinzeltes Beispiel, die vor kurzem aus der Verborgenheit hervorgezogene, ungefähr in der nämlichen Zeit entstandene Monstranz zu Polch auf dem Maifeld läßt unter dem Turmbau noch die Grundgestalt eines Gefäßes erkennen. Später löste sich das verzierende Beiwerk mehr und mehr in selbständigen Bildungen von dem baulichen Gerüst; das letztere wurde überwuchert von Blätterwerk und Blumen, deren Größe in einem seltsamen Mißverhältnis stand zu den zierlich-dünnen Formen einer winzigen Architektur mit ebenso winzigen zu ihr gehörigen Figürchen, die aber anderseits auch wieder durch den Gegensatz zwischen ihren volleren Formen und den durchsichtigen feinen Architekturgebilden die malerische Wirkung des Ganzen wesentlich erhöhten.

Abb. 256. Goldene Monstranz aus dem Domschatz zu Fritzlar. Ende des 15. Jahrhunderts.

Abb. 257. Gotisches Rauchfaß, Erz vergoldet. Aus dem 14. Jahrhundert.

Nachdem die Goldschmiede einmal die Formen der Baukunst aufgenommen hatten und ihren Stolz darein setzten, die scharfe Meißelarbeit in ungeheurer Verkleinerung mit gleicher Schärfe nachzuahmen, beschränkten sie die Verwendung dieser Formen nicht auf Gehäuse (Abb. 256, 257), bei denen dieselben gewissermaßen gerechtfertigt erschienen. Sie gingen mehr und mehr dazu über, alle Geräte und Gefäße mit Maßwerk, Fensterchen, durchbrochenen Giebelchen und Spitztürmchen zu überspinnen. Am wenigsten Gelegenheit zu architektonischer Behandlung bot der Kelch. Doch veränderte auch dieser seine Gestalt in bezeichnender Weise. Seine glatte Schale nahm eine schlankere, mehr geradlinig sich ausweitende Form an, da der Gotik die volle Rundung nicht zusagte; sie ruhte auf einem schlanken Schaft, der aus dem vielblättrigen scharfrippigen Fuß emporstieg, und den ein aus mannigfaltigen Formen zusammengesetzter Knauf umgab (Abb. 258). Das Zierwerk bewegte sich auch hier vorzugsweise in Maßwerkbildungen, und bisweilen konnten die Meister der Gold- und Silberarchitektur es sich nicht versagen, wenigstens den Knauf — recht unbequem für die Handhabung — zu einem niedlichen gotischen Kapellchen auszuarbeiten. Die Vorliebe für die Anbringung der von der Architektur geschaffenen Gebilde ging manchmal ins Ungeheuerliche; so zeigt — um nur ein Beispiel anzuführen — ein Reliquiengefäß, welches Karl IV. im Jahre 1378 der Prager Goldschmiedezunft schenkte, die dem Inhalte, der Mitra des heiligen Goldschmieds Eligius, entsprechende Form einer Bischofsmütze, und diese Mütze ist an den Rändern mit Krabben, an den Spitzen mit Kreuzblumen besetzt.

Abb. 258. Spätgotischer Kelch im Domschatz zu Prag.

Auch bei Gegenständen weltlichen Gebrauchs, in deren Gestaltung die gotischen Goldschmiede übrigens großen Geschmack und fruchtbare Erfindungsgabe an den Tag legten, beherrschten die Formen der Kirchenarchitektur mit Maßwerk und durchsichtigen Spitzbogenbauten die Verzierung.

Welch großartigen Reichtum an künstlerisch verarbeitetem Edelmetall der Bürgerstolz in den Rathäusern zusammenhäufte, davon gibt das Ratssilberzeug der Stadt Lüneburg das glänzendste Beispiel, das jetzt im Kunstgewerbemuseum zu Berlin prangt, ein in seiner Art einzig dastehender Schatz, obgleich der heutige, ungefähr zur Hälfte der gotischen Zeit angehörige Bestand nur etwa ein Siebentel des vor dem dreißigjährigen Kriege vorhandenen ausmacht.

Zur Veranschaulichung des Unterschiedes zwischen frühgotischer und spätgotischer Goldschmiedekunst mag besser als jede Auseinandersetzung der Vergleich zwischen den beiden abgebildeten Krümmungen von Bischofsstäben aus dem Domschatz zu Hildesheim dienen (Abb. 259). Der eine Krummstab ist derjenige des Bischofs Otto I. († 1279); der Silberschmuck der elfenbeinernen Krümmung, welche das Lamm Gottes trägt, beschränkt sich auf die frischen, anmutigen Pflanzenformen der frühgotischen Zierkunst, welche durch gewundene Drähte miteinander verbunden den schlichten Kern begleiten. Der andre zeigt die überreiche architektonische und pflanzliche Umkleidung, welche im Jahre 1492 der Goldschmied Wilhelm Saltjenhusen für den elfenbeinernen Krummstab des heiligen Bernward anfertigte.

15. Jahrh. 13. Jahrh.

Abb. 259. Bischofsstäbe im Domschatz zu Hildesheim.

Abb. 260. Die Bergkanne von 1477 im Rathaus zu Goslar.

Im Gegensatz zu den verhältnismäßig einfachen Bauformen, in denen sich das Weihrauchfaß aus dem 14. Jahrhundert aufgipfelt (Abb. 257), veranschaulicht die goldene Prachtmonstranz der Stiftskirche zu Fritzlar (Abb. 256) den Reichtum einer großen spätgotischen Monstranz; der schöne Kelch aus Prag (Abb. 258) zeigt uns die für die Gotik bezeichnende Gestalt dieses Gefäßes und dessen reiche Ausschmückung in der spätgotischen Zeit. Ein weltliches Prunkgefäß derselben Zeit führt uns die silbervergoldete Kanne der Genossenschaft der Goslarer Bergleute vom Jahre 1477, welche im Rathaus zu Goslar aufbewahrt wird (Abb. 260), vor Augen. Ferner geben mehrere dem 15. Jahrhundert angehörige Hauptprachtstücke aus dem Lüneburger Silberschatz herrliche Beispiele von dem Künstlersinn und dem Handwerksgeschick der deutschen Goldschmiede dieser Zeit: da ist als eins der ältesten Stücke dieses Schatzes der sogenannte Bürgereidskristall, ein streng architektonisch gehaltenes Kästchen, das zur Aufbewahrung einer in Kristall eingeschlossenen Reliquie diente, auf welche die neu aufgenommenen Bürger den Eid ablegten, ein Werk des Lüneburgers Hans Laffer, vom Jahre 1444 (Abb. 261); ferner der sogenannte Achatbecher, ein Gefäß von einer für die Zeit sehr bezeichnenden Gestalt, mit Einsatz von Jaspisstein, ein Geschenk eines Herzogs von Braunschweig, von 1472 (Abb. 262); das kostbar gefaßte Trinkhorn aus Elefantenzahn von 1486 (Abb. 264), und eine der verschiedenen reichverzierten Schalen aus der Schlußzeit des 15. Jahrhunderts (Abb. 263).

Abb. 261. Bürgereidskristall vom Jahre 1444 aus dem Lüneburger Silberschatz.

Reichlicher Juwelenschmuck wurde von der Goldschmiedekunst gotischen Stils verschmäht, sie gefiel sich darin, durch ihre Formen allein zu wirken. Auch Schmelzwerk wurde — mit seltenen Ausnahmen — von ihr nur spärlich angewendet; hauptsächlich diente dasselbe zur farbigen Auszierung der naturähnlichen Blumen, welche namentlich die späteste Zeit liebte. Bisweilen wurden zarte figürliche Schnitzereien in Perlmutter auf Schmelz- oder Goldgrund zum Schmucke reicher Prachtgeräte verwandt.

Die früher so sehr beliebte Verbindung von Elfenbeinarbeiten mit Werken der Goldschmiedekunst kam außer Mode. Dennoch wurde die Elfenbeinschnitzerei jetzt wieder lebhafter betrieben als in der spätromanischen Zeit. Kleine Haus- und Reisealtäre zum Zusammenklappen, Schmuckkästchen und andre gefällige Kleinigkeiten wurden massenhaft aus Elfenbein angefertigt. Die Bearbeitung des schönen und bildsamen Stoffes wurde auch nicht mehr von den Goldschmieden allein geübt. Die Schilder schmückten ihre Pferdesättel mit Elfenbeinbildwerken, die bemalt wurden und gleichsam eine Steigerung der auf dem Leder ausgeführten Malereien bildeten; die Spiegler faßten ihre Spiegel in reliefbedeckte Elfenbeingehäuse; die Armbruster legten ihre Waffen mit Figurendarstellungen aus demselben Stoffe aus. Mehrfach finden wir auch die beiden letztgenannten Gewerbe als Mitglieder der St. Lukasbruderschaften.

Zu den Aufgaben der Goldschmiede gehörte auch das Schneiden der Siegelstempel. Wenngleich die Mehrzahl dieser Stempel ganz handwerksmäßig angefertigt wurde, so finden wir doch auch in ihnen überall einen künstlerisch geregelten Stil in der Anordnung und Ausführung der Figuren von thronenden Fürsten, von Geistlichen im Ornat, von Rittern zu Roß in vollem Waffen-

Abb. 262. Achatbecher vom Jahre 1472 aus dem Lüneburger Silberschatz.

schmuck, von vornehmen Frauen in modischer Kleidung, sowie der Heiligenbilder unter Baldachinen, mit denen die Klöster zu siegeln pflegten, und selbst einfacher Wappen. Bisweilen gestalteten sich aber auch die Stempel zu wahren Kunstwerken von meisterhafter Ausführung, so namentlich die großen Staatssiegel des 15. Jahrhunderts, auf denen der Herrscher abgebildet zu werden pflegte, wie er in majestätischer und doch lebensvoller Haltung auf einem architektonisch aufgebauten und überdachten, mit dem Wappen seiner Länder geschmückten Throne sitzt (Abb. 265).

Eine sehr angesehene Zunft war die der Wappensticker oder Seidennahter, denen die Anfertigung der geistlichen Ornatstücke und der Altarbekleidungen ebensowohl wie die der Wappenröcke und Pferdedecken oblag. Zwar arbeiteten die Klosterfrauen emsig für den Bedarf der eignen Kirchen, und auch in den Burgen des Adels schufen die Damen ebenso unermüdlich wie in früherer Zeit kunstreiche Nadelmalereien; nicht nur aus romantischen Dichtungen, sondern auch aus den Aufzeichnungen der Chronisten erfahren wir, daß die Frauen „die Wappen nähen von Seide“, daß von geliebter Hand gewirkter Helmschmuck das Haupt der Ritter im heißen Kampf umflattert. Aber der Bedarf an kunstvoll gestickten Stoffen war in jener Zeit des verschwenderischen Kleideraufwands so unglaublich groß, daß derselbe nur zum geringsten Teil durch Privatarbeit gedeckt werden konnte. Die Zunft der Wappensticker, bei der dem Anschein nach auch Stickerinnen eingeschrieben wurden, war daher so groß, daß sie in der Regel des Anschlusses an eine größere Genossenschaft nicht bedurfte; suchte sie dennoch einen solchen Anschluß, so fand sie denselben naturgemäß bei den kunstverwandten Schildern und Malern. Letzteres war beispielsweise in Wien der Fall, wo die Satzungen der St. Lukaszeche im Jahre 1446 das Meisterstück folgendermaßen vorschrieben: „Ein Seidennahter soll sticken ein Bild von Seide und ein Bild erhaben ausführen, wie das zu Perlen gehört, jedes anderthalb Spannen lang, und einen Schild verwappnen mit einer Stickerei von Seide in acht Wochen.“

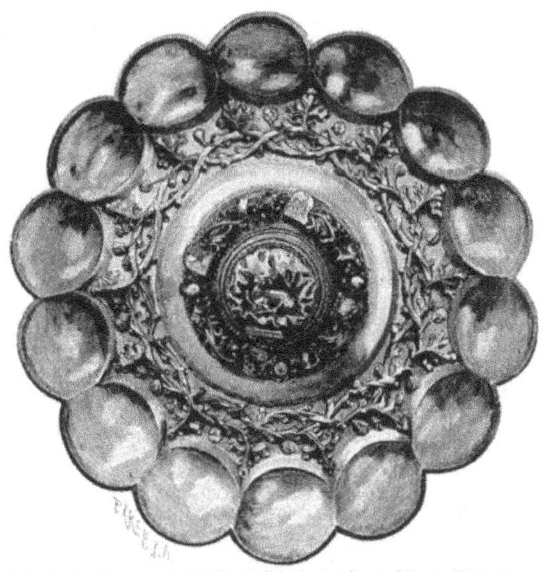

Abb. 263. Silberne Konfektschale (15. Jahrh.) a. d. Lüneb. Silberschatz.

Die in manchen Kirchenschätzen und in Sammlungen noch ziemlich zahlreich erhaltenen Proben gotischer Stickerei geben uns einen außerordentlich hohen Begriff von der Kunstfertigkeit jener Nadelmaler. Die strengen Stilgesetze der Gotik mit ihrer bestimmten Linienführung erleichterten die Darstellung menschlicher Gestalten, und Bilder von wunderbarer Zartheit wurden aus schimmernden Seidenfäden zusammengestochen; die Sticker waren so sicher in der Zeichnung, daß sie sogar die Ausführung von Bildnissen übernahmen. Bei Wappenröcken und Kovertüren (Pferdedecken) mußte natürlich die größte Übereinstimmung mit den Arbeiten der Schilder herrschen, die sich mit denen der Wappensticker zu einem einheitlichen Schmuck für Mann und Roß verbanden. Als eine Überschreitung der natürlichen Grenzen der Stickkunst erscheinen uns heute die namentlich in der späteren Zeit beliebten erhabenen Bildstickereien, „wie das zu Perlen gehört", die vollkommene Reliefarbeiten aus Perlen und Seide zeigen. Befremdlich erscheint es uns auch, daß die starren Formen der Architektur in den weichen Gebilden der Nadelarbeit eine große Rolle spielen.

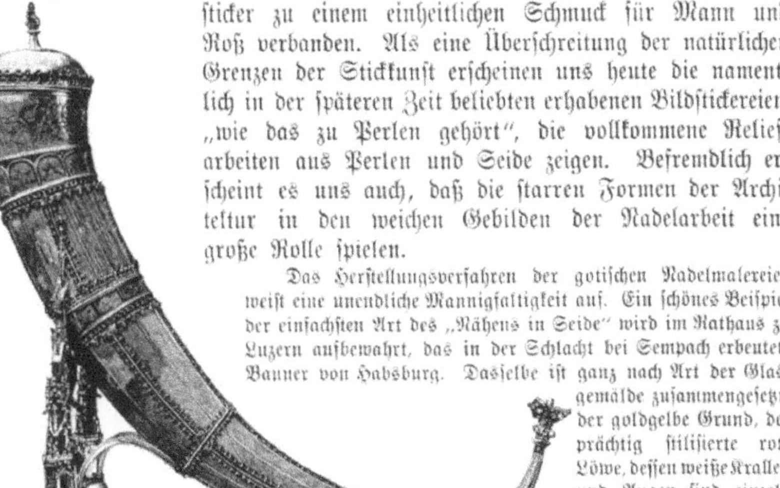

Abb. 264. Trinkhorn vom Jahre 1486, mit Silber beschlagener Elefantenzahn, aus dem Lüneburger Silberschatz.

Das Herstellungsverfahren der gotischen Nadelmalereien weist eine unendliche Mannigfaltigkeit auf. Ein schönes Beispiel der einfachsten Art des „Nähens in Seide" wird im Rathaus zu Luzern aufbewahrt, das in der Schlacht bei Sempach erbeutete Banner von Habsburg. Dasselbe ist ganz nach Art der Glasgemälde zusammengesetzt; der goldgelbe Grund, der prächtig stilisierte rote Löwe, dessen weiße Krallen und Augen sind einzeln ausgeschnitten und die einzelnen verschiedenfarbigen Seidenstücke sind durch breite dunkelrote in Plattstich ausgeführte Umriß-

Abb. 265. Siegel Kaiser Albrechts II.

linien miteinander verbunden; in derselben Weise wie die Konture sind innerhalb der Tierfigur die Linien der Mähne und andrer Einzelheiten eingetragen. Man darf annehmen, daß diese eigentliche Seidennähterei die gewöhnliche Herstellungsart von Bannern wie von Kovertüren und Wappenkleidern war. Das einfache Aufmalen der heraldischen Figuren auf den Stoff, wie es die gleichfalls im Luzerner Rathaus aufbewahrten Banner der Eidgenossen aus der Schlacht bei Sempach zeigen, war nur ein ärmlicher Notbehelf. Dagegen war ein größerer Reichtum, ein größerer Aufwand von Kunstfertigkeit schon früh beliebt; so ritt in der Schlacht von Göllheim, nach dem Bericht eines Mitstreiters, der Herzog Heinrich von Kärnten mit einem Wappenrock und einer Pferdedecke in den Kampf, die „auf petit punt (au petit point) bereitet" waren. Das 14. Jahrhundert steigerte auch in dieser Beziehung den Aufwand aufs äußerste. Die Reste eines mit Adlern bestreuten Heroldrockes im Germanischen Museum zu Nürnberg zeigen eine Ausführung, welche in ihrer Wirkung derjenigen der Marburger Schilde völlig entspricht: die ausgeschnittenen und eingenähten Figuren sind unterlegt, so daß sie in leichtem Relief hervortreten, und alle Flächen sind mit Ornamenten gefüllt.

In ungleich größerer Zahl als solche weltliche Kleidungs- und Ausrüstungsstücke sind Stickereien kirchlicher Bestimmung auf unsre Zeit gekommen. Altarvorsätze und gottesdienstliche Prachtgewänder zeigen uns in den verschiedensten Arten der Ausführung ornamentale und figürliche Meisterwerke, unter denen manche fast auf gleicher Höhe mit den besten gleichzeitigen Miniaturen stehen (Abb. 266 und 268). Eine unvergleichliche Mustersammlung gestickter Kirchengewänder befindet sich zum Beispiel in der Stiftskirche St. Viktor zu Xanten. Auch die bescheidene Gattung der Weißstickerei, welche Altardecken und Handtücher zierte, hat Werke hinterlassen, die den anspruchsvolleren Seidenarbeiten künstlerisch ebenbürtig sind.

In höchster Blüte stand die Wappenstickerei am Niederrhein, insbesondere in Köln, wo ja auch von alters her die Schilder großen Ruhm genossen. Die Wappensticker waren hier eine vornehme Zunft, ihre Mitglieder saßen im Senat, und bei der Aufnahme eines Lehrlings mußte nach der Vorschrift der im Jahre 1396 ausgefertigten Ordnungen dieser Innung ein Goldgulden (etwa 10 Mark nach unserm Gelde, nach dem damaligen Wert des Geldes ungefähr das Zwölffache) und ein viertel Ohm Wein gegeben werden. Wer Meister werden wollte, mußte mindestens sechs Jahre als Lehrling und mindestens vier Jahre als Geselle gedient haben; bei der Aufnahme als Meister hatte er 6 Goldgulden

Abb. 266. Seidenstickerei vom Schluß des 14. Jahrhunderts. (Bocksche Sammlung.)

Abb. 267. Die Jagd auf das Einhorn (nach einer im Mittelalter allgemein bekannten dichterischen Darstellung der Verkündigung) von einem gewirkten Teppich des 15. Jahrh. in der Pfarrkirche zu Gelnhausen.

Abb. 268. Reliefſtickerei (15. Jahrh.) im erzbiſchöflichen Muſeum zu Köln.

in die Bruderſchaftskaſſe zu entrichten. Sehr bezeichnend für das Zunftweſen iſt die Beſtimmung der nämlichen Satzungen, daß jeder Meiſter, der ein neues Muſter erhielt oder erfand, verpflichtet war, dasſelbe den übrigen Meiſtern mitzuteilen und zu leihen.

Eine nicht geringere Kunſtfertigkeit als die Sticker entfalteten die Teppichwirker in ihren farbenprächtigen Werken (Abb. 267).

Den St. Lukasgilden ſchloſſen ſich gewöhnlich mehrere Gewerbe an, deren Thätigkeit keine künſtleriſche war, aber doch den Künſten diente; ſo die „Permenter", die den Buchmalern das ſorgfältig zubereitete Pergament lieferten, und die „Goldſchläger", die für Maler, Schilder, Illuminiſten und Bildſchneider das ſo reichlich verwendete Blattgold und Blattſilber („geſchlagenes" Gold und Silber) und für die Wappenſticker und Teppichwirker „geſponnenes Werk", d. h. Gold- und Silberfäden anfertigten. Ferner traten dieſen Vereinigungen die „Aufdrucker" bei, welche Leder und andre Stoffe mit erhabenen oder flachen Muſtern bedruckten, und die „Kartenmaler" oder „Briefmaler" und „Briefdrucker", die Verfertiger der ſeit dem Ende des 14. Jahrhunderts in Aufnahme gekommenen Spielkarten, die ſich bald ſo allgemeiner Verbreitung und Beliebtheit erfreuten, daß ſie faßweiſe verſandt wurden. Die Thätigkeit dieſer letzteren Gewerke begründete die in der Folgezeit ſo hochbedeutſame Kunſt des Holzſchnitts.

Innerhalb der großen Künſtlerbruderſchaften, die ſich in verſchiedenen Städten verſchieden zuſammenſetzten, meiſtens aber die hauptſächlichſten der aufgeführten Gewerke in ſich vereinigten, war die Thätigkeit eines einzelnen Meiſters nicht immer auf einen einzelnen Erwerbszweig beſchränkt, es fanden ſich in ihnen Männer, welche, wie es die Wiener Satzung von 1446 ausdrücklich vorſieht, ihr Meiſterſtück in mehreren Künſten zu machen wußten. Der innige Zuſammenhalt, welchen die auf verſchiedenen Gebieten ſchaffenden Künſtler in dieſen Vereinigungen fanden, trägt mit bei zur Erklärung eines der großartigſten Vorzüge des gotiſchen Zeitalters, der vollendeten Stileinheit nämlich, welche ſämtliche Künſte zu wunderbarer Harmonie verband.

Auch wenn gewöhnliche Handwerker, deren Arbeiten niemals auf den Namen von Kunſtwerken Anſpruch machten, ihre Erzeugniſſe mit figürlichem oder heraldiſchem Bildwerk ſchmückten, wie es z. B. die Töpfer bei Bodenfliesen und bei Ofenkacheln gerne thaten, fanden ſie in der Befolgung der durch höhere Kunſtwerke ihnen vor Augen geführten Stilgeſetze ein ſicheres Schutzmittel gegen völlig unkünſtleriſche Roheit.

Abb. 269. Elfenbeinschnitzerei im Germanischen Museum zu Nürnberg: Eine Jagd im 14. Jahrhundert.

Die an der Jagd teilnehmenden Damen führen Falken nach der allgemeinen Sitte des Mittelalters, die eine füttert ihren Vogel auf der Faust, die andre lockt den jagenden mit dem Federspiel zurück. Als Schutzwaffe dient der Bogen, mit dem Schwert wird der Hirsch abgefangen.

7. Darstellungen weltlichen Inhalts.

Abb. 270. Zierbuchstabe aus der Kasseler Handschrift der Weltchronik des Rudolf von Ems (von 1385).

Aus der Fülle mannigfaltigen Bildwerks, die das Zeitalter der Gotik hinterlassen hat, treten diejenigen Darstellungen mit einem besondern Anspruch auf unsre Aufmerksamkeit hervor, welche ihre Stoffe nicht aus dem Bilderkreise der heiligen Schrift und der Legenden, sondern aus dem Leben der eignen Zeit geschöpft haben.

Schon gegen das Ende des 12. und im Anfange des 13. Jahrhunderts waren Dichtungen wie Heinrich von Veldekes Äneide und das Rolandslied des Pfaffen Konrad mit Federzeichnungen illustriert worden, und mehr und besseres vielleicht als sich erhalten hat mag zu Grunde gegangen sein; gleich den Dichtungen trugen selbstverständlich auch die Bilder das Gewand ihrer Zeit. Auch Chroniken und sogar Gesetzsammlungen wurden bisweilen durch Bilder geziert und erläutert. Daß überhaupt damals die Kunst nicht ganz ausschließlich im Dienste der Kirche stand, sondern sich mitunter mit recht weltlichen Dingen befaßte, erfahren wir unter anderm aus einem der reizendsten Tagelieder Wolframs von Eschenbach, in welchem der Dichter sich eine Scene zwischen zwei Liebenden als einen erfreulichen Vorwurf für einen Schilder vorstellt, die zu malen wir heutzutage gerechte Bedenken tragen würden.

In der gotischen Zeit nun, als die Ausübung der Kunst fast ganz in die Hände von Laien übergegangen war, und als auch das Kunstbedürfnis in Laienkreisen ein großes und allgemeines geworden war, steigerte sich das Wohlgefallen an weltlichen Darstellungen. Das Leben jener Zeit, namentlich das Rittertum, erschien in so reichen und farbenprächtigen Formen, daß es notwendigerweise die Künstler anregen mußte, sich an der Wiedergabe dessen zu versuchen, was sie ringsum vorgehen sahen. Denn der Blick für die Erfassung der Wirklichkeit hatte ja begonnen sich zu öffnen. In der That bot sich nunmehr auch eine reichliche Gelegenheit zur bildlichen Verherrlichung des Rittertums. Die ritterlichen Dichtungen des 12. und 13. Jahrhunderts wurden sehr viel gelesen; da in ihnen das Leben der Zeit sich in idealer Gestalt abspiegelte, galten sie als Bildungs- und Erziehungsmittel, und in immer größerer Zahl verbreiteten sich ihre Abschriften in den Adelsburgen und in den Häusern städtischer Geschlechter. Wie in den heiligen Schriften das Anschauungsmittel des Bildes dem Leser zu Hülfe kam, so wünschte man auch beim Lesen der Romane Verkörperungen der dichterischen Idealgestalten vor Augen zu haben. Im 13. Jahrhundert begnügte man sich durchgehends noch mit Umrißzeichnungen, die allenfalls mit leichten Tönen aquarellartig angetuscht und durch goldigen oder farbigen Hintergrund hervorgehoben wurden; dabei gaben sich aber die Zeichner die größte Mühe, der Gefühlstiefe des Dichters im Bilde gleich zu kommen und namentlich den Ausdruck minneseliger Empfindungen recht sprechend in die Augen ihrer Figuren zu legen. Mit dem Ende des 13. Jahrhunderts wurde auch auf die technische Ausführung solcher Bilder größere Sorgfalt verwendet; sie wurden mit breit aufgetragenen Farben kräftig bemalt.

Zu den ältesten mit ausgemalten Miniaturen geschmückten Dichterwerken gehören die beiden berühmten Sammlungen deutscher Minnelieder, die nach der ehemaligen Benediktinerabtei Weingarten in Württemberg benannte Weingartener Liederhandschrift (in der königlichen Privatbibliothek zu Stuttgart) und die größere Gedichtesammlung, welche auf Grund der Vermutung, daß der Züricher Ritter und Ratsherr Rüdiger Manesse, ein gefeierter Freund des Minnegesangs, ihr Besteller und erster Besitzer gewesen sei, als die Manessesche Liederhandschrift bezeichnet zu werden pflegt (bis vor kurzem in der Pariser Nationalbibliothek, jetzt in der Universitätsbibliothek zu Heidelberg)*).

*) Die schicksalsreiche Handschrift kam im Jahre 1607 erstmals nach Heidelberg, nachdem sie in der zunächst vorhergegangenen Zeit den Besitzer wiederholt in rascher Folge gewechselt hatte. Aber sie verschwand in unaufgeklärter Weise wieder aus Heidelberg und tauchte nach einigen Jahrzehnten in Paris auf; als Geschenk ihres damaligen Besitzers kam sie hier in die königliche (die spätere nationale) Bibliothek. Als im Jahr 1815 durch den Pariser Frieden

Beide Handschriften sind auf schwäbisch-alemannischem Boden, jene um 1300, diese einige Jahrzehnte später entstanden. Ihre Malereien zeigen uns Phantasiebildnisse der ritterlichen Dichter, zum Teil in Vorführungen, welche zugleich Stellen aus den Gedichten der Betreffenden verbildlichen. Die sogenannte Manessesche Handschrift enthält nicht weniger als 137 Miniaturen, welche jedesmal eine Folioseite einnehmen; mit Kaiser Heinrich VI. eröffnet sie die Reihe ihrer Dichterbildnisse. Ein Teil dieser Bilder gibt sich als Nachbildung derjenigen der Weingartener Handschrift (oder vielleicht gemeinschaftlicher, nicht mehr vorhandener Vorbilder) zu erkennen. Andre aber sind neue Erfindungen, und diese bringen bisweilen anstatt der bildnismäßigen Einzelgestalten mehr oder weniger figurenreiche Schilderungen von Vorgängen, in denen die Dichter eine Rolle spielen. Da wird uns das Leben der ritterlichen Sänger in Bildern des Kriegs, des Waffenspiels, der Jagd, des Wettstreits und der Minne mit einer manchmal sehr glücklichen Anschaulichkeit und Lebendigkeit vorgeführt (Abb. 271).

Im Verlauf des 14. Jahrhunderts steigerten sich die Ansprüche auf sorgfältige Ausführung der Dichterillustrationen. Besonders bei den für Fürstenhöfe geschriebenen Werken boten die Illuministen ihre höchste Kunst auf, so daß es auch heute noch ein großer Genuß ist, sich in die Betrachtung dieser bald lieblich-anmutigen, bald kühn bewegten Bildchen zu vertiefen, welche uns das ritterliche Leben der Zeit so lebhaft vergegenwärtigen. Natürlicherweise erscheint hier alles in streng modischer Tracht, nicht nur bei den Illustrationen zu Dichtungen sagenhaften Inhalts, sondern auch bei geschichtlichen Erzählungen, unter denen namentlich die gereimte Weltchronik des Rudolf von Hohenems viel gelesen und oftmals illuminiert wurde.

Unter den für fürstliche Büchersammlungen mit allem Aufwande der Schreib- und Illuminierkunst hergestellten Handschriften von Dichterwerken nimmt ein in der ständischen Landesbibliothek zu Kassel aufbewahrtes Buch eine der ersten Stellen ein, welches Wolfram von Eschenbachs Willehalm (Wilhelm von Oranse) mit den Fortsetzungen späterer Dichter enthält. Dasselbe wurde für den Landgrafen Heinrich von Hessen i. J. 1334 geschrieben, mit der ausdrücklich vermerkten Bestimmung, daß das Werk niemals vom Hofe entfernt werden, sondern für alle Zeiten bei den Erben des Landgrafen verbleiben solle. Dieses Buch, dessen Bilder — soweit sie der ursprünglichen Ausführung

die Rückgabe der von Napoleon I. geraubten Kunstschätze bewirkt wurde, bildete auch die Manessesche Handschrift einen Gegenstand der Unterhandlungen; aber damals mußte sie in Paris verbleiben, weil es unmöglich war, die Rechtmäßigkeit ihres Besitzes in begründeter Weise anzufechten. Wiederholt gemachte Versuche, die Handschrift durch Kauf oder Tausch nach Deutschland zurückzubringen, wurden von Frankreich mit Entschiedenheit abgewiesen. Um so freudiger war die Überraschung, als vor kurzem (im März 1888) sich die Kunde verbreitete, daß das kostbare Werk wieder in deutschen Besitz übergegangen sei. Der Umsicht und Gewandtheit des Straßburger Buchhändlers K. J. Trübner war es gelungen, die Verwaltung der französischen Nationalbibliothek zu bewegen, daß sie im Austausch gegen eine große Sammlung altfranzösischer Handschriften, die er in England gekauft hatte, die deutsche Liederhandschrift herausgab. Kaiser Friedrich erwarb dann das unschätzbare Denkmal mittelalterlicher Litteratur und Kunst und schenkte dasselbe, in Ausführung einer bereits von Kaiser Wilhelm geäußerten Absicht, der Heidelberger Universitätsbibliothek als der ehemaligen Eigentümerin.

Abb. 271. Konradin auf der Falkenjagd.

Aus der sogenannten Manessischen Liederhandschrift in der Universitäts-Bibliothek zu Heidelberg.

angehören — nächst den in Prag unter Karl IV. entstandenen Werken vielleicht die schönste Leistung der deutschen Miniaturmalerei im 14. Jahrhundert sind, gehört zu denjenigen, die wegen des großen Aufwandes an Zeit und Mühe, den die Durchführung des umfangreichen Illustrationsplanes erforderte, unvollendet geblieben sind. Wir haben daher Gelegenheit, die geistreiche Lebendigkeit zu bewundern, mit welcher der Illuminist in dünnen Federstrichen seine Entwürfe hinzeichnete, und die besonders in bewegten Darstellungen ansprechend hervortritt (Abb. 272). Bei der sorglich feinen Ausmalung in Deckfarben ist dann freilich — wie das ja oft geschieht — von dieser lebensvollen Ursprünglichkeit wieder vieles verloren gegangen. Unter den ausgeführten Bildern, welche sich in harmonischem Farbenreiz meist von stark vergoldetem oder mit gefälligen Rankengewinden durchzogenem Hintergrunde abheben, fesseln daher die ruhigen Vorgänge am meisten; besonders anziehend wirkt hier die liebliche Zartheit der Köpfchen, sowohl bei den Frauen als auch bei den jugendlichen Rittern (Abb. 273). Auch die kalligraphischen Anfangsbuchstaben dieses Buches gehören zu den schönsten der Zeit (Abb. 225).

Dieselbe Bibliothek besitzt eine um ein halbes Jahrhundert jüngere (1385 angefertigte) Handschrift der Weltchronik des Rudolf von Hohenems, welche mit einer sehr beträchtlichen Anzahl von Bildern und mit großem Blattwerk geschmückten Initialen (Abb. 270) reich geziert ist. Die Miniaturen sind hier bei weitem nicht mit der Sorgfalt ausgeführt, wie in jenem im Auftrage eines Fürsten angefertigten Buche. Dafür sind sie mit um so größerem Leben erfüllt. Namentlich bei den wildbewegten Schlachtenbildern sieht man, daß der Illuminator sich mit Leib und Seele in das heiße Getümmel der übereinanderstürzenden Männer und Rosse hinein versetzt hat; er mag wohl selbst mit dem Kampfe vertraut gewesen sein, oft genug waren ja im 14. Jahrhundert die Künstler in der Lage, beim Aufgebot der Zünfte den Harnisch anschnallen zu müssen. — Darüber dürfen wir uns freilich nicht wundern, daß Vater Abraham und andre Krieger der entlegensten Vorzeit in Platten- und Kettelharnisch, im modisch knappen Wappenrock, mit wehendem Wimpel am bunten Speerschaft einhersprengen, das Haupt mit dem Bassinet (Helmkappe mit weit vorstehendem Visier) bedeckt, das doch zur

Abb. 272. Vorzeichnung einer Miniatur in der Kasseler Prachthandschrift des Wilhelm von Oranje.

Zeit des Malers selbst noch zu den neuen Erfindungen gehörte (Abb. 274). Wollten die Künstler das Leben darstellen, so konnten sie es eben nur so wiedergeben, wie sie es wirklich sahen.

Den Ritterromanen entnahm man jetzt auch gern die Vorwürfe für den figürlichen Schmuck der Wandteppiche. Selbst für den kirchlichen und klösterlichen

Abb. 273. Ausgeführte Miniatur aus der Kasseler Prachthandschrift des Wilhelm von Oranje: Darstellung einer Huldigung.

Gebrauch wurden Teppiche mit Romanbildern angefertigt. Die Werke der Dichter standen damals so hoch in Ehren, daß sie jeder Gebildete kennen mußte, und fromme Cistercienſernonnen nahmen keinen Anstoß daran, die verfänglichen Liebesscenen aus Gottfrieds von Straßburg Tristan und Isolt in Teppiche einzuwirken. Damals sah man bei den zum Schmuck der Kirchen bei festlichen Gelegenheiten verwendeten Stoffen mehr auf die Schönheit und den Reichtum der Linien- und Farbenwirkung als auf den Inhalt; so werden in einem um das Jahr 1400 aufgestellten Verzeichnisse der Webereien und Stickereien, welche die St. Thomaskirche zu Prag besaß, unter andern folgende aufgezählt: über den Chorstühlen hängend ein großer Teppich, auf dem Personen, die mit Schwertern kämpfen, mit solchen abwechseln, die Jungfrauen in den Armen liegen; ein Vorhang mit Figuren in Schiffen, welche Jungfrauen in einer Burg belagern; ein langer Teppich mit der Geschichte eines Kampfes zwischen einem wildem Mann und einem Bewaffneten; ein andrer mit einer Jagd von Mädchen und andern bogenschießenden Leuten. Daß bei der Wandbekleidung der ritterlichen und städtischen Häuser, auf deren behagliche und schöne Einrichtung jetzt großer Wert gelegt wurde, derartige Gegenstände die Hauptrolle spielten, versteht sich von selbst und wird durch manche erhaltenen Reste bestätigt. Im sogenannten Fürstenkollegium zu Regensburg wird eine ganze Anzahl gewirkter und gestickter Teppiche aus dem 14. und 15. Jahrhundert aufbewahrt, auf denen Stoffe der Dichtungen, Jagd- und Liebesbilder, Frau Minne als Herzensquälerin, wilde Männer und wilde Frauen, ferner eine allegorische Schilderung des Kampfes der Tugenden mit den Lastern und andre Dinge dargestellt und zum Teil durch Beischriften erläutert sind. Unter diesen Teppichen zeichnen sich diejenigen des 14. Jahrhunderts, in denen ein tiefes Dunkelblau und ein kühles Mattgrün den Grundton angeben, durch einen wunderbaren Reiz der kräftigen Farbenstimmung aus.

Wenn die Wandmalerei in weltlichen Gebäuden an die Stelle der Teppichbekleidung trat, so behandelte sie die nämlichen dichterischen, genrehaften und sinnbildlichen Stoffe. Weltliche Wandmalerei war ebenso wenig etwas neu Aufkommendes wie weltliche Miniaturmalerei, wenn sich auch nichts derartiges aus romanischer Zeit erhalten hat, und wenn auch die Geschichtschreiber mehr als drei Jahrhunderte lang nach den Tagen Heinrichs I. keine Veranlassung zur Erwähnung solcher Werke fanden. Wie Wolfram von Eschenbach die ritterliche Erscheinung seines Helden durch den Vergleich mit einer Schilderei, das Nibelungenlied die minnigliche Schönheit Siegfrieds durch den Vergleich mit einer Miniatur („als ob er entworfen wäre auf einem Pergament Von guten Meisters Künsten") in volles Licht zu stellen sucht, so dient in Gudrun die Wandmalerei zu einem Hinweis derselben Art: Held Herwig steht vor der Geliebten, „als ob von Meisters Händen er wohl entworfen wäre An einer weißen Wand." — In der gotischen Zeit steigerte sich auch auf diesem Gebiete Bedürfnis und Thätigkeit, und manche schätzbaren Reste geben uns, wenn auch verblaßt, heute noch Gelegenheit, diese Gattung von Malerei, die wohl mehr Aufgabe der Schilder als der „geistlichen" Maler war, kennen zu lernen.

Abb. 274. Bild aus der Kasseler Handschrift der „Weltchronik“: Abrahams erster Kampf mit der Heidenschaft.

Dem Inhalte nach — der bei diesen monumentalen Schildereien im allgemeinen mehr Interesse für den modernen Beschauer hat als die Ausführung — sind die erhaltenen Überbleibsel von verschiedener Art.

Die ältesten derselben, die der ersten Hälfte des 14. Jahrhunderts angehörigen, in kleinen Verhältnissen ausgeführten Wandgemälde der Herrenburg zu Neuhaus in Böhmen, behandeln die Legende des heiligen Ritters Georg; diese Bilder, welche durch Beischriften in deutscher Sprache erläutert werden, tragen also gewissermaßen einen religiösen Charakter, aber die Hauptsache ist ihnen doch die Schilderung des idealen Rittertums, das sich im Schutzpatron der Ritterschaft verkörpert.

Sehr umfangreich sind die Überreste von Wandmalereien in dem Schlosse Runkelstein bei Botzen. Gegen das Ende des 14. und im Beginne des 15. Jahrhunderts wurden hier fast sämtliche Räume mit Gemälden geschmückt, die zum großen Teil allerdings durch die Unbilden der Zeit, durch ungeschickte Übermalungen und durch die Roheiten moderner Besucher bis zur Unkenntlichkeit entstellt, zum Teil aber noch wohl erhalten sind. Da sehen wir genrehafte Darstellungen wie Reigentanz, Ballspiel, Turnier u. dergl.; ferner figurenreiche Bilder aus mehreren Romanen, aus Tristan und Isolt, aus Garel vom blühenden Thale, aus Wigalois; dann sagenhafte und geschichtliche Einzelfiguren, Wappen und mannigfaltige spielende Dekorationsmalereien. Von den interessanten Kompositionen zu Tristan und Isolt ist leider der größte Teil i. J. 1868 durch einen Felssturz und durch die infolgedessen nötig gewordenen Sicherungsbauten zu Grunde gegangen. Verhältnismäßig gut erhalten sind die in einer Laube des ersten Stocks befindlichen Figuren der berühmtesten Helden des heidnischen Altertums (Hektor, Alexander, Cäsar), des Judentums (Josua, David, Judas Makkabäus) und der Christenheit (König Artus, Karl d. Gr., Gottfried von Bouillon), denen sich aus den mittelalterlichen Sagen die drei besten Helden der Tafelrunde, die drei gefeiertsten Liebespaare, die Helden, welche die drei besten Schwerter führten, die drei stärksten Riesen, die drei ungeheuerlichsten Frauen und die drei berühmtesten Zwerge anschließen; hier hat die aquarellartig dünn aufgetragene Farbe viel von ihrer ursprünglichen Leuchtkraft bewahrt. Eine eigenartig erfundene Gesamtdekoration, welche gleichfalls ziemlich gut erhalten ist, weist eine Stube auf, die als Badezimmer bezeichnet zu werden pflegt. Die Wände dieses Raums sind unterhalb mit schönen Teppichmustern auf dunkelrotem Grunde bemalt; die Teppiche scheinen von einem Geländer herabzuhängen, auf welches sich reichgekleidete Herren und Damen lehnen und auf dem sich verschiedene Tiere herumtreiben, während man an andrer Stelle Figuren von Badenden jenseits des Geländers sieht; oberhalb dieser Darstellungen ziehen sich Laubverzierungen hin, welche kleinere Figuren einschließen; die Decke ist als blaue Luft mit Sonne, Mond und Sternen gemalt. — Der Gemäldeschmuck von Runkelstein erfreute Kaiser Maximilian I., der diese Burg in den ersten Jahren des 16. Jahrhunderts besuchte, so sehr, daß er eine Wiederherstellung des Schlosses und der Bilder anbefahl „von wegen der guten alten History“; die Auffrischung der Bilder wurde dem Maler Friedrich Lebenbacher aus Brixen übertragen, der als der verständigste und beste Meister galt; aber vieles Ursprüngliche ist bei dieser Gelegenheit verloren gegangen. — Eine kürzlich vorgenommene Untersuchung der Malereien auf das angewendete Bindemittel hin soll zu dem interessanten Ergebnis geführt haben, daß die seit fast einem halben Jahrtausend dem Einfluß des Lichtes und der Witterung Trotz bietenden Farben mit dem in der allerneuesten Zeit wieder zu Ehren gekommenen Käseleim aufgetragen seien.

Ein gewölbtes Gemach eines Patricierhauses zu Ulm, des Ehinger Hofes, enthält Wandgemälde, welche gleichfalls der Zeit um die Wende des 14. zum 15. Jahrhundert anzugehören scheinen, von lehrhaft allegorischem Inhalt.

In Bürgerhäusern zu Winterthur und zu Konstanz sind Wandmalereien aus derselben Zeit entdeckt worden, welche indessen nicht erhalten geblieben sind. Dort hatte ein derb humoristisches Gedicht des Neithard den Stoff zu einem ebenso derben Gemälde geliefert. Hier sah man die Illustrierung eines Gedichts des Heinrich Frauenlob, das mit den Worten anfängt „Adam den ersten Menschen, den betrog ein Weib“ und nach Aufzählung einer Reihe geschichtlicher und ungeschichtlicher Beispiele von der Unterwürfigkeit des Mannes unter den Willen des Weibes zu dem Schlusse kommt: „Da immer so es fügt der Minne Stamm, Was schadet's, ob ein reines Weib mit Hitze oder Frost mich quält!" Die Bilder schlossen sich genau dem Gedicht an und waren durch Anführungen aus demselben erläutert. In demselben Hause fand sich ferner eine Reihe von bürgerlichen Genrebildern, Frauen und Mädchen, welche mit der Zubereitung von Webestoffen beschäftigt sind, und im Anschluß daran eine Frau im Gebet, Mädchen die einander kämmen, ein im Ofenwinkel ausruhendes Mädchen, endlich eine Baderstube.

Bisweilen bot die zeitgenössische Geschichte, deren Begebenheiten nicht selten in Miniaturen festgehalten wurden, ihre Geschichte auch wieder, wie in den Tagen der Karolinger und Sachsenkaiser, der Wandmalerei dar. So berichtet der Chronist Johannes von Viktring, daß Erzbischof Balduin von Trier die Thaten seines Bruders Kaiser Heinrichs VII. in seinem Palaste vortrefflich und sehr kunstvoll habe malen lassen. Sind auch diese Bilder zu Grunde gegangen, so haben sich doch die Entwürfe zu ihnen erhalten. Dieselben sind einem für Balduin angefertigten Buche mit Abschriften wichtiger Urkunden beigeheftet, das im Provinzialarchiv zu Koblenz aufbewahrt wird. Es sind eben nur Skizzen, zu dem Zwecke gemacht, vor der Ausführung im großen dem Besteller zur Einsicht vorgelegt zu werden; sie sind mit kräftigen Strichen sehr deutlich hingezeichnet; nur einzelne sind ganz farbig ausgemalt, die meisten bloß flüchtig koloriert, jedoch mit bestimmter Angabe der Farbe an denjenigen Stellen, wo dieselbe nicht der Willkür des Malers überlassen bleiben konnte, bei Wappen, Bannern und dergleichen. Wie sorglich die geschichtliche Treue gewahrt wurde, geht aus einigen bei den Entwürfen gemachten Randnotizen hervor; so hat der Erzbischof bei einem Bilde, welches ihn selbst im Schlachtgetümmel darstellt, wie er einem italienischen Ritter den Schädel spaltet, anmerken lassen, daß dieser Ritter nicht, wie auf der Skizze zu sehen ist, das Haupt mit einem geschlossenen Helm bedeckt gehabt habe, und daß dessen Streitroß ein Rappe gewesen sei. Als bloße Entwürfe sind die Bilder nicht besonders sorgfältig ausgeführt, aber die Schilderung, welche sie von den Begebenheiten, besonders von den Ereignissen des Römerzugs (1310—1313) geben, ist ungemein anschaulich (Abb. 275).

Eine untergeordnete Gattung geschichtlicher Gemälde war diejenige, welche der öffentlichen Schaulust durch Abbildung von Tagesereignissen diente. Eine solche Schilderei wird in Regensburger Berichten vom Jahre 1429 erwähnt. In diesem Jahre kam Kaiser Siegmund nach Regensburg zum Zwecke einer Gerichtssitzung; die Anwesenheit des kaiserlichen Herrn hatte viel Volk in die Stadt gezogen, und Musikanten und fahrende Leute bemühten sich, die Menge aufs beste zu unterhalten; da wurde unter anderm auch ein Gemälde gegen Geld gezeigt, auf dem zu schauen war, „wie die Jungfrau (von Orleans) in Frankreich gefochten hat". Wir müssen uns solche schnell gemalten, jedenfalls nicht auf einer Holztafel, sondern auf einer großen Leinwand ausgeführten Bilder in der Art der späteren Mordgeschichten vorstellen, nur daß sie, von dem allgemeinen künstlerischen Stil der Zeit getragen, unvergleichlich viel besser waren.

Die Darstellungen ritterlichen Lebens waren nicht auf Wandgemälde, Teppiche

Abb. 275. Bild aus dem Koblenzer Balduineum: der Erzbischof von Trier erschlägt einen Orsini. Die Unterschrift lautet übersetzt: Kampf zu Rom; es fielen Thibald, Bischof von Lüttich, der Abt von Weißenburg, Petrus von Savoyen und viele.

und Miniaturen beschränkt. Wo es nur anging, sah die ritterliche Gesellschaft gern ihr verklärtes Spiegelbild und die Verbildlichung der Gedanken, die sie bewegten, angebracht. Der dauerhafte Stoff des Elfenbeins hat einer ganzen Anzahl von kleinen Bildwerken solcher Art, welche zum Schmucke mannigfaltiger Gegenstände dienten, das Dasein erhalten, und es finden sich unter diesen zierlich geschnitzten Gebilden manche von wunderbarem poetischem Reiz.

Kämpfe gegen ebenbürtige Gegner und gegen Unholde, Minnewerben und Minnelohn, gelegentlich auch wieder sinnbildliche Darstellungen und Legenden ritterlicher Heiligen bildeten den Inhalt der kleinen Kunstwerke, mit denen das Rossegeschirr geschmückt wurde. Bruchstückweise oder vollständig erhaltene Sättel und Sattelbeschläge zeigen uns, daß auch derlei Arbeiten bisweilen durchaus auf der künstlerischen Höhe der Zeit standen (Abb. 276).

Vorzugsweise wurden die für den Gebrauch der Damen bestimmten Gegenstände mit dichterischen Darstellungen anmutig geziert: Schmuckkästchen, auf denen der Geschenkgeber wohl außer dem Bildwerk einige Verse voll Liebessehnsucht oder Liebesjubel eingraben ließ, flache Kapseln, welche kleine runde Spiegel einschlossen, und ähnliche zu Geschenken geeignete Dinge. Die Betrachtung der erhaltenen Elfenbeinschnitzereien dieser Gattung, denen sich einige gleichartige Arbeiten in Leder (Abb. 277) und andern Stoffen anreihen, gewährt einen unerschöpflichen Reiz. Manchmal enthalten die kleinen Bildwerke, die namentlich im 14., aber auch noch im 15. Jahrhundert in außerordentlich großer Anzahl angefertigt worden sein müssen, einfache Genrebilder, aus denen sich keine bestimmten Bezüge herauslesen lassen. Da sehen wir lustige Jagden; beim Hörnerklang fangen die Herren den gehetzten Hirsch mit dem Schwert ab, während die Damen, die gleich ihnen rittlings sitzend durch den Wald sprengen, die Falken steigen lassen (Abb. 269). Oder es entfaltet sich vor uns das Bild eines Turniers; von Zinnen und Balkonen schaut eine Gesellschaft von Herren und Damen auf die gegeneinander rennenden Kämpfer herab, die zuvor aus der Hand ihrer Damen Helm und Speer empfangen haben; in den Zweigen der Bäume, die auf dem Schloßhof stehen, geborgen, lassen Trompeter dazu ihre Weisen erschallen (Abb. 278). Auf kleineren Flächen erblicken wir dann Spiele andrer Art, die ohne Harnisch und ohne Lebensgefahr ausgeführt werden; das eine oder andre dieser muntern Gesellschaftsspiele ist auch heute wohl noch bekannt (Abb. 279). — Meistens aber gehen die anmutigen Darstellungen über den Kreis des wirklichen Lebens hinaus. Dabei lehnen sie sich bisweilen an bestimmte Dichterwerke an, häufiger aber bieten sie selbständige, in sich abgeschlossene und durch sich selbst verständliche kleine Dichtungen; der Geist, der im 13. Jahrhundert im Minnegesang die Perlen deutscher Poesie entstehen ließ, beseelt im 14. Jahrhundert die bildende Kunst. „Frau Minne" ist die Hauptperson in diesen Bildchen. Was Heinzelin von Konstanz sang:

Abb. 276. Bruchstück einer elfenbeinernen Sattelverzierung aus der ersten Hälfte des 14. Jahrh.: Der König im Handgemenge. (Germanisches Museum zu Nürnberg.)

Sie spannte ihren hörn'nen Bogen
Und schoß mich in das Herze mein,
Daß mir that der Pfeil gar weh,
Und ich holder ward denn eh
Meiner lieben Frauen

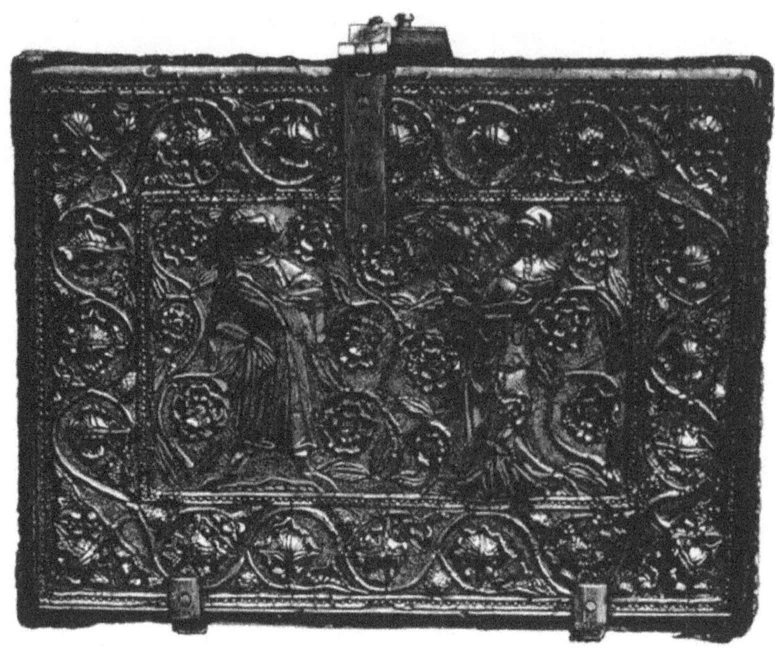

Abb. 277. Liebespaar zwischen Rosen.

Deckel eines mit Leder bezogenen und in geritzter Arbeit verzierten Kästchens aus dem 14. Jahrhundert. (Im Kunstgewerbe-Museum zu Berlin.) Zugleich ein schönes Beispiel des im 14. Jahrhundert zu wahrer Kunstfertigkeit ausgebildeten Verfahrens, in Leder durch Einritzen der Umrisse, Vertiefen des Grundes durch Wegreißen der dünnen Oberhaut, und Erhöhung des Bildwerks durch Auftreiben und Unterlegen halb-erhabene Arbeiten herzustellen.

ist in vielfältigen Abwandlungen dargestellt; bald trifft das Geschoß der Minne ein ahnungsloses Paar, bald ein solches das sich schon vertraulich nahe steht; ein andermal sehen wir den Jüngling verwundet zu des Mädchens Füßen hingesunken, während dieses die Hände bittend zu der Göttin emporhebt, um gleichfalls den schmerzlich süßen Pfeil zu empfangen (Abb. 280 u. 281). In größeren Darstellungen wird der Kampf um die Liebe geschildert, in einer im Grundgedanken immer gleichen, aber im einzelnen immer anders aufgefaßten Verbildlichung: Frau Minne, an deren Stelle bisweilen auch „Gott Amur" erscheint, ist die Herrscherin einer Burg, welche von Jungfrauen verteidigt und von Rittern erstürmt wird. Mitunter sehen wir den Hergang eines solchen Kampfes in mehreren Bildern ausgeführt. So sehen wir auf dem Deckel eines Kästchens aus dem letzten Viertel des 13. Jahrhunderts (in einer rheinischen Sammlung), wie die Ritter zuerst im Turnier ihre Mannhaftigkeit beweisen und Anspruch auf den Dank der Frauen erwerben; dann berennen sie die Burg, legen Strickleitern an und schleudern mit Händen und Wurfmaschinen Blumengeschosse empor; von den Zinnen herab wehren sich die Jungfrauen mit Blumen, aber heimlich wird schon der Siegeskranz für den Feind bereit gehalten (Abb. 282);

Abb. 278. Turnier.

Deckel eines deutschen Elfenbeinkästchens aus dem Anfang des 14. Jahrhunderts, in der städtischen Sammlung zu Ravenna. (Die beiden runden Scheiben über den stechenden Rittern sind die Befestigungsstellen der abgebrochenen Handhabe.)

denn dieser erklimmt die Zinnen, schließlich nicht mehr abgewehrt, sondern unterstützt von den Belagerten; Frau Minne allein ficht nicht mit Rosen, sondern

Abb. 279. Gesellschaftsspiele.

Von einem elfenbeinernen Schmuckkästchen deutschen (anscheinend rheinischen) Ursprungs in der städtischen Sammlung zu Ravenna. Erste Hälfte des 14. Jahrhunderts.

mit scharfen Waffen, sie stößt dem glücklichen Sieger ihr schneidendes Schwert ins Herz; schließlich werden die erkämpften Jungfrauen zu Roß und zu Schiff davongeführt. Meistens aber ist der Kampf um die Minneburg — ein auch von der Teppichstickerei gern bearbeiteter Vorwurf — als abgeschlossenes einheitliches Bildchen behandelt, das namentlich auf den kreisrunden Spiegelschalen sich mit größeren oder geringeren Verschiedenheiten der Auffassung wiederholt. Wir sehen das Burgthor geöffnet, aus dem bisweilen ritterliche Verteidiger mit Speer und Schwert, häufiger aber minnigliche Frauen mit Blütenzweigen, die sie nach Art der Speere eingelegt haben, gegen die Stürmenden ansprengen; von Bleiden (Wurfmaschinen) und Armbrüsten aus werden Rosen emporgeworfen, und ebensolche Geschosse fliegen auf die Angreifenden herab; Strickleitern, Bäume, die Rücken der Pferde werden zum Emporsteigen benutzt, und den oben Angekommenen bieten die Besiegten willig die Wange zum Kuß; friedlich zu einander gesellt erscheinen dann auf dem obersten Zinnenkranze Sieger und Besiegte neben der beide beherrschenden Göttin oder ihrem geflügelten Sohn. — Eine überaus

Abb. 280. Frau Minne.

Elfenbeinerne Spiegelkapsel aus dem 14. Jahrhundert. Berliner Museum.

Abb. 281. Liebespaar; darüber Königin Minne, von musizierenden Liebesgöttern begleitet, mit zwei Pfeilen.
Durchbrochene Elfenbeinarbeit aus dem Anfang des 15. Jahrh. Im königl. Museum zu Berlin.

Abb. 282. Kampf um die Minneburg.
Vom Deckel eines Elfenbeinkästchens aus der Schlußzeit des 13. Jahrh.

reizvoll ausgeführte Spiegelkapsel im Museum zu Darmstadt (aus der Mitte des 14. Jahrhunderts) zeigt nicht den Kampf um die Burg, sondern die Übergabe derselben. Die Ritter, in voller Waffenrüstung, aber mit geöffnetem Visier, werden durch die Jungfrauen die Schloßtreppe hinangeleitet; die vorderste der Damen hat mit einem großen Schlüssel das Thor geöffnet, in das sie ihren Begleiter hineinschiebt; der zweite Ritter hat sich im Siegesübermut eine voreilige Freiheit erlaubt (wie Gawein im Parzival), und dafür erteilt ihm seine Dame lächelnd einen Schlag auf die Finger; die dritte Jungfrau treibt mit einem Rosenzweige ihren Herrn zu schnellerem Gehen an; auf der Mauerzinne oben werden dann die Ritter — besiegte Sieger, gefangene Eroberer — ihrer Waffen entledigt, der Königin Minne zugeführt, der sie huldigend zu Füßen sinken.

In grellem Gegensatz zu solchen Darstellungen voll Lebenskraft und Lebenslust und voll heiterer, lachender Sinnlichkeit, stand eine Gattung düsterer Bilder, welche in abschreckenden Leichengestalten die Vergänglichkeit alles irdischen Glanzes und aller irdischen Freude wiederspiegelten. Eine alte Sage von drei Lebenden und drei Toten, welche erzählte, wie die Toten zu den Lebenden sprachen und durch ihre eigene Erscheinung die Nichtigkeit aller Erdengüter bewiesen, wurde im 14. Jahrhundert öfter zur Anschauung gebracht; als ernste Mahnung zeigte sich das grause Bild in den Vorhallen der Kirchen. Derselbe Gedanke führte zu der im 15. Jahrhundert bisweilen vorkommenden Sitte, unter der Grabfigur eines vornehmen Herrn, durch die offenen Bogenstellungen des Sarkophags sichtbar, eine halb verweste, von ekelhaftem Gewürm durchkrochene nackte Leiche anzubringen. An die Stelle des Bildes von den drei Lebenden und den drei Toten trat in der zweiten Hälfte des 15. Jahrhunderts eine andre Darstellung, welche Vertreter aller Stände im Reigentanze mit vertrockneten, höchstens durch ein Bahrtuch halb verhüllten Leichen zeigte. In den Kirchen der Bettelorden wurden zuerst diese „Totentänze" gemalt, meist im Anschluß an das Bild eines predigenden Mönches; damit dem Reigen der Spielmann nicht fehle, wurde bisweilen — so bei dem Totentanz in der Vorhalle der Marienkirche zu Berlin — ein kleiner Teufel mit einem Dudelsack hinzugefügt. Die Toten verwandelten sich dann allmählich in den persönlich gedachten Tod, der, in dieselbe Gestalt gekleidet wie jene, mit wilder Lust oder grinsendem Spott an die Menschen herantritt und sie aus ihren Würden und ihren Beschäftigungen herausreißt. Mitunter durch Züge derben Humors gewürzt, durch Beischriften in der Volksmundart erläutert, führten diese schauerlichen Darstellungen, die auch in der Miniaturmalerei Aufnahme fanden, und die sich wegen ihres anschaulichen Hinweises auf die Gleichheit aller im Tode sogar einer gewissen volkstümlichen Beliebtheit erfreuten, eine eindringliche, allgemein verständliche Sprache, die mit schneidendem Hohn der Weltfreude und Eitelkeit entgegentrat.

Abb. 283. Der Tod und der Wirt.

Aus einem Totentanz in Bildern und Versen, Handschrift aus der 2. Hälfte des 15. Jahrh. in der ständischen Landesbibliothek zu Kassel.

8. Die altkölnische Malerschule.

Abb. 284. Zierbuchstabe aus einem niederrheinischen Meßbuch des 14. Jahrhunderts. Aus dem ehemaligen Kloster Talheim.

Meistens machen die gotischen Bildwerke, was auch ihr Inhalt und welches die Art ihrer Ausführung immer sein mag, auf den modernen Beschauer anfänglich einen befremdlichen Eindruck, und es gehört eine gewisse Vertiefung dazu, ihre Vorzüge zu würdigen. Mehr noch als aus der Unvollkommenheit der Naturwiedergabe erklärt sich diese Fremdartigkeit aus dem durch strenge Stilregeln bestimmten Zuge der Linien, aus der Geziertheit der Stellungen, die keine volle Freiheit der Bewegungen aufkommen läßt. Im allgemeinen fällt uns dasjenige, was unsrer Naturanschauung widerspricht, bei Werken der Malerei in höherem Maße auf als bei solchen der Bildnerkunst, weil bei ersteren, die alles was sie zu sagen haben in eine Ansicht legen müssen, die Gebundenheit stärker hervortritt. Auch jene Tafelgemälde, welche bekunden, daß die Maler in der körperhaften Modellierung durch richtige Verteilung von Licht und Schatten das Mittel gefunden hatten, die besonderen Schwierigkeiten, die ihrer Kunst bei dem Streben nach Naturähnlichkeit entgegenstanden, zu beseitigen, und die daher eben als Zeugnisse dieser wichtigen Entdeckung auf unser besonderes Interesse Anspruch haben, wirken der Mehrzahl nach auf denjenigen Beschauer, der vor ein Kunstwerk hintritt, nicht um zu studieren, sondern um zu genießen, eher abstoßend als anziehend. Aber diese Regel hat eine große Ausnahme. In der ersten Hälfte des 15. Jahrhunderts, und teilweise schon früher, ist eine Anzahl von Tafelgemälden entstanden, welche, von tiefinnerlicher Frömmigkeit getragen, von einem wunderbar poetischen Gefühl durchgeistigt, von unvergleichlichem Liebreiz übergossen, durch die ideale Schönheit ihrer Formen und Farben alle noch vorhandenen Unrichtigkeiten vergessen machen und mit der ganzen Macht wahrer Kunstwerke auf jeden Unbefangenen einwirken und ihm einen hohen und ungetrübten Genuß bereiten.

Während in den Malerschulen von Prag und Nürnberg die Annäherung an die Natur zunächst eine Einführung des alltäglichen Häßlichen aus der Wirklichkeit in die Kunst zur Folge hatte, bemühte man sich an andern Orten, mit der Naturähnlichkeit ideale Schönheit zu vereinigen. Welch liebenswürdige Werke in verschiedenen Gegenden Süddeutschlands aus diesem Bestreben hervorgingen, zeigen unter anderm mehrere im bayrischen National-Museum zu München aufbewahrte Bilder, namentlich der Flügelaltar aus Pähl (bei Weilheim, südlich vom Ammersee) mit der Kreuzigungsgruppe und zwei Heiligen, und zwei Marienbildchen, welche nach einer besonders im Salzburger Gebiete beliebten Auffassung die Jungfrau „am Tage wo sie vermählt war", als ein anmutiges Mädchen an der Grenze des Kindesalters, mit gefaltenen Händen und angethan mit einem grünlichblauen, mit goldenen Ähren bestickten Gewande darstellen.

Der Hauptsitz dieser idealistischen Kunst aber war Köln, die mächtige, blühende, kirchenreiche Stadt, die damals unter allen deutschen Städten die erste Stelle einnahm, die von alters her wegen der Trefflichkeit ihrer Maler berühmt war, und wo heute noch der Name der Hauptverkehrsstraße, „Schildergasse", an die hervorragende Bedeutung der Schilder — unter welchem Worte der dortige Sprachgebrauch, ebenso wie der des benachbarten Holland, die Maler überhaupt begriff — erinnert. Die Blütezeit der Kölner Tafelmalerei begann in der zweiten Hälfte des 14. Jahrhunderts. Die besten ihrer noch diesem Jahrhundert angehörigen Werke pflegt man mit dem Namen eines Meisters Wilhelm in Verbindung zu bringen, dessen eine Chronik im Jahre 1380 mit lobpreisenden Worten gedenkt.

Es war eine große Seltenheit, wenn die Namen zünftiger Meister für wert befunden wurden, durch die Jahrbücher der Nachwelt überliefert zu werden. Daß dies im 14. Jahrhundert bisweilen geschah, spricht für die Lebhaftigkeit des Interesses, welches die Zeit der Kunst entgegenbrachte, und für die Würdigung, welche die über das gewöhnliche Maß des Guten hinausgehenden Kunstwerke und ihre Urheber fanden. So wird in einer Würzburger Chronik vom Jahre 1354 ein „meisterlicher Maler" Namens Arnold erwähnt, der „meisterlich, fein und sehr köstlich" gemalt habe; wie bekannt der Name dieses Künstlers war, geht noch mehr als aus seiner Nennung im Jahrbuch daraus hervor, daß sich ein Hinweis auf ihn in einem Gedichte jener Zeit findet: bei einer Schilderung der Reize der Geliebten sagt der Dichter, wenn Meister Arnold von Würzburg den Pinsel in ihre Lippen tauchen könnte, würde er die schönste Farbe finden. — Die Erwähnung des Kölner Meisters Wilhelm steht in der Chronik von Limburg an der Lahn und lautet: „In dieser Zeit war in Köln ein berühmter Maler, desgleichen nicht war in der ganzen Christenheit, also künstlich malte er jedermann ab als wenn er lebte; der war Wilhelm genannt." Städtische Rechnungen ergeben, daß um dieselbe Zeit ein Meister Wilhelm für den Kölner Magistrat Miniaturen, Fahnen, Wimpel, Wandgemälde und andre Bilder malte. Wir haben hier also einen Maler, dessen Thätigkeit sich über ein Gebiet erstreckte, in das sich sonst drei verschiedene Gewerke teilten; auch andre Anzeichen sprechen dafür, daß in Köln (und überhaupt am Niederrhein, die Niederlande mit einbegriffen), diese Teilung der Malerei in einzelne Zweige überhaupt nicht ausgesprochen war. Unter den Wandmalereien des Meisters Wilhelm werden in den Rechnungen diejenigen im oberen Rathaussaale erwähnt, und von diesen haben sich spärliche Reste erhalten. Diese Reste — einige verblaßte Männerköpfe —, die jetzt im Kölner Museum aufbewahrt werden, sind das einzige was sich mit Sicherheit dem Meister Wilhelm zuschreiben läßt.

Unter den Werken, welche auf den Namen des Meisters Wilhelm getauft worden sind, ohne daß für diese Bezeichnung irgend ein andrer Grund vorläge, als eben der Umstand, daß die betreffenden Werke schöner sind als die übrigen malerischen Leistungen der Zeit, sind wohl die ältesten vierundzwanzig Darstellungen aus dem Leben Christi an dem sogenannten Klarenaltar, einem aus der Klarakirche stammenden großen Altaraufsatz mit Schnitzerei und Gemälden in der Johanniskapelle des Kölner Doms. Während die Verbildlichungen der Leidensgeschichte mit den bewegten Gestalten roher Henker dem Künstler wenig gelungen sind, hat er in den anmutigen Bildchen aus der Kindheit Jesu ein feines Schönheitsgefühl an den Tag gelegt und eine überraschende Tiefe und Innigkeit des Ausdrucks erreicht. Von einer Richtigkeit der Körperzeichnung ist freilich noch keine Rede.

Arbeiten mit ähnlichen Vorzügen und ähnlichen Mängeln, die dem Meister Wilhelm oder seiner Schule zugeschrieben werden, besitzt namentlich das Kölner Museum in großer Zahl. Das lieblichste unter denselben, ein Werk, bei dem die Mängel hinter den Vorzügen verschwinden, ist ein Flügelaltärchen, welches auf der Mitteltafel die Jungfrau mit dem Kinde, auf den Flügeln die kleinen Figuren der heiligen Katharina und Barbara zeigt. Es liegt eine solche Himmelsreinheit in dem zarten Mädchenantlitz der Madonna, an deren Kinn der göttliche Knabe mit kleinen dicken Händchen kindlich spielt, eine solche Poesie der Unschuld ist über das Ganze ausgegossen, wie es von einer vollkommneren Kunst wohl kaum jemals erreicht worden ist (Abb. 285). Auf einem ganz ähnlichen Bildchen in der Gemäldesammlung des Germanischen Museums zu Nürnberg erscheint das Gesicht Marias fast noch lieblicher, während das Knäblein auf dem Kölner Bilde ansprechender ist. Auf beiden Bildern hält die Jungfrau, auf dem Nürnberger auch das Kind, eine Wickenblüte in der Hand, in deren liebevoller Ausführung der Maler gewissermaßen ein Zeugnis von der Sorgfältigkeit seiner Naturbetrachtung und von seiner Geschicklichkeit in der Wiedergabe des Wirklichen hat ablegen wollen. Wenn die Mädchenköpfe trotz der wunderbar vollendeten Wiedergabe einer zarten Haut und ihrer duftigen Modellierung nicht unbedingt naturwahr sind, wenn namentlich die Nase zu schmal und die Stirne zu hoch erscheint, so dürfen wir das keineswegs als eine bloße Unvollkommenheit betrachten. Der Maler hat keine irdische Jungfrau, wie er sie in der Wirklichkeit als Modell finden konnte, abbilden wollen, sondern er hat die Schönheit der himmlischen Jungfrau über das irdische Maß hinaus zu steigern gesucht, er hat idealisiert; daß er im Geschmacke seiner Zeit, und nicht in dem unsrigen, der auf der Kenntnis der allerdings vollkommneren Idealschöpfungen des klassischen Altertums beruht, idealisierte, können wir dem Künstler nicht zum Vorwurf machen.

Es ist übrigens sehr merkwürdig, daß die griechischen Bildhauer und die spätgotischen Maler bei dem Bestreben, dem menschlichen Antlitz ein Maß von Schönheit zu geben, das über die vollkommenste Wirklichkeit hinausgehen sollte, von den nämlichen Instinkten geleitet wurden. Hier wie dort bemerken wir eine Einschränkung der unteren Gesichtshälfte mit den der Luft- und Nahrungszufuhr, also den Grundbedingungen materiellen Daseins, dienenden Organen, und eine Vergrößerung des Hirnschädels als des Sitzes der geistigen Fähigkeiten. Aber der Grieche, der gewohnt war, die Gottheit nicht außerhalb, ondern in der Natur zu suchen, war glücklicher als der mittelalterliche Künstler; mit wunderbarer Feinheit hat er sozusagen der Natur ihre Bildungsgesetze abgelauscht. Ein griechischer Idealkopf wirkt nicht unwahr, sondern nur überaus erhaben, ohne daß der uneingeweihte Beschauer sich von der Ursache dieser Wirkung Rechenschaft geben könnte, und mit Interesse messen wir die Vergrößerung des sogenannten Gesichtswinkels nach, auf der das Geheimnis beruht. Bei den mittelalterlichen Idealköpfen dagegen fällt jedem Beschauer die Abweichung von der Natur, die in der Höhe der Stirn, der Schmalheit der Nase und der Kleinheit des Mundes liegt, sofort auf, und wir finden diese Eigentümlichkeiten befremdlich, weil unser Schönheitsbegriff im Laufe der Zeit ein andrer geworden ist; denn es gibt kein allgemein gültiges Schönheitsideal, und die Vorstellungen von einem solchen wechselt beständig, wenn auch unbemerkt. In einer Beziehung war der mittelalterliche Idealist dem antiken entschieden überlegen: in der Tiefe der Empfindung und des Seelenausdrucks, — und wer es versucht, von diesem Gesichtspunkte aus die in Rede stehenden Schöpfungen zu betrachten, wird auch heute noch den reinsten Genuß von denselben haben.

Das Bild der jungfräulichen Gottesmutter war die höchste Aufgabe, welche der mittelalterlichen Kunst gestellt werden konnte. Die Verehrung der Himmelskönigin hatte in der Zeit der allgemeinen Frauenverehrung ihre höchste Höhe erreicht. Unter ihren Schutz stellten sich die angesehensten Orden, wie Cistercienser und Deutschherren; auf ihren Namen wurden die stattlichsten Kirchen geweiht; „Sankt Marie, Mutter und Magd, All unsre Not sei dir geklagt!“ sangen bei Göllheim und in ungezählten andern Schlachten die Ritter, wenn sie die Helme über das Haupt stürzten und die Rosse zum Angriff spornten, und die Minnesänger wurden nicht müde, das Lob der Frau der Frauen in wunderbarem Bilderreichtum zu preisen. Auch hier dichtete die Kunst weiter, nachdem der Minnegesang verklungen war. Die Dichter brachten die Himmelskönigin gern mit Blumen in Beziehung; ihr Lob soll aufgehen, „Wie Laub, Gras, Blumen und der Klee Am grünen Hang“; sie selbst wird angeredet als „lachender Rosen spielende Blüte“ und „Du Blumenschein durch grünen Klee, Du blühendes Lignum Aloë“. So trugen auch die Maler der kölnischen Schule das Lieblichste was ihnen darstellbar war zusammen, um das Bild der Jungfrau damit zu umgeben; sie versetzten die Heilige in einen blühenden Garten, in dem Rosen und Lilien, Maiglöckchen, Erdbeeren, Primeln, Schwertlilien und Narzissen aus dem grünen Rasenteppich sproßten. Hatte es Jahrhunderte lang die Malerei kaum jemals versucht, etwas andres darzustellen, als was die Bildnerkunst in vollkommnerer Weise wiederzugeben vermochte, so ging jetzt die Erkenntnis auf, daß manches dem Maler erreichbar sei, was der plastischen Kunst versagt blieb. Die zarten Formen und der Farbenreiz der Pflanzenwelt wurden nachgeahmt, mit eingehendster Liebe wurde dabei jedes Blättchen und jedes Blümchen der Natur nachgebildet. So kann man sagen, daß das Bestreben, die Jungfrau Maria zu verherrlichen und alles was zu diesem Zwecke diente so vollkommen wie möglich zu gestalten, die Anfänge des Realismus, der getreuen Naturwiedergabe, in der Malerei entstehen ließ.

Die Bilder dieser Gattung, welche durch ihre poetische Erfindung anziehen, auch wenn Zeichnung und Farbe noch mangelhaft sind, zeigen nichts von der

Abb. 285. Madonna mit der Wickenblüte.

Mittelbild eines dem Meister Wilhelm von Köln zugeschriebenen Altarwerks im Walraff-Richartz-Museum zu Köln.

feierlichen Erhabenheit älterer Madonnenbilder; es sind liebliche Idyllen, — Genrebilder aus dem Paradiese möchte man sie nennen. Die Jungfrau sitzt auf dem blumigen Rasen, meistens von einer Anzahl jugendlicher, vorzugsweise jungfräulicher Heiligen umgeben. Diese sind nicht anbetend dargestellt, sondern behaglich ruhend oder in verschiedenartiger Beschäftigung: sie brechen Früchte, sie reichen Blumen dar, sie spielen mit dem Jesuskind, das im Schoße der Mutter oder zu ihren Füßen im Grase sitzt. Das Ganze ist ein frei aus der Erfindungsgabe des Künstlers hervorgegangenes Gedicht, das uns anmutet wie die Worte des schönsten aller geistlichen Minnelieder:

„Du minniglicher Blumenglanz,
Du blühst ob aller Mägde Kranz.“

Solche Bilder waren nicht zur Aufstellung in Kirchen bestimmt, sondern dienten der häuslichen Erbauung. Daher sind sie durchgehends in kleinem Maßstabe ausgeführt. Eines der liebenswürdigsten unter ihnen, der Paradiesgarten im Historischen Museum zu Frankfurt am Main, geht kaum über die Verhältnisse einer Miniatur hinaus. Aber die Kleinheit thut der Sorgfalt keinen Abbruch, mit der die Köpfchen, die Blumen, die kleinen Vögel in den Zweigen und auf der Gartenmauer gemalt sind.

Was der Malerei dieser Zeit noch vollständig fehlt, ist die Kenntnis der Perspektive, sowohl der Linien- als der Luftperspektive. Nach letzterer konnte auch noch gar nicht gestrebt werden; denn statt der Luft spannt sich immer noch der Goldgrund hinter dem Ganzen aus. Eine eigentümliche Belebung des Goldgrundes finden wir bei einigen Bildern in punktierten Engelsfiguren, welche so gleichsam als unsichtbare Gestalten erscheinen.

Bei andern Bildern als bei solchen, welche nur Paradiesesfrieden und jungfräuliche Anmut zu schildern hatten, blieben die Maler dieser Zeit und Schule freilich noch weit hinter dem auf diesem besonderen Gebiete Erreichten zurück. Doch erfreuen uns auch hier manche aus dem vollen Leben gegriffenen Züge, durch welche die Maler die Handlung zu bereichern und Neuheit und Abwechslung in die Darstellung allbekannter biblischer Vorgänge zu bringen gesucht haben. Man liebte es jetzt auch, diese Vorgänge nicht mehr durch wenige herkömmliche Figuren auszusprechen, sondern sie zu möglichst figurenreichen Kompositionen zu gestalten; namentlich bei Darstellungen der Kreuzigung wurden große Volksmengen angebracht, welche zur lebensvollen Veranschaulichung des Hergangs dienten und durch ihre mannigfaltigen Beziehungen zu eingehender Betrachtung einluden.

Die sogenannte Schule des Meisters Wilhelm, welche alle vorhergegangene Malerei so völlig verdunkelte, blieb begreiflicherweise nicht auf die Stadt Köln beschränkt, sondern verbreitete sich in einem weiteren Umkreise. Den Namen eines ganz ausgezeichneten westfälischen Meisters, der seiner Malweise wie seiner Auffassung nach als zu dieser Schule gehörig zu betrachten ist, Konrad von Soest, überliefert die Inschrift eines im Jahre 1402 vollendeten trefflichen Altarwerks

Abb. 286. Madonna im Rosenhag.

Dem Meister Stephan von Köln zugeschriebenes Tafelgemälde im Wallraff-Richartz-Museum zu Köln.

mit dreizehn Bildern aus dem Leben des Heilandes und mit vier einzelnen Heiligengestalten, das sich in der Kirche zu Wildungen befindet.

Etwa mit dem zweiten Jahrzehnt des 15. Jahrhunderts gelangte die kölnische Schule zu weiterer Vollkommenheit. Es entstanden jetzt manche Werke, welche an poetischen Reizen denjenigen aus der Zeit Meister Wilhelms nicht nur nicht nachstanden, sondern diese Reize noch wunderbar erhöhten durch eine unübertreffliche Farbenpoesie. Dazu gesellte sich ein gesteigerter Sinn für Naturwahrheit, vor allem vergrößerte sich die Kenntnis des menschlichen Körpers; die ideale Schönheit der Frauenköpfe kleidete sich in lebensfähigere Formen. Auch mit dieser Zeit der höchsten Blüte der Kölner Malerei ist ein bestimmter Künstlername verknüpft, der des Meisters Stephan.

Über diesen Maler ist aus den städtischen Urkunden festgestellt worden, daß er in der Gegend von Konstanz zu Hause war, mit Familiennamen Lochner hieß und in Köln mehrere Häuser besaß; für die Größe seines Ansehens spricht der Umstand, daß er zweimal, in den Jahren 1448 und 1451, seine Zunft im Rate vertrat; 1451 starb er als Ratsherr.

Das lieblichste Werk dieser Zeit, eine himmlisch schöne Schöpfung eines hochbegnadeten Meisters ist die sogenannte Madonna im Rosenhag im Kölner Museum, die köstlichste Perle unter all jenen Kleinodien religiöser Kunst, welche die Jungfrau zum Mittelpunkte einer Paradiesesidylle machen. Wir sehen die Gottesmutter, mit einer prächtigen Juwelenkrone geschmückt, unter einer Rosenlaube sitzen, ein Wunderbild von mädchenhafter Holdseligkeit; auf ihrem Schoße sitzt völlig nackt das Knäblein und blickt sich freundlich nach den kleinen Englein um, welche anbetend und musizierend, Blumen brechend und Früchte reichend sich ringsum scharen. Oben schweben zwei Engel, welche einen brokatnen Vorhang zurückziehen, gleichsam um der Welt das Paradiesesbild zu enthüllen, und zwischen ihnen erscheint in einem Wolkenkranze Gott Vater und die herabschwebende Taube des Heiligen Geistes (Abb. 286). Von dem duftigen Farbenzauber dieses Bildchens, das an poetischem Gehalt von keinem Werke der vollkommensten Kunst übertroffen wird, vermögen Worte keinen Begriff zu geben. Aber auch in den Formen finden wir eine große Vollendung. Eine Kinderfigur auch nur annähernd richtig wiederzugeben war der mittelalterlichen Kunst bisher noch nicht gelungen; hier aber zeigt der Jesusknabe den vollen Reiz eines wohlgebildeten Kinderkörperchens und ein ganz und gar kindliches Köpfchen, und nur geringe Einzelheiten sind noch vorhanden, welche unsrer ausgebildeteren Formenkenntnis nicht ganz genügen. Das göttliche Kind erscheint hier auch als die eigentliche Hauptperson des Bildes, auf seine liebliche Erscheinung wird der Blick des Beschauers immer wieder gelenkt. Eingehende Betrachtung verdienen auch die Engel mit ihren entzückenden krauslockigen Kinderköpfchen; der kleine Lautenspieler z. B. zur Linken der Madonna ist ein Figürchen, das schöner gar nicht gedacht werden kann. Der Künstler hat auch schon angefangen, die Gesetze der Perspektive zu erkennen; dies sehen wir sowohl an der Laube, wie auch daran, daß die weiter zurückstehenden Engelchen kleiner sind als die im Vordergrund befindlichen.

Das große Hauptwerk des Meisters Stephan ist der unter dem Namen Dombild bekannte große Flügelaltar in der Agneskapelle des Kölner Doms, dessen ursprünglicher Platz aber nicht hier, sondern in der im Jahre 1426 geweihten Rathauskapelle war. Die geschlossenen Flügel desselben zeigen die Verkündigung in einer Darstellung, welche schon mit Entschiedenheit auf den Beginn

Abb. 287. Mittelbild des Kölner Dombildes von Meister S
Nach dem im Verlage von A. W. Schulgen in Düsseldorf erschienenen St

Abb. 287. Mittelbild des Kölner Dombildes von Meister Stephan.
dem im Verlage von A. W. Schulgen in Düsseldorf erschienenen Stich von Massau.

eines sich in der Malerei vollziehenden gänzlichen Umschwungs hinweist, auf die Erkenntnis nämlich, daß die Malerei im stande ist eine Räumlichkeit wiederzugeben und daß sie mithin die Fähigkeit besitzt, die ganze sichtbare Welt in ihren Bereich zu ziehen. Die Jungfrau und der Himmelsbote erscheinen hier nicht auf einem flachen Hintergrunde, sondern das Bild versetzt uns in ein Gemach mit Fußboden, Möbeln und Balkendecke; zwar heben sich die Figuren von einem Teppichmuster ab, aber dieses Teppichmuster tritt nicht selbständig auf, sondern es ist begründet dadurch, daß als Abschluß des Zimmers ein Teppichvorhang gemalt ist, der in natürlichen Falten herabhängt. Öffnen sich die Flügel, so erblicken wir ein Gemälde, das zunächst schon allein durch seine unvergleichliche Farbenpracht und die Feierlichkeit seiner Wirkung jeden Beschauer ergreifen und fesseln muß. Das Mittelbild zeigt die heiligen drei Könige, welche mit großem Gefolge herbeigekommen sind, um dem Sohn der Jungfrau Anbetung und Gaben darzubringen; in wahrhaft göttlicher Würde und dennoch durchaus kindlich thront der wunderbar schöne Knabe auf dem Schoße seiner minniglich bescheiden blickenden Mutter und hebt segnend das Händchen gegen die ehrwürdige Gestalt des ältesten der drei Könige (Abb. 287). Auf den Flügeln nahen sich dichtgedrängt hier eine liebliche Mädchenschar, die heilige Ursula mit ihren Jungfrauen, dort ein Zug von Rittern, St. Gereon mit den Märtyrern der thebaischen Legion. Der Grund, der oben in eine reiche geschnitzte Bekrönung übergeht, ist hier noch golden, das Bild steht außerhalb aller irdisch-räumlichen Beziehungen. Aber vor diesem Goldgrund, den wehende Banner und kleine, den Thron der Himmelskönigin umflatternde Englein beleben, bewegen sich lebenswahre, atmende Menschen mit beredten Augen, angethan mit prächtigen Kleidern, deren reiche Farben in wunderbarer Stimmung zusammenklingen. Ohne der einheitlichen malerischen Wirkung den geringsten Schaden zu thun, ist jede Einzelheit, die spiegelnden Rüstungen der Ritter, die Schmucksachen, die Brokatmuster und Stickereien, sowie die Kräuter des Bodens, mit unbegrenzter Feinheit und Sorgfalt naturgetreu ausgeführt. Auch die verschiedenen Kleiderstoffe sind prächtig behandelt. Betrachten wir die einzelnen vollendet durchmodellierten Köpfe, so zeigen zwar die Jungfrauen in ihrer gleichmäßigen Idealisierung vielleicht etwas zu viel Familienähnlichkeit, aber die Männer sind alle verschieden und zeigen die mannigfaltigsten Charaktere. Die liebenswürdige Idealität der älteren Richtung vereinigt sich hier mit einem frischen Sinn für getreueste Naturwiedergabe zu einem Werke, das in seiner Art ohnegleichen ist.

Das Dombild hat zu allen Zeiten Anerkennung und Bewunderung gefunden. Dem Vermerk in Albrecht Dürers Reisetagebuch von 1521, daß er 2 Weißpfennige bezahlt habe „von der Taffel aufzusperren, die Meister Steffen zu Köln gemacht hat“, verdanken wir die Kenntnis vom Namen des Meisters. Ein Buch vom Jahre 1572 erwähnt das Bild als „eine mit so großer Kunst gemachte Tafel, daß ausgezeichnete Maler dieselbe mit höchster Lust betrachten“. In einem Werke von 1645 heißt es: „Das Bild des Hauptaltars (in der Ratskapelle), welches die Mutter Gottes und die heiligen Weisen des Evangeliums und die übrigen Schutzheilligen der Stadt darstellt, pflegt durch den Ruhm der künstlerischen Ausführung und des Namens zu seiner Betrachtung die Be-

Abb. 288. Madonna mit dem Veilchen.
Tafelgemälde, vielleicht von Meister Stephan, im erzbischöflichen Museum zu Köln.

wunderer dieser Kunst nach Köln zu ziehen.“ Im Anfang unsers Jahrhunderts fanden die Romantiker, wie Fr. Schlegel und seine Gesinnungsgenossen, in diesem Gemälde das nordische Gegenstück zu den Werken Rafaels. Selbst auf den Spötter Heine machte dasselbe Eindruck, so daß er von ihm sagen mochte: „In meines Lebens Wildnis Hat's freundlich hereingestrahlt.“ Es gibt wohl kaum ein Bild, das in solchem Maße eine weihevolle religiöse Stimmung hervorzurufen geeignet ist, wie das Kölner Dombild. Wenn man von einer eigentlich christlichen Kunst sprechen will, die unabhängig von der Kunst des antiken Heidentums sich ihr eignes Schönheitsideal suchte, so muß man sagen, daß sie in dem Dombild und den verwandten gleichzeitigen Werken ihr Höchstes erreicht hat.

Ein hervorragendes Werk aus derselben Zeit, vielleicht von derselben Hand wie das Dombild, ist noch die im erzbischöflichen Museum zu Köln befindliche Madonna mit dem Veilchen (nach dem früheren Aufbewahrungsort auch Madonna des Priesterseminars genannt). Dieses Bild zeigt die stehende Gestalt Marias in reichlicher Lebensgröße. Mit holder Freundlichkeit blicken die wundersam schöne Jungfrau und das liebliche Kind auf ihrem Arm auf die Stifterin des Bildes herab, die in kleiner Figur am Boden kniet, durch Wappen in den unteren Bildecken näher gekennzeichnet. Den Hintergrund bildet oberwärts der Himmel, an dem man die von leichtem

Gewölk umgebenen Halbfiguren Gott Vaters und singender Engel und die schwebende Taube erblickt; unterhalb wird von zwei kleinen Engeln ein reicher

Abb. 289. Das Weltgericht.
Altargemälde aus der ehemaligen St. Lorenzkirche, jetzt im Wallraf-Richartz-Museum zu Köln.

Teppich gehalten, der dasselbe Muster zeigt wie der Vorhang auf dem Verkündigungsbilde der Dombildflügel (Abb. 288).

Unbegreiflich erscheint es uns heutzutage, daß eine Kunst, die so treffliche Köpfe zu schaffen vermochte, die bei bekleideten Figuren auffallende Unrichtigkeiten zu vermeiden wußte und selbst ein nacktes Kinderkörperchen reizvoll wiederzugeben verstand, eine eigentliche Kenntnis vom menschlichen Körper doch noch nicht besaß. Wenn der Gekreuzigte abgebildet wurde, so kam, wie beispielsweise ein übrigens ausgezeichnet schönes dem Meister Stephan zugeschriebenes Bild im Germanischen Museum zu Nürnberg zeigt, noch ein wahrhaft schreckliches Zerrbild der menschlichen Gestalt zuwege.

Aber auch in dieser Beziehung trat bald eine Besserung ein. Ein nach seinem ganzen Gepräge noch der durch Meister Stephan vertretenen Schulrichtung angehöriges Bild im Kölner Museum, eine große phantasiereiche Darstellung des Weltgerichtes, zeigt bei den Verdammten, welche jammernd dem Schlund der Hölle verfallen, und bei den Seligen, welche von Engeln geleitet der Pforte des Paradieses — einem perspektivisch richtig gemalten Portalbau — nahen, wohlstudierte nackte Körper in mannigfaltigen, zum Teil sehr lebhaften Bewegungen und in verschiedenartig ausgebildeten Individualitäten (Abb. 289).

So steht dieses Bild schon auf dem Boden der neuzeitlichen Kunst. Denn indem die Malerei sich durch die räumliche Vertiefung der Perspektive das Weltall erschloß und durch das Studium des Menschenleibes eine sichere Grundlage für die Richtigkeit der Zeichnung gewann, veränderte sie völlig ihr Wesen. Mit diesen Errungenschaften hört für die Kunstgeschichte das Mittelalter auf; es beginnt die Zeit der Wiedergeburt der Künste.

Abb. 290. Aus der Umrahmung einer Blattseite in einem niederländischen Gebetbuch (um 1490).

Im Berliner Kupferstichkabinett.

IV. Die Renaissance.

1. Die Vorläufer der neuzeitlichen Kunst.

Abb. 291. Zierbuchstabe. Bemalter Holzschnitt aus Auslegung des amptes der heyligen Messe. Augsburg 1484.

Im Kupferstichkabinett zu Berlin.

Mit dem Wort Renaissance als Bezeichnung einer Stilperiode verbindet sich zunächst die Vorstellung von der Wiedergeburt der Kunst des Altertums. Als eine solche wurde die Umgestaltung des gesamten Kunstwesens betrachtet, die in Italien aus der Begeisterung für die Überbleibsel der klassischen Vergangenheit hervorging und die sich von diesem Lande aus im 16. Jahrhundert über die übrige civilisierte Welt verbreitete. In weiterem Sinne aber denkt man bei jenem Ausdruck an die „Wiedergeburt der Natur", das Erwachen der Erkenntnis, daß die Natur die alleinige ewig gültige Lehrmeisterin der bildenden Künste sei.

Diese Erkenntnis brach sich auch im Norden Bahn, völlig selbständig und ohne das vermittelnde Vorbild, welches Werke antiker Bildhauerkunst gewährten. Der Boden, auf dem der Realismus, d. h. die gewissenhafte Nachbildung des Wirklichen, die Grundlage der modernen Kunst, zuerst völlig frei zu Tage trat, waren die Niederlande, insbesondere das flandrische Gebiet. Hier hatte schon gegen das Ende des 14. Jahrhunderts die Miniaturmalerei sich in der Wiedergabe der Räumlichkeit versucht und nicht nur in den Einzelheiten, sondern auch in den Gruppierungen und dem ganzen Zusammenhange Naturähnlichkeit angestrebt.

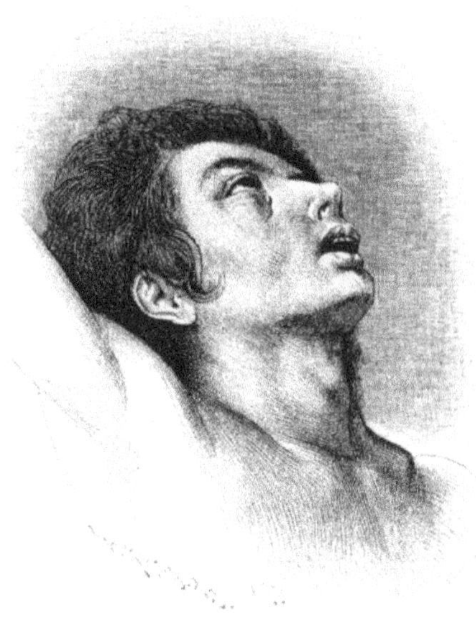

Abb. 292. Hans Memling: Kopf des guten Schächers aus der Kreuzigung im Lübecker Dom.

In der ersten Hälfte des 15. Jahrhunderts nun traten diese Bestrebungen, welche die Fläche auflösten und im Bilde ein Stück des Weltalls wiederspiegelten, von vollem Erfolge gekrönt in der Tafelmalerei auf.

Als eine wunderbare und unvergleichliche Erscheinung stehen die Brüder Hubert und Jan van Eyck in der Kunstgeschichte da. In ihren Bildern sehen wir lebenswahre Menschen in voller Körperlichkeit im Raume stehen, von Lichtern und Reflexen umspielt; wir schauen in weite Kirchenhallen und in wohnliche Gemächer, durch geöffnete Fenster hinaus in das Freie; oder wir sehen das lichte Blau der Himmelswölbung über den Figuren ausgespannt, und über Bäume und Städte und Burgen hinweg schweift der Blick zu fernen, im Duft verschwimmenden Bergen. Wie eine plötzliche Offenbarung hat sich den Künstlern die Darstellbarkeit der Ferne erschlossen, die Geheimnisse der Beleuchtung sind erlauscht, und die Malerei kennt von jetzt ab keine Schranken mehr in der Nachahmung der Natur, alles was sichtbar ist gehört in ihr Bereich. Und was die Natur der Darstellung bietet, wird so wiedergegeben wie sie es bietet: es wird nach der Natur gemalt; die Form ist nicht mehr ein bloßes Mittel des Ausdrucks, neben dem Inhalt des Gemäldes wird sie selbst zum Gegenstand der Kunst. Mit staunender Bewunderung sahen die Zeitgenossen Dinge gemalt, an die vorher niemand gedacht hatte, wie das Spiegeln des Himmelslichtes in bewegtem Wasser, den Wiederschein von Gegenständen und Personen in blankem Metall und geschliffenen Rundspiegeln.

Mit großer Schnelligkeit verbreitete sich die Kunde von dem Wunder der neuen Kunst, und von weither, selbst aus Italien, eilten die Maler in die flandrischen Werkstätten, um das Geheimnis zu erlernen.

Wie das Urteil der Menge sich immer gern an Äußerlichkeiten hängt, so glaubte man den Grund des unerhörten Erfolgs in der Malweise finden zu können, welche die van Eyck anwendeten. Dieselben malten nämlich nicht mit Temperafarben, d. h. mit Wasserfarben, die durch Eigelb, Eiweiß, Honig oder irgend ein andres Bindemittel geschmeidig und haltbar gemacht wurden, sondern mit in Leinöl angeriebenen Farben.

Die Sage hat daher bald den jüngeren bald den älteren der beiden Brüder zum Erfinder der Ölmalerei gemacht. Thatsächlich aber war ja die Ölfarbe schon längst

Abb. 293. Kreuzabnahme. Vom Meister der Lyversbergschen Passion.
Mittelbild eines Altars im Museum zu Köln.

Abb. 294. Kreuzigungsbild eines Meisters der van Eyckschen Richtung um 1470. Kölner Museum.

bekannt, wenn sie auch in früherer Zeit wegen des langsamen Trocknens für ungeeignet zur Figurenmalerei galt. Aus dem „Buch von der Kunst“ des italienischen Malers Cennino Cennini erfahren wir, daß zu seiner Zeit — in den letzten Jahrzehnten des 14. und im Beginne des folgenden Jahrhunderts — die Ölmalerei besonders bei den Deutschen viel angewendet wurde. Schon vor der Zeit der van Eyck hatte man Mittel erfunden, den Übelstand des allzu langsamen Trocknens, der der allmählichen Vollendung und feinen Ausführung durch übereinandergesetzte Töne im Wege stand, zu beseitigen. Auch dem Nachdunkeln des Öls, das die Farben mit der Zeit schwarz werden ließ, wußte man zu begegnen. Wie viel oder wie wenig Anteil an der Verbesserung des Verfahrens nun die Gebrüder van Eyck gehabt haben mögen, deren Bilder noch nach vier und einem halben Jahrhundert in einer

Farbenfrische prangen, als ob sie eben erst die Staffelei verlassen hätten: jedenfalls wurde durch ihre Werke die von jetzt ab in der Tafelmalerei fast ausschließlich herrschende Anwendung der Ölfarbe mitbegründet. Dieser Malstoff bot, wenn man seinen Nachteilen in so vollkommener Weise wie es jene Zeit that, zu begegnen wußte, einen für die sorgfältige naturgetreue Ausführung unschätzbaren Vorteil der Bequemlichkeit: seine Unveränderlichkeit gestattete, mit voller Ruhe und Sicherheit die feinsten Töne abzuwägen, jede Farbe behielt das Aussehen, das sie beim Hinstreichen hatte. Bei der Temperamalerei dagegen war die feinste Ausführung sehr erschwert durch den Umstand, daß die Farben im trocknen Zustand ganz anders aussahen als im nassen — daß man also beim Aufsetzen eines frischen Tons auf einen bereits trocknen die endgültige Wirkung noch nicht sieht, sondern nur auf Grund von Proben und Erfahrungen voraussehen kann —, und daß durch den ölhaltigen Firnis schließlich, der den Farben ihre Tiefe gibt, der Wert der einzelnen Töne sich wiederum verändert.

Abb. 295. Engel vom Liesborner Meister.

Das wahre Geheimnis der van Eyckschen Malerei aber lag nicht auf der handwerklichen Seite der Kunst; die beiden Brüder würden ebenso große Maler gewesen sein und ebenso viel Bewunderung erregt haben, wenn sie niemals anders als mit Tempera gemalt hätten. Ihr Geheimnis war nicht in der Werkstatt zu erlernen. Solange das Gebiet der Kunst durch feststehende Regeln der Überlieferung mehr oder weniger eng begrenzt war, solange vermochte auch der weniger Begabte durch Aneignung einer großen handwerklichen Geschicklichkeit es dahin zu bringen, daß er, wenn auch nicht ausgezeichnete, so doch erträgliche Werke schuf; daher finden wir unter den Arbeiten gotischen Stils zwar sehr viel Mittelmäßiges, aber kaum etwas wirklich Schlechtes. Jetzt aber, wo es nicht mehr genügte, durch das Herkommen bestimmte Figuren schlecht und recht hinzustellen und die eigne Kunstfertigkeit nur in der Geschicklichkeit der Ausführung zu beweisen, während die persönliche Erfindungsgabe des Künstlers zwar be-

Abb. 296. Martin Schongauer.
Wahrscheinlich von Hans Burgkmair gemalt. In der Pinakothek zu München.

wundert wurde, aber nicht unentbehrlich war, — jetzt, wo es darauf ankam, ein Stückchen Welt so wiederzugeben, wie es sich in der Seele des Künstlers spiegelte: unter diesen Verhältnissen gehörte eben eine Künstlerseele dazu, um Kunstwerke zu schaffen, und wo die Gabe künstlerischer Auffassung fehlte, da war alles Lernen und alle Geschicklichkeit umsonst. Darum gewinnt von nun an die Persönlichkeit des Künstlers eine Bedeutung, die sie bisher nicht hatte. Der Abstand zwischen bloß handwerksmäßiger Leistung und wahrem Kunstwerk wird unermeßlich groß. Während der eine nur gänzlich Unbedeutendes zuwege bringt, schafft der andre unsterbliche Werke, die ihm die Bewunderung aller Zeiten sichern. Dennoch bleibt die Stellung der Künstler fürs erste noch eine ebenso bescheidene wie sie früher war, und von manchen der besten Werke sind uns die Urheber unbekannt.

Die Niederlande nahmen damals, obgleich sie teilweise noch mit dem deutschen Reich verbunden waren, eine so besondere Stellung ein, hatten auch schon eine so ausgeprägte Nationalität entwickelt, daß sie nicht mehr zu Deutschland gehörten. Die Malerei der Brüder van Eyck und ihrer unmittelbaren oder mittelbaren niederländischen Schüler und Nachfolger gehört daher nicht in den Rahmen der deutschen Kunstgeschichte. Nur einer der letzteren mag erwähnt werden, einer der ausgezeichnetsten Maler der zweiten Hälfte des 15. Jahrhunderts: Hans Memling. Denn dieser in Brügge ansässige Meister war von Geburt ein Deutscher, wie man aus seinem Vornamen, der immer Hans und niemals Jan geschrieben wird, folgern muß. Auch hat er eins seiner berühmtesten Werke für eine deutsche Kirche gemalt: den mit der Jahreszahl 1491 bezeichneten Altaraufsatz in der Geverardenkapelle des Doms zu Lübeck. Dieses Altarwerk zeigt auf den Außenthüren die Verkündigung grau in grau, nach deren Öffnung vier lebensgroße Heilige, und nach Öffnung der inneren Flügel eine figurenreiche Darstellung der Kreuzigung und andre Bilder aus der Leidensgeschichte des Herrn. Die Abbildung des wunderbar ausdrucksvollen und in der Verkürzung unübertrefflich gezeichneten Kopfes des guten Schächers mag zur Veranschaulichung des Unterschiedes beitragen, der zwischen dieser Kunst und derjenigen des vorangegangenen Zeitalters besteht (Abb. 292). — Als eine Arbeit des Hans Memling gilt ziemlich allgemein auch das großartige dreiteilige Bild des jüngsten Gerichts in der Marienkirche zu Danzig, ein Werk, das für Italien bestimmt war und i. J. 1473 von einem Danziger Kreuzer auf einem englischen Schiff erbeutet wurde. Außer der machtvollen Wirkung des Ganzen und der ergreifenden Gewalt des Ausdrucks müssen wir hier namentlich die vorzügliche Zeichnung der vielen nackten Gestalten bewundern.

Abb. 297. Madonna von Martin Schongauer.
In der Martinskirche zu Kolmar.

Der Einfluß der van Eyckschen Malerei verbreitete sich rasch über Deutschland. Seit der Mitte des 15. Jahrhunderts wurden allerorten die Tafelbilder mit Ölfarbe gemalt und zeigten Figuren von scharf ausgesprochener, bildnismäßiger Charakteristik in natürlicher Gruppierung auf einem perspektivisch baulichen oder landschaftlichen Hintergrund. An Stelle der Luft wurde dabei allerdings noch häufig, namentlich bei den Innenbildern der Altarwerke, der wirkungsvolle Goldgrund angebracht.

Die niederrheinische Malerei nahm alsbald sehr viel von der Kunst des Nachbarlandes an. Dabei fiel die ideale Schönheit der älteren Schule den realistischen Bestrebungen zum Opfer. Da es diese Bestrebungen indessen noch nicht zur Vollkommenheit gebracht haben, so üben die kölnischen Bilder aus der zweiten Hälfte des 15. Jahrhunderts auch nicht annähernd eine so unmittelbare

Abb. 298. Maria auf dem Halbmond.
Stich des Meisters E. S. vom Jahr 1466. Eins der schönsten und seltensten Blätter dieses Künstlers.

Wirkung auf den modernen Beschauer aus wie diejenigen des Meisters Stephan. Dennoch verdienen die zahlreichen Gemälde dieser Zeit, welche das Kölner Museum bewahrt, der Mehrzahl nach eine viel eingehendere Betrachtung und Würdigung, als ihnen von den meisten Besuchern der Sammlung zu teil wird. Stoßen uns auch manche unschönen Züge und manche Unrichtigkeiten der Zeichnung, die hier bei dem ersichtlichen Streben nach Wahrheit doppelt störend hervortreten, ab, so gewähren dafür doch die sprechende Charakteristik der Köpfe und Gestalten, der tiefe Seelenausdruck und die poetische Farbenstimmung einen reichen Ersatz. Wenn in früherer Zeit die Kunst ihre Aufgabe erfüllt hatte, wenn ihre Werke eine jedem lesbare Schrift, ein bloßer Hinweis auf die dargestellten Vorgänge waren, so sehen wir jetzt, wie die Künstler sich selbst in die Begebenheit hineinversenken; ihre Absicht beschränkt sich nicht darauf, den Beschauer zu belehren und zu ermahnen, sie wollen ihn ergreifen, rühren, erheben, sie lassen ihn gewissermaßen selbst an dem dargestellten Vorgange teilnehmen.

Abb. 299. Kreuzschleppung.
Kupferstich von Martin Schongauer.

Ein Hauptwerk dieser Richtung ist die nach ihrem ehemaligen Besitzer als Lyversbergsche Passion bezeichnete Folge von acht Bildern, welche in reichen, gedrängten Kompositionen das Leiden des Erlösers mit dramatischer Lebendigkeit vorstellen. Nach diesen Passionsbildern werden eine Anzahl Gemälde, welche eine so ähnliche Art der Auffassung und der Ausführung zeigen, daß sie von derselben Hand herrühren könnten, als Werke des „Meisters der Lyversbergschen Passion" bezeichnet. Die Münchener Pinakothek und das Germanische Museum zu Nürnberg besitzen sehr bedeutende Arbeiten, die diesem namenlosen Meister zugeschrieben werden. Sie alle aber und die Passionsbilder selbst werden übertroffen durch die Kreuzabnahme im Kölner Museum. Dieses durch Farbenstimmung, malerische Wirkung und ergreifenden Ausdruck gleich ausgezeichnete Bild ist die Mitteltafel eines Altars und wurde, wie die Schrift auf dem Rahmen besagt, zum Gedächtnis eines im Jahre 1480 verstorbenen Professors der Theologie an der Kölner Universität, des Magisters Gerhard vom Berg, gestiftet. Wir sehen Maria in den Armen des Johannes unter dem Kreuze zusammenbrechen, während Nikodemus und Joseph von Arimathia den heiligen Leichnam hinwegtragen; zu den Seiten stehen die Apostel Jakobus der ältere und Andreas; der letztere beschirmt den im Vordergrunde knienden Magister, der die herabhängende Hand des Erlösers mit inbrünstiger Verehrung ergreift. Der von ernster Frömmigkeit erfüllte Porträtkopf des — wie

Abb. 300. Tod der Maria.
Kupferstich von Martin Schongauer.

üblich in kleineren Verhältnissen als die heiligen Figuren dargestellten — Magisters ist für sich allein schon ein vollendetes Meisterwerk (Abb. 293).

Nur einzelne kölnische Maler, wie der nach seinem Hauptwerk, einem gleichfalls im Kölner Museum befindlichen Altar, der die Familien der Maria und Elisabeth nebst andern Heiligen und Kindern zeigt, benannte „Meister der heiligen Sippe", vermochten es, mit den neuen künstlerischen Errungenschaften noch einen Rest der früheren Idealität zu vereinigen. Andre dagegen schlossen sich völlig der flandrischen Weise an, wie der Urheber des abgebildeten (Abb. 294) stimmungsvollen Kreuzigungsbildes; eine von den van Eycks übernommene äußerliche Eigentümlichkeit sehen wir hier auch darin, daß an die Stelle des Heiligenscheins, dessen breite Scheibe sich mit der naturalistischen Auffassung nicht recht vertrug, ein leichter goldner Strahlenkranz getreten ist.

Der niederrheinischen Malerei ähnlich gestaltete sich unter dem niederländischen Einfluß die westfälische. Eine von den Zeitgenossen höchlich bewunderte Arbeit, deren Urheber vom Chronisten den Künstlern des griechischen Altertums

Abb. 301. Verkündigungsengel.

Kupferstich von Martin Schongauer.

Abb. 302. Versuchung des heiligen Antonius. Kupferstich von Martin Schongauer.

zur Seite gestellt wurde, waren die Gemälde an fünf im Jahre 1465 geweihten Altären der Klosterkirche zu Liesborn (bei Lippstadt).

Bei der Aufhebung des Klosters unter König Jerome verkamen diese Bilder; die Tafeln des Hauptaltars, dessen Mittelbild die Kreuzigung darstellte, wurden in einzelne Stücke zersägt, von denen sich einige — teils in der Londoner Nationalgalerie, teils in Westfalen in Privatbesitz — erhalten haben. Die liebenswürdige Art des „Liesborner Meisters“, der noch viel Idealität bewahrt hat, mag ein solches Bruchstück veranschaulichen, welches einen der das Kreuz umschwebenden und das Blut des Heilands auffangenden kleinen Engel enthält (Abb. 295).

Auf sehr fruchtbaren Boden fiel die Saat der neuen Kunst am Oberrhein. Von der Blüte der elsässischen Malerei in der zweiten Hälfte des 15. Jahrhunderts geben rühmende Erwähnungen von Zeitgenossen Kunde. So wird mehrfach eines Straßburger Meisters Johannes Hirtz gedacht, der im Jahre 1466 starb und der, „solange er unter den Lebenden weilte, bei allen Malern hoch verehrt war und dessen Fertigkeit in der Malerei sehr berühmte und sehr schöne Bilder sowohl anderswo als in seiner Geburtsstadt Straßburg bezeugen“. Die französische Revolution hat freilich dafür gesorgt, daß von den Bildern dieser Zeit im Elsaß nicht viel übrig geblieben ist; in Münster z. B. wurden im Jahre 1796 die alten Kirchengemälde auf dem Markt zusammengetragen und verbrannt.

Reste eines großen Altarwerkes, das für die Martinskirche zu Kolmar bei einem Meister Kaspar Isenmann im Jahre 1462 bestellt wurde, bewahrt das Kolmarer Museum in sieben Tafeln mit Darstellungen aus dem Leben und

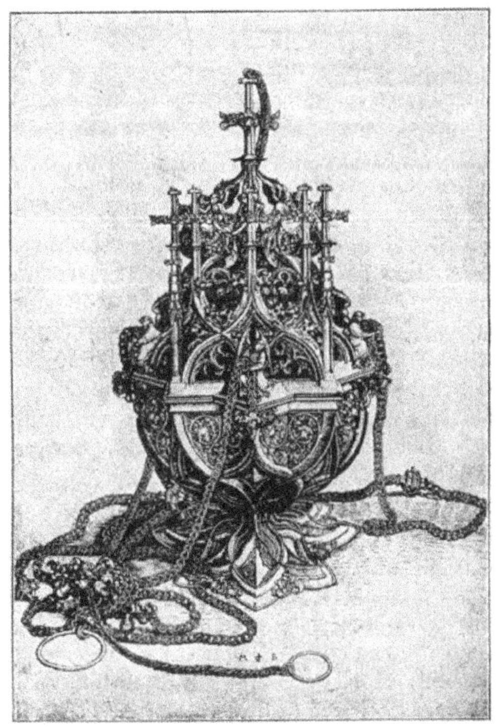

Abb. 303. Martin-Schongauers Rauchfaß.

Leiden Christi, in denen der Natursinn der flandrischen Schule schon deutlich zu Tage tritt.

„Der Maler Preis" aber (wie es in einer Eintragung des Kirchenbuchs von St. Martin zu Kolmar heißt) war Martin Schongauer, auch Martin Schön oder Hübsch Martin (in fremden Sprachen Martinus Bellus, Belmartino, Beaumartin) genannt „von wegen seiner Kunst". Als Sohn eines aus Augsburg eingewanderten Goldschmieds Kaspar Schongauer wurde Martin zu Kolmar geboren; das Jahr seiner Geburt ist unbekannt, auch die Vermutungen über dasselbe gehen weit auseinander. Mit Sicherheit festgestellt dagegen ist, daß er am 2. Februar 1488 zu Kolmar starb.

Die Züge Martin Schongauers bewahren uns zwei erhaltene Kopien seines Bildnisses, von denen sich die eine in der Galerie zu Siena, die andre, wahrscheinlich von Hans Burgkmair gemalte, in der Münchener Pinakothek befindet (Abb. 296).

Liebenswürdig wie das Antlitz zeigt sich uns die Kunst des Meisters. Die milde Anmut der idealistischen Richtung, die auch im Elsaß vortreffliche Werke hervorgebracht hatte, wie namentlich der sogenannte Staufenbergsche Altar im Museum zu Kolmar beweist, lebt noch in seinen Werken und vermählt sich reizvoll mit der scharfen Naturnachbildung der Niederländer. Die letztere hatte er an der Quelle studiert; er war, wie berichtet wird, eine Zeitlang Schüler von des jüngeren van Eyck berühmtem zu Brüssel lebenden Zeitgenossen Roger von der Weiden. Anerkennung fand Meister Martin in vollem Maße. In einem im Jahre 1505 erschienenen Buche wird berichtet, daß seine Bilder nach Italien, Spanien, Frankreich, England und andern Weltgegenden ausgeführt wurden. „Es gibt," heißt es an der betreffenden Stelle weiter, „zu Kolmar in der St. Martins- und in der St. Franziskuskirche, außerdem zu Schlettstadt bei den Predigermönchen auf dem Altar, der dem heiligen Sebastian geweiht ist, Bilder von seiner Hand gemalt, die abzubilden und nachzuzeichnen Maler um die Wette herbeiströmen, und wenn man guten Künstlern und Malern Glauben schenken darf, so wird niemals jemand etwas Geschmackvolleres, etwas Liebenswürdigeres malen und wiedergeben können." — Kein einziges Gemälde ist erhalten, von dem sich mit voller Gewißheit behaupten läßt, daß es von Martin Schongauers Hand herrühre. Nur auf Grund von Vermutungen, wenn auch mit Wahrscheinlichkeit, werden ihm mehrere im Kolmarer Museum und an andern Orten befindliche Bilder zugeschrieben, unter denen die herrliche Madonna im Rosenhag in der Martinskirche zu Kolmar die erste Stelle einnimmt. Die Auffassung dieses Bildes ist wesentlich abweichend von den ähnlichen Darstellungen der Kölner Schule, von denen es sich auch durch seine Größe — die Madonna ist überlebensgroß — unterscheidet. Ernst und erhaben sitzt die Jungfrau unter den blütenbedeckten Rosenzweigen, auf denen sich Finken und andre Vöglein wiegen; ein wehmütiger Zug erfüllt ihr Antlitz, sie kennt ihres Sohnes irdisches Geschick; die Nebenfiguren beschränken sich auf zwei schwebende Engel, welche über ihrem Haupte eine prächtige Krone halten (Abb. 297).

Daß wir trotz der geringen Zahl und der Zweifelhaftigkeit Schongauerscher Gemälde uns von der hohen künstlerischen Bedeutung dieses ausgezeichneten Meisters ein klares Bild machen können, verdanken wir seiner Thätigkeit als Kupferstecher. In mehr als hundert verschiedenen, zum größten Teil mit dem Monogramm des Meisters bezeichneten Kupferstichen können wir die Vielseitigkeit seines Talents, sein Geschick in der Komposition, seine Gemütstiefe, sein Schönheitsgefühl und seine Naturbeobachtung, seine Phantasie und seinen Humor bewundern.

Die Kupferstecherkunst war eine Erfindung deutscher Goldschmiede. Die Abdrücke, welche die Meister gelegentlich von ihren Gravierungen machten, bevor sie dieselben mit Niello ausfüllten, führten auf den Gedanken, vertiefte Zeichnungen in Metall eigens zum Zwecke des vielfältigen Abdrucks anzufertigen. Schon vor der Mitte des 15. Jahrhunderts wurde diese Kunst geübt; der älteste mit einer Jahreszahl bezeichnete Stich ist von 1446. Während die früheren Kupferstiche aber mehr als Zeugnisse von der Ausübung dieser Kunst, denn als eigentlich künstlerische Leistungen von Interesse sind, nimmt seit der Zeit Schongauers die Kupferstecherkunst eine hoch bedeutungsvolle Stellung unter den bildenden Künsten ein. Neben ihm hat unter den Erstlingsmeistern des deutschen Kupferstichs, welche dem Namen nach unbekannt sind, von der Forschung aber nach besonderen Eigentümlichkeiten unterschieden und benannt werden, der hervorragende und vielseitige Künstler Anrecht auf besondere Erwähnung, welcher wegen der Anfangsbuchstaben und der Jahreszahl, die auf mehreren seiner Stiche vorkommen, als „Meister E. S." oder „Meister von 1466" bezeichnet wird. Auch dieser war, wie seine Art und Weise zweifellos erkennen läßt, ein oberrheinischer Künstler, der die Einwirkung der niederländischen Kunst erfahren hatte; die Liebenswürdigkeit seiner Empfindung und die Zartheit seiner Ausführung mag das schöne Blatt „Maria auf dem Halbmond" veranschaulichen (Abb. 298).

Als Sohn eines Goldschmieds erlernte Martin Schongauer das Gravieren in Metall in der väterlichen Werkstatt, und mit dem Sinne des Malers verwertete er das Erlernte. Er war der erste, der die Striche so zu legen wußte, daß sie die Formen deutlich hervorhoben; mit vollendeter Feinheit wußte er die landschaftlichen Hintergründe anzugeben. Auf die Kunst der Zeitgenossen und ihrer nächsten Nachfolger haben die viel verbreiteten Kupferstiche des Kolmarer Meisters großen Einfluß ausgeübt.

Besonders volkstümlich und häufig nachgeahmt waren Schongauers Passionsbilder (Abb. 299). Auch heute noch erfüllen uns dieselben durch ihr dramatisches Leben und die Freiheit der Bewegungen mit Bewunderung, wenn es auch nach unsern Begriffen nicht gerade nötig erscheint, daß die Henkersknechte in so widerwärtiger Gestalt auftreten, wie wir sie hier sehen. Damals aber gefiel das gerade, daß die Häßlichkeit der Seele sich in der Häßlichkeit des Körpers deutlich wiederspiegelte. Bei der Darstellung ruhiger Vorgänge (Abb. 300) bewährt sich Schongauer eben sosehr als vollendeter Meister der Komposition wie bei bewegten Handlungen. Nicht minder bewundernswürdig sind seine Einzelfiguren, die Apostel, das Christkind, die lieblichen Gestalten von Engeln (Abb. 301) und weiblichen Heiligen, die klugen und thörichten Jungfrauen. Überall fesselt er uns durch die innige Tiefe des Ausdrucks. Ein Bild von großartiger Phantastik ist der heilige Antonius, der von seltsamen Teufelsgestalten voll wilder Lebendigkeit in der Luft herum gezerrt wird, ein Blatt, das auch dadurch ein besonderes Interesse hat, daß es von dem jugendlichen Michelangelo als Vorwurf zu einem Bilde benutzt worden ist (Abb. 302). Auch wirkliche Genrebilder finden sich unter den Stichen, wie die launigen Darstellungen von zwei sich zankenden Lehrbuben, von einer zu Markte ziehenden Bauernfamilie und andres. Außer figürlichen Darstellungen hat Schongauer auch einige Tierbilder, Wappen, Ornamente und Entwürfe zu einem Rauchfaß (Abb. 303) und einem Bischofsstab gestochen. Fast das einzige, was bei Schongauers Arbeiten unserm Geschmack befremdlich erscheint, ist — abgesehen von den übertrieben häßlichen Schergen — der scharfkantige, kleinliche Faltenwurf mancher

Abb. 304. Der heil. Valentin heilt einen Fallsüchtigen.
Aus den Bildern der Valentinslegende von Barthel Zeitblom in der Gemäldegalerie zu Augsburg.

Abb. 305. Mittelstück von der Rückseite eines im Stuttgarter Museum befindlichen Altarschreins mit Zeitbloms Selbstbildnis.

Die Schrift auf dem Spruchband lautet: das werck hat gemacht bartholme zeytblom maller zu Ulm 1497.

Gewänder, eine Eigentümlichkeit, die wir indessen bei vielen Meistern jener Zeit finden und die auf das Vorbild der Holzschnitzerei zurückzuführen ist.

In dem rechtsrheinischen Schwabenlande war die Kunstthätigkeit nicht minder rege als im Elsaß, und auch hier trat seit der Mitte des 15. Jahrhunderts unter niederländischem Einfluß ein völliger Umschwung in der Malerei ein.

Als einen unmittelbar in der Schule Rogers von der Weiden gebildeten Meister bekundet sich durch seine Werke Friedrich Herlin aus Rothenburg ob der Tauber, der hauptsächlich in Nördlingen wirkte, wo er 1467 das Bürgerrecht unter lebenslänglicher Befreiung von allen Steuern und sonstigen städtischen Leistungen erhielt. Sowohl in Nördlingen wie in Rothenburg hat er sehr beachtenswerte Altargemälde hinterlassen.

Der Mittelpunkt der schwäbischen Kunstthätigkeit war Ulm. Der erste bekannte Maler, der sich hier die niederländische Weise zu eigen machte, war Hans Schühlein, der Verfertiger des im Jahre 1469 vollendeten Hochaltars in der Kirche zu Tiefenbronn. Derselbe war zu Ulm eine angesehene Persönlichkeit; 1473 war er Altmeister der vereinigten Zunft der Maler, Bildschnitzer, Glaser und Briefdrucker; von 1497 bis 1502 gehörte er zu den Pflegern des Münsterbaues.

Schühleins Schwiegersohn und wahrscheinlich auch Schüler war Bartholomäus Zeitblom, der in Urkunden von 1484 bis 1518 erwähnt wird, einer der bedeutenderen Meister jener Zeit. In seinen in ziemlicher Anzahl vorhandenen

Gemälden (Abb. 304), die in Bezug auf Formvollendung freilich mit den Schongauerschen Arbeiten nicht wetteifern können, zieht außer der bisweilen sehr glücklichen Farbenwirkung vor allem die schlichte, tiefe, gemütvolle Empfindung an, die namentlich bei der Wiedergabe ruhiger Vorgänge und bei Einzelfiguren zur Geltung kommt, und um derentwillen man ihn „den deutschesten aller Maler“ genannt hat. Zeitblom hat uns sein eigenes Bild hinterlassen auf der Rückseite eines (jetzt im Stuttgarter Museum befindlichen) Altarschreins, den er im Jahre 1497 für die Kirche auf dem Heerberg bei Gaildorf vollendete; zwischen grünem Laubgewinde, das über einem dornengekrönten Christushaupt emporrankt, steigt aus einer Blume — in Anspielung auf seinen Namen — die Halbfigur des Meisters hervor, mit ernstem bärtigem Antlitz (Abb. 305).

Abb. 306. Aus dem mittelalterlichen Hausbuch des German. Museums: Lustige Gesellschaft mit Spaßmachern in einem Garten vor den Thoren.

Bruchstück einer dem Bartholomäus Zeitblom zugeschriebenen Federzeichnung.

Als Zeichnungen von Zeitbloms Hand gelten die besseren Blätter in der interessanten Bilderhandschrift, welche das Germanische Museum zu Nürnberg unter dem Titel „Mittelalterliches Hausbuch“ veröffentlicht hat: köstliche Genrebilder aus dem Leben, voll von Anschaulichkeit und Humor (Abb. 306).

Zu Augsburg wirkte um dieselbe Zeit Hans Holbein, der Vater des großen gleichnamigen Meisters. Hans Holbein der ältere, wie er zum Unterschiede von diesem genannt wird, war der Sohn eines aus der Nachbargemeinde Schönefeld im Jahre 1448 nach Augsburg gezogenen Lederers Michael Holbein. Nach ungefährer Schätzung auf Grund von Bildnissen des Meisters (Abb. 307), die mit Jahreszahlen bezeichnet sind, nimmt man an, daß er um das Jahr 1460 geboren sei. Seiner künstlerischen Entwickelung nach zerfällt sein Leben in zwei scharf voneinander gesonderte Abschnitte. In den zwischen 1493 und 1502 entstandenen Bildern, von denen Augsburg im Dom und in der Gemäldegalerie eine größere Anzahl bewahrt, läßt sich eine sichtliche Anlehnung an Schongauer wahrnehmen. Daneben aber scheinen unmittelbare Einflüsse der van Eyckschen Schule

Abb. 307. Hans Holbein der ältere.

Selbstbildnis (Zeichnung) in der Sammlung des Herzogs von Aumale.

auf ihn gewirkt zu haben. Was ihn besonders auszeichnet, ist außer einem feinen Farbensinn eine scharfe Beobachtungsgabe für Charaktere, die fast alle seine Köpfe bildnismäßig gestaltet. Überaus lieblich ist ein kleines Madonnenbildchen von 1499 in der Gemäldesammlung des Germanischen Museums zu Nürnberg. Auf goldenem Grunde, in dem spätgotische Architekturornamente eine Art von Baldachin bilden, sehen wir die Jungfrau in dunkelblauem Kleid und hellrotem Mantel auf einem Throne sitzen; mit inniger Zärtlichkeit drückt sie das Kind an sich, das auf ihrem Schoße stehend sich mit Liebkosungen an

Abb. 308. Madonna von Hans Holbein d. ä. im Germanischen Museum zu Nürnberg.

die Mutter schmiegt; zwei schlanke Englein in blauen Gewändern reichen dem Kinde wohlriechende Blumen dar (Abb. 308). — Von einem ähnlichen, ebenso

Abb. 309. Silberstiftzeichnung Hans Holbeins des älteren (Bildnis Jakob Fuggers).
Berliner Museum.

lieblichen Bildchen in derselben Sammlung, welches das Kind auf dem Schoße der Mutter sitzend zeigt, während drei schwebende Engel hinter und über ihr eine Krone und einen Teppich halten, ist es zweifelhaft, ob dasselbe von Hans Holbein oder von seinem Bruder Siegmund, der gleichfalls Maler war, herrührt.

Der Zweifel wird veranlaßt durch die eigentümliche Art, wie der Name des Künstlers auf dem Bilde angebracht ist: auf einer Brüstung liegt ein Buch, aus dem ein Lesezeichen heraushängt, und auf diesem Zettelchen steht s. holbain m. Während nun die einen, wie es am natürlichsten erscheint, das s für den Anfangsbuchstaben des Namens Siegmund halten, betrachten es die andern als den letzten Buchstaben des Namens Hans, von dem die drei ersten Buchstaben im Buche verdeckt gedacht seien. Jedenfalls ist die Übereinstimmung zwischen diesem Bilde und dem andern sowohl in Bezug auf Auffassung wie auf Behandlung die denkbar größte. Wunderbar fesselnd ist hier der mütterliche Ausdruck in dem zarten Antlitz der Jungfrau, das von einem losen Kopftuch und von langen weichen Locken eingerahmt wird; unendlich reizend das Köpfchen des nackten Kindes, dessen Fingerchen spielend einen Rosenkranz aufgelöst haben.

In dem späteren Zeitabschnitt seines Lebens, welcher durch Bilder aus den Jahren 1508 bis 1519 bezeichnet wird, erscheint Hans Holbein nicht mehr als ein Vorläufer der Renaissance, sondern als einer ihrer großen Meister. Er hat die letzten Fesseln mittelalterlicher Befangenheit abgestreift; der Rest von Körperlosigkeit, der seinen Figuren noch anhaftete, ist verschwunden; Wahrheit und Schönheit liegen nicht mehr im Streit miteinander, vielmehr sucht und findet der Meister in der Natur auch die Schönheit und erreicht hierdurch die volle künstlerische Freiheit. Sein Sebastiansaltar (in der Münchener Pinakothek), dessen Mitteltafel den als Zielscheibe von Bogen- und Armbrustschützen an einen Baum gebundenen Heiligen zeigt, während wir auf den Flügeln die anmuts- und hoheitsvollen Gestalten der heiligen Barbara und der heiligen Landgräfin Elisabeth erblicken, gehört zu den besten Werken der deutschen Kunst. Auch in den Architekturen und Ornamenten hat der Meister bei seinen späteren Bildern statt der gotischen Formen die der Kunst des römischen Altertums entliehenen eigentlichen Renaissanceformen angenommen.

Den höchsten Genuß gewährt die Betrachtung von Hans Holbeins Skizzenbuchblättern mit Studienköpfen, die in mehreren Sammlungen, am zahlreichsten im Berliner Kupferstichkabinett, bewahrt werden. Mit wenigen Strichen des Silberstifts, bisweilen mit etwas Nachhülfe von Rötel und Weiß, sehen wir die Bilder der verschiedenartigsten Persönlichkeiten, aus den höchsten wie aus den niedrigsten Ständen, in schlagender Charakteristik festgehalten (Abb. 309). Wir sehen hier in den Werken des älteren Holbein die Meisterschaft vorbereitet, mit der später sein Sohn die Bildnismalerei zur höchsten Vollendung brachte.

Abb. 310. Michael Wolgemut. Gemalt von Dürer im Jahre 1516.

Die Anschrift in der rechten oberen Ecke des Bildes lautet: Das hat Albrecht Dürer abconterfeyt nach siene Lermeister michel wolgemut im Jar 1516 und er war 82 Jar und hat gelebt vis das man zehlt 1519 Jar. da ist er forschiden an sant endres dag for er dy sun auffging.

Hans Holbein wurde, schon ehe er in reiferem Alter die Höhe seines Könnens erreicht hatte, gepriesen als der beste Maler, der weit und breit mochte sein. Dennoch ging es ihm in späteren Jahren schlecht. Wegen unglücklicher Vermögensverhältnisse verließ er seine Vaterstadt im Jahre 1517; er starb 1524 zu Isenheim im Elsaß.

Minder lebhaft als in Schwaben machte sich die Umgestaltung der Malerei in Franken geltend, obgleich auch hier die technischen Neuerungen und die realistischen Bestrebungen der Zeit unter unverkennbarem Einfluß der vlämischen Kunst Eingang fanden. Nürnberg war noch immer der Sitz einer sehr ausgedehnten Kunstthätigkeit; auch für ferne Gegenden, namentlich für slavische und halbslavische Länder, Polen, Böhmen und Schlesien, wurden hier große Altarwerke angefertigt. Der namhafteste Maler, in dessen Werkstatt zahlreiche Gehülfen und Schnitzer beschäftigt waren, und bei dem von nah und weit Bestellungen einliefen, war Michael Wolgemut. Derselbe war, wie uns eine Inschrift auf dem von seinem Schüler Albrecht Dürer gemalten Bildnisse (in der Münchener Pinakothek) belehrt, im Jahre 1434 geboren und starb nach langem arbeitsamem Leben am St. Andreastage (30. November) des Jahres 1519 (Abb. 310). Die Wolgemutschen Arbeiten wurden mit hohen Preisen bezahlt; so erfahren wir, daß er für einen Altar

Abb. 311. Michael Wolgemut: St. Georg u. St. Sebald. Germanisches Museum zu Nürnberg.

mit Schnitzereien und dreifachen bemalten Flügeln, der 1479 für die Marienkirche zu Zwickau bei ihm bestellt wurde und der sich noch an seinem Platze befindet, die für jene Zeit sehr beträchtliche Summe von 1400 Gulden (über 7000 Mark) erhielt. Da der Meister bei der Menge von Aufträgen den größten Teil der Arbeiten durch Gesellenhand ausführen ließ, so können wir uns nicht darüber wundern, wenn die Besteller beim Abschließen der Verträge vorsichtig waren; so wurde in dem Vertrag über die Vollendung des Hochaltars der Kirche zu Schwabach ausbedungen: „wo aber die Tafel an einem oder mehreren Orten ungestalt würde, da soll er so lange ändern und bessern, bis sie nach der beständigen Besichtigung, von beiden Teilen dazu verordnet, wohlgestalt erkannt würde; wo aber die Tafel dermaßen großen Ungestalt gewinne, der nicht zu ändern wäre, so soll er solche Tafel selbst behalten und das gegebene Geld (einen Vorschuß von 400 Gulden) ohne Abgang und Schaden wiedergeben.“ Auch dieser gleichfalls mit reicher Schnitzerei und drei bemalten Flügelpaaren ausgestattete Altar, der im Jahre 1508 vollendet wurde, die letzte nachweisbare Arbeit Wolgemuts, befindet sich noch an seiner ursprünglichen Stelle. Das schönste erhaltene kirchliche Werk Wolgemuts, allgemein als eine eigenhändige Arbeit des Meisters anerkannt, sind die vier beiderseits bemalten Flügel des Altars, welchen Sebald Peringsdörfer im Jahre 1487 in die (jetzt abgebrochene) Augustinerkirche zu Nürnberg stiftete, in der Gemäldesammlung des Germanischen Museums. Dieselben zeigen auf den einen Seiten acht lebensvolle Darstellungen

Abb. 312. Aus Koburgers Schatzbehalter: Die Verkündigung.

Abb. 313. Aus Koburgers Schatzbehalter: Die Hochzeit zu Kana.

aus verschiedenen Legenden, auf den andern Seiten paarweise nebeneinander stehende lebensgroße Gestalten von Heiligen auf blauem Grund (Abb. 311), sie zeichnen sich ebensosehr durch schöne kräftige Farbe wie durch tiefe Empfindung und sorgfältige Behandlung vor andern Nürnberger Gemälden dieser Zeit aus.

Ein Musterwerk von malerischer Ausschmückung eines ganzen Raums zeigt der sogenannte Huldigungssaal des Rathauses zu Goslar, eine Arbeit, für welche Michael Wolgemut im Jahre 1501 von der Stadt Goslar durch Verleihung des Bürgerrechts und durch Aufnahme in die Brauergilde geehrt wurde. Auf Leinwand gemalt sehen wir hier an den Wänden die mächtigen Gestalten von zwölf Kaisern und zwölf Sibyllen, von Spruchbändern umgeben; an der Decke sehen wir in den großen Mittelfeldern vier Bilder aus dem Neuen Testament, die Verkündigung, die Geburt, die Anbetung der Weisen und die Darstellung im Tempel, in den Nebenfeldern ringsum die sitzenden Gestalten der zwölf großen Propheten und der vier Evangelisten.

Dem Meister Wolgemut wird von einigen älteren und neueren Forschern auch eine Thätigkeit als Kupferstecher zugesprochen, die von andern indessen mit großer Entschiedenheit in Abrede gestellt wird.

Abb. 314. Aus Koburgers Schatzbehalter: Die Fußwaschung.

Ein besonderes Verdienst aber erwarb sich Wolgemut um die Ausbildung des Holzschnitts.

Schon seit dem Ende des 14. Jahrhunderts fertigten die Kartenmacher und Briefdrucker außer den Spielkarten auch Heiligenbilder, Darstellungen aus der heiligen Schrift und andre erbauliche Bilder, sowie Glückwunschzettel, Kalender, Spottbilder und dergleichen zu massenhafter Verbreitung geeignete Blätter an, bei denen die Zeichnung von Holzstöcken gedruckt, die Farbe in anspruchsloser Kolorierung nachträglich aufgestrichen wurde. Im 15. Jahrhundert kamen dann die sogenannten Blockbücher auf, die Vorläufer der mit beweglichen Lettern gedruckten Bücher. In ihnen gesellte sich zu den Bildern ein gleichfalls in Holz geschnittener kurzer Text; sie gewährten der großen Masse des Volks einen billigen und gern gekauften Ersatz für die kostbaren Miniaturwerke. Eine höhere Bedeutung gewann demnächst der Holzschnitt, als der Buchdruck mit beweglichen Lettern erfunden war, und er für die nunmehr zahlreich hergestellten Bücher mannigfaltigen Inhalts Bilder, Randleisten und Zierbuchstaben lieferte. Wie die ersten Kupferstiche von Goldschmieden nicht nur ausgeführt sondern auch erfunden wurden, so waren anfänglich auch die Zeichnungen für den Holzschnitt eigne Arbeiten der Formschneider. Mit Wolgemut aber beginnt die Thätigkeit der Maler für

Abb. 315. Aus Schedels Buch der Chroniken: Bau der Arche Noahs.

den Holzschnitt. Daran, daß die Maler selbst in Holz geschnitten hätten, darf man freilich wohl nur in ganz vereinzelten Ausnahmefällen denken. Denn die langwierige und mühevolle Thätigkeit des Formschneiders ist keine schöpferische, wie die des Kupferstechers, der die Linien, welche gedruckt werden sollen, selber angibt; das Bild ist fertig, ehe der Schnitt beginnt; die Aufgabe des letzteren ist die Beseitigung aller leeren Stellen, so daß die Zeichnung allein erhaben stehen bleibt; das Verdienst des Holzschneiders besteht also nicht in Erfindung, sondern in möglichster Gewissenhaftigkeit der vorhandenen Zeichnung gegenüber, seine Arbeit erfordert die größte Geschicklichkeit, auch Verständnis für die Kunst, aber kein eignes Kunstvermögen, und kann daher für Künstler niemals etwas Verlockendes gehabt haben.

Abb. 316. Aus Schedels Buch der Chroniken: St. Lukas, der Malerpatron.

Michael Wolgemut lieferte die Zeichnungen zu zwei umfangreichen Holzschnittwerken. Das erste derselben war ein Erbauungsbuch, „Schatzbehalter des Reichtums des ewigen Heils und Seligkeit“, mit 91 großen Bildern; das zweite, welches Wolgemut in Gemeinschaft mit seinem Stiefsohn Wilhelm Pleidenwurff

Abb. 317. Aus Schedels Buch der Chroniken: Die sieben Kurfürsten des heiligen römischen Reichs.

illustrierte, die mit mehr als 2000 Bildern, unter denen allerdings viele sich öfter wiederholen, geschmückte Weltchronik des Dr. Hartmann Schedel. Bei beiden Werken war noch darauf gerechnet, daß die Bilder erst durch die Illuminierung ihre Vollendung erhalten sollten.

Der „Schatzbehalter“ wurde durch den weltberühmten Nürnberger Drucker Anton Koburger, der selbst in Paris „der König der Buchhändler“ hieß, im Jahre 1491 ver-

Abb. 318. Adam Krafts Sakramentshäuschen in d. Lorenzkirche zu Nürnberg.

öffentlicht; die Bilder dieses Buches, gewiß von Wolgemuts eigner Hand entworfen, sind die ältesten Holzschnitte von wirklich künstlerischem Wert (Abb. 312, 313, 314).

Schedels „Buch der Chroniken und Geschichten mit Figuren und Bildnissen von Anbeginn der Welt bis auf diese unsere Zeit" folgte zwei Jahre später. Der Schlußsatz des Buchs gedenkt „Michael Wolgemuts und Wilhelm Pleidenwurffs, der Maler, die dies Werk mit Figuren merklich geziert haben". Wilhelm Pleidenwurff war der Sohn eines Malers Hans Pleidenwurff, dessen Geschäft Wolgemut im Jahre 1473 übernommen hatte, indem er die Witwe desselben heiratete.

Die Bilder der Chronik, unter denen auch diejenigen des Schatzbehalters wiederkehren, zeigen alle möglichen, religiöse und weltliche, glaubliche und unglaubliche Dinge (Abb. 315, 316, 317). Manches steht, soweit dies die noch unentwickelte Technik zuläßt, auf der künstlerischen Höhe der Zeit und des Ortes, andres ist von untergeordneter Bedeutung. Einiges, wie die Abbildungen fabelhafter Völkerschaften, wirkt höchst ergötzlich, war damals aber ganz ernst gemeint. Sehr ergötzlich erscheint uns auch die Unbefangenheit, mit der verschiedene Personen gleichen Standes, z. B. die Könige der verschiedensten Völker und Zeiten, durch die nämlichen Bilder veranschaulicht werden. Besonders beachtenswert sind die zum großen Teil allerdings frei aus der Einbildung geschöpften und mitunter auch wiederholten, zum Teil aber auch sichtlich auf wirklichen Aufnahmen beruhenden Ansichten von Städten und Gegenden, die Uranfänge der Landschaftsmalerei; zum erstenmale wird hier — wenn man von einigen ganz vereinzelten noch etwas älteren Blättern ähnlicher Art absieht — die Örtlichkeit, deren Darstellbarkeit ja überhaupt erst vor kurzem entdeckt worden war, zum Hauptgegenstand einer Darstellung gemacht.

Die Nürnberger große Chronik, wie das Buch gewöhnlich genannt wird, wurde in deutscher und in lateinischer Sprache herausgegeben und erfreute sich eines außerordentlichen Absatzes. Nicht nur in Deutschland, Böhmen, Polen und Ungarn, sondern auch in Frankreich und Italien wurde dasselbe alsbald nach seinem Erscheinen in zahlreichen Exemplaren verbreitet, so daß es den Beteiligten einen namhaften Gewinn einbrachte. Auch über den Preis des Buches sind wir unterrichtet; dasselbe kostete in Nürnberg, so wie es von der Presse kam, 2 rheinische Gulden (etwas über 10 Mark), bemalt und gebunden das Dreifache.

Bei den großen Altarwerken Wolgemuts nehmen, wie es in Oberdeutschland meistens der Fall war, nicht die Gemälde, sondern die sehr gefällig bemalten und reich vergoldeten Schnitzarbeiten die Hauptstelle ein. Dennoch ist für uns im allgemeinen die

Abb. 319. Adam Krafts Selbstbildnis am Fuß des Lorenzer Sakramentshäuschens zu Nürnberg.

Betrachtung der ersteren anziehender als die der letzteren. Die Schnitzereien aus der Wolgemutschen Werkstatt zeigen ebenso wie diejenigen an den Altarwerken seiner schwäbischen Zeitgenossen, so bewundernswürdig auch manche dieser Arbeiten sind, keine so scharf ausgeprägte Verschiedenheit von der älteren Art und Weise, daß man sie als ins Gebiet der neueren Kunst gehörig betrachten müßte.

Wohl aber ist dies bei den Werken einiger zu derselben Zeit lebenden Nürnberger Bildhauer der Fall, welche selbständige Arbeiten in Stein oder Holz schufen.

Wie in Ulm der Bildschnitzer Jörg Sürlin der ältere — dem später sein gleichnamiger Sohn in denselben Bahnen folgte, ohne indessen dem Vater gleichzukommen — in das gotische Bauwerk seiner Chorstühle Figuren einfügte, welche unbekümmert um alle herkömmlichen Regeln mit voller Schärfe die Natur selbst wiedergaben, so verband in Nürnberg der Steinmetz Adam Kraft an dem gleichfalls früher schon erwähnten Sakramentshäuschen mit den gotischen Architekturformen Bildwerke in freiem, durch das entschiedenste Streben nach Naturwahrheit geleitetem Stil. Während aber bei jenem Ulmer Werk der als Zeugnis einer neuen Kunstrichtung in Betracht kommende Teil des Figurenschmucks hauptsächlich in Brustbildern besteht, erblicken wir an dem um ein Vierteljahrhundert jüngeren Kraftschen Tabernakel (Abb. 318), außer einer großen Zahl von Einzelgestalten, ganze Gruppen von vollrunden Figuren, die zu lebhaft bewegten Bildern zusammengesetzt sind, ferner halberhabene Bildwerke, welche — wie wir es auch bei Altarschnitzereien dieser Zeit öfters finden — völlig dem Beispiel der Malerei folgen, indem sie hinter den Figuren eine in flacherer Behandlung ausgeführte landschaftliche oder bauliche Fernsicht zeigen. Am freiesten tritt der Sinn des Meisters für getreue Wirklichkeitsnachbildung in drei größeren Figuren zu Tage, welche er als Träger unterhalb des Geländers, das den Fuß des Tabernakels umgibt, angebracht, und in denen er uns lebensvolle Bildnisse von seiner

Abb. 320. Die Grablegung aus Adam Krafts Kreuzwegstationen bei Nürnberg.

eignen Persönlichkeit (Abb. 319) und von zweien seiner Gesellen hinterlassen hat.

Nicht ohne Interesse ist der am St. Markustage (25. April) des Jahres 1493 abgeschlossene Vertrag zwischen dem Stifter des Sakramentshäuschens von St. Lorenz, Hans Imhof, und dem Meister Adam Kraft. Der ganze Aufbau wird darin genau vorgeschrieben, auch die anzubringenden Figuren und Gruppen bestimmt. Der Meister soll beständig verbunden sein, mit eigner Hand an dem Werke zu arbeiten; nur eine Stunde täglich soll er auf andre Arbeiten und auf den Unterricht seiner Gesellen verwenden dürfen, es sei denn, daß der Auftraggeber ihm ausdrücklich einmal eine längere Zeit hierzu verwillige. Mit ihm zusammen sollen vier, mindestens drei Gesellen arbeiten, die „redlich und künstlich zu solcher Arbeit" sind. Der Stein wird ihm geliefert; bei der Stellung der Gerüste leistet der Stadtbaumeister zu St. Lorenz Hülfe; alle andern Kosten aber hat der Meister selbst zu tragen. Das Werk soll in drei Jahren vollendet sein. Der Besteller soll ihm für dasselbe 700 Gulden zahlen, „wo er anders erkennen kann, daß er solches an dem Werk verdient habe"; bei Meinungsverschiedenheit über diesen Punkt soll ein Schiedsgericht entscheiden. — Die Vollendung des Werks zog sich um einige Jahre in die Länge und der Meister erhielt 70 Gulden mehr als bedungen war.

Vollständiger als an den Bildwerken des Lorenzer Sakramentshäuschens, wo in der Masse der mit phantastischer Willkür behandelten Architekturformen mit ihren gleich Bischofsstäben gekrümmten Fialen, mit ihren verdrehten und verflochtenen Bogen und ihrem pflanzenartigen Maßwerk die figürlichen Sachen eine verhältnismäßig untergeordnete Stellung einnehmen, lernen wir Adam Krafts künstlerische Bedeutung an einer großen Anzahl andrer in Nürnberg erhaltener Werke kennen. Seine vorzüglichsten Arbeiten finden wir auf dem Wege zum Johanniskirchhof in einer Reihe von Passionsbildern (Abb. 320) und an der Außenseite des Chors von St. Sebald in dem im Jahre 1492 errichteten Grabmal der Familie Schreyer, welches in drei figurenreichen Bildern von hocherhabener Arbeit die Kreuztragung, die Grablegung und die Auferstehung Christi zeigt. In Bezug auf lebendige Gruppierung und Wiedergabe tiefen ergreifenden Ausdrucks beweist sich der Bildhauer den gleichzeitigen Malern ebenbürtig; er übertrifft sie in der Kenntnis des menschlichen Körpers. Aber anderseits sind die

Bildwerke bisweilen allzusehr in malerischem Sinne erfunden; bei dem Grabmal drängt sich der reiche landschaftliche Hintergrund anspruchsvoll zwischen die Figuren, und die Unruhe der Wirkung wird noch vermehrt durch die im Vordergrunde angebrachten kleinen Bildnisgestalten und Wappen der Stifter und Stifterinnen. Vor allem aber befremdet uns bei einem Meister, der Köpfe, Hände und die ganze unverhüllte Menschengestalt mit so scharfer Sicherheit der Natur nachzubilden gewußt hat, der vollständige Mangel an Naturwahrheit in den meisten Gewändern; diese gehäuften, willkürlich bewegten Faltenmassen sind der reine Hohn auf die Naturgesetze des Faltenwurfs. Erklärlich aber wird diese befremdliche Thatsache, wenn wir bedenken, daß die Bildhauer starker Gewaltmittel bedurften, wenn sie ihre Figuren zwischen der überüppigen Formenfülle spätgotischer Schmuckarchitektur überhaupt nur zur Geltung bringen wollten, und daß in einem Faltenwurf mit scharfen und tiefen Brüchen, die eine grelle Licht- und Schattenwirkung hervorbrachten, die noch am wenigsten verwerfliche Gelegenheit gegeben war, jenen blendenden Formen ein Gegengewicht zu bieten. Überreich wirkt auch das berühmte Grabmal der Familie Pergersdorfer vom Jahre 1498 in der Frauenkirche mit dem Bild der Himmelskönigin, unter deren Schutz und Schirm sich die ganze Christenheit, durch Vertreter aller Stände angedeutet, begibt; indessen

Abb. 321. Das Pergersdorfersche Grabmal von Adam Kraft in der Frauenkirche zu Nürnberg.

(Nach Wanderer, „Adam Krafft“.)

Abb. 322. Relief über dem Thore der ehemaligen Fronwage zu Nürnberg, das Wägen der Waren und Entrichten der Abgaben darstellend, von Adam Kraft, mit der Jahreszahl 1497 und der Inschrift: „Dir als (ebenso wie) ein(em) andern".

hat hier der Meister bei der Bildung dieser irdischen Personen seinem realistischen Sinne frei und unbefangen folgen können, und ihre lebenskräftigen Figuren mit den prächtigen Charakterköpfen entschädigen uns für das Gesuchte und Unwahre der himmlischen Gestalten mit ihren bauschigen Gewändern (Abb. 321). Überaus ansprechend zeigt sich die Begabung des Meisters für Naturwahrheit und Charakterschilderung in einem Relief über dem Thore der ehemaligen Fronwage. Dasselbe enthält unter den beiden Stadtwappen von Nürnberg eine Gruppe von nur drei Figuren, aber diese drei Männer führen uns ein Stückchen Wirklichkeit vor Augen. Da steht der städtische Wiegemeister unter der großen Wage und blickt ruhig und gewissenhaft nach dem Zünglein: „dir wie einem andern" ist sein Wahlspruch; gleichgültig hantiert sein Knecht mit den schweren Gewichtsteinen; der Kaufmann aber, dem der in der Wagschale liegende große Warenballen gehört, greift mit saurer Miene in seinen großen Geldbeutel, um die gebührende Abgabe zu entrichten (Abb. 322).

Krafts letztes Werk war die aus fünfzehn lebensgroßen Vollfiguren bestehende Gruppe der Grablegung in der Holzschuherschen Kapelle auf dem Johanniskirchhof, die im Jahre 1507 vollendet wurde. In demselben Jahre starb der Meister.

Wir erfahren aus Urkunden, daß Adam Kraft gelegentlich auch Holzschnitzereien anfertigte. So verstand sich umgekehrt Jörg Sürlin darauf, in Stein zu meißeln; der mit drei schönen Standbildern von Rittern geschmückte Brunnen auf dem Marktplatz zu Ulm trägt seinen Namen, sein Meisterzeichen und die Jahreszahl 1482. Überhaupt begegnen wir in dieser Zeit mehrfach Bildhauern, welche sowohl in Stein wie in Holz arbeiteten.

Zu diesen gehört der neben und nach Adam Kraft in Nürnberg thätige Veit Stoß, der sich außerdem auch als Maler und Kupferstecher versuchte; von seiner Begabung auf letzterem Gebiet legen mehrere mit den Anfangsbuchstaben seines Namens und mit seinem Steinmetzzeichen bezeichnete Stiche Zeugnis ab. Lange Zeit lebte dieser Meister unter Aufgabe des heimatlichen Bürgerrechts in Polen. Dort schuf er unter anderm für die Frauenkirche zu Krakau einen gewaltig großen Schnitzaltar, der im Jahre 1484 vollendet ward, und für dieselbe Kirche einige Jahre später, nachdem er sich zwischendurch wieder einmal eine Zeitlang in seiner Vaterstadt aufgehalten hatte, den kleineren (nur teilweise erhaltenen) St. Stanislausaltar und darauf die (nicht mehr vorhandenen) Ratsherrenstühle im Chor; ferner das reiche Denkmal des 1492 gestorbenen Königs Kasimir IV. aus rotem Marmor, im Dom zu Krakau, und außerdem im Dom zu Gnesen das Marmorgrabmal des Erzbischofs Zbigniew Olesnicky († 1493). Im Jahre 1496 kehrte Stoß als begüterter Mann nach Nürnberg zurück, wo er nun dauernd seine Werkstatt aufschlug. Zahlreiche Aufträge gaben ihm reichliche Beschäftigung, daneben fertigte er noch kleinere Arbeiten an, die er auf Messen vertrieb. Sein Ruhm ging weit durch die Welt; so erfahren wir, daß er für den König von Portugal die lebensgroßen Holzstandbilder des ersten Menschenpaars ausführte, die um ihrer Natürlichkeit in Form und Farbe willen höchlich bewundert wurden. Auch rühmte er sich der besonderen Gunst Kaiser Maximilians. Aber er war „ein unruhig heilloser Bürger“, der dem Rat von Nürnberg viel zu schaffen machte; eine im Unwillen über eine erlittene Vermögensschädigung begangene unehrliche Handlung, die ihn in argen Zwiespalt mit den Gesetzen brachte, so daß er nur auf dem Wege der Begnadigung der Todesstrafe entging, wirft einen häßlichen Schatten auf sein Leben. Er starb, zuletzt erblindet, 1533 im Alter von 95 Jahren.

Auch Veit Stoß wußte in seinen Schöpfungen bei der Bildung der Köpfe und überhaupt der unbedeckten Körperteile die Erkenntnis der Natur meisterhaft zu verwerten; aber auch er zerstörte bei Figuren in weiter Gewandung die edle Erscheinung der Menschengestalt durch einen Wust von unnatürlichen Faltenmassen. — Nürnberg besitzt ein Steinwerk von ihm in dem großen Relief im Chor der Sebalduskirche, welches das letzte Abendmahl, das Gebet am Ölberge und die Gefangennahme Christi darstellt. Die in Nürnberg erhaltenen Holzarbeiten seiner Hand oder seiner Werkstatt sind zahlreich. Dieselben haben zum Teil eine bedeutende Größe, so der über dem Hochaltar der Sebalduskirche befindliche sterbende Heiland am Kreuz, der durch den ergreifenden Ausdruck des Antlitzes mächtig zum Beschauer spricht. Überlebensgroß sind auch die beiden Hauptfiguren seines berühmtesten Werkes, der im Chor der Lorenzkirche freischwebend — ursprünglich als Gehänge eines gewaltigen Kronleuchters — angebrachten Rosenkranz-Darstellung, welche in der Mitte den „Englischen Gruß“ (Maria mit dem Verkündigungsengel), ringsum auf einem Kranz von Rosen in kleinen Reliefbildern die übrigen freudigen Begebenheiten aus dem Leben der Mutter Jesu zeigt (Abb. 323). Zwei andre hervorragende Werke des Meisters, die figuren-

Abb. 323. Der englische Gruß.

Überlebensgroßes Holzschnitzwerk (ursprünglich Gehänge eines Kronleuchters), in der St. Lorenzkirche zu Nürnberg, von Veit Stoß. — Die Flachbildwerke der sieben an dem Rosenkranz, welcher die Verkündigungsgruppe umgibt, angebrachten Rundtafeln stellen die sieben Freuden Marias dar.

reiche „Rosenkranztafel“ und eine sehr ansprechende Gruppe der Krönung Marias, werden im Germanischen Museum aufbewahrt.

Im Germanischen Museum befindet sich auch ein vereinzeltes Werk von einem unbekannten Meister und von unbekannter Herkunft, das alle Erzeugnisse der gleichzeitigen Bildhauerkunst in Schatten stellt: die offenbar ursprünglich zu einer Kreuzigungsgruppe gehörige Holzstatue der Mutter Maria, die in bitterem Weh mit gerungenen Händen emporblickt. Der tiefe Seelenschmerz, der sich in dem schönen Antlitz ausspricht, durchbebt die ganze Gestalt, deren herrliche Formen ein langes Kleid in schlichten Falten umfließt. In diesem namenlosen Werk sehen wir eine der größten Meisterschöpfungen aller Zeiten vor uns stehen (Abb. 324).

Ein äußerst thätiger, dem Kraft und Stoß geistesverwandter fränkischer Bildhauer war Tilman Riemenschneider aus Würzburg (gestorben 1531), der nicht nur als Künstler sondern auch als Bürger hohes Ansehen genoß und lange Zeit Ratsherr und Bürgermeister von Würzburg war. Auch er wußte das Holz wie den Stein meisterlich zu behandeln. Unter seinen zahlreichen Werken sprechen uns besonders die Figuren des Adam und der Eva am Südportal der Marienkapelle zu Würzburg an, weil wir an ihnen die liebevolle Naturbetrachtung des Meisters bewundern können, ohne durch den Schwulst spätgotischer Gewandmassen im Genusse beeinträchtigt zu werden. Nicht minder anziehend ist das in Alabaster ausgeführte prächtige Grabmal Heinrichs II. und Kunigundens im Dom zu Bamberg, das Meister Tilman in den Jahren 1499 bis 1513 angefertigt hat. Auf dem Deckel des Sarkophags erblicken wir die überlebensgroßen Gestalten des heiligen Kaiserpaars; an den Wänden sind die Wunder, welche die Legende von demselben zu berichten weiß, in reizvoll erfundenen und aufs zarteste ausgeführten halberhabenen Bildern

Abb. 324. Mater dolorosa.
Holzstandbild eines unbekannten Meisters im Germanischen Museum zu Nürnberg.

geschildert. Auch dieses Werk gewährt dem Beschauer einen reinen Genuß, da der Künstler die geschichtlichen Gestalten in die Tracht seiner Zeit gekleidet hat und infolgedessen von allem Zwang, den eine ideale Gewandung seinem Streben nach voller Natürlichkeit entgegenstellte, befreit war.

An den Figuren des ersten Menschenpaars zu Würzburg hat Meister Tilman eine staunenswürdige Kenntnis des menschlichen Körpers in trefflicher Wiedergabe der unbekleideten Gestalten an den Tag gelegt. Dieselben sind beide sehr jugendlich aufgefaßt. Eva ist als ein etwa sechzehnjähriges Mädchen gebildet, und ihre unschuldsvolle Erscheinung vermag auch unser durch den Anblick antiker Idealgestalten verwöhntes Auge zu befriedigen. Bei Adam finden wir freilich nichts von der gymnastisch ausgebildeten Muskulatur griechischer Götter und Heroen, er ist eine schlicht natürliche, herbe und schmächtige Jünglingsgestalt, aber als solche höchst bewundernswürdig; seine Schlankheit wirkt besonders auffallend durch einen Umstand, der für die Zeitgenossen allerdings nichts Befremdliches haben konnte, durch die gewaltige Lockenmasse nämlich, die der erste Mensch hier genau so trägt wie es gegen Ende des 15. Jahrhunderts Mode war, und deren seitliche Fülle den Kopf im Verhältnis zu den Schultern breiter scheinen läßt, als er es wirklich ist.

Die Bildwerke an dem Königsgrabe zu Bamberg gleichen in ihrer malerischen Auffassung ganz den Gemälden der Zeit. Sie weisen manche überaus ansprechende Züge von feinster Beobachtung des Lebens auf; unübertrefflich ist z. B. bei der Darstellung der Feuerprobe die anmutige Gestalt der Kaiserin, die im Bewußtsein ihrer Unschuld frei und furchtlos über das glühende Eisen schreitet, aber dabei ihre reichen Gewänder sorglich aufnimmt, um sie vor dem Versengen zu bewahren; ganz ausgezeichnet ist das bange Zagen ausgedrückt, mit dem der Kaiser die Erscheinung betrachtet, wie der Erzengel Michael — eine prächtige Gestalt — seine guten Werke gegen seine Sünden abwägt. Gewänder, Teppiche u. s. w. sind mit reichen Goldmustern bedeckt; Vergoldung ist überhaupt sehr reichlich angewendet, an Haaren, Kronen, Geräten. Die übrige Färbung ist bis auf einige blasse Reste geschwunden; an den Fleischteilen und an andern Stellen ist die schöne natürliche Farbe des marmorähnlichen Steins benutzt, die zu dem Golde reizvoll stimmt.

Ebenso lebhaft wie in Franken und Schwaben war in der zweiten Hälfte des 15. Jahrhunderts die Kunstthätigkeit in Bayern. Zwar treten hier keine so namhaften Meister der Tafelmalerei in den Vordergrund des Interesses wie dort. Dafür aber lernen wir in Berchtold Furtmeyer, der in Regensburger Urkunden von 1477 bis 1501 erwähnt wird, einen ausgezeichneten Miniaturmaler kennen. Zwei umfangreiche Werke sind erhalten, welche dieser Illuminist mit seinem vollen Namen bezeichnet hat: ein Altes Testament in zwei Bänden, vollendet in den Jahren 1470 und 1472 (im Besitz der fürstlich Wallersteinschen Bibliothek zu Maihingen bei Nördlingen), und ein im Auftrage des Erzbischofs Bernhard von Salzburg angefertigtes und im Jahre 1481 vollendetes fünfbändiges Meßbuch (in der Hof- und Staatsbibliothek zu München). Die vielen großen und kleinen Bilder, mit denen diese Werke geschmückt sind und denen sich in dem Meßbuch prächtige Randverzierungen mit Blumen, Früchten u. dergl. zugesellen, lassen uns durch ihre ansprechende und bisweilen sehr phantasievolle Erfindung, durch die Schönheit der Zeichnung und den hohen Reiz der Farbe in Furtmeyer einen der ersten Künstler jener Zeit bewundern. Daß der Meister gelegentlich allerlei Vorbilder, wie niederländische Holzschnitte und Wolgemutsche Gemälde, als Grundlage seiner Schöpfungen benutzte, kann seinem Verdienste keinen Abbruch thun.

Daß die Holzschnitzkunst in Bayern ebenso hoch stand, wie in andern Gegenden, beweisen vor allem die schönen Standbilder des Erlösers zwischen Maria und Johannes und der zwölf Apostel in der Schloßkirche zu Blutenburg bei München. — Ein ganz eigenartiges und sehr lebensvolles Werk sind die lustigen Figuren tanzender Narren im Rathaus zu München, welche Erasmus Grasser um das Jahr 1500 für das dortige Tanzhaus geschnitzt hat.

Ganz Hervorragendes aber finden wir in Bayern auf dem Gebiete der Steinbildhauerei. Das gegen Ende des 15. Jahrhunderts angefertigte Grabmal Kaiser Ludwigs des Bayern in der Frauenkirche zu München, dessen Betrachtung leider fast unmöglich gemacht wird durch einen prunkvollen Überbau aus späterer Zeit, ist einer der allerschönsten Grabsteine, die Deutschland überhaupt besitzt. Wir erblicken auf der oberen Hälfte der Deckplatte den thronenden Kaiser, hinter dem zwei Engel einen Teppich halten. Darunter ist, gleichfalls auf dem Hintergrunde eines reichgemusterten Teppichs, die Versöhnung Herzog Albrechts III. mit seinem

Abb. 325. Grabmal Kaiser Ludwigs des Bayern in der Frauenkirche zu München.

Abb. 326. Kopf des Kaisers, nach dem Original gezeichnet.

Vater dargestellt; in lebhafter Bewegung schreitet Herzog Ernst, angethan mit weitfaltigem Feierkleide, dem Sohn entgegen und bietet ihm beide Hände dar; dieser steht breitbeinig im vollen Harnisch da, die linke Faust am Schwert; scharf blickt er seinem Vater in die Augen und scheint nur zögernd seine Rechte in die Hand des Mannes legen zu wollen, der ihm die Gattin getötet und dadurch die lange Fehde heraufbeschworen hat. Während wir bei dieser Darstellung vor allem die treffende Charakteristik des jungen und des alten Herzogs und die feine Schilderung der seelischen Vorgänge bewundern, zeigt sich uns die Gestalt des Kaisers mit dem edlen ausdrucksvollen Kopfe als ein auch in der Form durchaus vollendetes Meisterwerk; auch der weite Königsmantel, in dem die stofflichen Eigentümlichkeiten eines schweren Atlasgewebes unübertrefflich wiedergegeben sind, zeigt keine Spur von spätgotischem Schwulst, er ist vielmehr mit vollkommener Natürlichkeit und mit tadellosem Geschmack angeordnet (Abb. 325 und 326).

Auf einer ähnlichen Höhe steht das Grabmal des Grafen Ulrich von Ebersberg und seiner Gemahlin in der Kirche zu Ebersberg. Dieses aus einem einzigen Blocke roten Marmors gemeißelte Hochgrab zeigt das gräfliche Ehepaar, wie es knieend die von ihm gestiftete Kirche der Jungfrau Maria weiht, und ist ringsum mit Figuren von Engeln, Heiligen und irdischen Personen, die zu der Stiftung in Beziehung stehen, mit Wappen, Schriftbändern und Verzierungen geschmückt. Das Werk überliefert uns auch den Namen des Meisters Wolfgang Leeb aus München, der dasselbe im Jahre 1496 vollendete.

Einen der ausgezeichnetsten Bildhauer dieser Zeit beschäftigte Kaiser Friedrich III.: Meister Niklas Lerch. Dieser war in Holland geboren und wurde nach seiner Vaterstadt auch wohl Nikolaus von Leyden genannt; aber seine nachweisbare Thätigkeit gehört ausschließlich Süddeutschland an. Seit 1464 arbeitete er in Straßburg, in Baden und in Konstanz. Der Ruhm seiner Kunstfertigkeit war weit verbreitet, man glaubte in Deutschland kaum seinesgleichen suchen zu dürfen. Darum ward er vom Kaiser berufen, den Grabstein für die im Jahre 1467 verstorbene Kaiserin Eleonore anzufertigen. Als dieses in der Dreifaltigkeitskirche („Neuklosterkirche“) zu Wiener-Neustadt aufgestellte Denkmal vollendet war, nahm Meister Niklas eine viel großartigere Arbeit in Angriff, die ihm der Kaiser übertragen hatte: dessen eignes Grabmal in der Stephanskirche zu Wien.

Dieses gewaltige Werk aus rotem und weißem Marmor zeigt die Gestalt Friedrichs III. in vollem Kaiserstaat, ausgestreckt auf einem Sarkophag, der mit zweiunddreißig Wappen und mit acht figurenreichen Darstellungen in hocherhabener

Abb. 327. Bildnis Kaiser Friedrichs III. auf seinem Grabmal in der Stephanskirche zu Wien von Niklas Lerch.

Arbeit, sowie mit andern Figuren geschmückt ist. Der Kaiser erscheint nach alter Weise, obgleich er liegt, als ein Lebender, der Scepter und Reichsapfel so trägt, als ob er aufrecht stände. Als ein sprechend ähnliches Bildnis erscheint sein Kopf. Mit unglaublicher Schärfe ist der Juwelen- und Goldschmuck der Tracht bis ins kleinste ausgeführt, die Stoffe der Gewänder sind treffend gekennzeichnet (Abb. 327). Der Sarkophag ist von einem durchbrochenen Geländer mit Standbildern von Heiligen umgeben. An dem ganzen Denkmal zählt man über zweihundertundvierzig Figuren. — Niklas Lerch erlebte die gänzliche Vollendung dieser seiner großartigsten Schöpfung nicht; erst längere Zeit nach seinem Tode wurde das Werk durch einen Meister Michael Dichter fertig gestellt (im Jahre 1513).

Eine Steinarbeit Lerchs aus früherer Zeit finden wir auf dem alten Friedhof zu Baden-Baden: Christus am Kreuz, vollendet 1467, ein in jeder Beziehung bedeutendes Werk.

Holzschnitzereien von seiner Hand sind die zahlreichen figürlichen Bildwerke an den prächtigen Chorstühlen und den beiden Hauptthüren des Doms zu Konstanz. Die letzteren sind, wie es in der romanischen Zeit mehr als in der gotischen gebräuchlich gewesen war, über und über mit Reliefbildern (Geschichte Christi und Marias) bedeckt; in den Bogenfeldern zeigen sie die lebensgroßen Brustbilder der Heiligen Pelagius und Konrad, der Schutzpatrone des Doms. Die Bildwerke der Thüren sowohl wie der Chorstühle sind ganz im Sinne von Gemälden erfunden, mit Architekturen und Landschaften. Sie sind reich und sehr lebendig; in dem Streben nach lebendigstem Ausdruck hat der Künstler allerdings die Grenze der Karikatur bisweilen hart gestreift.

Nur die figürlichen Sachen an diesen Holzarbeiten rühren von Niklas Lerch her. Alles übrige ist das Werk eines Meisters Simon Haider. Auch dieser war ganz berechtigt, sich in der für jene Zeit ungewöhnlich augenfällig angebrachten Inschrift an den Thüren als Künstler zu bezeichnen. Namentlich seine pflanzlichen Ziergebilde, unter denen die schönen Formen der Distelpflanze eine große Rolle spielen, sind in höchstem Maße bewundernswürdig (Abb. 328).

Mochte es Kaiser Friedrich III. auch für nötig halten, zur Ausführung der künstlichen Steinmetzarbeit prächtiger Grabdenkmäler einen Meister vom Rhein herbeizurufen, weil er in seinen Erblanden eine hierzu geeignete Kraft nicht glaubte finden zu können, so besaßen dafür die östreichischen Gebiete Holzbildhauer, welche vielleicht die besten aller übrigen Länder übertrafen. Tirol, wo zu allen Zeiten die Schnitzarbeit sich einer besonderen Pflege erfreute, war die Heimat des größten Meisters in diesem Fache, des Michael Pacher aus Prauneck (Bruneck im Pusterthal).

Die Kirche zu St. Wolfgang im Salzkammergut besitzt das Hauptwerk dieses Meisters, das wohl unter all den vielen aus Schnitzwerk und Gemälden zusammengesetzten Altären dieser Zeit der prächtigste und künstlerisch bedeutendste ist (Abb. 329). Im Auftrage des Abtes Benedikt von Mondsee wurde, wie die Inschrift besagt, das Werk im Jahre 1481 durch Meister Michael Pacher vollendet. Von wunderbarer Schönheit ist das geschnitzte Mittelbild, welches in lebensgroßen Figuren die Krönung der Himmelskönigin und daneben, durch reiche, mit lieblichen kleinen Engelsgestalten besetzte Pfeiler von der Hauptdarstellung getrennt, die Heiligen Wolfgang und Benedikt zeigt. Nicht minder bewundernswürdig ist die kleinere Anbetung der heiligen drei Könige in der Staffel des Schreins. In den durchbrochenen Fialen, welche in schlankem Aufbau das Ganze bekrönen, erblicken wir zwischen Heiligen und Engeln die Kreuzigungsgruppe, darüber die thronende Gestalt Gott Vaters. Ebenso vollendet wie die Figuren, die auch in den Gewändern frei sind von spätgotischer Unnatur, ist alles Zierwerk ausgeführt, namentlich der schmale innere Rahmen des Mittelbildes, der aus unglaublich feinen Blumengewinden mit eingeflochtenen Figürchen besteht.

Abb. 328. Chorstuhlwange von Simon Haider und Niklas Lerch im Dom zu Konstanz.

Die Gemälde auf den Flügeln des Altars zeigen uns, daß Meister Michael Pacher nicht nur als Schnitzer, sondern auch als Maler zu den besten seiner Zeit zählte. Großartige und poetische Auffassung, Formenschönheit und Lebenswahrheit, prächtige Wirkung sowohl in Bezug auf Farbenharmonie wie auf malerische Haltung zeichnen diese Gemälde aus, von denen die bei Öffnung des Mittelschreins sichtbaren Hauptdarstellungen auf den Innenseiten des inneren Flügelpaares und auf den Innenseiten der kleinen Flügel des Staffelschreins die Begrüßung zwischen Maria und Elisabeth, die Geburt und die Beschneidung Christi, die Flucht nach Ägypten, die Darstellung im Tempel und den Tod Marias schildern. Von der Perspektive hat der Meister eine nicht bloß oberflächliche, sondern eine gründliche wissenschaftliche Kenntnis; mit sichtlicher Freude hat er diese seine Kenntnis verwertet und hat sie an schwierigen Aufgaben, wie an der Konstruktion spätgotischer Netzgewölbe auf den beiden Tempelbildern erprobt; alle seine deutschen Zeitgenossen übertrifft er durch die Sicherheit, mit der er jeder Figur ihren unzweifelhaft richtigen Platz im perspektivischen Raum anweist.

Allüberall in Deutschland brachte die zweite Hälfte des 15. Jahrhunderts eine Fülle bewundernswürdiger künstlerischer Schöpfungen hervor, und an vielen Orten können wir in Kirchen oder Sammlungen die Zeugen des erwachenden neuen Geistes in wertvollen Werken der Bildnerkunst und der Malerei, der sich Holzschnitt und Kupferstich anreihen, kennen lernen und uns dabei dem besonderen Genuß hingeben, den stets die Betrachtung einer noch nicht völlig entwickelten,

Abb. 329. Der Altar von St. Wolfgang im Salzkammergut, von Michael Pacher.

aber der Vollendung nahen Kunst gewährt. Überall werden wir manches Treff liche finden, wenn auch nicht gerade einzelne dem Namen nach bekannte Meister im Vordergrunde stehen, und wenn auch nicht aus der Menge des Guten einzelne Arbeiten, gleich den bisher betrachteten, durch außergewöhnliche Vollkommenheit hervorragen.

Im nördlichen Deutschland gedieh, den erhaltenen Kunstdenkmälern nach zu urteilen, vor allem die Holzbildhauerei. Lübeck z. B. besitzt in seinen verschiedenen Kirchen und besonders in der Sammlung von Kunstaltertümern auf dem oberen Chor der Katharinenkirche eine ganz beträchtliche Anzahl von Altären und sonstigen Schnitzarbeiten, die einen äußerst anziehenden Überblick über die verschiedenen Strömungen gewähren, welche gegen Ende des 15. Jahrhunderts miteinander kämpften. Da sehen wir Werke, welche noch ganz der Gotik angehören; ihre Schnitzbilder werden durchaus von dem Stil der architektonischen Umrahmungen beherrscht und suchen der Wirkung dieser durch ihren üppigen Reichtum und ihre unbegrenzte Schärfe und Feinheit allerdings wahrhaft blendenden und überaus malerischen Formen nahe zu kommen durch gekünstelte, überreiche, scharfeckige Bildungen. Dann sehen wir andre, welche zwar auch den Faltenwurf in mehr oder weniger phantastischer Weise dazu benutzen, dem bewegten Formenspiel der Einfassungen ein Gegengewicht zu bieten, daneben aber dem Vorbild der niederländischen Malerei nacheifern, indem sie eine scharfe Charakterzeichnung der Persönlichkeiten und die lebendigste Naturwahrheit im Mienenspiel und der Bewegung jeder einzelnen Figur wie in der ganzen Handlung eines jeden Bildes anstreben. Wieder andre Arbeiten endlich zeigen die volle Freiheit, Wahrheit und Schönheit einer geläuterten Kunst.

Ein sehr bezeichnendes Beispiel jener besonders zahlreichen Werke, bei denen der frische Sinn für Naturtreue, so lebenskräftig er sich auch äußert, doch noch einigermaßen durch die Fesseln der Gotik gehemmt erscheint, gibt ein Altar im Heiligengeisthospital zu Lübeck, dem die abgebildete Darstellung von der Anbetung der drei Weisen entnommen ist (Abb. 330).

Die Höhe, welche die Schnitzkunst in einzelnen Fällen bereits im 15. Jahrhundert erreichte, veranschaulicht das vortreffliche Mittelbild eines im Jahre 1496 vollendeten Altars, der in der Sammlung der Katharinenkirche bewahrt wird, mit der Darstellung der Messe des h. Gregor. Mit vollendeter Meisterschaft sehen wir den in der Kunst jener Zeit sehr beliebten Vorgang geschildert, wie Papst Gregor, der über die Gegenwart Christi im Altarssakramente gegrübelt hatte, während der Messe plötzlich den blutenden Heiland auf dem Altar erblickt und durch diese Erscheinung von allen etwaigen Zweifeln geheilt wird; die dem Papste dienstleistenden Bischöfe und Diakonen, lauter prächtige Charakterfiguren, sehen die Erscheinung nicht und nehmen nur mit gebührender Andacht und Würde an einer heiligen Handlung teil, die für sie nichts Außergewöhnliches hat (Abb. 331). — Die Schnitzereien der hierzu gehörigen Seitenflügel, vier alttestamentliche Vorbilder des Abendmahls, sind gleichfalls sehr lebendig erfunden, stehen aber in Bezug auf Form und Ausdruck nicht annähernd auf gleicher Stufe mit dem Mittelbild, so daß der Unterschied zwischen Meisterhand und Gesellenhand bei diesem Werke sprechend zu Tage tritt.

Eine Hauptpflegestätte der Holzschnitzkunst im Norden von Deutschland scheint die niederrheinische Stadt Kalkar gewesen zu sein. Wenigstens besitzt die dortige St. Nikolai-Pfarrkirche einen größeren Schatz von Bildschnitzereien als irgend eine andre Kirche oder Sammlung der Welt. Und diese Schnitzereien sind fast

Abb. 330. Anbetung der h. drei Könige.
Schnitzwerk an einem Altar vom Ende des 15. Jahrh. zu Lübeck.

ausnahmslos ganz hervorragende, hochkünstlerische Meisterwerke. Außer mancherlei andern Holzarbeiten stehen dort nicht weniger als sieben reiche Schnitzaltäre noch aufrecht; und dabei ist eine weitere Anzahl solcher Prachtschöpfungen im Lauf der Zeit zu Grunde gegangen, von deren Vorhandensein außer den urkundlichen Erwähnungen einzelne anderweitig verwendete Überbleibsel Zeugnis ablegen. Der Zeit ihrer Entstehung nach verteilen sich die Kalkarer Holzbildnereien auf ein volles Jahrhundert, auf den Zeitraum von 1440 bis 1540. Ihren Wesenseigentümlichkeiten nach gehört die größte Mehrzahl derselben der in Rede stehenden Vorrenaissance an, welche in den Äußerlichkeiten, namentlich dem Zierwerk, noch gotisch ist, in der Lebensfrische und Natürlichkeit der figürlichen Darstellungen aber den Geist der neuen Kunst atmet. Während diejenigen Werke, welche mehr in das Gebiet des Kunsthandwerks als in dasjenige der Kunst im engeren Sinne fallen, wie das Chorgestühl und der Kronleuchter (s. Abb. 250), noch im Beginne des 16. Jahrhunderts in jeder Hinsicht dem gotischen Stil angehören, befindet sich unter den im 15. Jahrhundert angefertigten Altären nur einer, der sich auch in seinem Bildwerk noch in ausgeprägt gotischen Formen bewegt. Derselbe ist in seinem heutigen, in unserm Jahrhundert hergestellten Aufbau aus den Bestandteilen zweier Altäre zusammengesetzt, von denen der eine im Jahre 1450, der andre 1455 vollendet worden ist; er wird jetzt nach dem heiligen Ritter Georg benannt, dessen Legende in dem Schnitzwerk des Schreins (s. Abb. 251)

Abb. 331. Die wunderbare Messe des h. Gregor.
Holzschnitzwerk an einem Altar in der Katharinenkirche zu Lübeck.

verbildlicht ist. Wenn diese Schnitzarbeit innerhalb der für die spätgotische Figurenbildung bezeichnenden Stileigentümlichkeiten schon ganz ungewöhnliche Reize entfaltet, so zeigt uns ein um ein Jahrzehnt älteres Bildwerk, wie früh bereits unter den Holzbildnern Kalkars der Sinn für Freiheit und schlagend naturgemäße Wahrheit der Darstellung sich regte. Dieses Bildwerk ist das im Jahre 1445 vollendete, ursprünglich über dem Kreuzaltar vor dem Lettner befindliche große Triumphkreuz, welches jetzt über einer Seitenschiffthür angebracht ist; da ist namentlich die Gestalt der Schmerzensmutter eine herrliche, von tief ergreifender Wahrheit beseelte Schöpfung, die in der Größe und rührenden Einfachheit des Ausdrucks eine geistige Schönheit besitzt, welche sie der berühmten Nürnberger Figur — bei übrigens völlig verschiedener Auffassung — fast ebenbürtig macht (Abb. 332). Aus den beiden letzten Jahrzehnten des 15. Jahrhunderts stammen drei Altäre, die vorzüglich glänzende Beispiele des hochentwickelten Kunstgeschmacks dieser Zeit sind. Der erste derselben ist der im südlichen Nebenchor befindliche Altar zur heiligen Anna, der im Jahre 1490 vollendet war, und dessen Bildwerk aus einer einheitlichen Darstellung in lebensgroßen, prächtigen Figuren besteht; es folgt der an einem Vierungspfeiler aufgestellte Altar zu den sieben Freuden Marias, angefertigt in den Jahren 1483 bis 1493, der zehn gesonderte Darstellungen im Schrein und drei im Untersatz enthält; beide werden, wenn auch nicht an Schönheit, so doch an Reichtum weit übertroffen durch den großartigen, in den Jahren 1498 bis 1500 ausgeführten Hauptaltar, dessen Bildwerk in Schrein und Untersatz das Leiden Christi schildert, und der mit Einschluß der in der prachtvollen ornamentalen Umrahmung des Schreins angebrachten kleineren Gruppe 208 Figuren zählt. Alle drei Altäre sind Werke von in Kalkar einheimischen Bildschnitzern.

Der Meister des Altars zur h. Anna war ein Kalkarer Bürger, Derick (Dietrich) Boegert. Das treffliche Schnitzwerk zeigt in einer ungemein liebenswürdigen Gruppe die Mutter Anna mit Maria und dem Jesuskinde; ganz köstlich ist das nackte Knäblein, das, an beiden Ärmchen gehalten, lächelnd versucht, mit unsichern Füßchen vom Schoße Annas zu Maria hinüber zu schreiten; seitwärts stehen der Nährvater Joseph und andre männliche Verwandte der heiligen Familie; oben erscheint Gottvater mit einer Engelschar.

Der Altar zu den sieben Freuden Marias ist das Werk zweier verschiedener Bildschnitzer. Mit seiner Anfertigung wurde ein Meister beauftragt, den die Urkunden nur mit seinem Vornamen Arnt (Arnold) nennen. Derselbe befand sich im Jahre 1480 unter den Schützen, welche die Stadt Kalkar ins Feld stellte, als der Herzog von Kleve die Statthalterin von Gelderland bekriegte. Später verweilte er längere Zeit in der holländischen Stadt Zwolle, um daselbst Bildwerke auszuführen, war aber auch dort mit dem bereits in Auftrag gegebenen Kalkarer Altar beschäftigt. Nebenher führte er noch ein andres Werk für die Pfarrkirche seiner Vaterstadt aus, eine treffliche lebensgroße Figur des toten Christus im Grabe. Den Altar zu vollenden war ihm nicht vergönnt; er starb im Jahre 1491, wahrscheinlich, da er noch 1480 heerespflichtig war, in jugendlichem Alter. Der unfertige Altar wurde nunmehr von Zwolle nach Kalkar gebracht, und auf den Rat des Meisters Derick Boegert erhielt ein Meister Everhard van Monster, aus einem alten Kalkarer Geschlecht, den Auftrag, denselben fertigzustellen. — Die Bildwerke des Schreins beginnen mit einer höchst sprechenden Darstellung des traurig aus dem Tempel heimkehrenden Vaters Joachim, dessen Opfer wegen seiner Kinderlosigkeit verworfen worden ist, und erzählen dann in anmutreichen und ausdrucksvollen Bildern die freudigen Begebenheiten aus dem Leben

Marias bis zu ihrem Tode und ihrer Aufnahme in den Himmel (Abb. 333). In der Staffel sind Begebenheiten aus der Legende des Evangelisten Johannes veranschaulicht.

Dieser prächtige Altar wurde auf Kosten einer frommen Vereinigung, der „Bruderschaft Unserer Lieben Frau", hergestellt. Noch während derselbe in Arbeit war, beschloß die nämliche Bruderschaft, die über ansehnliche Geldmittel verfügt haben muß — denn die Preise, welche für die Kunstwerke bezahlt wurden, waren nach dem Ausweis der noch vorhandenen Rechnungen sehr beträchtlich —, die Stiftung eines neuen Hauptaltars für die nämliche Kirche. Es scheint, daß ursprünglich Meister Arnt auch für diese Arbeit ausersehen war und daß mit ihm bereits dieserhalb Verhandlungen gepflogen wurden. Aber erst 1498 kam die Bruderschaft dazu, das großartige Werk in Angriff nehmen zu lassen. In diesem Jahre schloß sie, nachdem sie schon vor längerer Zeit den Herstellungsstoff in sorgfältiger Auswahl beschafft hatte, die betreffenden Verträge mit drei Künstlern. Die Hauptaufgabe, das Bildwerk des Schreins, fiel einem Meister Loedewich zu. Als der Vorstand der Bruderschaft sich mit demselben geeinigt hatte, wurde der Abschluß des Vertrags im Weinhause gefeiert; auch die Besichtigung der ersten fertig gewordenen Abteilung des Schnitzwerks gab Veranlassung zu einer festlichen Bewirtung des Meisters, wofür dieser dann nach einiger Zeit den Kirchenmeister und die Verwalter der Bruderschaft in seine Wohnung zu Gaste lud. Als das Werk, an welchem Loedewich mit mehreren Gesellen arbeitete, nach zwei Jahren fertig geworden war, ließ man einen Maler und einen andern Sachverständigen aus Kleve kommen, um dasselbe „zu besehn und zu probieren", und darauf erhielt der Meister den ausbedungenen Lohn, der nach unserm Gelde auf etwa 5000 Mark berechnet wird, und seinen Gesellen wurde ein ansehnliches Trinkgeld verabreicht. Loedewichs Schöpfung schildert in einem zusammenfassenden Bilde, welches zeitlich getrennte Begebenheiten ohne räumliche Trennung nebeneinander stellt — wie wir es auch in Gemälden dieser und der folgenden Zeit häufig finden —, das Leiden des Erlösers vom Verrat des Judas bis zur Grablegung; das Hauptereignis, die Kreuzigung, nimmt den erhöhten Mittelteil des Schreins ein. — Das Bildwerk der Staffel zeigt in drei gesonderten Darstellungen den Einzug Christi in Jerusalem, das letzte Abendmahl und die Fußwaschung der Jünger. Die Ausführung der Staffelschnitzereien rührt von einem Meister Jan von Haldern her. Die „Schauzettel" der Kalkarer Schützen von 1480 nennen auch diesen Künstler unter den ins Feld gestellten Kriegsleuten; später finden wir denselben in Zwolle als Gehülfen des Meisters Arnt. — Besonders reich und prächtig ist die Umrahmung, welche seitwärts und oben den Schrein einschließt. Sie zeigt in ihren senkrechten Teilen zwölf kleine Gruppen unter Baldachinen, welche die Begebenheiten nach der Grablegung verbildlichen und mit Christi Erscheinen in der Vorhölle beginnen und mit der Himmelfahrt schließen; in den wagerechten Teilen geht sie in äußerst geschmackvolles Zierwerk aus durchbrochenen Ranken-

Abb. 332. Maria (lebensgroß) vom Triumphkreuz von 1445 in der St. Nikolai-Pfarrkirche zu Kalkar.

Abb. 333. Marias Vermählung (vom Altar zu den sieben Freuden Mariä, 1483—1493) von Meister Arnold zu Kalkar.
In der St. Nikolai-Pfarrkirche zu Kalkar.

gebilden über. Diese Umrahmung wurde von einem Bildschnitzer Derick Jeger, dem sein Sohn und später noch ein Schreiner („Kistenmacher") zur Seite standen, ausgeführt, und zwar gegen Taglohn. Das gesamte Schnitzwerk des Altars ist ein wahres Wunder von feiner und sorgfältiger Arbeit, die köstlichen Ziergebilde des Rahmens aber bieten geradezu Unglaubliches in Bezug auf Schärfe und Geschicklichkeit der Ausführung.

Von der Formvollendung, welche die so fleißig geübte Kalkarer Bildschnitzkunst um die Zeit der Wende des 15. und 16. Jahrhunderts lebensgroßen Figuren zu geben wußte, legt ein Standbild der Maria Magdalena ein schönes Zeugnis ab, das treffliche Werk eines unbekannten Meisters (Abb. 334).

Die drei letztgenannten Kalkarer Altäre entbehren der Bemalung. Ob freilich der Verzicht auf Farbenwirkung von vornherein in der Absicht der Besteller und der Künstler lag, erscheint sehr fraglich. Jedenfalls ist es etwas für jene Zeit ganz und gar Ungewöhnliches, daß künstlerische Schnitzarbeit ohne Farbe gelassen wurde. Man betrachtete sonst damals die letztere als etwas ganz wesentlich zum Holzbildwerk Gehöriges. Unbestreitbar trägt auch zu dem fesselnden Reiz, den die Schnitzwerke selbst dann, wenn sie hinsichtlich der Form weniger vollendet sind, ausüben, nicht am wenigsten die fast immer höchst geschmackvolle und durch reichlichste Anwendung von Gold sehr wirkungsvolle Bemalung bei. In der Steinbildnerei dagegen finden wir jetzt immer häufiger Werke, bei denen auf die Anwendung der Farbe vollständig verzichtet ist, und zwar nicht nur wenn dieselben aus edlem Marmor, sondern auch wenn sie aus gewöhnlichem Sandstein hergestellt sind. Die Anfänge dieser Neuerung, des Farbloslassens der Steinbildwerke, reichen zwar schon in die mittlere Zeit der Gotik zurück; für die Renaissancekunst aber, die ja auch den farblosen Kupferstich und später den farblosen Holzschnitt aufnahm und gelegentlich selbst Gemälde grau in grau ausführte, ist dieselbe wesentlich charakteristisch. Das Weglassen der Bemalung fand allmählich solchen Beifall, daß es bald auch auf die Holzbildnerei ausgedehnt wurde.

Abb. 334. Maria Magdalena.
Lebensgroße Holzfigur in der St. Nikolai-Pfarrkirche zu Kalkar (aus der ehemaligen Dominikanerkirche stammend). Um 1500.

Der Mangel jeglicher Färbung oder Bemalung an den Bildwerken, das unverhüllte Zeigen des leblosen Stoffes, aus dem sie gemacht sind, erscheint uns heutzutage infolge der Gewöhnung so wenig auffallend, daß wir sogar geneigt sind, es für natürlich und selbstverständlich zu halten, obgleich doch im Grunde genommen eine farblose plastische Figurendarstellung etwas genau ebenso Unnatürliches ist wie ein farbloses Gemälde.

Goldschmiede und Erzarbeiter fertigten allerdings zu allen Zeiten Figuren an, welche keine andre Farbe zeigten als die des Herstellungsstoffes. Aber bei diesen Arbeiten kam es auch wesentlich darauf an, die Kostbarkeit des zu dem Kunstwerk verwendeten Stoffes zu zeigen. Nicht nur bei Gegenständen aus Gold und Silber, sondern auch bei größeren Werken aus Erz galt im früheren Mittelalter das durch die künstlerische Gestaltung veredelte Metall als das eigentlich Bedeutende, erst in zweiter Linie kam die dem Stoffe gegebene Form als solche in Betracht; selbst Denkmäler mit dem lebensgroßen Bilde des Verstorbenen machten hiervon keine Ausnahme. Als sich später die Anschauungen änderten und das Kunstwerk selbst als das Hauptsächliche betrachtet wurde, dessen eigne Bedeutung durch den Wert des Herstellungsmaterials nur hervorgehoben, aber nicht gesteigert werden konnte, da hatte sich das Auge längst an den Anblick von Menschenbildern gewöhnt, die statt der Farben der Natur den goldigen Schimmer des Erzes zeigten. Ja man fand daran so viel Gefallen, daß man bisweilen bei Steinbildern den Eindruck hervorzurufen suchte, als ob sie aus Metall verfertigt wären; so war das Magdeburger Reiterstandbild Ottos I. ursprünglich über und über vergoldet.

Bei Figurendarstellungen in Stein, Holz oder andern unedlen Stoffen war von jeher das Bild die Hauptsache, das Material an sich hatte keine Bedeutung. Es verstand sich daher ganz von selbst, daß das Bild, um als wirkliches Bild dessen, was es vorstellte, zu gelten, auch in naturähnliche Farbe gekleidet wurde; die oben erwähnte Nachahmung des Metalls war gewiß nur eine sehr seltene Ausnahme. Aber ebensowohl wie die Form wurde auch die Farbe stilisiert; sie wurde nach künstlerischen Grundsätzen und nicht nach den Zufälligkeiten der Wirklichkeit angegeben. Nichts kann daher irriger sein, als wenn man sich vorstellt, die mittelalterlichen Bildwerke hätten, als ihre Bemalung noch die ursprüngliche Frische besaß, einige Ähnlichkeit mit den Machwerken gehabt, welche man heute in Wachsfigurenkabinetten sieht.

Die Neuerung war eine Folge des Verhältnisses, in welches in der reiferen Zeit der Gotik die Bildhauerkunst zur Baukunst trat. Zwar wurden noch lange Zeit hindurch nicht nur — wie es ja bei der Bemalung der Architekturteile selbst nicht anders sein konnte — die im Inneren der Gebäude angebrachten Bildwerke bemalt, sondern auch die Portale mit ihrem Figurenschmuck prangten in vollem Farbenreichtum. Aber je mehr sich eine Menge von Figuren über das ganze Äußere der Bauten ausdehnte, umsomehr wurde das Bildwerk als ein bloßer Schmuck der Architektur betrachtet, der von andern Steinmetzenarbeiten, welche demselben Zwecke dienten, nicht eigentlich wesensverschieden war. Es erschien daher nunmehr natürlich, daß das steinerne Bild sich auch nur als einen Teil des ganzen künstlichen Steinwerks zeige. Vollends war dies in jener Spätzeit der Gotik der Fall, wo die Steinmetzen mit der Herstellung von Formen prunkten, bei denen es kaum glaublich erschien, daß sie aus Stein gemeißelt seien; jetzt erhielt der Stein wiederum eine eigne Bedeutung: der Stoff mußte gezeigt werden, damit die Künstlichkeit der Bearbeitung voll gewürdigt werde. So ging in dieser Zeit die Farblosigkeit auch auf solche Bildwerke von Stein über, welche mit der Architektur nicht in unmittelbarem Zusammenhange standen.

Eine weitere Rechtfertigung fand die Neuerung dann darin, daß die Autorität des klassischen Altertums für die Farblosigkeit eintrat. Die antiken Bildwerke, die man in Italien an das Licht zog und als die höchstgeltenden Vorbilder studierte, hatten im Laufe der Jahrhunderte ihre ursprüngliche Färbung eingebüßt, und von den italienischen Künstlern und ihren ausländischen Nachfolgern wurde daher die Farblosigkeit der Skulptur als zur wahren Kunst notwendig gehörend betrachtet. So wurde dieselbe zu einer Wesenseigentümlichkeit der „Renaissance“ im engeren Sinne, wenn auch in diesem Falle die Wiedergeburt des Alten nur eine vermeintliche war, da sie auf dem irrigen Glauben, daß die antiken Statuen und Reliefs niemals gefärbt gewesen seien, beruhte.

Abb. 335. Die Kreuztragung.
Skizze Dürers zu einem Fries. Federzeichnung im British Museum zu London.

2. Albrecht Dürer.

Abb. 336. Verzierter Buchstabe von Albrecht Dürer.

Aus der schönen Knospe, die im 15. Jahrhundert heranwuchs, entfaltete sich jene prächtige Blüte, welche der deutschen Kunst des 16. Jahrhunderts einen der ehrenvollsten Plätze in der gesamten Kunstgeschichte sichert. Auch jetzt ging die Malerei den übrigen Künsten voran. In den Malerwerkstätten Nürnbergs und Augsburgs erhielten die beiden großen deutschen Meister ihre erste Ausbildung, die zu den allergrößten Künstlern der Welt gehören: Albrecht Dürer und Hans Holbein der jüngere. Albrecht Dürer ward zu Nürnberg am 21. Mai 1471 geboren. Sein Vater war ein aus Ungarn eingewanderter Goldschmied; derselbe war in seiner Jugend lange in den Niederlanden „bei den großen Künstlern“ gewesen, war dann im Jahre 1455 nach Nürnberg gekommen und hatte in der Werkstatt des Goldschmieds Hieronymus Holper Stellung gefunden; 1467 hatte er dessen erst fünfzehnjährige Tochter Barbara geheiratet und war im folgenden Jahre Meister und Bürger von Nürnberg geworden. Der junge Albrecht, bei dessen Taufe der berühmte Drucker und Buchhändler Anton Koburger Gevatter stand, wurde für das väterliche Gewerbe bestimmt. Nachdem er die Schule besucht hatte, erlernte er beim Vater das Goldschmiedehandwerk. Aber seine Lust trug ihn mehr zu der Malerei denn zu dem Goldschmiedewerk; und als er dies dem Vater vorstellte, gab der ihm nach, obschon es ihm leid that um die mit der Goldschmiedslehre vergeblich verbrachte Zeit. Es sind Dürers eigene Aufzeichnungen, denen wir diese Nachrichten verdanken.

Abb. 337. Dürers Selbstbildnis vom Jahre 1484, als derselbe noch Goldschmiedelehrling war.

Silberstiftzeichnung in der Albertina zu Wien. — Der Vermerk von Dürers Hand in der oberen rechten Ecke des Bildes lautet: „Das hab ich aus einem Spiegel nach mir selbst konterfeit im 1484. Jahr, da ich noch ein Kind war. Albrecht Dürer."

Zwei Zeichnungen sind uns bewahrt geblieben, welche Zeugnis ablegen von Albrecht Dürers früh entwickelter außergewöhnlicher Begabung. Die unter dem Namen Albertina bekannte Sammlung von Kupferstichen und Handzeichnungen im Palast des Erzherzogs Albrecht zu Wien besitzt ein mit dem Silberstift gezeichnetes Selbstbildnis des Goldschmiedelehrlings mit der später eigenhändig hinzugefügten Beischrift: „Das hab ich aus einem Spiegel nach mir selbst konterfeit im 1484. Jahr, da ich noch ein Kind war. Albrecht Dürer" (Abb. 337). Das andre Blatt, welches mit Hinsicht auf die Jugend seines Urhebers eine nicht minder erstaunliche Leistung ist als jenes, und das zugleich bekundet, daß auch in der Goldschmiedewerkstatt ein gediegener Zeichenunterricht erteilt wurde, befindet sich im Kupferstichkabinett des Berliner Museums; es ist eine Federzeichnung vom Jahre 1485 und stellt eine thronende Muttergottes zwischen zwei Engeln dar.

Am 30. November 1486 kam Albrecht Dürer zu Michael Wolgemut in die Lehre; auf drei Jahre ward die Zeit bemessen, die er hier „dienen" sollte.

Aus dieser Lehrzeit Dürers stammt ein Bildnis seines Vaters, das in der Uffizien-Galerie zu Florenz bewahrt wird. Schon in diesem frühen Werke gibt sich der junge Künstler als einen Meister der Bildnismalerei zu erkennen.

Als er ausgedient hatte, schickte ihn sein Vater auf die Wanderschaft. Nach Ostern 1490 zog er aus und sah sich vier Jahre lang in der Welt um. In Kolmar und in Basel ward er von den Brüdern des kürzlich verstorbenen Martin Schongauer freundlich aufgenommen. Von dort aus scheint er die Alpen durchwandert zu haben und bis nach Venedig gekommen zu sein. Unter-

Abb. 338. Dürers Selbstbildnis vom Jahre 1493.
Ölgemälde im Privatbesitz in Leipzig.

wegs hielt er manches Landschaftsbild fest, und zwar bisweilen in sorgfältiger Ausführung mit Wasserfarben. Dürer war einer der ersten Maler, welche die selbständige Bedeutung der Landschaft und die Poesie der landschaftlichen Stimmung erfaßten. Dabei wußte er die Formen und die Farben der Natur mit unbedingter Treue wiederzugeben. Manche seiner früheren und späteren Studienblätter aus der Fremde und aus der Heimat sind Landschaftsbilder im allermodernsten und allerrealistischsten Sinne.

Neben vielerlei Studien und Entwürfen hat sich aus Dürers Wanderzeit auch ein sorgfältig in Öl gemaltes Selbstbildnis vom Jahre 1493 erhalten (in einer Privatsammlung in Leipzig), welches den jungen Künstler in schmucker buntfarbiger Modekleidung zeigt. „Mein Sach die geht, wie es oben steht", ist mit zierlichen Buchstaben in den Hintergrund geschrieben (Abb. 338).

Als Dürer nach Pfingsten des Jahres 1494 heimkam, hatte ihm sein Vater bereits die Braut geworben. Es war die schöne Agnes Frey, die Tochter eines kunstreichen Mannes, der „in allen Dingen erfahren" war, aus angesehenem Geschlecht. Schon am 14. Juli desselben Jahres fand die Hochzeit statt.

In mehreren, zu verschiedenen Zeiten gemachten Zeichnungen hat Dürer die Züge seiner Gattin der Nachwelt überliefert. In ganzer Figur, in der Tracht einer Nürnberger Hausfrau, zeigt sich Frau Agnes in einem prächtigen Aquarell aus dem Jahre 1500, das in der Ambrosianischen Bibliothek zu Mailand aufbewahrt wird.

Dürers Ehe blieb kinderlos. Dennoch hatte er bald für den Unterhalt einer größeren Familie zu sorgen. Im Jahre 1502 beschloß Dürers Vater sein Leben; er hatte dasselbe „mit großer Mühe und schwerer harter Arbeit zugebracht". Mit schlichten herzlichen Worten hat Dürer in seinen Aufzeichnungen das Andenken des Mannes geehrt, der ihn von frühester Kindheit an zu Frömmigkeit und Rechtschaffenheit erzogen hatte. Nach des Vaters Tode nun lag dem jungen Meister nicht nur für die zärtlich geliebte Mutter, die er zu sich nahm, sondern auch für eine Schar von jüngeren Geschwistern die Sorge ob. Dem Anschein nach waren seine Vermögensverhältnisse eine Zeitlang keineswegs glänzend; durch seine unermüdliche Arbeitskraft aber und durch seine rastlose Thätigkeit brachte er es nach und nach zu einer ganz ansehnlichen Wohlhabenheit.

Bald nach der Verheiratung eröffnete Dürer eine selbständige Werkstatt. Dazu bedurfte es weder eines Meisterstücks noch sonstiger Förmlichkeiten. Denn in Nürnberg galt, im Gegensatz zu den übrigen Städten Deutschlands, die Malerei als eine freie Kunst, die keinen zünftigen Ordnungen unterworfen war. Das kam auch der Stellung eines Malers, der in Wahrheit ein Künstler war, zu gute; Albrecht Dürer ist niemals als Handwerksmeister betrachtet worden. Die ersten größeren Aufträge freilich, die dem jungen Künstler zu teil wurden, Altarwerke und Gedächtnistafeln, mußten in der üblichen Weise mit Hilfe von Gesellen hergestellt werden. Doch auch in diesen Arbeiten offenbarte sich deutlich die schöpferische Kraft des Meisters und seine sichere Beherrschung der Form, und unverkennbar prägte er manchem der Bilder die Züge der eigenen Künstlerhand auf.

Mit der denkbar größten Unmittelbarkeit erfaßte Dürer die Natur; aber bei der äußersten Naturtreue opferte er auch nicht das geringste von seinen künstlerischen Absichten auf. Seine eigenen Worte kennzeichnen am besten die ganze erhabene Größe seiner Kunstanschauung: „Wahrhaftig steckt die Kunst in der Natur; wer sie heraus kann reißen, der hat sie." Niemand solle glauben, führt Dürer den Gedanken weiter aus, daß er etwas besser machen könne, als wie es Gott geschaffen habe. Nimmermehr könne ein Mensch aus eigenen Sinnen ein schönes Bild machen; wenn aber einer durch vieles Nachbilden der Natur sein Gemüt voll gefaßt habe, so besame sich die Kunst und erwachse und bringe ihres Geschlechtes Früchte hervor: „daraus wird der versammelte heimliche Schatz des Herzens offenbar durch das Werk und die neue Kreatur, die einer in seinem Herzen schafft, in der Gestalt eines Dinges." — Schon in seinen Jugendarbeiten hat Dürer gezeigt, einen wie reichen Schatz er in seinem Herzen versammelt hatte.

Das älteste erhaltene Altarwerk aus Dürers Werkstatt befindet sich in der Dresdener Gemäldegalerie. Dasselbe besteht aus drei mit Temperafarben auf Leinwand gemalten Bildern und zeigt uns in der Mitte die Muttergottes, auf den Flügeln die Heiligen Antonius und Sebastian. Dürers eigenhändige Arbeit blickt hier überall durch, besonders sichtbar tritt sie in den geistvoll gezeichneten und gemalten Händen des Antonius zu Tage. Vermutlich war dieser aus der Schloßkirche zu Wittenberg stammende Altar eine Bestellung des Kurfürsten Friedrich von Sachsen, der sich zwischen 1494 und 1501 wiederholt in Nürnberg aufhielt, und für den Dürer mehrfach thätig war.

Mehrere um diese Zeit oder wenig später unter Dürers Leitung und nach seinen Entwürfen angefertigte Altargemälde und Einzeltafeln lassen die Hand von Gehilfen recht deutlich erkennen. Aus andern hinwiederum spricht mit voller Kraft des Meisters begnadete Eigenart und sein packender, über jeden Wechsel des Zeitgeschmacks triumphierender Realismus. Vor allem gilt dies von dem Paumgärtnerschen Altar, der, für die Katharinenkirche zu Nürnberg gemalt, sich jetzt in der Münchener Pinakothek befindet. Das Mittelbild dieses Werkes zeigt die Geburt Christi. In freudiger Erregung betrachtet die knieende Maria das neugeborene Knäblein, um das sich eine Schar von kleinen Kinderengeln herumdrängt; die Örtlichkeit ist eine Ruine mit romanischen Säulen und Bogen — sehr bezeichnend für die Renaissance, die das Alte wieder aufsucht und nachbildet, während sich die mittelalterliche Kunst bei der Darstellung von Baulichkeiten stets aufs genaueste nach dem jedesmaligen Baustil der Zeit richtete. Das Schönste aber an dem Paumgärtnerschen Altar sind die beiden Flügelbilder; auf jedem derselben erblicken wir die lebensvolle Prachtgestalt eines geharnischten Ritters, der in wilder Landschaft neben seinem Rosse steht (Abb. 339). Möglicherweise sind die scharf individualisierten Köpfe der Männer Bildnisse der Stifter, jedenfalls stellen dieselben aber zugleich zwei ritterliche Heilige vor; das herkömmliche Zeichen der Heiligkeit, den Nimbus, läßt Dürer bei seinen ausgeführten Gemälden regelmäßig weg: mit einem so vollkräftigen Realismus verträgt sich selbst der leichte Strahlenschein der van Eyckschen Schule nicht.

Die Aufgabe der Malerei begrenzt Dürer im Sinne seiner Zeit folgendermaßen: „Die Kunst des Malens wird gebraucht im Dienst der Kirche ... behält auch die Gestalt der Menschen nach ihrem Absterben.“ Die Gemälde sollen also entweder Andachtsbilder oder Bildnisse sein. Doch hat er sich im Jahre 1500 auch einmal auf dem der Kunst des Nordens bisher fast völlig fremden Gebiete der Mythologie versucht, mit einer Darstellung des Herkules, der die stymphalischen Vögel tötet (im Germanischen Museum zu Nürnberg). Viel bedeutender aber als dieses Bild, das übrigens durch Übermalung sehr gelitten hat, sind die Porträts, welche Dürer neben seinen Altarwerken damals malte. Aus dem Jahre 1497 ist das Bildnis seines betagten Vaters (die Vorzeichnung dazu in Abb. 340), aus dem Jahre 1498 sein Selbstbildnis, wieder in reicher

Abb. 339. Flügelbild vom Paumgärtnerschen Altar. In der alten Pinakothek zu München.

bunter Tracht, vorhanden; das erstere befindet sich in England, das andre im Museum zu Madrid. Die Münchener Pinakothek besitzt das Bildnis des Nürnbergers Oswald Krell von 1499, die Kasseler Gemäldegalerie dasjenige der Frau Elsbeth Tucher von demselben Jahre, vielleicht die ersten Porträts, welche Albrecht Dürer auf Bestellung malte. Als das Porträt einer Tochter der Familie Fürleger gilt das Bild eines betenden Mädchens mit prächtigem, aufgelöstem Goldhaar in der Gemäldegalerie zu Augsburg, von 1497.

Dasjenige aber, wodurch Albrecht Dürer schon in jungen Jahren zu einem weltberühmten Manne wurde, waren weder seine Kirchengemälde, noch seine Bildnisse, sondern ein Holzschnittwerk. Im Jahre 1498 gab er die Geheime Offenbarung des Evangelisten Johannes mit fünfzehn großen Bildern heraus. Eine so geniale Verbildlichung des geheimnisvollen Textes, wie sie Dürers Holzschnitte boten, hatte die Welt noch nicht gesehen. Den phantastischen Gesichten des Evangelisten folgt der Zeichner mit gleich kühnem Fluge der Phantasie. Auch heute noch können diese urwüchsigen, kraft- und geistvollen Bilder ihre Wirkung niemals verfehlen.

Das zu allen Zeiten am meisten bewunderte Blatt der Folge ist die Darstellung der vier Reiter, welche den vierten Teil der Menschheit dahinraffen (Abb. 341). Derjenige müßte wahrlich auch ein ganzer Barbar sein, der bei diesem höchsten Meisterwerk großartiger Erfindung Ungenauigkeiten und Härten der Zeichnung kleinlich bemängeln wollte, anstatt sich hinreißen zu lassen von der Wucht der urgewaltigen Komposition. Und nicht minder großartig erweist sich die Gestaltungskraft des Meisters in den übrigen Blättern. Überall sehen wir die tiefsten Gedanken mit packender Kraft zum Ausdruck gebracht, mag nun die Darstellung nur aus wenigen Figuren bestehen, wie das Bild gleich am Eingang des Buches, wo der Evangelist niederstürzt vor dem Herrn, von dessen Munde ein Schwert, von dessen Augen Feuerflammen ausgehen und der mit der Rechten in die Sterne greift; oder mögen zahllose Figuren die Bildfläche füllen; mag der Jubel der Seligen geschildert sein oder grauser Schrecken. Den von jedem Vorbild unabhängigen schöpferischen Geist des Meisters bekunden gleichermaßen die in sozusagen glaubwürdiger Bildung erscheinenden Drachen und Ungeheuer, wie die hageren, finsteren Männergestalten der Würgengel (Abb. 342).

Abb. 340. Dürers Vater.
Kohlenzeichnung Albrecht Dürers im British Museum zu London.

Und nicht allein die vorher nie dagewesene und nachher nie übertroffene Größe und Kühnheit der Erfindung macht diese Blätter so bedeutsam; sie bezeichnen auch den wichtigsten Wendepunkt in der Geschichte des Holzschnitts. Bisher mußten die Holzschnitte bemalt werden, um für fertige Bilder gelten zu können. Dürer machte seine für den Schnitt bestimmten Zeichnungen so, daß es keiner derartigen Ergänzungen bedurfte; er war der erste, der „farbig" zeichnete, der durch die Gegensätze von Hell und Dunkel ohne die Zuhilfenahme von Farben eine malerische Wirkung erreichte.

Die gleiche Aufmerksamkeit wie dem Holzschnitt wandte Dürer dem Kupferstich zu. „Ein guter Maler ist inwendig voller Figuren," schreibt er einmal, „und wenn's möglich wäre, daß er ewiglich lebte, so hätte er aus den inneren Ideen allzeit etwas Neues durch die Werke auszugießen." Holzschnitt und Kupferstich gaben ihm Gelegenheit, aus der Fülle der Ideen mehr auszugießen, als in durchgeführten Gemälden möglich gewesen wäre; sie gestatteten auch die Bearbeitung mancher Gegenstände, die eine realistische Ausführung in Farben

Abb. 341. Die apokalyptischen Reiter.

Aus dem Holzschnittwerk: Die Apokalypse.

Abb. 342. Die vier Engel vom Euphrat.
Aus dem Holzschnittwerk: Die Apokalypse.

Abb. 343. Die drei Bauern.
Kupferstich von Albrecht Dürer.

nicht zuließen, oder die sich nach den damaligen Anschauungen nicht zu Gemälden eigneten. Denselben Meister, der in den apokalyptischen Bildern das Erhabenste und Übernatürlichste so eindringlich zu schildern wußte, sehen wir gelegentlich in das volle Menschenleben hineingreifen und die alltäglichsten Dinge künstlerisch wiedergeben. Dürer hat eine Anzahl echter Genrebilder und genrehafter Gruppen oder Einzelfiguren veröffentlicht, voll von schlagender Lebenswahrheit, bisweilen von köstlichem Humor (Abb. 343). Auch Stiche mythologischen und allegorischen Inhalts gab er neben seinen zahlreichen religiösen Blättern heraus.

Wie den Holzschnitt, so brachte Dürer auch den Kupferstich zu malerischer Wirkung. Seine früheren Stiche, unter denen manche von einzelnen Forschern nur als Nachbildungen Wolgemutscher Originale angesehen werden, schlossen sich noch der älteren, einfach zeichnenden Weise an. Der erste in hellen und dunkeln Massen malerisch ausgeführte Kupferstich erschien im Jahre 1504, eine Darstellung von Adam und Eva. In gerechtem Selbstgefühl versah der Künstler das Blatt nicht mit einem bloßen Monogramm, sondern mit der ausführlichen Inschrift, daß es Albrecht Dürer aus Nürnberg gemacht habe.

In demselben Jahre 1504 vollendete der Meister ein größeres Gemälde, eine Anbetung der heiligen Drei Könige, im Auftrage Friedrichs des Weisen für dessen Schloßkirche zu Wittenberg. Dieses wunderbare Bild, das jetzt in dem Kranze auserlesener Meisterwerke prangt, den die sogenannte Tribuna der Uffizien-Galerie zu Florenz umschließt, läßt in jedem Strich die eigenhändige, liebevolle Arbeit Dürers erkennen; bei dem vorzüglichen Zustande seiner Erhaltung kann man den ganzen ursprünglichen Reiz der Farbengebung und die sorgfältige Ausführung der kleinsten Einzelheiten bewundern. Wer deutsch empfindet, den wird es von all den herrlichen Schöpfungen der Antike und der italienischen Renaissance, die hier in einem Raume vereinigt sind, immer wieder

Abb. 344. Dürers Selbstbildnis.

Ölgemälde in der alten Pinakothek zu München. — Die Inschrift des Bildes lautet: Albertus Durerus Noricus ipsum me propriis sic effingebam coloribus aetatis anno XXVIII.

hinziehen zu dem wunderlieblichen Bilde dieser deutschen Madonna, die in unbefangener Würde und voll stillen Mutterglückes zusieht, wie dem nackten Knäblein auf ihrem Schoß von fremden Fürsten ehrerbietige Huldigungen dargebracht werden.

Um diese Zeit malte Dürer auch das bekannteste seiner Selbstbildnisse, das sich (in leider nicht ganz unversehrtem Zustande) in der Münchener Pinakothek befindet: in gerader Vorderansicht, das edle Antlitz von einer reichen Fülle wohlgepflegter dunkelblonder Locken umwallt (Abb. 344).

Zugleich arbeitete er wieder an zwei großen Holzschnittwerken, von denen das eine die Leidensgeschichte Christi, das andre das Leben der Jungfrau Maria behandelte. Mit gleich hoher Meisterschaft schilderte Dürer in diesen Werken, die unter den Namen „Große Passion" und „Marienleben" bekannt sind, die ergreifendsten tragischen Vorgänge und die reizvoll behaglichsten Familienbilder. Aus Dürers realistischem Sinne ging die Neuerung hervor, daß er die Mutter des Erlösers, da wo dieser als erwachsener Mann erscheint, nicht mehr in Jugendschönheit darstellte, sondern als ältliche Frau, in deren Züge Zeit und Kummer ihre Furchen gegraben haben. Mit besonderer Liebe bethätigte Dürer in diesen Werken auch seine ungewöhnliche Begabung für das Landschaftliche; bei manchen der Bilder, namentlich im „Marienleben", geht die Landschaft weit über die Bedeutung eines bloßen Hintergrundes hinaus (Abb. 345, 346, 347, 348).

Eine im Jahre 1504 entstandene Folge von zwölf sorgfältig mit Feder und Pinsel in Schwarz und Weiß ausgeführten Zeichnungen aus der Leidensgeschichte, die sich in der Albertina zu Wien befindet und die wegen der grünen Färbung des Papiers die „Grüne Passion" genannt wird, beweist durch ihre Verschiedenheit von den kurz vorher gezeichneten Holzschnittbildern gleichen Inhalts den bewundernswürdigen Reichtum von Dürers schöpferischem Vermögen.

Der Umstand, daß Dürers Holzschnitte in Venedig unbefugterweise nachgestochen wurden, und daß der deutsche Meister deshalb den Schutz seines Urheberrechtes bei der venetianischen Regierung hätte nachsuchen wollen, soll die erste Veranlassung zu einer längeren Reise nach Venedig gewesen sein, die Dürer im Jahre 1505 antrat.

Hauptsächlich beschäftigte ihn aber in Venedig die Ausführung einer Altartafel, die er im Auftrage der dort ansässigen deutschen Kaufleute für deren Kirche San Bartolomeo malte. Es ist das jetzt in Prag (im Museum Rudolfinum) befindliche „Rosenkranzfest". Darauf sind die Jungfrau und das Jesuskind als Spender des Rosenkranzes dargestellt; sie schmücken die Häupter des Kaisers Maximilian I. und des Papstes Julius II. mit Kränzen natürlicher Rosen; zu beiden Seiten werden eine Anzahl andrer Personen durch den heiligen Dominikus und eine Schar von Engeln in gleicher Weise gekrönt. Im Hintergrunde erblickt man den Maler selbst nebst seinem liebsten und treuesten Freunde, dem berühmten Humanisten Wilibald Pirkheimer; er hält ein Blatt in der Hand, worauf zu lesen ist, daß in einem Zeitraum von fünf Monaten der Deutsche Albrecht Dürer das Werk im Jahre 1506 ausgeführt habe. Leider hat das vielbewunderte Werk,

Abb. 345. Gefangennahme Christi.
Aus dem Holzschnittwerk: Die Große Passion.

Abb. 346. Titelblatt aus dem Holzschnittwerk: Das Marienleben.

das noch vor seiner Vollendung den Dogen und den Patriarchen von Venedig veranlaßte, den deutschen Maler in seiner Werkstatt aufzusuchen, das nachmals durch Kaiser Rudolf II. für eine sehr hohe Summe angekauft und mit unglaublichen Vorsichtsmaßregeln nach Prag gebracht wurde, in späteren rücksichtsloseren Zeiten durch starke Beschädigungen und mehr noch durch schauderhaft rohe Übermalung gerade der edelsten Köpfe sowie der Luft und andrer Teile schwer gelitten. Die Schönheit der Gestalten und der Komposition können wir noch bewundern; aber der einst aufs höchste gepriesene Reiz der Farbe und der meisterlichen Ausführung kommt nur noch stellenweise zur Geltung und läßt uns die Zerstörung doppelt beklagen.

Nebenher malte Dürer in Venedig eine Anzahl von Bildnissen und mehrere kleinere Gemälde. Das schönste von diesen besitzt wohl die Dresdener Galerie

Abb. 347. Die Ruhe in Ägypten.
Aus dem Holzschnittwerk: Das Marienleben.

Abb. 348. Christi Abschied von seiner Mutter.
Aus dem Holzschnittwerk: Das Marienleben.

Abb. 349. Christus als Knabe.
Studie Dürers zu seinem Bilde: Christus unter den Schriftgelehrten im Tempel. Handzeichnung in der Albertina zu Wien.

in der ergreifenden und malerisch wirkungsvollen Darstellung des Gekreuzigten, die ungeachtet des miniaturartigen Maßstabes ein wahrhaft großartiges Werk ist. In der Barberinischen Sammlung zu Rom befindet sich ein laut Inschrift in fünf Tagen gemaltes Bild des „Jesusknaben unter den Schriftgelehrten“; das Ganze besteht eigentlich nur aus Köpfen und Händen; aber diese sind alle gleich ausdrucksvoll (vgl. die Studie zu der Hauptfigur Abb. 349).

Von Dürers Leben in Venedig gibt eine Reihe von noch vorhandenen Briefen Kunde, die der Meister an seinen Freund Pirkheimer geschrieben hat. Da erfahren wir, daß der deutsche Maler für die einheimischen Künstler ein Gegenstand der Neugierde und des Neides war; daß zwar viele Edelleute, aber wenig Maler ihm wohl wollten; daß unter diesen wenigen aber der achtzigjährige Altmeister Giovan Bellini war. Wir sehen das allmähliche Entstehen der Altartafel; wir hören Dürers Klage, daß diese allzu zeitraubende Arbeit ihn zwinge, eine Menge lohnender Aufträge auszuschlagen, und nehmen teil an seiner Freude über das endliche Gelingen des Werkes und über den Beifall, den dasselbe findet. Wir sehen ihn die Gassen der Lagunenstadt durchstreifen, um für den Freund allerlei Besorgungen zu machen. Wir vernehmen, wie er sich's wohl sein läßt in der Fremde, aber dabei für die Seinen in der Heimat zärtlich besorgt ist und als ein vorsichtiger Hausvater seine Erwerbsverhältnisse überschlägt. Mit lustigem Übermut beantwortet er des Freundes derbe Späße, und bei dem Gedanken an die Heimkehr kann er die Worte nicht unterdrücken: „Wie wird mich nach der Sonnen frieren!“

Erst zu Anfang des Jahres 1507 kehrte Dürer nach Nürnberg zurück. In rascher Folge schuf er jetzt mehrere größere Gemälde. Das erste war eine Darstellung von Adam und Eva auf zwei Tafeln, Menschengestalten von einer Vollkommenheit, wie sie die Kunst des Nordens bisher noch nicht hervorgebracht hatte. Diese Bilder sind schon bald nach ihrem Entstehen wiederholt kopiert worden; die Sammlung des Palazzo Pitti zu Florenz und das Prado-Museum zu Madrid streiten sich um den Besitz der Originale.

Mehr Arbeit als die beiden lebensgroßen Einzelgestalten machte dem Meister ein Gemälde mit zahllosen kleinen Figuren, welches Kurfürst Friedrich der Weise bei ihm bestellte: „Die Marter der Zehntausend“ (Hinrichtung der persischen Christen unter König Sapor). Dürer verwendete den ganzen großen Fleiß, den

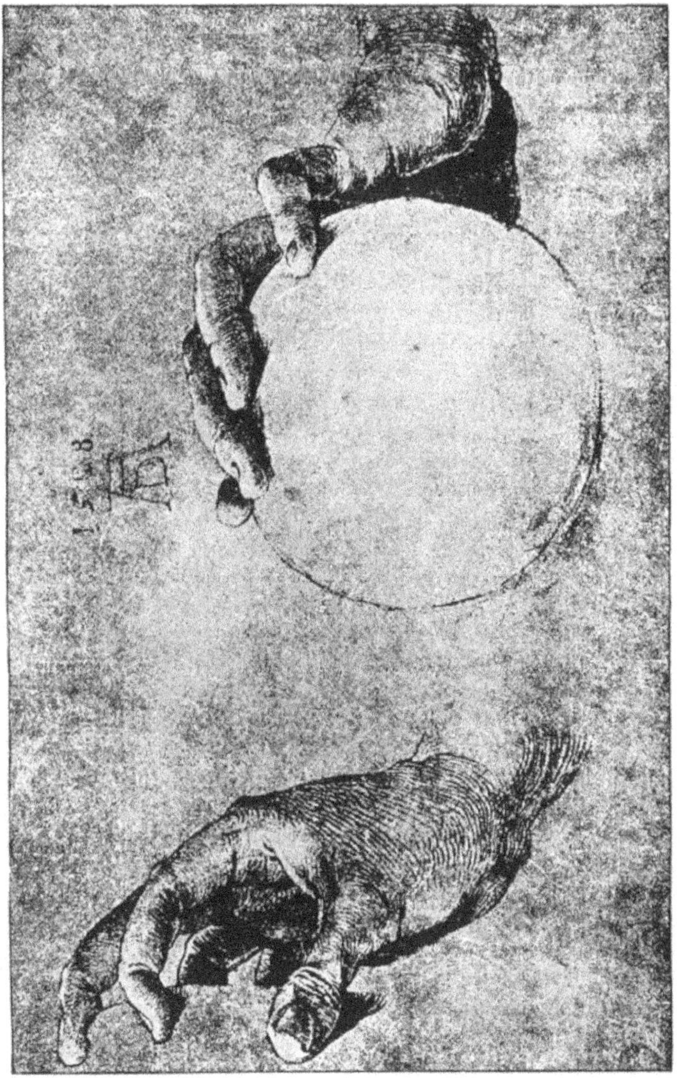

Abb. 350. Studie zu den Händen Gott Vaters auf dem Hellerschen Altarbild in Frankfurt am Main.
Handzeichnung in der Kunsthalle zu Bremen.

er besaß, auf dieses Bild, an dem er über ein Jahr arbeitete und das er im Sommer 1508 vollendete. Dasselbe befindet sich jetzt in der Belvedere-Galerie zu Wien. Vor allem müssen wir hier Dürers Meisterschaft in der Erfindung mannigfaltiger Einzelheiten, durch die er den grausigen Gegenstand anziehend zu machen gewußt hat, und in der unglaublich feinen Ausführung bewundern. Die ursprüngliche Farbenharmonie des Bildes ist leider dadurch gestört, daß das reichlich angewendete Lasursteinblau im Laufe der Zeit durch die Farben, mit denen es gemischt war, durchgewachsen und an die Oberfläche getreten ist, so daß es jetzt sehr viel stärker spricht, als es nach der Absicht des Meisters sollte.

Mit der gleichen Sorgfalt malte Dürer dann die Mitteltafel eines Altarwerks, mit dessen Ausführung ihn der reiche Frankfurter Kaufherr Jakob Heller gleichfalls schon im Jahre 1507 beauftragt hatte. Er selbst schrieb an den Besteller, daß er all seine Tage keine Arbeit angefangen habe, die ihm besser gefiele, und noch nach der Ablieferung im August 1509 war er um die vorsichtige Behandlung des Bildes besorgt. Die wunderbare Schönheit dieses Lieblingswerks des Meisters, das Mariä Himmelfahrt darstellte, können wir nur noch ahnen in einer alten Kopie, welche nebst den beiden von Gehilfen ausgeführten Flügelbildern im Historischen Museum zu Frankfurt aufbewahrt wird. Das Original, für welches Kaiser Rudolf II. den Frankfurter Dominikanern vergeblich 10000 Gulden bot, und das dann von Herzog Maximilian von Bayern erworben wurde, ist im Jahre 1674 bei dem Brande der Münchener Residenz ein Raub der Flammen geworden. (Ein Studienblatt dazu Abb. 350.)

Ein günstigeres Geschick hat über dem nächsten großen Gemälde gewaltet, welches Dürer schuf. Es ist das „Allerheiligenbild“, das er für die Kapelle des sogenannten Landauerklosters oder Zwölfbrüderhauses in Nürnberg, einer wohlthätigen Stiftung zweier dortigen Bürger, malte und im Jahre 1511 vollendete. Wohlerhalten und unversehrt schmückt diese Tafel jetzt die Wiener Belvedere-Galerie. Nur die Farbenwirkung hat auch hier durch das Durchwachsen des Blau, sowie ferner durch das Verblassen der Schattentöne in den grünen Gewändern ihren Einklang einigermaßen eingebüßt. Aber die hohe Vollkommenheit der Zeichnung und der Ausführung können wir bei diesem unvergleichlichen Meisterwerk in ihrer ganzen ursprünglichen Herrlichkeit bewundern. Wohl in keinem andern Werke der deutschen Malerei ist so viel Großartigkeit mit so viel Poesie vereinigt. Dürers Meisterschöpfung ist auch das vollendetste christliche Andachtsbild. Es entrückt den Geist des gläubigen Beschauers in die Sphären der Seligen. Von Engelchören umschwebt, deren Reigen sich in ungemessener Ferne verliert, erscheint in lichtdurchstrahltem Gewölk der dreifaltige Gott, angebetet von den Scharen der Auserwählten; den Heiligen der Kirche reihen sich auf einem niedrigeren Wolkenkranze, Papst und Kaiser an der Spitze, die namenlosen Seligen aller Stände an. Tief unten aber breitet sich, vom Himmelslicht erhellt, eine freundliche Erdenlandschaft aus, und hier steht der Maler des Bildes, demütig aufschauend zu den Himmlischen, aber voll gerechten Selbstbewußtseins gegenüber dem sterblichen Beschauer. Auf der Inschrifttafel, welche seinen Namen verkündet, bekennt er sich mit Heimatsstolz als einen Sohn der Stadt, welche das Bild bewahren soll. Auf den beiden vorerwähnten Gemälden, welche er gleichfalls

Abb. 351. Karl der Große.

Ölgemälde von 1510, in der städtischen Sammlung zu Nürnberg.

mit seinem eigenen Bildnis und mit ausführlicher Inschrift bezeichnete, hat er — ebenso wie auf der venetianischen Tafel — sein Nationalitätsgefühl kundgegeben, indem er das Wort „ein Deutscher“ seinem Namen hinzufügte.

Auch der prächtig geschnitzte Holzrahmen für das Allerheiligenbild, der, als das Bild selbst in den Besitz des eifrigen Dürersammlers Kaiser Rudolf II. überging, in Nürnberg zurückblieb und sich jetzt im Germanischen Museum befindet, wurde nach Dürers eigenen Entwürfen angefertigt. In der Erfindung dieses reichen architektonischen Rahmens gibt sich der Meister als einen echten Renaissancekünstler zu erkennen, der an die Stelle gotischer Gebilde die wiederbeseelten, Formen der Antike setzt, wie er sie in Italien kennen gelernt hat.

Aus dem Jahre 1512 besitzt die Belvedere-Galerie ein kleines Muttergottesbild, das an Tiefe der Auffassung und an wunderbarer Feinheit der Ausführung mit jenem figurenreichen Altargemälde wetteifert.

In demselben Jahre malte Dürer im Auftrage seiner Vaterstadt, die ihn 1509 durch Ernennung zum Ratsmitgliede geehrt hatte, zwei überlebensgroße Kaiserbilder zum Schmucke der „Heiltumskammer“, eines zur Aufbewahrung der Reichskleinodien bestimmten Gemaches. Die darzustellenden Kaiser waren Karl der Große als der Gründer des Kaisertums, und Sigismund als derjenige, welcher der getreuen Stadt Nürnberg das „Heiltum“ anvertraut hatte. Für diesen benutzte Dürer ein älteres Bildnis; in seinem Karl dem Großen schuf er das Idealbild des gewaltigen Herrschers, das seitdem in der Vorstellung des deutschen Volkes lebt (Abb. 351). Ziemlich stark übermalt, befinden sich diese Gemälde, von denen sich die Stadt niemals getrennt hat, jetzt im Germanischen Museum.

Danach malte Dürer eine Reihe von Jahren hindurch keine größeren Bilder mehr. Wie schnell er auch die aufs sorgfältigste vorbereiteten und bis ins kleinste durchgearbeiteten Gemälde entstehen ließ, ihm selbst ging „das fleißige Kläubeln“, wie er schon 1509 in einem Briefe an Heller klagte, nicht rasch genug von statten; er wollte lieber seines Stechens warten.

Mit Zeichnungen für den Holzschnitt hatte er sich auch während er an jenen Gemälden arbeitete viel beschäftigt. Das „Marienleben“ und die „Große Passion“ hatte er durch Hinzufügung mehrerer Blätter vervollständigt. Beide Werke gab er 1511 zugleich mit einer neuen Auflage der „Apokalypse“ heraus. In demselben Jahre veröffentlichte er eine Folge von 37 Holzschnitten kleineren Formats, welche in weniger figurenreichen, aber ebenso geistvollen Kompositionen das Erlösungswerk schildern, die sogenannte „Kleine Passion“ (Abb. 352). Außerdem brachte er eine ganze Anzahl von Einzelblättern auf den Markt.

Unter Dürers einzelnen Holzschnittbildern aus dieser Zeit ist die „Große Dreifaltigkeit“ von 1511, eine der Hauptgruppe des Allerheiligenbildes sehr ähnliche Darstellung, das vollendetste.

Besonders bezeichnend für seine geniale Eigenart und seine großartige Erfindungsgabe ist ferner die „Messe des h. Gregor“ aus demselben Jahre. Da sehen wir, wie vor den Augen Gregors der Altaraufsatz zum Sarge wird, aus dem der Schmerzensmann emporsteigt, umgeben von den Marterwerkzeugen und den übrigen bekannten Wahrzeichen seines Leidens; wehklagende Engel verneigen sich vor der rührenden

Abb. 352. Christus als Gärtner.

Aus dem Holzschnittwerk: Die kleine Passion.

Gestalt, die mit einem Blicke unsäglicher Bekümmernis den Zweifler anschaut. Dahinter verschwimmt alles in dunklem Nebel, der sich wie ein Schleier vor die ministrierenden Bischöfe[1] legt, sich zu dichten Wolkenmassen ballt und mit dem Weihrauchdampf zusammenfließt. Es ist wunderbar, mit welcher Vollkommenheit hier das Traumhafte einer Erscheinung zur Anschauung gebracht ist; mit greifbarer Körperlichkeit steht das Gesicht vor dem Schauenden da, aber im nächsten Augenblick wird es verschwinden, der Nebel wird zerrinnen und der Begnadete und Bekehrte nichts andres erblicken, als seine unbeteiligte reale Umgebung (Abb. 353).

Im Jahre 1510 gab Dürer auch einige Holzschnitte religiösen Inhalts mit längerem gereimtem Texte heraus, den er selbst verfaßt hatte und durch Hinzufügung des Monogramms als sein geistiges Eigentum kennzeichnete.

Abb. 353. Die wunderbare Messe des h. Gregor.

Holzschnitt von 1511.

Für seine Lieblingsthätigkeit, das Kupferstechen, fand Dürer immer Zeit. Mit einer „Passion" in Kupferstich war er schon seit 1507 beschäftigt; im Jahre 1513 gab er dieses Werk, das wieder eine neue Gestaltung der so oft behandelten Gegenstände zeigte, in 16 Blättern heraus. In demselben Jahre erschien die

Abb. 354. Engel mit dem Schweißtuche der Veronika. Kupferstich von 1513.

ihrem Inhalte nach mit dieser Folge in Zusammenhang stehende und in gleichartiger Behandlung gestochene herrliche Darstellung zweier schwebender Engel mit dem Schweißtuch der Veronika (Abb. 354). So bewunderswürdig aber diese und andre gleichzeitige Blätter, wie die schönen Madonnen von 1511 und 1513, nicht nur in Bezug auf Erfindung, sondern auch in Hinsicht der technischen Ausführung sind. Dürer fand in der hier angewandten Technik noch kein Genüge. Er beschäftigte sich nebenher mit neuen Versuchen auf diesem Gebiete, und der Kupferstechkunst der Folgezeit kamen diese seine Versuche zu gute. In den Jahren 1514—1518 führte er einige Radierungen aus, wobei er sich eiserner, anstatt kupferner Platten bediente; sein berühmtestes derartiges Werk ist „die große Kanone", die Darstellung eines Nürnberger Geschützes, das, auf einem Hügel in weiter Landschaft aufgefahren, von strammen Landsknechten bewacht und von einer Gruppe Türken mit sehr bedenklichen Mienen betrachtet wird. Die Technik aber, die ihm am meisten zusagte und in der er das Vollendetste leistete, hatte er schon 1513 gefunden. In diesem und dem folgenden Jahre entstanden die drei gedankentiefen Meisterwerke, welche zu allen Zeiten nur ungeteilte Bewunderung gefunden haben: „Die Melancholie", „St. Hieronymus im Gehäuse" und „Ritter, Tod und Teufel". Das letztgenannte Blatt soll sich einer alten Nachricht zufolge auf eine Begebenheit beziehen, die von einem Ritter Namens Philippus Rink erzählt wurde. Aber das Bild bedarf keiner Deutung: jeder Deutsche wird diesen trutzigen Rittersmann verstehen, der in der düsterschaurigen Waldschlucht unbekümmert fürbaß reitet, ob ihn gleich Tod und Teufel umdräuen (Abb. 355). Diesen Mann der entschlossenen That quälen die grübelnden Zweifel nicht, auf die das träumerische Bild der Melancholie hinweist; das ist das Einsehen, „daß wir nichts wissen können" (Abb. 356). Auch Dürer hat einmal das Bekenntnis niedergeschrieben: „Die Lüge ist in unserer Erkenntnis, und die Finsternis steckt so hart in uns, daß auch unser Nachtappen fehlt." Den geraden Gegensatz hierzu bildet jener in seiner Arbeit volles Genügen findende Forscher, der im heiligen Hieronymus verkörpert ist: ganz in sein Werk versunken sitzt der große Kirchenvater in seiner gemütlichen Gelehrtenstube; man fühlt die behagliche Wärme, die das Sonnenlicht, durch die Butzenscheiben gedämpft, in das Gemach hineinträgt; in friedlichem Schlummer ruht der Löwe des Heiligen neben einem Hündchen (Abb. 357).

Die Jahre, in denen Dürer seine innersten Gedanken in so unvergänglichen Gestaltungen aussprach, brachten ihm den größten Schmerz seines Lebens, die Krankheit und den Tod seiner Mutter, worüber er in einer besonderen Aufzeichnung ergreifend und ausführlich berichtet hat. Die fromme, sanftmütige und wohlthätige Frau starb nach mehr als jahrelangem Siechtum am 17. Mai 1514. Wenige Wochen vor ihrem Tode, am Oculi-Sonntag, hatte Dürer sie in einer lebensgroßen Kohlenzeichnung abgebildet. Das Berliner Kupferstichkabinett bewahrt dieses rührende Bildnis: ein abgemagertes, vieldurchfurchtes Antlitz mit gottergebener Duldermiene und wunderbar ausdrucksvollen großen Augen; unter der Beischrift: „Das ist Albrecht Dürers Mutter, die war alt 63 Jahre", hat Dürer später mit Tinte Tag und Stunde des Todes vermerkt (Abb. 358).

Im Jahre 1515 vollendete Dürer ein gewaltiges Holzschnittwerk, an dem er im Auftrage Kaiser Maximilians seit drei Jahren arbeitete: „Die Ehrenpforte". Der Kaiser, der sich an der Hervorhebung seiner eigenen Persönlichkeit erfreute, ohne deswegen eitel zu sein — ein Zug, der im Geiste jener Zeit begründet war und der ja auch bei Dürer in den vielen Selbstbildnissen zu Tage tritt — hatte

Abb. 355. Ritter, Tod und Teufel.

Kupferstich vom Jahre 1513.

den Gedankengang zu einer großartigen bildlichen Verherrlichung seines Lebens selbst entworfen. Das Ganze sollte einen Triumph vorstellen und aus dem Triumphbogen oder der Ehrenpforte und aus dem Triumphzuge bestehen. Des Kaisers

Abb. 356. Die Melancholie.
Kupferstich von 1514.

Freund und treuer Begleiter, der Dichter und Mathematiker Johannes Stabius, übernahm die Anordnung und verfaßte die Inschriften. 92 Holzstöcke, deren Schnitt der Nürnberger Formschneider Hieronymus Andreä ausführte, waren zur

Abb. 357. St. Hieronymus im Gehäuse.
Kupferstich aus dem Jahre 1514.

Herstellung des Blattes erforderlich, das in seiner vollständigen Zusammensetzung über 3 Meter hoch und wenig unter 3 Meter breit ist. Das Ganze stellt ein

Abb. 358. Dürers Mutter.

Kohlenzeichnung Albrecht Dürers aus dem Jahre 1514, im Kupferstichkabinett zu Berlin. — Die Beischrift von Dürers Hand in der rechten oberen Ecke lautet: „1514 an oculy. Dz ist albrecht dürers muter dy was alt 63 Jor.“ Nach ihrem Tode fügte er mit Tinte hinzu: „Vnd ist verschiden Im 1514. Jor am erchtag (Dienstag) vor der crewtzwochn, um zwey genacht (in der Nacht).“

Gebäude von sehr entfernter Ähnlichkeit mit einem römischen Triumphbogen dar, über und über mit Bildern aus dem Leben des Kaisers (Abb. 359), mit geschichtlichen und sinnbildlichen Figuren, mit Wappen, mannigfaltigem Zierwerk und mit Inschriften bedeckt. An Stelle seines gewöhnlichen Monogramms hat Dürer das redende Wappen seiner Familie, dessen Feld eine offene Thür zeigt, angebracht.

Noch eine andre Arbeit führte Dürer im Jahre 1515 für den Kaiser aus. Maximilian hatte für seinen persönlichen Gebrauch ein Gebetbuch drucken lassen. In einem Exemplar dieses Gebetbuches, das sich jetzt in der königlichen Bibliothek zu München befindet, schmückte Dürer 45 Blätter mit Randverzierungen in Federzeichnung. Der Reichtum an Phantasie, der hier entfaltet ist, entzieht sich jeder Beschreibung. Bald hat der Meister in tiefempfundenen Heiligengestalten auf die Gebete unmittelbaren Bezug genommen, bald hat ihn ein Wort oder ein Satz zu einem mehr oder weniger weit abschweifenden Gedanken angeregt, bald hat er wieder seiner Laune die Zügel schießen lassen oder ist beliebigen Einfällen gefolgt; daneben sprießt und sproßt überall das köstlichste Zierwerk von wundervollen Pflanzengewinden hervor, kühne Federzüge fügen sich zu seltsamen Fratzen oder Tierfiguren zusammen, verflechten sich zu regelmäßigen Ornamenten oder laufen in weitgeschwungene Schnörkel aus. Obgleich augenscheinlich mit der größten Leichtigkeit hingeworfen, sind diese Federzeichnungen dennoch ein hochbedeutendes Meisterwerk (Abb. 360).

In den folgenden Jahren führte Dürer wieder einige Gemälde aus, unter denen das Bildnis seines alten Lehrers Wolgemut von 1516 (Abb. 310) und die Lucretia von 1518 (beide in der Münchener Pinakothek) die namhaftesten sind. Mit seinen Bildern aus der Zeit von 1504 bis 1512 halten diese Werke freilich keinen Vergleich aus. Die Lucretia, welche entkleidet neben ihrem Bette steht, im Begriff, sich mit dem Dolch zu durchbohren, ist das einzige von Dürers Gemälden, welches einen profangeschichtlichen Gegenstand behandelt.

Abb. 359. Ein Stück aus Dürers Triumphbogen mit den Darstellungen von Turnier, Kampfspiel zu Fuß und Mummenschanz.

Inzwischen arbeitete Dürer aber auch an „Maximilians Triumphzug". Dieses umfangreiche Werk, welches eine noch größere Anzahl von Holzstöcken erforderte als die „Ehrenpforte", beschäftigte außer Dürer noch verschiedene andre Maler. Ihm war die Anfertigung der bedeutsamsten Abschnitte der langen Bilderreihe aufgetragen, welche sich aus mancherlei Gruppen zu Fuß, zu Roß und zu Wagen zusammensetzen sollte, und für welche der Kaiser selbst die genauesten Angaben gemacht hatte. Unter anderm führte Dürer diejenige Abteilung aus, welche die Kriege Maximilians verbildlichte; nach der ursprünglichen Vorschrift des Kaisers sollten hier Landsknechte im Zuge einherschreiten, welche auf Tafeln die betreffenden Kriegsbilder trügen; dies erschien dem Meister zu eintönig, und er gefiel sich dafür in der Erfindung schön geschmückter künstlicher Fortbewegungsmaschinen, auf denen die Abbildungen der Schlachten, Festungen &c., bald als Gemälde, bald als plastische Bildwerke gedacht, vorgeführt wurden. Ein besonders prächtiges Blatt schuf er in dem Wagen, darauf die Vermählung Maximilians mit Maria von Burgund zur Darstellung kam. Den Mittelpunkt des langen Zuges sollte der große Triumphwagen bilden, auf dem man den Kaiser mit seiner ganzen Familie erblickte. Wilibald Pirkheimer hatte eine reiche Ausschmückung dieses Wagens durch allegorische Gestalten ersonnen; den ausführlichen Entwurf des Triumphwagens, welchen Dürer hiernach anfertigte, schickte Pirkheimer im März 1518 an den Kaiser. Ehe indessen dieses Hauptstück geschnitten wurde, fand das Unternehmen einen plötzlichen Abschluß, da Maximilian am 12. Januar 1519 starb.

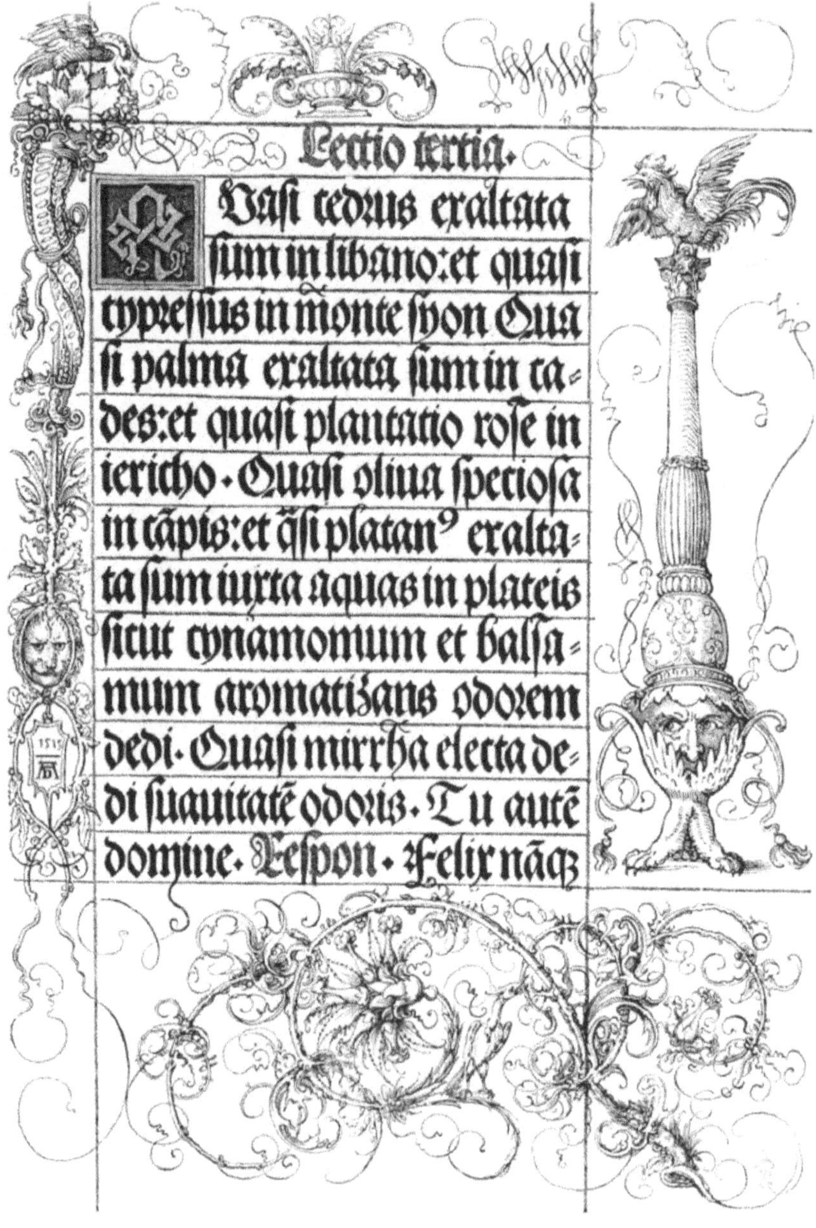

Lectio tertia.

Quasi cedrus exaltata
sum in libano: et quasi
cypressus in monte syon Qua
si palma exaltata sum in ca=
des: et quasi plantatio rose in
iericho. Quasi oliua speciosa
in cāpis: et q̄si platan⁹ exalta=
ta sum iuxta aquas in plateis
sicut cynamomum et balsa=
mum aromatizans odorem
dedi. Quasi mirrha electa de=
di suauitatē odoris. Tu autē
domine. Respon. Felix nāq3

Abb. 360. Eine Seite aus Kaiser Maximilians Gebetbuch mit Dürers Randzeichnungen.
In der königl. Bibliothek zu München.

Abb. 361. Albrecht Dürers Holzschnittbildnis Kaiser Maximilians.

Vorher war es Dürer noch vergönnt, den ihm so wohlgesinnten kaiserlichen Herrn nach dem Leben abzubilden. Zu dem Reichstag, den Maximilian im

Abb. 362. St. Antonius, im Hintergrunde die Burg von Nürnberg.
Kupferstich vom Jahre 1519.

Jahre 1518 nach Augsburg berief, begab sich auch Dürer mit den Vertretern der Stadt Nürnberg. Am 28. Juni saß ihm der Kaiser „hoch oben auf der Pfalz in seinem kleinen Stüble". Hier entstand in sichtlich sehr kurzer Zeit jene in der Albertina aufbewahrte geistreiche Kohlenzeichnung, welche der Nachwelt ein so sprechendes Bild des letzten Ritters überliefert hat.

Zweimal übertrug Dürer diese Zeichnung auf einen Holzstock, das einemal ohne weitere Zuthat, nur mit einem Schriftzettel, darauf Namen und Titel des Kaisers geschrieben waren, das andremal, nach des Kaisers Tode, in reicher Umrahmung, von verzierten Säulen eingefaßt, auf denen Greifen als Halter des Kaiserwappens und der Abzeichen des Goldenen Vließes stehen (Abb. 361). Nach derselben Zeichnung führte er dann auch zwei Gemälde aus; das eine derselben, in Wasserfarben auf Leinwand gemalt, befindet sich, durch die Zeit sehr getrübt, im Germanischen Museum zu Nürnberg, das andre, in Ölfarben ausgeführt, in der Wiener Galerie. Aus den Inschriften, welche Dürer den Bildnissen des Kaisers beifügte, fühlt man heraus, wie schmerzlich ihn dessen Hinscheiden ergriffen hatte.

Auf dem Augsburger Reichstag porträtierte Dürer auch den Kardinal Albrecht von Brandenburg, Primas und Kurfürst des Reichs, Erzbischof von Mainz und Magdeburg. Das mit Kohle gezeichnete Originalbildnis des erst 28jährigen Kirchenfürsten besitzt ebenfalls die Albertina. Im folgenden Jahre führte Dürer das

Abb. 363. Studienkopf eines alten Mannes von Albrecht Dürer.

Pinselzeichnung auf dunklem Papier mit Weiß gehöht, gezeichnet auf der niederländischen Reise 1521.
In der Albertina zu Wien.

Die eigenhändige Unterschrift Dürers oben am Rande der Zeichnung lautet: „Der Mann war alt 93 Jar und noch gesund und fermiglich (bei Kräften) zu Antorf" (Antwerpen).

Abb. 364. Studienköpfe von Seeländerinnen.
Von Dürer gezeichnet auf seiner niederländischen Reise.

Abb. 365. Kaiser Maximilian auf dem Triumphwagen, bekränzt von den Figuren der Tugenden.

(Über dem Baldachin die Inschrift: „Quod in celis sol — Hoc in terra Caesar est“. Was am Himmel die Sonne, ist auf Erden der Kaiser.) Stück (stark verkleinert) aus Albrecht Dürers großem Holzschnittwerk „Triumphwagen Maximilians“.

Bildnis in Kupferstich aus und schuf damit wieder eins der vollendetsten Meisterwerke der Porträtierkunst.

Unter den übrigen Arbeiten, welche um dieselbe Zeit aus den Händen des rastlos thätigen Meisters hervorgingen, zeichnet sich besonders ein kleiner Kupferstich aus, welcher den heiligen Einsiedler Antonius, in tiefe Betrachtung versunken, und dahinter die Burg von Nürnberg zeigt (Abb. 362).

Im Sommer 1520 trat Dürer in Begleitung seiner Frau eine Reise nach den Niederlanden an. Über ein Jahr blieb er aus. Er bewunderte in dem alten Kunstlande die Werke der großen früheren Meister und lernte die berühmtesten seiner lebenden Zeitgenossen kennen. Er sah den Einzug Karls V. in Antwerpen und ward selbst gleich einem Fürsten geehrt. Dabei war er unermüdlich thätig. Er zeichnete und malte eine große Anzahl von Bildnissen. Unter andern porträtierte er Christian II., den König der Skandinavischen Reiche, und als dieser Fürst zu Brüssel den jungen Kaiser und die Statthalterin der Niederlande, Maximilians Tochter Margareta, bewirtete, war auch Dürer geladener Gast. In einem kleinen Skizzenbuch, aus dem noch manche Blätter in verschiedenen Sammlungen bewahrt werden, und in einem ausführlichen Tagebuch hat der Meister die Eindrücke dieser Reise festgehalten.

Abb. 366. Der große Kardinal: Kardinal Albrecht von Brandenburg.
Kupferstich vom Jahre 1523.

Dürers Reisetagebuch ist ein unschätzbares Vermächtnis, nicht nur in Hinsicht auf die Persönlichkeit des Künstlers, sondern auch auf die Kulturgeschichte seiner Zeit. Da erfahren wir, wie Dürer gleich nach Antritt seiner Reise sich das Wohlwollen des Bischofs von Bamberg durch das Geschenk eines gemalten Marienbildes, zweier seiner großen Holzschnittwerke und mehrerer Kupferstiche erwirbt; wie der Bischof ihn darauf zu Gaste ladet und ihm drei Empfehlungsbriefe und einen Zollbrief, der sich in der Folge als sehr nützlich erweisen sollte, mitgibt. Wir erfahren von den glänzenden Festbanketten, die in Antwerpen und anderswo dem deutschen Meister zu Ehren gegeben wurden, von der großen Prozession mit vielen prächtigen Wagen, mit Reitern und Reiterinnen, die zu Antwerpen am Sonntage nach Mariä Himmelfahrt stattfand, von den großartigen Vorbereitungen für den Einritt des Kaisers, von den Dingen, die man aus dem neuen Goldlande gebracht hatte, bei deren Anblick sich des Meisters Herz höchlich erfreut aus Verwunderung über die Kostbarkeit und über „die subtilen Ingenia der Menschen in fremden Landen". Er erzählt, wie Karl V. mit Schauspielen, großer Freudigkeit und so schönen Jungfrauenbildern, wie er dergleichen noch wenig gesehen hätte, in Antwerpen empfangen wurde; er bewundert bei der Krönung zu Aachen all die köstliche Herrlichkeit, dergleichen kein Lebender etwas Prächtigeres gesehen habe; dem in Köln zu Ehren Karls veranstalteten Feste wohnt er gleichfalls bei und sieht den jungen Kaiser auf dem Gürzenich tanzen. Er berichtet auch, daß es ihm große Mühe und Arbeit gemacht habe, vom Kaiser die Bestätigung eines ihm von Maximilian ausgeworfenen Jahrgehalts

·CHRISTO · SACRVM·
·ILLE·DEI VERBO·MAGNA PIETATE·FAVEBAT·
·PERPETVA·DIGNVS·POSTERITATE·COLI·
·D·FRIDR·DVCI·SAXON·S·R·IMP·
·ARCHIM·ELECTORI·
·ALBERTVS·DVRER·NVR·FACIEBAT·
·B·M·F·V·V·
·M · D · XXIIII·

Abb. 367. Kurfürst Friedrich der Weise von Sachsen.

Kupferstichbildnis von 1524. — Unterschrift: „Christo geweiht." — „Dieser hat Gottes Wort mit der größten Ergebung gefördert; Ewigen Nachruhms ist würdig darum er fürwahr." — „Für Herrn Friedrich, Herzog von Sachsen, des h. römischen Reichs Erzmarschall, Kurfürst, gemacht von Albrecht Dürer aus Nürnberg." — · B · M · F · VV · (unübersetzbare Devise) — 1524.

Abb. 368. Wilibald Pirkheimers Bildnis aus dem 53. Jahre seines Lebens.
Kupferstich von 1524.
„Vivitur ingenio caetera mortis erunt.“
Am besten durch das Schillersche Wort zu übersetzen:
„Wenn der Leib in Staub zerfallen, lebt der große Name noch.“

zu erlangen, ungeachtet der Fürsprache der Statthalterin Frau Margareta, die ihn, als er in Brüssel war, alsbald zu sich beschieden und ganz ausnehmend leutselig aufgenommen hatte. Er zählt die Geschenke an Kunstwerken auf, die er der Statthalterin und Personen ihres Hofstaats gemacht hat, und vermag seinen Unwillen über das Ausbleiben der Gegengeschenke nicht zu unterdrücken. Überhaupt wird unglaublich viel hin und her geschenkt. Dürers Kunstfertigkeit wird nach allen Seiten hin in Anspruch genommen; dem Leibarzt Margaretens muß er den Plan zu einem Haus anfertigen in Antwerpen macht er den Goldschmieden Vorlagen für Schmucksachen und einer Kaufmannsgilde eine Vorzeichnung für eine in Stickerei auszuführende Heiligenfigur, er zeichnet Wappen für vornehme Herren und entwirft Masken zu dem Fastnachtsmummenschanz. Er selbst erweist sich als ein leidenschaftlicher Sammler von Merkwürdigkeiten und erhält viele derartige Geschenke von den Kaufleuten, die mit den fremden Weltteilen in Verbindung stehen. Um der Merkwürdigkeit willen erwirbt er auch eine von der Tochter eines Antwerpener Illuministen gemalte Miniatur und bemerkt dabei: „Es ist ein groß Wunder, daß ein Frauenzimmer so viel machen kann.“ Seine eigene „Kunstware“, die Holzschnitte und Kupferstiche, führt er übrigens nicht bloß zum Verschenken mit, er treibt damit auch einen lebhaften Handel, und wir erfahren die geringen Preise, zu denen damals die jetzt so kostbaren Blätter verkauft wurden. Denn alle Einnahmen und alle Ausgaben — die vielen zu spendenden Trinkgelder nicht vergessen — sind sorgfältig in dem Buche verzeichnet.

Überall blickt zwischen den Aufzeichnungen der beobachtende Maler durch, dessen Augen

Abb. 369. Philipp Melanchthon.
Kupferstich aus dem Jahre 1526.
Unterschrift: „Dürer konnte dem Leben nachbilden die Züge Philippus',
Doch seine kundige Hand konnte nicht malen den Geist.“

immer beschäftigt sind. Bald ist es die Ansicht einer Stadt, bald die Aussicht von einem Turm, hier eine Gartenanlage, da ein Gebäude, was die Aufmerksamkeit des Meisters fesselt; hier hält er ein hübsches Gesicht und dort die zu Markte gebrachten stattlichen Hengste der Erinnerung für wert. Als echter Renaissancekünstler bemerkt er im Aachener Münster sogleich, daß die dort „eingeflickten“ antiken Säulen kunstgerecht nach des Vitruvius Vorschrift gemacht seien.

Alles ist ganz kurz und knapp aufgezeichnet, und doch ist bisweilen in den wenigen Worten ein lebendiges Bild von einer Person oder einem Vorgang hingeschrieben. Nur eine Begebenheit erzählt Dürer ausführlicher, wie nämlich bei einem Ausfluge, den er im Dezember von Antwerpen aus nach Seeland machte, um einen gestrandeten Walfisch zu sehen, durch einen Unfall das Schiff, auf dem er sich befand, ohne Bemannung in die See hinausgetrieben wurde, und wie es den Insassen nur mit Mühe gelang, das Land wieder zu gewinnen; über diese seine Lebensgefahr gibt er einen ungemein anschaulichen und lebendigen Bericht.

Tief erschüttert wird Dürer durch die Nachricht von Luthers Gefangennahme. An dem Tage, wo er hiervon gehört hat, flicht er ein langes inbrünstiges Gebet in seine Aufzeichnungen ein. Wir sehen aus dieser Stelle, daß der Meister mit der ganzen Aufrichtigkeit und tiefen Frömmigkeit seines Herzens der Reformation zugethan ist.

Abb. 370. Hieronymus Holzschuher.
Ölgemälde von 1526 im Museum zu Berlin.

Abb. 371. Johannes und Petrus.

Abb. 372. Marcus und Paulus.

Ölgemälde in der alten Pinakothek zu München.

Wenn wir lesen, wie unglaublich viel Albrecht Dürer während seines Aufenthalts in den Niederlanden, zwischen all den Festlichkeiten, den Besuchen bei hoch und niedrig, dem Betrachten der Sehenswürdigkeiten, dem Hin- und Herreisen zu Wagen, zu Roß und zu Schiff, immer und überall für andre zeichnete und malte, so erscheint es uns kaum begreiflich, daß er immer noch Zeit fand, an sein eigenes Studium zu denken. Und doch hat er außer einem mit zum Teil höchst sorgfältigen Zeichnungen wohlgefüllten Skizzenbuch auch eine Anzahl mit allem Fleiße ausgeführter größerer Studienblätter mit heimgebracht (Abb. 363 u. 364). So sind unter anderm zwei unvergleichlich meisterhafte Studienköpfe erhalten, die er in Antwerpen nach einem dreiundneunzigjährigen Greise gemacht hat (der eine in der Albertina,

Abb. 373. Christuskopf nach Albrecht Dürer.
Holzschnitt in Helldunkeldruck.

der andre im Berliner Kupferstichkabinett). Wenn sich dem arbeitsamen Meister gerade kein andrer Gegenstand darbot, so porträtierte er seine Frau; zwei der von Frau Agnes vorhandenen Bildnisse (im Kupferstichkabinett zu Berlin und in der Wiener Hofbibliothek) sind von der niederländischen Reise datiert.

Abb. 374. Das Wappen mit dem Hahn. Kupferstich Dürers.

Als Dürer im Sommer 1521 heimgekehrt war, wurde ihm alsbald ein Auftrag von seiten seiner Vaterstadt zu teil. Der Rat übertrug ihm die Anfertigung der Entwürfe zur Ausmalung des Rathaussaales. Die dreifache Bestimmung des Saales, zu Reichstagen, Gerichtssitzungen und Festlichkeiten, war maßgebend für die Wahl der Gegenstände. Die kaiserliche Majestät ward verherrlicht durch jene für Maximilian angefertigte Komposition des „Großen Triumphwagens", die Dürer jetzt dahin veränderte, daß der Kaiser allein, ohne seine Familie, in der allegorischen Umgebung erschien. In dieser Gestalt gab er den „Triumphwagen" im Jahre 1522 auch in Holzschnitt heraus (Abb. 365). Für die nächstgrößte Fläche der zu bemalenden Saalwand entwarf der Meister als Warnung vor vorschnellem Richterspruch eine Allegorie der Verleumdung, nach einer vielgelesenen Beschreibung eines Gemäldes des Apelles. Dieser Entwurf, eine ausgeführte Federzeichnung von 1522, wird in der Albertina aufbewahrt. Für das kleinere Mittelfeld zwischen den beiden großen Bildern ward eine lustige Darstellung bestimmt, die unter dem Namen „der Pfeiferstuhl" bekannte Gruppe von sieben Stadtmusikanten und sieben andern volkstümlichen Figuren. — Dürer lieferte

Abb. 375. Das Wappen mit dem Totenkopf.
Kupferstich Dürers.

bloß die „Visierungen“ zu diesen Gemälden, die Ausführung geschah durch andre Hände. Die Wandgemälde sind noch vorhanden, aber roh übermalt und sehr schlecht erhalten.

Unter den sich zunächst anreihenden Schöpfungen Dürers steht eine Anzahl von Meisterwerken der Porträtierkunst an erster Stelle. 1522 erschien das große prächtige Holzschnittbildnis des kaiserlichen Rates und Protonotars beim Reichskammergericht, Ulrich Varnbüler, eines dem Meister eng befreundeten Mannes. Später folgte das kleine Holzschnittporträt des Humanisten Eobanus Hessus. Wahrscheinlich bei Gelegenheit des Nürnberger Reichstages von 1522 bis 1523 porträtierte Dürer zum zweitenmal den Kardinal Albrecht von Brandenburg und dann auch seinen ältesten fürstlichen Gönner, Friedrich den Weisen von Sachsen. Beide Bildnisse stach er in Kupfer, das erstere (zum Unterschied von dem kleinen Porträt von 1519 „der große Kardinal“ genannt) im Jahre 1523, das letztere 1524 (Abb. 366 u. 367). Würdig schloß sich diesen herrlichen Kupferstichbildnissen dasjenige des allzeit getreuen Freundes Wilibald Pirkheimer an (gleichfalls 1524), der nicht nur als Gelehrter, sondern auch als Staatsmann und Kriegsheld seinen Namen berühmt gemacht hatte (Abb. 368). Im Jahre 1526 entstanden dann die Kupferstichporträts des Erasmus von Rotterdam, den Dürer in den Niederlanden zweimal nach dem Leben gezeichnet hatte, und des Melanchthon, der sich damals wiederholt in Nürnberg aufhielt, um die Einrichtung des neugegründeten Gymnasiums zu leiten (Abb. 369). — Das waren des Meisters letzte Kupferstiche

Abb. 376. Studie von Dürer in der Albertina zu Wien.

In das Jahr 1526 fällt auch die Entstehung der letzten gemalten Bildnisse Dürers. Es sind die der Nürnberger Patrizier Jakob Muffel und Hieronymus Holzschuher, die sich beide seit kurzem im Berliner Museum befinden; das Bild des alten Holzschuher mit den wunderbaren lebensprühenden Augen gehört zu des großen Meisters größten Meisterwerken (Abb. 370).

Für den Holzschnitt zeichnete er in diesem Jahre noch ein liebliches Bild der Heiligen Familie, von eigenartig poetischer Wirkung dadurch, daß die Glorienscheine, welche die Häupter der Mutter und des Kindes umleuchten, mit ihren Strahlen die ganze Luft erfüllen.

Und in dem nämlichen Jahre vollendete Dürer mit der gesammelten reifen Erfahrung des Alters, mit voller Manneskraft und mit jugendlicher Frische das letzte große Werk seiner Malerei: die beiden Tafeln mit den Aposteln Johannes und Petrus einerseits und Paulus und Markus anderseits, die, bekannt unter dem Namen „die vier Apostel“ oder „die vier Temperamente“ jetzt den stolzesten Schmuck der Münchener Pinakothek bilden. In diesen mächtigen lebensgroßen Gestalten, die sich ohne jede Umgebung von einem schwarzen Hintergrunde abheben, erscheint Dürers schöpferische Fähigkeit, ewig gültige Charakterbilder zu gestalten, auf ihrer vollen Höhe. Die ganze Liebe, die er auf eine sorgfältige Ausführung zu verwenden vermochte, hat er diesem Werke gewidmet.

Abb. 377. Martyrium der heiligen Katharina.
Entwurf zu einem Fries. Federzeichnung im British Museum.

Zugleich hat er hier jene erhabene Einfachheit erreicht, die er, wie er einst Melanchthon voll Schmerz über seine Unvollkommenheit gestand, zwar als den höchsten Schmuck der Kunst erkannt, aber niemals erlangen zu können geglaubt hatte. Während bei früheren Arbeiten Dürers dem Faltenwurf bisweilen noch etwas von gotischer Knitterigkeit anhaftete, sind hier die beiden Gewänder, welche den größten Raum der Bildflächen einnehmen, der weiße Mantel des Paulus und der rote des Johannes, mit einer einfachen Großartigkeit angeordnet, die mit der Großartigkeit der Köpfe in vollem Einklang steht (Abb. 371 u. 372).

Als Dürer diese Tafeln malte, war er sich wohl bewußt, daß die Tage seiner Schaffenskraft gezählt seien. Er verehrte sie seiner geliebten Vaterstadt „zu seinem Angedenken".

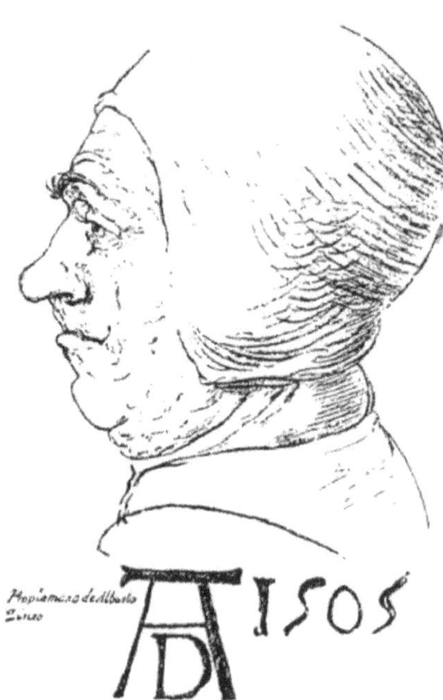

Abb. 378. Kopf eines alten Mannes.
Studie aus einer Privatsammlung in London.

„Sie sind sein Testament als Künstler, als Mensch, als Patriot und als evangelischer Christ." In diesen Worten faßt Dürers Biograph Thausing, dessen klassisches Buch die Kunst und das Leben des großen Meisters der Gegenwart in mehr als einer Beziehung neu erschlossen hat, die Bedeutung dieser Bilder zusammen.

An was Dürer bei der Darstellung der vier apostolischen Gestalten, die er dem Rat von Nürnberg widmete, insbesondere gedacht hatte, erläuterte er durch die Unterschriften, welche er den Bildern hinzufügte: „Alle weltlichen Regenten in diesen gefahrvollen Zeiten sollen billig achthaben, daß sie nicht für das göttliche Wort menschliche Verführung annehmen, denn Gott will nichts zu seinem Worte gethan, noch davon genommen haben. Darum höret diese trefflichen vier Männer Petrum, Johannem, Paulum und Marcum." Als „ihre Warnung" werden nun die Stellen aus dem zweiten Brief des Petrus, aus dem ersten Brief des Johannes, aus dem zweiten Brief des Paulus an Timotheus und aus dem zwölften Kapitel des Marcus-Evangeliums angeführt,

Abb. 379. Anbetung der heiligen drei Könige.
Federzeichnung von 1524 in der Albertina zu Wien.

welche vor falschen Propheten und Sektierern, vor Leugnern der Gottheit Christi, vor Lasterhaften und vor hoffärtigen Schriftgelehrten warnen.

Als die Bilder, nachdem sie ein Jahrhundert in der Sitzungsstube der ersten Würdenträger von Nürnberg gehangen hatten, in den Besitz des Kurfürsten Maximilian von Bayern übergingen, wurden die bedenklich erscheinenden Unterschriften abgesägt und an die Kopien angesetzt, welche Nürnberg an Stelle der Originale erhielt.

Schon seit der niederländischen Reise kränkelnd, sah Dürer sein Ende herannahen. Seine künstlerische Thätigkeit war mit dem Jahre 1526 im wesentlichen abgeschlossen.

Sehr Vieles und unendlich Großes hatte er geschaffen als Maler, Kupferstecher und Zeichner für den Holzschnitt. Für die erhabensten Figuren der christlichen Kunst hatte er eine Gestaltung gefunden, welche seither maßgebend geblieben ist; nicht mit Unrecht wird der von ihm geschaffene Christuskopf als das christliche Gegenstück des olympischen Zeus bezeichnet (Abb. 373, vgl. Abb. 354). Daneben hatte er es nicht verschmäht, die Größe seines Könnens auch scheinbar kleinen Dingen zuzuwenden; er zeichnete prächtige Wappen (Abb. 374 u. 375), geschmackvolle Buchtitel und Bücherzeichen (Bibliotheksmarken), er konstruierte

Abb. 380. Anbetung der Jungfrau Maria und des Kindes Jesu.

Skizze zu einer unausgeführten Komposition im Museum des Louvre zu Paris. — Die Maria umgebenden Personen sind: zur Rechten derselben Jakob, Joseph, Joachim und Zacharias, zur Linken Johannes, David, Elisabeth und Anna, darunter zwei Gruppen von Heiligen mit ihren kennzeichnenden Beigaben. Die Inschriften über den Köpfen sind von Dürers Hand.

Alphabete und trug durch seine mustergültigen lateinischen Buchstaben (vgl. Abb. 336) mit bei zur Renaissance der Schrift — eine Renaissance, die freilich in Deutschland unvollständig blieb, da wir ja heute noch an der augenverderbenden spätgotischen Schrift mit ihren kantigen kleinen und ihren wunderlich verschrobenen großen Buchstaben mit sonderbarer Hartnäckigkeit festhalten —; er bildete Naturmerkwürdigkeiten ab und fertigte Entwürfe architektonischer und kunstgewerblicher Art an. Er stellte seine Handfertigkeit in den Dienst der Wissenschaft, nicht nur wenn es sich um die bildliche Ergänzung der von ihm selbst verfaßten Fachschriften handelte; er hat auch für seinen Freund Stabius Erd- und Himmelskarten ausgeführt. Auch was er als Knabe in der Goldschmiedewerkstatt seines Vaters gelernt hatte, verwertete Dürer gelegentlich. So gravierte er zum Schmucke eines Schwertgriffs für den Kaiser Maximilian ein Goldplättchen mit der Kreuzigungsgruppe; das Plättchen selbst ist verschwunden, nur einige Abdrücke desselben, bekannt unter dem Namen „der Degenknopf", sind noch vorhanden. Für ein Kästchen, das einem Fräulein Imhof geschenkt wurde und welches sich heute noch zu Nürnberg im Besitz dieser Familie befindet, lieferte er ein in Silber gegossenes Relief, das eine anmutige weibliche Gestalt zeigt. — Um Dürer ganz kennen und würdigen zu lernen, muß man sich mit der Betrachtung seiner Handzeichnungen beschäftigen, deren noch sehr viele aus allen Zeiten seiner Thätigkeit vorhanden sind, freilich in vielen öffentlichen und privaten Sammlungen verstreut. Sein unermüdlicher Fleiß, die Gewissenhaftigkeit seines Studiums und der Reichtum seiner Phantasie treten gleichermaßen in diesen in allen nur erdenklichen Arten der Technik bald flüchtig hingeworfenen, bald liebevoll durchgearbeiteten Studien und Skizzen zu Tage (Abb. 349, 350, 376 u. 377; 335, 378 u. ff.). Manche in Wasserfarben gemalten Studien nach Tieren und Pflanzen sind wahre Wunderwerke sorgfältigster Naturnachahmung. Unter den nur als Skizzen vorhandenen Kompositionen befindet sich manches treffliche Blatt, das gewiß ohne den Gedanken an eine einstige Ausführung, bloß um dem Schaffensdrange des Augenblicks zu genügen, entstanden ist, wie beispielsweise die großartige „Anbetung der heiligen drei Könige", eine Federzeichnung von 1524, in der Albertina (Abb. 379).

Abb. 381. Der heilige Christophorus, das Christuskind tragend. Entwurf aus einer Privatsammlung in Paris.

Vom Jahre 1526 an war Dürer fast nur noch schriftstellerisch thätig. Schon 1525 hatte er ein Buch über die „Meßkunst" (Perspektive) mit erläuternden Holzschnitten herausgegeben. 1527 widmete der vielseitig gebildete Künstler, der auch über Gymnastik und über Musik Abhandlungen geschrieben hatte, die er indessen nicht herausgab, dem König Ferdinand ein mit zahlreichen Illustrationen und mit einem schönen heraldischen Titelbilde geschmucktes Werk, durch das er dem von den Türken bedrohten Vaterlande nützen wollte, und das für die Folgezeit große praktische

Abb. 382. Vergleichende Studienköpfe zur Proportionslehre. Aus einer Privatsammlung in Paris.

Bedeutung gehabt hat: „Unterricht zur Befestigung der Städte, Schlösser und Flecken". Ein mit diesem Werke in innerem Zusammenhang stehender großer Holzschnitt, die Belagerung einer Stadt darstellend, war die letzte lediglich künstlerische Arbeit, welche der Meister der Öffentlichkeit übergab. — Es drängte den Meister noch, die von ihm auf dem Gebiete der Kunst gemachten Erfahrungen kommenden Künstlergeschlechtern mitzuteilen. Seine eigene Kunst schätzte der größte Künstler ganz klein, aber er glaubte, mit der Zeit würden die deutschen Maler „keiner andern Nation den Preis vor ihnen lassen". Zur Erlangung dieses Zieles wollte er nach Kräften beitragen, indem er auf die Notwendigkeit wissenschaftlicher Studien für den Künstler hinwies. Ihn dauerte die Unwissenheit vieler seiner Berufsgenossen, die, nur handwerksmäßig gebildet, ihre Werke zwar mit geschickter Hand, aber „ohne Vorbedacht" malten. Die „Meßkunst" sollte nur ein Teil seiner von ihm schon lange vorbereiteten umfassenden Unterweisung für junge Kunstbeflissene sein. Den Hauptbestandteil dieses Werkes sollte eine „Proportionslehre" in vier Büchern bilden, Abhandlungen über Malerei und andres sollten sich anschließen. Doch nur das erste Buch der „Proportionslehre", die nachmals von seinen Freunden in ihrem ganzen Umfange druckfertig gemacht und herausgegeben, und die später in viele Sprachen übersetzt wurde, vermochte er selbst endgültig fertigzustellen.

Plötzlich und unvermutet starb Dürer vor Vollendung seines 57. Lebensjahres eines sanften Todes. Er ward auf dem Johanniskirchhof zu Nürnberg in dem Erbbegräbnis der Familie Frey bestattet. „Dem Gedächtnis Albrecht Dürers. Was von Albrecht Dürer sterblich war, wird von diesem Hügel geborgen. Er ist dahingegangen am 6. April 1528." So lautet in klassischer Kürze die von Pirkheimer verfaßte lateinische Inschrift der Erzplatte, welche die Gruft bedeckt.

Zahlreiche Auslassungen geben uns Kunde von dem Schmerz, mit dem die Todesnachricht die größten Männer der Zeit erfüllte. So hoch auch Dürer, den seine gelehrten Freunde den deutschen Apelles nannten, um seiner Kunst willen geehrt worden war, fast noch höher hatte man ihn um seiner menschlichen Tugenden willen geschätzt und bewundert.

Dürers Künstlerruhm war schon bei seinen Lebzeiten nicht nur in Deutschland und den Niederlanden, sondern auch in Italien unbestritten. In Venedig sowohl wie in Antwerpen wurden ihm Jahresgehalte angeboten, um ihn dauernd zu fesseln. Als er von Venedig aus einmal nach Bologna reiste, wurde er von der dortigen Künstlerschaft mit überschwenglichem Jubel begrüßt, in Ferrara wurde er durch Gedichte gefeiert. Raffael Sanzio tauschte Arbeiten mit dem deutschen Meister aus, „um ihm seine Hand zu weisen“. Der große Urbinate hat kein Bedenken getragen, einem seiner berühmtesten Gemälde, der unter dem Namen „Lo Spasimo di Sicilia“ bekannten Kreuzschleppung, das betreffende Blatt aus Dürers „Großer Passion“ zu Grunde zu legen. Auch andre italienische Meister haben aus dem unermeßlichen Gedankenreichtum Dürers geschöpft, der ihnen hauptsächlich durch die in Originalabdrücken und in italienischen Kupferstichnachbildungen verbreiteten Holzschnitte vermittelt wurde. Die allgemeine Beliebtheit der Dürerschen Arbeiten wurde auch in der Heimat durch Nachdrucker und Fälscher ausgebeutet. Wiederholt mußte der Rat von Nürnberg sowohl bei Dürers Lebzeiten, als auch nachmals, da das Verlagsrecht an seine Witwe, die den Gatten um elf Jahre überlebte, übergegangen war, zum Schutze von Dürers geistigem Eigentum einschreiten. Später wurde die Fälschung ganz im großen getrieben. Sogar Werke, dergleichen Dürer wohl niemals gemacht hat, kleine Reliefs in Kehlheimer Stein und Porträtmedaillen, wurden mit seinem Monogramm bezeichnet und als Arbeiten Dürers in den Handel gebracht. Seine größeren Gemälde wurden durch den Eifer fürstlicher Sammler, unter denen Kaiser Rudolf II. obenan stand, fast alle von ihren ursprünglichen Bestimmungsorten entfernt. Erst als in der zweiten Hälfte des 17. Jahrhunderts der französische Kunstgeschmack in Deutschland herrschend wurde, ließ die Bewunderung des großen, durch und durch deutschen Meisters nach. Mit der erste, der dessen Bedeutung dann wieder erkannte und würdigte, war Goethe; der sprach es aus zu einer Zeit, wo die Kunst meistens noch ganz andern Anschauungen huldigte, „daß Dürer — wenn man ihn recht im Innersten erkannt hat — an Wahrheit, Erhabenheit und selbst an Grazie nur die ersten Italiener zu seinesgleichen hat“.

Abb. 383. Pelikan.
Studie im British Museum in London.

Abb. 384. Zierleiste.
Handzeichnung von Hans Holbein im Museum zu Basel.

3. Hans Holbein der jüngere.

Abb. 385. Buchstabe aus Holbeins „Totentanzalphabet".

Neben Dürer steht ebenbürtig sein gleichberühmter jüngerer Zeitgenosse Hans Holbein. Beide ergänzen sich gegenseitig und geben zusammen betrachtet das Gesamtbild des höchsten künstlerischen Vermögens der deutschen Nation. Dürer steht an schöpferischer Kraft, an Geist und an Gemüt weit über Holbein, aber dieser übertrifft ihn in Bezug auf äußerliche Schönheit, auf Formvollendung und Farbenreiz. Dürer ging aus einer Schule hervor, die noch halb der Gotik angehörte, und sein Genius ließ ihn die Bahnen der neuen Kunst entdecken. Holbein dagegen war durch nichts mit der Kunst des Mittelalters verbunden. Er wurde durch seinen Vater ausgebildet, und dieser stand, als der im Jahre 1497 geborene Knabe fähig war künstlerischen Unterricht aufzunehmen und zu verarbeiten, schon ganz auf dem Boden der vollen, reifen Renaissance.

Der nachhaltige Einfluß des Vaters ist in den Werken des jüngeren Hans Holbein unverkennbar. Aber schon früh muß seine Lehrzeit beendet gewesen sein. Er war noch sehr jung, als er seine Vaterstadt Augsburg, wo bald auch für den Vater kein Bleiben mehr sein sollte, verließ und sich nach Basel wandte.

Hier finden wir die ersten Spuren seiner Thätigkeit bereits im Jahre 1514; diese Jahreszahl trägt ein im Museum zu Basel befindliches, leider schlecht erhaltenes Madonnenbild.

Eine kostbare Arbeit Holbeins aus dem Jahre 1515 besitzt dieselbe Sammlung in 82 flotten Federzeichnungen voll Schalkheit und Witz, welche die breiten Ränder eines Exemplars von des Erasmus von Rotterdam „Lob der Narrheit" schmücken. Dieses in lateinischer Sprache geschriebene satirische Buch war 1514 bei dem berühmten Baseler Buchdrucker Johannes Froben erschienen. Für Erasmus selbst, damit sich dieser daran ergötze, führte Holbein in zehn Tagen die Zeichnungen aus. Es ist bezeichnend für das Verhältnis des jungen Künstlers zu dem weltberühmten Gelehrten, daß er auch dessen Figur — durch Namensbeischrift, da die Porträtähnlichkeit in der kleinen Zeichnung wohl etwas zweifelhaft ausgefallen war, kenntlich gemacht — an geeigneter Stelle anbrachte, und daß Erasmus den Scherz vergalt, indem er auf der nächsten Seite unter eine keineswegs schmeichelhafte Gestalt den Namen Holbein schrieb. Daß die Zeichnungen sehr schnell gemacht sind, sieht man ihnen an; aber sie überraschen durch ihren kecken Mutwillen und durch die Schärfe der mit wenigen flüchtigen Strichen gegebenen Charakteristik (Abb. 386).

Von demselben Geiste lustigen Humors erfüllt ist eine in der Stadtbibliothek zu Zürich aufbewahrte Arbeit, welche Holbein spätestens 1515 ausgeführt haben muß, da der Besteller derselben, Hans Ber, in diesem Jahre als Fähnrich mit den Baseler Truppen auszog und aus der zweitägigen blutigen Schlacht bei Marignano nicht heimkehrte. Es ist eine bemalte hölzerne Tischplatte mit der Darstellung des „Niemand“, der an allem, was irgendwo Verkehrtes angerichtet worden ist, schuld sein soll und der sich doch nicht verteidigen kann, und andrer volkstümlicher Späße.

Der junge Maler nahm jeden Auftrag an, der ihm geboten wurde. So malte er im Jahre 1516 das Aushängeschild eines Schulmeisters, eine Tafel mit langer Inschrift und mit den Abbildungen des Schulmeisters und der Schulmeisterin, wie sie Kinder und Erwachsene unterrichten.

Zu derselben Zeit aber malte er auch Bildnisse, in denen er sich als ganzen Künstler zeigte, der die Meisterschaft seines Vaters in der bestimmten Erfassung einer Persönlichkeit geerbt hatte und der aus einem Bildnis ein prächtiges Bild zu machen verstand Im Baseler Museum finden wir in dem nämlichen Saal, wo jenes Aushängeschild bewahrt wird, die gleichfalls mit der Jahreszahl 1516 bezeichneten trefflichen Brustbilder des Bürgermeisters Jakob Meyer und seiner Gattin. Der Hintergrund wird bei diesen von einem gemeinsamen Rahmen umschlossenen Porträts durch eine reiche, goldverzierte Renaissance-Architektur gebildet, welche Durchblicke auf die blaue Luft freiläßt. Holbein machte, wie es auch sein Vater bei seinen späteren Gemälden gethan hatte, gern und reichlich Gebrauch von den aus Italien überkommenen Formen, welche die antike Architektur und Ornamentik mehr oder weniger frei nachbildeten.

Abb. 386. Holbeins Schlußzeichnung zu Erasmus' „Lob der Narrheit“. (Die Narrheit steigt vom Katheder herunter.)

Aus dem Handexemplar des Erasmus, jetzt im Museum zu Basel.

Abb. 387. Holbeins Selbstbildnis.
Farbige Kreidezeichnung im Museum zu Basel.

Im Jahre 1517 begab sich Holbein nach Luzern. Hier harrte seiner eine umfangreiche Aufgabe der Wandmalerei.

Während im übrigen Deutschland damals den Malern wenig Gelegenheit geboten wurde, ihre Kunst auf diesem besonderen Gebiete zu erweisen, dem die gleichzeitigen Italiener die Freiheit und Größe ihres Stils in erster Linie verdankten, hatte in den deutschen Städten in der Nähe des Alpenrandes — zuerst vielleicht in Augsburg, das ja vornehmlich den Verkehr mit Italien vermittelte, — die oberitalienische Sitte Aufnahme gefunden, die Außenseite der Häuser mit Gemälden zu schmücken, anstatt in der Anbringung gotischer Zierformen das Mittel zur Belebung der Flächen zu suchen; die Mauern blieben zur Aufnahme solchen Schmuckes ganz schlicht, und die Fenster erhielten schon früh eine einfach viereckige Gestalt. Die Ausmalung der Innenräume der Bürgerhäuser mit figürlichen Darstellungen war in diesen Gegenden bereits vor mehr als einem Jahrhundert beliebt.

So hatte auch Holbein in Luzern das Haus des Schultheißen Jakob von Hertenstein von innen und von außen mit Malereien zu schmücken. Im Innern kamen in einem Gemache religiöse, in andern Räumen genrehafte Gegenstände zur Darstellung, dazu das Märchen vom Jungbrunnen, dessen Wasser Alten und Gebrechlichen Jugendkraft und Jugendschönheit wiedergibt. Außen wurden

Historienbilder angebracht; der Stoff zu diesen wurde jetzt, in einer Zeit, wo alles sich dem Studium des klassischen Altertums zuwandte, nicht mehr aus den mittelalterlichen Dichtungen, sondern aus der — freilich mit späteren Sagen untermischten — Geschichte der Römer und Griechen geschöpft. Zu einem dieser Bilder, dem Triumphzuge Cäsars, benutzte Holbein einen Kupferstich des großen oberitalienischen Meisters Andrea Mantegna; dessen Kupferstiche waren überhaupt die vorzüglichsten Vermittler der neuen italienischen Kunstanschauungen, sie hatten auch Dürer in seinen jungen Jahren beeinflußt. Wie es Holbein auf seinem Vorbilde sah, gab er hier den Figuren antike Tracht. Die übrigen Darstellungen kleidete er in das Gewand seiner Zeit.

Abb. 388. Baseler Bürgermädchen.
Tuschzeichnung im Museum zu Basel.

Das Hertensteinsche Haus stand mit großenteils wohlerhaltenem Gemäldeschmuck bis zum Jahre 1824; dann mußte es abgetragen werden, und nur sehr ungenügende Kopien bewahren uns — abgesehen von einigen kaum nennenswerten Resten und von einer kleinen mit der Feder gezeichneten Skizze zu einem der Bilder — das Andenken an Holbeins erste monumentale Schöpfung.

Abb. 389. Vornehme Baselerin.
Tuschzeichnung im Museum zu Basel.

Nach Basel zurückgekehrt, wurde Holbein am 25. September 1519 in die dortige Malerzunft aufgenommen.

Wenige Wochen später vollendete er eins seiner meisterhaftesten Bildnisse, dasjenige des gelehrten und kunstsinnigen Bonifazius Amerbach. Dieses Bild weist alle jene Vorzüge auf, durch welche Holbein als Porträtmaler auf einer so außerordentlichen Höhe steht: die geistreichste Auffassung und die schlichteste, ungezwungenste Natürlichkeit, eine unbedingt sichere Zeichnung, die nicht den leisesten Zweifel an der sprechenden Ähnlichkeit mit dem Modell aufkommen läßt, eine vollendete Farbenharmonie und eine wunderbare Behandlung des Fleisches, das auch in den tiefsten Schatten seine natürliche Farbe zeigt.

Am 3. Juli 1520 leistete Holbein der Stadt Basel den Bürgereid. Wahrscheinlich um dieselbe Zeit vermählte er sich mit Frau Elsbeth, einer Witwe. Erwerbung des Bürgerrechts und Verehelichung wurden vermutlich von den Baseler Zunftordnungen ebenso ausdrücklich wie von denjenigen andrer Städte von jedem verlangt, der sich als Meister niederlassen wollte.

Wie der junge Meister aussah, zeigt uns das schöne, mit farbiger Kreide gezeichnete Selbstbildnis im Museum zu Basel (Abb. 387).

Sieben Jahre lang von seiner Aufnahme in die Zunft an blieb Holbein ohne längere Unterbrechung seines Aufenthaltes in Basel und entfaltete die reichste Thätigkeit.

Abb. 390. Baseler Mädchen mit einem Humpen.
Tuschzeichnung im Museum zu Basel.

Fassadenmalereien führte er eine ganze Menge aus. Mit kühner Phantasie und mit genialer Ausnutzung der durch die unregelmäßigen Fensterstellungen gegebenen verschiedenartigen Flächen umkleidete er die schlichten Häuser mit säulenreichen Renaissance-Architekturen und belebte die gemalten Balkone und luftigen Hallen mit geschichtlichen, mythologischen, sinnbildlichen und volkstümlichen Gestalten. Am berühmtesten war die übermütig lustige Darstellung eines Bauerntanzes, nach welchem das Haus, an dem sie sich befand, „zum Tanz" genannt wurde. Bedeutsamer als solche Straßenmalereien, welche als rein dekorative Arbeiten betrachtet und schlecht bezahlt wurden, war die Ausmalung des Rathaussaales, welche dem Meister im Juni 1521 übertragen wurde und

Abb. 391. Madonna

Tuschzeichnung zu einem Glasfenster (aus Holbeins frühester Zeit), im Museum zu Basel.

die gegen Ende des nächsten Jahres zu einem vorläufigen Abschluß kam. Auch hier verwandelte Holbein den einfachen Raum durch gemalte Säulenstellungen in eine weite Halle. In den Durchblicken ließ er, gleichsam draußen, die zur Darstellung gelangenden Vorgänge sich abspielen. Für die Hauptbilder gab wieder die Geschichte des Altertums den Stoff; sie sollten in klassischen Beispielen zu strengster Gerechtigkeitspflege und Unbestechlichkeit ermahnen.

Abb. 392. Entwurf zu einem Wappenfenster. Tuschzeichnung im Museum zu Basel.

Auch die Baseler Wandgemälde sind untergegangen. Einzelne erhaltene Entwürfe, Durchzeichnungen nach solchen und einige kleine Kopien aus späterer Zeit lassen uns den Reichtum und die Schönheit der monumentalen und dekorativen Schöpfungen Holbeins nur noch ahnen. Von einem Teil des Bauerntanzes besitzt das Berliner Kupferstichkabinett eine mit Wasserfarben angelegte Originalskizze. Die meisten derartigen Sachen aber befinden sich im Baseler Museum, das überhaupt die reichhaltigste Sammlung von Werken Holbeins birgt.

Daß hier so viele Werke des Meisters vereinigt sind, ist hauptsächlich dem Kunstsinn jenes Bonifazius Amerbach zu verdanken, den Holbein im Jahre 1519 abmalte. Amerbach sammelte einen reichen Schatz von Kunstwerken, darunter alles, was er nur von Holbeins Arbeiten erlangen konnte. Im Jahre 1661 wurde diese Sammlung, welche der Sohn ihres Begründers, Basilius Amerbach, noch bedeutend vergrößert hatte, von der Stadt erworben; sie bildet den Hauptbestandteil des Baseler Museums.

Was uns in dem kostbaren Schatz Holbeinischer Handzeichnungen, den wir hier finden, am meisten fesselt, sind die geistvollen Bildnisstudien, die mit den denkbar einfachsten Mitteln alles ausdrucken, was ein Menschenantlitz enthält. Aus den beigeschriebenen Angaben über Färbung und Kleiderstoffe ersehen wir,

Abb. 393. Entwurf zu einem Wappenfenster.
Tuschzeichnung im Museum zu Basel.

daß Holbein seine Modelle nicht durch langes Sitzen ermüdete, daß er vielmehr auf Grund solcher Notizen die Ausführung in Farben zum großen Teil aus dem Gedächtnis vollendete.

Den Bildniszeichnungen reihen sich einige Zeichnungen von Frauen und Mädchen in ganzer Figur an, welche den Reichtum und die Kleidsamkeit der damaligen Frauentrachten der Nachwelt überliefern (Abb. 388, 389, 390).

In großer Anzahl sind getuschte Entwürfe zu Glasfenstern vorhanden, welche Holbeins Meisterschaft in Hinsicht auf Erfindung, Zeichnung und dekorativen Geschmack auf der glänzendsten Höhe zeigen (Abb. 391 ff.).

Die Glasmalerei hatte ihren Vorrang unter den verschiedenen Zweigen der Malerkunst schon längst eingebüßt; in der Renaissancezeit trat sie völlig in Abhängigkeit von der Tafelmalerei. Sie gab ihr teppichartiges Wesen auf, und mit Hülfe neu erfundener Mittel wußte sie es jener in körperhafter Modellierung und perspektivischer Wirkung gleich zu thun. Auch hörte sie auf, eine rein kirchliche Kunst zu sein; sie schmückte in den sonst farblosen Fenstern der Bürgerhäuser einzelne Scheiben mit Wappen und mit figürlichen Darstellungen. Hier traten ihre Gebilde dem Beschauer in nächster Nähe vor Augen, und in dem kleinen Maßstabe, dem die Verbleiungen nicht mehr das naturgemäße Mittel zu kräftiger Formbezeichnung, sondern ein wenn nicht ganz zu vermeidendes, so doch nach Möglichkeit einzuschränkendes Übel waren, war die feinste, zierlichste Ausführung unbedingt notwendig. Daß bei so gänzlich veränderten Anforderungen die Glaser sich die Entwürfe zu ihren Arbeiten gern von Malern andern Faches anfertigen ließen, war natürlich.

Abb. 394. Verspottung Christi.
Tuschzeichnung zu einem Glasfenster, im Museum zu Basel.

Sowohl zu Glasfenstern mit religiösen Darstellungen als auch zu solchen mit Wappenbildern hat Holbein Zeichnungen angefertigt. Bei den letzteren hat er mehrmals Landsknechte, deren auffallende und malerische Erscheinung überhaupt einen großen Reiz auf ihn wie auf andre Künstler der Zeit ausübte, als Schildhalter verwendet (Abb. 392 u. 393). Von derartigen Entwürfen besitzt auch das Berliner Kupferstichkabinett ein besonders schönes Blatt, gleich ausgezeichnet durch die geschmackvolle Renaissance-Architektur der Umrahmung wie durch die lebenswahren prächtigen Gestalten der beiden Kriegsleute.

Das Bedeutendste aber unter Holbeins Glasbilder-Entwürfen sind zehn Darstellungen aus der Leidensgeschichte Christi, von dem Verhör vor Kaiphas bis zum Kreuzestode. Zwischen kühn erfundenen, reichen und kräftigen archi-

Abb. 395. Christus am Kreuz.

Tuschzeichnung für ein Glasfenster, im Museum zu Basel.

tektonischen Einfassungen breiten sich die Bilder aus, vollendete Meisterwerke der Raumausfüllung. Finden wir in diesen Kompositionen auch nicht die unerreichbare Tiefe der Empfindung und die ergreifende Poesie Dürers, so kommen sie dafür durch die ungemein anschauliche und naturgemäße Schilderung der mehr vom menschlichen als vom religiösen Standpunkt aus aufgefaßten Vorgänge und durch die schlichte natürliche Schönheit der Formen, die alle Härten vermeidet, dem Verständnis und dem Gefühl des modernen Beschauers um so unmittelbarer entgegen (Abb. 394 u. 395). Auch der nebensächliche Umstand spricht dabei mit, daß sich nirgendwo die zeitgenössische Tracht hervordrängt, daß namentlich die Kriegerfiguren großenteils in die antik-römische Tracht nach Mantegnas Vorbild gekleidet sind. Mit diesem Bestreben, auch in der Äußerlichkeit der Kleidung nach geschichtlicher Treue zu suchen, steht Holbein unter den deutschen Künstlern seiner Zeit noch ganz vereinzelt da.

Das Leiden Christi, diesen nie erschöpften Darstellungsstoff, hat Holbein auch zweimal in Ölgemälden behandelt. Die eine der beiden Folgen, von der das Baseler Museum fünf Bilder besitzt, gehört seiner frühesten Jugendzeit an; das alte Verzeichnis der Amerbachschen Sammlung, aus der zwei von den Bildern stammen, zählt diese zu Hans Holbeins ersten Arbeiten in Ölfarbe.

Neuerdings nimmt man an, daß diese Passionsbilder, die der Begabung Hans Holbeins nicht ganz entsprechen, in einer ihm und seinem älteren Bruder Ambrosius, der gleichfalls Maler war, gemeinsamen Werkstatt entstanden seien.

Ambrosius Holbein wird in Basel seit dem Jahre 1516 erwähnt. Es sind gefällige Buchverzierungen und Illustrationen in Holzschnitt, eine Anzahl von Handzeichnungen und einige wenige Gemälde, unter denen die Bildnisse zweier Knaben die erste Stelle einnehmen, von ihm vorhanden. Er scheint sehr früh gestorben zu sein; wenigstens geschieht seiner nach dem Jahre 1519 keine Erwähnung mehr.

Die andre gemalte Passion, die aus acht in einem gemeinsamen Rahmen vereinigten Bildern besteht, galt jahrhundertelang als die Krone von Holbeins Kunst. Das ist uns heute freilich schwer verständlich, so sehr wir auch die packende Anschaulichkeit der figurenreichen Darstellungen, die Feinheit des Ausdrucks in Köpfen und Händen und die

Abb. 396. Christus im Grabe. Ölgemälde im Museum zu Basel.

Abb. 397. Madonna des Bürgermeisters Meyer.

Ölgemälde von Hans Holbein d. j. im Schloß zu Darmstadt, in dem durch Übermalungen aus späterer Zeit getrübten Zustande, in dem sich dasselbe bis 1887 befand.

Abb. 398. Holbeins Madonna des Bürgermeisters Meyer in Darmstadt.

In dem durch Entfernung der späteren Übermalungen und sonstige Reinigung wiederhergestellten ursprünglichen Zustand des Gemäldes, wie dasselbe aus der Hand Holbeins hervorgegangen ist.

Abb. 399. Die Tochter des Bürgermeisters Meyer.
Studienzeichnung Holbeins zu einer Figur des Darmstädter Madonnenbildes, im Museum zu Basel.

malerische Wirkung der verschiedenen Beleuchtungen bewundern müssen. Das gefeierte Werk war schon im 16. Jahrhundert Eigentum der Stadt Basel. Kurfürst Maximilian I. von Bayern wollte dasselbe um jeden Preis erwerben; aber die Baseler ehrten das Andenken ihres großen Künstlers mehr als die Nürnberger das Vermächtnis Dürers, und schickten die kurfürstlichen Abgesandten mit einem höflichen, aber glatt abschlägigen Bescheide heim.

Mehr als die Passionsfolgen zieht ein merkwürdiges Einzelbild den Blick des heutigen Beschauers an: der tote Christus im Sarge. Es ist im Grunde nichts weiter als ein mit Fleiß und Sorgfalt nach der Natur gemalter langausgestreckter Leichnam; das Modell war durchaus nicht schön, aber das Bild ist unsagbar schön — freilich nicht im landläufigen Sinne des Wortes. Seine religiöse Bedeutung erhält das Werk, dessen Entstehungszeit die Jahreszahl 1521 angibt, allerdings nur durch die Wundmale und durch die Überschrift; von idealer Auffassung ist keine Rede, es war dem Maler sichtlich bloß um die Ausnutzung eines Studiums, das zu machen er wohl nicht oft Gelegenheit fand, zu thun. Sehr richtig hat schon Basilius Amerbach das Gemälde in seinem Verzeichnis aufgeführt als „ein Totenbild mit dem Titel Jesus Nazarenus“ (Abb. 396).

Das Baseler Museum besitzt noch verschiedene andre religiöse Gemälde des Meisters: zwei Heiligenköpfe, nach dem Amerbachschen Verzeichnis Holbeins erste Arbeit; die Brustbilder von Adam und Eva, eine anspruchslose Naturstudie; ein unvollständig erhaltenes Abendmahl, das sehr auffallend an berühmte italienische Vorbilder erinnert; ein ausgezeichnetes kleines Doppelbild mit dem leidenden Christus und der schmerzensreichen Maria unter einer prächtigen Säulenhalle, grau in grau gemalt mit blauer Luft; schließlich zwei leider durch Übermalung verunstaltete Gemälde, welche zur inneren Bekleidung der Orgelthüren im Dom zu Basel dienten, mit prächtigen Heiligengestalten, einer köstlichen Gruppe musizierender Kinderengel und einer Ansicht des Münsters, — alles perspektivisch so dargestellt, als ob man es, der hohen Aufstellung der Bilder entsprechend, von unten sähe.

Abb. 400. Holzschnittbildnis des Erasmus von Rotterdam. Gezeichnet von Holbein, geschnitten wahrscheinlich von Lützelburger.

Manches Kirchengemälde Holbeins mag durch den Bildersturm, der 1529 in Basel wütete, vernichtet worden sein. Einige solcher Werke aber haben sich außerhalb Basels erhalten. Davon tragen ein paar Arbeiten, die sich in der Kunsthalle zu Karlsruhe befinden, ein ziemlich handwerksmäßiges Gepräge: eine figurenreiche Kreuztragung von 1515, von der es übrigens zweifelhaft ist, ob sie von dem jüngeren oder von dem älteren Hans Holbein herrührt, und die Einzelgestalten des heiligen Georg und der heiligen Ursula von 1522. Die übrigen dagegen sind sorgfältig durchgebildete herrliche Meisterwerke, teilweise freilich durch sogenannte Ausbesserungen mehr oder weniger beschädigt.

Im Münster zu Freiburg prangen auf dem Altar der sogenannten Universitätskapelle zwei Bilder, die Holbein für den Baseler Ratsherrn Hans Oberriedt malte und die dieser wahrscheinlich mit nach Freiburg nahm, als er Basel infolge der wilden Religionsstreitigkeiten des Jahres 1529 verließ. Das eine, die Geburt Christi, ist ein wirkungsvolles Nachtstück; das sanfte Mondlicht streitet mit dem hellen Himmelsschein, der von dem göttlichen Kinde ausgeht. Das andre zeigt die Anbetung der heiligen drei Könige in reicher, farbenprächtiger Darstellung.

In der städtischen Sammlung zu Solothurn befindet sich eine im Jahre 1522 vermutlich für eine Kirche dieser Stadt gemalte schöne Madonna zwischen dem heiligen Martin, der in bischöflicher Amtstracht erscheint, und dem heiligen Ursus, einem stattlichen Ritter im Eisenharnisch.

Das großartigste aber unter allen religiösen Bildern Holbeins, wohl die schönste von seinen sämtlichen Schöpfungen, ist die Madonna, welche er für den

Bürgermeister Jakob Meyer, mutmaßlich im Jahre 1526, malte, und die sich in Darmstadt im großherzoglichen Schloß befindet. Es ist dies eins der seltenen Kunstwerke, die gleich beim ersten Anblick den Beschauer mit der ganzen Macht einer vollkommenen Kunst überwältigen, und die man, wenn man sie einmal gesehen hat, nie wieder vergißt (Abb. 398).

Die Himmelskönigin erscheint hier nicht thronend, sondern sie steht aufrecht mitten unter der Familie des Stifters, über die ihr Mantel sich ausbreitet; das göttliche Kind schmiegt sein Köpfchen an die Brust der Mutter und streckt das Händchen segnend über die Beter aus. Auf der einen Seite kniet der Bürgermeister Meyer in inbrünstigem Gebet, neben ihm sein halbwüchsiger Sohn, dessen Andacht einigermaßen gestört wird durch das jüngste Familienmitglied, ein entzückendes nacktes Knäblein, das sich um himmlische Dinge noch gar nicht kümmert und vom Bruder mit beiden Händen festgehalten werden muß. Gegenüber knieen die erste und die zweite Frau des Bürgermeisters in stiller, ernster Andacht, sowie eine etwa dreizehnjährige Tochter, deren Aufmerksamkeit zwischen dem Rosenkranz in ihren Händen und dem niedlichen kleinen Brüderchen geteilt erscheint.

Auch dieses Bild war nicht vor den Händen eines Ausbesserers verschont geblieben; namentlich waren das Christuskind, die Köpfe der Madonna, des Bürgermeisters und seiner Tochter in unangenehmer Weise übermalt. Wer sich daher von der ursprünglichen Schönheit des Holbeinschen Madonnenantlitzes eine bessere Vorstellung verschaffen wollte, mußte sich an die ausgezeichnete alte Kopie in der Dresdener Gemäldegalerie wenden, welche Jahrhunderte lang, da das Vorhandensein des Darmstädter Bildes nicht bekannt war, für das Original gegolten hat. Erst in allerjüngster Zeit ist der Versuch gewagt worden, die Übermalungen zu beseitigen; das Wagnis, das in München von bewährten Händen unternommen wurde, ist vom glänzendsten Erfolg gekrönt worden. Holbeins Meisterwerk ist unter den späteren Farbenaufträgen unversehrt in ungeahnter Pracht und Herrlichkeit zu Tage getreten und so der Welt zum zweitenmale geschenkt worden.

(Abb. 397 zeigt das Gemälde mit den Übermalungen, welche es bis 1887 entstellten, Abb. 398 dasselbe nach der Reinigung; Abb. 399 gibt die im Baseler Museum bewahrte Naturstudie Holbeins zu der kleinen Anna Meyer wieder.)

Unter den Bildnissen, welche Holbein in der Zeit von 1520 bis 1526 gemalt hat, stehen diejenigen des Erasmus von Rotterdam in erster Reihe. Der große Gelehrte, der seit 1513 jedes Jahr eine Zeitlang in Basel verweilte, ließ sich 1521 ganz in dieser Stadt nieder, die er den behaglichsten Musensitz nannte. Dreimal ließ sich Erasmus im Jahre 1523 von Holbein abmalen. Das eine dieser Bilder befindet sich in England, das andre im Louvre zu Paris, das dritte im Baseler Museum. Hier und auf dem Pariser Bilde sehen wir den Gelehrten schreibend dargestellt; man weiß nicht, was man mehr bewundern soll, den Kopf oder die unvergleichlichen Hände. Anschaulicher und überzeugender ist niemals die ganze Seele einer Persönlichkeit in einem Bilde sichtbar gemacht worden.

Das Bild des Erasmus begegnet uns auch wiederholt unter Holbeins zahlreichen Holzschnitten. Einmal sehen wir seinen Kopf im Profil in einem Rundschildchen, eine wunderbar geistreiche Zeichnung, mit der verschiedene

E·R·ROT·
TERMINVS
Pallas Apellæam nuper mirata tabellam,
Hanc ait, æternum Bibliotheca colat.
Dædoleam monſtrat Muſis Holbeinnius artem,
Et ſummi Ingenii Magnus Erasmus opes.

Abb. 401. Holzschnittbildnis des Erasmus von Rotterdam.

Titel der Frobenschen Gesamtausgabe von Erasmus' Werken von 1540.

Übersetzung der Unterschrift:

„Pallas bewunderte jüngst die Apelles würdige Zeichnung,
Hieß sie als ewige Zier hegen die Bibliothek.
Holbein zeigt dädalische Kunst, und der große Erasmus
Zeiget den Musen zugleich herrlichen Geistes Gewalt.“

Abb. 402. Boas und Ruth.
Holzschnitt aus Holbeins Bibel.

Frobensche Ausgaben von Werken des Erasmus geschmückt sind (Abb. 400). Das andre Mal erscheint er in ganzer Figur, gestützt auf den Terminus, den Beschützer der Wege und Grenzen, den er zu seinem Sinnbild erwählt hatte. Ebenso vortrefflich wie das Bildnis ist auf diesem Blatt die prächtige Umrahmung im edelsten ausgebildeten Renaissancestil, das vollendetste Meisterwerk unter allen derartigen Buchverzierungen (Abb. 401).

Holbein zeichnete von früher Jugend an für den Buchdruck. Seine ersten Arbeiten dieser Gattung finden sich in Werken des Frobenschen Verlags vom Jahre 1516; es sind zwei geschmackvoll aufgebaute Titeleinfassungen, die eine mit Genien und Tritonen, die andre mit der Geschichte des Scävola und mit Kindergruppen geschmückt. Derartige Titelblätter, sowie auch einzelne Zierleisten, welche beliebig zur Umrahmung zusammengefügt werden konnten, führte Holbein in großer Menge aus, unerschöpflich in der Erfindung der schönsten Renaissanceformen und figürlicher Darstellungen jeder Art, von den großartigsten biblischen Kompositionen bis zu den drolligsten Genrebildchen. Ferner entwarf er Buchdruckerzeichen für die verschiedenen Baseler Verleger. Er zeichnete eine ganze Anzahl von Alphabeten, bei denen er ebenso wie Dürer den Buchstaben die klassischen Formen der antiken Schrift gab, auch einige griechische Alphabete; die Buchstaben umgab er mit spielenden Kindern, mit drolligen Bauerngruppen, mit Totentänzen, mit geschichtlichen Darstellungen und allerlei andern Bildchen (Abb. 384, 385, 405).

Abb. 403. Der Tod und das Ehepaar.
Holzschnitt aus Holbeins Totentanz.

Abb. 404. Der kreuztragende Christus.
Holzschnitt (nur in einem Exemplar vorhanden) im Museum zu Basel.

Ebenso zahlreich wie die mannigfaltigen Buchverzierungen sind die abgeschlossenen bildlichen Darstellungen, welche Holbein für den Holzschnitt zeichnete. Er illustrierte die Geheime Offenbarung in 21 und das Alte Testament in 91 Bildern. Bei der erstern dieser Folgen, die 1523 in zwei Baseler Ausgaben von Luthers Übersetzung des Neuen Testaments erschien, vermochte Holbein freilich nicht an Dürers Schöpfungen hinanzureichen. In den Zeichnungen zum Alten Testament aber schuf er ein Meisterwerk der Illustration. In Bildern von sehr kleinem Format veranschaulichte er alles in der einfachsten und sprechendsten Weise, mit einer liebenswürdigen, schlichten Natürlichkeit. Diese Zeichnungen sind, wenn auch manche darunter sich sichtlich an ältere Vorbilder anlehnen, durch eine unendliche Kluft von der mittelalterlichen Kunst geschieden, sie gehören ganz der Neuzeit an. Der größten Mehrzahl nach sind dieselben auch im Schnitt vortrefflich ausgeführt. Dies ist das Verdienst des ausgezeichneten Formschneiders Hans Lützelburger, der seit 1523 Holbeins Zeichnungen schnitt; mit wahrer Meisterschaft wußte derselbe den zartesten Strichen Holbeins mit dem Messer zu folgen, er wurde durch dessen feine Vorzeichnungen der

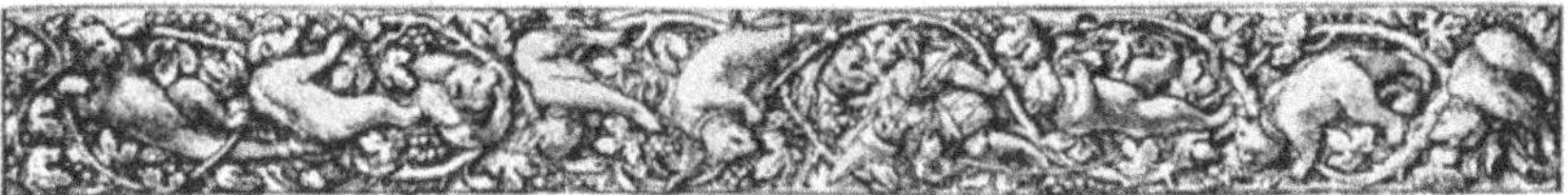

Abb. 405. Zierleiste.
Handzeichnung im Museum zu Basel.

Schöpfer des sogenannten Feinschnitts. Lützelburger starb bereits im Jahre 1526, und wahrscheinlich war der Umstand, daß sich niemand fand, der die noch fehlenden Schnitte mit gleicher Güte hätte ausführen können, die Veranlassung, daß die Herausgabe des Werkes sich um zwölf volle Jahre verzögerte. Die Zeichnungen erschienen erst 1538 in einer von den deutschen Buchdruckern Melchior und Kaspar Trechsel zu Lyon verlegten lateinischen Ausgabe des Alten Testaments (Abb. 402). In demselben Verlage erschien zu gleicher Zeit eine andre, gleichfalls zum größten Teil von Lützelburger geschnittene Bilderfolge Holbeins, die noch mehr Aufsehen erregte als die Bibelillustrationen: ein Totentanz. Dieses berühmteste Holzschnittwerk Holbeins behandelt das beliebte schauerliche Thema mit großartiger Genialität (Abb. 403).

Abb. 406. Ablaßhandel.

Teil eines höchst seltenen (weil angeblich durch den Rat der Stadt Basel verboten gewesenen) Holzschnittblattes. (Überall in der Kirche ist das Wappen der Mediceer angebracht.)

Holbein stellt den Tod ganz als Gerippe dar. Seine anatomische Kenntnis ist freilich sehr unvollkommen; aber er versteht es meisterhaft, dem leeren Knochengerüst den Anschein eines lebenden Wesens zu geben; die tiefen Schatten der leeren Augenhöhlen und das scheinbare Grinsen der fleischlosen Kiefer geben ihm die Mittel, einen eigentümlich drastischen Gesichtsausdruck hervorzuzaubern, der in seiner Mannigfaltigkeit alles Mienenspiel ersetzt.

Den Anfang der Folge — in der ersten Ausgabe sind es 41 Blätter, später kamen noch einige, deren Schnitt unvollendet geblieben war, hinzu — bildet als Einleitung die Erschaffung der Eva, der Sündenfall und die Vertreibung aus dem Paradies. Dann tritt der Tod auf; er hilft Adam bei der Bearbeitung der Erde mit einem unbeschreiblichen Ausdruck wilden Vergnügens. Die Freude des Todes darüber, daß die Menschheit ihm verfallen ist, verkündet auf dem nächsten Blatt ein Konzert von Gerippen mit lärmendem Jubel. Und jetzt sucht der Tod alle Stände heim, vom Papst und Kaiser angefangen bis zu dem Ärmsten und Geringsten und zum unmündigen Kinde. Mit grausigem Humor mischt er sich in die Thätigkeit der Menschen, bald heimlich, bald offen, unerkannt oder Entsetzen verbreitend. Dem schmausenden König reicht er als Mundschenk den Wein, als verbindlicher Kavalier geleitet er die Kaiserin und als

Abb. 407. Entwurf zu dem Familienbild des Thomas Morus.

Federzeichnung im Museum zu Basel. — Die Namensbeischriften auf dieser Zeichnung sind von der Hand des Thomas Moras, die Vermerke über einige Änderungen in der Anordnung von der Hand Holbeins.

Abb. 408. Holbeins Frau und Kinder.
Von ihm selbst gemalt. Im Museum zu Basel.

tanzender Narr ergreift er die Königin inmitten ihres Hofstaats. Höhnisch trägt er Inful und Hirtenstab, da er den Abt hinwegzerrt; mit einem Kranze geschmückt, wie ihn die jungen Stutzer bei Tanz und Gelagen zu tragen pflegten, reißt er die Äbtissin über die Klosterschwelle; als Meßner naht er sich dem Prediger. Bekränzt und tanzend verhöhnt er, von einem lustig musizierenden Gerippe begleitet, eine alte Frau, die rosenkranzbetend am Stabe dahinschleicht. Den Arzt sucht er als Begleiter eines Patienten auf; mit fragender Miene reicht er dem Gelehrten einen Schädel dar; dem Reichen raubt er sein Geld. Aus den Wogen aufsteigend, zerbricht er den Mast eines Schiffes auf

Abb. 409. Samuel bedroht Saul mit dem Zorn Gottes.
Entwurf zu einem Wandgemälde für den Rathaussaal zu Basel, im Museum daselbst.

stürmischer See; von Panzer und Kettelhemd umschlottert, rennt er einem Ritter den Speer durch Harnisch und Leib. Er hilft beim bräutlichen Schmücken der jungen Gräfin und schreitet als Trommler vor dem vornehmen Ehepaar her (Abb 403). Wie ein Wegelagerer überfällt er den Krämer auf offener Landstraße; er treibt als übereifriger Knecht das Gespann des Bauersmannes, der in reizvoll friedlicher Landschaft hinter dem Pfluge herschreitet. Welches der Bildchen man auch betrachten mag, jedes einzelne ist eine beziehungsreiche, geistvolle Schöpfung, in die man sich lange vertiefen kann. Die Folge endigt mit dem allgemeinen Weltgericht und mit einem Schlußblatt, welches das Wappen des Todes zeigt: ein Totenkopf in zerfetztem Schild, eine Sanduhr und zwei erhobene Knochenarme als Helmzier; daß dem Herrscher Tod ein Wappen zustand, war eine eingebürgerte Vorstellung, die auch Dürer einmal zu einem wundervollen Kupferstich anregte (s. Abb. 375).

Einzelbilder für den Holzschnitt hat Holbein nur selten gezeichnet. An erster Stelle steht unter diesen die nur in einem bekannten Exemplar (im Baseler Museum) vorhandene Figur des Erlösers, der unter der Kreuzeslast zusammenbricht (Abb. 404). In zwei Blättern hat der Meister von seiner der Reformation mit Entschiedenheit zugethanen Gesinnung Zeugnis abgelegt. Das eine der Bildchen, die augenscheinlich beide von Lützelburger geschnitten, also zwischen 1523 und 1526 entstanden sind, zeigt einerseits den Ablaßhandel des Papstes (Abb. 406), anderseits als sprechenden Gegensatz hierzu die wahren Bußfertigen, David, Manasse und den Zöllner, die sich vor Gott demütigen, zu ihm flehen und Gnade finden. Das andre Blatt zeigt Christus als das wahre Licht, das die Welt durchstrahlt und das gläubige Volk an sich zieht, während der Papst und seine Geistlichkeit ihm den Rücken wenden, um, von den heidnischen Philosophen Plato und Aristoteles angeführt, in den Abgrund zu stürzen.

Der kirchliche Zwiespalt, in den der Künstler sich mit diesen Blättern mischte, nahm in Basel scharfe Formen an. Alles entbrannte in religiösem Eifer. Dabei froren die Künste, wie Erasmus sich in einem Briefe ausdrückte. Es machte sich eine entschieden bilderfeindliche Partei geltend. Im Jahre 1526

Abb. 410. Bildnis des Jörg Gisze.

Ölgemälde Holbeins im Museum zu Berlin. Nach einem Stich aus dem Verlag der Gesellschaft für vervielfältigende Künste zu Wien.

richtete die Malerzunft ein Bittgesuch an den Rat, er möge gnädiglich dafür sorgen, daß sie, die eben auch Frau und Kinder hätten, in Basel verbleiben könnten. Auch Holbeins Erwerbsverhältnisse gestalteten sich schlecht. Er folgte daher einem Rate des Erasmus und begab sich, von diesem an Thomas Morus, den berühmten Gelehrten und Staatsmann, empfohlen, gegen den Herbst des Jahres 1526 nach England.

Hier fand er als Bildnismaler eine sehr lohnende Thätigkeit. Er malte verschiedene hochstehende Persönlichkeiten, unter andern Thomas Morus, den

Abb. 411. Bildnis des Hubert Morett, Goldschmied König Heinrichs VIII. von England.
Ölgemälde in der Gemäldegalerie zu Dresden.

Abb. 412. Bildnis der Jane Seymour.
Ölgemälde Holbeins im Belvedere zu Wien.

Erzbischof Warham von Canterbury, den Bischof Fisher von Rochester. Den Thomas Morus, in dessen Hause er gastlich aufgenommen ward, malte er auch einmal mit seiner ganzen Familie zusammen auf einem großen Bilde. Dieses in Wasserfarben lebensgroß ausgeführte Gemälde ist verschollen. Aber der geistreiche erste Entwurf zu demselben wird im Baseler Museum aufbewahrt. Als Geschenk des Morus an seinen Freund Erasmus brachte Holbein selbst diese Zeichnung nach Basel, als er im Jahre 1528 zu den Seinigen heimkehrte (Abb. 407).

Auch in Basel, wo er nunmehr, nach den günstigen Erfolgen der englischen Reise, zwei Häuser ankaufte, malte er zunächst wieder Porträts. Jetzt entstand das herrliche Werk, das im Baseler Museum vor allen andern Schöpfungen des Meisters den Blick des Beschauers wie mit Zaubermacht fesselt: das Bildnis von Holbeins Frau und zwei Kindern. Das ist der Triumph des geistvollsten Realismus; die Kunst hat hier die ganze erhabene Einfachheit der Natur erreicht. Es erscheint alles so natürlich, als ob es gar nicht anders sein könne; und doch, wie wohl erwogen und abgemessen ist das Kunstwerk! Aus einer verblühten Frau mit ziemlich plumpen Zügen, deren starke Büste ein ganz schmuckloses, nach der damaligen Baseler Mode sehr weit ausgeschnittenes Kleid umschließt, und aus zwei ebenfalls äußerst schlicht angezogenen, zwar recht gesunden, aber durchaus nicht besonders reizvollen Kindern ein so vollendet schönes Bild zu machen, das hat eben nur Holbein gekonnt (Abb. 408). — In den nächsten Jahren malte der Meister auch wieder den Erasmus. Im Baseler Museum finden wir ein höchst ausgezeichnetes kleines Medaillonbildnis desselben, das

Abb. 413. Heinrich VIII.

Gleichzeitige, vermutlich im Auftrag des Königs angefertigte Ölfarbenkopie der Hauptfigur aus Holbeins Wandgemälde in Whitehall. In der Windsor-Galerie zu London.

(Nach einer Photographie von Ad. Braun & Cie. in Dornach.)

schon in jener Zeit häufig kopiert worden ist. In ebenso kleinem Format und in ebenso unvergleichlicher Auffassung und Ausführung porträtierte Holbein um

Abb. 414. Anna von Cleve.
Radierung Wenzel Hollars nach dem Gemälde von Hans Holbein.

dieselbe Zeit den Melanchthon; das Bildchen befindet sich in der Gemäldesammlung zu Hannover.

Die Bürgerschaft der Stadt aber, die ganz durch den Religionsstreit in Anspruch genommen war, kam dem Meister nicht mit Porträtbestellungen entgegen.

Zum Malen kirchlicher Bilder gab es in Basel ganz und gar keine Gelegenheit mehr. Schon zu Ostern 1528 waren aus mehreren Kirchen alle Bilder entfernt worden; im folgenden Jahre brach der wüsteste Bildersturm los. Der Rat war nicht im stande, den Eiferern Widerstand zu leisten. Das Aufstellen religiöser Gemälde in den Kirchen wurde untersagt.

Dagegen kam Holbein jetzt wieder dazu, bedeutende Wandmalereien auszuführen. Im Jahre 1530 beauftragte ihn der Rat mit der Ausschmückung einer bis dahin unbemalten Wand im Rathaussaale. Die Gegenstände wurden diesmal, der veränderten Geistesrichtung entsprechend, nicht aus der klassischen, sondern aus der biblischen Geschichte gewählt. Das eine der beiden großen Gemälde, mit denen Holbein die betreffende Wand bedeckte, zeigte den König Rehabeam, wie er die Abgesandten des Volkes, die um Erleichterung des Joches bitten, mit harter Antwort zurückweist. Das andre zeigte den König Saul, wie er aus dem Feldzuge gegen die Amalekiter heimkehrt und von Samuel hören muß, daß er wegen seines Ungehorsams gegen Gottes Gebot verworfen sei. — Wenn auch die Wandgemälde selbst schon vor Ablauf des 16. Jahrhunderts durch die Feuchtigkeit zerstört wurden, so lassen uns doch die erhaltenen Entwürfe zu beiden Bildern (im Baseler Museum) erkennen, in wie großartiger Weise Holbein diese Aufgabe gelöst hat; sie zeigen, daß er zu den größten Meistern der Monumentalmalerei gehört, die es je gegeben hat.

Rehabeam ist in einer reichen Halle thronend dargestellt; hinter ihm sitzen zu beiden Seiten seine Räte. Vor ihm stehen die würdevollen bejahrten Abgesandten, bestürzt über des Königs Worte und teilweise schon zum Gehen gewendet; denn im höchsten Zorn und mit unvergleichlich sprechender Gebärde hat er ihnen eben zugerufen: „Mein kleiner

Finger soll dicker sein als meines Vaters Lenden; mein Vater hat euch mit Peitschen gezüchtigt, ich will euch mit Skorpionen züchtigen."

Noch wirkungsvoller ist die andre Komposition. Wir sehen das siegreiche Heer, Reiter und Fußvolk in antiker Rüstung, mit dem gefangenen Amalekiterkönig heimkehren; noch brennen die Burgen und Städte, die der Krieg verheert hat. König Saul schreitet an der Spitze seiner Streiter; er ist vom Roß gestiegen, um den Propheten Samuel ehrerbietig zu begrüßen. Der aber tritt ihm mit drohend ausgestrecktem Arm entgegen; man glaubt die gewaltige Stimme vernehmen zu müssen, mit der er den Sieger niederschmettert: „Weil du des Herren Wort verworfen hast, hat dich der Herr verworfen, daß du nicht König seiest" (Abb. 409).

Abb. 415. Männliches Bildnis.
Zeichnung Holbeins im Schlosse zu Windsor.

Für den Mangel an sonstigen Aufträgen konnte die eine große Arbeit den Meister freilich nicht entschädigen. Sein Gönner Erasmus hatte die fanatisch aufgeregte Stadt schon im Jahre 1529 verlassen. So wandte auch Holbein bald nach Vollendung der Rathausbilder Basel den Rücken und begab sich wieder nach England. Vergeblich suchte ihn der Rat durch Anbietung eines Jahrgehalts zurückzurufen.

Vom Jahre 1532 an war Holbein eine Zeitlang hauptsächlich für die deutschen Kaufleute in London thätig. Auch bei diesen fand er Gelegenheit zur Ausführung monumentaler Gemälde. Den Festsaal des alten Gildehauses, welches den Mittelpunkt der hanseatischen Niederlassung in der englischen Hauptstadt bildete, des sogenannten Stahlhofes, schmückte er mit zwei großen alle-

Abb. 416. Weibliches Bildnis.
Handzeichnung Holbeins im Schlosse zu Windsor.

gorischen Bildern. Dieselben stellten in figurenreichen friesartigen Zügen den Triumph des Reichtums und den Triumph der Armut vor; ihr belehrender Inhalt war, daß der Reichtum sowohl wie die Armut edler Tugenden bedürfen, um zum Guten geführt zu werden. Wieder sind es nur Nachbildungen und eine kleine, im Louvre zu Paris bewahrte Skizze, nach denen wir uns einen ungefähren Begriff von der Schönheit dieser Gemälde machen können, welche selbst von Italienern des 16. Jahrhunderts ebenso hoch und höher geschätzt wurden als die Schöpfungen Rafaels. — Mit derselben Meisterschaft, mit der er monumentale Werke ausführte, entwarf Holbein gelegentlich Dekorationen, die nur zur Verschönerung eines schnell vorüberrauschenden Festes dienten. Als am 31. Mai 1533 Anna Boleyn im Krönungszuge vom Tower nach Westminster fuhr, prangten die Straßen, welche der Zug berührte, im reichsten und prächtigsten Schmuck. Den am meisten bewunderten Glanzpunkt von allem bildete dabei die von Holbein entworfene Festdekoration, welche die Kaufleute des Stahlhofes errichtet hatten. Es war eine Schaubühne mit lebenden Bildern — wie solche auch die Antwerpener beim Einzuge Karls V. veranstalteten — und zeigte auf einem prachtvollen Renaissance-Aufbau den Parnaß mit Apollo und den Musen.

Holbeins Hauptthätigkeit bestand indessen wieder in der Porträtmalerei. Von den vielen Bildnissen, welche er nach seinen Landsleuten im Stahlhofe malte, befindet sich wohl das allerschönste in Deutschland. Es ist dasjenige des Jörg Gisze, von 1533, im Berliner Museum. Wir sehen hier den Kaufmann in seiner Schreibstube sitzen, im Begriff einen Brief zu öffnen, und umgeben von all jenen kleinen Dingen, deren er bei seiner täglichen Arbeit bedarf. Das alles ist mit der äußersten Sorgfalt in solcher Vollendung ausgeführt, daß uns vor diesem Bilde die Lobpreisungen der Zeitgenossen vollkommen verständlich werden, welche bei den Werken des mit Apelles oder Parrhasius verglichenen Meisters vor allem die Augentäuschung bewundern (Abb. 410).

Abb. 417. Die Herzogin von Suffolk.
Handzeichnung Holbeins im Schlosse zu Windsor.

In ganz andrer Auffassung sehen wir in der Dresdener Galerie eine englische Persönlichkeit, den Juwelier Hubert Morett, mit voller Leibhaftigkeit vor uns stehen. Recht im Gegensatz zu dem Deutschen, der sich in seiner Geschäftsthätigkeit abbilden läßt, füllt der englische Goldschmied, ganz von vorn gesehen, mit seiner stattlichen Persönlichkeit und seiner reichen Kleidung das ganze Bild. Ein grünseidener Vorhang bildet den Hintergrund und erzeugt mit dem warmen Ton des Fleisches und des rötlichen, grau gemischten Bartes, mit dem Goldschmuck, mit dem schwarzen Atlas, dem braunen Pelz und dem weißen Unterzeug der Kleidung eine so wunderbare Farbenwirkung, wie sie auch von Holbein selbst niemals übertroffen worden ist (Abb. 411).

Unter den übrigen Meisterwerken der Porträtkunst, welche Deutschland aus dieser Zeit der höchsten Meisterschaft Holbeins besitzt, ragen zwei Frauenbildnisse

Abb. 418. Zwei Entwürfe Holbeins zu Dolchscheiden. Handzeichnungen im Museum zu Basel.

in der Wiener Belvedere-Galerie hervor. Das eine derselben stellt eine unbekannte junge Frau in reicher Tracht dar. Das andre zeigt uns eine Königin; es ist das wundervolle, wahrhaft königliche Bild der Jane Seymour (Abb. 412).

Seit 1536 nämlich malte Holbein fast ausschließlich Personen des englischen Königshofes und der höchsten Aristokratie, die demselben nahe stand. Von diesem Jahre an finden wir ihn als wohlbesoldeten königlichen Hofmaler im Dienste Heinrichs VIII.

Schon 1535 hatte Holbein den König einmal abgebildet, wenn auch wohl nicht nach dem Leben: auf dem Sockel der reichen, mit gegenübergestellten Vorgängen aus dem Alten und dem Neuen Testament geschmückten Titeleinfassung, welche er für Coverdales englische Bibelübersetzung auf Holz gezeichnet. Denn auch in England fertigte Holbein Zeichnungen zum Schmuck der Bücher an, die zum Teil in Basel geschnitten wurden. Zu seinen schönsten derartigen Arbeiten gehört das Titelblatt von Halls Chronik, welches Heinrich VIII. mit seinen Räten innerhalb einer prachtvollen Umrahmung zeigt. Im Jahre 1537 bildete Holbein den König in einem Wandgemälde in dessen Schloß Whitehall ab; darauf waren in überlebensgroßen Figuren Heinrich VIII. und Jane Seymour, sowie Heinrich VII. und dessen Gemahlin Elisabeth von York auf einem reichen architektonischen Hintergrunde zu sehen. Dieses Wandgemälde hat das Schicksal von allen monumentalen Schöpfungen Holbeins geteilt; doch hat sich in England eine kleine Kopie und die eine Hälfte des Kartons, d. h. der in der Größe der Ausführung angefertigten Hülfszeichnung, erhalten; ferner besitzt das Münchener Kupferstichkabinett den zu diesem Bilde nach dem Leben gezeichneten Kopf des Königs (vgl. Abb. 413). Ein andresmal porträtierte Holbein Heinrich VIII. in einem Miniaturbildchen. Der Maler malte in dieser Zeit öfter Bildnisse in kleinstem Format, bisweilen auf einem Stück von einer Spielkarte.

Derartige winzige Bildchen, welche mitunter in kostbarer Fassung als Schmuck getragen wurden, waren damals sehr beliebt. Da dieselben anfänglich in derselben Art und Weise ausgeführt wurden wie die Malereien in den Handschriften, so bürgerte sich allmählich — mit gänzlicher Verwischung der ursprünglichen Bedeutung des Wortes —

die Bezeichnung Miniaturgemälde für jedes in sehr kleinem Maßstabe ausgeführte Gemälde ein.

Abb. 419. Holbeins Selbstbildnis aus seinen letzten Lebensjahren.
Nach Vorstermanns Stich des verschollenen Originals.

Im März 1538 ward Holbein vom König nach Brüssel geschickt, um die achtzehnjährige Witwe des Herzogs Francesco Sforza von Mailand, die dänische Königstochter Christine, zu porträtieren, welche als Nachfolgerin der im Oktober 1537 gestorbenen Jane Seymour in Aussicht genommen war. Eine in dreistündiger Sitzung angefertigte Skizze genügte dem Meister, um danach ein fast lebensgroßes Gemälde in ganzer Figur auszuführen.

Einige Monate später schickte der König den Maler abermals nach dem Festland, und zwar nach Hochburgund, — wir wissen nicht mit welchem Auftrag. Bei dieser Gelegenheit machte Holbein einen kurzen Besuch bei den Seinigen in Basel. Der Rat der Stadt bemühte sich wiederum, den jetzt hochberühmten Meister an Basel zu fesseln. Er traf mit ihm ein Abkommen, wenn er nach zwei Jahren heimkommen wollte, solle er zeitlebens ein nicht unansehnliches Jahrgehalt beziehen, auch von der Stadt gelegentlich Aufträge bekommen; bis dahin solle ein etwas geringerer Betrag alljährlich an seine Frau ausbezahlt werden. — Holbein mochte damals wohl ernstlich vorhaben, wieder seinen bleibenden Aufenthaltsort in Basel zu nehmen, sobald er in England ein genügendes Vermögen erworben haben würde. Er soll die Absicht ausgesprochen haben, die Rathausgemälde und andre Bilder auf eigne Kosten neu und besser zu malen, da ihm von seinen Baseler Wandmalereien nur das Haus zum Tanz „ein wenig gut" vorgekommen sei. — Aber er kehrte nicht heim.

Zu Neujahr 1539 schenkte Holbein dem Könige das Bild des kleinen Prinzen Eduard, den ihm Jane Seymour geboren hatte. Die Gemäldesammlung zu Hannover bewahrt dieses köstliche Kinderbildnis.

Im Sommer desselben Jahres reiste Holbein im Auftrag des Königs nach Deutschland, um die Prinzessin Anna von Kleve zu malen, um die sich Heinrich VIII. bewarb, nachdem die Verbindung mit der Herzogin Christine nicht zustande gekommen war. — Wenn später die Fabel verbreitet wurde, Holbein habe die Fürstin schöner gemalt, als sie in Wirklichkeit war, und habe dadurch den König veranlaßt eine Ehe einzugehen, die ihm sehr bald leid wurde, so beweist das erhaltene Bildnis (im Louvre zu Paris), welches eine keineswegs anmutige Dame zeigt, selber die Grundlosigkeit dieser Behauptung (Abb. 414).

Auch die Nachfolgerin Annas, Katharina Howard, malte Holbein, und zwar in einem Miniaturbildchen. Dasselbe wird in der Sammlung der Königin von England zu Windsor-Castle aufbewahrt.

Die nämliche Sammlung birgt einen großen Schatz von Porträtzeichnungen Holbeins, die ihm als Grundlage für die zu malenden Bildnisse dienten (Abb. 415, 416, 417). Diese Zeichnungen, 85 an der Zahl, sind durch sprechende Auffassung und ihre wunderbar schlichte Ausführung fast ebenso anziehend wie die herrlichen Gemälde selbst, von denen sich außer den in verschiedenen öffentlichen Sammlungen befindlichen noch eine große Anzahl in Privatbesitz, hauptsächlich in England, erhalten hat.

Außer mit der Bildnismalerei war Holbein am Hofe Heinrichs VIII. sehr viel mit Entwürfen für kunstgewerbliche Arbeiten beschäftigt. Schon früher in Basel hatte er gelegentlich Vorzeichnungen für Gold- und Waffenschmiede, namentlich zu Dolchscheiden, gemacht. In des Königs Dienst nun fertigte er Entwürfe in großer Menge für die mannigfaltigsten Gegenstände an, gleich erfinderisch im architektonischen Aufbau, im Ornament und im figürlichen Schmuck. Unter anderm sind noch zwei Skizzenbücher vorhanden (das eine im British Museum zu London, das andre im Baseler Museum), welche zum größten Teil mit Entwürfen für Metallarbeiten gefüllt sind. Auch in diesen Zeichnungen offenbart sich uns Holbein als einer der größten Meister der Renaissance. Indem er mit unübertrefflichem Geschmack auf Grundlage der durch die damalige italienische Kunst vermittelten antiken Formen neue Bildungen schuf, wurde er für das Kunstgewerbe einer der vorzüglichsten Begründer des deutschen Renaissancestils (Abb. 418 u. 420).

Nur einmal noch malte der Meister ein größeres figurenreiches Gemälde. Dasselbe stellte Heinrich VIII. dar, wie er den Vorstehern der Barbier- und Chirurgengilde von London ihren Freibrief überreicht. Dieses Bild, das sich noch im Zunfthause der Londoner Barbiere befindet, mußte indessen von andrer Hand vollendet werden.

Mitten in der reichsten Schaffensthätigkeit starb Hans Holbein in der Blüte der Jahre und fern von der Heimat im Herbst (zwischen dem 7. Oktober und dem 29. November) 1543, wahrscheinlich als ein Opfer der Pest, welche in diesem Jahre in London wütete.

Abb. 420. Dolchscheide mit einer Darstellung des Totentanzes.
Handzeichnung Holbeins im Museum zu Basel.

Lightning Source UK Ltd.
Milton Keynes UK
UKHW010050011022
409740UK00002B/67